Das Buch

Zu Anaïs Nins Freunden im Paris der dreißiger Jahre gehörten Henry Miller, Antonin Artaud, Otto Rank und viele andere. Mit Akribie und psychologischem Einfühlungsvermögen analysiert und porträtiert sie die verschiedenen Charaktere, wobei sie ihre eigene Denk- und Handlungsweise ständig einer kritischen Betrachtung unterzieht. Intuitiv erfaßt sie komplizierte, schwer durchschaubare Vorgänge und entwickelt ihre Fähigkeit, sich mit allen Menschen ihrer Umgebung zu identifizieren, für alles Verständnis zu zeigen, ein »Medium für Klarheit und Harmonie« zu sein, in dem andere sich finden. In ihrem Hunger nach Wahrheit hat sie das Bedürfnis, noch mitten im Erlebnis es schreibend festzuhalten, um es keiner Veränderung durch die Zeit auszusetzen. So ist das Tagebuch ihr ständiger Begleiter, sie schreibt im Zug, im Café, beim Friseur. Es ist für sie Haschisch und Opium, »Droge und Laster«, und alles was ihr widerfährt, alle Gedanken, Ereignisse und Begebenheiten vertraut sie ihm an. Ihre Aufzeichnungen, die auch die intimsten Beziehungen nicht aussparen, lesen sich »nicht nur wie eine ungewöhnlich spannende Dokumentation. Sie sind vielmehr dank ihrer Farbigkeit, dank ihrer Biegsamkeit der Sprache, dank ihres präzisen Vokabulars ein Stück Literatur.« (Münchner Merkur)

Die Autorin

Anaïs Nin wurde am 21. Februar 1903 in Paris als Tochter eines spanischen Komponisten und einer französisch-dänischen Sängerin geboren, in Amerika erzogen. Von Jugend an stand sie im künstlerischen und literarischen Leben. Sie arbeitete zeitweilig als Malermodell und Mannequin. Seit 1940 lebte Anaïs Nin in den USA, sie starb am 14. Januar 1977 in Los Angeles.

Die Tagebücher der Anaïs Nin 1
(1931–1934)

Herausgegeben von
Gunther Stuhlmann
Deutsch von Herbert Zand

Deutscher
Taschenbuch
Verlag

Von Anaïs Nin
sind im Deutschen Taschenbuch Verlag erschienen:
Die Tagebücher der Anaïs Nin. 1934–1939 (858)
Die Tagebücher der Anaïs Nin. 1939–1944 (981)
Die Tagebücher der Anaïs Nin. 1944–1947 (10569)
Ein Spion im Haus der Liebe (10174)
Haus des Inzests (10757)
Labyrinth des Minotaurus (10927)
Leitern ins Feuer (10986)
Unter einer Glasglocke (11076)
Tagebücher. 1920–1921 (11167)

Ungekürzte Auflage
Juni 1971
16. Auflage Januar 1991
Deutscher Taschenbuch Verlag GmbH & Co. KG,
München

Titel der amerikanischen Originalausgabe:
›The Diary of Anaïs Nin 1931–1934‹

ISBN 3-485-00358-1
Deutsche Erstveröffentlichung: Reinbek 1968
Umschlaggestaltung: Celestino Piatti
Gesamtherstellung: C. H. Beck'sche Buchdruckerei,
Nördlingen
Printed in Germany · ISBN 3-423-00759-1

Einleitung

Das umfangreiche Tagebuch von Anaïs Nin ist schon seit mehr als drei Jahrzehnten Gegenstand der verschiedensten Vermutungen und Gerüchte. Seit sie in den frühen dreißiger Jahren zum ersten Mal Freunden und Bekannten Teile des Tagebuches zu lesen gab, spricht man davon, daß es sich um eines der einzigartigen literarischen Dokumente des Jahrhunderts handle. Henry Miller vertrat in einem oft zitierten Artikel in der englischen Zeitschrift ›Criterion‹ die Meinung, das Tagebuch würde »seinen Platz neben den Bekenntnissen des hl. Augustinus, Petronius, Abaelard, Rousseau, Proust« finden. Andere wieder, die in all den Jahren das Wachsen des Tagebuches zu seinem jetzigen Umfang von rund 150 Bänden – was mehr als 15000 Schreibmaschinenseiten entspricht – beobachten konnten, trugen das ihre zur Legende bei, die sich um dieses bemerkenswerte Lebenswerk gebildet hat.

Anaïs Nin selbst hat oft festgestellt, daß es sich bei ihrem veröffentlichten literarischen Werk – den fünf Romanen, aus denen sich der *roman fleuve*, ›Städte des Inneren‹, zusammensetzt, und ihren anderen Büchern und Geschichten – nur um Kristallisationen des Tagebuches handle und ihr wirkliches Leben als Autorin und Frau im Tagebuch enthalten sei. »Im Tagebuch«, schrieb sie vor mehr als dreißig Jahren, »bewege ich mich natürlich; was ich nach außen produziere, ist die Essenz davon, der Mythos, das Gedicht.« Und nach einer kritischen Bemerkung zu einem ihrer frühen Werke notiert sie: »Manchmal, wenn man mir Ratschläge gibt, habe ich das Gefühl, alles, was man von mir verlangt, schon getan zu haben, hier im Tagebuch, in dem ich authentisch, leidenschaftlich, explosiv usw. bin.«

Zweifellos haben viele Spekulationen über dieses legendäre Werk ihren Grund in der Tatsache, daß Frau Nin sich in ihrem bewegten und vielschichtigen Leben frei und manchmal auf ungewöhnlichen Pfaden in der kosmopolitischen Welt der internationalen Kunst und Gesellschaft bewegt hat. »Freundschaften, Beziehungen, Reisen«, sagte sie, »sind mein größtes Vergnügen. In jeder Stadt, in die ich komme, lebe ich in der Welt der Schriftsteller, Maler, Musiker, Tänzer und Schauspieler.« Geboren in Neuilly, am Stadtrand von Paris, hat sie ihren berühmten Vater, den spanischen Komponisten und Pianisten Joaquin Nin, schon als Kind auf seinen großen Konzerttourneen durch Europa begleitet. Als junges Mädchen entfloh sie der unbedeutenden Bürgerlichkeit einer Pension, die ihre Mutter, ihrer Herkunft nach dänisch, in New York führte, in die Paradiesgärten ihrer Phantasie und versuchte sich als Malermodell und als spanische Tänzerin. In den dreißiger Jahren fand sie dann als angehende Schriftstellerin ihren Weg zurück nach Paris, in ein intellektuelles und gesellschaftliches Klima, in dem sie stark von Proust, Lawrence und Giraudoux beeinflußt wurde. 1929 erwarb sie ein Haus in Louveciennes, das – wie nach dem Ausbruch des Zweiten Weltkrieges ihr Studio am Rande von New Yorks Greenwich Village – zum Sammelpunkt vieler »unbekannter« und oft genug später »berühmter« schöpferischer Menschen wurde. Tatsächlich gibt die Namensliste jener, die an der einen oder anderen Stelle in Frau Nins Tagebuch auftauchen, einen eindrucksvollen Querschnitt durch das literarische und künstlerische Leben der vergangenen vierzig Jahre.

Allerdings werden jene enttäuscht sein, die von dieser lange erwarteten Veröffentlichung eines ersten Teils der Tagebücher von Frau Nin die üblichen »Enthüllungen« aus dem Leben berühmter Menschen, die »offenen« Bekenntnisse einer Eingeweihten erwarten. Zwar berichtet Anaïs Nin ausführlich und oft mit erstaunlicher Aufrichtigkeit von ihren Beziehungen, von ihren Freunden und Bekannten, den »berühmten« und den »gewöhnlichen« Menschen, die ihren Weg gekreuzt haben. Sie ist »authentisch, leidenschaftlich, explosiv« genug. Aber es ist nicht die literarische Anekdote, die sie interessiert. Sie bietet uns keine »Schlüsselloch-Perspektive« des literarischen Lebens.

Die eigentliche Bedeutung ihres Tagebuchs, seine Einzigartigkeit, sein »Bekenntnis« sind von anderer Art. Obwohl sie zu unserer Kenntnis einer künstlerischen Ära durch wichtiges und wertvolles biographisches und autobiographisches Material viel beiträgt und Menschen, Gespräche, Ereignisse mit tiefer Einsicht beschreibt, ist es am Ende weder ausschlaggebend, daß der Autor, den sie in seinem Kampf unterstützt, Henry Miller ist oder der verstörte Dichter, der ihr sein Vertrauen schenkt, Antonin Artaud, der Verkünder des »Theaters der Grausamkeit«, noch daß Dr. Otto Rank ihr Psychiater wurde. Wesentlich »bekenntnishaft« ist Frau Nins Tagebuch dadurch, daß in ihm zum ersten Mal eine moderne Frau einen leidenschaftlichen, ins einzelne gehenden, artikulierten Bericht von ihrer Bewußtwerdung gibt.

»Was ich zu sagen habe«, schreibt Anaïs Nin, »unterscheidet

sich von Kunst und Künstlertum. *Es ist die Frau, die spricht.* Und es ist nicht nur die Frau Anaïs, die zu sprechen beginnen muß, vielmehr habe ich für viele Frauen zu sprechen. Während ich mich selbst entdecke, fühle ich, daß ich nur eine von vielen bin, ein Symbol. Ich fange an, die Frauen von gestern und heute zu verstehen. Die stummen Frauen der Vergangenheit, die sich wortlos hinter ihren unausgesprochenen Gefühlen verbergen, und die Frauen von heute, die ganz in der Aktion aufgehen und den Mann kopieren. Und dazwischen: ich...«

Anaïs Nins Tagebuch ist in der Tat mehr als eine Reibfläche, an der sich ein aufsteigendes literarisches Talent entzündet, obwohl sie das formale Problem »Was ist aufzunehmen, was muß und wie muß es gesagt werden« nie aus dem Auge verliert. Es ist mehr als ein Notizbuch für Einfälle, Träume und Erkenntnisse, wenn auch, wie sie berichtet, viele ihrer literarischen Arbeiten aus den Seiten des Tagebuches entstanden sind. Und es ist mehr als nur ein Bericht über ihr Leben, ihre Gespräche, ihre Begegnungen, die sie gleichwohl in unmittelbarer Lebendigkeit wiederzugeben weiß. Das Tagebuch ist das Logbuch ihrer Reise durch die Labyrinthe des Ich, ihrer Versuche, die Frau Anaïs zu entdecken und zu bestimmen, die wirkliche und die symbolische, die »zwischen« Handeln und Meditation, Hingabe und Selbstschutz, Gefühl und Intellekt, Traum und Realität pendelt und manchmal daran verzweifelt, die auseinanderstrebenden Elemente jemals vereinigen zu können.

Etwa in der Mitte der dreißiger Jahre findet sich im Tagebuch eine Stelle, die nicht nur Frau Nins Einstellung zur »Außen«-Welt erklärt – zu dem aufziehenden politischen und ökonomischen Gewitter, das, sehr zum Kummer ihrer Kritiker, in ihrem künstlerischen Werk keine direkten Auswirkungen zeigt –, sondern auch die grundsätzliche Bedeutung des Tagebuches umreißt. »Es treibt die Menschen zur Verzweiflung«, schreibt sie, »daß sie nach einem universellen Sinn des Lebens in seiner Totalität suchen und am Ende nur finden, daß es absurd, unlogisch, sinnlos ist. Das Ganze hat keinen großen, kosmischen Sinn; es gibt nur den Sinn, den wir selbst unserem Leben geben, eine individuelle Bedeutung, einen persönlichen Plan, wie ein individueller Roman, ein Buch für einen allein. Nach der totalen Einheit zu suchen, ist falsch. Jedem Leben soviel Sinn zu geben wie nur möglich, erscheint mir richtig. Ich gehöre zum Beispiel zu keiner der politischen Bewegungen, die, wie ich sehe, voller Fanatismus und Ungerechtigkeit sind, aber ich behandle jeden Menschen demokratisch und human. Ich gebe jedem menschlichen Wesen das Seine. Klasse und Besitz interessieren mich nicht. Ich respektiere nur Geist und menschliche Qualitäten, und Bedürfnisse insoweit, als ich fähig bin, sie zu erfüllen. Wenn alle so handeln würden wie ich, gäbe es keine Kriege und keine Armut. Ich habe mich selbst für jeden verantwortlich gemacht, dem ich begegne.«

Das Tagebuch ist *das* Buch von Anaïs Nin, ihr schöpferisches Leben, der Filter, durch den sie ihre Erfahrungen einfügt in ein sinnvolles Muster. Es ist auch ihr Schutzschild und Beichtstuhl. Es wird begonnen auf dem Schiff, das Anaïs Nin, ihre Mutter und ihre beiden Brüder von Spanien nach Amerika bringt. Im Alter von elf Jahren ist Anaïs Nin schon beherrscht von etwas, das sie später »unmittelbares Bewußtsein« nennt und als sowohl »schrecklich wie schmerzlich« bezeichnet. Ihr Vater, das Idol ihrer Kindheit, hat die Familie verlassen und seine Aufmerksamkeit einer anderen, sehr jungen Frau zugewandt. Anfangs versuchte sie, ihren Vater zurückzugewinnen. »Das Tagebuch wurde als Reisetagebuch begonnen, als Bericht an meinen Vater. Es war in Wirklichkeit ein Brief, durch den er uns in ein fremdes Land begleiten und alles über uns erfahren sollte.« Aber der »Brief« wurde nie abgeschickt (ihre Mutter sagte, er würde verlorengehen), und das Tagebuch wurde »auch eine Insel, auf die ich mich in einem unbekannten Lande retten, französisch schreiben und meine Gedanken denken konnte, um meine Seele und mich selbst zu bewahren.«

Von ihrem Vater getrennt und aus ihrer europäischen Kindheit, der schützenden Strenge des alten spanischen Katholizismus herausgerissen, gezwungen, ein neues Land und eine neue Sprache anzunehmen, erwarb Anaïs Nin sehr schnell ein Gefühl für ihre eigene Besonderheit. »Mein liebes Tagebuch«, schrieb sie damals, »es ist Anaïs, die zu dir spricht, und nicht irgendwer, der so denkt, wie alle denken. Liebes Tagebuch, verzeih mir und hör mir zu.«

Als aus dem verträumten jungen Mädchen eine lebhafte junge Frau wurde, »verzehrt von einem Hunger nach Wissen, Erfahrung und schöpferischem Tun«, begann auch Anaïs Nin für sich selbst ein »image« auszubilden, eine »persona«, um sich an der Welt zu messen. Ihr Sinn für das Drama, die Einbildungskraft, die sie schon als Kind entwickelt hatte, bewährten sich nun, ebenso instinktiv wie bewußt, in ihrem Erwachsenenleben. Wie eine Figur ihrer Romane, wie Sabina in ›A Spy in the House of Love‹, ging sie ganz in den »Rollen« auf, die man von ihr erwartete – als Tochter, Frau, Künstlerin, Zauberin, Bohemienne, Freundin, Helferin usw. –, was andere auch immer von ihr verlangen mochten.

»In mir sind immer zwei Frauen«, notiert sie klarsichtig im Alter von neunundzwanzig, »eine, die verzweifelt ist und verwirrt und zu versinken glaubt, und eine andere, die den Menschen nur Schönheit, Anmut und Freude schenken möchte, die in einer Situation auftritt wie auf einer Bühne und ihre wahren Gefühle verbirgt, weil sie nur aus Schwäche bestehen, aus Hilflosigkeit, Hoffnungslosigkeit, was sie vor der Welt mit einem Lächeln verdeckt, mit Tüchtigkeit, Anteilnahme, Enthusiasmus, Interesse.«

Während die Welt fasziniert auf die fröhliche, bezaubernde, gescheite, geheimnisvolle Anaïs blickte, rang die andere Frau in ihr, die scheue, starke, erfahrene, unsichere, beobachtende, abgewandte, kindliche, nach Selbsterkenntnis im Tagebuch. Es ist der Mittelpunkt der Fragmente ihres Ichs, ihre Zuflucht vor den Forderungen des Lebens.

»Dieses Tagebuch ist mein Kif, mein Haschisch, meine Opiumpfeife. Es ist für mich Droge und Laster. Statt einen Roman zu schreiben, lehne ich mich mit diesem Buch und einer Feder zurück und träume und schwelge in Spiegelungen und Brechungen... Ich muß mein Leben im Traum wiederleben. Nur der Traum ist mein Leben. Nur in Echo und Widerhall ereignet sich die Verwandlung, die das Wunder rein erhält. Sonst geht alle Magie verloren. Sonst zeigt das Leben seine Verwüstungen, und alles beschlägt sich mit Rost... Die ganze Welt muß sich so in der Linse meines Lasters brechen, sonst erstirbt mein Rhythmus im Lebensrost.«

Ihre Flucht in das Tagebuch ist aber auch, wie sie manchmal spürt, gefährlich (»Du hast meine künstlerische Entwicklung gehemmt«), und sie befürchtet: »... während ich mit diesem Freund Zwiesprache hielt, habe ich vielleicht mein Leben vertan.« Aber auch wenn sie ihrer ganzen Einsamkeit gewahr wird, wenn sie daran verzweifelt, die verschiedenen Teile ihres Ichs jemals zu einem sinnvollen Ganzen fügen zu können, und sich einer Psychoanalyse unterzieht, denkt sie doch nicht daran, ihre Krücke wegzuwerfen, ihr Tagebuch aufzugeben.

»Ich bedauere nur, daß mir jeder das Tagebuch nehmen möchte«, schreibt sie im Juni 1933, »das mein einziger zuverlässiger Freund ist, der einzige, der mein Leben erträglich macht;

denn mein Glück mit Menschen ist prekär, mein Vertrauen selten, und das leiseste Zeichen von Interesselosigkeit bringt mich zum Schweigen. Im Tagebuch stimme ich mit mir überein.«

Sie hängt zäh an ihrem Tagebuch und trägt es überall wie einen Talisman bei sich. Sie schreibt im Zug, am Kaffeehaustisch, während sie auf eine Verabredung wartet, und kaum ist sie von einer Exkursion in das »Leben« zurückgekehrt, wendet sie sich schon wieder dem Tagebuch zu. Die »Linse ihres Lasters« erlaubt ihr nicht nur, ihre Erfahrungen zu filtern (»Wenn ich später darüber schreibe, sehe ich mehr, verstehe ich besser, baue ich aus«), sondern sie gibt ihren Berichten auch eine seltene Atmosphäre von Unmittelbarkeit.

»Ich lebe vor allem in der Zeit. Woran ich mich später erinnere, scheint nicht mehr ganz wahr. Ich habe einen solchen Hunger nach Wahrheit. Es muß dieses Bedürfnis nach Unmittelbarkeit sein, das mich fast noch mitten im Erlebnis zu schreiben zwingt, bevor es durch zeitliche Distanz verändert, verwandelt wird.«

Diese frische Lebendigkeit, die sich mit kluger Überlegung vereint, ergibt nicht nur den wunderbar natürlichen Fluß des Tagebuches (»Für eine feindliche Welt zu schreiben, entmutigt mich. Wenn ich für das Tagebuch schreibe, habe ich das Gefühl von Wärme, in der ich aufblühen kann«), sondern bestimmt bis zu einem gewissen Grade auch die Auswahl. In einem 1947 veröffentlichten Essay ›Über das Schreiben‹ erklärt Anaïs Nin: »Das Tagebuch lehrte mich, daß es die Augenblicke der Krisen sind, in denen der Mensch am deutlichsten sichtbar wird. Ich wählte die Höhepunkte, weil sie die Augenblicke der Offenbarung sind.«

Anaïs Nins leidenschaftliche Suche nach der Wahrheit, mit der sie alle Schalen eines Charakters abstreift, um bis zum geheimen menschlichen Kern vorzudringen, erscheint ihr selbst

schmerzhaft.« Die Frau in ihr wehrt sich gegen die letzte Entblößung. »Es ist der Mangel an Geheimnis«, schreibt sie, »der das Leben tötet.« Auch als sie sich entschließt, ihren Vater, den sie 1933 wiedertrifft, Teile des Kindertagebuches lesen zu lassen, das ja eigentlich für ihn geschrieben wurde, hat sie ihre Bedenken. »In diesen Tagen«, schreibt sie in einem Brief, »fühle ich mich so, als müßte ich das Schreiben aufgeben. Auf einmal erscheint es mir monströs, die Gefühle, die man hat, preiszugeben, sogar die der Vergangenheit, sogar die abgestorbenen.«

Obwohl sie von vielen ihrer Freunde und Bewunderer seit Jahren dazu gedrängt wurde, mit der Veröffentlichung dessen zu beginnen, was sie für ihr eigentliches schriftstellerisches Lebenswerk halten – man vergleiche zum Beispiel die wiederholten Aufforderungen in Henry Millers ›Letters to Anaïs Nin‹ (Putnam 1965, die deutsche Ausgabe erschien bei Rowohlt 1968) –, hat Anaïs Nin doch aus verschiedenen Gründen gezögert. Private Rücksichtnahme und gesetzliche Schwierigkeiten standen dagegen, ebenso der ungeheure Umfang des Manuskripts, der eine chronologische, vollständige Veröffentlichung des Werkes finanziell unmöglich machte. So blieb das Originalmanuskript in Anaïs Nins Stahlkassetten verschlossen, zuerst in Frankreich (wo das Tagebuch während der Unruhen zu Beginn des Zweiten Weltkrieges eine Zeitlang auf einer ländlichen Bahnstation verschollen war), dann in den Vereinigten Staaten. Maxwell Perkins, der sich schon durch die Manuskript-Koffer von Thomas Wolfe durchgekämpft hatte, schlug Anaïs Nin eine einbändige Auswahl aus dem Tagebuch vor, änderte aber schnell seine Meinung und verlangte, daß nichts gestrichen werden dürfe. Eine vollständige Ausgabe des Werkes ist leider auch heute noch unmöglich. Wir können nur hoffen, daß eines Tages das ganze Tagebuch erreichbar sein wird; für den Augenblick müssen wir uns dankbar mit dem begnügen, was gegeben werden kann.

Der vorliegende Band – der erste in einer geplanten Reihe, die aus dem Gesamtmaterial entstehen soll – beginnt 1931, zu einer Zeit, da Frau Nin ihr erstes Buch herausgibt, eine Würdigung von D. H. Lawrence, mit der sie als Autorin sogleich Beachtung fand. Das scheint ein logischer Ausgangspunkt zu sein. Es schließt mit dem Winter 1934, in dem Anaïs Nin Paris zu einem kurzen Aufenthalt in New York verläßt. Der hier veröffentlichte Text stellt etwa die Hälfte des in zehn Bänden des Originalmanuskripts (Nr. 30 bis Nr. 40) enthaltenen Materials dar, die der angegebenen Zeitspanne entsprechen. Bei der Vorbereitung dieses Bandes hatten Frau Nin und der Herausgeber auf verschiedene private und gesetzliche Einschränkungen zu achten, die durch die Natur des Tagebuches gegeben sind. Verschiedene Personen, vor die Frage gestellt, ob sie im Tagebuch auftreten wollten, »so wie es ist« – denn Anaïs Nin wünschte ihre Darstellungen im wesentlichen nicht zu ändern –, entschieden sich dafür, ganz aus dem Manuskript gestrichen zu werden (darunter auch ihr Gatte und einige Mitglieder der

Familie). Die Namen nur gelegentlich auftretender Personen wurden gestrichen oder geändert, da die tatsächliche Identität einer Person, wie der Leser bald sehen wird, im Zusammenhang des Tagebuchs im Grunde genommen bedeutungslos ist. Anaïs Nins Einsichten sind, wie man bemerken wird, psychologischer Art. Was die Datierungen in den Klammern betrifft, die der Herausgeber eingefügt hat, so sollen sie lediglich den Zeitabschnitt gliedern (oder ein besonderes Ereignis zeitlich einordnen) und entsprechen nicht immer den zahlreichen Daten des Originals, in dem manchmal Rückblenden den tatsächlichen zeitlichen Ablauf verwirren. Einige Ausschnitte aus den frühen Kindertagebüchern wurden von Frau Nin aus dem Französischen übersetzt und hier aufgenommen, um einen Hintergrund zu geben und das Verständnis mancher Situationen zu erleichtern, vor allem Anaïs Nins Beziehung zu ihrem Vater.

»Ich glaube, daß die Literatur, wie wir sie kennen, sterben wird und bereits stirbt«, notiert Anaïs Nin viele Jahre später in ihrem Tagebuch. Aber indem sie dieses Tagebuch schrieb, hat sie vielleicht schon eine neue Art von Literatur geschaffen: die wortgewordene Erinnerung einer individuellen Vergangenheit, die uns in ihrer zeitlosen, universellen Gültigkeit als Skizze der Zukunft dienen kann.

»Wir sind auf dem Weg zum Mond«, hat Anaïs Nin geschrieben. »Das ist nicht weit. Der Mensch muß auf dem Weg in sich selbst sehr viel weiter gehen.«

New York
Oktober 1965 Gunther Stuhlmann

[Winter 1931–1932]

Louveciennes sieht aus wie das Städtchen, in dem Madame Bovary lebte und starb. Es ist alt, unberührt, unverändert von der modernen Zeit. Erbaut ist es auf einem Hügel, der sich über der Seine erhebt. In klaren Nächten sieht man Paris. Es hat eine alte Kirche, die eine Gruppe kleiner Häuser überragt, gepflasterte Straßen und einige große Besitztümer, Herrenhäuser; am Ortsrand ein Schloß. Eine der Besitzungen gehörte der Madame Dubarry. Während der Revolution hat man ihren Liebhaber guillotiniert und seinen Kopf über die efeuumrankten Mauern in ihren Garten geworfen. Dieser Besitz ist jetzt Eigentum von Coty.

Rundherum zieht sich ein Wald, in dem einst die Könige von Frankreich jagten. Der größte Teil von Louveciennes gehört einem sehr dicken und sehr alten Geizkragen – einem der Geizigen von Balzac. Über jede Ausgabe, jede Reparatur macht er viel Geschrei, aber am Ende bleibt doch immer alles beim alten, und seine Häuser verkommen durch Regen und Rost, Unkraut, Löcher im Dach, Frostschäden.

Hinter den Fenstern der Häuser sitzen alte Frauen und beobachten die Leute, die vorübergehen. Die Straße senkt sich holperig zur Seine hinab. An der Seine gibt es eine Taverne und ein Restaurant. An Sonntagen kommen die Ausflügler aus Paris hierher, essen zu Mittag und rudern in gemieteten Booten auf der Seine, wie Maupassant es gerne getan hat.

Bei Nacht bellen die Hunde. Im Sommer duften die Gärten nach Geißblatt, im Winter nach faulendem Laub. Man hört den Pfiff des kleinen Zuges von und nach Paris. Der Zug sieht so altertümlich aus, als brächte er noch immer Proustsche Figuren zu Diners auf dem Lande.

Mein Haus ist zweihundert Jahre alt. Es hat meterdicke Mauern, einen großen Garten, ein riesiges grünes Eisentor für Wagen und daneben ein kleineres Tor für Fußgänger. Der große Garten liegt hinter dem Haus. An der Vorderfront führt ein kiesbestreuter Fahrweg zum Haus heran; hier sieht man auch ein Wasserbecken, das jetzt mit Kompost angefüllt und mit Efeu bewachsen ist. Der Brunnen steht aufrecht wie ein Grabstein. Die Glocke klingt, wenn die Leute daran ziehen, wie eine riesige Kuhglocke. Sie schwingt und klingt noch lange nach. Sobald geläutet wird, öffnet Emilia, das spanische Dienstmädchen, das große Tor, und dann kommen die Wagen mit knirschendem Geräusch über den Kiesweg gerollt.

Elf Fenster öffnen sich zwischen den Holzgittern der efeuübersponnenen Spaliere. Der Fensterladen in der Mitte ist nur der Symmetrie wegen eingefügt; ich träume oft von dem geheimnisvollen, nicht existierenden Zimmer hinter den geschlossenen Läden.

Der Garten hinter dem Haus ist groß und verwildert. Gepflegte Gärten habe ich nie gemocht. Ganz hinten liegt noch ein Stück Wald mit einem kleinen Bach und einer kleinen Brücke, über die Efeu, Moos und Farne wuchern.

Jeder Tag beginnt mit dem Geräusch knirschenden Kieses unter den Rädern.

Emilia stößt die Läden auf; der Tag darf hereinkommen.

Bei dem ersten Knirschen des Kieses beginnt der Polizeihund Banquo zu bellen, und gleichzeitig ertönt von der Kirche herüber das Glockenspiel.

Wenn ich von meinem Fenster auf das große grüne Eisentor blicke, erscheint es mir wie ein Gefängnistor. Das ist ein ungerechtfertigtes Gefühl, denn ich weiß sehr wohl, daß ich den Ort verlassen darf, wann immer ich will, und ebenso weiß ich, daß menschliche Wesen die Verantwortung für Hindernisse, die in ihnen selbst liegen, auf Dinge und Personen abschieben.

Trotzdem stehe ich oft am Fenster und starre hinaus auf das riesige geschlossene Tor, so als hoffte ich, aus diesem Anblick eine Vorstellung von den Hemmungen zu gewinnen, die mich an einem vollen, freien Leben hindern.

Seinem rheumatischen Knarren ist mit keiner Ölverschwendung beizukommen; es hat einen geschichtsbewußten Stolz auf seinen zweihundertjährigen Rost.

Aber das kleine Tor, von Efeu überhangen wie von wirrem Haar, das über die Stirn eines laufenden Kindes fällt, hat etwas Verträumtes und Heimliches, so als stünde es immer halb offen.

Ich habe das Haus aus mancherlei Gründen gewählt.

Weil es aus der Erde aufzustreben schien wie ein Baum: so tief war es mit dem alten Garten verwachsen. Es hatte keinen Keller, die Zimmer standen unmittelbar auf dem Erdboden. Unter den Dielen war, fühlte ich, Erde. Hier konnte ich Wurzeln schlagen, mich eins fühlen mit Garten und Haus, mich von ihnen wie Pflanzen ernähren.

Als erstes legte ich den Brunnen und das Bassin frei. Danach schien es mir, als ob das Haus zum Leben erwachte. Der Springbrunnen war lebhaft, heiter.

Mir war, als bereitete ich mich auf eine künftige Liebe vor, als spannte ich Baldachine auf, rollte Teppiche aus – als müßte ich erst eine wunderbare Welt schaffen, um für den Empfang dieses Ehrengastes bereit zu sein.

So auf Vorbereitungen bedacht, gehe ich durch das Haus, tünche eine Wand, die feuchte Flecken zeigt, hänge eine Lampe auf, die balinesische Schatten wirft, beziehe ein Bett, lege Scheite in den Kamin.

Jedes Zimmer ist in einer anderen Farbe gehalten, als gäbe es für jede Stimmung den ihr gemäßen Raum: Lackrot für Leidenschaft, blasses Türkis für Träumereien, Pfirsichfarben für Zartheit, Grün für die Ruhe, Grau für die Arbeit an der Schreibmaschine.

Gewöhnliches Leben interessiert mich nicht. Ich suche nur die Höhepunkte; wie die Surrealisten forsche ich nach dem Wunderbaren.

Durch das, was ich schreibe, möchte ich die anderen daran erinnern, daß es solche Augenblicke gibt; ich möchte beweisen, daß der Raum, die Bedeutungen, die Dimensionen unendlich sind.

Aber nicht immer bin ich in dem Zustand der Gnade, wie ich es nenne. Ich habe Tage der Erleuchtung und der fieberhaften Erregung. Ich habe auch Tage, an denen die Musik in meinem Kopf aussetzt. Dann stopfe ich Socken, beschneide Bäume, mache Früchte ein, poliere die Möbel. Aber während ich das tue, habe ich nicht das Gefühl, zu leben.

Im Gegensatz zu Madame Bovary werde ich mich nicht vergiften. Ich bin nicht sicher, ob es mir schreibend gelingen wird, aus Louveciennes auszubrechen. Ich habe mein Buch: ›D. H. Lawrence: An Unprofessional Study‹ beendet. Ich schrieb es in sechzehn Tagen und fuhr nach Paris, um es Edward Titus zur Veröffentlichung anzubieten. Es wird nicht gleich morgen erscheinen, wie es mir als Autor am liebsten wäre: während es noch Ofenwärme hat, noch lebt aus dem eigenen Ich. Er hat es einem Assistenten zur Durchsicht übergeben.

Wenn ich zu oft nach Paris fahre, blickt meine Mutter mißbilligend aus dem Fenster und winkt mir zum Abschied nicht nach. Manchmal hat sie etwas von den alten Frauen, die ihre Vorhänge zur Seite schieben und mich anstarren, während ich

Banquo spazierenführe. Mein Bruder Joaquin spielt unablässig auf dem Piano, so als wollte er die Wände erweichen.

An schlimmen Tagen wandere ich an den Geleisen der Eisenbahn entlang. Da ich aber nie gelernt habe, einen Fahrplan zu lesen, tue ich es nie zur richtigen Zeit; ich werde müde, bevor der Zug kommt, der mich von den Schwierigkeiten, zu leben, erlösen sollte, und ich gehe wieder nach Hause. Stammt diese Faszination für einen möglichen Unfall aus der traumatischen Zeit, in der ich als Kind einem solchen Tod entging? Als ich zwei Jahre alt und mein Bruder Thorvald gerade geboren war, hatten wir in Neuilly ein Dienstmädchen, das mein Vater wahrscheinlich verführt und dann vergessen hat. Wie auch immer, sie wollte sich rächen. Sie nahm meinen Bruder und mich zu einer Spazierfahrt mit und ließ den Kinderwagen – und mich daneben – mitten auf den Geleisen stehen. Aber der Bahnwärter bemerkte uns, und da er selber sieben Kinder hatte, setzte er sein eigenes Leben ein, lief hinaus, stieß den Kinderwagen weg und riß mich in seine Arme. Der Vorfall ist uns im Gedächtnis geblieben. Ich erinnere mich noch an die Betten, übersät mit Spielzeug für die sieben Kinder des Mannes, der uns das Leben gerettet hat.

Richard Osborn ist Rechtsanwalt. Ich muß ihn wegen des Copyrights für mein Lawrence-Buch konsultieren. Er versucht zweierlei zu sein: Rechtsberater für eine große Firma und Bohemien. Sooft er kann, entflieht er seinem Büro und läuft, die Taschen voll Geld, nach Montparnasse. Dort hält er jedermann frei. Wenn er betrunken ist, spricht er über den Roman, den er schreiben wird. Er schläft sehr wenig, und oft kommt es vor, daß er am nächsten Tag mit einem fleckigen, zerknitterten Anzug im Büro erscheint. Als wollte er die Aufmerksamkeit von solchen Einzelheiten abwenden, redet er dann noch schneller und blendender als sonst und gibt seinen Zuhörern keine Gelegenheit, ihn zu unterbrechen oder ihm zu antworten. Alle sagen schon: »Richard wird seine Klienten verlieren, wenn er nicht aufhören kann zu reden.« Er bewegt sich wie ein Mann am Trapez, der nicht ins Publikum blicken darf. Blickt er hinunter, stürzt er ab. Das wird irgendwo zwischen seinem Anwaltsbüro und Montparnasse geschehen, und keiner wird wissen, wo man ihn suchen soll, denn keiner kennt seine beiden Gesichter. Es gibt Tage, an denen er in einem unbekannten Hotel noch mit einer unbekannten Frau schläft, während er längst in seinem Büro sein sollte, und andere Tage, an denen er spät noch im Büro arbeitet, während seine Freunde im Café du Dôme auf ihn warten.

Er hat zwei wiederkehrende Monologe. Der erste handelt von einem Plagiatsprozeß. Anscheinend sind eine ganze Menge Leute am Werk, seine Romane, Stücke und Ideen auszuplündern. Er bereitet eine lange Anklageschrift vor, um sie vor Gericht zu bringen. »Sie« stehlen ihm immer seine Aktenmappe. Einer dieser gestohlenen Romane ist unlängst veröffentlicht worden, und eines seiner Stücke wird am Broadway gespielt. Aus diesem Grunde kann er weder mir noch sonst jemandem seinen neuen Roman zeigen.

Der andere Monolog betrifft seinen Freund Henry Miller. Henry Miller schreibt an einem tausendseitigen Buch, in dem alles enthalten sein soll, was in anderen Büchern ausgelassen wird. Er hat sich nun zu Richard in sein Hotelzimmer geflüchtet. »Wenn ich morgens weggehe, schläft er noch. Ich lege zehn Francs auf den Tisch, und wenn ich zurückkomme, ist wieder ein neuer Abschnitt fertig.«

Vor einigen Tagen brachte er mir einen Artikel von Henry Miller über Bunuels Film ›L'Age d'Or‹. Er schlug wie eine Bombe ein. Ich erinnerte mich an den Satz von D. H. Lawrence: »Ich bin eine menschliche Bombe.«

In diesem kurzen Stück steckt eine primitive, barbarische Kraft. Im Vergleich zu den Autoren, die ich gelesen habe, scheint es wie ein Dschungel. Nur ein kurzer Artikel, aber die Worte werden wie Beile geschwungen, explodieren vor Haß, und es war, als hörte man inmitten der Tuilerien die Trommeln der Wilden.

Man lebt so dahin, geborgen in einer Welt der Empfindsamkeit, und man glaubt zu leben. Dann liest man ein Buch (›Lady Chatterley‹ zum Beispiel), oder man macht eine Reise, oder man spricht mit Richard, und man entdeckt, daß man nicht lebt, sondern in einem Winterschlaf versunken ist. Die Symptome des Winterschlafes sind leicht zu erkennen. Zuerst: die Rastlosigkeit. Das zweite Symptom (wenn der Winterschlaf gefährlich wird und in den Tod übergehen könnte): Fehlen des Vergnügens. Das ist alles. Es sieht wie eine harmlose Krankheit aus. Monotonie, Langeweile, Tod. Millionen leben so (oder sterben so), ohne es zu wissen. Sie arbeiten in Büros. Sie chauffieren einen Wagen. Sie picknicken mit ihren Familien. Sie ziehen Kinder auf. Und dann trifft sie ein Schock, ein

Mensch, ein Buch, ein Lied, und weckt sie auf und rettet sie vor dem Tode.

Manche erwachen nie. Sie sind wie Menschen, die im Schnee einschlafen und nicht mehr aufwachen. Aber ich bin nicht in Gefahr, denn mein Haus, mein Garten, mein schönes Leben lullen mich nicht ein. Ich weiß, daß ich in einem schönen Gefängnis bin, aus dem ich nur schreibend ausbrechen kann. Daher habe ich aus Dankbarkeit ein Buch über D. H. Lawrence geschrieben, denn er war es, der mich aufgeweckt hat. Ich habe es Richard gegeben, und er hat die Verträge gemacht, und dann sprach er über seinen Freund Henry Miller. Er hat mein Manuskript Henry Miller gezeigt, und Miller hat gesagt: »Ich habe nie so kräftige Wahrheiten so zart ausgedrückt gefunden.«

»Ich möchte ihn gerne zum Abendessen mitbringen«, sagte Richard. Ich war einverstanden.

So werden das Zarte und das Ungestüme aufeinandertreffen und sich herausfordern.

Das Bild, das dabei in meiner Vorstellung entsteht, ist das einer Alchimistenküche. Schöne kristallene Gefäße sind miteinander durch ein System feiner kristallener Röhren verbunden. In den durchsichtigen Gefäßen sieht man nur eine leuchtende farbige Flüssigkeit oder dunkles Wasser oder Rauch, was dem beobachtenden Auge ein abstraktes ästhetisches Vergnügen bereitet. Nur der Chemiker erkennt die schicksalhaften Mischungen, die Gefahr. Dabei fühle ich mich wie ein wohlausgerüstetes Laboratorium der Seele – mein Ich, mein Heim, mein Leben –, in dem noch keines der lebenswichtigen fruchtbaren oder zerstörerischen explosiven Experimente begonnen hat. Ich liebe die Form der Gefäße, die Farbe ihrer chemischen Elemente. Ich sammle Gefäße, und je mehr sie den Gefäßen der Alchimisten ähneln, desto mehr liebe ich sie, der starken Symbolkraft ihrer Formen wegen.

Als ich Henry Miller sah, wie er sich der Türe näherte, an der ich wartend stand, schloß ich für einen Moment meine Augen, um ihn mit einem anderen, inneren Auge zu sehen. Er wirkte freundlich, fröhlich, gelöst, natürlich.

In der Menge wäre er nicht aufgefallen. Er ist schmal, mager, nicht groß. Ein wenig sieht er aus wie ein buddhistischer Mönch: mit rosigem Gesicht, teilweise kahlem Schädel, den eine lustige Aureole silbrigen Haares umgibt, vollen, sinnlichen Lippen. Seine blauen Augen sind beobachtend, kühl, aber sein

Mund ist sensibel und verwundbar. Sein Lachen ist ansteckend; seine Stimme streichelnd und warm wie eine Negerstimme.

Er ist so ganz anders als das, was er schreibt, nicht brutal, heftig, vital, anders als seine Karikaturen, seine rabelais'schen Farcen, seine Übertreibungen. Das Lächeln im Winkel seiner Augen ist fast clownisch, die überreifen Töne seiner Stimme sind fast wie ein zufriedenes Schnurren. Er ist ein Mensch, den das Leben berauscht, der keinen Wein braucht, der in einer selbstgeschaffenen Euphorie schwebt.

Mitten in einer ernsthaften Diskussion zwischen Richard und Joaquin begann er zu lachen. Als er Richards verblüfftes Gesicht sah, sagte er: »Ich lache nicht über dich, Richard, aber ich kann mir einfach nicht helfen. Es ist mir ganz gleich, wer recht hat. Ich bin zu glücklich. Ich bin gerade in diesem Augenblick so glücklich, mit all den Farben um mich herum, dem Feuer im Kamin, dem guten Essen, dem Wein, der ganze Augenblick ist so wunderbar, so wunderbar...« Er sprach langsam, als genieße er seine eigenen Worte. Er lebt völlig in der Gegenwart. Er schien freundlich und aufrichtig. Er gab zu, daß er nur gekommen war, weil Richard ihm ein gutes Essen versprochen hatte. Jetzt aber wollte er das ganze Haus kennenlernen, alle, die in ihm lebten, ihre Arbeit, und stellte Fragen über Fragen, planlos, aber unnachgiebig. Mit Joaquin sprach Henry Miller über Musik, seine Kompositionen und seine Konzerte. Er ging, meine Mutter zu begrüßen, besichtigte den Garten, schaute sich die Bücher an. Er war voller Neugierde. Dann setzte er sich ans Feuer und begann über sich selbst zu sprechen.

»Die vergangene Nacht habe ich in einem *cinéma de quartier* verbracht. Ich wußte nicht, wohin ich gehen sollte. Richard hatte sein Mädchen auf dem Zimmer. Ich habe mir den Film dreimal angesehen, weil mich die Schauspielerin an June, meine Frau, erinnerte. Dann ließ ich mich tief in den Stuhl gleiten und schlief ein. Sie machen niemals vor dem nächsten Morgen sauber, und auch wenn mich die *femme de ménage* sieht, brummt sie nur und läßt mich in Frieden. Waren Sie jemals in einem leeren Kino? Filme sind wie eine Dosis Opium; wenn man dann auf die Straße tritt, ist es wie ein Schock, man wird brutal aus dem Traum gerissen. Aber wenn man sitzen bleibt, wacht man nicht auf. Der Traum arbeitet weiter. Ich kann eine Weile schlafen und dann auf der Leinwand Bilder sehen, und der Unterschied zwischen Film und Traum verschwimmt.

Ich habe meine Frau gesehen, June, genau wie sie damals

aussah, als sie eines Morgens in New York zu mir sagte: ›Du hast dir immer gewünscht, nach Paris zu gehen und Schriftsteller zu werden. Nun, ich habe das Geld. Aber ich kann nicht mit dir gehen. Ich komme später nach.‹ Der Film handelte von einer Frau, die log, und – verdammt! – sie log so, daß man ihr glaubte. Sie wollte Schauspielerin werden. Deswegen erfand sie eine Liebesgeschichte mit einem berühmten Schauspieler und brachte sie so geschickt unter die Leute, erzählte sie so überzeugend, daß der Schauspieler selbst sie einmal sehen wollte. Dann erklärte sie ihm, warum sie das getan hatte und beschrieb die ›Szenen‹ zwischen ihnen beiden mit so viel Charme, daß er anfing mitzuspielen und alles nachzumachen, was sie sich eingebildet hatte, so als hätte sie die Zukunft vorausgesehen.

June kann ganz ähnlich mit mir umspringen. Sie bleibt in New York, um das Geld für meine Reise zu verdienen. Fragen Sie mich nicht, wie sie das macht. Sooft ich versuche, das herauszukriegen, verfange ich mich in einem solchen Gestrüpp aus Geschichten, Intrigen und sonderbaren Händeln, daß ich es aufgegeben habe, etwas verstehen zu wollen. Sie macht alle Dinge, wie man Zauberkunststücke macht. ›Du möchtest nach Paris, Henry? Ich werde einen Weg finden. Die Miete ist fällig. Ich muß mit dem Hausbesitzer reden.‹ Sie erinnert mich an die Zigeunerinnen in Südfrankreich: Wenn sie heimkommen, heben sie die Röcke und – presto! – ein oder zwei gestohlene Hühner purzeln heraus. Ich weiß, daß June lügt, aber ich kann es ihr nicht nachweisen. Ihre Geschäftstüchtigkeit kommt nicht aus ihrer Einstellung zu den Dingen oder aus einer besonderen Begabung. Es ist nur die Art, wie sie sich gibt. Sie meinte, ich solle mir darüber nicht den Kopf zerbrechen und lieber schreiben. Aber ich konnte nicht schreiben. Ich versuchte mir die ganze Zeit vorzustellen, wie sie alle die Probleme löst, ohne wie andere Leute einer Arbeit nachzugehen. Auf direkte Fragen gibt sie keine Antwort. Sie erinnert mich an die Araber, die glauben, daß die wahre Intelligenz darin bestehe, Gedanken zu verbergen. Aber, verdammt, man verheimlicht Gedanken vor einem Feind, nicht vor einem Gatten, einer Geliebten, einer Freundin. Sie behauptet, daß sie ihre Gedanken vor mir verbirgt, weil ich doch nur alles verdrehe und eine Karikatur daraus mache, wenn sie mir etwas sagt. Aber das tue ich nur, wenn ich mich ärgere. Sooft sie ein Buch liest, komme ich früher oder später dahinter, daß sie es mitsamt ihrer Meinung darüber von jemandem bekommen hat. Einmal erzählte sie den Leuten, sie hätte mich auf

Dostojewski und Proust aufmerksam gemacht. Aber ich weiß gar nicht, warum ich von ihr in der Vergangenheit spreche, in ein paar Wochen ist sie hier.«

Seine beiden Gesichter zeigten gleichzeitig Duldsamkeit und Passivität dem Leben gegenüber sowie Rebellion und Zorn über alles, was ihm zugestoßen ist. Erst muß er leiden, dann sich dafür rächen; man kann es nachlesen in dem, was er schreibt. Die verspätete Reaktion des Schriftstellers.

June ist ein Reizmittel. Er wendet sich den unkomplizierten Welten zu, in denen er sich wohl fühlt. »Ich bin für die Prostituierten. Sie machen einem nichts vor. Man schaut ihnen beim Waschen zu.«

Henry ist wie ein mythisches Tier. Was er schreibt, lodert auf, ist reißend, chaotisch, verräterisch und gefährlich. »Unsere Zeit braucht die Gewalt.«

Mir gefällt die Kraft seines Ausdrucks, die Häßlichkeit, die furchtlose, reinigende Stärke. Diese seltsame Mischung aus Anbetung des Lebens, Enthusiasmus, leidenschaftlichem Interesse an allem, Energie, Überfluß, Gelächter, aus der plötzlich zerstörerische Stürme aufbrechen, bringt mich aus der Fassung. Alles ist weggewischt: Heuchelei, Angst, Kleinlichkeit, Falschheit. Es ist ein Bekenntnis zum Instinkt. Er gebraucht die erste Person und wirkliche Namen; er verabscheut Ordnung und Form und verwirft die Erfindung überhaupt. Er schreibt so ordnungslos, wie unser Erleben ist, auf mehreren Ebenen zugleich.

Ich habe immer an André Bretons Freiheit geglaubt: zu schreiben wie man denkt, in der Ordnung und Unordnung, in der man denkt und fühlt, Eindrücken zu folgen und absurden Wechselbeziehungen zwischen Ereignissen und Bildern, vertrauensvoll einzutreten in neue Bereiche, in die sie uns führen. »Der Kult des Wunderbaren«. Und der Kult der unbewußten Führung, der Kult des Geheimnisvollen, der Ausweg aus der falschen Logik. Der Kult des Unbewußten, wie Rimbaud ihn gefordert hat. Es ist nicht Wahnsinn. Es ist ein Versuch, die erstarrten Formen und Muster des rationalen Verstandes zu übersteigen.

Von alldem ist in Henry eine seltsame Mischung. Ein Buch, ein Mensch, ein Gedanke können ihn plötzlich umwerfen. Er ist Musiker und Maler.

Nichts entgeht ihm: die dickbäuchigen Weinflaschen, das Zischen der feuchten Scheite im Kamin. Aus allem wählt er nur das aus, was Vergnügen machen kann. Sogar Emilias Augen, ein wenig schräg gestellt, gefallen ihm. Sie erinnert ihn an Figuren in Goyas Gemälden. Die Farbe der Wände gefällt ihm, das Orange und das Blau.

An allem findet er Vergnügen, am Essen, dem Gespräch, dem Trinken, am Klang der Torglocke, an der Lebhaftigkeit Banquos, der hereinkommt und mit dem Schwanz gegen die Möbel schlägt.

Er glaubt, daß ich viel vom Leben weiß, weil ich mit Sechzehn für Maler Modell gestanden habe. Das Ausmaß meiner Unschuld wäre unglaublich für ihn. Ich habe in den Lexika einige Wörter nachgeschlagen, die er gebraucht, aber nicht gefunden.

Als er gegangen war, verdarb ich mir meine Freude und redete mir ein, er hätte kein Interesse an mir; er hätte doch schon, wie eine Figur von Dostojewski, zuviel erlebt, sei schon zu rücksichtslos, zu ausschließlich in die tieferen Unterwelten vorgedrungen und müßte mich für naiv halten. Mag er doch von mir denken, was er will. Früh genug wird er mich durchschauen. Er hat einen karikierenden Verstand. Ich werde mich als Karikatur wiederfinden. Warum kann ich mein eigentliches Ich nicht ausdrücken? Ich spiele auch nur Rollen. Was geht es mich an? Aber es geht mich doch etwas an. Gefühlsmäßige Reaktionen und Sensibilität sind für mich wie Fallgruben. Die »Härte« von Henry und June fasziniert mich. Dergleichen ist mir neu.

Um Karikaturen und Satiren machen zu können, braucht man einen gewaltigen Haß.

Ich habe keinen Haß. Ich habe Mitgefühl. Bei mir ist alles entweder Verehrung, Zuneigung oder Mitgefühl, Verstehen. Ich hasse selten. Aber ich antworte auf Henrys ungestüme Rebellionen. Seinen Zorn. Das Paradoxon seiner Freude und seines Zornes kann ich nicht ausloten. Meine Rebellionen sind verborgen, gehemmt, indirekt. Seine sind offene Revolutionen. Er lacht über meine Sorge um Emilias Gefühle. Ich möchte nicht, daß sie hört, wie er sich über ihren Kopf lustig macht, der in seinen Proportionen nicht recht zu dem übrigen Körper paßt. Niemals hasse ich genug, um zu verspotten, zu karikieren oder auch nur zu beschreiben, was ich, genaugenommen, schließlich doch hasse. Ich bin viel mehr damit beschäftigt, zu lieben. Ich kann mich nicht wie Henry über die konventionellen Romanschreiber aufregen. Ich habe mir D. H. Lawrence ausgesucht und mich ihm gewidmet. Ich ereifere mich nicht über

Politik. Ich verstehe nichts davon. Ich erwähle mir etwas, das ich lieben kann und gehe darin auf. Ich kann in Henry aufgehen, der seiner selbst unsicher, selbstkritisch, aufrichtig ist und eine große Kraft in sich trägt. Ich bin sehr damit beschäftigt, zu lieben. Was braucht er? Alles. Er ist fast ein Vagabund. Schläft irgendwo, im Haus eines Freundes, im Wartesaal eines Bahnhofes auf einer Bank, in einem Kino, einem Park. Er hat kaum etwas anzuziehen, und was er anhat, gehört ihm nicht.

Er arbeitet sein erstes Buch ›Crazy Cock‹ um. Er lebt von einem Tag zum andern, borgt, bettelt, schmarotzt. Er wünscht sich eine Ausgabe von Proust. Ich lege ihr Eisenbahn-Billets bei, damit er zu mir kommen kann, wenn er will. Er hat keine Schreibmaschine. Ich gebe ihm meine. Er liebt ausgiebige Mahlzeiten, also koche ich üppig. Gern würde ich ihm einen Rückhalt bieten, eine Basis, Sicherheit, damit er arbeiten kann.

Heute ist Henry wieder gekommen. Er sprach über June, die seine zweite Frau ist. June steckt voller Geschichten. Sie hat ihm ihre Kindheit, ihren Geburtsort, Eltern, Abstammung in verschiedenen Versionen geschildert. Nach der ersten Version war ihre Mutter eine rumänische Zigeunerin, die in Kaffeehäusern als Sängerin und Wahrsagerin aufgetreten ist. Ihr Vater, sagte sie, spielte Gitarre. Als sie nach Amerika kamen, eröffneten sie einen Nachtklub, hauptsächlich für Rumänen. Es war eine Fortsetzung ihres Lebens in Rumänien. Aber auf Henrys Frage, was sie in dieser Umgebung selbst getan habe – singen? wahrsagen? tanzenlernen? , ob sie mit langen Zöpfen und in weißen Blusen herumgelaufen sei, gibt sie keine Antwort. Henry hätte gern herausgefunden, wo sie das schöne Englisch gelernt hat, das sie spricht, eine Art Bühnenenglisch. Er führte sie in ein rumänisches Restaurant und wartete, wie sie auf die Musik, die Tänze, die Lieder, die schwarzbraunen Männer, deren Blicke wie Dolchstöße trafen, reagieren würde. Aber June hatte die Geschichte schon vergessen und zeigte keine Reaktion. Als Henry sie bedrängte, die Wahrheit zu sagen, begann sie mit einer anderen Geschichte. Sie erzählte ihm, daß sie auf der Straße geboren wäre, daß ihre Eltern Schausteller waren, immer unterwegs, daß ihr Vater als Zauberer in einem Zirkus auftrat und ihre Mutter als Trapezkünstlerin.

(Hat sie dort die Geschicklichkeit erworben, mit der sie in Raum und Zeit balanciert, alle Definitionen und Kristallisationen vermeidet? Hat sie von ihrem Vater das Geschäft der Verstellung gelernt, die schnellen Taschenspielertricks? Diese Geschichte kam, sagt Henry, vor jener, in der sie darauf beharrte, nicht zu wissen, wer ihr Vater gewesen sei. Nicht wissend, wer sie war, könnte er sich am Ende als der Mann herausstellen, den sie selber zu jener Zeit am meisten bewundert hat.)

Henry sagt, bei einer anderen Gelegenheit hätte sie ihm ihren Vater als Don Juan geschildert, dessen Treulosigkeit ihre Kindheit vergiftet und ihr ein Gefühl der Unbeständigkeit und des Mißtrauens dem Mann gegenüber eingeflößt habe. Daran erinnerte er sie, als sie ihm von ihrem »Zauberer«-Vater erzählte. Es verwirrte sie nicht.

»Beides ist wahr«, sagte sie. »Es gibt auch untreue Zauberer.«

Gleich vom ersten Tage an war mir klar, daß Henry, der immer fröhlich und in jeder Hinsicht *äußerlich*, im Tageslicht gelebt hatte, ungewollt durch seine Neugierde und seine Liebe zu den Tatsachen in dieses Labyrinth geraten war. Wie ein unparteiischer Fotograf glaubte er nur an das, was er sah, und fand sich nun inmitten einer Reihe von Spiegeln mit endlosen Spiegelungen und Widerspiegelungen.

June muß wie eine jener verschleierten Figuren sein, die man an den Ecken marokkanischer Straßen plötzlich sieht, wo sie, von Kopf bis Fuß in weißes Leinen gehüllt, dem Fremden aus bodenlosen Augen einen einzigen Blick zuwerfen. Ist sie die Frau, die er gesucht hat? Er fühlte einen Zwang, ihr zu folgen, von einer Geschichte zur anderen. Aus einer bewegten, im Ungewissen verschwimmenden Kindheit in eine kaleidoskopische Jugend, eine tumultuarische und nebelhafte Weiblichkeit, eine Figur, die zu identifizieren sogar ein Paßbeamter Schwierigkeiten hätte.

Henry hat das primitive Drängen des Eroberers. Vom ersten Tag an war er in der Falle, die er für ein Duell zwischen Realität und Illusion hielt. Ein Labyrinth zu erobern und zu besetzen ist schwierig. Das Gehirn des Menschen ist voller Gänge wie die Konturen und vielfachen Kreuzwege des Labyrinths. In seinen gekrümmten Faltungen liegen die Eindrücke tausender Bilder, Erinnerungen an eine Million Worte.

Gewisse Städte des Orients wurden so gebaut, daß sie den Feind durch einen Knäuel ineinander verschlungener Straßen verwirrten. Für jene, die sich im Labyrinth verbargen, bedeuteten die Irrwege ein gewisses Maß an Sicherheit; für den Eindringling waren sie ein furchtbares Mysterium.

June dürfte sich aus Gründen der Sicherheit für das Labyrinth entschieden haben.

Um von Henry mehr über June und über seine besessene Neugierde zu erfahren, gebe ich ihm das Gefühl, sie zu verstehen. Aber er sagt: »Sie sind nicht so.«

»Vielleicht glaubt sie«, sage ich, »daß Sie das Interesse an ihr verlieren würden, wenn Sie alles von ihr wissen.«

»Aber ganz im Gegenteil. An dem Tag, an dem sie mir die Wahrheit sagt, würde ich sie wirklich lieben, würde sie mir gehören. Es sind die Lügen, gegen die ich ankämpfe.«

Was will sie verbergen? Warum spielt er den Detektiv?

Henry scheint so aufrichtig. Er spricht ohne Vorbehalt. Er wirkt wie die verkörperte Spontaneität. So direkt, offen, nackt. Niemals hält er mit dem zurück, was er denkt oder fühlt. Er spricht kein Urteil über andere und erwartet, selbst nicht verurteilt zu werden. Aber er ist ein Karikaturist. June mag seine Neigung zu Verzerrungen gefürchtet haben.

Sogar ich kann die Gefährlichkeit seiner Wutanfälle erkennen. Grausam zeichnet er jene, die ihm nicht geben, was er von ihnen verlangt, sei es nun Wahrheit oder Hilfe. Gegen Dichtung und Schönheit ist er mißtrauisch. Schönheit, scheint er zu sagen, ist künstlich. Wahrheit liegt nur in Menschen und Dingen, die man von Ästhetik entblößt hat.

Ist es Junes Körper, der ihm in der Liebe die Neugierde nach ihrer Seele weckt? Und ist es das Wissen von dieser Seele, das ihn verdammt?

Während er sprach, erinnerte ich mich, daß die Araber den Mann, der seine Gedanken preisgibt, nicht respektieren. Die Intelligenz eines Arabers wird daran gemessen, direkte Fragen zu vermeiden. Dies gilt auch für Indianer und Mexikaner. Der Fragende ist immer verdächtig. June muß von einer ähnlichen Rasse sein. Stammt sie wirklich, über ein Jahrtausend, von jenem Volk ab, das seine Gesichter und seine Gedanken verhüllte? Woher kommt sie, daß sie sich so gut auf diese Neigung einer Rasse zum Mysterium versteht?

Henry hat die Gewohnheit, naive Fragen zu stellen und zu spionieren. Sobald seine Neugierde befriedigt ist, scheint er zu sagen: »Siehst du, es war gar nichts dahinter.« Er ist der Mann, der dem Zauberer in die Karten guckt; er würde einen Houdini entlarven.

Er haßt Poesie und haßt Illusion. Mit seinen eigenen rücksichtslosen Selbstdarstellungen verlangt er dasselbe von anderen. Seine Leidenschaft für Enthüllungen, Bloßstellungen ist es, die ihn hineintreibt in Junes nebelverhangene Welt.

Als er zu sprechen begann, schien es nur die natürliche Unsicherheit eines Liebenden zu sein: Liebt sie mich? Liebt sie mich allein? Liebt sie andere auch so wie mich? Liebt sie überhaupt jemanden?

Aber da ist mehr im Spiel. Bei Proust streicht er die Passagen an, die von Albertines Gewohnheit handeln, nie zu sagen: Ich liebe, ich möchte; nein, andere haben Wünsche, andere lieben sie etc.; so vermeidet sie jede Verantwortlichkeit, jede Mitschuld.

Er behandelt die ganze Welt so, wie man sagt, daß Männer Prostituierte behandeln, begehrend, nehmend, wegwerfend – sie kennen nur Hunger und Gleichgültigkeit.

Er ist ein freundlicher Wilder, der sich nur von seinen Launen und Stimmungen, seinen Rhythmen leiten läßt und die Stimmungen und Nöte der anderen nicht bemerkt.

Wir sitzen im Viking Café. Alles ist aus Holz, die Decke niedrig, die Wände sind mit Darstellungen aus der Wikingergeschichte bedeckt. Es gibt scharfe Getränke, wie Henry sie liebt. Die Beleuchtung ist gedämpft. Man hat das Gefühl, auf einer alten Galeone die nordischen Meere zu befahren.

Henry spricht über June; ich höre zu und versuche zu verstehen.

Ist er ein sehr verwundeter Mann? Verwundete Männer sind gefährlich wie verletzte Tiere im Dschungel.

Vielleicht fürchtet June, in ihm ein verzerrtes Abbild ihrer selbst zu finden. Er hat über sie bereits in einer Weise geschrieben, die ich unerträglich finden würde. Ohne *Güte*, ohne Gefühl. Ich sehe verzerrte Abbilder anderer in seinen Berichten. Sie sind alle wie von Hieronymus Bosch. Nur die Häßlichkeit erscheint. Wenn ich ihm zuhöre, verstehe ich die orientalische Angst davor, fotografiert oder gezeichnet zu werden.

Die arme June hat nicht wie ich die Fähigkeit, ihr eigenes Porträt zu machen. Ich sehe jetzt schon an Henry, daß ihn die Schnelligkeit, mit der ich begreife, mißtrauisch macht, meine Pirouetten, obwohl ich seine Fragen direkt beantworte.

Während Henry voll und ganz damit beschäftigt ist, zu erfahren, ob June andere Liebhaber hat, ob sie Frauen liebt oder Drogen nimmt, übersieht er, scheint mir, das eigentliche Problem: warum sie solche Heimlichkeiten braucht.

Der Ernsthaftigkeit dieser Gespräche zum Trotz, in denen wir über Junes Geheimnisse nachsinnen, ist jedes Zusammentreffen, das wir haben, ein Feiertag. Henry kommt einmal in einer Arbeitskluft, das andere Mal in Richards abgelegtem Anzug, der ihm zu groß ist.

Er zeigt mir den rußschwarzen Engel, die Schutzfigur eines Hauses, das »Der Brunnen« heißt. Es ist ein rundes Haus mit einem kleinen mittelalterlichen Hof, finster wie ein Brunnen und ebenso naßkalt. Der Engel ist schwarz vor Alter. Da der Regen nur seine Lider trifft, starrt er mit weißen Augen in die Dunkelheit. Henry ist verliebt in die Mona Paiva, eine vor hundert Jahren berühmte Kurtisane, deren Foto er an den Kais gefunden hat. Seine Taschen sind voller Notizen über Speisen, die er eines Tages essen möchte:

Merlans à la Bercy
Coquilles de Cervelles au Gratin
Flamri de Semoule
Galantine de Volaille à la Gelée
Anguilles Pompadour
Selle de Mouton Bouquetière.

Ich glaube, er weiß nicht, woraus die Gerichte bestehen. Er ist vom *Klang* der Worte fasziniert. Er notiert Fragmente einer Unterhaltung auf Speisekarten, Toilettenpapier, Briefumschlägen. Er führt mich auf ein Omelett in die Matrosenkneipe, in Gesellschaft von Taschendieben. Er spielt Schach in einem Café, in dem sich alte Schauspieler zu einem Spielchen treffen, beim Klang von Quartetten, die von müden Musikern gespielt werden. In der Morgendämmerung sitzt er und beobachtet die erschöpften Prostitutierten auf ihrem Heimweg.

In ihm ist eine Begierde, alle vor dem Make-up zu ertappen, ohne Beschönigung: Frauen, bevor sie sich kämmen, Kellner, bevor sie mit ihren kunstvollen Schleifen ihr kunstvolles Lächeln umbinden. An Junes dunkel geschminkten Augen muß seine Forderung nach Natürlichkeit abgeprallt sein; ich kann sie deutlich vor mir sehen, wenn er von ihr als von einer Frau spricht, die das Tageslicht nicht berührt.

»Sie haßt das Tageslicht.«

Henry will das blendende, grelle Tageslicht an der Oberfläche, June bevorzugt die Nacht; darin sehe ich den Kern ihres Konflikts.

Auch aus seinem Roman wird deutlich, daß die Frauen, bevor er June getroffen hat, in seiner Vorstellung ineinanderfließen; sie sind austauschbar; seine Begierde war niemals ein Verlangen, mehr von ihnen zu erfahren; sie bleiben gesichtslos, ohne Identität, es sei denn als sexuelle Objekte.

Die Identität oder Individualität seiner Frauen interessierte ihn nicht, aber als June sich zu keiner bekennen wollte, fing er an, nach einer zu suchen.

Wodurch hat sie seine Aufmerksamkeit erregt? Ist ihr Körper sinnlicher, ihre Stimme eindringlicher, ihr Lächeln verwirrender als das anderer Frauen? In seinem Roman malt er sie in sehr satten Farben.

Ich frage mich überhaupt, ob June so viel vor ihm verbirgt; ob nicht er unfähig ist, sie zu sehen; denn ich selbst fange an, eine June zu sehen, die mich nicht aus der Fassung bringt. Wenn sie so viel von den anderen erzählt, die sie lieben, so geschieht das vielleicht nicht, um zu verbergen, ob sie selber liebt oder nicht, sondern weil es das ist, was sie interessiert. Weil es ihr Wunsch ist, geliebt zu *sein*.

Unter den chaotischen Bekenntnissen, den weitschweifigen Erzählungen, der Flut von Erfindungen entdecke ich eine June, die sich direkten Fragen entzieht, aber andere Schlüssel bietet.

Sein erster Brief an sie war der eines Phantasten. Sie zeigte ihn ihrer Mutter. June wollte wissen, ob Henry rauschgiftsüchtig sei. Diese Frage verblüffte Henry, denn seine Berauschungen kommen von Bildern, Worten, Farben. Er vermutet, daß June Rauschgift nimmt, da die wilden Flüge der Einbildungskraft für sie so unvermeidlich in ihrer Vorstellung mit dem Gebrauch von Drogen verknüpft sind.

Er fragte sie, wie sie auf die Idee käme. Als Künstler vertritt er die stolze Meinung, daß jedes Bild spontan aus seiner Chemie entsteht, nicht aus synthetischen Formeln.

June schob die Frage zur Seite. »Sie spricht oft über Drogen, gibt aber nie zu, eine persönliche Erfahrung mit ihnen zu haben.« Daraus ist für Henry eines der Probleme geworden, von denen er besessen ist und die er lösen muß.

Mir wird klar, wie er sich bis zu seiner Begegnung mit June in seiner physischen, beweisbaren Welt wohl gefühlt hat, und wie sie ihn an allem zweifeln ließ.

Sein Bedürfnis, Illusionen zu zerstören, und das ihre, Illusionen zu schaffen, muß sie zueinander geführt haben. Ein satanischer Pakt. Einer muß triumphieren: der Realist oder der Mythenschöpfer.

Der Erzähler in Henry ist zum Detektiv geworden, um den Hintergrund der Erscheinungen zu erforschen, und June erschafft Hintergründiges als eine natürliche Ausprägung ihrer Weiblichkeit.

Wie anders sollte sie sein Interesse für Tausende von Nächten bewahren? Und ich fühle, daß er mich bereits in seine Untersuchung einbezieht.

Ihr symbolischer Widerstand gegen die Enthüllung ihrer Gedanken und Gefühle erweckt in Henry, wie ich sehe, ein ähnliches Gefühl, um etwas betrogen zu werden, wie es die Striptease-Mädchen hervorbringen, die auf der Bühne einzelne Teile ihres Körpers entblößen und verschwinden, bevor man sie völlig nackt sehen kann.

Wenn er das Labyrinth betritt, hat er das Notizbuch dabei. An ihrer Stelle würde ich mich auch verschließen. Sobald er genug Tatsachen notiert hat, wird er endlich im Besitz der Wahrheit sein. Seine Notizen: schwarze Strümpfe, überquellende Handtaschen, fehlende Knöpfe, Haare wirr oder Frisur in Auflösung, eine Strähne immer vor den Augen, schnell übergestreifte Kleider, Rast- und Ruhelosigkeit. Will nicht sagen, in welche Schule sie gegangen, wo sie als Kind aufgewachsen ist. Hat zwei verschiedene Temperamente, ein freundliches und großmütiges und (wenn sie in Zorn gerät) ein anderes, frech wie ein Gassenjunge. Sie entsprechen ihrer Art, sich zu kleiden. Manchmal hat sie Löcher in den Strümpfen, trägt ungewaschene Jeans, hält alles mit Sicherheitsnadeln zusammen, dann wieder bricht sie auf, um Handschuhe zu kaufen, Parfums. Aber immer sind ihre Augen sorgfältig geschminkt, wie Augen auf ägyptischen Fresken.

»Sie wünscht sich Illusionen wie andere Frauen Juwelen.«

Für Henry sind Illusion und Lüge Synonyme. Kunst und Illusion sind Lügen, Beschönigungen. In dieser Beziehung fühle ich anders als er, unsere Nichtübereinstimmung ist total. Aber ich sage nichts. Er leidet. Er ist ein Mann, in dessen Körper eine *bandorilla* steckt, ein vergifteter Pfeil, etwas, wovon er sich nicht frei machen kann. Manchmal schreit er auf. »Vielleicht ist gar nichts dahinter, vielleicht ist dies das Geheimnis, daß es kein Geheimnis gibt. Vielleicht ist sie leer, und es gibt überhaupt keine June.«

»Aber, Henry, wie kann eine leere Frau so lebendig erscheinen, wie kann eine leere Frau Schlaflosigkeit verursachen, so viel Neugierde wecken? Wie könnte eine Frau ohne Leben andere Frauen in die Flucht schlagen, wie Sie mir erzählen, so daß sie auf der Stelle verzichten?«

Er merkt, daß ich über die Naivität seiner Fragen lächle. Für einen Augenblick wendet sich seine Feindseligkeit gegen mich.

Ich sage: »Meinem Gefühl nach stellen Sie nicht die richtigen Fragen an diese Sphinx.«

»Was würden Sie fragen?«

»Ich würde mich um die Heimlichkeiten, die Lügen, die Rätsel, die Tatsachen gar nicht kümmern, ich würde fragen, *wodurch alles bedingt ist*. Durch welche Angst.«

Dafür hat Henry, wie ich merke, kein Verständnis. Er ist der große Faktensammler, und dabei entgeht ihm manchmal das Wichtigste.

Aus seinen Notizen für einen zukünftigen Roman:

June macht aus dem Studio eine Schatzkammer für Kuriositäten, Bilder, Statuen und bringt für die Art des Erwerbs nur vage Erklärungen bei. Erst kürzlich entdeckte ich, daß sie eine Statue von Zadkine besitzt, die sie zu verkaufen verspricht, was natürlich nicht geschieht. Sie wischt sich mit der Brotkrume die Finger ab. Manchmal schläft sie mit Schuhen an den Füßen ein, auf ungemachten Betten. Wenn ein bißchen Geld hereinkommt, kauft June Delikatessen, Erdbeeren im Winter, Kaviar, Badesalze.

[30. Dezember 1931]

Henry brachte June nach Louveciennes.

Als June aus der Dunkelheit des Gartens in das Licht der Tür trat, sah ich zum ersten Male die schönste Frau der Welt. Ein Gesicht von auffallender Blässe, brennende dunkle Augen, ein Gesicht von solcher Leidenschaft, daß ich glaubte, es müßte sich vor meinen Augen selbst verzehren. Vor Jahren habe ich einmal versucht, mir wirkliche Schönheit vorzustellen; in meinen Gedanken erschuf ich dabei das Bild einer solchen Frau. Ich hatte sie nie vorher gesehen, trotzdem kannte ich schon lange vorher die phosphoreszierende Tönung ihrer Haut, ihr Profil einer Jägerin, die Ebenmäßigkeit ihrer Zähne. Sie ist bizarr, phantastisch, reizbar wie jemand mit hohem Fieber. Ihre Schönheit überwältigte mich. Wie ich so vor ihr saß, fühlte ich, daß ich alles tun würde, was sie von mir verlangte.

Henry verlor plötzlich seinen Glanz. Sie allein hatte Farbe, war strahlend, fremd. Als der Abend zu Ende ging, hatte ich ihre Macht über mich wieder gebrochen. Sie tötete meine Verehrung durch ihre Art zu sprechen. Ihre Sprache. Ein ungeheuerliches Ich, falsch, schwach, posierend. Es fehlt ihr der Mut zu sich selbst, zu ihrer Persönlichkeit, die sinnlich ist, schwer von Erfahrung. Sie ist nur mit ihrer Rolle beschäftigt und erfindet Dramen, deren Mittelpunkt immer sie selber ist. Ich bin sicher, daß sie wirkliche Dramen auslöst, wirkliches Chaos, daß sie die Gefühle in einen Strudel ziehen kann, aber ihr Anteil daran bleibt Pose. Obwohl ich so sehr auf sie einging, versuchte sie doch an diesem Abend alles das zu sein, was sie glaubte, daß ich von ihr erwarten könnte. In jedem Augenblick ist sie Schauspielerin. Ich kann ihren Kern nicht fassen. Alles, was Henry über sie gesagt hat, stimmt.

Am Ende des Abends ging es mir wie Henry: ich war fasziniert von ihrem Gesicht und ihrem Körper, die so viel versprechen, aber ich haßte ihr erfundenes Ich, hinter dem sich das wahre verbirgt. Dieses falsche Ich ist erfunden, um die Bewunderung der anderen zu erregen, sie zu Worten und Taten hinzureißen, die ihr gelten. Wenn man verlangt, daß sie sich entsprechend den Legenden verhalten möge, die sich um ihr Gesicht und ihren Körper bilden, weiß sie nicht, was sie tun soll; sie fühlt, daß sie anders ist.

An diesem Abend vermied sie es, zu sagen: »Ich habe dieses Buch nicht gelesen.« Ganz offensichtlich wiederholte sie, was sie von Henry gehört hatte. Es waren nicht ihre Worte. Oder sie verfiel in den Konversationston englischer Schauspielerinnen.

Um sich in die Heiterkeit des Hauses einzustimmen, versuchte sie, an diesem Abend ihre fieberhafte Unruhe zu unterdrücken, aber ihr unmäßiges Rauchen und ihre Rastlosigkeit konnte sie nicht unter Kontrolle bringen. Sie beklagte den Verlust ihrer Handschuhe, so als handelte es sich um einen schwerwiegenden Kostümfehler, als wäre es ganz ungeheuerlich wichtig, Handschuhe zu tragen.

Es war seltsam. Ich, die ich nicht immer aufrichtig bin, war verblüfft und von ihrer Unaufrichtigkeit abgestoßen. Ich erinnerte mich an Henrys Worte: »Wahrscheinlich ist sie pervers.« Das Ausmaß ihrer Falschheit war erschreckend, wie ein Abgrund. Alles an ihr verfließt, weicht aus. Wo ist June? Wer ist June? Eine die Phantasie erregende Frau, das ist alles. Sie war die Essenz des Theaters selbst, erregte die Vorstellungskraft, versprach eine Vertiefung und Erhöhung der Erfahrungen, einen solchen Reichtum, und nebelte sich dann, statt selbst in Erscheinung zu treten, hinter einer Wand aus konventionellem Geschwätz über Trivialitäten ein. Andere staunen, andere sind dazu inspiriert, über sie zu schreiben, andere lieben sie so, wie Henry es wider Willen tut. Und June? Was empfindet June dabei?

June. In der Nacht erschien sie mir im Traum, nicht großartig und überwältigend, wie sie ist, sondern schmal und zerbrechlich, und ich liebte sie. Ich liebte eine Schwäche, eine Verletzbarkeit, die durch maßlosen Stolz und einen Schwall von Worten verdeckt sind. Es ist ein verletzter Stolz. Sie hat kein Vertrauen. Unersättlich fleht sie um Bewunderung. Sie lebt aus ihrem Spiegelbild in den Augen anderer. Sie wagt es nicht, sie selbst zu sein. Es gibt keine June, die man greifen und begreifen könnte. Sie weiß es. Je mehr sie geliebt wird, desto genauer weiß sie es. Sie weiß, es gibt eine sehr schöne Frau, die sich am vergangenen Abend auf meine Unerfahrenheit einstellte und die Tiefe ihres Wissens verbarg.

Mit ihrem erstaunlich weißen Gesicht, zurückweichend in die Dunkelheit des Gartens, posierte sie beim Abschied für mich. Ich wollte hinauslaufen und ihre phantastische Schönheit küssen und sagen: »June, Sie haben auch in mir die Aufrichtigkeit getötet. Nie wieder will ich wissen, wer ich bin, was ich bin, was ich liebe, was ich wünsche. Ihre Schönheit hat mich in meinem Innersten überflutet. Sie tragen einen Teil von mir mit sich fort, der sich in Ihnen spiegelt. Als mich Ihre Schönheit traf, löste sie mich auf. In der Tiefe unterscheide ich mich nicht von Ihnen. Ich träumte Sie, ich wünschte Ihre Existenz. Sie sind die Frau, die ich sein möchte. Ich sehe in Ihnen jenen Teil von mir, der Sie sind. Ich fühle Mitleid mit Ihrem kindischen Stolz, dem Beben Ihrer Unsicherheit, Ihrer theatralischen Art, mit Tatsachen umzugehen, Ihrer Prahlerei mit der Liebe, die man Ihnen entgegenbringt. Ich opfere Ihnen meine Unschuld, denn wenn ich Sie liebe, so heißt das, daß wir uns in dieselbe Phantasie, denselben Wahnsinn teilen.«

Henry tut ihr weh, aber er hält ihren Leib und ihre Seele zusammen. Ihre Liebe zu ihm ist ihre einzige Ganzheit.

June und ich, wir haben mit unseren Seelen dafür bezahlt, daß wir Illusionen für wirklich nehmen, das Leben als Theater leben, Verkleidung und wechselnde Erscheinungen lieben, daß wir Masken und Kostüme tragen. Aber ich weiß immer, was Realität ist. Weiß es auch June?

Ich hatte mir ein Wiedersehen mit June gewünscht. Als sie wieder heraustrat aus der Dunkelheit, schien sie mir noch schöner als beim ersten Male. Sie schien sich auch wohler zu fühlen. Als sie die Treppe zu meinem Schlafzimmer hinaufstieg, um ihren Mantel abzulegen, blieb sie auf halbem Wege stehen, wo sie sich deutlich abhob im Licht gegen die türkisfarbene Wand: blondes Haar, hoch und sorglos aufgetürmt, blasser Teint, steil gewölbte Augenbrauen, ein heimliches Lächeln, ein Grübchen, vor dem man wehrlos ist. Treulosigkeit, unendlich begehrenswert, ansaugend wie der Tod. Henrys Lachen und Heiterkeit unten waren irdisch, einfach; in Henry gibt es keine Geheimnisse, keine Gefahren. Später saß sie in dem hochlehnigen Stuhl vor den Büchern, und ihre silbernen Ohrringe schimmerten. Sie sprach mit Henry ohne Zärtlichkeit, ohne Einfühlung, machte sich lustig über ihn, zeigte sich verstockt. Sie berichteten von einem Streit, den sie vor ihrer Ankunft hier hatten, und von anderen Streitigkeiten. An der Art, wie sie sprachen, zornig, heftig, bitter, konnte ich erkennen, daß sie im Kriegszustand waren.

Joaquin, der schweigsam ist, den Heftigkeit peinlich berührt, der vor Häßlichkeit und Gewalt zurückschreckt, hielt sie davon ab, tätlich zu werden. Ohne ihn hätten sie sich, glaube ich, eine wilde und unmenschliche Schlacht geliefert.

Beim Dinner waren beide ausgehungert, aßen schnell und sprachen wenig. Dann gingen wir zusammen ins Grand Guignol, das June noch nie gesehen hatte. Aber diese Gegensätze, Komik und Schrecken im Extrem, rührten sie nicht. Verglichen mit ihrem Leben war das alles wahrscheinlich zahm. Sie unterhielt sich laut mit mir.

»Henry weiß nicht, was er will, was er haben möchte und was nicht. Ich weiß es. Ich wähle und verwerfe. Er hat kein Urteil. Um sich eine Meinung von Leuten zu bilden, braucht er Jahre.« Heimlich machten wir uns über Henrys Langsamkeit lustig, und dabei festigte sie das perfide Bündnis unserer Hellsichtigkeit, unserer Schnelligkeit und Feinheit.

»Als mir Henry von Ihnen berichtete«, sagte June, »hat er alles Wichtige ausgelassen. Er hat Sie überhaupt nicht angesehen.«

Wir hatten uns also verstanden, in jedem Detail und in jeder Nuance.

Sie saß mit einem bleichen, maskenhaften Gesicht im Theater, ungeduldig. »Ich bin immer ungeduldig in Theatern und in Kinos. Ich lese wenig. Es scheint immer blaß und verwässert, verglichen mit . . .«

»Mit Ihrem Leben?«

Sie hatte den Satz gar nicht zu Ende sprechen wollen.

»Ich möchte zuerst Wissen, in jeder Hinsicht, nicht Einbildung, sondern intime Erfahrung. Was auch geschieht, und sei's ein Verbrechen, von dem ich lese, es interessiert mich nicht, weil ich den Verbrecher kenne. Es ist, als hätte ich nächtelang mit ihm an der Bar gesessen. Er hat mir gebeichtet, was er tun wollte. Wenn Henry mir eine Schauspielerin in einem Stück zeigen will, ist es eine Schulfreundin von mir. Ich habe im Haus eines Malers gewohnt, der über Nacht berühmt wird. Ich bin immer dabei, wenn etwas beginnt. Ich habe einen Revolutionär geliebt und seine verlassene Freundin versorgt, die nachher Selbstmord beging. Ich kümmere mich nicht um Filme, Zeitungen, ›reportages‹, das Radio. Ich möchte nur dabeisein, während etwas geschieht. Verstehen Sie das, Anaïs?«

»Ja, ich verstehe es.«

»Henry ist *literarisch*.«

In diesem Augenblick erriet ich ihr Leben. Sie glaubt nur an Intimität und Nähe, an Geständnisse, wie sie in der Dunkelheit eines Schlafzimmers geboren werden, im Streit zwischen Betrunkenen, an eine Gemeinschaft, die aus erschöpfenden Spaziergängen durch die Stadt entsteht. Sie glaubt nur an Worte, die wie die Geständnisse der Verbrecher hervorgestoßen werden, nachdem man sie lange dem Hunger, blendendem Licht, dem Kreuzverhör ausgesetzt und ihnen brutal die Masken vom Gesicht gerissen hat.

Sie wird keine Reisebücher lesen, sondern im Café sitzen, wachsam, und auf das Eintreffen eines Abessiniers lauern, eines Griechen, eines Persers, eines Hindus, der mit direkten Nachrichten von zu Hause kommt, Fotografien seiner Familie bei sich trägt und ihr persönlich alle Wohlgerüche seines Landes bringt.

»Henry macht aus allen Menschen Romanfiguren. Aus mir hat er auch eine gemacht.«

Pause. June und ich verlassen das Haus, um zu rauchen. Henry und Joaquin bleiben zurück. Wir erregen Aufsehen, wie wir so mitsammen hinausgehen und in der schmalen gepflasterten Straße die Sommerluft einatmen.

Wir betrachten einander.

Ich sage zu ihr: »Sie sind die erste Frau, die meinen Vorstellungen von dem entspricht, was eine Frau sein sollte.«

Sie antwortet: »Es ist gut, daß ich weggehe. Sie würden bald enttäuscht sein. Sie würden mich durchschauen. Vor Frauen bin ich machtlos. Ich weiß nicht, wie ich mich mit einer Frau verhalten soll.«

Sagt sie die Wahrheit? Ich glaube es nicht. Im Wagen hat sie mir von ihrer Freundin Jean, einer Bildhauerin und Dichterin, erzählt.

»Jean hat das schönste Gesicht.« Und dann schnell: »Ich spreche nicht von einer gewöhnlichen Frau. Jeans Gesicht, ihre Schönheit sind mehr wie die eines Mannes.« Pause. »Jeans Hände sind so hübsch, so sanft, weil sie viel mit Ton arbeitet. Die Finger schmal zulaufend, ein wenig wie die Ihren.«

Welche Gefühle weckt das in mir, wenn June so von Jeans Händen spricht? Eifersucht? Und ihr Beharren darauf, daß ihr Leben voller Männer sei, daß sie nicht wisse, wie sie mit Frauen umgehen soll? Am liebsten würde ich sagen, wie es Henry so grob heraussagt: »Du lügst.«

Während sie mich aufmerksam anblickt, sagt sie: »Ich dachte zuerst, Ihre Augen wären blau. Sie sind seltsam und schön, grau und golden, und dazu diese langen schwarzen Wimpern! Sie sind die anmutigste Frau, die ich je gesehen habe. Ihr Gehen ist ein Gleiten.«

Wir sprachen über die Farben, die wir lieben. Sie trägt immer Schwarz und Purpur. Ich liebe warme Farben, Rot und Gold.

Wir kehrten zu unseren Sitzen zurück. Wieder begann sie, unbekümmert um das Spiel, mir zuzuflüstern. »Ich weiß, daß mich Henry für wahnsinnig hält, weil ich immer im Fieber bin. Ich wünsche keine Sachlichkeit, keine Distanz. Ich will nicht abgesondert sein.«

Während sie dies sagte, fühlte ich mich ihr sehr nahe und haßte Henrys Schreiben und mein eigenes, das uns zu kühler Beobachtung fähig macht. Ich wünschte mir, daß ich in sie eintauchen könnte.

Beim Verlassen des Theaters nahm ich ihren Arm. Dann ließ sie ihre Hand über die meine gleiten, und wir hielten uns an den Händen. Die Kastanienbäume warfen ihre Pollen ab wie spinnwebfeine Fallschirme, und die Straßenlampen im Nebel trugen schmale goldene Höfe um sich wie die Köpfe der Heiligen.

Findet sie bei mir Ruhe vor den Spannungen? Hat sie ein Bedürfnis nach Klarheit, wenn das Labyrinth zu dunkel und zu eng wird?

Ich war unendlich gerührt von dem Druck ihrer Hand. Sie sagte: »Gestern nacht, in Montparnasse, verletzte es mich, Ihren Namen von solchen Leuten wie Titus zu hören. Ich möchte nicht sehen, wie billige Leute sich in Ihr Leben drängen. Ich fühle mich ein wenig als . . . Beschützerin.«

Im Café wurde ihre Blässe aschenfarben. Ich sah Asche unter ihrer Gesichtshaut. Henry hatte gesagt, daß sie sehr krank gewesen sei. Auflösung. Wird sie sterben? Welche Angst ich empfinde. Ich möchte meine Arme um sie legen. Ich fühle sie zurückweichen in den Tod und will ihr dorthin folgen, um sie zu umarmen. Ich muß sie umarmen, dachte ich, sie stirbt vor meinen Augen. Ihre quälende, düstere Schönheit stirbt. Ihre seltsame, männliche Stärke.

Ihre Augen faszinieren mich, ihr Mund, ihr entfärbter, schlecht geschminkter Mund. Weiß sie, daß ich mich an sie verloren fühle, daß ich nicht mehr verstehe, was sie sagt, und nur die Wärme ihrer Worte fühle, ihre Lebendigkeit?

Sie schauert vor Kälte unter ihrem leichten Samtüberwurf.

»Wollen Sie vor Ihrer Abreise noch mit mir essen?«

»Ich bin froh, daß ich fahre. Henry liebt mich mittelmäßig und brutal. Er verletzt meinen Stolz. Er braucht häßliche, gewöhnliche Frauen, passive Frauen. Meine Kraft erträgt er nicht.«

»Ich lehne Männer ab, die vor der Stärke einer Frau zurückscheuen.«

Jean liebt Junes Kraft. Ist es Kraft oder zerstörende Gewalt?

»Ihre Kraft, Anaïs, ist sanft, indirekt, delikat, zärtlich, fraulich. Trotzdem ist es Kraft.«

Ich betrachte Junes kräftigen Nacken. Ich höre ihre Stimme, die dunkel, schwer, heiser ist. Ich betrachte ihre Hände, die größer sind als die der meisten Frauen, fast wie die einer Bäuerin.

June erreicht nicht dasselbe sexuelle Zentrum in mir, das Männer erreichen. Daran rührt sie nicht. Was also erregt sie in mir?

Henrys Anschuldigung, ihr Stolz sei ebenso ungeheuerlich wie falsch, lehne ich ab. Henry zeigt Interesse für mein Dienstmädchen, Emilia. Junes Überlegenheit weckt seinen Haß, ein Bedürfnis nach Rache. Er streicht entschlußlos um die dumme, freundliche Emilia herum. Vor diesem Ärgernis, das er gibt, wende ich meine Liebe June zu.

Ich liebe June um dessentwillen, was sie zu sein wagt, weil sie hart und grausam ist, unerbittlich, egoistisch, stolz, zerstörerisch. Ich werde von meinem Mitgefühl erstickt. Ihre Persönlichkeit ist bis auf das äußerste angespannt. Ich bewundere ihren Mut, zu verletzen, und bin entschlossen, mich diesem Mut zu unterwerfen. Sie wird mich zu der Reihe ihrer anderen Verehrer hinzufügen und mit meiner Unterwürfigkeit prahlen. Sie wird June sein und dazu alles, was ich bin, alles, was ich ihr gebe. Ich liebe diese Übersteigerung einer Frau, die größer ist als andere Frauen.

Wenn sie spricht, erscheint an ihr dieselbe Heftigkeit des Ausdrucks, die sie in der Liebe haben muß, dieses Vorschnellen des Kopfes, durch das sie wie die weibliche Galionsfigur am Bug eines Schiffes wirkt. Das Kohlenbraun ihrer Augen schmilzt zu düsterem Violett.

Ist sie süchtig?

June hat nicht nur den Körper der Frauen, die jeden Abend auf die Bühne eines Nachtlokals klettern und sich langsam entkleiden, es ist auch unmöglich, sie in einer anderen Atmosphäre einzuordnen. Die Üppigkeit der Formen, die kräftigen Farben, die fiebrigen Augen und die volle Stimme, ihre Rauheit, verbinden sich unmittelbar mit sinnlicher Liebe. Andere Frauen verlieren diese erotische Phosphoreszenz, sobald sie aus ihrer Stellung als Tanzgirls ausscheiden. Aber Junes Nachtleben war innerlich, es glühte aus ihrem Inneren, und es kam, teilweise, von ihrer Art, jede Begegnung entweder intim zu erleben oder zu vergessen. Es ist, als entzündete sie vor jedem Mann in sich selbst die Lampe, wie sie wartende Mädchen und Frauen am Abend anzünden, aber das Licht ist in ihren Augen, und es ist ihr Gesicht, das wie die Schlafzimmer in Gedichten mit Zwielicht und Samt ausgeschlagen erscheint. Da es aus ihrem Inneren glüht, kann es unerwartet aufleuchten, früh am Morgen, in einem verwahrlosten Café, auf einer Parkbank, an einem regnerischen Morgen, vor einem Hospital oder einer Leichenhalle, überall. Immer ist es das sanfte Licht, das durch die Jahrhunderte bewahrt wird für die Augenblicke des Vergnügens.

Wir hatten uns verabredet, June und ich. Ich wußte, daß sie sich verspäten würde; es machte mir nichts aus. Ich kam vorzeitig, fast krank vor Spannung und Freude. Ich konnte sie mir, im vollen Tageslicht aus der Menge auftauchend, nicht vorstellen und fragte mich, ob es überhaupt möglich sei. Ich zweifelte daran, daß sich die Halluzination einstellen würde. Ich fürchtete, daß ich hier so stehen würde wie anderswo, die Menschenmenge betrachten und wissen, daß keine June je auftauchen wird, weil June ein Geschöpf meiner Einbildung wäre. Als Leute über den Platz gingen, erschrak ich vor ihrer Häßlichkeit, ihrer Gewöhnlichkeit, ihrer Ähnlichkeit miteinander, die sie in meinen Augen hatten. Auf June zu warten, war die schmerzlichste Erwartung, so als wartete man auf ein Wunder. Ich konnte es kaum glauben, daß sie aus diesen Straßen kommen, diese Boulevards überqueren, aus dieser Handvoll grauer, gesichtsloser Menschen auftauchen, diesen Platz betreten würde. Was für eine tiefe Freude, zu erleben, wie sich die Menge teilte, und sie dann vor mir zu sehen, mit festen Schritten, strahlend, unglaublich. Ich konnte es nicht fassen. Ich hielt ihre warme Hand. Sie hatte Post zu holen. Bemerkte der Mann das Wunder an ihr nicht? Noch nie hat ein Mensch wie sie beim American Express nach Post gefragt. Hat jemals eine Frau so schäbige Schuhe getragen, ein so schäbiges schwarzes Kleid, ein schäbiges blaues Cape und einen alten violetten Hut wie sie? Ich konnte in ihrer Gegenwart nicht essen. Äußerlich freilich war ich ruhig, zeigte ich diese indische Gelassenheit des Betragens, die so trügerisch ist. Sie trank und rauchte. Ich saß ihr ruhig gegenüber, aber ich konnte nichts essen. In meinem Innersten nagte Nervosität, zerfraß mich. In gewisser Hinsicht ist sie ganz verrückt, dachte ich, preisgegeben an Ängste und Manien. Die meisten ihrer Worte kommen aus dem Unbewußten. Die Erzeugnisse ihrer wuchernden Einbildungskraft sind für sie Realität. Aber was ist es, woran sie so viel Mühe wendet? Ein gesteigertes Selbstgefühl, eine Glorifizierung ihrer Person? In der unübersehbaren und wohltuenden Wärme meiner Bewunderung lebte sie auf. Sie schien gleichzeitig zerstörerisch und hilflos. Ich wünschte mir, sie zu beschützen! Ich wollte sie beschützen, deren Macht grenzenlos ist. In manchen Augenblicken war ihre Macht so groß, daß ich ihr tatsächlich glaubte, als sie vorgab, das Zerstörerische an ihr sei unbewußt. Versuchte sie, mich zu zerstören? Nein, sie kam in mein Haus, und ich war bereit, jeden Schmerz von ihr zu erdulden. Wenn von ihrer Seite Berechnung im Spiel ist, von ihr, die das eigene Schicksal nicht unter Kontrolle hat, dann setzt sie später ein, wenn sie sich ihrer Macht bewußt wird und sich fragt, welchen Gebrauch sie davon machen könnte. Ich glaube nicht, daß sie ihre Macht bewußt einsetzt. Auch sie wird fortgerissen.

Ich sehe sie als einen Menschen, den man bemitleiden und beschützen sollte. Sie ist in Tragödien und Perversitäten verwickelt, die sie weder verstehen noch kontrollieren kann. Ich kenne ihre Schwäche. Sie ist schwach vor der Realität. Ihr Leben ist voller Einbildungen. Ich glaube nicht, daß ihre Beziehung zu Jean sexuell ist. Ich glaube, sie ist ein Phantasiegebilde, in das sie vor Henrys unnachgiebigen Fragen entflieht.

Junes ausweichende Art, ihre Flucht in die Phantasie machen mich plötzlich wütend, weil ich mich darin wiedererkenne. Daß sie nicht willens ist, zu ihren Handlungen und Gefühlen zu stehen, macht mich auf einmal zornig und hart. Ich möchte sie in die Realität hineinzwingen (wie Henry es tut), ich, die ich selbst in Träumen versinke, in halben Taten, ich möchte ihr Gewalt antun. Was für Wünsche sind das? Ich möchte June an der Hand packen, um herauszufinden, ob diese Liebe zu einer Frau wirklich ist oder nicht. Warum wünsche ich das? Lasse ich dunkle, mysteriöse Gefühle in das Licht des Bewußtseins aufsteigen (wie es Henry versucht und ständig wiederholt)? Machen ihre Selbsttäuschungen mich rasend, weil sie die meinen sind? Ihre Berechnung weckt in mir den Wunsch nach Offenheit; im Treibsand ihrer Ausflüchte entsteht in mir ein neuer Wunsch nach Klarheit. Manchmal fühle ich mich wie sie, wie auf der Flucht vor Personifikationen des Selbst, die ich nicht kenne, und manchmal fühle ich mich als Verfolgter, wie Henry, der diese Personifikationen dem harten Tageslicht aussetzt.

Im Taxi freilich konnte ich kaum einen klaren Gedanken fassen; sie preßte meine Hand an ihre Brust, und ich hielt ihre Hand und schämte mich nicht meiner Verehrung, meiner Unterwürfigkeit, denn sie ist älter, weiß mehr, sie sollte die Führung übernehmen, mich einweihen, mich herausnehmen aus nebelhaften Phantasien in die Erfahrung.

Sie sagte, daß sie gern das rosa Kleid haben möchte, das ich an dem Abend trug, als sie mich zum erstenmal sah. Ich sprach davon, daß ich ihr ein Abschiedsgeschenk geben wolle, und sie wünschte sich etwas von dem Parfum, das sie aus meinem Haus kannte – um Erinnerungen wachzurufen. Und sie braucht Schuhe, Strümpfe, Handschuhe, einen warmen Mantel. Sentimentalität? Romantik? Wenn sie dies darunter versteht ... Warum zweifle ich an ihr? Vielleicht ist sie sehr feinfühlig, und hypersensitive Menschen wirken, wenn andere an ihnen zweifeln, verlogen. Sie schwanken. Und man hält sie für unaufrichtig. Aber ich möchte ja an sie glauben. Gleichzeitig schien es mir auch wieder gar nicht so wichtig, von ihr geliebt zu werden. Es ist nicht ihre Rolle. Ich bin so erfüllt von meiner Liebe zu ihr. Gleichzeitig habe ich das Gefühl, zu sterben. Sie sagt zu mir: »Sie sind so dekadent und zugleich so lebendig.« Sie ist so dekadent und so lebendig. Unsere Liebe wäre der Tod.

Henry ist eifersüchtig und unduldsam. June ist das stärkere, härtere Ich. Er nimmt sich alles, was er will, aber er trägt es ihr nach, wenn sie dasselbe tut. Bei einer Party liebte er eine Frau fast vor ihren Augen. June nimmt Drogen. Sie liebt Jean. Wenn sie Geschichten erzählt, spricht sie den Jargon der Unterwelt. Und doch hat sie sich diese unglaubliche, altmodische, unabgestumpfte Sentimentalität bewahrt. »Geben Sie mir von dem Parfum, das ich in Ihrem Haus gerochen habe. Als ich gestern abend im Dunkeln über den Hügel zu Ihrem Haus hinaufstieg, war ich in einer Ekstase. Ich habe nie die Frauen geliebt, die Henry liebt. In Ihrem Fall aber hat er, glaube ich, zuwenig gesagt.«

Wenn ich jetzt spreche, höre ich Junes Stimme in mir. Ich spüre, wie meine Stimme tiefer wird und mein Gesicht etwas von seinem Lächeln verliert: Ich weiß, daß sich mein Gesicht verändert hat.

Ich spüre eine seltsame Gegenwart, die mir einen anderen Gang aufzwingt.

In meinem Traum war ich gestern nacht auf der Spitze eines Wolkenkratzers und sollte über eine sehr schmale Feuerleiter die Fassade hinabklettern. Ich hatte furchtbare Angst. Ich konnte es nicht.

Junes Charakter scheint keine definierbare Form zu haben, keine Grenzen, keinen Kern. Das beunruhigt Henry. Er weiß nicht alles, was sie sein kann.

Empfinde ich mein eigenes Selbst als genau abgegrenzt, als festlegbar? Ich kenne seine Grenzlinien. Es gibt Erfahrungen, vor denen ich zurückscheue. Aber meine Neugierde, meine Produktivität, treiben mich darüber hinweg, wandeln dadurch meinen Charakter. Meine Einbildungskraft stößt mich in unbekannte, unerforschte, gefährliche Gebiete. Aber ich bleibe dabei immer auf dem Fundament meiner Natur; meine »intellektuellen« Abenteuer, meine literarischen Exkursionen führen mich nie in die Irre. Ich erweitere mein Selbst, dehne es aus; ich will nicht nur *eine* Anaïs sein, geschlossen, alltäglich, begrenzt. Sobald mich jemand festlegen will, mache ich es wie June: ich versuche, mich aus dem Kerker der Definition zu befreien. Bin ich gut? Bin ich freundlich? Dann versuche ich, wie weit ich ins Unfreundliche gehen kann (nicht sehr weit), in die Härte. Aber ich habe immer das Gefühl, daß es mir jederzeit möglich ist, zu meiner wahren Natur zurückzukehren.

Kann auch June zu ihrer wahren Natur zurück?

Und was ist meine wahre Natur? Was ist die von June? Gehört zu mir Idealismus, Geistigkeit, Poesie, Imagination, Gefühl für

Schönheit, ein Bedürfnis nach Schönheit, eine fundamentale Rimbaudsche Unschuld, eine gewisse Reinheit? Ich muß schöpferisch sein, ich hasse Grausamkeit. Aber wenn ich tief hinabsteigen möchte in das Böse, verändert sich das Böse durch meine Annäherung. Henry und June verändern sich in meiner Nähe. Ich zerstöre die Welten, in die ich eintreten möchte. Henry wird durch mich schöpferisch, June romantisch.

June erregt Perversität und Sinnlichkeit durch ihren wollüstigen Körper, ihr sinnliches Gesicht, ihre erotische Stimme. Wodurch wird diese Erfahrung zerstörerisch? Sie hat die Macht, zu zerstören. Ich habe die Macht, zu erschaffen. Wir sind Gegenkräfte. Wie werden wir aufeinander wirken? Ich glaubte, June würde mich vernichten.

An dem Tag, als wir zusammen aßen, war ich entschlossen, ihr in jede Perversität, in jedes Verderben zu folgen. Ich hatte nicht mit meiner Wirkung auf sie gerechnet. So angefüllt war ich mit meiner Liebe für sie, daß ich meine Wirkung auf sie nicht bemerkte.

June kam am Montag zu mir. Ich wollte ein Ende der Rätsel, eine Klimax der Ungewißheit. Ich fragte sie hart und brutal, wie Henry gefragt haben würde: »Liebst du Frauen? Bist du dir über deine Gefühle für Frauen im klaren?«

Sie antwortete ganz ruhig: »Jean war zu männlich. Ich bin mir meiner Gefühle bewußt. Ich habe darüber volle Klarheit. Ich habe aber bisher nie jemanden gefunden, mit dem ich diese Gefühle hätte ausleben wollen. Ich bin mir nicht sicher, was das ist, was ich ausleben möchte.«

Und dann lenkte sie von meinen Fragen ab und sagte, während sie mich anstarrte: »Wie hübsch du dich anziehst! Dieses Kleid – die rosa Farbe, die altmodische Fülle um den Rückenteil, das kurze schwarze Samtjäckchen, der Spitzenkragen, die Verschnürungen über der Brust. Das ist vollkommen, absolut vollkommen. Ich mag auch die Art und Weise, wie du dich verhüllst. Man sieht sehr wenig Nacktheit, eigentlich nur den Nacken. Ich liebe deinen Türkisring und die Korallen-Ohrringe.« Ihre Hände flogen, sie zitterte. Ich schämte mich meiner Direktheit. Ich war furchtbar nervös. Sie sagte mir, daß sie im Restaurant den Wunsch hatte, meine bloßen Füße in den Sandalen anzuschauen, aber daß sie sich nicht dazu überwinden konnte. Ich sagte, daß ich es nicht gewagt hatte, ihren Körper anzusehen, und wie sehr ich es gewünscht hätte. Unser Gespräch war stockend, chaotisch. Sie blickte jetzt auf meine Füße in den

Sandalen und sagte: »Sie sind makellos. Ich habe nie so makellose Füße gesehen. Und ich liebe deine Art, zu gehen wie eine indianische Frau.«

Unsere Nervosität war unerträglich.

Ich sagte: »Gefallen dir diese Sandalen?«

»Ich habe Sandalen immer gerne gehabt und getragen, aber in der letzten Zeit konnte ich sie mir nicht leisten und trage Schuhe, die mir jemand geschenkt hat.«

Ich sagte: »Komm auf mein Zimmer und probiere ein Paar, sie sind diesen ganz ähnlich.«

Sie probierte sie an, auf meinem Bett sitzend. Sie waren ihr zu klein. Ich sah, daß sie Baumwollstrümpfe trug, und es tat mir weh, June in Baumwollstrümpfen zu sehen. Ich zeigte ihr mein schwarzes Cape, das sie schön fand. Ich ließ sie es anprobieren. Dabei sah ich die Schönheit ihres Körpers, den ich nicht anzuschauen gewagt hatte, sah seine Fülle, seine Schwere, und seine Üppigkeit überwältigte mich.

Ich konnte mir nicht erklären, warum sie so ungeschickt und schüchtern war, so verschreckt. Ich versprach, ihr ein Cape wie meines zu machen. Einmal berührte ich ihren Arm. Sie zog ihn zurück. Hatte ich sie erschreckt? Konnte jemand noch feinfühliger und ängstlicher sein als ich selbst? Ich konnte es nicht glauben. In diesem Augenblick war ich nicht ängstlich.

Als sie wieder unten auf der Couch saß, sah ich im Ausschnitt ihres schwarzen, anliegenden Kleides den Ansatz ihrer vollen Brüste. Ich bebte. Ich merkte, wie unklar unsere Gefühle und Wünsche waren. Sie redete weitschweifig daher, aber jetzt wußte ich, daß sie sprach, um ein tieferes Gespräch zu überdekken, daß sie gegen die Dinge anredete, die wir nicht aussprechen konnten.

Vom Bahnhof, wohin ich sie begleitet hatte, kam ich betäubt, erschöpft, durchgedreht, glücklich, unglücklich zurück. Ich wollte sie für meine Fragen um Entschuldigung bitten. Sie waren so unzart, paßten so gar nicht zu mir.

Am nächsten Tag trafen wir uns beim American Express. Sie kam in ihrem Schneiderkostüm, von dem sie wußte, daß es mir gefiel.

Außer dem Parfum und dem weinfarbenen Taschentuch, hatte sie gesagt, wünschte sie sich nichts von mir. Aber ich erinnerte sie daran, daß sie mir versprochen hatte, ich dürfe Sandalen für sie kaufen.

Erst einmal nahm ich sie mit in den Waschraum, öffnete meine Handtasche und nahm ein Paar hauchdünne schwarze Strümpfe heraus. »Zieh das an!« sagte ich, anklagend und verteidigend zugleich. Sie gehorchte. Inzwischen öffnete ich eine Flasche Parfum. »Nimm davon!«

June hatte ein Loch im Ärmel.

Ich war glücklich, und June war im siebenten Himmel. Wir sprachen gleichzeitig. »Ich wollte dich heute nacht anrufen.« »Ich wollte dir heute nacht ein Telegramm schicken.« June sagte: »Ich wollte dir sagen, wie unglücklich ich im Zug war, wie ich meine Ungeschicklichkeit, meine Nervosität bereute, mein sinnloses Geschwätz. Dabei hätte ich dir so viel, so viel zu sagen gehabt.«

Wir fürchteten beide, einander zu mißfallen, einander zu enttäuschen. Am Morgen hatte sie sich mit Henry im Café getroffen. »Ich war wie berauscht. Ich war voll von Gedanken an dich. Die Stimmen der Menschen erreichten mich nur von fern. Ich war überdreht. Ich konnte die ganze Nacht nicht schlafen. Was hast du aus mir gemacht?«

Sie fuhr fort: »Ich habe sonst nie das Gleichgewicht verloren, wußte immer was zu sagen. Menschen haben mich nie überwältigt.«

Als ich fassen konnte, was sie mir sagte, war ich überglücklich. *Ich* hatte *sie* überwältigt? Sie liebte mich also? June! Sie saß neben mir im Restaurant, unscheinbar, schüchtern, unirdisch, verstört, und ich war gerührt, war fast unerträglich gerührt. June war so anders, so aufgerührt, verwandelt, hingebungsvoll, nachdem sie mich verändert, mich impulsiv und stark gemacht hatte.

Sie konnte kaum etwas sagen, ohne gleich um Entschuldigung zu bitten, daß es so dumm sei. Ich konnte ihre Erniedrigung nicht ertragen. Ich sagte zu ihr: »Wir haben uns beide verloren, aber so etwas geschieht, wenn man anfängt, sich selbst zu entdecken. Du hast deine unglaubliche Feinfühligkeit entdeckt. Ich freue mich so. Du bist wie ich, du sehnst dich nach solchen vollkommenen Augenblicken und bist voller Angst, sie zu verderben. Keine von uns beiden war darauf vorbereitet, wir hatten zu lange davon geträumt. Laß uns überwältigt sein, es ist so schön. Ich liebe dich, June.«

Und da ich nicht wußte, was ich weiter sagen sollte, breitete ich zwischen uns auf dem Sitz das weinfarbene Tuch aus, das sie sich wünschte, meine Korallen-Ohrgehänge, meinen Türkisring. Es war Blut, das ich vor Junes Füßen vergießen wollte, vor Junes unwahrscheinlicher Demut.

Dann begann sie zu sprechen, schön, nicht hysterisch, sondern sehr ernst.

Wir gingen in den Sandalen-Laden. Die häßliche Frau, die uns dort bediente, haßte uns und unser unübersehbares Glück. Ich hielt June ganz fest an der Hand und kommandierte: »Bringen Sie dies! Bringen Sie das!« Ich behandelte die Frau hart, unnachgiebig. Als sie ein Wort über die Größe von Junes Füßen sagte, schalt ich sie aus. June konnte das Franzosenweib nicht verstehen, aber sie spürte, daß es um Widerliches ging.

Wir wählten Sandalen wie die meinen aus. Sie wies alle anderen zurück, alles, was nicht symbolisch für mich war, nicht mit mir im Zusammenhang stand. Alles, was ich trug, würde sie tragen, obwohl sie sagte, daß sie niemals zuvor den Wunsch gespürt habe, jemanden zu imitieren.

Während wir durch die Straßen spazierten, die Körper eng aneinandergeschmiegt, Arm in Arm, mit verschränkten Fingern, war ich in einer solchen Ekstase, daß ich nicht mehr sprechen konnte. Die Stadt verschwand, die Menschen waren nicht vorhanden. Die heftige Freude unseres gemeinsamen Spazierganges durch die grauen Straßen von Paris werde ich nie mehr vergessen, und ich werde nie imstande sein, sie zu beschreiben. Wir schritten über der Welt, über der Realität dahin, in reine Ekstase.

Ich entdeckte Junes Reinheit. Es war die Reinheit an June, die in meinen Besitz gegeben wurde, das, was sie noch an niemanden verschenkt hatte. Mir gab sie das Geheimnis ihres Seins, die Frau, deren Gesicht und Körper rings um sie Instinkte erregten, die sie doch unberührt ließen, die ihr ein Schrecken waren. Das Zerstörerische an ihr ist, wie ich gefühlt hatte, unbewußt. Sie ist eingesperrt darin, nicht bei sich, verwirrt. Durch das Zusammentreffen mit mir entdeckte sie ihr unschuldiges Ich. Sie lebt in Phantasien, nicht in der Welt, die Henry bewohnt.

Henry hat über eine gefährliche und bösartige Frau geschrieben. Mir vertraute sie eine Seite ihres Wesens an, die von Henrys Tatsachenwelt abgewendet ist, mit der sie völlig aufgeht in Phantasie und Wahnsinn.

So viele Menschen haben den Zugang zu Junes wahrer Natur gesucht und die Größe und Fülle ihrer Vorstellungswelt unbeachtet gelassen, das Besondere an ihr, jene June, die in Symbolen lebt und schaudernd zurückschreckt vor Roheit. Ich versetzte June in meine Welt. June nahm mich nicht mit in ihre leidenschaftliche und grelle Welt, denn es ist nicht die ihre. Sie kam zu mir, denn sie liebt es, zu träumen.

Im selben Augenblick wußte ich auch, daß die sinnliche und perverse Welt, in der sie herrscht, für mich wieder verschlossen ist. Bedaure ich es? Ich sehnte mich nach wirklichen Erfahrungen, die mich von meinen Phantasien, meinen Tagträumen befreien sollten. June führte mich weg von Henry, dessen Bereich diese irdischen, lustvollen, grellen Dinge sind. Sie hat mich zurückgeworfen in Visionen und Träume. Aber wäre ich für die Realität, für die ordinäre Erfahrung gemacht, würde ich sie nicht lieben. Mein Bedürfnis nach Illusionen und Träumen ist größer als das nach Henrys animalischer Welt.

Gestern sagte sie: »Es gibt viele Dinge, die ich gern mit dir tun würde. Mit dir würde ich Drogen nehmen.«

Geschenke, die keine symbolische Bedeutung haben, nimmt June nicht an. June wäscht Wäsche, um sich ein bißchen Parfum kaufen zu können. June hat keine Angst vor Armut und Häßlichkeit, bleibt unberührt davon, unberührt vom Rausch ihrer Freunde (ihr Rausch ist so anders, mehr wie eine leidenschaftliche Erregung). June wählt aus und verwirft Menschen nach Maßstäben, die Henry nicht kennt.

Wenn June jetzt ihre endlosen Geschichten erzählt, so weiß ich, daß es Ausflüchte sind, Verkleidungen für ein Ich, das im geheimen hinter diesen Nebelwänden aus Worten lebt.

Ich denke so viel über sie nach, den ganzen Tag, die ganze Nacht.

Im selben Augenblick, in dem ich sie gestern verließ, entstand eine schmerzliche Leere, und ich erschauerte vor Kälte. Ich liebe ihre Extravaganzen, ihre Bescheidenheit, ihre Angst vor dem Verlust der Illusion.

Vor der Begegnung mit June war die Anstrengung, mich auszudrücken, nicht so groß. Ihre Art zu sprechen ist wie mein heimliches Schreiben, manchmal ohne Zusammenhang, manchmal abstrakt, manchmal unverständlich. Ohne Zusammenhang – sei's drum! Unsere Begegnung war für die Gefühle zu verstörend. Jede von uns hatte ein unversehrtes Ich, das wir niemandem zeigten. Es war unser träumendes Ich. Nun haben wir gegenseitig diese Welten in uns erobert. Sie sind zu reich, um in wenigen Tagen ganz erforscht zu werden. Sie sagt, ich sei zu reich für sie. Wir wollen uns trennen, um unsere klare Urteilskraft wiederzugewinnen.

Aber ich habe weniger Ängste als sie. Aus eigenem freien

Willen würde ich mich nicht von ihr trennen. Ich möchte mich ganz hingeben, ganz verlieren.

Vor ihr verwerfe ich alles, was ich getan habe, alles, was ich bin. Ich hoffe auf mehr. Ich schäme mich meines Schreibens. Ich möchte alles aufgeben und neu beginnen. Ich habe furchtbare Angst, sie zu enttäuschen. Ihr Idealismus ist so fordernd. Er flößt mir Furcht ein. Mit ihr erlebe ich Zeitlosigkeit. Unser Gespräch ist ein Halbgespräch. Wenn sie oberflächlich spricht, so weil sie über die Tiefe des Schweigens zwischen uns erschrickt. In der Stille besänftigt die Gelassenheit meiner Gesten ihre Erregung. Wenn sie es gewünscht hätte, ich hätte mich gestern zu ihren Füßen auf den Boden gesetzt und meinen Kopf an ihre Knie gelehnt. Aber sie hätte das nicht zugelassen. Am Bahnhof, während wir auf den Zug warteten, tastete sie jedoch nach meiner Hand. Ich wandte mich ab und lief davon, wie in Panik. Der Bahnhofsvorstand hielt mich auf, um mir irgendwelche Wohltätigkeitslose zu verkaufen. Ich kaufte sie und gab sie ihm zurück und wünschte ihm Glück bei der Ziehung. Er hatte den Nutzen von meinem Wunsch, June zu beschenken, der man nichts schenken kann.

Aber ich habe ihr Leben geschenkt. Sie starb in Paris. Sie starb in der Nacht, in der sie Henrys Buch [das Manuskript von ›Wendekreis des Krebses‹] las, an seiner Brutalität. Sie weinte und wiederholte noch und noch: »Ich bin das nicht, ich bin das nicht, worüber er schreibt. Es ist eine Verzerrung. Er sagt, ich lebe in Verblendung. Aber er tut es, er ist es, der mich nicht sieht, der die andern nicht sieht, wie ich bin, wie sie sind. Er macht alles abscheulich.«

Was für eine Geheimsprache wir sprechen! Untertöne, Obertöne, Nuancen, Abstraktionen, Symbole. Dann kehren wir zu Henry zurück, in einer glühenden Erregung, vor der er erschrickt. Henry ist mißmutig. Was ist das für ein machtvoller Zauber, den wir zusammen erschaffen und dem wir uns hingeben? Wie kann Henry davon ausgeschlossen bleiben, da er Genie hat? Was ist es, was June und ich miteinander suchen und woran Henry nicht zu glauben vermag? Wunder über Wunder!

Anfangs protestierte und rebellierte ich gegen Poesie. Ich war drauf und dran, meine poetischen Welten zu verleugnen. Ich vergewaltigte meine Illusionen durch Analyse und Wissenschaft und Henrys Sprache, die ich erlernte, seine Welt, in die ich eintrat. Ich wollte durch Gewalt und tierischen Instinkt meine zarten Phantasien und Illusionen und meine Überempfindlichkeit auslöschen. Eine Art von Selbstmord. Die Gemeinheit brachte mich zum Aufwachen. Dann kam June, war eine Antwort auf die Unersättlichkeiten meiner Vorstellungskraft, und rettete mich. Oder vielleicht tötete sie mich, denn nun betrete ich einen Weg des Wahnsinns.

June ißt und trinkt Symbole. Henry hat keine Verwendung für Symbole. Er ißt Brot, nicht Hostien. June hat sich früher nie etwas aus Madeira-Wein gemacht, aber da ich ihn zu Hause auf den Tisch bringe, trinkt sie ihn und verlangt ihn im Café. Mein Geschmack. Der Geschmack und der Geruch meines Hauses. Sie hat ein Café mit einem offenen Kamin entdeckt, wo brennende Scheite den Geruch meines Hauses verbreiten.

Wenn ich zu ihr aufblicke, sagt sie, blicke ich wie ein Kind. Wenn ich mich niederbeuge, blicke ich sehr traurig.

Die Spannung zerrüttet uns. Sie ist froh, daß sie abreist. Sie ist immer auf der Flucht. Sie ist auf der Flucht vor Henry. Aber ich kann die Trennung nicht ertragen, weil sie eine körperliche ist, und ich brauche ihre Anwesenheit. Es ist Henry, vor dem sie flieht.

Als wir uns für eine halbe Stunde trafen, um über Henrys Zukunft zu sprechen, bat sie mich, auf ihn zu achten, und dann gab sie mir ihr silbernes Armband, einen Teil von ihr. Es hat einen Stein, ein Katzenauge, so symbolisch für sie. Zuerst wollte ich das Armband nicht nehmen, sie besitzt so wenig, aber dann erfüllte mich die Freude, ihr Armband zu tragen. Ich trage es wie ein Symbol. Es ist mir kostbar.

June befürchtete, daß Henry mich gegen sie aufbringen könnte. »Wie?« fragte ich. »Indem er Sachen erzählt.« Was fürchtet sie? Ich sagte: »Ich habe meine eigene Meinung über dich. Henrys Meinungen kümmern mich nicht.«

Dann traf ich Henry zufällig, spürte seine Feindschaft und war betroffen. June sagte, er sei mißmutig und nervös; sie hätte ihm auch nur Dinge erzählt, die ihn nicht mißtrauisch machen, denn er sei auf Frauen eifersüchtiger als auf Männer. Henry, der mich für etwas Besonderes gehalten hat, zweifelt nun an mir. Von June geht ein ansteckendes Fieber aus.

Es könnte ihr gelingen, mich und mein Vertrauen in sie zu zerstören. Heute zitterte ich, als sie sagte, daß sie sehr natürlich und unbefangen zu sein versucht, wenn sie mit Henry über mich spricht, so als sei nichts Ungewöhnliches daran. So sagte sie zu Henry: »Anaïs hat sich in ihrem Leben einfach gelangweilt, darum hat sie uns zu sich genommen.« Mir schien das verlogen. Es war das einzige häßliche Wort, das ich von ihr gehört habe. Ich habe eine schöne June gesehen. Henrys Porträt zeigt eine häßliche June.

Den Leidenschaften zum Trotz, die Henry so oft beschrieben hat, glaube ich nicht, daß June und Henry sich jemals wirklich gefunden haben, daß sie sich einander hingegeben, einander besessen haben. Ihre Persönlichkeiten sind zu stark. Sie bekämpfen einander, Liebe ist ein Konflikt, sie belügen, mißtrauen einander.

June will zurück nach New York, um etwas aus sich zu machen, um mir angenehm zu sein, Schauspielerin zu werden, Kleider zu haben. Wozu? Ich sage: »Ich liebe dich, wie du bist.«

Die Hölle ist für jeden Menschen etwas anderes, jeder Mensch hat seine eigene Hölle. Mein Abstieg in das Inferno ist der Abstieg zu irrationalen Schichten der Existenz, wo die Instinkte und die blinden Emotionen herrschen, wo man nur aus dem reinen Impuls, der reinen Phantasie und daher im reinen Wahnsinn lebt. Nein, das ist nicht das Inferno. Während ich in diesem Zustand bin, bin ich mir des Unglücks so wenig bewußt wie ein Betrunkener, oder, besser gesagt, mein Elend ist eine große Freude. Erst wenn ich mein Bewußtsein wiedererlange, fühle ich unbeschreibbare Pein.

Gestern begann ich aus meinem Traum zu erwachen.

June und ich aßen zu Mittag in einem malvenfarbenen Lokal mit sanftem, indirektem Licht, das uns mit samtener Verschwiegenheit umfing. Wir legten unsere Hüte ab. Wir aßen Austern. Wir sprachen in Halbtönen, Vierteltönen, die wir allein verstehen. Sie erklärte mir, auf welche Weise sie Henrys Versuchen, sie logisch zu begreifen, eine Kenntnis von ihr zu erlangen, entgeht. Sie enthüllte eine Flüchtigkeit des Wesens, eine Fähigkeit, sich zu entziehen, in der sie ebenso hartnäckig und scharfsinnig sein kann wie andere Menschen in ihrer Offenheit und Selbsterkenntnis. Sie bewunderte Eleonora Duse, weil sie groß war. »D'Annunzio«, sagt June, »war nur ihr mittelmäßiger Sekretär. Einige Stücke sind nur aus ihr geboren und wären ohne sie nie entstanden.« Was wollte sie damit sagen? Daß Henry d'Annunzio ist und sie die Duse?

»Aber«, gab ich zu bedenken, »die Duse ist tot, und d'Annunzio hat seine Bücher. Er und nicht sie hat den Ruhm.«

Möchte sie durch mich, die Autorin, berühmt werden? Soll

ich über sie schreiben? Ihr Bild so zeichnen, daß die Menschen an das Bild von Henry nicht mehr glauben?

Ich bin ihr Poet. Ich bin der Poet, der Dinge schreiben wird, die ohne June nicht geschrieben würden. Aber ich selbst existiere auch noch, unabhängig von meinen Büchern.

June betrank sich mit Champagner. Ich brauche das nicht. Sie sprach über die Wirkungen von Haschisch. Ich sagte: »Ich habe solche Zustände ohne Haschisch kennengelernt. Ich brauche keine Drogen. Alles das habe ich in mir selbst.« Es irritierte sie. Sie begreift nicht, daß ich als Künstlerin in diesen Zuständen der Ekstase und Vision sein und zugleich mein Bewußtsein intakt erhalten will. Ich bin Dichter, ich muß fühlen und sehen. Ich wünsche keine Narkose. Ich bin trunken von Junes Schönheit, aber ich bin mir dessen auch bewußt.

Ich bin mir auch sehr wohl dessen bewußt, daß in ihren Geschichten einige offenbare Widersprüche stecken. Ihre Sorglosigkeit läßt Lücken offen, und wenn ich die Geschichten miteinander verbinde, passen sie nicht. Ich bilde mir eine Vorstellung von ihr, die sie fürchtet, vor der sie immer zurückweicht. Sie lebt planlos, zusammenhanglos. Sobald man versucht, June in eine Ordnung zu bringen, ist sie verloren. Diese Erfahrung ist ihr gewiß nicht neu. Sie ist wie ein Mensch, der sich betrinkt und sich treiben läßt. Wollte sie mich deswegen unter Drogen setzen, berauschen, blind machen, verwirren?

Beim Essen sprachen wir über Parfums, ihre Substanzen, ihre Mischungen, ihre Bedeutung. So nebenbei sagte sie: »Als ich am Sonnabend von dir wegging, kaufte ich für Jean ein Parfum.« (Jean, das Mann-Mädchen, von dem sie mir erzählt hatte.) Sie sagte, daß sie von meinen Augen so angezogen worden sei, wie ich von ihrem Gesicht. Ich sagte, daß ich den Druck ihres Armbandes um mein Gelenk so fühle, als wären es ihre Finger; es hält mich in Sklaverei. Sie wollte sich in meinen Mantel hüllen. Dann gingen wir hinaus und machten einen Spaziergang.

Sie mußte sich ihr Ticket für New York besorgen.

Wir erkundigten uns bei mehreren Schiffsagenturen. Junes Geld reichte nicht einmal für eine Überfahrt dritter Klasse nach New York, und sie versuchte, eine Ermäßigung zu bekommen. Ich beobachtete sie wie in einem Traum. Dabei rauchte ich ununterbrochen, weil auch June raucht. Ich sah sie am Schalter lehnen, das Gesicht in die Hand geschmiegt, bittend, so nahe an den Mann heranrückend, daß seine Augen sie förmlich auffraßen. Und sie so sanft, so flehend, verführerisch, mit einem heimlichen Lächeln für ihn, zu ihm aufblickend. Nichts entging mir.

Eine unerträgliche Qual. Ich sah ihr zu, wie sie bettelte. Ich war mir meiner Eifersucht bewußt, nicht ihrer Demütigung.

Wir gingen wieder hinaus. Wir überquerten die Straße. Wir fragten den Polizisten nach der Rue de Rome.

Ich sagte, ich würde das Geld geben, das sie braucht, mein ganzes Monatsgeld.

Wir betraten eine andere Schiffsagentur. June stammelte unzusammenhängende Geschichten. Ich sah, welchen Eindruck sie auf den Mann machte, durch ihr Gesicht und die sanfte, nachgiebige Art zu fragen, zu zahlen, zu unterschreiben, Instruktionen entgegenzunehmen. Ich stand daneben und sah ihr zu. Mein Traum war gleichsam rund um mich herum von mir abgeglitten, mein Traum von Junes Unversehrtheit, Unantastbarkeit, Erhabenheit. Ich stand daneben und hörte, wie sie der Franzose fragte: »Wollen Sie morgen mit mir einen Cocktail nehmen?« June gab ihm die Hand. »Um drei?« »Nein, um sechs«, sagte sie. Sie lächelte ihn an, schmeichlerisch, vertraulich, verführerisch. Dann, als wir draußen waren, erklärte sie hastig: »Er ist mir sehr von Nutzen gewesen, eine große Hilfe. Er kann eine Menge für mich tun. Er kann mich sogar im letzten Augenblick in die erste Klasse schmuggeln. Ich konnte nicht nein sagen. Ich will nicht hingehen, aber ich konnte nicht nein sagen.«

»Du hast es ihm versprochen, also mußt du auch hingehen«, sagte ich absurderweise, und die Absurdität meines Ärgers widerte mich an. Ich weinte beinahe. Ich nahm Junes Arm und sagte: »Ich ertrage es nicht, ich ertrage es nicht.« Ich wußte nicht, was ich nicht ertrug. Ich war blind vor Zorn. Worüber? Nicht über June. Es war ihre Schönheit. Sie konnte ihre Wirkung auf andere nicht verhindern. Aber ich war zornig über etwas, was sich nicht definieren läßt. War es ihre Bettelei? Ich dachte an die Prostituierte, die ehrsam ist, weil sie für Geld ihren Körper gibt. June gibt nur Versprechungen, falsche Versprechungen. Sie führt einen an der Nase herum.

June! Ganz tief unten tat es weh. Sie wußte es. Sie nahm meine Hand an ihre warme Brust. Sie tat es, um mich zu besänftigen und zu trösten.

Sie redete, redete über Dinge, die keinen Zusammenhang hatten mit dem, was ich fühlte. »Wäre es dir lieber gewesen, wenn ich brutal nein zu dem Mann gesagt hätte? Ich bin manchmal brutal, du weißt es, aber vor dir bringe ich es nicht fertig.

Ich wollte seine Gefühle nicht verletzen.« Und ich, weil ich nicht wußte, worüber ich mich ärgerte, schwieg. Es ging nicht darum, daß sie einen Cocktail annahm oder ablehnte. Man mußte nach den tieferen Beweggründen fragen: Wozu brauchte sie überhaupt die Hilfe dieses Mannes? Eine ihrer Phrasen fiel mir ein: »Es kann mir noch so dreckig gehen, irgendeinen finde ich immer, der mir den Champagner bezahlt.«

Das ist es! Sie ist eine Frau, die nach allen Seiten hin Versprechungen macht, die sie nie einzulösen gedenkt, wie es ehrliche Prostituierte tun. Daher kann sie hinterher auch mit ihrer sexuellen Unantastbarkeit prahlen. Sie ist eine Goldgräberin, sehr stolz auf ihren Körper, über den sie verfügt, aber nicht stolz genug, um die Erniedrigung mit hurenhaften Blicken durch den Schalter einer Schiffsagentur von sich zu weisen.

Sie erzählt mir, daß sie sich mit Henry wegen der Butter gestritten hat. Sie haben kein Geld und . . .

»Kein Geld? Aber zum Wochenende habe ich dir Geld für einen ganzen Monat gegeben. Heute ist Montag.«

»Wir hatten Rechnungen zu bezahlen«, sagte June. Ich dachte, sie meint die Hotelrechnung. Dann erinnerte ich mich plötzlich an das Parfum. Warum sagte sie nicht: »Ich habe am Sonnabend Parfum und Handschuhe und Strümpfe gekauft?« Während sie mir zu verstehen gab, daß sie Schulden zu bezahlen hatten, blickte sie mich nicht an. Ich erinnerte mich an andere Aussprüche: »Die Leute sagen, ich würde ein Vermögen, wenn ich es hätte, an einem Tag ausgeben, und keiner würde verstehen, wie. Ich könnte nie nachweisen, wie ich Geld ausgebe.«

Das ist die andere Seite von Junes Phantasien.

Wir spazierten die Straßen entlang, und alle Sanftheit ihrer Brust konnte den Schmerz nicht lindern.

Ich ging zum American Express. Der dicke Mann am Eingang grüßte mich. »Ihre Freundin war heute morgen hier und hat sich so verabschiedet, als würde sie nicht mehr wiederkommen.«

»Aber wir sind hier verabredet.«

Eine furchtbare Angst überkam mich. Würde ich June nie mehr sehen? Es war, als müßte ich sterben. Alles in allem, was bedeuteten schon meine gestrigen Gedanken! Vielleicht hatte ich sie beleidigt. Sie ist unmoralisch und unverantwortlich, aber meine Empfindlichkeit in Geldsachen ist lächerlich und anachronistisch. Ich hätte mit ihrem Wesen nicht experimentieren, nicht hoffen sollen, daß sie so ist wie ich, voller Skrupel und Stolz.

Sie ist ungebändigt. Ich bin dressiert, ein moralisches Geschöpf. Ich brächte es nicht fertig, Henry hungern zu lassen. Ich hätte sie ganz annehmen müssen. Wenn sie nur käme und eine halbe Stunde bei mir bliebe, oder nur einen Augenblick. Ich habe mich für sie angezogen, rituell. Wenn sie käme, würde ich nie mehr nach ihrem Verhalten fragen.

Dann kam June, ganz in schwarzem Samt, in einem schwarzen Cape, und ihr Hut mit einer Feder beschattete ihre Augen. Ihr Gesicht war blasser und durchsichtiger denn je. Das Wunder ihres Gesichtes und ihres Lächelns, ihrer Augen, die niemals lächeln.

Ich führte sie in eine russische Teestube, wo ich zuvor unter dem Mangel an Schönheit bei den meisten Menschen gelitten hatte, ihrem Mangel an Temperament, an Lebendigkeit. Die Russen sangen, was wir fühlten. June fragte sich, ob sie in ihren Gefühlen so glühend seien wie ihre Stimmen. Der Wohlklang und die Heftigkeit ihres Gesanges erregten uns. June gebrauchte das Wort *versengend*.

»Zuerst machte mir die Tuberkulose angst, aber jetzt bin ich froh, denn sie gibt mir mehr vom Leben, ein intensiveres Leben. Das ist alles, was ich mir jetzt wünsche, ein starkes Leben.«

Russische Stimmen und Junes glühendes Gesicht. Violette Teppiche und fleckige Fenster, staubige Lampen und der klagende Ton der Saiten. Von alldem ist June die Essenz, von Kerzen, Räucherwerk, Flambées, feinen Likören, exotischen Speisen.

Mit ihr verglichen, erscheinen die Menschen ringsum häßlich und tot.

June, hinstürzend in den Tod, lächelnd. Henry kann mit ihrer Rücksichtslosigkeit nicht Schritt halten, denn er hält sich an der Erde fest. Er lacht gern, ißt gern, wünscht sich die einfachen Freuden. So bremst er sie. Aber June und ich, wir suchen Übersteigerungen und den Wahnsinn Rimbauds.

Ich habe dem Wahnsinn immer einen heiligen, dichterischen Wert beigemessen, einen mystischen Wert. Er schien mir eine Absage an das gewöhnliche Leben, eine Anstrengung, es zu übersteigen, sich auszuweiten, über die Grenzen der »Condition Humaine« weit hinauszugehen. Junes Wahnsinn erschien in diesem Augenblick schön. Ich sagte nicht einmal zu ihr, was man zu einem Menschen in Gefahr sagen sollte: »Du mußt auf deine Gesundheit achten.« Wenn sie sich auf diese Weise auflösen wollte, in einer überhöhten, brennenden Form des Lebens, so würde ich ihr folgen, wohin immer sie auch gehen wollte.

Es war Zeit für den Abschied. Ich setzte sie in ein Taxi. Sie saß darin, zum Fortgehen von mir bereit, und ich stand vor ihr, unter der Folter. »Ich möchte dich küssen, ich möchte dich küssen«, sagte sie. Und sie bot mir ihren Mund, den ich lange küßte.

Um June noch festzuhalten, denke ich so an sie, als ginge sie neben mir. Ich stelle mir vor, wie ich zu ihr sage: Du bist ein wunderbarer Charakter, ein unheilvoller Charakter. (Sie bezeichnet sich selbst immer als einen Charakter von Dostojewski.) Du hast Kraft, Freiheit. Du hast mir alle meine Skrupel und Schuldgefühle, mein Gewissen fortgeküßt. Deine Liebe zu Henry ist masochistisch. Du bist die Ursache für die Größe seines Buches.

Als June fortgegangen war, wollte ich tagelang nur schlafen und träumen, aber ich hatte noch mit einer anderen Sache fertig zu werden, mit meiner Freundschaft für Henry. Ich lud ihn ein, nach Louveciennes zu kommen, denn ich wußte, daß er litt. Ich wollte ihm Frieden geben und eine besänftigende Atmosphäre, aber ich zweifelte natürlich nicht daran, daß wir über June sprechen würden.

Wir wanderten durch den Wald, liefen unserer Ruhelosigkeit davon und sprachen miteinander. In beiden von uns ist ein Zwang, June verstehen zu wollen. Er ist nicht eifersüchtig auf mich, er sagte: »Du hast bei June Wunder gewirkt. Es ist überhaupt zum ersten Male, daß sich June an eine wertvolle Frau angeschlossen hat.« Er schien zu erwarten, daß ich einen Einfluß auf Junes Leben hätte. Als er merkte, daß ich sie verstand und daß ich ihm vertraute, sprachen wir offen miteinander.

Nur einmal stockte ich, zweifelnd, und fragte mich, ob meine vertraulichen Mitteilungen ein Betrug an June seien. Henry spürte meine Zweifel und war mit mir einer Meinung, daß im Falle June »Wahrheit« ganz aufgegeben werden müsse, denn sie lebt in Phantasien und Illusionen. Aber nur diese Wahrheit konnte eine Basis unserer Freundschaft sein.

Als wir dann später vor dem Kaminfeuer saßen, kam es zu einer Verständigung zwischen uns: Wir verlangen beide Wahrheit. Sie ist für uns eine Notwendigkeit. Wir sollten zusammen versuchen, mit unser beider Verstand, June zu begreifen. Was ist June, was ihre Größe? Henry liebt sie leidenschaftlich, er will June, die Frau, die immer Verkleidungen trägt, verstehen. June, der starke Charakter, die Romanfigur! In seiner Liebe zu ihr ist er so gefoltert worden, daß der Liebhaber im Schriftsteller Zuflucht suchte. Der Schriftsteller ist wie ein Detektiv. Aber es ist der Gatte, der eifersüchtige und betrogene Ehemann, der so grausam über sie und Jean geschrieben hat, über seine Versuche, ihr lesbische Neigungen nachzuweisen, seine fruchtlosen Mühen.

»Wenn es eine Erklärung für das Rätsel gibt«, sagte ich, »dann ist es diese: Die Liebe zwischen Frauen ist eine Zuflucht und Ausflucht in Harmonie und Narzißmus, weg von dem Konflikt. In der Liebe zwischen Mann und Frau gibt es Widerstand und Konflikt. Zwei Frauen verurteilen einander nicht. Sie schließen ein Bündnis. In einer gewissen Weise ist es Selbstliebe. Ich liebe June, weil sie die Frau ist, die ich sein möchte. Warum June mich liebt, weiß ich nicht.«

Ich gebe ihm das eine, was June ihm nicht geben kann: Aufrichtigkeit. In mir ist eine merkwürdige Distanz zu meinem eigenen Ich. Ich bin so gern bereit, alles zuzugeben, was eine ichbezogene Frau nicht zugeben würde: daß June wundervoll und anregend ist und jede andere Frau neben ihr fade erscheint. Daß ich gern ihr Leben leben würde, hätte ich nicht mein Mitgefühl und mein Gewissen.

Es mag sein, daß sie Henry als menschliches Wesen zerstört, aber sie fasziniert den Schriftsteller Henry, und sie gibt ihm in den Feuerproben, denen sie ihn unterwirft, mehr als Glück.

Aber wie June habe ich zahllose Möglichkeiten der Erfahrung, wie June habe ich die Kraft, wie eine Flamme zu brennen, furchtlos mich allen Erfahrungen auszusetzen. Dekadenz, Amoralität oder Tod. Der Idiot und Nastasja stehen mir näher als die Selbstverleugnung von Abaelard und Heloïse. Die Liebe zu nur einem Mann oder nur einer Frau ist eine Begrenzung. Ein volles Leben lebt man unbewußt und instinktiv in allen Richtungen, wie Henry und June es tun. Idealismus ist der Tod des Körpers und der Vorstellungskraft. Alles außer Freiheit, äußerster Freiheit, ist Tod.

Henry aber wird sehr zornig und sagt, June sei wertlos. Ihre Macht sei groß, aber destruktiv. Sie sei in die schwächlichste, primitivste Lebensart verfallen, in die Phantasterei. Ich aber liebe ihre Macht, die aus der Widerstandslosigkeit, der Hingebung erwächst. Das Böse ist ebenso Leben wie das Gute. Ich will ohne Idealismus und ohne Moral leben. Aber ich bin nicht frei. Ich bin unfähig zur Zerstörung.

Henry erwartet, daß ich meine Kraft auf June übertrage. Ich brauche keine Drogen, keine künstlichen Erregungen. Sie gehören nicht zu meiner Rolle. Aber mein Verlangen, mit June alle diese Dinge zu tun, einzudringen in das Böse, das mich anzieht, unterscheidet sich nicht von der Begierde, die Henry trieb, als er sie zum erstenmal im Tanzlokal traf, als sie sich im Park bei Nacht liebten und sie fünfzig Dollar von ihm haben wollte.

Ich gehe in die Welt hinaus und suche das Leben, und die Erfahrung, die ich machen möchte, wird mir verweigert, weil in mir eine Kraft ist, die sie neutralisiert. Ich treffe June, eine Fast-Prostituierte, und sie wird rein. Eine Reinheit, die Henry unbegreiflich bleibt, eine Reinheit des Gesichtes und Wesens, die Respekt gebietet – so wie sie an einem Nachmittag bei mir saß, in einer Ecke des Diwans, blaß, durchsichtig, unschuldig. Junes wahrer Dämon ist eine Lebensgefräßigkeit, eine Besessenheit durch das Leben, den Geschmack seiner bittersten Würzen. June, die aus den Impulsen ihrer Natur lebt, ist mit den Erklärungsversuchen, die Henry und ich unternehmen, nicht zu fassen. Henry möchte ihr eine Selbsterkenntnis aufzwingen, die, von ihr angenommen, diesen Fluß von Phantasien und dunklen Impulsen zum Versiegen brächte. Es gelingt ihm nur, ihr eine Ganzheit zu zeigen, mit der sie nicht leben kann.

»June«, sagte ich zu Henry, »zerstört die Realität; ihre Lügen sind keine Lügen, sondern Rollen, die sie ausleben will. Sie hat größere Anstrengungen gemacht als wir alle, um ihre Illusionen mit Leben zu erfüllen. Als sie dir sagte, daß ihre Mutter gestorben sei, daß sie ihren Vater nie gekannt habe, daß sie unehelich geboren sei, versuchte sie irgendwo zu beginnen, ohne Wurzeln, sich selbst zu erfinden. Jedermann könnte ihr Vater sein. Sie liebt die Ungewißheit, die Möglichkeit der Überraschung. Sie will nicht eingeordnet werden, nicht auf irgendeine Rasse oder Nation oder auch nur einen Hintergrund festgelegt sein. Ihre Blässe, ihre hochgewölbten Augenbrauen, ihr Cape, ihr Schmuck, ihre unregelmäßigen Mahlzeiten, ihre verwischten Grenzen zwischen Nacht und Tag, ihr Haß gegen das Tageslicht, alles das sind Fluchten aus vorgeschriebenen Bahnen.«

Henry sagte: »Kein Mensch kann zu June sagen: ›*Hör zu*, hör zu, ruhig und aufmerksam!‹ Ich habe sie manchmal dazu gezwungen, mit Gewalt. Wie hast du erreicht, daß sie dir zuhört? Wie hast du ihren nervösen Redefluß gestoppt? Wenn sie über dich sprach, war sie unterwürfig.«

Was habe ich getan? Nichts. Ich habe sie angeschaut, Sympathie gefühlt für ihre Suche nach dem Wunderbaren, ihr Chaos, das ich nicht nach Männerart zu ordnen versuchte, sondern akzeptierte, wie ich sie selbst akzeptierte mit ihrem Mut, in jede Erfahrung hinabzusteigen. Sie hat diesen Mut. Sie gehorcht jedem Impuls, trinkt, nimmt Drogen, vagabundiert, ist frei um den Preis der Armut und Erniedrigung.

»Ich verstehe sie. Man kann sie nicht als ein Ganzes nehmen. Sie ist aus Fragmenten zusammengesetzt. Nur die Leidenschaft gibt ihr für einen Augenblick das Gefühl der Ganzheit. Als Mensch kann sie vielleicht deine menschliche Liebe verlieren, aber deiner Bewunderung für die Persönlichkeit, die June heißt, ist sie sicher.«

»Mit June verglichen, erscheinen alle anderen Frauen blaß. Sie hatte Tränen in den Augen, als sie von deiner Großmut sprach und wiederholte immerfort: ›Sie ist mehr als eine Frau, viel mehr als eine Frau‹.«

»Sie demütigt dich, läßt dich hungern, verwüstet dich, foltert dich und läßt dich trotzdem wachsen. Du schreibst Bücher über sie. Ich habe nicht ihren Mut, zu verletzen, auch nicht aus guten Gründen – absichtlich weh zu tun und dabei zu wissen, daß es mit absoluter Notwendigkeit geschieht.«

»Und die lesbische Liebe?«

»Darauf kann ich keine Antwort geben. Ich weiß es nicht. Zwischen uns war es das nicht.«

Henry glaubt mir.

»Ihre Sinnlichkeit ist komplizierter als die deine. Sehr viel dunkler.«

June erzählte immer Geschichten. June, mit Drogenwirkung in den Augen und atemloser Stimme:

»Im Sommer verließ ich einmal mein Hotel mit einem Phonographen, den ich einer Freundin leihen wollte. Ich trug ein sehr leichtes Sommerkleid und keine Strümpfe, weil ich kein Geld für Strümpfe hatte. Vor einer Bar sah ich ein leeres Taxi und setzte mich hinein, um auf den Fahrer zu warten. An Stelle des Fahrers kam ein Polizist. Er steckte seinen Kopf durch das Fenster und sagte: ›Was ist los mit Ihnen? Ist Ihnen schlecht?‹ Ich antwortete: ›Ich warte auf den Taxifahrer. Ich bringe einen Phonographen zu einer Freundin. Er ist schwer, ich möchte ihn nicht tragen. Ich habe das erste Taxi genommen, das mir untergekommen ist.‹ Der Polizist war jedoch mißtrauisch und starrte in mein blasses Gesicht. ›Wo wohnen Sie?‹ Ich wurde ärgerlich und sagte, ich würde es ihm schon zeigen, wo ich wohnte, wenn er es wünschte, und er bestand darauf und trug den Phonographen für mich. Ich führte ihn in den Keller, in dem wir lebten und in dem Henry noch im Bett lag, mit einem roten, gestickten, rumänischen Hemd, in dem er wie ein Russe aussah. Auf dem Tisch türmten sich Manuskripte, Bücher, Flaschen, Aschenbecher. Er konnte sehen, daß wir Intellektuelle waren. Bohemiens. Auf dem Tisch lag ein langes Messer. Jean hatte es aus Afrika mitgebracht. Der Polizist untersuchte es, lächelte dann und ging weg.«

Ich saß schweigend. June begann mit einer anderen Geschichte.

»Eines Tages kam ein Mann an meine Tür und fragte, ob ich M oder O wünsche. Ich sagte, ich wüßte nicht, was er meinte. Er sagte lachend: ›Natürlich wissen Sie es, Morphium oder Opium. Ich bringe Ihnen morgen für zehn Dollar, wenn Sie wollen.‹ Ich sagte, daß ich nicht wollte, aber er sagte, er würde es trotzdem bringen. Am nächsten Tag drängte sich ein Mann in mein Zimmer und sagte: ›Sie haben für zehn Dollar M und O bestellt. Ich werde Ihnen Schwierigkeiten machen.‹ ›Nein, das werden Sie nicht‹, sagte ich und rief einen Mann an, der bei hohen Regierungsstellen Einfluß hat. Als der Mann den Namen meines Freundes hörte, bekam er es mit der Angst zu tun und bat mich, kein Wort zu sagen, versprach, daß er mich nicht mehr belästigen würde, und ging fort.«

Ich saß schweigend und fragte mich, ob die Geschichten, wie Albertines Geschichten für Proust, jede einen geheimen Schlüssel zu unerklärlichen Ereignissen in Junes Leben enthielten. Sie nimmt, wie ich weiß, Drogen, und sie kann Schwierigkeiten mit der Polizei gehabt haben. Einige dieser Geschichten stehen in Henrys Buch. Sie hat keine Hemmung, sich zu wiederholen. Sie ist von ihren Erfindungen und Romanzen betäubt. Sie haßt Erklärungen. Ich weiß nicht, warum ich die Geschichten für unwahr halte. Bescheiden stehe ich vor diesem Gespinst aus Dichtung und Wahrheit und frage mich, ob ich wohl imstande wäre, ihr bessere Geschichten zu erzählen.

In manchen Augenblicken erscheint sie nicht mehr ganz menschlich, so wenig ist sie sich ihrer Handlungen bewußt, amoralisch, von keinen menschlichen Überlegungen oder Zweifeln gehemmt. Sie zögerte nicht, Henry nach Paris zu schicken und ihn dann ohne das Geld zu lassen, das sie zu senden versprochen hatte. Sie mutete ihm zu, ihr gemeinsames Leben mit Jean zu teilen. Sie lebt wie in einem Traum, in unberechenbaren

Impulsen und Launen, verwickelt sich in Verhältnisse, achtet nicht auf das, was sie in ihrem tollen Dahinstürmen zerstört. Ein Mann beging ihretwegen Selbstmord. Sie ist so sehr damit beschäftigt, nur zu *sein*, zu sprechen, zu gehen, zu lieben, zu trinken, daß sie daneben nichts anderes mehr fertigbringt. Sie hatte sich einmal vorgenommen, Schauspielerin zu werden, konnte sich aber nicht an Disziplin gewöhnen, an Proben, Termine, Abmachungen, sorgfältige Frisur und Kleidung. Sie spricht davon, daß sie Henry beschützt, tut es aber unregelmäßig, spasmodisch. Sie ist betroffen, weil sie ihn nicht zufriedenstellen kann, weil er aufbegehrt gegen ihre Besessenheiten, ihr exzentrisches Gehabe, ihr wirres Benehmen. In ihrem »besessenen« Leben ist sie unfähig, einzuhalten, nachzudenken. Sie lehnt es ab, sich über Bedeutung und Richtung ihres Lebens Gedanken zu machen. Sie lebt im Chaos.

Ich kann auf meinem Wege aufgehalten werden durch alle Arten von Überlegungen, durch Mitleid, Gedanken an andere, Angst um jene, die ich liebe, Fürsorge, Ergebenheit, Pflichtgefühl, Verantwortlichkeit. Aber Gedanken hindern, wie Gide sagt, das Tun und das Sein. In diesem Sinne ist June *sein*. Man kann sie nicht bewachen. Sie ist unsere Phantasie, losgelassen auf die Welt. Sie tut, was andere nur in ihren Träumen tun. Vernunftlos: das Leben unseres unkontrollierten Unbewußten. Es gehört ein phantastischer Mut dazu, ohne Gesetze zu leben, ohne Hemmungen, ohne Gedanken an die Folgen.

Nach welchem dämonischen Soll und Haben verrechnet June, daß Henry und ich, menschliche Wesen, die ihre impulsive Art und Rücksichtslosigkeit mit Scheu betrachten, uns von ihr mehr bereichert fühlen als von der zärtlichen Verehrung anderer, ihrer gemäßigten Liebe, ihrer überlegten Behutsamkeit?

Junes andere Seite – ich sehe die grandiose Seite von June als Person. Ich will sie nicht wie Henry in Stücke reißen. Ich will sie lieben und schön machen.

Das Wunder und das Geheimnis von Junes Wahnsinn. In meinem Zwiespalt fühle ich mich ihr näher als Henrys erdhafter Primitivität. Eines Tages werde ich ihr vielleicht bis an das Ende ihrer Reise folgen.

Gide sagt: »Dostojewskis Personen werden im Kern von ihrem Stolz oder dem Mangel an Stolz bewegt.«

Henrys Bordelle müssen June lachhaft erscheinen. So primitiv, direkt, ganz natürlich. Ich bin sicher, daß ihre Art und Weise nicht so leicht beschrieben werden kann, unbegreiflicher, sinnlicher ist. Sie ist umgeben von einem erotischen Licht. Henry hofft, sie mit meiner Hilfe zu verstehen. Ich muß wissen, denkt er. Mir muß alles klar sein. Zu seiner großen Überraschung sage ich Dinge, wie June sie sagt: »Es ist nicht dasselbe.« Es gibt eine Welt, die ihm verschlossen bleibt, eine Welt mit eigenen Schattierungen, Graden, Nuancen, Feinheiten. Er ist ein Genie und doch zu unkompliziert. June schlüpft zwischen seinen Fingern durch. Man kann nicht besitzen, ohne zu lieben.

[Februar 1932]

Von Henry kommen gewaltige, gewichtige Briefe. Lawinen. An die Wände meines Arbeitszimmers habe ich zwei große Bogen geheftet, die ganz bedeckt sind mit Inschriften von ihm. Ein Panorama seines Lebens ist da, mit den Namen seiner Freunde und Freundinnen, den Titeln ungeschriebener Romane, geschriebener Romane, Namen von Orten, die er kennt und anderen, die er aufsuchen möchte. Das Ganze ist übersät mit Notizen für zukünftige Bücher.

Ich stehe zwischen June und Henry, zwischen seiner primitiven Kraft, in der er sich wohl fühlt (das ist die Realität), und Junes Einbildungen und Ausgeburten. Ich freue mich über Henrys verschwenderische Fülle. Ich möchte ihm mit gleichem Fluß und Überfluß vergelten. Aber ich merke, daß ich, wie June, einige Geheimnisse für mich bewahre. Angst vor Lächerlichkeit? Ich zögere Erklärungen hinaus. Ich weiß, daß er glaubt, June hätte mich verführt, und daß er durch mich endlich Klarheit bekäme. Es ist wie bei Proust, der zeitweise mehr Vergnügen an einem Gespräch mit Albertines Freundin empfand – die ihm vielleicht über Albertine etwas erzählen konnte, was er nicht wußte – als an einem Zusammensein mit Albertine selbst, die zu jener Zeit ihr ganzes Leben vor ihm verbarg. Ich habe versprochen, ihn in unsere, in meine Welt einzuführen. Es ist durchaus möglich, daß ich verschlossener bin als June, ängstlicher, mich selbst zu enthüllen.

Die Vorstellung einer Vielheit der Ichs hat mich immer beunruhigt. Manchmal ahne ich darin große Möglichkeiten und manchmal Krankheit, etwas Wucherndes, so gefährlich wie

Krebs. Im ersten Bild, das ich mir von den Menschen meiner Umgebung machte, waren alle zu *Ganzheiten* geordnet, während ich selbst aus einer Vielzahl von Ichs, aus Fragmenten, bestand. Ich erinnere mich, wie sehr mich als Kind die Entdeckung, daß wir nur ein Leben haben, bestürzte. Es scheint mir, daß ich diesen Mangel durch vielfältige Erfahrungen auszugleichen trachtete, aber vielleicht glaubt man das immer, wenn man seinen Impulsen folgt und von ihnen in verschiedene Richtungen gedrängt wird. Jedenfalls hatte ich immer, wenn ich glücklich war, am Beginn einer Liebe, in der Euphorie, das Gefühl, für viele vollgültige Leben begabt zu sein. (June?) Nur wenn ich auf Schwierigkeiten stoße, nicht mehr aus noch ein weiß, in Komplikationen und Paradoxa ersticke, fühle ich mich verdammt und spreche von »Wahnsinn«, aber ich meine den Wahnsinn der Dichter.

Einfach zu sagen, June sei eine treulose Frau, ist für Henry zu simpel. Wir können beides sein, treu zum Augenblick der Gegenwart, zum Leben, und untreu in der Liebe. Henry zeichnet von June immer ein Bild, das aus Scherben besteht und sich nicht mehr zusammenfügen läßt.

»Leidenschaft gibt mir Augenblicke der Ganzheit.«

Vielleicht haben wir uns von der Ganzheit ein falsches Bild gemacht, und Menschen wie June explodieren unter dem Druck einer künstlichen Einheit und entfliehen in alle Richtungen.

Eines Tages werden wir vielleicht zu einem besseren Ganzen wieder zusammengefügt.

Ich sagte nie zu June: »Du lügst«, sondern: »Das glaubst du, das erfindest du«, wie ich es selbst gern von meinen Eltern gehört hätte, wenn ich Geschichten von Dschungeltieren in den Straßen erfand usw.

Vielfalt der Person, Vielfalt des Lebens, entstanden aus einem ungewöhnlichen Hunger. Die arme June hat die Liebesdosis erhöht wie der arme Süchtige die Dosis seiner Droge.

Henry ist seiner Herkunft nach, wie er mir erzählte, Deutscher. Ich hätte ihn für einen Slawen gehalten, vielleicht, weil Dostojewski in sein Leben verwoben ist. Er hat die deutsche Sentimentalität. Er schwankt zwischen Sentimentalität und Gefühllosigkeit. Seine Einbildungskraft ist deutsch, seine Bücher erinnern an George Grosz. Er hat eine Liebe zum Häßlichen. Er liebt Gewöhnlichkeit, Slang, Unterweltslokale, Schmutz, Verkommenheit, den *bas fonds* aller Dinge. Er liebt den Geruch von Kohl, von Stew, der Armut und der Prostituierten.

Henrys Briefe vermitteln mir ein Gefühl des Überflusses, das ich selten erreiche. Sie sind außerordentlich. Ich habe große Freude daran, zu antworten, aber ihre Masse überwältigt mich. Kaum habe ich auf einen geantwortet, schreibt er einen neuen. Kommentare zu Proust, Bücherlisten, Beschreibungen, Launen, sein Leben, seine unersättliche Sexualität, die Art, wie er überall hineinstolpert, in Unternehmungen verwickelt wird. Zuviele Unternehmungen für mein Gefühl. Unbewältigt. Kein Wunder, daß Proust ihn staunen macht. Kein Wunder, daß ich sein Leben betrachte und weiß, daß ich nie so leben könnte, denn mein Leben ist von Gedanken gebremst und von der Notwendigkeit, zu verstehen, was ich lebe.

Brief an Henry:

»Du verlangst unmögliche und einander widersprechende Dinge. Du möchtest wissen, welche Träume, welche Impulse, welche Wünsche June hat. Aber wie soll sie darüber berichten, wenn sie wie ein Unterseeboot lebt, immer tief drunten am Grund des Instinktes und der Intuition? Vielleicht kann ich eher sprechen, weil ich immer wieder emporsteige, um Atem zu holen, weil ich nicht immer nur lebe, liebe, meinen Phantasien nachlaufe. Vielleicht werde ich mich eines Tages hinsetzen und Dir dann nichts sagen können, als daß ich selber eigentlich lieber ziellos dahinleben möchte. Du rennst mit dem Kopf gegen die Wände von Junes Welt und möchtest, daß ich alle Schleier wegziehe. Du möchtest zarte, tiefe, vage, dunkle, geheimnisvolle, wollüstige Empfindungen gewaltsam umformen in etwas, das Du packen und vergewaltigen kannst. Wirst Du nicht eine Karikatur daraus machen? Warum verlangst Du von mir solche Erklärungen? Du warst der erste, der eines Tages sagte: ›Chaos ist Reichtum, Chaos ist fruchtbar.‹ Junes Geheimnisse inspirierten Dich. Keiner anderen Frau hast Du je so viel Aufmerksamkeit geschenkt. Warum willst Du dieses Geheimnis erforschen? Wirst Du zufrieden sein, wenn Du entdeckt hast, daß June lesbisch ist, daß sie Rauschgift nimmt, daß sie geisteskrank sein könnte, daß sie hundert Liebhaber hat? Ich habe nie verstanden, warum Proust alles wissen, ja beinahe selbst dabei sein mußte, wenn Albertine einen anderen Menschen liebte.«

June *ist* einfach. Sie hat keine Gedanken, keine eigene Phantasie. Dergleichen erhält sie, übernimmt sie von anderen, die durch ihr Gesicht und ihren Körper angeregt werden. Henry sagt ärgerlich: »Sie ist ein leeres Gefäß.« Und er fügt hinzu: »Du bist das volle.« Mitten am Tag an sie zu denken, erhebt mich über das gewöhnliche Leben. Wer fragt nach Gedanken, Phantasien, dem Inhalt, wenn die Verpackung schön und anregend ist? Ich werde von der leeren Packung June inspiriert. Nie ist die Welt früher so leer gewesen, als seit ich sie kenne. Das ist so, weil eine Welt voller Ideen, Talent, Phantasien noch immer keine volle Welt ist. June bringt das schöne, glühende Fleisch, den Blitz ihrer Stimme, die unergründlichen Augen, die trunkenen Feste, die Gegenwart des Körpers, die Fleischwerdung unserer Träume und Werke. Was sind wir? Wir sind nur die Schöpfer. Sie *ist*. Wie langweilig ist die Welt ohne June! Ohne Schönheit. Ohne Stimme. Ohne Gegenwart. Alle geschriebenen Gedichte, alle erotischen Vorstellungen, alle Besessenheiten, Illusionen, alle Ängste der Nacht und alle Rasereien, was sind sie schon, wenn es June nicht gibt, das lebendige Wesen, das sich bewegt und uns berührt? Alle unsere Schreie sind vergeblich, unsere gestammelten Worte, alle Glut und aller Eifer des Geschichtenerzählens, unsere Werke sind unfruchtbar, wenn June nicht in ihnen enthalten ist als ihre höchste Materialisation, in dämonischer Gleichgültigkeit für alle menschlichen Ordnungen, menschlichen Grenzen und Beschränkungen.

Von Henry erhalte ich jeden Tag Briefe. Ich antworte ihm sofort. Ich gab ihm meine Schreibmaschine und schreibe mit der Hand. Tag und Nacht denke ich an June. Ich bin voller Energie. Ich schreibe endlose Briefe.

In der vergangenen Nacht konnte ich nach der Lektüre von Henrys Roman nicht schlafen. Es war Mitternacht. Ich wollte aufstehen und in mein Arbeitszimmer gehen und Henry etwas über sein erstes Buch schreiben. Man muß zwei Türen öffnen, und sie quietschen. Ich lag still und zwang mich, zu schlafen, während Worte wie kleine Wirbelstürme durch mein Gehirn rasten. Ich konnte, als wäre ich dabeigewesen, die verheerende Scharade erkennen, in die Liebende eintreten. Für Henry und June heißt das Thema Wahrheit und Unwahrheit, Illusion und Realität. Der Zusammenhang stellt sich nur im Fangnetz der Begierden her. Keine Zeit, das Bett aufzudecken, die Fenster zu schließen, das Licht zu löschen. An die Wand gelehnt, auf dem Teppich, auf einem Stuhl, einer Couch, in Taxis, in Lifts, in Parks, am Strand, auf Booten, in den Wäldern, auf Balkonen, in Hausfluren bei Nacht klammern sie sich aneinander, Körper an Körper, Atem in Atem, Zunge an Zunge, als gälte es, für heute und alle Zeiten Essenzen, Gerüche, Düfte zu verschlingen, vermischen, sich einzuverleiben, die sich ihnen zu anderen Zeiten entziehen.

Einmal wenigstens sind sie in einem gemeinsamen Pulsschlag verbunden. In diesen Riten des Körpers sind keine Mysterien verborgen. Handgreiflicher Ritus, eine Handvoll Evidenz.

Ich kann sie sehen, Rücken an Rücken liegend. Er noch ganz in ihr verströmt. Ihr Atem wird ruhig. Er möchte bei ihr bleiben, blind in den Falten ihres Fleisches geborgen. Auf welchen Schwingen flieht sie vor Henry? Als sei der sinnliche Akt nur das Ansetzen eines Mundes an eine Opiumpfeife gewesen.

Henry beklagt sich. »Nie war sie zärtlich oder sanft nach der Liebe. Sie steht auf, ist kühl und gefaßt.« War es in diesem Augenblick, daß sich Henry gegen sie wendete? Daß er eine June angriff, die sich von ihm trennte, ihm den Status der Freundschaft verweigerte? Entweder Leidenschaft oder Krieg. Und wer hat zuerst den Krieg erklärt?

Von Henry habe ich gelernt, mir Notizen zu machen, aus mir herauszugehen, statt im verborgenen zu brüten, mich zu bewegen, jeden Tag zu schreiben, etwas zu tun, mich auszusprechen, statt zu meditieren, Gefühle, die mich aufwühlen, nicht zu verbergen. Er weckt gewaltige Kräfte in mir. Ich schreibe gegen ihn und mit ihm. Ich lebe gegen ihn und mit ihm. Ich habe Einblick in sein Leben. Mit ihm zusammen fühle ich mich reich. Seine Briefe und die Notizen auf den Rückseiten, sein Überfluß an Tatkraft geben mir ein Gefühl von Leben und Dynamik, das ich liebe, ein Gefühl des Wachsens, der Weite, der Fülle. Ich könnte nicht länger in einer leeren Welt leben. Ich muß viel zu lieben und zu hassen haben, in vieles einbezogen sein. Ich bin zutiefst glücklich. Ich habe nicht mehr das Gefühl von Leere rings um mich.

Wie weit bin ich von meinem freundlichen, friedlichen Heim entfernt! Aber selbst für June war ich ein Erzengel. Alle wollen sie mich glorifizieren, mich in ein Standbild, einen Mythos verwandeln. Sie wollen mich idealisieren und zu mir beten, von mir Tröstung und Beruhigung erlangen. Verflucht sei mein Bild, jenes Bild von mir, das mich täglich erwartet mit derselben Überfeinheit, Überzartheit, dem Stolz, der Verwundbarkeit, die den Menschen eingibt, mich beschützen, mit Vorsicht behandeln zu wollen. Verflucht meine Augen, die tief und traurig sind, und meine Hände, die zart sind, und mein Gang, der ein Schreiten ist, meine flüsternde Stimme, alles dies, was sich gut in Gedichten macht, aber zu zerbrechlich ist, um angepackt, verletzt, gebraucht zu werden. Ich bin dem Tode nahe vor Verlassenheit, der Auflösung nahe. Mein Wesen wird von Henry und June in zwei Teile zerrissen, in einen vollkommenen Zwiespalt hinein, in tiefen Widerspruch. Es ist mir unmöglich, einer Richtung zu folgen, nur in einer Richtung zu wachsen.

June sagte zu mir: »Wie kann ich Henry treu sein, wenn er nicht alles an mir liebt, wenn er so vieles an mir verurteilt, wenn nicht gar haßt?«

»Ja«, gab ich zu, »der wirklich Treulose ist jener, der nur einen Teil von dir liebt und den Rest zurückweist.«

Mir gesteht Henry, daß er von der Angst verfolgt wird, June sei nur eine Ausgeburt seines Gehirns. »Sie steckt voller Dinge, die andere ihr schenken. Zwischen ihr und anderen Frauen gibt es nur einen Unterschied: statt Pelzen und Juwelen möchte sie lieber Bilder, Gedichte, Romane, Kompositionen, Statuen, Loblieder, Bewunderung haben.«

»Dann existiert sie durch die Auswahl, die sie trifft«, sagte ich zu Henry. »Existiert sie nicht dadurch, daß sie dich gewählt hat? Oder mich? Welche Art von Sicherheit suchst du? Sie ist empfindlich für Worte. Sie lebt durch ihre Stimme, ihre Intuition. Wir haben keine Sprache für die Sinne. Gefühle sind wie Bilder, Empfindungen wie Töne in der Musik. Wie willst du sie beschreiben?«

»Zum Beispiel«, sagt Henry, der mir nicht zuhört, »sagte sie einmal, sie sei tuberkulös gewesen. Aber sie wollte nicht sagen, ob sie geheilt ist und wie lange sie krank war. Alles, was ich herauskriegen konnte, war, daß sie dadurch gelernt hat, intensiver zu leben.«

»Vielleicht, Henry, denkt sie, daß du sie mehr liebst, wenn die Gefahr besteht, daß du sie verlieren könntest.«

»Wenn sie wieder neue Freunde aus einem Café anschleppte, sagte sie bei der Vorstellung immer: *Sie* haben mich angesprochen, *sie* wollten mich kennenlernen.« Als ob sie weiches Wachs wäre, in das andere ihre Siegel eindrücken. Henry hält das immer nur für ein Manöver, hinter dem sich ein egoistisches Interesse verbirgt.

»Vielleicht sagt sie dabei die Wahrheit. Vielleicht muß sie sich wie eine Schauspielerin aus einem Publikum, aus Lob und Bewunderung aufbauen. Sie braucht das vielleicht als Bestätigung ihrer Sichtbarkeit. Ich weiß, die Vorstellung einer June, die an sich selber zweifelt, erscheint dir lächerlich. Aber ich habe das Gefühl, daß sie sich weniger um eine innere Selbstsicherheit bemüht als um Bestätigungen von außen, äußere Bestätigungen ihrer Schönheit, ihrer Macht, ihrer Talente usw.«

Dieses Bedürfnis (das ich selbst kenne, Henry aber verschweige) steigert sich wie das Verlangen des Süchtigen nach Rauschgift. June muß die Dosis an Freundschaften, Bewunderern, Verehrern, Liebhabern steigern.

»Wonach suchst du, Henry? Scheuern dich ihre Fesseln wund? Was gewinnst du durch die Gewißheit, daß June mehr als einen Menschen lieben kann? Was suchst du? Willst du dich selbst herauswinden? Man sagt, daß Menschen, die mehr als ein Ich haben, krank sind, aber du selbst, wie viele Henrys sind in dir? Und du hältst dich für den gesündesten Menschen!«

»Ich will den Schlüssel, den Schlüssel zu den Lügen.«

»Leidenschaft und Gewalt schließen niemals einen Menschen auf.«

»Was schließt Menschen auf?«

»Mitleid.«

Henry lachte. »Mitleid und June sind total unvereinbar. Total absurd. Ebensogut könnte man mit Venus, mit dem Mond, einer Statue, einer Königin, einer Tigerin Mitleid haben.«

»Es klingt ironisch, aber im Spanischen bedeutet das Wort Compassion Mitleidenschaft. Deine Passion ist ohne Compassion. Compassion ist der einzige Schlüssel, den ich je gefunden habe und der für jeden paßt.«

»Und was, würdest du sagen, hat deine Mitleidenschaft bei June erregt?«

»Das Bedürfnis, geliebt zu werden...«

»Du meinst Treulosigkeit...«

»O nein. Don Juan suchte leidenschaftlich im Akt der Besitznahme, im Aneinanderschweißen der Körper etwas, das mit Leidenschaft nichts zu tun hat und niemals aus ihr hervorgeht.«

»Narziß vor seinem Tümpel.«

»Nein, er will erschaffen werden, geboren werden, zum Dasein aufgetaut werden, vorgestellt, erkannt, bestätigt werden; er sucht das Wunder einer anderen Geburt. Die erste Geburt ist oft ein Mißerfolg. Er sucht die Liebe, die ihn zur Welt bringt. Leidenschaft genügt nicht, weil sie nicht aus dem wahren Ich des Liebenden kommt. Nur Liebe will erkennen und erschaffen und das Geliebte retten.«

»Und warum verlangt man das von mir?« fragte Henry. »Ich füttere nicht einmal eine zugelaufene Katze. Wer so mit Mitleid herumwirft wie du, erreicht nur, daß tausend Krüppel hinter ihm herlaufen, weiter nichts. Ich sage, laßt sie sterben.«

»Du wolltest einen Schlüssel für June, Henry.«

»Du hältst also auch June für ein hilfsbedürftiges Menschenkind?«

Mit dieser Art von Erklärung will Henry nichts zu schaffen haben. Sie muß schnell in die Weinflasche zurückgegossen werden wie ein entfesselter Dämon, der nur Unannehmlichkeiten bereiten kann. Henry sucht das Vergnügen. Trink den Wein, leere die Flasche, gieße die zarten Gefühle in sie zurück, korke sie wieder zu und wirf sie ins Meer. Unglücklicherweise bin gerade ich der Mensch, der sie als Notsignal erkennen, mit Liebe auffangen und eine Bitte um Mitleid herauslesen wird.

Obwohl Henry über meine Worte lacht, sie in Pernod ersäuft, findet er, zurückgekehrt an sein Manuskript über June, daß er nicht mehr ganz über diese mythologische Größer-als-die-Natur-Proportion verfügt, die er ihr gern geben möchte. Was ist geschehen? June scheint an Macht zu verlieren, angreifbar zu werden.

Einmal hatte June Fieber. Auch an dieses Fieber wollte er nicht glauben; er dachte, es gehöre zu ihrem Theater, sei eine reine Übertreibung. Ich habe sie an jenem Abend gesehen, das Fieber rötete ihre Wangen und machte ihr Haar glanzlos. Ich glaubte daran. Die Figuren in seinen Büchern sind immer maßlos, entweder Tyrannen oder Opfer, Mann oder Frau. Können Menschen ein anderes Maß bekommen dadurch, daß wir sie anders sehen?

Seine Mutter hat Henry immer riesenhaft gesehen, nach dem Maßstab des Universums. Es war ein Schock für ihn, sie bei einem seiner Besuche kleiner zu finden, als er sie in der Erinnerung hatte. Er vermutete, daß es ihr Alter war, das sie einschrumpfen ließ. Wenn ein Mensch nur Riesen sieht, so bedeutet es, daß er die Welt noch durch die Augen eines Kindes betrachtet. Ich ahne, daß die Angst des Mannes vor der Frau aus der Tatsache kommt, daß er sie zuerst als die Urmutter der Menschheit erlebt. Es ist gewiß schwer, für jemanden Mitgefühl zu empfinden, der dem Menschen sein Dasein gibt.

Schwierig, sich die Freundschaft von Henry und die Freundschaft von June zu erhalten!

Gestern holte er im Café Bruchstücke unserer Geschichte aus mir heraus. Henry kann meine Liebe zu ihr nicht mindern, aber er kann sie unwirklich erscheinen lassen. Er kann mit Hartnäkkigkeit nachweisen, daß es keine June gibt, daß sie nur eine Illusion ist, ein Bild, das wir erfinden, ein schönes Schmuckkästchen, mit den Eigenschaften anderer gefüllt. Er sprach davon, wie leicht June zu beeinflussen ist; wie Jean, das Mannweib in New York, sie mit ihrer Art zu sprechen, ihrem Vokabular, ihren Gewohnheiten angesteckt hat.

Und dann sagte Henry: »Du führst mich an der Nase herum.«

Wie soll ich das verstehen? Fängt er an, mich zu hassen? Am Anfang war er so begeistert von mir.

Ich bin zwischen Junes Schönheit und Henrys Talent in der Falle. Beiden bin ich auf verschiedene Weise zugetan, jedem wendet sich ein anderer Teil von mir zu. Die Autorin in mir interessiert sich für Henry; Henry gibt mir eine Welt der Literatur. June gibt mir Gefahr. Ich muß wählen und kann es nicht. Henry alle Gefühle einzugestehen, die ich für June empfinde, wäre wie ein Betrug an ihr und an einem geheimen Teil meiner selbst. Und was will er eigentlich? Nur Wissen, aus einer grausamen Neugierde? Nein, das kann ich nicht glauben. Ich spüre eine gewisse Zartheit in ihm. Ich weiß nicht, wann sie in Spott umschlägt.

Brief an Henry:

»Es ist Dir vielleicht nicht aufgefallen, aber heute hast Du mich zum erstenmal aus einem Traum geschreckt und aufgescheucht. Alle Deine Bemerkungen, Deine Geschichten über June konnten mich nicht verletzen. Nichts verletzte mich, bis Du an Junes Nichtexistenz rührtest. June, wie sie fremden Einflüssen erliegt. June, wie sie war, als Du sie kennenlerntest, und wie sie dann Dostojewski las und ihre Persönlichkeit veränderte. Und June unter dem Einfluß von Jean. Du hast mit ihr gelebt, Henry. Gewiß hast Du nicht geglaubt, daß es keine June gibt, nur irgend jemanden, der Deine Wünsche widerspiegelt, der von anderen geformt wird, von anderen sein Stichwort bekommt. Graut Dir nicht davor, daß sie ein Werk Deines Gehirns sein könnte? Aber wie steht es mit der Wahl, die sie mit Dir und mit mir getroffen hat? Sie wählte Dich unter anderen Männern, sie entschied sich für mich. Es hat Dir gefallen, daß sie mich bewunderte. Es hat Dir gefallen, weil ein Teil ihres Ichs sich dabei zu erkennen gab. Es gibt eine June, die im Labyrinth ihrer vielen Verhältnisse, ihrer vielen Rollen, schwer zu identifizieren ist, aber es gibt auch eine June, die mehr ist als nur ein schönes Bild. Wie kann sie Dir unwirklich erscheinen, da Du doch mit ihr gelebt hast, und mir, die sie geküßt hat? Oh, ich ahne eine andere June. Und warum hast Du soviel zu ihr gesprochen in der ersten Nacht, in der Du sie im Tanzlokal getroffen hast? Welchen Eindruck hat sie damals gemacht? Sie muß lebendiger gewesen sein als alle anderen Frauen dort.«

Weitere Briefe von Henry, Teile seines Buches, die er eben geschrieben hat, Zitate, Notizen beim Anhören der Musik von Debussy und Ravel, auf den Rückseiten der Speisekarten kleiner Restaurants in schäbigen Vierteln. Ein reißender Strom von Realismus. Zuviel davon, zuviel Dynamik. Nicht einen Augenblick seines Lebens, keine Mahlzeit, keinen Spaziergang, keinen Film, keinen Menschen will er seinem Werk opfern. Immer stürmt er dahin, schreibt über zukünftige Bücher, schreibt mehr Briefe als Romane, ist mehr mit Vorbereitungen und Nachforschungen beschäftigt als mit der tatsächlichen Niederschrift. Aber der Stil seines neuen Buches, sprunghaft, frei, assoziierend, beiläufig, rückblendend, wie ein Gespräch, ist wunderbar.

Seine Obszönitäten ermüden mich, diese Welt aus »Scheiße, Fud, Schwanz, Bastard, Hure«, aber ich vermute, daß die meisten Menschen so reden und leben. Ein Sinfoniekonzert und die Lektüre der Dichtung, der musikalischen Sprache Prousts bestärkten mich heute in meiner Abkehr. Wieder und wieder habe ich es mit dem Realismus versucht und finde ihn trocken und begrenzt. Wieder und wieder kehre ich zur Poesie zurück. Ich schreibe an June. Ich versuche mir das Leben vorzustellen, das sie führt. Aber die Poesie entfernt mich vom Leben, und so werde ich wohl in Henrys Welt leben müssen. Wenn ich nach Hause komme, sagt Emilia: »Für Madame ist ein Brief gekommen.« Ich laufe die Stufen hinauf, in der Hoffnung, daß es ein Brief von Henry ist.

Ich möchte eine starke Dichterin sein, so stark, wie Henry und June in ihrem Realismus sind. Was mich bei Henry erstaunt, sind seine aufblitzenden Einfälle, seine plötzlichen Einsichten, die Blitze des Traums. Flüchtig alles. Und die Tiefe. Wenn man den deutschen Realisten in ihm abdeckt, den »Dreckaufwühler«, wie ihn die Leute nennen, kommt ein frischer Erzähler zum Vorschein. Manchmal kann er die zartesten und tiefsten Dinge sagen. Aber seine Sanftmut ist trügerisch. Sobald er sich zum Schreiben hinsetzt, verleugnet er sie. Er schreibt nicht mit Liebe, sondern mit Zorn, um anzugreifen, zu verspotten, zu zerstören. Er ist immer gegen etwas. Zorn regt ihn an, entzündet ihn. Mich vergiftet Zorn.

Henry merkt, daß June ihm in seinem Roman entschlüpft ist. Es gibt eine Welt, die ihm verschlossen bleibt, die unregelmäßige, indirekte Welt zarter Gefühle und Erregungen, die keinen Ausdruck in physischer Form, im vollen physischen Akt finden. Er sagt, er würde nicht aufhören, mit dem Kopf gegen diese Welt anzurennen. Ich sagte: »Es gibt Dinge, die man mit dem Realismus nicht fassen kann, wohl aber mit Dichtung. Es ist eine Frage der Sprache.«

Sooft Henry June in seiner Sprache beschreibt, mißlingt ihm ihr Bild. Entfliehende, wollüstige, geheimnisvolle June. Während ich sein Manuskript lese, denke ich manchmal, daß er zuviel Naturalismus hineinbringt. Damit trübt er Stimmungen, Gefühle, seelische Zustände.

Café Viking. Henry. Er erinnert sich noch an Teile meines Romans, möchte das Manuskript haben, um es in Ruhe lesen zu können. Sagt, es sei das Schönste, das er in der letzten Zeit gelesen habe. Spricht über die phantastischen Möglichkeiten, die darin stecken. Spricht über seinen ersten Eindruck von mir, wie ich an den Türstufen stehe.

»So wunderschön – und wie du dann in dem großen schwarzen Lehnstuhl sitzt, wie eine Prinzessin. Ich möchte die Illusion zerstören. Aber gleichzeitig spüre ich deine große Ehrlichkeit. Ich drücke mich nicht gut aus – ich werde dir darüber schreiben.«

Ich lese ihm vor, welchen Eindruck seine Notizen auf mich gemacht haben. Er ist interessiert, sagt, ich könnte nur so schreiben, mit dieser starken Vorstellungkraft, weil ich nicht erlebt hätte, worüber ich schreibe. »Exzessives Ausleben tötet die Vorstellungskraft und die Intensität«, sagt Henry. Aber wenn sich meine Erregung auf ihn überträgt, möchte er nach Hause gehen, um mit derselben Kraft der Einbildung loszuschreiben.

Henry mißversteht so viel. Mein Lächeln, wenn er über June spricht, die »zuerst gegen meine Meinungen aufbegehrt, offen dagegen ankämpft, sie dann übernimmt und als ihre eigenen ausgibt«. Ich lächle, und sein Ausdruck wird aggressiv, so als wäre mein Lächeln eine Kritik, und er sagt: »Das passiert uns allen.« Mein Lächeln meinte: Ich habe es auch so gemacht. Aber ich glaube, er streitet gern. Meine Nachgiebigkeit ist ihm fremd. Er behauptet, daß ich im Café meine Farben wie ein

Chamäleon wechsle. Ich verliere die Farbe, die ich zu Hause habe. Ich passe nicht in das Kaffeehausleben. Ich passe nicht in sein Leben.

Sein Leben. Die unteren Tiefen, die Unterwelten. Brutalität, Unbarmherzigkeit, Parasitentum, Ausschweifung. Was für ein reißender Strom tierischen Lebens. Seine Sprache, Beschreibungen einer Welt, die ich nie gekannt habe. Die Straßen von Brooklyn, der Broadway. Das Village. Armut. Bekanntschaften mit Analphabeten, mit allen Arten von Menschen.

Mein Teil war von Kindheit an eine Atmosphäre der Musik, der Bücher und Künstler; ich fabulierte, erschuf, schrieb, zeichnete, erfand Stücke und spielte in ihnen, führte Aufzeichnungen in einem Tagebuch, lebte in Tagträumen wie in einem Kokon, in Träumen, die aus Lektüre geboren werden – so ging ich, immer lesend, wachsend, mich zum Lernen zwingend, mit unglaublicher Unschuld an Abgründen und Gefahren vorbei, immer mit erregbaren Sinnen, aber vor dem Häßlichen auf der Flucht. Der Erotismus von Paris weckte mich, aber ich blieb eine Romantikerin. Ich studierte Tanz, Malerei, Bildhauerei, Kostümbildnerei, Dekoration. Ich richtete schöne Wohnungen ein.

Wenn ich von June erzähle, sagt Henry: »Wie hübsch du das alles sagen kannst.«

»Vielleicht ist das nur eine andere Art, sich der Wirklichkeit zu entziehen.«

»Nein, vielleicht siehst du mehr.«

»Du und June, ihr wollt mich beschützen. Warum?«

»Weil du so über die Maßen zerbrechlich scheinst.«

Henry mit seinen älteren Erfahrungen wacht über mich.

Henry spricht über den heiligen Franziskus, meditiert den Gedanken der Heiligkeit. Warum, frage ich ihn.

»Weil ich mich für den letzten Menschen auf dieser Welt halte.«

Ich denke an die aufrichtigen Geständnisse, die er mir gemacht hat, an seine Fähigkeit, Ehrfurcht zu empfinden, was bedeutet, daß er nicht verderbt, nicht zynisch ist. Während ich mich ganz sorglos fühle, einen Tisch decke, koche, ein Feuer anzünde, gibt er zu: »Ich bin bei dir noch immer nicht unbefangen.« Er sagt es bescheiden und zartfühlend, und ich sehe einen ganz anderen Henry vor mir als den der Notizen.

Er lebt eher still. Er ist manchmal nicht ganz gegenwärtig. Der Schriftsteller registriert. Er ist nicht immer mit seinen Gefühlen dabei. Später, wenn er schreibt, scheint er alles wahrzunehmen, erwärmt er sich; er beginnt zu reagieren und zu dramatisieren.

Unsere Gespräche: er in seinem Gassenjargon, ich in meiner Sprache. Ich gebrauche nie seine Worte. Seine Wachsamkeit und meine offene, impulsive Art. Ich glaube, daß mein »Registrieren« mehr unbewußt ist, mehr intuitiv, instinktiv. Es erscheint nicht, wie seines, an der Oberfläche.

Die Glätte und Beweglichkeit meines Wesens gegen sein mitleidloses Sezieren. Mein Wunderglaube gegen seine rohen, realistischen Details. Die Freude, wenn er bis zu meinem Innern vordringt.

»Deine Augen scheinen auf Wunder zu warten.«

Will er sie bewirken?

Zweiter Nachmittag im Café.

»Es macht mir Vergnügen, dir die Wahrheit zu sagen, Henry. Ich habe dir alles erzählt, was ich von June weiß.«

»Ja, das weiß ich«, sagt Henry. »Dessen bin ich sicher.«

Wir sprachen über Literatur. »Ich will auf meinem Tisch Ordnung haben«, sagt Henry, »bevor ich beginne: nichts um mich, nur meine Notizen, eine Unmenge Notizen.«

»Ich arbeite genauso. Mein Tagebuch ist mein Notizbuch. Alles, was für Romane brauchbar ist, kommt da hinein.« Das Vergnügen, über Techniken zu sprechen. Unsere Kunstgriffe.

Leidet er unter seiner bedingungslosen Offenheit? Hat er nicht in manchen Augenblicken das Gefühl, in geheiligte Bezirke einzubrechen? Mir gegenüber scheint er so zartfühlend.

»Wir haben eine gemeinsame nüchterne Leidenschaft für die Wahrheit«, sagte ich. »In meinen Aufzeichnungen habe ich versucht, ehrlich zu sein, Tag für Tag. Du hast recht, wenn du von meiner Ehrlichkeit sprichst. Ich bemühe mich zumindest. Ein bißchen unaufrichtig zu sein, ist feminin. Es ist kein Betrug dabei. Es ist Angst, verurteilt zu werden. Stirbt das, was wir analysieren? Wird June sterben? Werden unsere Gefühle plötzlich sterben, wenn du versuchen solltest, eine Karikatur aus ihnen zu machen? Zu großes Wissen ist gefährlich. Du hast eine Leidenschaft für die absolute Wahrheit. Man wird dich hassen deswegen. Es gibt Wahrheiten, die die Menschen nicht vertragen können. Und manchmal fühle ich, daß deine unerbittliche Analyse nicht die ganze June erfaßt. Du arbeitest wie ein Chirurg mit seinem Skalpell. Und während du schneidest, tötest du das, wohinein du schneidest. Was wirst du tun, wenn du alles ans Tageslicht gebracht hast, was man von June ans Tageslicht bringen kann? Wahrheit. Wie gewalttätig du nach ihr verlangst. Manchmal bin ich sicher, daß du selbst lieber zu deiner blinden Verehrung, in deine Blindheit zurückkehren möchtest. In einer gewissen Beziehung bin ich nicht für dich, sondern gegen dich. Wir sind dazu geschaffen, zwei Wahrheiten zu haben. Wenn du karikierst, verzerrst, hasse ich dich. Ich will deinen Realismus mit allen magischen Kräften der Poesie bekämpfen.«

Er hat seine Vision von einer Welt, die monströs ist, und ich habe die meine. Sie sind einander entgegengesetzt und auch einander komplementär. Wenn ich für Augenblicke seine Welt so wie er sehe, sieht er sie dann manchmal so wie ich?

Henry fragte: »Würdest du dich gern von mir in die Rue Blondel 32 führen lassen?«

»Was werden wir dort sehen?«

»Huren.«

Henrys Huren. Ich empfinde für Henrys Huren Neugierde und Sympathie.

Das Taxi setzt uns in einer engen, kleinen Gasse ab. Über der Tür brennt eine rote Laterne, mit der Nummer 32 bemalt. Wir stoßen eine Schwingtür auf. Es ist wie ein Café voller Männer und Frauen, aber die Frauen sind nackt. Dichter Rauch und starker Lärm schlagen uns entgegen. Die Frauen versuchen schon, unsere Aufmerksamkeit zu erregen, noch bevor uns die *patronne* an einen Tisch geführt hat. Henry lächelt. Eine sehr vitale, sehr dicke, spanisch aussehende Frau sitzt bei uns und ruft eine Frau heran, die wir nicht bemerkt hatten, schmächtig, feminin, fast schüchtern.

»Wir müssen uns entscheiden«, sagt Henry. »Ich halte die beiden für gut.«

Man serviert Getränke. Die kleine Frau ist süß und zutraulich. Wir unterhalten uns über Nagellack. Beide prüfen den perlmuttfarbenen Lack, den ich verwende, und fragen nach der Marke. Die Frauen tanzen miteinander. Manche von ihnen sind hübsch, andere sehen welk, müde, verdrossen aus. So viele Körper auf einmal, schwere Hüften, Hinterbacken und Brüste. »Die beiden Mädchen werden Ihnen Spaß machen«, sagt die *patronne*.

Ich hatte für die Vorführung von sechsundsechzig Arten der

Liebe einen Mann erwartet. Henry feilscht um den Preis. Die Frauen lächeln. Die Dicke hat ein kühnes Gesicht, das von rabenschwarzem, lockigem Haar fast verdeckt wird, die Kleine ein bleiches Gesicht und blonde Haare. Sie sind wie Mutter und Tochter. Sie tragen hochhackige Schuhe, schwarze Strümpfe mit Strumpfbändern um die Schenkel, einen losen, offenen Kimono. Auf der Treppe gehen sie uns mit schwingenden Hüften voraus.

Henry treibt seine Scherze mit ihnen. Sie öffnen die Tür zu einem Zimmer, das wie eine Schmuckschatulle mit Samt ausgeschlagen ist. Die Wände sind mit rotem Samt überzogen. Das Bett ist niedrig, hat einen Baldachin, darin verborgen einen Spiegel. Das Licht ist rosig und matt. Die Frauen sind in ihrem Element und fröhlich. Sie waschen sich in dem Bidet. Alles das wird so nebenbei und mit so viel Gleichgültigkeit erledigt, daß ich mich frage, wie dabei jemandes Interesse geweckt werden soll. Die Frauen necken sich gegenseitig. Dann bindet sich die Dicke einen Gummi-Penis um die Hüften. Er hat eine unmögliche rosa Farbe. Nachdem sie die Schuhe, nicht aber die schwarzen Strümpfe abgestreift haben, legen sie sich auf das Bett.

So beginnen sie mit den Positionen.

»*L'amour dans un taxi.*«

»*L'amour à l'Espagnole.*«

»*L'amour*, wenn man sich kein Hotelzimmer leisten kann.« (Dabei stehen sie auf und stellen sich an die Wand.)

»*L'amour*, wenn ein Partner schläfrig ist.«

Die Kleine tut so, als schliefe sie. Die Dicke nimmt die Kleine von hinten, zärtlich und sanft.

Während der Vorstellung geben sie spaßhafte Kommentare.

Alles ist Persiflage und Verspottung der Liebe, bis... Die kleine Frau muß sich auf den Rücken legen, mit geöffneten Schenkeln. Die dicke Frau entfernt den Penis und küßt die Klitoris der Kleinen. Sie läßt die Zunge darüber hinschnellen, liebkost sie, küßt. Die Augen der Kleinen schließen sich, und wir können sehen, daß sie es genießt. Sie beginnt vor Vergnügen zu seufzen und zu zittern. Sie bietet ihren bebenden Körper unseren Blicken dar und hebt sich ein wenig, um dem gefräßigen Mund der Dikken entgegenzukommen. Und dann erreicht sie die Klimax und stößt einen Schrei des Entzückens aus. Dann liegt sie ganz still. Atmet kaum. Einen Augenblick später stehen sie beide auf, vergnügt, und die Stimmung ist verflogen.

Ich spüre, daß Henry, wenn er mit mir spricht, nach einer anderen Sprache sucht. Ich merke, daß er die Worte vermeidet, die ihm am leichtesten von den Lippen kommen, daß er subtilere Töne anschlägt. Ich fühle, daß ich ihn in eine neue Welt geführt habe. Er tritt behutsam auf, taktvoll.

Ich sagte zu ihm: »Denke nicht, daß ich nur versuche zu romantisieren, wenn ich in Verbindung mit June so viel über Schönheit und Poesie sage, daß ich alles unschuldig und ideal erscheinen lassen möchte. Ich versuche nur, Gefühle zu beschreiben, die nicht einfach zu beschreiben sind. Für dich ist der Sexualakt alles. Aber für die Sinne genügt manchmal schon die bloße Berührung mit der Hand.«

Henry stellt fest, daß es mir unmöglich ist, zu verletzen oder zu zerstören. Während er dies sagt, hat er Tränen in den Augen.

Mir bereitet es so viel Vergnügen, ihn an der Arbeit zu sehen. Ich kann nicht begreifen, wie man es sich wünschen kann, die Kraft eines Menschen zerstörerisch zu gebrauchen, wenn es so viel vergnüglicher ist, Henry zu beobachten, wie er nach unseren gemeinsamen Gesprächen hundert Seiten schreibt.

Mit mir zusammen entdeckt er die Sinfonien von Proust, die Intelligenz Gides, Cocteaus Phantasien, Valérys Stille, die Illuminationen Rimbauds.

»Ich bin noch nie mit einer intelligenten Frau befreundet gewesen«, sagte er. »Alle Frauen waren mir unterlegen. Dich halte ich für ebenbürtig.«

»Mit June«, sagte er, »hat der Krieg sofort begonnen.«

Von Literatur haben wir uns befreit. Wir sind völlig aufrichtig zueinander.

Joaquin stellt mich zur Rede, weil ich Henry unterstütze. Warum Vorhänge für Henry? Warum Schuhe für Henry? Wozu Schreibpapier und Bücher für Henry? Und ich? Und ich? Joaquin begreift nicht, wie bedürftig ich bin. Henry gibt mir die Welt. June gab mir Wahnsinn. Sie gaben mir zwei Seinsarten, nach denen ich mich sehne. Wie dankbar bin ich, zwei Menschen zu haben, die mich ohne Einschränkung interessieren. Sie sind großmütig zu mir auf eine Weise, die ich Joaquin nicht erklären kann. Kann ich Joaquin erklären, was mir Henry mit seinen Aquarellen gibt und June mit ihrem einzigen Armband?

Henry wirft June vor, daß sie aus der Rolle gefallen ist, weil sie sich einmal in einem Café verraten hat. Männer, die mich kannten, machten freche Bemerkungen, daß sie mit mir schlafen möchten. June wies sie ärgerlich zurecht, auf eine Weise, die ihre Liebe zu mir offenbarte. Als ob ich unantastbar wäre.

[April 1932]

Heute traf ich Fred Perlès. Er ist schüchtern, hat traurige Augen. Ein trauriger Clown. Er macht Henry nach, kopiert ihn.

Wir saßen in der Küche ihrer neuen Wohnung. Fred arbeitet für die ›Tribune‹ und hat sich diese kleine Arbeiterwohnung in einem Arbeiterviertel, Clichy, genommen, in der Nähe des Montmartre und der Place Blanche. Es ist ein gewöhnliches, schmuckloses Haus. Man steigt über bloße Treppenstufen hinauf, und die dünnen Mauern lassen alle Geräusche durch. Fred und Henry haben zwei Zimmer und eine Küche. In der Küche steht ein runder Tisch. Wenn man an diesem Tisch sitzt, bleibt kein Platz mehr zum Herumgehen.

Wir feiern eine Art Einstandsfest. Henry öffnet eine Flasche Wein. Fred richtet einen Salat an. Neben Henry scheint Fred blaß und kränklich.

»Das ist nun die erste Frau, mit der ich ganz aufrichtig sein kann«, sagt Henry.

»Lachen Sie, Anaïs«, sagt Fred. »Henry sagt, daß er Ihr Lachen liebt, daß Sie die einzige Frau sind, die Sinn für Humor hat. Für Großzügigkeit und Toleranz.«

Einige Pfannen, ungleiches Geschirr vom Flohmarkt, alte Hemden als Geschirrtücher. An die Wände geheftet: eine Bücherwunschliste, eine Liste der Essenswünsche für die Zukunft, Zeitungsausschnitte, Reproduktionen, Aquarelle von Henry. Henry ist eine Musterhausfrau. Sehr ordentlich und sauber. Nirgends steht schmutziges Geschirr umher. Alles ist mönchisch, wirklich, kein Firlefanz, keine Dekoration. Einfachheit. Die weißen und hellgrauen Wände.

Gestern kam Henry nach Louveciennes. Ein neuer Henry, oder vielmehr der Henry, den ich hinter jenem ahne, den man kennt, der Henry hinter jenem anderen, als den er sich selbst beschreibt. Dieser Henry kann verstehen, er ist aufnahmefähig.

Er sah sehr ernst aus. Seine Heftigkeit ist ausgebrannt, seine Grobheit wird in der Alchimie zu Kraft. Er hat einen Brief von June bekommen, mit Bleistift, wirr, krank, wie die Gesten eines Kindes, nur Schreie, aus Liebe zu ihm. »Ein solcher Brief läßt alles vergessen.« Ich fühlte, daß der Augenblick gekommen war, ihm June zu zeigen, June zu geben, »denn du wirst sie dann noch mehr lieben. Es ist eine schöne June. Bisher habe ich befürchtet, daß du über mein Bild von ihr lachen, dich lustig machen würdest über meine Naivität. Heute weiß ich, daß du es nicht tun wirst.«

Ich ließ ihn alles lesen, was ich über June geschrieben habe.

Was geschieht? Er ist tief bewegt, aufgewühlt. Er glaubt.

»Ich hätte auf diese Art über June schreiben sollen«, sagt er. »Die andere ist unvollständig, künstlich. Du triffst sie.«

»In deinem Werk sparst du Sanftheit, Zärtlichkeit aus, beschreibst nur den Haß, den Aufruhr, die Gewalt. Ich habe nur eingefügt, was du ausgelassen hast. Du sparst es nicht aus, weil du es nicht fühlen, erkennen, verstehen würdest, wie du glaubst, sondern weil es schwerer darzustellen ist, und das ist der Grund dafür, weshalb dein Schreiben aus Gewalttätigkeit und Zorn kommt.«

Ich habe volles Vertrauen zu ihm, zu dem verständnisvollen Henry. Er ist gewonnen. Er sagt: »Eine solche Liebe ist wundervoll. Ich kann so etwas nicht hassen oder verabscheuen. Ich sehe, was ihr einander gebt. Ich sehe es ganz genau. Laß mich weiterlesen. Es ist eine Entdeckung für mich.« Ich zittere, während er liest. Er versteht zu gut. Plötzlich sagt er: »Anaïs, was ich zu geben habe, ist damit verglichen ziemlich grob und einfach. Es ist klar, wenn June zurückkommt...«

Ich unterbreche ihn. »Du weißt nicht, was du mir gegeben hast! Es ist nicht grob und einfach.« Und ich füge hinzu: »Jetzt siehst du eine schöne June.«

»Nein, ich hasse sie.«

»Du haßt sie?«

»Ja, ich hasse sie«, sagt Henry, »denn ich sehe aus deinen Notizen, daß sie uns zum Narren hält, daß du betrogen wirst, daß sich durch ihre Lügen eine bösartige, zerstörerische Absicht zieht. Sie ist heimtückisch. Sie will mich in deinen Augen schlechtmachen und dich in meinen. Wenn June zurückkehrt, wird sie uns gegeneinander aufhetzen. Ich habe Angst davor.«

»Henry, zwischen uns ist eine Freundschaft, die June nicht verstehen kann.«

»Gerade darum wird sie uns hassen und uns mit ihren Waffen bekämpfen.«

»Wir verstehen uns doch. Womit könnte sie einen Keil zwischen uns treiben?«

»Mit Lügen«, sagt Henry.

Wir sind uns beide so sehr ihrer Macht über uns bewußt, über die Freundschaft, die mich mit Henry verbindet, die Freundschaft, die mich an June bindet. Als Henry merkte, daß ich ihm vertraue, weil ich ihn verstehe, sagte er: »Wie du alles durchschaust, Anaïs, wie klug du bist.«

Ich habe June vor Henry gegen eine der Bemerkungen Freds verteidigt.

»June ist böse«, sagte Fred. »June ist schlecht für dich.«

»Sie ist nicht schlecht für dich, Henry«, sagte ich. »Ihre Lügen, ihre unnötigen Komplikationen, wie du sagst, interessieren den Schriftsteller in dir. Romane entstehen aus Konflikten. Sie lebte so intensiv, daß sie sich niemals Zeit nahm, auf dich zu hören, dich zu verstehen. June wird gut sein für deine Romane, und ich werde gut sein für dich.«

Henry war in einer kleinlauten Stimmung.

»Wenn es in meiner Macht stünde, June wieder nach Paris zu bringen, würdest du das wollen?«

Henry wand sich. »Frag mich nicht, Anaïs, frag mich nicht.« Er litt darunter.

Junes vollkommener Körper würde über das Werk triumphieren.

»Wie du durch alle Dinge bis auf den Grund siehst«, sagte Henry.

»Welche Gefühle!« rief er, während er das Tagebuch las.

Verhöhnen, rebellieren, revoltieren, das ist alles, was er bisher getan hat. Für andere blind. Zerstören ist leicht.

Als wir einmal in meinem friedlichen Haus über meine Arbeit sprachen, sagte ich: »Vielleicht könntest du so in der Stille gar nicht arbeiten, vielleicht brauchst du Aufregung, Unterbrechung, Lärm?«

»Es käme etwas ganz anderes heraus«, sagte Henry.

Wünscht er sich den Frieden und die Annehmlichkeiten, denen ich zu entkommen trachte? Hungert er nach Vornehmheit und Behutsamkeit? Oder würde er das alles verraten, zerstören?

Ich neckte ihn. »Vielleicht ist alles, was ich über June und mich geschrieben habe, gar nicht wahr, nur Illusion und Täuschung.«

»Nein«, sagte er, »wie immer du etwas siehst und was immer du tust, es ist richtig.«

»Bin ich nicht wie der ›Idiot‹?«

»Nein, du siehst mehr, du *siehst* einfach mehr«, sagte Henry.

»Wie du es siehst, ist es richtig. Ja. Zum ersten Male entdecke ich etwas Schönes daran.«

Die Lektüre von Dostojewski war für Henry und June verhängnisvoll. Als ich sie kennenlernte, fühlte ich, daß sie in seinem Klima lebten, in seinen Spannungen und Extravaganzen, als Personifizierungen seiner Charaktere. Heute scheint Henry nur mehr Henry zu sein, nichts anderes sonst.

Henry glaubt, daß er Zärtlichkeit nicht ausdrücken kann. »Nur das Übermaß, nur Leidenschaft und Kraft.«

»Es ist natürlich klar«, sagt Henry, »daß ich eine Niete bin.«

»Aber ich will nicht, daß du eine bist. Ich lasse dich keine sein. Ich möchte, daß du schreibst, lebst, anerkannt wirst.«

Wenn es wahr ist, was Proust sagt, daß man glücklich ist, wenn man nicht fiebert, werde ich niemals wissen, was Glück ist. Denn ich bin besessen von einem Fieber nach Erkenntnis, Erfahrung, dem schöpferischen Akt.

Ich glaube, daß ich eine unmittelbare Beziehung zum Leben habe, die schrecklich und schmerzvoll ist. Zwischen der Gegenwart und mir gibt es keine Zeitlücke, keine Distanz. Nur Unmittelbarkeit. Aber es ist auch wahr, daß ich später, wenn ich schreibe, mehr sehe, besser verstehe, entwickle und ausbaue.

Ich lebe vor allem in der Zeit. Woran ich mich später erinnere, scheint nicht mehr ganz wahr. Ich habe einen solchen Hunger nach Wahrheit! Es muß dieses Bedürfnis nach Unmittelbarkeit sein, das mich zwingt, fast noch mitten im Erlebnis zu schreiben, bevor es durch zeitliche Distanz verändert, verwandelt wird.

Wir sitzen in der Küche in Clichy und essen zu Mittag. Bücher türmen sich, Schallplatten liegen auf dem Boden. Entwürfe und Zeichnungen an den Wänden.

Gesprächsthema ist Proust und wird für Henry Anlaß zu einem Geständnis. »Ganz aufrichtig bin ich mit mir selber nur dann, wenn June nicht da ist. So habe ich am meisten Freude an ihr. Wenn sie da ist, bin ich morbid, bedrückt, verzweifelt. Ich bin mit Erfahrungen und Leiden übersättigt.«

June hat ihn verbraucht, seine Eifersucht verbraucht, seine Fähigkeit zu leiden. Was ihm bleibt, ist eine Fähigkeit, den Frieden zu genießen.

Ich lindere die Leiden anderer. Ich sehe mich selbst, wie ich Schläge mildere, Säuren auflöse, Gifte neutralisiere. Den ganzen Tag lang. Ich versuche, die Wünsche anderer zu erfüllen, Wunder zu wirken. Ich übe mich im Wirken von Wundern (Henry soll sein Buch schreiben, Henry soll nicht hungern, June wird gesund sein usw.).

»Eine Lüge leben, die keine Lüge, sondern ein Märchen ist«, schrieb Henry.

Heute traf ich mich mit Fred, und wir gingen zusammen in die Gegend der Trinité, um einige Sachen für die Wohnung zu kaufen. Hinter einer Wolke kam die Sonne hervor. Ich zitierte Sätze, die er über einen sonnigen Morgen am Markt geschrieben hat, und er war gerührt. Er sagte mir, daß ich gut für Henry sei.

»Sie sind wundervoll«, sagte Fred. »Sie sind schön.«

Ich brachte Henry ein Exemplar der Zeitschrift ›transition‹. Ich liebe es, zu seiner Arbeit beizutragen, sie zu bereichern.

Lektüre von Proust, eine von Henry angestrichene Stelle:

»Andererseits ist es kein Zufall, daß sich intellektuelle und sensitive Wesen immer an gefühllose und minderwertige Frauen verlieren. Solche Menschen brauchen das Leiden. Intellektuelle und sensitive Wesen haben im allgemeinen für die Lüge nichts übrig. Um so mehr überrascht es sie, daß sie aller Intelligenz zum Trotz in einer Welt der Ungewißheiten leben und sich kaum wehren können gegen einen Schmerz, den ihnen eine Frau eben zugefügt hat, statt klar zu erkennen, was sie will... Auf diese Weise bereichert die mittelmäßige Frau, von der man nicht erwartet hätte, daß sie von ihnen geliebt wird, ihre Welt sehr viel mehr, als es eine intelligente Frau getan hätte...

Lügen... Für den sensiblen Intellektuellen entsteht durch sie ein Universum in den Tiefen, das seine Eifersucht durchdringen möchte und das für seinen Verstand nicht ohne Interesse ist.«

Alles dies habe ich auch empfunden und zu Henry gesagt.

Ich sehe Ähnlichkeiten zwischen Henry und mir in Sanftheit und Hingabe an menschliche Beziehungen. Ich sehe seine äußerste Unterwerfung unter June, ausgewogen durch die fortgesetzte Rache, die er schreibend an ihr nimmt. Henry erzählt, daß er June schlägt, aber er tut es nur in Worten oder auf dem Papier. Vor ihr ist er schwach. Und er ist gänzlich unfähig, eine Frau zu beschützen. Er hat sich immer selber beschützen lassen. Das wird es sein, warum sie sagen kann: »Ich habe ihn wie ein Kind geliebt.« Wird Henry seine Männlichkeit auch weiterhin nur in der Zerstörung bestätigen, im Zorn, und dann, wenn June auftritt, den Kopf beugen und dulden?

Gerade jetzt wieder ist es der Haß, der ihn zum Schreiben treibt. Er liest Mabel Dodge Luhan über Lawrence (›Lorenzo in Taos‹) und ist sofort außer sich. Er schreibt mir einen langen Brief, der wie ein Sturm aus dem Gehirn bricht. Seine Ausfälle sind maßlos. Er will die ganze Welt durch Feuersbrünste und Überschwemmungen zerstören, nur weil der Artikel, den Fred mühevoll und für ein Butterbrot für die ›Chicago Tribune‹ schreibt, am nächsten Tag vernichtet wird, wenn er nicht im Druck erscheint. Dionysische Rasereien und Orgien. »Das Leben ist faul, das Leben ist faul«, schreit er auf.

Habe ich hundert Jahre in der Welt der Dichter verträumt und von der Hölle auf Erden nichts gewußt?

Ich wollte Henry alles lesen lassen, was ich über ihn geschrieben habe, und zögerte dann doch, denn ich hörte ihn schon sagen: »Warum bist du so dankbar?« Er würde sich über meine Danksagungen lustig machen. Nicht umsonst schreibt Fred über ihn: »Armer Henry, Du tust mir so leid. Du bist ohne Dankbarkeit, weil Du ohne Liebe bist. Um dankbar zu sein, muß man zuerst lieben können.«

Henry strich dies bei Proust an:

»Wäre Albertine wunderbarerweise wieder aufgetaucht, es hätte mich nicht glücklicher machen können, als Andrée um mich zu wissen. Denn Andrée konnte mir mehr über Albertine erzählen als Albertine selbst. Auch die Vorstellung, daß eine andere Frau vielleicht Beziehungen zu Albertine gehabt hätte, erweckte in mir nur das Verlangen, selbst mit dieser Frau Beziehungen zu haben.«

Und an anderer Stelle:

»Da sich Begehren immer auf einen Gegensatz richtet, zwingt es uns zu lieben, was uns leiden macht.«

Henry sagt: »Fred und ich, wir haben schreckliche Auseinandersetzungen. Wer von uns ist der bessere Schriftsteller? Er hört nicht auf damit. Manchmal reicht es mir.«

»Du hast mehr Kraft, mehr Härte, mehr Energie. Er ist eher wie ein französischer Schriftsteller, glatt, intellektuell, witzig, indirekt.«

»Aber es ist Fred, dem jetzt drei wunderbare Seiten über dich gelungen sind. Er schwärmt von dir. Er verehrt dich. Auf diese drei Seiten bin ich eifersüchtig. Ich wollte, ich hätte sie geschrieben.«

»Du wirst«, sagte ich zuversichtlich.

»Deine Hände zum Beispiel. Mir sind sie nie aufgefallen. Fred hält sie für sehr wichtig. Laß sie mich anschauen. Sind sie wirklich so schön? Ja, tatsächlich«, sagte Henry so naiv, daß ich darüber lachen mußte.

»Du schätzt vielleicht andere Dinge mehr.«

»Ich bin so krank von der gemeinen, grauen Armut meines Lebens«, sagte Henry. »Du gibst mir ein wenig Glanz.«

»Die Zerstörer zerstören nicht immer. June hat dich nicht zerstört, letztlich. Du bist im Kern Schriftsteller, und der Schriftsteller wächst.«

Fred zieht aus Henrys reißender Sprache und tropischen Rasereien Kraft. Und Henry staunt über Freds schnelle Auffassungsgabe, seine füchsisch-boshaften Bemerkungen. Mit Freds leiser Art verglichen, ist Henry ein Lautsprecher.

»Morgen können wir Vorhänge kaufen. Sage es Fred.« (Für die femininen Details der Einrichtung ist Fred zuständig.)

»Ich komme mit«, sagt Henry. Zuerst wollte er seine Zeit nicht auf die Suche nach Vorhängen verschwenden.

»Sag ihm, wir treffen uns am selben Ort, zur selben Zeit, wie letztes Mal . . .«

»Um vier herum.«

Zu manchen Zeiten ist Henrys Gesicht eine starre Maske, dann wieder gerötet und erregt, manchmal blaß und demütig, als hätte sich das heiße Blut daraus zurückgezogen. Er ist aufmerksam, analysierend, wachsam und oft mißtrauisch. Bei manchen Gelegenheiten sind seine blauen Augen feucht von Gefühlen. Ich erinnere mich dann an eine Geschichte aus seiner Kindheit. Seine Eltern (sein Vater war Schneider) nahmen ihn zu ihrem sonntäglichen Ausflug mit, schleppten ihn den ganzen Tag und bis spät in die Nacht herum. Sie besuchten Verwandte und Freunde, spielten Karten und rauchten. Der Rauch wurde immer dichter und tat Henry in den Augen weh. Sie legten ihn zu Bett, in einem Raum neben dem Wohnzimmer, mit nassen Tüchern über seinen entzündeten Augen. Und nun ermüden seine Augen durch das Korrekturenlesen für die Zeitung. Ich würde ihn gern davon befreien, kann es aber nicht.

Eben stand ich am offenen Fenster meines Schlafzimmers und sog tief die geißblattduftende Luft ein, den Sonnenschein, die Schneeglöckchen des Winters, die Krokusse des Frühlings, die Primeln, die gurrenden Tauben, die Triller der Vögel, die ganze Prozession sanfter Winde und kühler Gerüche, der vergänglichen Farben und blumenblattzarten Himmel, der knotigen Schlangenwurzeln altersgrauer Rebstöcke, der aufstrebenden Schößlinge junger Zweige, den feuchten Geruch alten Laubes, nasser Erde, ausgejäteter Wurzeln und frischgemähten Grases, Winter, Sommer und Herbst, Sonnenaufgänge und -untergänge, Stürme und Windstillen, Weizen und Kastanien, wilde Erdbeeren und Rosen, Veilchen und schwelende Scheite, verbrannte Felder und jungen Mohn.

Henry stört die Abgeklärtheit, die ich mir zu erhalten versuche, meine Art der Wahrheit (daß June schön und der Leidenschaft wert ist). Er mißtraut der Sanftmut, zieht Ausbrüche vor. Das Lächeln, das ich immer zeige, ist für ihn eine Herausforderung; er reißt es mir ab wie ein heuchlerisches Sonntagsgesicht.

Er durchbricht die Schranken, in denen ich mein Temperament halte, um niemanden zu verletzen. Er entblößt die verborgene Anaïs, die es einige Faden tief unter der Oberfläche gibt. Er liebt es, die Erde zu erschüttern. Seine Aufgabe ist es, alles in Bewegung zu halten, denn aus dem Chaos entsteht Reichtum, aus Umwälzungen neues Leben.

Was Henry schützt, das schützt auch mich. Im Kern sind wir Künstler, Schriftsteller. Und in unserem Werk, durch unser Werk, fügen wir die Fragmente wieder zusammen, schaffen wir wieder eine Ganzheit.

Ich habe mich ganz meiner Mutter geopfert, bis zur Selbstaufgabe. Für Jahre war ich in meiner Liebe zu ihr verloren. Ich liebte sie unkritisch, kindlich, gehorsam. Ich gab mich selbst. Ich war schwach, personlos. Ich hatte keinen Willen. Sie wählte die Kleider aus, die ich trug, die Bücher, die ich las; sie diktierte mir die Briefe an meinen Vater, oder las und zensierte sie zumindest, überprüfte sie. Ich begann erst aufzubegehren und mich selbst zu suchen, als ich mit sechzehn zu arbeiten anfing. Ich durfte nicht wie andere Mädchen mit jungen Männern ausgehen. Ich verabscheute Katholizismus, Christentum. Es ist meine eigene Schwäche, die ich hasse, nicht ihre verschlingende Herrschsucht.

Um ein Leben lang ein Tagebuch zu führen, ein Buch zu schreiben, ein Haus einzurichten, da und dort, um zu reisen, andere zu beschützen, braucht man Persönlichkeit; und doch bin ich in den Beziehungen zu den Menschen ohne eigene Persönlichkeit. Ich kann kein Dienstmädchen schelten, keine verletzende Wahrheit sagen, meine Wünsche nicht präzisieren, nicht zornig sein über Ungerechtigkeit und Untreue.

»Anaïs ist eine Träumerin«, hörte ich Joaquin sagen. »Sie hat keinen Sinn für die Wirklichkeit. Sie glaubt, daß es Wirklichkeit ist, was Henry ihr enthüllt.«

Statt Fred, den ich zum Rendezvous erwartet hatte, ist Henry gekommen. Er erzählte mir, daß Fred zu arbeiten habe, und fügte gleich hinzu: »Aber das stimmt nicht ganz. Ich habe ihn nicht gehen lassen. Ich habe seine Enttäuschung genossen. Ist es dir schon aufgefallen, daß er dich mit den Augen eines Hundes anschaut, der Schläge bekommt, wenn du grausam bist? Ich habe sein Elend genossen, die Vorstellung, daß er arbeitet und dich nicht sehen darf.«

Zum erstenmal fallen mir an Henrys Hut Flecken auf und die abgewetzten, schmierigen Taschen. An einem anderen Tag hätte es mich gerührt, aber daß er sich an Freds Unglück weidet, kühlt mich ab. Er spricht wunderbar über (Samuel) Putnam und (Eugene) Jolas, seine eigene Arbeit und die Arbeit von Fred. Aber dann steigt ihm der Pernod zu Kopf, und er erzählt mir: »In der vergangenen Nacht saß ich nach der Arbeit mit Fred in einem Café, und die Huren unterhielten sich mit mir. Fred schaute mich strafend an, weil sie ziemlich häßlich und vermutlich krank waren. Er meinte, ich sollte nicht mit ihnen reden. Fred ist manchmal ein Snob. Aber ich mag Huren. Man braucht ihnen keine Briefe zu schreiben. Man braucht ihnen nicht zu sagen, wie wunderbar sie sind.«

»Wie ist Fred, wenn er getrunken hat?«

»Ganz lustig. Aber immer ein wenig von oben herab zu den Huren. Sie spüren das.«

»Während du freundlich zu ihnen bist?«

»Ja, ich rede wie ein Kutscher mit ihnen.«

Zum erstenmal sah ich den boshaften Henry. Er ist gekommen, um Fred zu verletzen. Mehrere Male wiederholte er, schwelgte geradezu: »Fred arbeitet! Wie ihn das peinigen muß.« Ich wollte ohne Fred keine Vorhänge aussuchen, aber Henry bestand darauf.

»Ich fand viel Vergnügen daran, Böses zu tun ...«, sagt Stawrogin. Für mich ist das kein Vergnügen, sondern eine Qual.

Ein Beispiel für Henrys Geschichten: Er pflegte einen gewissen Mann anzupumpen und dann die Hälfte der Summe für ein Telegramm an eben diesen Mann auszugeben. Wenn diese Geschichten aus den Nebeln des Rausches aufsteigen, kommt Teuflisches zum Vorschein, eine heimliche Freude an Grausamkeit.

June kauft Parfum, während Henry hungert; es macht ihr Spaß, eine Flasche mit Scotch in ihrem Koffer zu verstecken, während Henry und seine Freunde, völlig pleite, nach einem Tropfen lechzen. Was mich erschreckt, ist nicht, was sie tun und was sie aus reiner Gedankenlosigkeit oder Egoismus tun könnten, sondern das Vergnügen, das sie daran finden. June treibt es am ärgsten. Sie ging vor Henrys Eltern bis zur offenen Perversität und balgte sich mit Jean herum. Sie wollte absichtlich schockieren. Dieser Hang zur Grausamkeit muß sie unauflöslich aneinanderketten. Würde es ihnen Vergnügen machen, mich zu vernichten? Für heruntergekommene Menschen ist die Vernichtung der anderen das einzige Vergnügen, das ihnen bleibt.

Schaue ich der Wirklichkeit ins Gesicht? Bin ich Stawrogin, der nicht handelt, aber mit Aufmerksamkeit Stepanowitsch beobachtet, der es an seiner Stelle tut?

Bin ich im Grunde noch das eifrige, kleine, spanisch-katholische Mädchen, das sich selbst dafür bestrafte, Spielzeug zu lieben, das sich selbst den Genuß von Süßspeisen untersagte, das sich im Schweigen übte, das seinen Stolz demütigte, das Symbole liebte, Statuen, brennende Kerzen, Weihrauch, die Liebkosung von Nonnen, Orgelmusik, für das die Kommunion ein großes Ereignis war? Die Vorstellung, den Leib Jesu zu essen und sein Blut zu trinken, erregte mich in solchem Maße, daß ich die Hostie nicht richtig schlucken konnte, aus Angst, sie zu verletzen. Meine Umgebung vergessend, lag ich auf den Knien und stellte mir Christus so leibhaftig vor (damals war ich also Realist!), daß ich ihn sehen konnte, wie er die Stufen hinabstieg und den Raum meines Herzens wie ein heiliger Gast betrat. Der Zustand dieses Raumes beschäftigte mich außerordentlich. War ich nicht brav gewesen, so vermutete ich, daß dieser Raum für die Augen Christi häßlich erscheinen müsse; sogleich bei seinem Eintritt konnte er überblicken, ob das Zimmer sauber, aufgeräumt, lichterfüllt oder unordentlich, dunkel, chaotisch war. In diesem Alter von neun, zehn, elf Jahren war ich wohl der Heiligkeit nahe. Mit sechzehn erst, empfindlich geworden für Überwachung, enttäuscht von einem Gott, der meine Gebete (um Rückkehr meines Vaters) nicht erhört hatte, der keine Wunder wirkte, der mich vaterlos in einem fremden Lande zurückließ, verwarf ich den ganzen Katholizismus voller Abscheu. Güte, Tugend, Nächstenliebe, Unterwerfung erstickten mich. Ich hielt mich an die Worte von Lawrence: »Sie reden immer nur von Qual, Opfer, Leiden und Tod. Sie sprechen nicht genug von Auferstehung, Freude und Leben in der Gegenwart.«

Heute empfinde ich meine Vergangenheit wie ein unerträgliches Gewicht, ich spüre, daß sie störend in meine Gegenwart hereinwirkt, daß sie der Grund sein muß für mein Zögern, meine Verschlossenheit. Und gleichzeitig habe ich das Gefühl eines neuen Beginns, neuer Hoffnung und Frische und Freiheit, in denen sich die Mysterien und Beschränkungen meiner Vergangenheit auflösen. Was ist geschehen?

Soviel Trübsal und Kälte. Ich habe das Gefühl, an mir eine Inschrift zu tragen: Meine Vergangenheit tötete mich.

Ich bin einbalsamiert, eine Nonne lehnt sich über mich, hüllt mich in ihre Schleier, küßt mich. Der eisige Fluch des Christentums. Ich gehe nicht mehr zur Beichte, habe keine Gewissensbisse, aber tue ich nicht Buße für meine Freuden? Niemand macht sich eine Vorstellung, was für eine großartige Beute ich für christliche Legenden gewesen bin, durch mein Mitgefühl und meine Zärtlichkeit für menschliche Wesen. Noch heute ringe ich mich nicht zum Genuß des Lebens durch.

Seit ich Zeuge seiner Grausamkeit zu Fred war, bin ich Henry gegenüber plötzlich abgekühlt. Nein, ich liebe Fred nicht, aber Fred ist ein Symbol meiner Vergangenheit. Auch er ist romantisch, empfindsam, verletzbar. Als ich ihn zum erstenmal sah, war er so scheu, und dann wurde er mir so ergeben. An dem Tag, an dem Henry Fred absichtlich verletzte, zerbrach meine Freundschaft zu ihm. Das scheint übertrieben. Aber die Angst vor Grausamkeit ist der große Konflikt meines Lebens. Ich war Zeuge der Grausamkeit meines Vaters zu meiner Mutter, ich erlebte, wie er meinen Bruder und mich sadistisch auspeitschte, ich habe seine Grausamkeit gegen Tiere gesehen (er tötete eine Katze mit einem Stock).

Wenn sie sich stritten, erreichte die Sympathie, die ich für meine Mutter fühlte, hysterische Ausmaße; der Schrecken über ihre Kämpfe, ihren Zorn, war so groß, daß er mich später lähmte und ich selbst unfähig zu Zorn und Grausamkeit wurde. Ich wuchs mit einer Unfähigkeit zur Grausamkeit auf, die schon abnorm ist. Wo ich Charakter beweisen soll, beweise ich durch meine Angst vor Grausamkeit nur Schwäche. Als ich etwas davon bei Henry bemerkte, wurden mir alle seine anderen Grausamkeiten bewußt (er hat seine erste Frau während der Schwangerschaft geschlagen). Um dem Konflikt auszuweichen, bin ich fast zur Einsiedlerin geworden. Regression. Ich fiel in frühe Erinnerungen, frühe Seinszustände, in Kindheits-Reminiszenzen zurück, und alles das hinderte mich daran, in der Gegenwart zu leben. Ich habe Grausamkeit zu ernst genommen.

Wahrscheinlich ist das die Wahrheit. Ich bin in meinen Gefühlen zurückhaltend und kühl. Ich brauche jemanden, dem ich vertrauen kann. Ich brauche eine Führung.

Als ich am nächsten Tag zu Henry nach Clichy eilte, lösten Fred und ich das alles in Gelächter auf.

Fröhlichkeit, Klugheit, das war alles, was ich mir wünschte.

Joaquin hält Henry für eine zerstörerische Kraft, die sich ihren Gegensatz (mich) gesucht hat, um ihre Macht zu erproben. Joaquin und meine Mutter glauben, daß ich unter Literatur begraben bin (es ist richtig, daß ich Literatur liebe), daß ich gerettet werden könnte (Joaquin ist sich nicht im klaren, wie), mir selbst zum Trotz.

Ich lächelte spöttisch.

Was Henry betrifft, ist das alles völliger Unsinn. Für mich ist er eine belebende, nicht eine zerstörerische Kraft. Ich staune, durch wieviele Straßen er an einem Tag gehen, wieviele Briefe er schreiben, wieviele Bücher er lesen, mit wievielen Leuten er reden kann, in welchen Cafés er sitzt, welche Filme, welche Ausstellungen er sieht. Wie ein reißender Strom ist er in ständiger Bewegung. Grausam ist er, seinem Geständnis nach, nur in der Eifersucht. Er war eifersüchtig auf Freds Verehrung für mich.

Kein Heuchler zu sein, ist sein einziges moralisches Gesetz. Er gibt zu, nicht loyal zu sein. Er gibt zu, daß er zu allem fähig wäre, zur gegebenen Zeit: zu stehlen, zu betrügen usw.

Henry peitscht mit seinen Clownerien die Welt in einen Karneval.

Wir sitzen in einem mönchisch einfachen Raum, in dem einen Augenblick zuvor noch Henrys Schreibmaschine wie Kastagnetten klapperte. Henry bedrängte mich, das Schlimmste aus mir herauszukramen, und ich ärgere mich, weil ich so wenig zu erzählen habe. (Als Kind ging ich zur Beichte und konnte keine sträflichen Handlungen finden, nur höchst tadelnswerte Träume!)

Auf dem Boden stand eine Flasche Rotwein. Fred las aus meinem Tagebuch.

Es rührt mich, wenn Henry demütig wird vor etwas, was er noch nie gesehen hat.

»Dein Haus, Anaïs. Ich weiß, daß ich ein Bauer bin und daß ich mich in einem solchen Haus nicht benehmen kann, und darum tue ich so, als ob ich es verachte, aber ich liebe es. Ich liebe seine Schönheit und Eleganz. Es ist so wohltuend, daß mir beim Eintritt ist, als würde ich von einer Ceres in die Arme genommen; ich fühle mich verzaubert.«

Henry ist kein Proust, der von allen Dingen zögernd kostet; er lebt zupackend, sprunghaft. Er nimmt nicht Abstand, um zu verstehen; er verteilt seine Zeit und seine Energie verschwenderisch. Ich scheue vor einfachen Sätzen zurück, weil sie mir zuwenig Wahrheit erfassen. Wahrheit ist für mich etwas, das nicht in wenigen Worten gesagt werden kann, und jene, die das Universum simplifizieren, machen die Welt eng.

Schriftsteller leben nicht nur ein Leben, sondern zwei. Zuerst leben sie, und dann schreiben sie darüber, das ist ein zweites Erleben, verzögerte Reaktion.

June lügt oft ins Blaue hinein. Als ich sie kennenlernte, erzählte sie mir die Geschichte von einem Mann, der sie so hartnäckig bedrängte, daß sie ihm schließlich in seine Wohnung folgte. Er besaß ein Exemplar von Spengler, das Henry hatte verkaufen müssen. June gab er wunderbare Geschenke. Er wünschte sich von ihr, daß sie für seine Geliebte, die selbst keinen Geschmack, keine Originalität hatte, die Kleider auswählte. June erzählte mir, daß sie einige Male hinging, *dann aber zugunsten der anderen Frau wegblieb.* Ich spürte, daß an der Geschichte etwas nicht stimmte, aber ich hätte nicht sagen können, worauf sie eigentlich hinauswollte. Ihre Quichotterien? Irgendwie klang die Geschichte falsch. Log sie, weil wir, wie Proust sagt, am meisten jene belügen, die wir am meisten lieben? Log sie, um ihr

Bild zu verklären, oder aus Angst vor Konsequenzen, oder um ihr Leben zu romantisieren? Beide, sie und Henry, gehen so behutsam mit mir um, daß ich die anderen Seiten ihres Wesens nicht wahrhaben will.

Proust:

»Wie vieler Genüsse, sagte ich zu mir selbst, was für eines süßen Lebens hat sie uns beraubt durch diese wilde Hartnäckigkeit, ihre Neigung zu verleugnen.«

Marguerite S., ein dunkelhaariges Mädchen, Tochter eines Schriftstellers, verdient sich den Lebensunterhalt durch Übersetzungen aus dem Englischen. Ich habe sie vor einiger Zeit bei Madame Pierre Chareau, meiner Nachbarin, kennengelernt. Sie hilft mir bei der Reinschrift des Tagebuchs. Sie ist in psychoanalytischer Behandlung bei Dr. René Allendy. Nach der Arbeit sitzen wir oft im Garten und unterhalten uns. Sie weiß viel über ihn zu erzählen und ist recht belesen, wir haben lange Gespräche. Einmal in der Woche besucht sie ihn, und ich sehe, wie sie sich allmählich verändert.

Ihr Vater hat ihn bei der Armee kennengelernt. Er wollte damals Arzt werden, interessierte sich aber dann für Psychoanalyse und glaubt an ihre Wirkung.

Dr. Allendy hat ›Le Problème de la Destinée (Etude sur la Fatalité Intérieure)‹ geschrieben. Seiner Meinung nach sind wir von innen her vorherbestimmt und werden von unbewußten Tropismen geleitet. Tiefe und unbekannte Impulse treiben das Individuum in sich wiederholende Erfahrungen. Der Mensch neigt dazu, diese Modelle nach außen zu projizieren und die Schuld für alles, was ihm zustößt, äußeren Kräften zuzuschreiben.

Der Mensch kann sein Schicksal unter Kontrolle bringen, sagt Allendy, so weit, daß er diese Tropismen erkennt, aber dazu ist eine echte Initiation vonnöten, eine Art von buddhistischer Übung, die den Schüler befähigt, seinem Karma durch Erkenntnis zu entfliehen. Die Psychoanalyse kann das, was wir Unglück, Tragödie, Schicksal nennen, überwinden.

Er wurde 1899 in Paris geboren, studierte Medizin, praktizierte in Spitälern. 1912 promovierte er über ›Les Théories alchimiques dans l'Histoire de la Médecine‹. Er interessiert sich für Homöopathie und Astrologie und hat die Societé Française de Psychoanalyse gegründet.

Ich ging in die Sorbonne, um ihn zu hören. Er ist groß, bärtig.

Wie ein Franzose sieht er überhaupt nicht aus. Ein Bretone, mit dem Äußeren eines russischen Bauern. Bemerkenswert, daß er als junger Mann Russisch lernte, später Rußland bereiste und ein Hilfskomitee für russische Studenten organisierte.

Marguerite versucht mich zu überreden, ebenfalls zu ihm zu gehen. Sie erinnert mich daran, daß ich in New York einen Zusammenbruch hatte. Aber ich glaube, alles, was ich brauchte, war Leben; wäre ich neurotisch, hätte ich weder ein Buch geschrieben noch ein schönes Heim geschaffen oder so zu leben gewagt, wie ich lebe.

»Ich bin nicht verhemmt«, sagte ich. »Die Analyse ist für solche, die das Leben bedrückt.«

Heute läutete ich zum ersten Male die Glocke an Dr. Allendys Haus. Ein Mädchen führte mich durch einen dunklen Korridor in einen dunklen Salon. Die dunklen braunen Wände, die braunen Samtstühle, der dunkelrote Teppich empfingen mich wie ein Grab, und ich erschauerte. Nur durch ein angebautes Gewächshaus fiel etwas Licht herein. Es war voller tropischer Pflanzen. In einem kleinen Bassin in der Mitte waren Goldfische. Ein gekiester Weg umrundete das Bassin. Die grünen Blätter filterten das Sonnenlicht, es wurde gedämpft und grün, als befände man sich am Grunde des Ozeans. Es war, als sollte das gewöhnliche Tageslicht zur Erforschung versunkener Welten abgeschirmt werden.

Dr. Allendys Ordination wird durch einen schweren schwarzen chinesischen Vorhang schalldicht abgeschlossen; darauf sind mit goldenen Fäden einige Papyruszweige gestickt. Zur vereinbarten Zeit öffnete er eine Rolltür, schlug den Vorhang zurück und stand vor mir: sehr groß, die Augen der lebendigste Teil des Gesichtes, die Augen eines Sehers. Er hat sehr weiße, fast kleine Zähne und ein kühngeschnittenes Gesicht. Er ist schwer, und sein bärtiges Gesicht gibt ihm ein patriarchalisches Aussehen. Fast war es verwunderlich, ihn einen Augenblick später ruhig hinter dem Morris-Stuhl sitzen zu sehen, auf dem ich Platz genommen hatte, mit Bleistift und Papieren raschelnd und ruhig sprechend. Es hätte besser zu ihm gepaßt, Horoskope zu stellen, mit magischen Formeln zu arbeiten oder aus einer Kristallkugel zu lesen. Er sah nicht wie ein Arzt, sondern wie ein Magier aus.

Anfangs sprachen wir über seine Bücher, seine Vorträge und meine Einstellung dazu.

Ich erzählte von meiner Arbeit und von meinem Leben im allgemeinen. Ich sei immer sehr unabhängig gewesen, sagte ich, und hätte bei niemandem Anlehnung gesucht.

»Trotzdem scheint es Ihnen an Selbstbewußtsein zu mangeln«, sagte Dr. Allendy.

Er hatte einen empfindlichen Punkt berührt. Selbstbewußtsein!

Dr. Allendy erhob sich von seinem Stuhl und sagte lächelnd: »Nun, ich bin sehr froh, daß Sie auf eigenen Füßen stehen und keine Hilfe brauchen.«

Ich begann zu weinen. Weinte. Er setzte sich wieder.

Selbstbewußtsein!

Mein Vater hatte sich kein Mädchen gewünscht. Mein Vater war überkritisch. Nie war er zufrieden, nie erfreut. Ich kann mich an kein einziges Lob von ihm erinnern, an keine Liebkosung. Zu Hause – nur Szenen, Streit, Schläge. Und seine harten, blauen Augen über uns, die nach einem Makel suchten. Als ich fast tödlich an Typhus erkrankt war, sagte er nur: »Nun bist du häßlich. Wie häßlich du bist!« Immer war er auf Reisen, immer wurde er von Frauen verhätschelt. Meine Mutter machte ihm Eifersuchtsszenen. Als ich neun Jahre alt war und an einer zu spät erkannten Blinddarmentzündung fast gestorben wäre und wir in Arcachon eintrafen, wo er seine Ferien verbrachte, gab er zu verstehen, daß er uns nicht zu sehen wünschte. Was er zu meiner Mutter sagte, bezog ich auch auf mich. Als er uns ganz verließ, stürzte ich in eine hysterische Krise. Immer hatte ich Angst vor seiner Härte, seiner unablässigen Kritik. Ich wagte nicht, ihm noch einmal unter die Augen zu treten.

»So haben Sie sich in Ihr Inneres zurückgezogen«, sagte Dr. Allendy, »und sind unabhängig geworden. Ich sehe, daß Sie stolz und selbstgenügsam sind. Sie fürchten die Grausamkeit älterer Menschen, und daher sind Sie beim ersten Anzeichen von Grausamkeit wie gelähmt.«

»Kann es Rückwirkungen auf ein ganzes Leben haben, wenn das Vertrauen eines Kindes einmal erschüttert und zerstört wird? Warum sollte die mangelnde Liebe eines Vaters nicht wettzumachen sein? Warum wurde sie nicht ersetzt durch all die Liebe, die ich empfing, seit er mich verlassen hat?«

»Sie machen einen sehr ausgeglichenen Eindruck, und ich glaube nicht, daß Sie mich brauchen.«

Plötzlich fühlte ich mich sehr unglücklich, wieder allein gelassen zu sein und meine Probleme selbst lösen zu müssen.

Ich fragte, ob ich wiederkommen dürfe.

Es ist etwas Verwirrendes um die Psychoanalyse. Für einen Schriftsteller wird sie zur Herausforderung. Es ist fast unmöglich, die Zwischenglieder zu erkennen, über die man einen gewissen Zustand erreicht. Dazwischen liegt eine Zone des Tastens, der Schatten. Die klargefaßten Sätze, die ich niederschreibe, bekommt man nicht aus heiterem Himmel. Davor gibt es Zweifel, Anspielungen, Umwege. Ich berichte in der Form eines übersichtlichen Dialogs, lasse aber die Schatten und Verdunkelungen weg. Man kann das Fortschreiten einer Entwicklung nicht schildern.

Arbeitet Dr. Allendy mit etwas, das sich Rationalem entzieht?

Dr. Allendy sagte: »Frauen haben nichts zur Psychoanalyse beigetragen. Die Reaktionen der Frauen sind noch immer ein Rätsel, und solange wir nur das Wissen um den Mann haben, um darauf unsere Annahmen zu gründen, bleibt die Psychoanalyse unvollkommen. Wir nehmen an, daß eine Frau wie ein Mann reagiert, aber wir wissen es nicht. Die männliche Eitelkeit ist größer als die weibliche – das ganze Leben eines Mannes ist auf einem Eroberungskult aufgebaut, von der finstersten Vergangenheit her, in der einer, der nicht jagen konnte und nicht stark war, sterben mußte. Seine Eitelkeit ist gewaltig und eine Verwundung der Eitelkeit lebensbedrohend, tödlich.«

Die Psychoanalyse zwingt einen zu immer mehr Wahrhaftigkeit. Schon entdecke ich Gefühle, die mir nicht bewußt waren, so die Angst, verletzt zu werden.

Ich schäme mich meiner Überempfindlichkeit, die soviel Kraft zum Ausgleich braucht. Es ist gewiß anormal, wenn man so sehr darum bettelt, geliebt und verstanden zu werden.

Ich habe die ersten zwei Seiten meines neuen Buches geschrieben, ›House of Incest‹, in einem surrealistischen Stil, unter dem Einfluß von ›transition‹, Breton und Rimbaud. Sie helfen meiner Einbildungskraft, sich frei zu entfalten.

Was empfinde ich, wenn ich Henrys kalte blaue Augen auf mir fühle? Mein Vater hatte eisige blaue Augen.

Henry spricht in einer wunderbaren Weise zu mir, klug und kühl.

»Am Sonnabend, nachdem du gegangen warst, habe ich eine

Weile geschlafen und bin dann spazierengegangen. Ich habe eine schreckliche Wahrheit erkannt: daß ich Junes Rückkehr nicht wünsche. Manchmal glaube ich fast, daß ich glücklich wäre, wenn sie zurückkäme und ich mit ihr und all den Enttäuschungen nichts mehr zu tun hätte. In der Nacht auf den Sonntag wollte ich ihr schon ein Telegramm schicken, um ihr mitzuteilen, daß ich nichts mehr von ihr wissen will. Durch dich habe ich erkannt, daß zwischen Männern und Frauen Freundschaft möglich ist. June und ich, wir sind nicht Freunde.«

Wir waren auf dem Weg zur Place Clichy, Fred, Henry und ich. Henry lehrt mich, die Straße und die Menschen zu sehen. Er riecht die Straße, nimmt sie mit allen Sinnen auf. Er zeigt mir die Hure mit dem Holzbein, die in der Nähe des Gaumont Palace steht. Er zeigt mir die engen Straßen, die sich den Berg hinanziehen, die kleinen Hotels und die Huren vor den Eingängen unter den roten Laternen. Wir sitzen in den Cafés, Francis-Carco-Cafés, wo die Zuhälter Karten spielen und ihre Mädchen auf dem Trottoir überwachen. Wir sprachen über Leben und Tod, so wie D. H. Lawrence darüber gesprochen hat, über die Menschen, die wir gekannt haben und die schon tot sind, und über die anderen, die noch leben. »Wenn Lawrence dich zu seinen Lebzeiten gekannt hätte, er hätte dich geliebt«, sagte Henry.

In Clichy setzten wir uns mit Fred in die Küche. Ein kleines Fenster blickt hinab auf den Hof. Wir leerten eine Flasche Wein. Wir rauchten viel, und Henry mußte aufstehen und seine Augen mit kaltem Wasser kühlen – die entzündeten Augen des kleinen deutschen Jungen.

Ich konnte das nicht ertragen und sagte aus einem Impuls heraus: »Henry, laß uns auf das Ende deiner Zeitungsarbeit trinken! Du wirst das nicht mehr weitermachen. Ich werde mit für dich sorgen.«

Das hatte eine außerordentliche Wirkung auf Fred. Seine Lippen begannen zu zittern. Er fing an zu schluchzen. Er lehnte seinen Kopf an meine Schulter, und die Tränen, die über seine Wangen rollten, waren riesig und schwer. Ich habe nie solche Tränen gesehen. »Sei nicht traurig«, sagte ich, aber ich wußte nicht, warum ich das sagte. Warum sollte er traurig sein, wenn Henry von einer Arbeit frei wurde, die seine Augen verdarb?

Henry verstand es ebensowenig. »Was ist los, Fred? Ich glaube, du bist verärgert, weil du glaubst, ich hätte meine Augen vor Anaïs gewaschen, um ihr Mitleid zu erregen, ihre Empfindsamkeit auszunützen.«

Ich traf mich mit Henry und seinen Freunden im Café. Henry erzählte mir, daß Fred in der vergangenen Nacht nicht nach Clichy zurückgekehrt sei.

»Nimm ihn nicht zu ernst«, sagte Henry. »Er liebt Tragödien. Seine Launen sind sehr hitzig, aber nur an der Oberfläche, ganz emotional, sie gehen schnell vorbei.«

Fred kam später dazu. Zusammen aßen wir in einem Bistro zu Abend. Aber Fred war niedergedrückt. Henry überlegte, welchen Film wir uns anschauen könnten. Fred sagte, er wolle uns nicht begleiten, er hätte zu arbeiten.

Henry ging weg, um Zigaretten zu besorgen.

»Fred, warum kommst du nicht mit uns?« fragte ich. »Warum bist du so traurig?«

»Es ist besser, wenn ich nicht mitgehe. Ich bin zu unglücklich. Du kennst meine Gefühle.« Er küßte mir die Hand.

Ein wenig später, als der Rotwein seine Wirkung tat, schüttelte er mir zu Gefallen seinen Mißmut ab und sagte: »Gehen wir nicht ins Kino, fahren wir nach Louveciennes.«

Alle drei stürzten wir zum Zug.

Es war erst neun Uhr abends, aber im Haus schliefen schon alle.

Verzauberung. Ich fühlte, wie der Zauber meines Hauses auf sie wirkte. Das Feuer machte unsere Gespräche ruhig, intim. Ich öffnete die eisernen Kassetten und zeigte ihnen meine Tagebücher. Fred griff nach dem ersten Band und begann darüber zu weinen und zu lachen. Wir saßen im Salon und lasen und sprachen miteinander.

Als ich zum Abendessen in Clichy eintraf, waren Henry und Fred beide an der Arbeit. Henry überlas Fragmente, die in sein Buch eingefügt werden sollen. Die Kraft seiner Sprache! Der Gegensatz zwischen seiner Sanftheit und der Gewalt seiner Sprache! Zusammen kochten wir das Abendessen. Fred hatte einige Seiten über mich in die Maschine geschrieben. Er machte ein schönes Bild von mir. Er sagte: »Das können alle lesen. Ich werde etwas Geheimes schreiben, nur für dich.«

»Magst du mich, Anaïs?« fragte er flehentlich.

»Natürlich mag ich dich, Fred.«

Henry ist sehr fröhlich; er macht Pläne für zukünftige Bücher, spricht über Spengler, ›transition‹, Breton und Träume.

Immer wieder setzt er zu großen, abbrechenden Bögen an, und manchmal glaube ich, daß er anderswo wieder beginnt, nur um dieser Anfänge willen.

Solche stillen, entspannten Stunden mit Henry und Fred sind die fruchtbarsten. Henry verfällt in nachdenkliches Schweigen, grübelt, kakelt über sein Werk. Manchmal hat er etwas von einem Gnom, einem Satyr, einem deutschen Gelehrten. In solchen Augenblicken sieht sein Körper zerbrechlich aus, und die Energie seiner Sprache, seiner Rede und seiner Einbildung scheint fast zuviel für ihn. Während er sitzt und Kaffee schlürft, entdecke ich einen neuen Aspekt an ihm: Ich sehe seinen Überfluß, die Impulse, die ihn wie Windböen anfallen und mit sich überallhin fortreißen, seine Briefe an Menschen in der ganzen Welt, seine Neugierde, seine Erforschung des täglichen und des nächtlichen Paris, seine unerbittlichen Untersuchungen an menschlichen Wesen.

Seine Notizblätter an den Wänden sind enorm, übersät mit Namen, Ereignissen, Titeln von Büchern, Anspielungen, Beziehungen, Orten, Restaurants usw. Eine gigantische Aufgabe, ein Universum, wenn er darüber schreiben will.

Aber June, wenn sie zurückkehrt, wird dies alles wie ein Wirbelwind wegfegen.

Bleiben werden davon die Dinge, die Henry sagte und die ich hier sammle. Er spricht über Gott, über Dostojewski und die Schönheiten von Freds Sprache, die er bewundert. Dabei unterscheidet er genau zwischen einer lauten, kraftvollen, dramatischen Literatur, wie die seine ist, und der geschliffenen Sprache, wie Fred sie schreibt. Kann June solche Nuancen wahrnehmen? Henry sagt: »Sie liebt Orgien, Orgien von Geschwätz, Orgien von Lärm, Orgien von Sex, Orgien von Opfern, Orgien von Haß, Orgien von Tränen.«

»Fred hat eine Schönheit, die mir fehlt«, sagt Henry, »die Qualität eines Anatole France.«

»Aber ihm fehlt die Kraft, die du hast.«

Seine Leidenschaft überflutet eine eisige, intellektuelle Welt wie Lava. Offenbar braucht die Welt eine solche Leidenschaft. Sie erhebt seine Bücher in den Rang von Naturereignissen, eines Zyklons, eines Erdbebens. Verstand und Analyse vereisen heute die Welt. Seine Leidenschaft könnte sie retten, sein Appetit auf das Leben, seine Freude.

Henry erzählte mir von einem Buch, das ich nicht gelesen hatte, Arthur Machens ›Hill of Dreams‹. Ich hörte ihm zu, und plötzlich sagte er: »Ich spreche fast wie ein Vater zu dir.«

In diesem Augenblick wußte ich, daß Henry den Teil von mir wahrgenommen hatte, der halb kindlich ist, den Teil von mir, der staunen will, der belehrt, geführt sein will. Henry zuhörend wurde ich zum Kind, und er wurde väterlich. Das geheime Wunschbild eines gelehrten, literarischen Vaters stieg wieder auf, und aus der Frau wurde wieder ein Kind.

Mir war, als hätte er ein anstößiges Geheimnis enthüllt. Ich lief fort aus Clichy.

Meine kindhafte Einstellung zu älteren Menschen: Ich kann darin nur Unreife sehen, ein Bedürfnis, das aus dem Fehlen eines Vaters erwuchs.

[4. Mai 1932]

Dr. Allendys Ordination: sein großer Tisch, eine große, schattende Lampe. Ich sitze im Sessel und blicke auf die Fensterwand (das Fenster geht auf die Straße). An dem einen Arm des Sessels ist ein kleiner Aschenbecher befestigt. Dr. Allendy sitzt hinter diesem Sessel. Außer dem Rascheln des Papiers und dem Geräusch des Bleistifts, mit dem er Notizen macht, verrät nichts seine Anwesenheit.

Seine Fragen werden hinter meinem Sessel gestellt, körperlos, und so kann ich meine ganze Aufmerksamkeit seinen Worten zuwenden. Ich bin nicht fähig, auf andere Dinge zu achten, sein Gesicht, seine Kleidung, seine Gesten. Ich muß mich auf das konzentrieren, was er sagt.

Dr. Allendy: »Welches Gefühl hatten Sie nach unserem ersten Gespräch?«

Anaïs: »Ich fühlte, daß ich Sie brauche, daß ich nicht wieder allein gelassen werden möchte mit den Problemen meines Lebens.«

Dr. Allendy: »Aus allem, was Sie mir erzählen, geht klar hervor, daß Sie Ihren Vater hingebungsvoll und in übertriebener Weise geliebt haben und die sexuellen Verführungen haßten, die zur Folge hatten, daß er Sie verließ. Sie fühlten, daß die wahren Ursachen für seine Seitensprünge, seine Reisen (wenn er sie auch mit Konzerttourneen entschuldigte), für das Unglück Ihrer Mutter, die familiären Szenen, seinen endgültigen Abschied, sexueller Natur waren. So entstand in Ihnen eine unbewußte Auflehnung gegen Sex.«

Anaïs: »Nicht gegen . . . eher eine Angst, verletzt zu werden, durch Sex, wegen Sex.«

Er sondiert, stellt Fragen, entwickelt manchmal aus der Befragung eine eigene Theorie, ist männlich dominierend und gleich darauf werbend und spricht von der Angst, die man hat, durch Liebe leiden zu müssen.

Anaïs: »Ich glaubte, daß Männer nur dicke, kräftige Frauen mit enormen Brüsten lieben. Als ich ein junges Mädchen war, spottete meine Mutter über meine Magerkeit und zitierte das spanische Sprichwort ›Knochen sind für die Hunde‹. Ich zweifelte an meiner Fähigkeit, zu gefallen oder eine große Liebe zu erwecken, und nahm, was mir geboten wurde, dankbar an. Um meinen Zustand zu vergessen, wollte ich Künstlerin werden, Schriftstellerin. Ich hoffte, interessant, bezaubernd, vollwertig zu sein. Ich zweifelte daran, daß meine Schönheit genügte . . .«

Manchmal lacht Dr. Allendy über das, was ich sage und wie ich es sage. Er meint, ich hätte Sinn für Humor. Aber aus meinen Träumen schließt er auf ein anhaltendes Bedürfnis, bestraft zu werden oder verlassen zu werden. Ich träume von einem grausamen Henry. Ich sehe Männer als Sadisten.

Dr. Allendy: »Sie fühlen sich schuldig, weil Sie Ihren Vater zu sehr geliebt haben. Ich bin sicher, daß Sie versucht haben, diese Schuld später mit einer besonders großen Liebe zu Ihrer Mutter auszugleichen.«

Anaïs: »Das ist wahr. Ich war ihr blind ergeben, liebte sie unermeßlich.«

Dr. Allendy: »Und nun suchen Sie Bestrafung. Und Sie genießen das Leiden, das Sie an das Leiden durch Ihren Vater erinnert. Wie ein kleines Mädchen sind Sie eifersüchtig auf die Frauen, die er geliebt hat.«

Dr. Allendys Erklärungen klingen plump. Ich fühle mich so bedrängt, als wären seine Fragen Angriffe, als wäre ich ein Angeklagter vor Gericht. Die Analyse hilft mir nicht. Sie scheint schmerzhaft. Sie rührt meine Ängste und Zweifel auf. Die Qual des Lebens ist nichts, verglichen mit der Qual dieser Untersuchung.

Anaïs: »Ich kann nicht glauben, daß ich Angst vor Männern habe. Ich bin physisch immer sehr erregbar gewesen. Es war nur meine romantische Einstellung, meine Sehnsucht nach einer wirklichen Liebe, die mich davor bewahrten, den vielen Versuchungen zu erliegen.«

Dr. Allendy verlangt, daß ich mich entspanne und ihm sage, was in mir vorgeht.

Anaïs: »Ich analysiere, was Sie sagten, und ich bin mit Ihren Interpretationen nicht einverstanden.«

Dr. Allendy: »Sie tun *meine* Arbeit, Sie versuchen, der Analytiker zu sein, sich mit mir zu identifizieren. Hatten Sie je den Wunsch, Männer in ihrer eigenen Arbeit zu übertreffen, mehr Erfolg zu haben?«

Anaïs: »Gewiß nicht. Ich tat viel und opferte viel für die musikalische Karriere meines Bruders. Ich machte sie möglich. Jetzt helfe ich Henry und gebe ihm alles, was ich kann, für sein Werk. Ich habe Henry meine Schreibmaschine gegeben. Ich glaube, jetzt irren Sie sich sehr.«

Dr. Allendy: »Vielleicht sind Sie eine der Frauen, die Freunde, nicht Feinde des Mannes sind.«

Anaïs: »Mehr noch, ich würde lieber einen Künstler heiraten und mit ihm arbeiten, als selber einer sein.«

Manche Behauptungen gibt Dr. Allendy auf. Aber jedesmal, wenn er das Thema Selbstbewußtsein berührt, bemerkt er die Unruhe und Qual, die mich erfassen. Ich lehne mich zurück und empfinde den Einbruch von Schmerz, Verzweiflung, Versagen. Dr. Allendy hat mich verletzt. Ich weine. Ich fühle mich schwach. Es ist Zeit, zu gehen. Ich stehe auf und schaue ihm ins Gesicht. Seine meerblauen Augen sind sehr sanft. Er empfindet Mitleid mit mir; er sagt: »Sie haben sehr gelitten.« Aber ich will kein Mitleid; ich möchte, daß er mich bewundert, daß er mich für eine einzigartige Frau hält.

Beim Fortgehen bin ich wie in einem Traum. Wenn er hinter dem schwarzen chinesischen Vorhang wie ein mächtiger Zauberer aussieht, so am Haustor wie ein freundlicher, wohlmeinender, höflicher Doktor. Es scheint symbolisch richtig, daß man in sein Haus eintritt und in einem dunklen Salon wartet, in einer dunklen Bibliothek sitzt, um dann, wenn man diese dunklen, phantastischen, gefährlichen Regionen durchquert hat, aufzutauchen in das Tageslicht, in einen sauber gepflegten Garten, eine ruhige Straße.

Dr. Allendy: »Warum haben Sie letztesmal geweint?«

Anaïs: »Ich fühlte, daß manche Dinge, die Sie sagten, richtig waren.«

Die Analyse ist ekelerregend für mich. Ich würde es vorziehen, Dr. Allendy einfach von dem Tag zu erzählen, den ich mit Henry und Fred verbracht habe. Von Freds Tränen, als ich sagte, ich würde für Henry sorgen.

Am Anfang war ich nachgiebig, fühle aber einen wachsenden Widerstand gegen die Befragung.

Dr. Allendy: »Hassen Sie mich, weil ich Sie zum Weinen bringe?«

Anaïs: »Nein, ich glaube, es hat mir gefallen. Es machte mir klar, daß Sie stärker waren als ich.«

Im weiteren Verlauf der Stunde merke ich, daß er in mir ein Wissen um Hindernisse und Schwierigkeiten erweckt, die ich leicht vergessen könnte, wenn er mich ließe; daß alles, was er tut, meine Ängste und Zweifel wieder erweckt. Aber er weist darauf hin, daß ich beim ersten Anzeichen von Grausamkeit Henry die Freundschaft kündigen wollte.

Sooft Dr. Allendy mich auffordert, die Augen zu schließen und mich zu entspannen, beginne ich mit meiner eigenen Analyse.

Nun beschäftigt er sich mit der Spaltung der Persönlichkeit: der phantastischen poetischen Sprache einerseits und der realistischen Notierung im Tagebuch andererseits. Er beginnt zu ahnen, wie wichtig die Arbeit für mich ist. Dabei stelle ich fest, daß er mir wenig zu sagen hat, was ich nicht wüßte, wenig, worüber ich nicht selbst bereits geschrieben hätte. Aber das ist nicht ganz richtig; er hat in mir die Vorstellung von Schuld, von Schuld und Bestrafung bewußt gemacht.

Ich weiche Dr. Allendys weiteren Fragen aus. Er tastet herum. Er kann nichts Endgültiges entdecken. Er schlägt viele Hypothesen vor. Ich bin in einer unterwürfigen Stimmung zu ihm gekommen, tief erschöpft von der vergangenen Nacht, mit Absicht (ich hätte die Séance auch verschieben können). Aber ich hoffte, daß ich geistig weniger wachsam, nachgiebiger, widerstandsloser sein würde. Als er mich über seine Einstellung zu ihm ausfragte und ich ihm von meinem Interesse an seinen Büchern erzählte, hatte ich ein zwiespältiges Gefühl, so als erwarte er dieses Interesse an ihm und spiele nicht gern ein Spiel, dessen Züge bekannt sind. Mein Interesse an seinen Büchern war durchaus aufrichtig. Ich sagte ihm auch, daß ich mir keine Mühe mehr geben würde, Eindruck auf ihn zu machen, seine Bewunderung zu erwerben. Daß ich zugegeben hätte, ihn zu brauchen.

Anaïs: »In diesem Augenblick habe ich weniger Vertrauen zu mir selbst als je zuvor. Es ist unerträglich.«

Henry analysiert nie, fragt nicht aus, versucht nicht, zu verstehen. »Es ist dir aufgefallen«, sagte er, »wie gerne ich Fehler finde, kritisiere, lächerlich mache, aber ich versichere dir, daß ich das viel weniger bei dir als bei anderen tun möchte.« Das ist paradox, denn eigentlich will er niemanden verurteilen, von niemand verurteilt werden. Der Mann steckt voller Widersprüche.

Er war dabei, Geschirr zu spülen. Fred und ich trockneten ab. Seine Weste war nicht zugeknöpft, weil ihm der alte Anzug, den man ihm geschenkt hat, zu klein ist. Die Aufschläge an den Taschen sind abgewetzt. Wenn er den Abfalleimer wegträgt, hat er ein verstohlenes, halb verschämtes Lächeln. Er schämt sich seines Ordnungssinnes, der ihn dazu zwingt, Geschirr zu waschen, die Küche aufzuräumen. Er sagt: »June hat mir das vorgeworfen, sie sagte, es sei unromantisch, kein wirklicher Künstler würde sich um all das kümmern. Sie hätte eine majestätische Unordnung vorgezogen.«

Ich muß gestehen, daß ich selbst mich wie Henry verhalte, aber Junes Auflehnung gegen diese Aufräumerei scheint mir wundervoll.

»Ich habe Junes Grausamkeit, das Böse in June übertrieben«, sagt Henry, »weil ich am Bösen interessiert war. Das Gute nehme ich als selbstverständlich. Aber gerade das ist der Jammer, es gibt keine wirklich bösen Menschen auf der Welt. June ist nicht wirklich böse. Fred ist brav. Wie, Fred? June bemüht sich verzweifelt, böse zu sein. Es war eines der ersten Dinge, die sie mir in der Nacht, in der wir uns kennenlernten, erzählte. Sie wollte, daß ich sie für eine femme fatale halte. Mich regt das Böse an. Es beschäftigt mich so stark, wie es Dostojewski beschäftigt hat.«

Die Opfer, die June für Henry brachte: waren es Opfer aus Selbstverleugnung, Selbstlosigkeit, oder waren es romantische Gesten, Steigerungen ihrer Persönlichkeit? Henry macht mich in dieser Beziehung nachdenklich. June weigerte sich, die einfachen fraulichen Pflichten zu erfüllen. Sie setzte sensationelle, spektakuläre Akte der Hingebung. Große Szenen. Für ihn geht sie auf »Abenteuer« aus, für ihn kuppelt sie usw. Aber sie sorgt nicht regelmäßig für ihn. In den Zwischenzeiten kann er hungern. Sie bedrängte Henry, nicht zu arbeiten. Sie wollte ihn unterstützen.

»Aber warum bist du über ihre Fehler so wütend?« fragte ich Henry. »Warum schreibst du nicht mehr über ihr dramatisches Talent, ihre herrliche Sorglosigkeit, ihre wunderbare Großzügigkeit?«

»Genau das sagt June. Die ganze Zeit wiederholt sie: Du vergißt dies und du vergißt das. Du erinnerst dich nur an das Verkehrte.«

»Sie sagte mir, daß dich das Böse fasziniert und daß sie versucht, ein schlechtes Leben zu erfinden, um für dich interessant zu sein.«

Ich konnte mich nicht überwinden, zu gestehen, daß es Zeiten gegeben hat, in denen ich versucht war, meine eigene Gutheit und Ehrlichkeit aufzugeben, um mir ein reicheres Leben zu schaffen, um mehr erzählen zu können, mich ihrem ereignisreichen Leben anzupassen, der Unmenge von Beziehungen, Erlebnissen, Erfahrungen, die sie haben. Ich merkte schon, wie ansteckend ein volles Leben sein kann. Wenn ich Paris durchwandere, sehe und ahne ich schon mehr als zuvor, meine Augen sind durch Henrys Berichte geöffnet worden.

Aber alle diese Einbildungen lösen sich auf, wenn ich Henry in einer seiner ernsten Stimmungen treffe. Er fordert mich auf, »die Ärmel aufzukrempeln« und mit ihm an die Arbeit, an die Ordnung seines Lebens zu gehen. Fred arbeitet an seinem Buch.

Henry neigt zu Übersteigerungen, sich so weit auszubreiten, daß er verlorengeht. Ich bin fähig, zu erkennen, was unwichtig ist, überentwickelt oder wirr. Mein eigener Stil ist bündiger, mehr verdichtet, und das hilft ihm.

June hätte die Arbeitsstimmung unterbrochen, Henry tiefer in Erfahrungen, in das Leben gehetzt, die Aneignung und Verarbeitung der Erfahrung verzögert (die er braucht), mit der Erregung von Konflikten und Dramen gelockt; und Henry hätte sie verflucht, aber er hätte auch gesagt: »June ist ein interessanter Charakter.«

Anaïs: »Heute hasse ich Sie ganz einfach. Ich bin gegen Sie.«

Dr. Allendy: »Aber warum?«

Anaïs: »Ich fühle, daß Sie mir das bißchen Vertrauen genommen haben, das ich hatte. Ich fühle mich gedemütigt, weil ich Ihnen gebeichtet habe. Ich habe selten gebeichtet.«

Dr. Allendy: »Warum beichten Sie nicht? Sie haben mir erzählt, daß Sie zurückhaltend sind, daß in den meisten Beziehungen Sie es sind, die Geständnisse bekommt. Die Menschen beichten Ihnen ihre Ängste und Zweifel. Aber Sie tun es selten. Warum? Fürchten Sie, weniger geliebt zu werden?«

Anaïs: »Ja. Genauso ist es. Ich bilde eine Art Schale um mich, weil ich geliebt werden möchte. Wenn ich die wirkliche Anaïs zeigte, würde man mich vielleicht nicht lieben.«

Dr. Allendy: »Haben Sie je darüber nachgedacht, was Sie fühlen, wenn Menschen Ihnen Geständnisse machen? Lieben Sie sie dann weniger?«

Anaïs: »Nein, im Gegenteil. Ich fühle Sympathie, habe Mitgefühl, verstehe sie besser, fühle mich ihnen näher.«

Dr. Allendy: »Haben Sie je darüber nachgedacht, was für eine Erleichterung es sein könnte, wenn Sie zu allen Menschen ganz offen und natürlich wären?«

Anaïs: »Ja, manchmal fühle ich, daß die Beziehungen der Menschen zueinander zu verkrampft sind.«

Dr. Allendy: »Alles in allem, wovor fürchten Sie sich so? Vorwärts, erzählen Sie, reden wir offen darüber. Welche ist die schlimmste Ihrer Ängste?«

Anaïs: »Meine größte Angst ist, die Menschen könnten erkennen, daß ich zerbrechlich bin, körperlich keine voll entwickelte Frau, gefühlsmäßig verwundbar, daß ich kleine Brüste habe wie ein Mädchen. Und so verdecke ich dies alles mit Einfühlung, Einsicht, Interesse für andere, mit der Beweglichkeit meines Verstandes, meiner schriftstellerischen Arbeit, meiner Lektüre – ich decke die Frau ab, um den Künstler erscheinen zu lassen, den Bekenner, die Freundin, die Mutter, die Schwester. Ich bin nur noch unglücklicher, seit ich die Frau gesehen habe, die mein Ideal einer Frau ist, June. Sie hat die dunkle, heisere Stimme, den vollen, starken Körper, die Lebenskraft und Ausdauer, mit der man alle Nächte durchwachen und durchtrinken kann.«

Dr. Allendy: »Wissen Sie, wie viele Frauen Sie um Ihre Figur beneiden? Ihre Anmut? Wie viele Männer eine Frau, die wie ein Mädchen aussieht, unendlich anziehend finden?«

(Diese Art von direkten Versicherungen habe ich oft zu hören bekommen, sie überzeugen mich nicht, oder sie hätten mich lange schon überzeugen müssen, als ich das meistbegehrte Malermodell war, so gefragt, daß ich meine Termine nicht mehr einhalten konnte. Er wird wohl tiefere Argumente finden müssen, um mein erschüttertes Selbstvertrauen zu stärken.)

Dr. Allendy war vom Ausmaß meines Mangels an Selbstvertrauen überrascht.

Dr. Allendy: »Ein Psychiater sieht das natürlich ganz klar, schon an Ihrer äußeren Erscheinung.«

Anaïs: »Schon an meiner äußeren Erscheinung?«

Dr. Allendy: »Gewiß, alles was Sie tragen, Ihre Art zu gehen, zu sitzen, zu stehen, ist verführerisch, und nur Menschen, die sich ihrer selbst nicht sicher sind, wollen unentwegt verführen und mit ihrem Aussehen Eindruck machen.«

Darüber lachten wir beide.

Ich fühlte mich besänftigt und ein wenig entspannt.

Dann erzählte ich ihm von der Leidenschaft meines Vaters für die Fotografie und wie er mich immer wieder fotografiert hatte. Er machte gerne Fotos von mir im Bad. Er wollte immer, daß ich nackt war. Alle seine Komplimente erreichten mich durch die Kamera. Seine Augen waren zum Teil hinter schweren Gläsern verborgen (er war kurzsichtig) und dann noch einmal hinter der Linse der Kamera. Ich fand es herrlich. Herrlich. Wie oft, an wie vielen Orten habe ich für ihn gesessen, für zahllose Bilder, bevor er uns verließ. Und das war die einzige Zeit, die wir miteinander verbrachten.

Später einmal, als ich in Paris eine Vorführung mit spanischen Tänzen gab, glaubte ich im Publikum sein Gesicht zu erkennen. Es schien mir bleich und düster. Ich erstarrte mitten in meinem Tanz, festgefroren, und einen Augenblick lang glaubte ich, ich könnte nicht mehr weiter. Der Gitarrist hinter mir dachte, ich hätte Lampenfieber, und wollte mich mit Zurufen und Klatschen ermutigen. Als ich meinen Vater einmal traf, fragte ich ihn, ob er bei dieser Aufführung gewesen war. Er gab mir zur Antwort: »Nein, ich war nicht dort, aber wäre ich dort gewesen, hätte es mir sehr mißfallen. Ich verabscheue tanzende Damen. Tanz ist etwas für Prostituierte, für Berufsmäßige. Ich hätte dir nicht erlaubt, die Bühne zu betreten. Nebenbei: Du kannst keine Partitur lesen.«

Ich erklärte ihm, ich hätte absolutes Gehör und könne mit dem Ohr alles auffassen.

Dr. Allendy meinte, daß ich mir seine Anwesenheit dort gewünscht, daß ich sie gewollt hätte.

Dr. Allendy: »Sie wollten vielleicht für ihn tanzen, ihm gefallen, ihn verführen, unbewußt. Und als Ihnen bewußt wurde, daß Tanzen ein Akt der Verführung ist, fühlten Sie sich schuldig und haben aus diesem Schuldgefühl heraus Ihre Karriere als Tänzerin aufgegeben. Tanzen wurde synonym mit der Verführung des Vaters. Sie müssen sich schuldig gefühlt haben, weil Sie als Kind die Bewunderung Ihres Vaters erregten. Seine Bewunderung weckte in Ihnen ein weibliches Verlangen, Ihrem Vater zu gefallen, ihn seinen Freundinnen abspenstig zu machen.«

Schuld also, Schuldgefühl hat mir mein Leben verpfuscht – denn nach meinem Auftritt hat man mir ein Engagement beim Spanischen Opernballett angeboten. Ich hätte Reisen gemacht, wäre verwöhnt worden, hätte ein abenteuerliches, sinnenhaftes, farbiges Leben geführt.

Ist es möglich, daß Dr. Allendy mich befreit, daß er mich rettet vor dem *Auge* meines Vaters, dem Kamera-Auge, das ich immer gefürchtet und als *entblößend* abgelehnt habe. Was entblößend? Meine Gefallsucht, Koketterie, Eitelkeit, meinen Wunsch, zu verführen?

Dr. Allendy sagte, daß ich mir die Anwesenheit meines Vaters wünschte, daß ich ihm Eindruck machen wollte. Und daß ich heute, wenn ich jemand verführen, verwirren oder gewinnen will, das nicht wirklich wünsche: meine Schuldgefühle sind zu groß.

Anaïs: »Und schreiben? Beim Schreiben habe ich keine Angst?«

Dr. Allendy: »Nein, dabei sind Sie es nicht persönlich, die verführen will, Sie schieben ein Werk vor, eine Schöpfung, etwas, was von Ihnen schon abgelöst ist. Sie tun es allein, nicht öffentlich. Es entsteht Distanz, Objektivität. Aber ich zweifle nicht daran, daß Sie es ebenfalls aufgeben würden, wenn Sie Erfolg hätten.«

Plötzlich fiel mir ein, daß mein Vater auch geschrieben hat, obwohl es nicht sein Beruf war. Er schrieb zwei Bücher, eines hieß ›Pour L'Art‹, das andere ›Idées et Commentaires‹, beides Werke über Ästhetik. Ich habe ihn gesehen, wie er daran gearbeitet hat, und meine Mutter hat sie für ihn abgeschrieben.

Der Rest unserer Unterhaltung ist mir nicht gegenwärtig.

Henry sagte: »Ich habe dich beobachtet und überwacht, Anaïs. Du entwickelst dich mit einer solchen Schnelligkeit, daß du alles, was ich dich lehren kann, bald verbraucht haben und nach neuen

Freunden suchen wirst. Es gibt keine Begrenzung für das, was aus dir noch werden kann. Ich habe gesehen, wie du in das große Leben hineinschwimmst. Hör zu, wenn andere das täten, was du für deine Mutter und deinen Bruder getan hast, würde ich sie für rettungslos romantisch halten, aber bei dir scheint alles so richtig getan. In deinem Tagebuch zum Beispiel bist du so reich, so entsetzlich reich. Du sagst, mein Leben wäre reich, aber es ist nur voller Ereignisse, Zufälle, Tatsachen, Erfahrungen, Menschen. Wirklicher Reichtum sind solche Seiten, wie du sie aus fast nichts entstehen läßt.«

Henry hatte sich über meine Ergebenheit gewundert, die ich für meine Mutter und meinen Bruder zeige. Als er meinte, ich sollte aufhören, ihnen Opfer zu bringen, ich sollte leben, wie es mir gefällt, schwieg ich. Er wollte wissen, was ich von seiner Entwicklung halte. Er fühlt, daß er tiefer wird. »Ich kann mit dir sprechen, es ist so gut, sprechen zu können.«

Zum erstenmal wird er selbst porträtiert, und es gefällt ihm, wenn man ausführlich über ihn schreibt. »Alles, was im Tagebuch über Menschen steht, ist wundervoll.«

June wäre überrascht, wenn sie hereinkäme und uns über sie reden hörte. Fred liegt auf der Couch und liest. Henry sitzt an seinem Tisch. Ich sitze auf dem Boden. Wir unterhalten uns so ruhig, haben alles Blendwerk, alle Unruhe abgelegt, wie Handwerker bei der Arbeit. June würde die Stille zerreißen, die Seiten von Henrys Buch, die Seiten des Tagebuchs, sie würde bewirken, daß wir einander hassen und sie verehren, die Flamme anheizen, in der Romane gelebt, nicht aber geschrieben werden.

Auch ich interessiere mich für das Böse, will mein dionysisches Leben haben, Trunkenheit und Leidenschaft und Chaos; aber ich kann hier sitzen, an einem Küchentisch, und mit Henry an Junes Porträt arbeiten, während Fred ein Stew zubereitet.

Meine Ruhelosigkeit, die unklar und lyrisch war, hat scharfe Konturen bekommen und ist unerträglich bewußt. Ich möchte June sein.

Nie habe ich so deutlich empfunden wie heute nacht, daß meine Arbeit am Tagebuch ein Laster ist. Ich kam nach Hause, ganz ausgewrungen von herrlichen Gesprächen mit Henry im Café; ich schlich ins Schlafzimmer, zog die Vorhänge zu, warf ein Scheit ins Feuer, zündete eine Zigarette an, zog das Tagebuch aus seinem neuesten Versteck unter dem Frisiertisch hervor, legte es auf die elfenbeinfarbene, seidene Bettdecke und zog mich aus. Ich glaube, auf diese Weise bereitet sich ein Opiumraucher auf seine Pfeife vor. Denn von diesem Augenblick an lebe ich mein Leben ein zweites Mal, in Traumsymbolen, einen Mythos, eine Geschichte ohne Ende.

Da ich mit der Reinschrift des Tagebuchs nie zurechtkomme, ist mir Marguerite eine große Hilfe, und sie braucht die Arbeit. Wir tippen in verschiedenen Zimmern, nachher aber sitzen wir im Garten zusammen und plaudern. Sie erzählt von ihrem Leben. Ihr Vater war Schuldirektor in der Provinz und sehr streng zu ihr. Er forderte Vollkommenheit. Nun versucht sie allein zu leben. Er hat ihre Mutter dermaßen unterdrückt, daß in ihr eine große Angst vor Liebe und Ehe entstanden ist. Dr. Allendy hilft ihr. Mein Tagebuch abzuschreiben, scheint ihr ebenfalls zu helfen: Während ich gegen meine Ängste Taten setzen muß, weicht sie zurück. Sie ist mit einer Forschungsarbeit in Bibliotheken beschäftigt, will jedoch nicht darüber sprechen. Sie ist voller Geheimnisse.

Zu Dr. Allendy habe ich Vertrauen. Ich erzähle eine Geschichte nach der andern aus meiner Kindheit, zitiere aus frühen Aufzeichnungen, vor allem Stellen, die meinen Vater betreffen. So verständlich ist das nun, meine Liebe zu ihm. Und ebenso das darauffolgende Schuldgefühl. Mit elf schrieb ich: »Ich verdiene meine Weihnachtsgeschenke nicht.« Meinen Glauben an Gott habe ich aufgegeben, weil er kein Wunder vollbrachte und mir meinen Vater nicht zu meinem dreizehnten Geburtstag zurückgab. So hatte ich gebetet und nie eine Antwort bekommen. Mein Tagebuch habe ich im Alter von elf Jahren begonnen, auf dem Schiff, das uns nach Amerika brachte, für ihn, um ihm die Geschichte meiner Wanderungen fern von ihm zu erzählen. Ich versuchte, ihm die Hefte zu senden. Meine Mutter ließ es nicht zu und sagte, sie könnten verlorengehen. Wenn ich während der Messe die Kommunion nahm, stellte ich mir vor, daß es nicht Christus sei, der mich in meinem Herzen wie in einem Zimmer besuchte, sondern mein Vater. Ich hatte begriffen, daß ich nicht nur ihn verloren hatte, sondern eine bestimmte Art zu leben, eine Welt mit Musik, Musikern, interessanten Besuchern, Prestige, eine europäische Art zu leben, im Vergleich zur amerikanischen, die unbekannt war, in der es nur graue und farblose Freundschaften gab und in der meine Mutter kämpfen mußte, um uns zu erhalten.

Wir sprachen über die Kosten, und ich sagte Dr. Allendy, seine Honorare würden mich davor bewahren, ihn öfter als einmal in der Woche zu besuchen. Daraufhin ermäßigte er nicht nur die Kosten um die Hälfte, sondern bot mir auch an, für ihn zu arbeiten. In der Bibliothek muß Material gesammelt und einige Artikel müssen überarbeitet werden. Ich fühle mich sehr geschmeichelt. Zu meinen schriftstellerischen Fähigkeiten habe ich volles Zutrauen. Dr. Allendy hört sich an, was ich über June erzähle.

Anaïs: »June ist für mich das Idealbild einer Frau. Ich bin untergewichtig. Einige Pfund mehr würden mein Selbstbewußtsein beträchtlich stärken. Ich fühle mich wie ein halbwüchsiges Mädchen. Würden Sie die psychiatrische Behandlung auf eine medizinische ausdehnen? Meine Brüste sind zu klein.«

Dr. Allendy: »Sind sie ganz unentwickelt?«

Anaïs: »Nein.« Bei der Beschreibung fange ich an zu stottern. Ich: »Da Sie Arzt sind, ist es das einfachste, ich zeige sie Ihnen.« Das tat ich. Und dann lachte Dr. Allendy über meine Ängste.

Dr. Allendy: »Vollkommen weiblich, klein, aber gut geformt, in Harmonie mit Ihrem Körper, einem sehr schönen Körper – alles, was Sie brauchen, sind ein paar Pfund mehr. Sie sind wirklich hübsch, Ihre Bewegungen sind schön, verführerisch, die Linien rassig und fein.« Jetzt lachte ich auch. Aber meine Hände waren kalt, mein Herz pochte wild, und mein Gesicht war rot übergossen nach der Feuerprobe dieses Tests. Er wundert sich über die Härte meiner Selbstkritik. Wann haben diese Zweifel begonnen?

Ich hatte ihm ein Exemplar meines Buches über D. H. Lawrence gebracht. Er gab mir zwei von seinen Büchern. ›Problèmes de la Destinée‹. ›Capitalisme et Sexualité‹.

Ich sagte ihm, daß er mir hilft zu leben; daß ich fähig bin, Henry und Fred zu vertrauen, und daß mir Henry herrliche Briefe über meine Kindertagebücher geschrieben hat.

Dr. Allendy ist das Unnatürliche an mir aufgefallen. Wie in einen Nebel gehüllt, verschleiert. Ich habe zwei Stimmen, sagt er, die Stimme eines Kindes vor der ersten Kommunion, schüchtern, fast aphonisch, die andere tiefer, voller. Sie erscheint, wenn ich Zutrauen fasse. In diesem Zustand kann ich die Stimme von Dinah, der Negersängerin, imitieren. Dr. Allendy glaubt, daß ich mir eine völlig künstliche Persönlichkeit aufgebaut habe, wie einen Schild. Ich verberge mich. Ich habe mir einen Stil konstruiert, eine Methode zurechtgelegt, bin freundlich, fröhlich, charmant, und dahinter bin ich geborgen.

Als ich neun Jahre alt war, geschah das Unglück, das ich seither als Brandmarke trage (der Verlust meines Vaters und eines glanzvollen Lebens nach europäischer Art); es hat mich für immer vom leichten, einfachen Weg abgedrängt. Anmut und Charme wurden nebensächlich, die Oberflächlichkeit verschwand, ich fing an, nach Ersatz zu suchen. Wenn mich mein Vater verlassen konnte, dann liebte er mich nicht, und wenn er mich nicht liebte, dann war ich eben nicht liebenswert. Ich mußte sein Interesse auf andere Weise erwecken. Ich mußte interessant werden. Und ich wuchs durch Verzweiflung und Zweifel: in die Tiefe. Als Kurtisane hatte ich schon im Alter von neun Jahren bankrott gemacht; also mußte ich auf andere Weise versuchen, Männer zu fesseln.

Aber warum haben mich meine Erfolge dann nicht befriedigt? Weil ich ursprünglich nichts anderes wünschte als ein Leben voller Vergnügen, Luxus, Reisen, Schmeicheleien und Abenteuer.

Ich habe Dr. Allendy gebeten, mir mit medizinischen Mitteln zu helfen. War das eine aufrichtige Bitte? Mußte ich ihm meine Brüste zeigen? Wollte ich meine Verführungskunst an ihm erproben? War ich nicht befriedigt, als er mit so viel Bewunderung reagierte? Daß er mir daraufhin seine Bücher schenkte?

Wird mich Dr. Allendy wirklich heilen?

Henry redet oft Unsinn. Er überschlägt sich, sprechsüchtig, trunken, sinnlos. Er berauscht sich an Worten.

Sommerhitze. Cafés. Henry bringt mir einige Seiten zu lesen, die ersten Seiten seines neuen Buches (›Black Spring‹). Von mir erwartet er, daß ich seit unserem letzten Gespräch mindestens zehn Tagebuchseiten geschrieben hätte. Aber der Frau mit dem Notizbuch ist etwas zugestoßen. Warum sollte ich das Schreiben nicht Henry überlassen? Ich möchte den Sommertag genießen. Worte sind zweitrangig.

Henry korrigiert sehr sorgfältig meinen ersten Roman. Henry ist ein von Neugierde getriebener Dämon, unentwegt zieht er den Menschen Würmer aus der Nase. Für sich selbst nimmt er Gefühllosigkeit in Anspruch. Ist das eine amerikanische Krankheit? Sie schämen sich, ihre Gefühle zu zeigen.

»In Wirklichkeit siehst du wie eine Griechin aus, Anaïs. Du hast etwas sehr Griechisches an dir. Aber die Griechen, sagt man, sind treulos. Ich habe bisher nicht an June geschrieben. Dein Buch ist wirklich schön. Es sind unvergeßliche Seiten darin, und es ist hart und ironisch, manchmal sehr stark. Die meisten Frauen sind so kleinlich in dem, was sie schreiben. Das bist du nie.«

Später: »Hör zu, Anaïs, ich weiß, daß ich mehr wert bin als June. Wenn sie zurückkommt, garantiere ich für nichts. Man muß sie zum Leiden bringen. Es wird ihr guttun. Du wirst sehen. Ich kann anders sein. Ich werde mich nicht von ihr überrennen lassen. Es gefällt mir nicht, was sie mit mir tut, wenn sie da ist. Sie demütigt mich.«

Henry hat zuwenig Selbstvertrauen. An manchen Orten, in manchen Situationen ist er unsicher, und wenn er unsicher ist, wird er beleidigend. Wenn wir elegante Menschen treffen oder ein elegantes Lokal betreten oder der Kellner von oben herab spricht, oder wenn wir einer Berühmtheit begegnen, wird er widerspenstig und schwierig.

Wir gehen lieber nach Clichy und essen mit Fred oder sitzen in Cafés, oder er kommt nach Louveciennes.

Manchmal entdecke ich einen gnomenhaften Henry, und ich kann ihn mir als Kind vorstellen: ungestüm, ruhelos, flink, vorlaut.

Fred sieht aus wie einer, der Schläge bekommen hat. Empfindsam und verschreckt. Sein Blick ist beschwörend, aber es ist die Beschwörung eines Priesters, hinter der sich Witz und Ironie verbergen. Ich glaube, Henrys »Roheit« gefällt ihm. Er liebt Henrys Karikaturen. Er läßt den Kopf hängen, wenn er lacht. Henry kann uns vielleicht beide lehren, wie man rauher wird, wie man lacht, wie man weniger empfindet.

Ich werfe meine Schale ab. Ich liebe diese langen Nächte mit Gesprächen im Café, das Warten auf die Morgendämmerung, während die Arbeiter schon in die Fabrik gehen oder im Bistro ihr Glas Weißwein trinken. Kinder gehen zur Schule, in schwarzen Kitteln, Schultaschen auf dem Rücken, wie Bergsteiger. Ich habe mein rotes Tagebuch dabei, aber nur gewohnheitsmäßig, es enthält jetzt keine Geheimnisse, Henry bekommt alles zu lesen. Auch habe ich ein paar Seiten von Freds Buch (›Sentiments Limitrophes‹) in der Tasche, zart wie ein Aquarell, und einige Seiten von Henrys Buch, das wie ein Vulkan ist. Ich fühle mich wie eine Blume oder Frucht. Meine alte Lebensform ist zersprungen. Ich lebe aus Improvisationen, Impulsen, surrealistischen Launen.

Aus alldem werden große Dinge entstehen. Ich fühle, wie es gärt. Ich betrachte die Handwerker mit ihren Werkzeugen und Frühstückspaketen und fühle, daß auch wir arbeiten, obwohl sie es nicht glauben würden, wenn sie uns so an den Kaffeehaustischen sehen, bei einer Flasche Wein, im Gespräch.

Fred und Henry begleiten mich zur Gare Saint-Lazare. Der Zug, der mich heimbringt nach Louveciennes, ist klein, wackelig, hinfällig, ein Miniatur-Zug, ein proustscher Zug, der die Pläne für ein zukünftiges Buch in mir durcheinanderschüttelt. Bilder von Henry, die mit sich selbst diskutieren. Henrys sieben Seiten über seine Kindheit. Freds Hände über mir, wie die Hände eines segenspendenden Priesters, während sich seine traurigen Augen für Henrys rauhe Bemerkungen entschuldigen. Fred ahnt nicht, wie kräftig ich bin.

Bilder: Henry dahinstürmend wie ein Riese. Henry vornüber gelehnt. Henrys Notizen auf großen Bögen Papiers, auf Speisekarten. Diabolische Anmerkungen, Plagiate, Verzerrungen, Karikaturen, Unsinn, Lügen, Weisheiten.

Der weinfleckige Tisch in Clichy. Henry beendet seine Sätze mit einer Art von »hum«, als setzte er seinen Fuß auf das Pedal seiner Stimme und produziere so ein Echo. Auf diese Weise enden seine Sätze nie abrupt. Er schafft sofort eine leichte, gelockerte Atmosphäre um sich. Wenn er lacht, schüttelt er seinen Kopf wie ein Bär. In der Menge würde er nicht auffallen: den Hut ein wenig schief auf dem Kopf, mit etwas schleppendem Gang, seinem Lachen. Er sitzt wie ein Handwerker hinter seinem Glas, unterhält sich mit dem Kellner, und jeder fühlt sich in seiner Gesellschaft wohl. Das Wort »gut« spricht er auf eine so rührende Weise, daß es ein ganzes Zimmer erwärmt. Er gibt sich selbst dem Augenblick, nimmt die Dinge, wie sie kommen.

An einem Nachmittag, nach der Lektüre einiger Teile meines Kindertagebuches, kam Henry zu mir nach Louveciennes. »Ich sehe dich noch als elfjähriges Kind.« Das machte mir angst. War dieses Kind ein Geheimnis gewesen und wurde nun enthüllt? Wie konnte ich das Gespenst wieder vertreiben? Ich sah vor mir einen sentimentalen Henry, scheu und eingeschüchtert, und kam ihm ironisch und spöttisch, neckte ihn, sehr von oben herab.

»Wo sind die schwarzen Baumwollstrümpfe«, fragte er, »und wo ist das Körbchen mit dem Tagebuch darin?«

Es gab keine Rettung. Ich hatte das Kind für ihn so lebendig geschildert, daß es jetzt aus Eigenem lebte.

»Seltsam«, sagt Henry, »bei dir fühle ich mich entspannt. Im allgemeinen machen Frauen die Männer gespannt und straff. Dabei fühle ich mich am besten.«

Er hat ein Telegramm von June bekommen. »Du fehlst mir – ich muß dich bald sehen.« Er ist verärgert.

»Warum verärgert?«

»Ich will nicht, daß June kommt und mich quält.«

»Ich fürchte, Henry, daß June unsere Freundschaft zerstören wird.«

»Gib ihr nicht nach, bleib so wunderbar, wie du bist. Sei stark.«

»Dasselbe könnte ich dir sagen. Aber alle Weisheit wird dir nichts nützen.«

»Diesmal wird es anders sein.«

Ist sich Henry wirklich bewußt geworden, daß er Talent, Begabung hat? Ich kenne auch seine Teufeleien, sein Betteln und Borgen und alle diese Tricks; aber ebenso kenne ich einen anderen Henry, der nicht in seinen Büchern steht, der June und Fred unbekannt geblieben ist. Sein Hut, wenn er ihn trägt, verdeckt die Stellen dünner werdender Haare an seinem Schädel, und er sieht ungepflegt und unverantwortlich aus. Wenn er den Hut abnimmt, hat er das Aussehen eines alternden Professors mit Brille, würdevoll.

Fred kommt in die Küche. Der Küchentisch ist bedeckt mit Manuskripten, Büchern, Notizblättern, und wenn man einmal am Tisch sitzt, kann man sich nicht mehr rühren. Zu dritt betrachten wir die Landkarte Europas. Fred zeigt die Orte, nach denen er und Henry gern reisen würden.

Ich bat Henry, mir etwas in das Tagebuch zu schreiben. Er schrieb: »Ich stelle mir vor, daß ich jetzt eine sehr berühmte Persönlichkeit bin und in eines meiner Bücher ein Autogramm gebe. Daher schreibe ich mit steifen Fingern, ein wenig schnörkelig...«

Dr. Allendys Haus mit seinen drei Stockwerken, dem kleinen Vorgarten und einem Garten hinter dem Haus, der Küche im Souterrain, Büro und Sprechzimmer im Erdgeschoß, den Schlafräumen im Obergeschoß, ähnelt dem Haus in Brüssel, in dem wir lebten, als ich acht und neun Jahre alt war. Es hat auch Ähnlichkeit mit dem Haus, in dem mein Vater jetzt lebt, in Passy, in einer ruhigen, vornehmen Straße, wo die Sträucher von Gärtnern beschnitten werden, Autos mit

Chauffeurs warten, keine Kinder spielen und Betteln verboten ist.

Bei meinem ersten Besuch stand das Fenster offen, und ich konnte die obere Hälfte seines Bücherschrankes sehen, der mich an den Bücherschrank meines Vaters in Brüssel erinnerte und an die Stunden, die ich dort verbrachte, wenn er außer Haus war, lesend und in einem Stuhl sitzend, der auf einem anderen Stuhl stand, so daß ich die für uns verbotenen Bücher auf dem obersten Regal erreichen konnte. Dort habe ich Zola gelesen und nicht die Hälfte davon verstanden, habe mich stundenlang gefragt, warum die Liebenden, als sie von einer Explosion der Mine überrascht wurden, sich so eng umschlungen hielten, daß man sie nicht trennen konnte, oder warum die Frau, die von Monte Christo einen Schlaftrunk erhalten hatte, nachher schwanger war. Unmöglich, diese weißen Stellen zu füllen. Aber ich las.

Als wir zum erstenmal nach Paris kamen, mieteten wir die Junggesellenwohnung von Mr. Hansen, einem Amerikaner, der den Sommer über verreist war. Etwas anderes konnten wir nicht finden. Er ließ seine Kleider, seine Bücher, sein persönliches Eigentum in den Schränken zurück. Beim Saubermachen geriet ich einmal an die Regale und fand das alleroberste, in einer dunklen Ecke, vollgestopft mit französischen Broschüren. Ich nahm sie herunter, blätterte sie durch, erkannte an den verblaßten Bildern nackter Frauen, daß auch ich sie im verborgenen lesen mußte und sie nicht herumliegen lassen durfte, wo Joaquin oder meine Mutter sie sehen konnten.

Eines nach dem andern las ich diese Bücher, die für mich völlig neu waren. In Amerika hatte ich nie erotische Literatur gelesen. Dies waren nun die kleinen Romane, die man in den Läden an der Seine verkaufte, bei den Bouquinisten an den berühmten Kais. Ich war überwältigt. Als ich mit der Lektüre begann, war ich noch unschuldig, aber als ich sie alle gelesen hatte, war mir kein sexuelles Abenteuer unbekannt geblieben. Manche waren gut geschrieben, andere nur informativ, wieder andere sensationell und unvergeßlich. Ich hatte mir im Studium der Erotik meinen Grad erworben.

Diese Bücher belebten meine Vorstellung von Paris, die bis dahin rein literarisch gewesen war. Sie öffneten mir die Augen und Sinne, sie schärften meine Beobachtung so, daß mir nun die *maisons closes* auffielen, die Viertel mit den roten Laternen, die Prostituierten auf den Boulevards, die Bedeutung geschlossener

Vorhänge am hellichten Tag, die Stundenhotels, die Rolle der Pariser Friseure (dieser Gelegenheitsmacher erster Ordnung) und die Tatsache, daß man Liebe und Vergnügen voneinander trennen konnte.

Von meiner anderen Lernmethode war ich nun weit entfernt, von den Tagen, an denen ich die Bücher aus der New York Library nach dem Titel-Alphabet gelesen hatte – da mir niemand sagte, wie man es anders machen könnte.

Mr. Hansens Junggesellen-Lektüre war illustriert, in Farben: manche Bücher im Stil des achtzehnten Jahrhunderts, andere im zeitgenössischen Stil. Ich lernte, was es mit Stiefeln, Peitschen, schwarzen Strümpfen, gekräuselten Höschen auf sich hat, mit Alkoven, Spiegeln an der Decke, Gucklöchern in den Wänden und den ganzen unerschöpflichen Variationen erotischer Erfahrung.

In diesen Tagen spürte ich, wenn ich durch ein offenes Fenster die Umarmung eines Paares mitansah, die ganze Atmosphäre und empfand stellvertretend Schauer der Lust. Ich entwickelte solche Antennen, daß ich beim Betreten eines Hauses sofort wußte, welche Paare einander treu waren und wer Liebesgeschichten hatte, und oft erriet ich auch, wer wessen Freund oder Geliebte war. Ich hatte gleichsam einen sechsten Sinn für Schwingungen und sexuelle Ströme zwischen den Menschen bekommen. Oft behielt ich recht. Begierde spürte ich wie mit einer Wünschelrute auf.

Der Anblick von Hotelzimmern wurde mir vertraut, die zurückgesetzten Alkoven, die man noch überall finden konnte, die tiefen Kissen, die Mitternachts-Soupers, die Variationen des Luxus und auch sein Fehlen.

Meine Lebenskenntnis war zuerst literarischer Art, und es ist kein Wunder, daß mir später, als ich ins Leben eintrat, gewisse »Szenen« mehr in Romane als in mein eigenes Leben zu passen schienen. Manchmal erkannte ich auch Räumlichkeiten wieder, die ich schon in Drucken auf den Umschlägen von Mr. Hansens Büchern gesehen hatte.

Dr. Allendys Bibliothek umfaßte zwar, wie ich an den Buchrücken erkennen konnte, dieselbe Thematik, aber die Bezeichnungen lauteten, leider, anders. Was bei Mr. Hansen unter *Amusement* eingereiht war, gliederte sich hier nach *Verirrungen*, *Masochismus*, *Perversionen*, *Abnormitäten* usw. Und ich fragte mich, ob Dr. Allendy nicht jedes Interesse an Sex verlieren müsse, wenn er die sexuellen Gewohnheiten seiner Patienten nur als Symptome und klinische Probleme betrachtete.

Selbst heute noch kann ich kein Hotelzimmer betreten, ohne diesen ersten Schauer von Erregung zu spüren, den die Bücher von Mr. Hansen in mir geweckt hatten, und es war damals, glaube ich, daß ich anfing, die Prostituierten zu lieben, wie Henry sie liebt.

Die leeren Stellen in Zolas Romanen wurden mit der Lektüre von Groschenromanen ausgefüllt. Der Mann, den man tot in den Armen der Prostituierten gefunden hatte, mußte von einem Arzt losgeschnitten werden – aber im Groschenroman standen noch ganz andere Dinge.

Ich kam ziemlich abgespannt zu Dr. Allendy. Zuerst berichtete ich von dem Artikel, an dem ich für ihn arbeitete und den ich recht schwierig fand. Ich hatte Material über die Schwarze Pest gesammelt, das er brauchte, um seine Ideen über den Tod darzulegen. Er zeigte mir, wie man es einfacher machen kann.

Durch die Lektüre seiner Bücher war er sehr in meiner Achtung gestiegen. Er ist kein Dichter, aber sehr klug und einsichtig. Vor allem, was das Schicksal betrifft, das er für innerlich begründet und daher für änderbar hält, für besiegbar. Eine ermutigende Vorstellung.

Ich erzählte ihm einen Traum, in dem ich mich, schön gekleidet, in einer Halle befand. Der König selbst wollte mit mir tanzen und liebte mich. Er flüsterte mir verliebte Worte ins Ohr. Ich war sehr glücklich und lachte. Ich tanzte auch für mich allein, damit jeder mein Glück und mein Wohlbefinden sehen könne. Dann fuhr ich in einer Kutsche nach Hause, in der ich mit meinen weiten, ausladenden Kleidern kaum Platz fand. Es regnete heftig. Der Regen schlug in die Kutsche herein und näßte meine Kleider. Die Kutsche bewegte sich nur langsam weiter, schwamm schon im Wasser. Ich wünschte mich zurück zum Schloß. Um das Wasser kümmerte ich mich weiter nicht.

Dr. Allendy meint, die Liebe des Königs war das Begehren nach meinem Vater. Die Wasserreise ist das Versinken in das Unbewußte (Wasser ist das Unbewußte), und wenn man darinnen ist, stört es einen nicht. Befruchtung, vielleicht?

Ich fühle mich geliebt, befruchtet, fruchtbar.

Dr. Allendy glaubt, daß ich ihn nicht mehr brauche. Er erklärte mir jedoch, daß ich durch den Eintritt in Henrys Welt (Armut, Boheme, alles nehmen, wie es kommt) einen Weg eingeschlagen habe, der entgegengesetzt verläuft zu meines

Vaters Welt (Luxus, gesellschaftliches Leben, Ästhetik, Sicherheit, aristokratische Freundschaften usw.).

Henrys Welt scheint mir ehrlicher. Ich habe meines Vaters Weltläufigkeit nie geliebt, sein Bedürfnis nach Luxus, nach einem Leben in Salons, seine Titelsucht, seinen Stolz auf den eigenen Adel, seinen Dandyismus, seine gepflegten gesellschaftlichen Verbindungen.

[20. Mai 1932]

Der Konzertsaal (Salle Chopin) ist ganz in Weiß und Gold gehalten. Die Stühle sind mit rotem Plüsch bezogen. Mein Bruder Joaquin wird spielen. Noch ist er nicht herausgekommen. Saal und Eingang sind klein, und mein Vater besteht darauf, die Besucher zu »empfangen«, so als wäre er der Gastgeber. Er weiß, wie meine Mutter darauf reagiert, aber er kann der Versuchung nicht widerstehen, sie öffentlich, vor Joaquin, vor seinen Freunden, zu ärgern. Joaquin läßt ihm eine Nachricht zukommen: »Setze dich bitte auf deinen Platz wie alle anderen auch, oder ich lasse dich hinauswerfen.« Das wirkt, aber für Joaquin ist der Abend verdorben. Er ist nervös und bei seinem ersten Auftritt bleich und verkrampft. Aber dann macht er sich frei und spielt wunderbar. Der Applaus ist gewaltig.

Henry saß auf dem Balkon, wo ich ihn nicht sehen konnte. Ich hatte Dr. Allendy eingeladen, und er hatte angenommen. Als ich ihn durch den Seitengang kommen sah, fiel mir auf, wie groß er war: er überragte alle. Unsere Blicke trafen sich. In dem seinen war Schwermut, ein großer Ernst, was mich rührte und mir gefiel.

In der Pause kam Henry herunter. In der Menge wirkte er schüchtern. Ich drückte ihm die Hand. Er sah sehr distanziert aus, als gehörte er nicht dazu. Als ich meinem Vater begegnete, verneigten wir uns förmlich voreinander, fast ohne zu lächeln. Konnte Dr. Allendy mir Kraft geben? Ich war an diesem Abend innerlich wieder das verschreckte Kind, während ich vor dem Publikum als strahlende Frau erschien. In Dr. Allendy war so viel Schwermut, was mir in seiner Ordination gar nicht aufgefallen war. Ich merkte, daß ihm mein Abendkleid Eindruck machte, das in Locken aufgetürmte Haar, mein ganzer Putz. Am liebsten hätte ich mich in meinem Samtcape verkrochen. Das ganze Gewicht meiner vollen Ballonärmel lastete auf mir. Das hypnotische Glühen der vielen Lichter. Ermüdend die vielen Menschen, die Komplimente für Joaquin, die Gespräche. Ich beobachtete die Miene meines Vaters: kalt, bleich, aristokratisch, steif. Die Szene am Eingang hatte alle Kindheitsängste während der Kämpfe zwischen meinem Vater und meiner Mutter wieder in mir erweckt. Ich fühlte dieselbe Angst. (Viele Jahre später gestand mein Vater, daß er das alles »absichtlich« so eingerichtet hatte.)

Ich habe ein Bild von Dr. Allendy aus der Zeitung ausgeschnitten. Auf der Heimfahrt im Wagen hüllte mich Joaquin in seinen spanischen Mantel.

Dr. Allendy erzählte Marguerite, daß ich ein sehr interessanter Fall sei und auf alles sehr feinnervig und schnell reagiere. Daß ich schon fast geheilt sei! Aber während des Konzerts wurde mir klar, daß ich Dr. Allendy zu täuschen versuche und einen geheimen Teil meines wirklichen Selbst nicht preisgebe. Auch ich halte noch etwas zurück, auch ich gebe niemandem volle Einsicht in mein Wesen, wenn ich auch Henry das rote Tagebuch lesen lasse. Aber das ist eine Ausnahme. Etwas muß immer Geheimnis bleiben, so wie bei June.

Henry schrieb mir nach dem Konzert einen Brief:
»Anaïs, ich war von Deiner Schönheit verwirrt. Du tratest dort auf wie eine Prinzessin. Du warst die Infantin von Spanien und nicht jene andere, die mir später als solche bezeichnet wurde. So viele verschiedene Anaïs hast Du mir schon gezeigt, und nun noch diese. Als wolltest Du Deine proteische Verwandlungskunst unter Beweis stellen. Weißt Du, was (Michael) Fraenkel zu mir sagte? ›Ich hätte nicht geglaubt, daß eine Frau so schön sein kann. Wie ist es möglich, daß eine so feminine Frau, eine solche Schönheit, ein Buch über D. H. Lawrence schreibt?‹ Ich habe mich nach Deinem Vater umgeschaut und ihn auch, glaube ich, erkannt. Die langen, dunklen Haare haben ihn verraten. Er sieht aus wie Segovia. Du gehörst in eine andere Welt. Ich finde nichts an mir, was Deines Interesses wert wäre. Dies berührt mich sehr seltsam. Es ist eine göttliche Posse, etwas wie ein grausames Spiel, das Du mit mir spielst.«

Endlich habe ich den Artikel für Dr. Allendy geschrieben. Französische Texte waren ins Englische zurückzuübertragen, Dr. Allendys Notizen mit Auszügen aus seinem Buch und aus einer Zeitschrift zu koordinieren – für eine Publikation in Amerika. Um diese Arbeit machen zu können, mußte ich mit dem Gegenstand ganz vertraut werden, und da dieser Gegenstand der Tod war, das tiefste und schwierigste psychologische Thema, brauchte ich einige Tage, bis ich das Material überblickte. Einigemal wollte ich aufgeben, mich besiegt erklären. Als ich zum Ende kam, war ich glücklich.

Bei der Ablieferung sagte ich zu Dr. Allendy: »Analysieren Sie mich heute nicht. Sprechen wir über Sie. Ich bin von Ihren Büchern begeistert. Sprechen wir über den Tod.«

Dr. Allendy war einverstanden. Später sprachen wir über das Konzert. Er sagte, mein Vater sehe aus wie ein junger Mann. Henry erinnerte ihn an einen deutschen Maler, George Grosz. Weich – vielleicht bisexuell. Henry unbewußt homosexuell?

Mein Artikel sei sehr gut, sagte Dr. Allendy, aber warum wollte ich nicht analysiert werden?

Wollte ich es nicht, weil er mein Vertrauen gewonnen hatte, weil ich bei ihm Anlehnung suchte, weil ich ihn gebeten hatte, Joaquins Konzert zu besuchen, als ich merkte, daß es zwischen meinem Vater und meiner Mutter zu einem Zusammenstoß kommen würde?

Dr. Allendy: »Sobald Sie sich abhängig fühlen, fangen Sie an, den Prozeß umzukehren: Ich soll Sie brauchen, von Ihnen abhängig sein. Dann fühlen Sie sich wohler. Sie müssen besiegen, weil Sie selbst besiegt worden sind. Was haben Sie während des Konzerts über mich gedacht?«

Anaïs: »Ich fragte mich, ob Sie mir Kraft geben können. Es war so viel Schwermut in Ihren Augen. Als ich Sie in der Öffentlichkeit sah, merkte ich, daß Sie ebenfalls schüchtern sind. Sie schauten ganz anders aus, menschlicher, so als ob Sie manchmal unglücklich wären...«

Dr. Allendy: »Sie wollten meine Schwäche aufspüren...«

Anaïs: »Unglücklich zu sein ist aber doch kein Zeichen von Schwäche. Was ich fühlte, war Sympathie, und so geht es mir mit allen meinen Freunden. Wenn sie in Schwierigkeiten sind, erwecken sie meine Zärtlichkeit.«

Um Henry zu helfen, habe ich meine Ausgaben für Kleidung, Unterhaltung, den Gärtner und für Delikatessen eingeschränkt.

Ich beschreibe für Dr. Allendy das Leben, das Henry und seine Freunde führen, erzähle von Fred, der für die Zeitung arbeitet, junge Mädchen aufgabelt und sie vor aller Augen liebt, wie sie sich vom Nächstbesten zum Essen einladen lassen, wie sie pumpen und schmarotzen und jede Gelegenheit ausnützen. Michael Fraenkel kauft wertlose alte Bücher auf, wie zum Beispiel veraltete Lexika, und lebt davon, daß er sie weiterverkauft an die Nonnen in den weltfernen Klöstern Porto Ricos.

Dr. Allendy fängt nun damit an, daß er einen schmerzlichen Kontrast herausarbeitet zwischen Henrys Leben und dem Leben meines Vaters, dem Leben, zu dem man mich erzogen hat. Bei uns verkehrten nur begabte Menschen, Menschen von Qualität, Musiker, Schriftsteller, Professoren.

Aber ich liebe diese dunkleren Tiefen, in denen Henry lebt. Worauf will Dr. Allendy hinaus? Daß ich an das andere Ende der Welt zu gehen habe, zum entgegengesetzten Pol, um meinen Vater zu vergessen, seinem Bild zu entrinnen, seinem Maßstab? Ich verleugne alle Werte, die er hochhält: Willen, Kontrolle, Manieren, Erfolg, Ästhetik, Eleganz, gesellschaftliche und aristokratische Werte, bürgerliche Werte.

Was würde mein Vater sagen zu diesem Durcheinander von Schalen und nicht dazugehörenden Untertassen, Zigaretten, die am Tischrand verglühen, dem Linoleum über den Tischen, der Schlichtheit des Mobiliars, nicht minder zu dieser Unordnung, den häßlichen Decken auf der Couch, dem Teppich, den Gläsern aus einem billigen Warenhaus?

Es ist wahr, ich gehe mit Henry und Fred, mit Henry und seinen anderen Freunden durch Straßen, die mein Vater niemals betreten hätte, sitze in Bars, die er niemals besucht, spreche mit Menschen, die er niemals bei sich empfangen hätte.

Fraenkel gefällt mein Haus, die Vorstellung eines Heims als eines Angelpunktes, einer Basis, einer Mitte. Henry, als Vagabund, war überrascht von Fraenkels Meinung, daß man so etwas braucht, um zu arbeiten, daß man nicht wächst, wenn man sich treiben läßt, daß man auf diese Weise wachse und sich ausdehne.

Henry hat das Haus immer respektiert, aber Fraenkel war zu Tränen gerührt und sagte, wie er sich dieses Haus zu eigen machen und darin alle interessanten Menschen der Welt zeichnen, »Symbole« aus ihnen machen würde.

»Warum Symbole?« fragte Henry.

»Weil das die einzige Möglichkeit ist, sie festzuhalten. Als Ideen gehören sie uns, werden sie unserer Welt einverleibt. Als menschliche Wesen ... nun ... die moderne Welt macht Freundschaften schwierig.«

»Und warum festhalten?« fragte Henry. »Ich halte niemanden fest.«

»Dein Leben hat keine Form, keine Richtung, das ist deine Rolle: immer weiter, eine Windfahne, ohne Kompaß. Du fährst wild darauflos, ohne Steuerruder. In deiner Unordnung ist System. Aber du brauchst jemanden, der sich um dich kümmert.«

»Das werde ich tun«, sagte ich.

Fraenkel sieht faustisch aus mit seinem kleinen Bart, dem schmalen Gesicht, seinem Mantel, seinem sinnlichen Mund; ein scharfgeschnittenes, füchsisches Gesicht über einem unterernährten Körper; er gestikuliert mit seinen schmalen, aber kräftigen Händen, unterstreicht, zeigt mit seinem spitzen Zeigefinger auf die Dinge. Die Gesten des romantischen Schauspielers sind in ihrer Vehemenz für seinen zarten Körper fast zuviel. Er hat über Werther geschrieben, viel über den Tod, und er könnte selber Werther sein. Selbstmord braucht er nicht zu begehen. Er ist schon gestorben. Ich habe noch niemanden getroffen, der so von innen her ausgetrocknet gewesen wäre, so tot im Leben.

»Wachsen!« sagt er, und seine Hände, wie zum Gebet gefaltet, stechen in die Luft. Henry hat über Wachsen nie nachgedacht, auch nicht über den Tod. Er sucht in den Menschen immer jene intellektuellen Anlagen, zu denen er selbst keine Beziehung hat. Zuerst war es (Walter) Lowenfels, jetzt ist es Fraenkel. Fraenkel hat ein »Denksystem«. Er ist ganz Verstand. Eine Abstraktion. Fast furchterregend. Ich kann verstehen, daß er sich Henry anschließt, aber ich verstehe nicht, wozu Henry ihn braucht. Fred haßt Fraenkel; im Vergleich mit Fraenkel merkt man, daß er keine großen Gedanken hat.

Es ist klar, daß ein früher Schock meine Ganzheit erschüttert hat, daß ich wie ein zersplitterter Spiegel bin. Jeder Teil steht für sich und hat sein eigenes Leben. Sie sind durch den Schock nicht gestorben (wie ich es manchmal bei Frauen gesehen habe, die daran gestorben sind, daß man sie verlassen hat, die sich zurückgezogen haben in Klage, aller Liebe abgeschworen, niemals mehr in Verbindung zum Mann getreten sind), aber sie wachsen selbständig weiter, in Trennung.

Was mich davon abhält, ein einziges Leben zu leben, ist nicht Angst; vielmehr ist diese Anaïs zu schwach, ihre Stücke zu vereinen; so geschieht es, daß sie geliebt wird und wiederliebt und sich trotzdem einsam und zerspalten fühlt.

Sieht Dr. Allendy, daß es eine Anaïs gibt, die abhängig ist vom Familienleben in Louveciennes mit seinen Pflichten, der Mutter, dem Bruder, der Vergangenheit ergeben? Und eine andere Anaïs, die in Cafés lebt, ein Künstlerleben, zeitlos, aber nicht, um dem Vater zu entfliehen, sondern weil mir die Kunst mehr als alles andere bedeutet? Weil schreiben für mich den Zutritt zu einer größeren Welt bedeutet, einer Welt ohne Grenzen, einer allumfassenden Welt?

Vielleicht bin ich wie meine Mutter und nicht wie mein Vater.

Meine Mutter hat meinen Vater in einem Musikaliengeschäft in Havanna, Kuba, kennengelernt. Er war damals um die Zwanzig und aus Barcelona geflohen, um dem Militärdienst zu entgehen. Der Eigentümer des Geschäfts ließ ihn im Hinterzimmer auf dem Piano üben. Er sah gut aus, dunkelhaarig, blauäugig, mit zartem Teint, schmaler, gerader Nase, schönen, regelmäßigen Gesichtszügen, schönen Zähnen, und er hatte feine Manieren.

Meine Mutter gehörte zur guten Gesellschaft. Ihr Vater war dänischer Konsul in Havanna. Ihre Mutter hatte als eines der hübschesten französischen Mädchen von New Orleans gegolten. Sie lebten in einem Haus am Malecon, einer breiten Strandavenue. Meine Mutter war achtundzwanzig und noch unverheiratet. Sie hatte, als ihre Mutter gestorben war, bei drei Brüdern und drei Schwestern deren Stelle vertreten. Meine Mutter Rose – sie wurde Rosa gerufen – hatte eine schöne Stimme und studierte Gesang. Sie liebte Musik. Ihre Kleider waren, wie ich sie in den Schränken hängen sah, alle einander ähnlich, alles Schnürkleider mit langen Spitzenärmeln, einem Spitzenkragen bis zum Kinn, der von Fischbeinstangen hochgehalten wurde. Die Schultern waren gepufft, die Taille gräßlich schmal. (Die Mädchen schnürten sich gegenseitig die Korsetts, bis sie kaum noch atmen konnten, und wenn sie tanzen gingen, hungerten sie vorher, um sich noch enger schnüren zu können; das war der eigentliche Grund, warum sie so leicht in Ohnmacht fielen.) Sie trug einen weißen Spitzenschirm. Sie war üppig, temperamentvoll, lebhaft, heiter. Verliebt hatte sie sich nie, sondern alle zurückgewiesen: reiche, hochgestellte Männer, Männer aus dem diplomatischen Dienst und Militärs.

Während sie Noten kaufte, hörte sie das Piano. Der Eigentümer des Ladens gestattete ihr und ihrer Schwester, in das Hinterzimmer zu gehen. Sie hörte, wie mein Vater Beethovens ›Mondscheinsonate‹ spielte. Mit besonderer Einfühlung und sehr romantisch spielte er Chopin. Für meine Mutter war es Liebe auf den ersten Blick. Was es für meinen Vater war, habe ich nie erfahren. Er sagte einmal: »Rosas Schwester war hübscher, aber Rosa hatte die Kraft, den Mut, die Entschiedenheit, die ich brauchte.«

Er wurde eingeladen, obwohl er nicht über die richtige Kleidung verfügte. Meine Mutter sagte, er würde ihr Gesangsstunden geben. Die Familie war gegen die Verbindung. Der Vater meiner Mutter war verzweifelt. Sie durchbrach mutig alle Widerstände, heiratete ihren bettelarmen Musiker und zog mit ihm nach Paris, wo ich geboren wurde. Auf Kuba war ein Künstler damals so gut wie niemand. Für eine bürgerliche Familie war die Heirat eine Schande. Großvater sandte ihnen Geld und ein Piano als Hochzeitsgeschenk.

Nach Kuba kehrten sie erst zurück, als mein Großvater an Krebs erkrankte. Mein Bruder war eben geboren worden. Mutter nahm ihn und auch mich mit in das Haus am Malecon. Vater kam später nach und verbrachte seine Zeit mit Versuchen, die jüngere Schwester meiner Mutter zu verführen. Ich bekam Typhus und starb fast daran. Meine Mutter hatte als einzige den Mut, meinem Großvater vom Arzt eine Injektion geben zu lassen, die ihn von seinen unerträglichen Schmerzen befreite. Ihre Liebe war ehrlich und stark.

[25. Mai 1932]

Ein Brief von Madame Pierre Chareau, meiner Nachbarin, deren Gatte 1931 das erste Glas-Ziegel-Haus erbaut hat:

»Eben habe ich die Lektüre Ihres Buches über Lawrence beendet und muß nun mein Bild von Ihnen revidieren, das Bild einer zarten Kindfrau, das ich über den Gartenzaun hinweg bekommen hatte. Sie sind in so hohem Maße zu objektiven Urteilen fähig (was bei allen Frauen in allen Altersstufen gleich selten ist), daß man sich fragt, ob wirklich eine junge Frau, eine schöne junge Frau, das alles gedacht und, so spontan wie ich diesen Dankesbrief schreibe, aufgeschrieben hat, das schönste Wort der Welt, vielleicht das einzige, das für den Künstler zählt: *Ich habe verstanden.* Hätte es Lawrence nur lesen können. Vielleicht hätte es, für einen Augenblick wenigstens, das Gekläff der Hunde übertönt ...«

Spät in der Nacht. In Louveciennes. Ich sitze in meinem Schlafzimmer am Kamin. Die schweren Vorhänge sind geschlossen. Das Zimmer scheint schwer, tief in der Erde verankert. Man riecht den Duft der regennassen Bäume, des nassen Grases draußen. Der Wind preßt den Duft durch den Kamin herein. Die Mauern sind fast meterdick, dick genug, um Bücherkästen in sich aufzunehmen, neben dem Bett. Das Bett ist groß und niedrig.

Henry hat mein Haus ein Laboratorium der Seele genannt.

Betritt dieses Laboratorium der Seele, wo jedes Gefühl von Dr. Allendy geröntgt wird, um die Komplexe bloßzulegen, die Knäuel, die Entstellungen, die Narben, die den Fluß des Lebens hemmen. Betritt dieses Laboratorium, wo die Ereignisse in Tagebüchern reflektiert und untersucht werden, um zu zeigen, daß jeder von uns einen Zerrspiegel mit sich trägt, in dem er sich zu klein oder zu groß sieht, zu dick oder zu dünn – Henry nicht ausgenommen, der sich doch so frei, so unbekümmert und komplexlos gibt. Hier entdeckst du, daß Schicksal gemeistert werden kann, daß man nicht unter der Knechtschaft der ersten Einprägung bleiben muß, die in kindliche Empfindsamkeit wie in Wachs gemacht wurde. Das erste Zeichen braucht keine Brandmarke zu bleiben. Wenn einmal der Zerrspiegel zerschlagen ist, wird Ganzheit möglich, hat man die Kraft für Freude.

Zerlegung und Erforschung sind Dr. Allendys Werk. Ich bringe die Ergebnisse mit und siebe sie im Tagebuch, um Unreinheiten und Irrtümer auszuscheiden. Und dann gebe ich das, was ich gelernt habe, mit Einfühlung, poetisch, künstlerisch, an Henry weiter. Wie es ihn erreicht, riecht es nicht mehr nach Klinik, drückt es sich nicht mehr im Jargon der Analytiker aus. Gegen manches wehrt er sich, aber wenn es ordentlich zugerichtet, ausgereift und eingerichtet ist, interessiert er sich dafür. So erzähle ich Dr. Allendy mein Leben, und Henry erzählt mir das seine.

Von der besonderen Einsamkeit der Frau wissen Männer nichts. Der Mann liegt im Schoß der Frau nur, um neue Kraft zu gewinnen, er baut sich auf aus der Vereinigung, und dann erhebt er sich und geht hinaus in die Welt, zu seiner Arbeit, in seinen Kampf, zu seiner Kunst. Er ist nicht einsam. Er ist geschäftig. Die Erinnerung an sein Eintauchen in die amniotischen Wasser gibt ihm Energie, Erfüllung. Auch die Frau kann geschäftig sein, aber sie fühlt sich leer. Sinnlichkeit ist nicht nur eine Welle des Vergnügens, in der sie badet, und nicht nur eine Entladung elektrischen Entzückens im Kontakt mit anderen. Wenn der Mann in ihrem Schoß liegt, ist sie erfüllt, mit jedem Liebesakt nimmt sie den Mann in sich auf, in einem Akt von Geburt und Wiedergeburt, und trägt das Kind und den Mann. Der Mann liegt in ihrem Schoß und wird jedesmal wiedergeboren mit einer Begierde nach Taten, einer Begierde zu *sein*. Die Frau erreicht ihre Klimax aber nicht in der Geburt, sondern wenn der Mann in ihr bleibt.

Fred, Henry mit seinen Freunden und ich im Café. Wir redeten, diskutierten, argumentierten, erzählten uns Geschichten, bis die elektrischen Lampen in den Straßen gelöscht wurden, die Nacht sich auflöste und eine trübe, scheue, sienafarbene Dämmerung durch die Fenster floß. Der Morgen! Der Morgen, wiederholte ich. Henry dachte, der Morgen sei für mich eine neue Erfahrung. Ich konnte nicht erklären, wie mir zumute war. Zum ersten Male hatte ich nicht den Zwang in mir gefühlt, auszubrechen; zum ersten Male hatte ich mich selbst ganz gegeben, in Brüderlichkeit, Gemeinsamkeit, Offenheit, ohne einen Gedanken an Flucht. Die ganze Nacht hatte ich hier gesessen, ohne daß plötzlich alles aus gewesen wäre, ohne diese unvermittelt und schmerzhaft einbrechende Erkenntnis meiner Fremdheit, ohne ausweglos zurückzufallen in meine eigene Welt, unfähig, außer ihr zu bleiben, früher oder später jedem fremd. Diesmal war es nicht geschehen, diesmal war die Dämmerung gekommen als der erste Aufbruch aus der Tyrannei, der zwanghaft verweigerten Anpassung. (Vor mir selbst habe ich das Drama meines ewigen Ausgeschlossenseins immer so verwischt, daß ich die Uhr zu Hilfe nahm. Ich sagte, es sei Zeit, zu gehen, anstatt: Ich muß gehen, weil Beziehungen für mich so schwierig sind, so ermüdend, so schmerzlich in ihrer Spannung, ihrer Dauer, ihrem Fortbestand.) Ich wußte nie, wie mir geschah. Bei Parties, Besuchen, im Theater, im Kino erlebte ich Augenblicke der Angst. Ich konnte die Rolle nicht durchhalten, nicht so tun, als sei ich eins mit den andern, gleichgeschaltet. Wo war der Ausgang? Nichts wie fliehen. Ein unüberwindlicher Zwang zur Flucht. War es, weil die Hindernisse weggeräumt waren, die Wände, die Barrieren, die Mühen aufgehört hatten? Die Dämmerung kam friedlich und fand mich zufrieden neben Henry und Fred, und es war der Morgen der Befreiung von einem namenlosen Feind. Um Mitternacht hatte ich mich immer in einen einsamen, fremden Wanderer verwandelt.

Wie ein Fremder war ich in einem fremden Land, den man willkommen heißt, der sich zu Hause fühlt, der teilnimmt an Festen, Geburten, Hochzeiten, Begräbnissen, Banketten, Konzerten, Geburtstagen und dann plötzlich gewahr wird, daß er nicht dieselbe Sprache spricht, daß alles nur höfliche Verstellung war.

Was schloß mich aus? Immer wieder wurde ich hineingedrängt und drängte mich selbst in Räume voller Menschen mit einer ähnlichen Begierde, einszuwerden, aber meine Ängste waren stärker als meine Begierden, und wenn es zu einem Konflikt kam, lief ich davon. Allein, drehte ich den Vorgang um und litt darunter, ausgeschlossen und von jenen verstoßen zu sein, die zu gemeinsamer Unterhaltung und zu ihrem Vergnügen beisammen saßen, plauderten und lachten. Ich selbst war es, die aus den magischen Zirkeln ausbrach, weil ich glaubte, diese Zirkel wären mit elektrischem Strom gegen Einbrecher abgeschirmt, mit etwas, das ich nicht überschreiten, mit dem ich nicht fertig werden könnte. Ich sehnte mich danach, jeden starken, jeden freudigen Augenblick zu teilen, jeden Augenblick des Lebens; ich wollte die Frau sein, die weint und lacht, die liebevoll vor allen geküßt wird, der man die Blume ansteckt, der man in den Bus hilft, die sich aus dem Fenster lehnt, die Frau, die man heiratet, die Frau, die gebiert.

Der Held dieses Buches mag die Seele sein; aber es ist eine Odyssee von der inneren zur äußeren Welt, und es ist Henry, der die Nebel der Schüchternheit und Einsamkeit zerteilt, indem er mich mitnimmt in die Straßen und die Kaffeehäuser – bis zum Morgen.

Bevor Henry kam, war mir Kunst das Paradies, nicht das irdische Leben, glaubte ich, daß nur in der Kunst Schmerz abstrakt werden könnte.

Es war eine männliche Art, den Schmerz zu meistern, Kunst und Raum und Zeit und Geschichte und Philosophie zwischen sich und das menschliche Leben zu schieben.

Kunst war die Voraussetzung für Gesundheit und Erleichterung von den Schrecken und Qualen des menschlichen Lebens.

Ich war bereit, wieder zu Dr. Allendy zu gehen. Seine Fragen nehmen kein Ende. Er fühlt, daß es ein Geheimnis gibt. Die Fluchtgeschichte befriedigt ihn nicht. Etwas in mir entgeht seinen Definitionen. Ich fürchte das Skalpell. Ich lebe, richte mich im Leben ein. Er untersucht meine Gedanken während des Konzerts, meinen Eindruck, er sei schwermütig und verwirrt. Was habe ich mir dabei genau vorgestellt? Daß er in finanziellen Schwierigkeiten sei, oder betraf es sein Werk, oder seelische Probleme?

Heute finde ich Dr. Allendys Formulierungen nicht makellos. Es irritiert mich, wie schnell er meine Träume und Gefühle etikettiert. Während er schweigt, fahre ich selbst mit der Analyse fort. Darauf meint er, ich täte es nur, um ihn als ungenügend und hilflos hinzustellen, als Revanche dafür, daß er mich zwingt, meine Eifersucht auf seine Frau zu gestehen. In diesem Augenblick war er stärker als ich. Er gab zu, daß ich mich freier benehme als früher.

Henry lockert meine alte Ernsthaftigkeit mit seinen literarischen Possen auf, mit seinen satirischen Manifesten, seinen Widersprüchen und Paradoxa, seinem Spott über Idealismus, seinen wechselnden Launen und seinem grotesken Humor. Ich treibe jetzt schon Spaß mit meinem eigenen Ernst, meinen Anstrengungen, andere zu verstehen, Menschen nicht verwunden zu wollen.

Wir erfuhren, daß Richard Osborn verrückt geworden ist. Henry tanzte wie ein Clown und sagte: »Richard ist verrückt geworden? Hurra! Besuchen wir ihn. Aber zuerst trinken wir einen, daß wir in die rechte Stimmung kommen. Das ist selten, hinreißend, das passiert nicht alle Tage. Ich hoffe, er ist wirklich verrückt und tut nicht nur so.«

Zuerst war ich fassungslos; dann begriff ich, daß sein Humor eine Möglichkeit ist, mit Tragik fertigzuwerden. Ich würde gerne das Geheimnis seiner Unbekümmertheit kennen. Ich kümmere mich um alles. Michael Fraenkel ist genauso. Man kann in Henrys Buch nachlesen, wie er beim Essen sitzt, wenn Henry ihn besucht, und fortfährt zu essen, ohne Henry einen Bissen anzubieten.

Henry hat eine Parodie auf meinen ersten Roman geschrieben.

Henrys erster Roman war, wie mir Lowenfels erzählte, ein rechter Zinnober, leeres Stroh, Quatsch. Ich kann es kaum glauben. Lowenfels nimmt für sich in Anspruch, ihn in die moderne Literatur eingeführt zu haben. In Putnams ›European Caravan‹ finden sich offenbar auf Henry anwendbare Definitionen. Ich arbeite mit Improvisation, surrealistischen Assoziationen von Bildern, wilden Flügen der Phantasie. Sein Humor ist wie Tristan Tzaras »*une entreprise de démolition*«.

Vergangene Nacht diskutierten wir über die Elimination des Unwesentlichen aus der Literatur; was uns gegeben wird, ist eine konzentrierte »Dosis«. Ich sagte, ein wenig unwillig: »Das ist die Gefahr dabei – man wird auf das Leben vorbereitet, aber gleichzeitig der Enttäuschung ausgesetzt, denn man bekommt eine überhöhte Vorstellung davon. Von den langweiligen und gleichgültigen Augenblicken ist nicht die Rede. Auch du hast in deinen Büchern einen beschleunigten Rhythmus, und die Folge der Ereignisse ist so mit Reizwirkung vollgepackt, daß ich erwartete, dein Leben sei ein einziges Delirium, ein einziger Rausch.«

Literatur ist Übertreibung, Dramatisierung, und wer mit ihr aufwächst (wie ich), gerät leicht in Gefahr, sich an einen unmöglichen Rhythmus zu gewöhnen. Man versucht dann, sich täglich in Dostojewskische Stimmung hochzupeitschen. Und unter Schriftstellern gibt es eine Konkurrenz in Extravaganzen. Wir heizen uns gegenseitig den Rhythmus an. Es ist komisch, daß Henry, Fred und ich, wenn wir miteinander sprechen, in eine ganz normale Natürlichkeit zurückfallen. Wahrscheinlich ist keiner von uns ein Mensch der Sensationen. Oder vielleicht brauchen wir einfach keine Reizmittel. Henry ist in Wirklichkeit sanft, nicht temperamentvoll; friedlich und gar nicht gierig nach Szenen. Wir schreiben über Sadismus, Masochismus, Grand Guignol, ›Bubu de Montparnasse‹ (wo als höchster Liebesbeweis für einen Zuhälter gilt, die Syphilis seines Mädchens so heiß zu lieben wie sie selbst, ein noblesse-oblige der Apachenwelt), Cocteau, Drogen, Irrenhäuser, ›Haus des Todes‹, weil wir starke Farben lieben; aber wenn wir im Café de la Place Clichy sitzen, sprechen wir über die letzten Seiten, die Henry geschrieben hat, und warum ein Kapitel zu lang ist, und über Richards Krankheit. »Einer seiner schwersten Gewissensbisse«, sagte Henry, »war, daß er uns miteinander bekannt gemacht hat. Er hält dich für sehr wertvoll und glaubt, daß du durch den ›Gangsterdichter‹ gefährdet bist.«

Dr. Allendy war heute durchdringend und ungeheuer stark in seiner Wirkung. Ich bin unfähig, diese Stunde zu beschreiben. Sehr viel kam aus Intuition, vieles war dunkel.

Dr. Allendy: »Solange Sie nicht völlig natürlich, Ihrem Wesen entsprechend, handeln können, werden Sie nicht glücklich sein.«

Anaïs: »Aber was ist mein Wesen? Welches Leben ich auch gelebt habe, bevor ich Henry und June traf, ich erstickte daran. Ich fühlte, daß ich starb.«

Dr. Allendy: »Aber Sie sind doch keine femme fatale. Die femme fatale liebt es, die Leidenschaften der Männer zu erregen, sie in die Verzweiflung zu treiben, ihre Macht an ihnen zu erproben, sie zu quälen; aber die Männer lieben diese Frau in Wirklichkeit nicht. Sie haben bereits entdeckt, daß Sie wirklich geliebt werden. Spielen Sie keine Spiele, die nicht zu Ihnen passen. Sie werden niemals June sein.«

Anaïs: »Ich habe mich immer davor gefürchtet, eine jener Frauen zu werden, die hoffnungslos von einem einzigen Mann beherrscht werden.«

Dr. Allendy: »Haben Sie je eine Frau gekannt, die hoffnungslos von einem einzigen Mann beherrscht wurde?«

Anaïs: »Meine Mutter. Sie hatte in ihrem ganzen Leben nur eine einzige Liebe, meinen Vater. Sie war unfähig, jemals einen anderen zu lieben. Sie war ihm ausgeliefert. Als er sie verließ, wandelte sich ihre Liebe in Haß, aber er war immer noch der einzige Mann in ihrem Leben. Als ich sie einmal fragte, warum sie nicht wieder geheiratet habe, sagte sie: ›Nach dem Leben mit deinem Vater, mit seinem Charme und seiner Art, alles wunderbar und interessant zu machen, seinem Talent, Illusionen zu schaffen, erschienen alle anderen Männer langweilig, trocken und seicht. Du kannst dir nicht vorstellen, wie bezaubernd dein Vater sein konnte.«

Dr. Allendy: »Und so verbrachte sie ihr Leben damit, ihn zu hassen und seinen Einfluß auf Sie zu fürchten.«

Anaïs: »Deswegen brachte sie uns nach Amerika. Sie wollte uns in einer völlig anderen Welt erziehen. Sie selbst war in Brentwood erzogen worden, einem katholischen Institut für höhere Töchter in New York.«

Dr. Allendy: »Je näher Sie sich selbst kommen, desto näher kommen Sie der Erfüllung Ihrer wahren Wünsche.«

Anaïs: »Aber ich bin mir nicht sicher, was dieses Selbst ist. Im Augenblick bin ich dabei, zu überwinden, was ich war.«

Dr. Allendy: »Ich gebe nicht auf, Sie mit Ihrem eigenen Bild versöhnen zu wollen.«

Was für eine schöne Phrase! Mich mit meinem eigenen Bild zu versöhnen. Und kann er mir helfen, dieses Bild zu sehen? Die Worte sind weniger wichtig als die Empfindungen, die er in mir wachruft, eine Lösung ungezählter Spannungen. Seine Stimme war sanft und einfühlsam. Bevor er noch geendet hatte, brach ich in Schluchzen aus. Ich bin ihm zutiefst dankbar. Während ich weinte, schwieg er, und dann fragte er behutsam: »Ich habe doch nichts gesagt, was Sie verletzt?«

Dies war eine gute Zeit, nur von Einbrüchen aus der Vergangenheit noch gestört. Ich werde davon träumen.

Ich kleide mich einfacher. Ich fühle nicht mehr so stark das Bedürfnis, originell zu sein. Ich kann nun gewöhnliche Kleider tragen. Warum? Das Kostüm war für mich ein Symbol. Es bedeutete vieles. Vor allem hatte es eine künstlerische Bedeutung: Es gab bestimmte Farben für bestimmte Gelegenheiten, eine Beschwörung fremder Stile, fremder Länder (spanische Atmosphäre, marokkanische Einflüsse usw. usw.). Es war ein Zeichen für Individualität (ich trug niemals, was andere trugen; ich entwarf meine Kleider selbst). Ich folgte nie der Mode. Ich trug keine neutralen Farben, unpersönliche Schnitte, keine schlichten, einfachen, nichtssagenden Sachen. Ich liebte auffallende Kleider, die mich von anderen Frauen unterschieden. Kleider stützten mein Selbstbewußtsein, das durch meine ganze Mädchenzeit schwer darunter gelitten hatte, daß ich die abgelegten Kleider tragen mußte, die mir meine Tanten aus Kuba schickten. Ich mußte in amerikanische Schulen gehen mit Kleidern, die für die Tropen gemacht waren, aus pastellfarbenen Seiden, die oft genug von der Sonne so mitgenommen waren, daß der Stoff brach, gerade während einer Party oder einer Schulfeier. Immer waren es Partykleider, Sommerkleider, Kleider, wie sie nur die Lateinamerikaner erfinden, in ausgefallenen Farben. Später wählte meine Mutter die Kleider aus, und wieder waren es solche, die nicht zu mir paßten. Ich erfand für mich selbst originelle Dinge, trug meine Uhr in einem breiten, glatten, russischen Gliederarmband, besetzte meine Winterschuhe mit Pelz, schnitt mir Kleider aus spanischen Schals usw.

Als ich zum ersten Male zu Dr. Allendy ging, zog ich mein auffallendstes Kleid an. Er schien etwas verblüfft. Ich erinnerte mich an die phantastischen Kleider von Schauspielerinnen, an die Frau von Maeterlinck, die zu ihren Freunden sagte: »Würden Sie bitte Ihre Pflicht erfüllen und mir auf der Straße den Arm reichen?« (Ihr Aufzug war dermaßen skandalös.)

Die Pathologie der Kleidung! Ich hätte eine berühmte Modeschöpferin werden können. Das Problem war nur, daß meine Phantasie Kostüme erschuf, die nicht in mein einfaches Leben paßten, nicht in den kleinen Zug von Louveciennes nach Paris oder in Dr. Allendys Ordination. Ich suchte nach dem Märchenhaften. Als Modell kam ich im New Yorker Winter in einem grellroten Samtkleid zu einem Maler; um neun Uhr morgens.

Zum Teil mag das daher rühren, daß ich in lateinamerikanischen Tropenkleidern aufgewachsen bin, die zum New Yorker Winter in Widerspruch standen und auch zu der amerikanischen Vorliebe für neutrale Kleidung. Aber als ich zum ersten Male zu Dr. Allendy ging, kleidete ich mich wie eine russische Prinzessin; und heute laufe ich herum wie eine Majestät im Exil, die anonym bleiben möchte. Dr. Allendy bemerkte den Wechsel. Dann wagte er die Behauptung (die ganze Kunst der Analyse besteht darin, etwas erst dann zu sagen, wenn der Patient reif dafür ist, vorbereitet in einem organischen Prozeß stufenweisen Fortschreitens), daß ich mich so gekleidet hätte, um meine »Fremdheit« zu unterstreichen, mich von der Menge zu unterscheiden, aber auf eine Art, die ihn an die Primitiven erinnerte, die sich ähnlich aufputzen, um ihre Feinde zu erschrecken. Ich mußte lachen. Ich sah vor mir die Bemalung, die Federn, die Halsbänder, die aufgefädelten Knochen, den Kopfputz, die Zähne, die rasselnden Glocken.

Dr. Allendy: »Alles Fremde erschreckt die Menschen. Sie mögen geglaubt haben, daß diese Originalität Eindruck macht, aber es kann sein, daß sie nur befremdet hat.«

Anaïs: »Daran habe ich nicht gedacht. Mich zieht das Ungewöhnliche an. Wenn ich ›normal‹ werde, wo bleibt dann meine Kunst, mich anzuziehen? Ich möchte nicht wirklich normal und durchschnittlich werden. Ich möchte nur mehr Kraft gewinnen, mehr Mut, mein Leben voll zu leben, mehr Freude, mehr Erfahrung. Ich möchte eher noch origineller und unkonventioneller werden.«

Dr. Allendy: »Dann werden Sie sich wieder einsam fühlen wie zuvor. Isoliert. Wollen Sie das?«

Dr. Allendy sagt, daß man sich dem Leben angleichen muß, daß der Romantiker vom Leben besiegt, buchstäblich getötet wird, ob nun durch die Tuberkulose, wie in der Vergangenheit, oder durch die Neurose heute. Der Zusammenhang zwischen Neurose und Romantizismus war mir nicht klar gewesen. Das Unmögliche wollen? Sterben, wenn man es nicht erreicht? Kompromißlos?

Henry lebt mit allen Dingen mit; er vermag in allen Dingen, allen Menschen viel zu sehen. Ich habe nie eine Straße so wie Henry erlebt: jedes Tor, jede Lampe, jedes Fenster, jeder Hof, jeder Laden, jeder Artikel in dem Laden, jedes Café, jede versteckte Buchhandlung, jedes versteckte Antiquariat, jeder Zeitungsverkäufer, jeder Lotterie-Kiosk, jeder Blinde, jeder Bettler, jede Glocke, jede Kirche, jedes Bordell, jede Weinstube, jeder Laden, wo sie Erotica und durchsichtige Unterwäsche verkaufen, der Zirkus, die Sänger in den Nachtklubs, das Striptease, die Revuegirls, die Groschenkinos unter den Arkaden, die bal musettes, die Künstlerfeste, die Apachenviertel, der Flohmarkt, die Zigeunerwagen, die Märkte früh am Morgen.

Wir kommen aus dem Café; es regnet. Regen stört ihn nicht. Nur Hunger und Durst stören ihn. Schäbige Zimmer stören ihn nicht, Armut stört ihn nicht. Ein guter Chartreuse schmeckt auch an der Zinktheke. Im Leben folgt er immer nur Impulsen. Das einzige, was ich nicht begreife, ist, daß er keine Lust zeigt, andere Schriftsteller, Musiker, Maler, seinesgleichen, kennenzulernen. Es interessiert ihn nicht, wenn ich davon spreche. »Möchtest du Julien Green kennenlernen? Hélène Boussinesq, die Übersetzerin von Sherwood Anderson; Florent Schmitt; Manuel de Falla? Oder andere?«

»Nein«, sagt Henry. »Was sollten sie mit mir anfangen?«

Alles hat damit begonnen, daß ich D. H. Lawrence las. Aber Henry ist kein Lawrence. Lawrence war ein Romantiker und wollte Körper und Seele vereinen. Henry hält sich an die primitiven Instinkte. Gefühle haben in seinen Büchern keinen Platz. Es ist kein Symbolismus in Henry, keine Mythologie. Manchmal halten wir uns für ungewöhnliche Menschen. Während wir Fotografien des Hauses von D. H. Lawrence betrachten, sagt Henry, er würde mir einmal das Haus in Brooklyn zeigen, wo er seine Kindheit verlebte, und daß er auch gern das Haus 158 West Seventy-fifth gesehen hätte, wo ich das Tagebuch schrieb, das er jetzt liest.

Ich habe Dr. Allendy meinen Hunger nach Erfahrung und meine Neugierde gestanden.

Anaïs: »Ich möchte gern etwas über Ihr Leben wissen. Ich möchte wissen, ob Sie manchmal ruhelos sind, die Nächte durchwachen, durch die Nachtlokale bummeln, Freundinnen haben usw.«

Dr. Allendy: »Solche Fragen kann ich nicht beantworten. Im Interesse der Analyse muß ich unpersönlich bleiben. Rätselhaft. Eine intime Kenntnis meines Lebens wäre keine Antwort auf Ihre Fragen. Erfahrung ist, in sich selbst, gut, aber was wichtig ist, das ist Ihre Haltung. Jede Erfahrung, die einem tiefen Bedürfnis Ihrerseits entspricht, ist positiv, aber ich habe manchmal das Gefühl, daß Sie von anderen Motiven getrieben werden. Ich habe Sie manchmal im Verdacht, daß Sie sich Erfahrungen aufzwingen, aus unnatürlichen Gründen.«

Anaïs: »Ich möchte wachsen, reifen. Ich möchte dem Leben von Henry und June entsprechen. Manchmal spüre ich auch den Wunsch, eine Anstrengung zu unternehmen, um mit meinen Ängsten fertig zu werden, mein Zurückschrecken zu überwinden. Ich fürchte, daß ich mich von der Welt zurückziehen würde, wenn ich einfach meinen Neigungen nachgebe. Henry nimmt alles an, das Häßliche, das Kranke, das Vulgäre. Ich bewundere das. Ich habe mir eine schöne Welt aufgebaut, in der es nur wertvolle Menschen gibt, nur Schönheit und Feingefühl – und sie bleibt statisch.«

Dr. Allendy: »Vielleicht ist Henrys Urteilslosigkeit, sein mangelndes Unterscheidungsvermögen, schlecht.«

Zum ersten Male sprach Dr. Allendy ein Urteil über Henry aus.

Anaïs: »Welche Erfahrungen passen nicht zu mir, wie soll ich sie unterscheiden?«

Dr. Allendy: »Die echten Erfahrungen machen Freude.«

Anaïs: »Sie haben mich einmal eine ›*petite fille littéraire*‹ genannt. Meinten Sie damit, daß ich Romane und Biographien lebe und nicht mein eigenes Ich?«

Dr. Allendy: »In gewissem Sinne, ja.«

Mehr wollte er nicht sagen. Ich muß selbst die Antwort finden. Bei manchen Gelegenheiten spüre ich den Unterschied zwischen bloßer Neugierde und wirklichem Gefühl.

Dann fragte er, warum ich meine letzte Verabredung mit ihm »vergessen« hätte. Ich fing schon an, ihn zu brauchen. Ich war ihm dankbar. Warum setzte ich eine Woche aus? Um wieder auf eigenen Füßen zu stehen, allein zu kämpfen, mich zurückzunehmen. Die Angst, ohne Dr. Allendy nicht mehr leben zu können und ihn doch zu verlieren, wenn die »Kur« und damit unsere Beziehung abgeschlossen wären. Er macht mich aufmerksam, daß ein Ziel der Behandlung darin besteht, mich selbstgenügsam zu machen, so daß ich ihn nicht mehr brauche, wenn die Visiten vorüber sind. Daran zweifle ich jedoch und sage, daß ich noch immer von Ängsten geleitet werde. Auch hätte ich gern gewußt, ob er mich vermissen würde.

Dr. Allendy: »Wenn Sie nicht mehr kämen, würde es mir leid tun als Arzt, der mit seiner Behandlung keinen Erfolg hatte, und persönlich, weil Sie interessant sind. In gewisser Weise brauche ich Sie also genauso wie Sie mich. Sie könnten mich verletzen dadurch, daß Sie fortbleiben.«

Anaïs: »Ich habe immer alles, was ich behalten wollte, verloren. Jedes Haus, jedes Land, das ich liebte. Zuerst liebte ich unser Haus in Neuilly. Ich war damals sehr gesellig. Im Alter von vier Jahren habe ich von der Straße weg alle möglichen Leute zum Tee eingeladen. Ich liebte unser Haus in Brüssel, das immer voll war von Musikern und Musik. Ich habe es verloren, und auch meinen Vater. Ich war glücklich in Spanien, liebte meine Großmutter. Unser Leben dort war so viel glücklicher als in New York. Meine Mutter unterrichtete Gesang an der Granados-Akademie für Musik. Wir hatten eine kleine Wohnung mit Balkonen, von denen aus man die Berge und das Meer sah. Und wir hatten dort ein Dienstmädchen, Carmen, das den ganzen Tag bei der Arbeit sang. Wir genossen Ansehen und hatten interessante Freunde. Meines Vaters Familie stammt von dort. Mein Vater erzählte mir, daß wir weitschichtig mit den Guells verwandt sind, mit Aristokraten also. Die Guells hatten ein Haus mit einer Privatkapelle und eine herrliche Bibliothek, die von den Jesuiten verbrannt wurde, weil sie zu liberal war. Einer der Guells hat ein Denkmal bekommen. Man erzählte sich die Geschichte ihrer Vergangenheit. Die Familie war in zwei Zweige geteilt, einen kaufmännischen und einen künstlerischen. Einer von ihnen war Hofmaler, José Nin y Guell. Und natürlich war er arm.«

Mit Dr. Allendy durchlebe ich Wiederholungen von Situationen, Glück und Angst vor Verlust. In mein Kindertagebuch hatte ich geschrieben: »Ich habe mich entschlossen, niemand zu lieben. Es ist besser so, denn wenn man Menschen liebt, wird man doch von ihnen getrennt, und das tut zu weh.«

[Juni 1932]

Gestern, elf Uhr vormittags, spielte Joaquin noch auf dem Piano. Er kam unter mein Fenster und rief: »Komm heraus in den Garten und setz dich mit mir in die Sonne. Ich fühle mich nicht wohl.« Ich war gerade bei einer Arbeit, ließ aber alles stehen und liegen. Wir saßen im Garten. Mittags wollte er nichts essen.

Es war eine Blinddarmentzündung. Ambulanz in der Klinik von Versailles. Die längste halbe Stunde meines Lebens. Angst, ihn zu verlieren. Als sich die Tür öffnete und man ihn herausbrachte, auf der Tragbahre, ganz weiß im Gesicht, packte mich Panik. Würde er sterben? Ich erforschte die Gesichter der Schwestern und Ärzte.

Der Doktor sagte: »Ihr Bruder wird wieder gesund werden.«

Als man ihn zu Bett gebracht hatte, blieb ich bei ihm. Er atmete schwer, ich war unruhig. Ich wachte bei ihm. Er ist nicht nur mein Bruder, er ist mein Kind. Ich sorge für ihn. Ich war sein Kindermädchen und seine zweite Mutter. In seinen schmerzgeweiteten Augen flackerte Angst vor dem Tod. Ich liebe meinen Bruder, und ich weiß, daß diese Liebe mich manchmal den Mann überhaupt als Bruder erleben läßt; ein Pakt wurde geschlossen, der meine Macht, Männer zu verletzen, ausschaltet. Der Mann, mein Bruder. Er braucht Sorge und Liebe. Meine Mutter und ich, wir saßen dort im Krankenzimmer, als müßten wir jede Verkrampfung des Schmerzes in uns aufnehmen, als fühlten wir Leben und Liebe und Schmerz körperlich, wie im eigenen Leib.

Ein Sommerabend. Fred, Henry und ich, wir essen in einem kleinen offenen Restaurant neben der Straße. Wir sind ein Teil der Straße. Wir sind nicht Henry, Fred und ich, die essen, wir sind eine Straße voller Menschen, die essen, plaudern, trinken. Wir essen die Geräusche der Straße mit: die Stimmen, die Autos, die Rufe der Verkäufer, die Schreie der Kinder, das Gurren der Tauben, das Flattern der Täuberiche, Hundegebell. Wir sind alle eines. Der Wein, den ich trinke, rinnt auch durch alle anderen Kehlen. Die Wärme des Tages ist wie die Hand eines Mannes auf meiner Brust; Tageswärme und Straßengerüche streichen über alle hinweg. Das Restaurant ist weit offen, und die Straße dringt herein. Der Wein badet alle in einem aphrodisischen Ozean: Henry, Fred, die Straße, die Welt, die Studenten, die sich für den Ball der *Quatz Arts* vorbereiten. Die Straße wird erobert von Ägyptern, die barbarischen Schmuck tragen und wenig sonst. Ihre Haut ist goldbraun geschminkt. Sie strömen aus Autobussen und Taxis. Sie überfluten das Café. Sie bemächtigen sich unserer Weinkaraffe, anderer Weinkaraffen, stehlen ein Lammkotelett, gebratene Kartoffeln, lachen und flanieren weiter.

Henry ist betrunken. Er kramt Erinnerungen aus. »Als Fred einmal gerade sein Honorar bekommen hatte, nahm er mich mit in ein Kabarett. Wir tanzten und brachten zwei Mädchen mit nach Clichy. Wie wir gerade so in der Küche sitzen und uns unterhalten, fangen sie vom Geschäft an. Sie verlangen einen Haufen Geld. Ich sage: ›Lassen wir sie laufen‹, aber Fred zahlt gleich den vollen Preis, und sie bleiben. Eine von ihnen war eine akrobatische Tänzerin und zeigte uns ihre Tricks nackt, nur mit Schuhen an den Füßen.«

Beifall und Gelächter von den Studenten. Sie wollen mich entführen. »Wir schminken sie als Cleopatra. Sie sieht aus wie Cleopatra. Seht nur diese Nase!« Als ich mich am Stuhl festhielt, verschütteten sie den Wein. Wir mußten uns einen Weg durch die Menge freikämpfen.

»Diese Paulette«, sagte Henry, »sie und Fred sind scharf aufeinander. Ich weiß nicht, wie das enden wird. Sie ist jünger, als sie sagt; tatsächlich war sie eine Jungfrau. Zu Fred sagte sie, sie sei eine Prostituierte. Von zu Hause weggelaufen. Wir befürchten, daß die Eltern Fred Ärger machen, wenn sie dahinterkommen. Während er abends arbeitet, soll ich mich um sie kümmern. Ich nehme sie mit ins Kino, aber, um die Wahrheit zu sagen, sie langweilt mich. Sie ist so jung. Wir haben einander nichts zu sagen. Sie ist eifersüchtig auf das, was Fred über dich geschrieben hat. Die Göttin . . .«

Das erzählte mir Henry, während Fred unterwegs war, um Paulette zu holen. Sie ist mager, naiv, verschreckt.

Henry bringt es fertig, Rasierklingen zu stehlen, einen zu hohen Betrag an Wechselgeld einzustecken, den ihm der Taxifahrer herausgibt, Schlechtes über June und seine besten Freunde zu schreiben, aber es gibt auch einen ganz anderen Henry, zu dem er sich vielleicht eines Tages nicht bekennen wird. Er zeigt sich der Welt nur von seiner rauhesten Seite. Die Seite, die ich kenne, ist mehr wie seine Wasserfarben-Blätter.

Er ist ein ganzes Bündel von Widersprüchen.

»Nieder mit dem Tagebuch«, sagt Henry.

»Warum? Ich mag nicht vergessen. Ich möchte überhaupt nichts vergessen.«

»Das ist mein Goldenes Zeitalter zwischen den Kriegen«, sagt Henry.

Wenn ich mich ein bißchen wie June benähme, würde Henry das alles sehr kompliziert und interessant finden. Ich könnte ihm auch alles, wenn ich wollte, sehr einfach machen. Aber ich finde ein wenig rauschhafte Inkonsequenz beruhigender und erfreulicher. Henry kennt übrigens selbst den Trick: Er schreibt mir zum Beispiel einen Brief und übernimmt eine Passage daraus als Einleitung zu etwas, sobald er merkt, daß sie interessant ist. Henry und ich, wir haben beide dieses doppelte Bewußtsein und erleben nur selten Augenblicke voller Hingabe. Das mag der Grund dafür sein, daß uns der Wahnsinn der Poeten anzieht, Rimbaud, Tristan Tzara, Dadaismus, Breton. Die freie Improvisation der Surrealisten durchbricht die künstliche Ordnung und Symmetrie des Bewußtseins. Im Chaos ist Fruchtbarkeit. Wie schwer ist es, »aufrichtig« zu sein, wenn ich in jedem Augenblick zwischen sechs oder sieben Ichs zu wählen habe. Aufrichtig von welchem Ich, mit welchem in Harmonie? – wie ich Dr. Allendy einmal gefragt habe.

Meine Kleidung ist, wie ich jetzt erkenne, eine Rüstung gewesen. Ich erinnere mich, daß ich einmal, als Henry mich nach Montparnasse mitnehmen wollte und ich ganz schlicht gekleidet war, seinen Freunden nicht unter die Augen zu treten wagte, ohne mich »anzuziehen«. Ich hatte meinen wahren Rhythmus verloren. Aber was war mein wahrer Rhythmus? Für Dr. Allendy war das eine zu direkte Frage. Er sagte, daß er nur indirekt antworten könne. Seinem Eindruck nach bin ich im Grunde einfach und freundlich, weiblich, sanft. Alles andere an mir ist literarisch, intellektuell, eingebildet. Wäre ich wirklich gefühllos, würde ich nicht in jeder Situation so viel Mitgefühl, Sympathie und Zartheit zeigen. Es ist nichts Schlechtes daran, Rollen zu spielen, vorausgesetzt, man nimmt sie nicht ernst. Allzuoft werfe ich die Masken ab und lebe ohne sie weiter.

Er fragt mich, wo ich am glücklichsten war. Wirkliches, ungestörtes Glück. Ich sagte, in der Schweiz, in der Natur, wo ich ohne Make-up lebte, ohne die phantastischen Kleider, ohne Rollenspiel und Theater.

»Sehen Sie«, sagte Dr. Allendy, »Sie möchten gefallen, Sie wünschen sich, geliebt zu werden, und Sie posieren, sogar Ihr

Interesse für Perversionen ist Pose. Sie haben kein Vertrauen zu Ihren eigenen Werten. Sie nehmen das Äußerliche zu wichtig.«

Dagegen lehne ich mich ein wenig auf. Wenn mir die Psychoanalyse alles Schmückende nimmt, alle Kostüme, Schminke, Düfte, Charakteristika, was bleibt dann übrig?

[Juli 1932]

Ich warte in Dr. Allendys Salon, wo alle Dinge im grünen Licht der Gewächshausfenster so erscheinen, als stünden sie unter Wasser. Katzen spielen herum; ich wundere mich, daß sie den Goldfisch in seinem kleinen Bassin noch nicht gefressen haben. Ich höre, wie aus einem kleinen Steinbrunnen das Wasser tropft. Ich höre auch die Stimme einer Frau aus der Ordination hinter dem schweren, schwarzen Vorhang und bin eifersüchtig. Es stört mich, daß ich sie lachen höre; daß sie öfter lachen, wie mir scheint, als wir beide, wenn wir uns unterhalten. Außerdem läßt er mich zum ersten Male warten. Und ich bringe ihm doch einen sehr persönlichen Traum – zum ersten Male habe ich mir erlaubt, mit Zärtlichkeit an ihn zu denken. Vielleicht sollte ich ihm den Traum gar nicht erzählen; er gibt mich in seine Hände, gibt ihm zuviel von mir, während . . . Sobald ich ihn vor mir sehe, verschwindet mein Unbehagen. Ich erzähle ihm den Traum.

Im Traum saßen wir uns in seiner Ordination gegenüber. Er hielt meine Hände. Um bei mir zu sitzen und mit mir zu sprechen, hatte er alle seine anderen Patienten vernachlässigt. Er beschäftigte sich nur noch mit mir. Die Stimmung war vertraulich.

Ich vertraue ihm. Ich fühle mich nicht unterlegen. Ich glaube ihm, daß er mich verehrt. Das ist ein Zeichen, meint er, denn vor einigen Monaten wäre ich noch zurückhaltend gewesen. Nun erzähle ich ihm auch, daß ich mich zu ihm hingezogen fühle, seit er in der letzten Zeit soviel Verständnis für mich zeigt.

Aber wie seltsam, daß er mich gerade heute warten ließ. Das bringt ihn wieder auf seine Schicksalsidee: »Was wir fürchten, kann geschehen. Es geschieht auch.« Ich fürchte immer, verlassen oder doch vernachlässigt zu werden, und so geschieht es . . . *Ich bewirke, daß es geschieht.* In welchem Ausmaß wir auf diese Weise selbst unser Schicksal formen, ist ein Geheimnis, auch für Dr. Allendy. Er geht so weit, zu vermuten, daß er mich nicht hätte warten lassen, wäre nicht meine Angst gewesen, vernachlässigt oder weniger geliebt zu werden als seine anderen Patientinnen. Das klingt ziemlich dunkel und hypothetisch. In einem gewissen Sinne werde ich vom Schicksal verfolgt, das stimmt. Ich meditiere über das Schicksal. Empfangen die Menschen »Wellen« von den Gedanken der anderen? Empfing Dr. Allendy solche Wellen von meinen Gedanken, während ich saß und wartete: Verspäte dich doch, dann brauche ich dir nicht zu vertrauen, dir nicht zu glauben, dich nicht zu lieben und nicht in deiner Macht zu sein?

Daß unsere Beziehung enger geworden ist, freut ihn. Aber mein Traum verrät ihm auch, daß es mir mehr darum geht, anderen Leuten vorgezogen zu werden, als um die Beziehung selbst.

Anaïs: »Merkwürdig, ich habe mir gerade heute die Frage notiert, weshalb ich mich nur für einige wenige Menschen interessiere. Warum sind meine Gefühle auf so wenige Menschen konzentriert? Ich entfalte mich nicht in die Breite, wie Henry es tut.«

Dr. Allendy: »Das ist tatsächlich ein schlechtes Zeichen. Sie vertrauen den Menschen nicht, und so lernen die Menschen Sie nicht kennen. Dann unterstellen Sie, daß die Menschen Sie nicht verstehen und nicht lieben. Die wenigen Menschen, zu denen Sie in Verbindung treten, überschwemmen Sie mit Zuneigung. Das muß aufhören. Liebe muß wirklich Liebe werden. Sie ist kein Wettkampf. Je stärker und grenzenloser Sie lieben, je weniger Sie von dieser Liebe ausschließen, desto näher kommen Sie der mystischen Einheit, dem größeren Sinn der Liebe, der weniger persönlichen, der mehr universellen Liebe.«

Ich fange an zu verstehen, fühle, wie die Spannungen nachlassen, die Qualen. Dr. Allendy dringt immer wieder zur Wahrheit vor. Er sieht, daß ich meine Eifersucht und meinen Zorn unterdrücke und gegen mich selbst wende. Ich habe sie gut unter Kontrolle. Aber ich soll sie lieber ausdrücken, loswerden, und dann nach einem Weg suchen, mich von ihnen freizuhalten, anstatt sie zu unterdrücken. Er sagt, daß ich mit einer falschen Güte handle. Ich mache mich selbst gütig und gut. Ich zwinge mich dazu, großherzig zu sein und alles zu verzeihen. »Handeln Sie eine Zeitlang, zumindest jetzt einmal, so zornig und bösartig, wie Sie es gerne tun möchten.«

Diese Anregung wirkt auf eine schreckliche Weise. Ich entdecke sofort tausend Gründe, mit Henry ins Gericht zu gehen. Wie selbstverständlich nimmt er alles, was ich ihm gebe! Alles, was angegriffen wird, muß er verteidigen. Allem, was ihm gesagt wird, muß er widersprechen. Seine Angst vor intelligenten Frauen, seine Vorliebe für einfache Menschen, sein unbegründeter Zorn – und vor allem seine totale Interesselosigkeit, wenn es darum geht, andere oder sich selbst zu verstehen. Er hält an seinen Irrtümern fest.

Dr. Allendy sagt, daß es zwar bewunderungswürdig sei, wie ich alle Unlustgefühle von anderen ab und gegen mich selbst wende, und daß ich dadurch tatsächlich vermieden habe, anderen weh zu tun, aber es sei nur ein Aufschub für die ehrlichere Lösung gewesen. Ich wollte mein Wesen reinhalten von allem, was nicht nobel, nicht schön ist. Aber das ist nicht Dr. Allendys Methode. Seiner Meinung nach muß man sich den häßlichen Gedanken und Gefühlen stellen, dem Neid, der Verachtung, um ihre Ursache zu entdecken, die Wurzel der Gefühle zu finden und dann an sich zu arbeiten. Der Wunsch nach Sicherheit und Ruhe kann zu kriminellen Handlungen führen. Was man beseitigen kann, ist das Motiv.

Ich denke an D. H. Lawrence, der so leicht zu erschüttern, so bitter und nervös war. D. H. Lawrence bereitete mich vor auf Henry, seine irrationale Gereiztheit, seinen unsteten Geist. Von Henry könnte man sagen, was Henry James von Maupassant gesagt hat: »Er beraubt seine Männer und Frauen einfach der Reflexion, jenes Teiles, durch den ein Betragen bestimmt und aus dem ein Charakter gebildet wird ... Sein scharfer Blick ist auf einen winzigen Ausschnitt des menschlichen Lebens gerichtet, gewöhnlich auf einen häßlichen, schmutzigen, schäbigen, gemeinen; diesen Teil nimmt er und quetscht ihn so lange, bis er Grimassen schneidet oder zu bluten beginnt. Manchmal sind die Grimassen sehr komisch, manchmal ist die Wunde grauenvoll ... Maupassant versteht das menschliche Leben als eine häßliche Krankheit, nur durch Komik gemildert ...«

Manchmal habe ich das Gefühl, daß meine Freundschaft mit Henry nicht nur eine persönliche ist; sie symbolisiert auch eine zwischen Frankreich und Amerika, zwischen dem Aristokraten und dem einfachen Mann, dem Zivilisierten und dem Primitiven. Der Mensch von morgen wird aus dem Volk kommen und die Zivilisation verwerfen. Was wird aufwachsen aus diesem Kern aus Zorn und Bitterkeit?

Meine Aufgabe ist es, June dagegen zu verteidigen. Er wollte ihr eben einen vernichtenden Brief schreiben, voller Anschuldigungen, als ich dazwischenkam und ihm einen Bericht übergab, der alle ihre Handlungen rechtfertigen und erklären könnte. Es handelt sich um eine Beschreibung der Rauschgiftsucht aus einem Buch.

»Sie sind glänzende Redner, unerschöpflich und überquellend, wenn auch ohne tiefere Kenntnisse, Eigenschaften, die den normalen Menschen einschüchtern. Ihre Intelligenz ist überscharf. Sprechen bringt sie in einen Zustand der Erregung, die sich manchmal auch in anderen Formen äußern kann. Schöpferische Menschen zum Beispiel werden zur Arbeit angeregt.

Furcht und Angst vor Tageslicht.

Ruhelosigkeit. Unfähigkeit, bei einer Arbeit auszuharren. Sie müssen in Bewegung bleiben.

Erhöhte Sinnlichkeit. Perversionen.

Fehlen moralischer Skrupel.

Sie sind von Unruhe besessen. Wenn sie sich hinlegen, müssen sie aufstehen; nach einer Anstrengung setzen oder legen sie sich hin, müssen aber fast sofort wieder aufspringen.

Drogensüchtige werden von Angst vor der Polizei verfolgt, Angst vor Razzien (Junes Geschichte von dem Polizisten, der sie im Taxi ausfragte).

Drogen erzeugen die Illusion, von Insekten gebissen zu werden – ein heftiges, eingebildetes Jucken, das durch die Droge selbst hervorgebracht wird (Nasenjucken, trockene Lippen). Kann zu Tuberkulose, Epilepsie, Selbstmord führen.«

June zeigt viele dieser Symptome.

Henry war tief beeindruckt. June sprach oft über Drogen, wie ein Verbrecher, der an den Tatort zurückkehrt. Sie mußte immer wieder darauf zurückkommen, wenn auch nur, um heftig abzustreiten, daß sie Drogen genommen hätte (ein- oder zweimal vielleicht, das war das höchste, was sie zugab). Henry fügte die Fragmente zusammen. Als ich seine Verzweiflung sah, erschrak ich.

»Wir können uns auch irren. Du weißt, daß es Neurosen mit ähnlichen Symptomen gibt. Und wenn es stimmt«, fügte ich hinzu, »sollten wir sie bemitleiden, nicht so hart zu ihr sein.«

Aber Henry sprach das einzige ethische Urteil, das ich ihn

jemals über Selbstzerstörung sagen hörte, daß Rauschgift zu nehmen ein Zeichen für eine schreckliche natürliche Schwäche sei. Daß die Beziehung dadurch hoffnungslos würde. Er tat mir auch leid, als er sagte, daß er bei June, wie er auch darüber nachdenke, keine wirkliche Liebe zu ihm entdecken könne.

»Sie hat ihre eigene Art, dich zu lieben«, sagte ich, »unmenschlich und phantastisch, aber trotzdem stark.«

»Sich selbst liebt sie mehr«, sagte Henry.

Henry und ich sprachen über das Leben eines Schriftstellers. Wie das Leben von der Arbeit behindert wird, in den Perioden, in denen er als Mensch stirbt. Henry bekommt, wenn er tief in seine Arbeit versunken ist, das Aussehen eines Zombie, eines Mannes, dem die Seele genommen ist. Meiner Meinung nach ist das aber nur ein zeitweiliger Tod, denn die Folge des Werkes ist ein Wiedereintritt ins Leben, in einem bereicherten Zustand, so als wäre die Unterbrechung nur aufgeschobene Tätigkeit, während man ein reicheres Leben schafft.

Um zur Arbeit stark zu sein, zahlt Henry das Lösegeld großer Schwäche in der Welt. Auch ich bin, wenn ich von meinem Schreibtisch aufstehe, wehrlos.

Henry bleibt bei einer Party, bis der Bodensatz hochkommt. Ich gehe lieber, bevor es häßlich wird. Henry will den Grund berühren. Ich möchte mir meine Illusionen bewahren.

Was habe ich an ihm bewirkt? Wird sich seine Schreibweise ändern?

Sein Leben mit June erscheint nun wie das wilde Schweifen eines Meteors, vergleichbar mit meinen Fluchten vor meinem wirklichen Selbst.

Könnten wir doch alle Ebenen, auf denen wir leben, gleichzeitig beschreiben. Die ganze Wahrheit! Henry kommt ihr näher als ich. Ich habe das Verschönerungslaster.

Neben der Lektüre von D. H. Lawrence gab es noch ein anderes Element, durch das ich auf Henrys Gossenjargon vorbereitet wurde, auf seinen rabelaisschen Animalismus: das war die Sprache, die mein Vater mit seinen intimen Freunden führte, oder wenn er die Beherrschung verlor. In Spanien ist es unter Männern üblich, bei jeder Gelegenheit obszöne Ausdrücke zu gebrauchen, nicht aber in Gegenwart von Frauen. Unter Männern aus allen Gesellschaftsschichten und mit höchster Bildung. Meine Mutter verabscheute dies und tat alles, was in ihrer Macht stand, um zu verhindern, daß wir solche Ausdrücke hörten oder lernten; sie gab jedoch zu, daß dergleichen in Spanien üblich sei. Der Kontrast zu seinen sonstigen überfeinerten Manieren war überraschend.

Während wir gestern abend im Café saßen, kam Sturm auf. Hagelkörner wie Murmeln. Die Bäume wogten wie hohe See.

Eine der wenigen Passagen bei Spengler, die ich verstehe, betrifft die Beziehung zwischen Architektur und Charakter eines Volkes. So entsprechen die Häuser der Orientalen ihrem inneren Wesen. Keine Fenster nach außen, alles nach innen geöffnet, auf einen Patio, ein geheimes privates Leben. Und alle Räume werden durch diesen Patio miteinander verbunden. Verborgener Luxus. Verborgene Gedanken.

Henry parodiert einen eleganten Herrn, der mit Herablassung, voller Hochmut zu einer Prostituierten spricht, er parodiert Frauen in sexuellen Konvulsionen, und darauf folgen Geschichten. Die abenteuerliche Kindheit in den Straßen von Brooklyn. Rauhe Spiele auf verlassenen Bauplätzen, Schlachten, Radrennen – nichts, was den künftigen Schriftsteller ankündigt. Taten. Verschlagenheit. Teufeleien. Klaut blinden Zeitungsverkäufern ihre Pennies. Lügt. Betrügt. Sexueller Hunger. Abgesehen von Armut, Häßlichkeit, Schäbigkeit ist da nichts, was seinen Zorn rechtfertigen könnte. Ich suche nach den Wurzeln seiner Bitterkeit.

Wir sitzen alle im Garten von Louveciennes, Henry, Fred und ich. »Das ist kein gewöhnlicher Garten«, sagt Henry. »Er ist geheimnisvoll, bedeutsam. In einem chinesischen Buch wird von einem Garten erzählt, der zwischen Himmel und Erde schwebt, für Götter und Könige: so ein Garten ist dies.« Und wieder Nacht. Nächtliche Wanderungen. Wir zeigen Henry das Schloß mit seinen beiden Türmen. Scharfe Konturen im Mondlicht. Ich spreche davon, daß ich niemals im Innern dieses Hauses war und trotzdem weiß, wie es eingerichtet ist, wie das Turmzimmer aussieht, mit getäfelten Wänden und Geheimfächern hinter den Täfelungen, Wandschränken, Bücherregalen. Erst kürzlich brachte mir meine Tante das handgeschriebene Tagebuch meines Urgroßvaters, der Frankreich während der Revolution verlassen hat und nach Haiti gegangen ist, dann nach New Orleans und Kuba, wo er die ersten Eisenbahnen baute. Seine Beschreibung des von ihm verlassenen Herrenhauses in Anjou entspricht genau diesem Haus. Er beschreibt das Turmzimmer und die Einrichtung. Alles entspricht dem

Geschmack jener Zeit. Aber woher wußte ich dies? Habe ich die Erinnerung im Blut?

Das Dorf Louveciennes schläft. Hunde schlagen an, während wir hindurchgehen. Ich höre Henry zu. Kein Zweifel mehr, daß es zwei Henrys gibt. Manchen Frauen gegenüber ist er rauh und hart. Anderen zeigt er sich romantisch und naiv. June war für ihn zuerst ein Engel, auch noch vor dem Hintergrund des Tanzlokals. Ich sehe ihn nun als einen Mann, der versklavt werden kann von einer Leidenschaft. Aber in allen Geschichten, die er mir erzählt, ist es die Frau, welche die Initiative ergreift. Er gibt sogar zu, daß es das ist, was er an den Prostituierten liebt. Es war June, die ihren Kopf an seine Schulter legte und um einen Kuß bat in der ersten Nacht. Seine Rauheit ist nur äußerlich. Aber wie alle weichen, passiven Menschen kann er in gewissen Augenblicken die abscheulichsten Handlungen begehen. Sie entstehen aus seiner Schwäche, die ihn zum Feigling macht. Er verstößt eine Frau auf die grausamste Weise, weil er den Augenblick der bewußten Trennung nicht erträgt.

Aber alles, was er tut, ist durch den reißenden, instinktiven Fluß seiner Energie bestimmt. Ich kann nicht glauben, daß ein Mensch so unbarmherzig ist; er lebt unter anderen Gesetzen, ein primitives Leben mit anderen Stammesgewohnheiten, als sie mir vertraut sind. Er respektiert nichts. Leben! Einmal sagte er, nur Engel oder Teufel könnten das Tempo von Junes Leben durchhalten; das gilt auch für ihn. Es ist Natur, mit ihren blinden Stürmen, Erdbeben, Flutwellen, alles verschlingend. Aber er gibt dem Hund die Hälfte von seinem Steak, er macht die Welt weiter und bringt Freude.

Dann sammelt sich dieser zerstreute, so leicht abzulenkende Mensch und spricht über sein Buch. Unsere Gespräche sind ein kräftiges, heiteres Aneinanderprallen. Sein ausgelassenes Leben, seine Neugierde, sein Gusto, seine Amoralität, Sentimentalität, seine Schurkereien – das würde ausreichen, um hundert Bücher zu füllen. Eine Stagnation hat er nie gekannt. Innenschau muß kein stilles Leben sein. Es kann aktive Alchimie werden. Henry züchtet Enthusiasmus.

Warum sagt Henry: »Ich möchte an der Welt eine Narbe hinterlassen?«

Heute morgen bekam ich die ersten Seiten von Henrys neuem Buch (›Tropic of Capricorn‹). Es ist total, kraftvoll, jedes Wort trifft ins Mark. Es ist großartig.

Henry, Marguerite und ich hatten ein nächtliches Gespräch im Café. Es lief oberflächlich dahin, bis Henry anfing, nach der Psychoanalyse zu fragen. Ich sprach über alles, was ich während des letzten Jahres gelesen habe, was ich aus meinen Besuchen bei Dr. Allendy weiß, aus eigenen Studien, eigenen Theorien, mit einer Vehemenz und Sicherheit, die mich selbst erstaunten. Ich sagte alles, was ich über das Schicksalsproblem weiß. Was wir Schicksal nennen, ist in Wahrheit unser Charakter, und Charakter ist änderbar. Das Wissen, daß wir für unsere Gedanken und Taten verantwortlich sind, braucht uns nicht zu entmutigen, denn es bedeutet auch, daß wir frei sind, es anders zu machen. Wir sind keine Sklaven der Vergangenheit, die unsere Gefühle geformt hat, und auch nicht der Rasse, der Vererbung, des Milieus. Alles dies kann verwandelt werden, wenn wir den Mut haben, zu erkennen, auf welche Weise es uns gebildet hat. Wir können die chemische Mischung ändern, vorausgesetzt, wir wagen es, die Elemente zu trennen.

Henry stoppte mich. »Ich glaube weder an Dr. Allendys Lehre noch an deine Ideen. Den Mann habe ich nur einmal gesehen. Er ist plump, grob, lethargisch, mit einem Funken Fanatismus in den Augen. Und du – nun, du erklärst alles so schön und sauber – so kristallklar –, es klingt wahr und einfach. Du bist so schrecklich schlau, so geschickt. Ich traue deiner Klugheit nicht. Du entwirfst wunderbare Systeme – jedes Ding hat seinen Platz –, alles ist einleuchtend und klar. Zu klar. Wo bist darin du? Nicht an der klaren Oberfläche deines Denkens, sondern viel tiefer, in dunkleren Regionen . . . Wenn man dich reden hört, könnte man meinen, du hättest dich ganz in Klarheit verwandelt. Aber darunter sind andere Tiefen und noch einmal Tiefen – du bist bodenlos, nicht auszuloten. Deine Klarheit ist Täuschung. Niemand erzeugt mit seinem Denken in mir so viel Verwirrung wie du, so viele Zweifel, so viel Widerstand.«

Marguerite fügte ruhig hinzu: »Sie liefert Ihnen ein System, das wie angemessen paßt, dann schlüpft sie heraus und lacht.«

»Genau«, sagte Henry.

Ich lachte. Aber die Vorstellung, daß Henry mich plötzlich angreift und kritisiert, verwundet mich. Krieg. Krieg mit ihm war unvermeidlich.

Henry blieb noch, als Marguerite gegangen war. »Das war wieder meine alte Tour«, sagte Henry. »Ich sage Dinge, die ich nicht meine. Die Wahrheit ist, daß ich dich hinreißend gefunden habe. Ich habe noch nie erlebt, daß du den Dingen so auf den

Grund gehst, und das machte mich eifersüchtig auf Dr. Allendys Erfolg. Ich habe einen starken, perversen Haß gegen jeden, der mir etwas Neues sagen kann. Du hast mir Welten geöffnet, aber mit Hilfe von Dr. Allendy.«

Seine Entschuldigung klang mir schwach. Ich hülle mich selber in Lügen, aber nur um andere zu beruhigen, es sind Lebenslügen, die nicht Teil von mir, von meiner Seele werden. Aber Henrys Lügen? Er sprach über Böswilligkeit, über die Art, wie er plötzlich in eine Rolle springt, die alle, die an ihn glauben, überrascht, alle, die meinen, daß sie ihn kennen. Wenn es für den Schriftsteller Einheit nicht geben kann, weil er ein Meer aus Protoplasma ist, das in alle Richtungen fließen, jedes Ding in seine Strömung reißen, in jedem Spalt versickern, jede Lücke füllen kann, dann ist Wahrheit doch möglich im Bekennen unserer Unaufrichtigkeit. Manchmal umgebe ich freilich das, was mein Verstand erfunden hat, mit wirklichem Gefühl und falle in gutem Glauben meinen eigenen Tricks zum Opfer.

Henry sagte, ich hätte ihn mit meinem Vortrag über *destinée intérieure* so aufgewühlt, als ob ich ihn dem ganzen zyklischen Prozeß der Analyse unterworfen hätte: Vertrauen, Erkenntnis, Liebe, Strenge, Unabhängigkeit. Was ich über Aufrichtigkeit sagte, über die Freuden des Ausruhens im totalen Vertrauen, die menschliche Erleichterung in der Abhängigkeit voneinander, alles das traf ihn ins Zentrum, regte ihn auf. Ich sprach so engagiert über den Fluß des Vertrauens, den man in der Analyse entwickelt und den man auch mit dem Geliebten nicht haben kann. Über die verborgenen, geheimen Quellen, an die eine Analyse rührt. Über das Ziel der Analyse, das der alten chinesischen Definition der Weisheit gleicht: Weisheit ist die Zerstörung des Idealismus. Der Nährboden unserer Unaufrichtigkeit ist das idealisierte Bild, das wir von uns haben und anderen aufzwingen wollen – ein liebenswertes Bild. Wenn es durch die Entdeckungen der Analyse zerstört wird, ist das eine Erleichterung, denn nach diesem Vorbild zu leben, ist immer eine ungeheure Anstrengung. Für manche ist der Verlust dieses Bildes ein Grund zum Selbstmord.

Was hatte ich nicht alles über den Künstler zu sagen. Darauf konnte ich erst in der nächsten Nacht kommen.

Wie überwindet man die Tragödie, die sich in jeder Stunde verbirgt, uns unerwartet und hinterrücks würgt, uns anspringt aus einer Melodie, einem alten Brief, einem Buch, den Farben eines Kleides, dem Gang eines Fremden? Mach Literatur daraus.

Suche neue Wörter im Wörterbuch. Drechsle neue Sätze, gieße die Tränen in eine Form, einen Stil, ein Modell, eine Beredsamkeit. Sammle sorgfältig Ausschnitte aus Zeitungen. Verwende einen starken Leim. Laß dich fotografieren. Sage jedem, wieviel du ihm verdankst. Sage Allendy, daß er dich geheilt hat. Sage deinem Verleger, er hätte ein Genie entdeckt, und kehre wieder zurück zu deiner Arbeit wie ein Skorpion in seinen Feuerkreis, in dem er sich selbst verzehrt.

Hätten nicht schon die Chinesen entdeckt, daß Weisheit die Zerstörung der Ideale ist, ich würde es heute nacht getan haben.

Während der Arbeit war ich in Verzweiflung. Ich sah, daß ich mein ganzes Wissen über June an Henry gegeben habe und daß er es verwendet. Er hat alle meine Skizzen zu ihrem Porträt übernommen. Meine Hände sind leer, und er weiß es, denn er schreibt mir, er »fühle sich wie auf Krücken«. Und was habe ich für mich übriggelassen? Er vertieft sein Porträt mit allen den Erkenntnissen, die ich ihm vermittelt habe.

Was bleibt für mich? Zu gehen, wo Henry nicht gehen kann, in den Mythos, in Junes Träume, ihre Phantasien, in die Dichtung von June. Als eine Frau zu schreiben, und nur als Frau. Ich beginne mit Träumen, ihren und meinen. Daraus wird Symbolismus, mehr in der Art von Rimbaud als in der des Romans.

Wenn das Leben zu schwer ist, fange ich an zu arbeiten. Ich schwimme in eine neue Region hinaus. Ich schreibe über June.

Henry wollte das Unmögliche aus mir herausfragen. Ich habe seine Vorstellung von June zu bilden und sein Buch zu nähren. Während ich Seite um Seite lese und sehe, wie er ihr mehr und mehr gerecht wird, erkenne ich, daß es meine Vision ist, die er sich borgt. Ganz gewiß ist noch nie eine Frau so viel gefragt worden wie ich. Ich bin ein menschliches Wesen, keine Göttin. Weil ich eine Frau bin, die Verständnis hat, verlangt man von mir, daß ich alles verstehen, alles akzeptieren soll.

Heute beginne ich, an Flucht zu denken. Das Gedicht zu schreiben, den Mythos, war nicht genug. Ich denke an Allendys Lehren. Seine Ideen sind für viele meiner Handlungen der Ausgangspunkt. Er ist es, der mich gelehrt hat, wie groß die Welt ist, daß ich nicht die Sklavin eines Kindheitsfluches zu bleiben brauche, Sklavin eines jeden, der auf die eine oder andere Weise, teilweise oder ganz, die Rolle des ach so bitter benötigten Vaters spielt. Ich brauche kein selbstloses Kind zu sein oder eine Frau, die sich bis zur Selbstvernichtung ausgibt.

Gestern kam Henry; ein ernster, erschöpfter Henry. Er hat einige Nächte lang nicht geschlafen, übererregt von der Arbeit an seinem Buch. Er war völlig am Ende. Sofort vergaß ich meine literarische Rebellion. »Trink ein Glas Wein. Wir werden im Garten essen. Ja, ich habe auch gearbeitet. Und ich habe dir eine Menge zu sagen, aber das hat Zeit.«

Emilia brachte das Essen heraus. Joaquin gesellte sich zu uns. Später waren wir allein.

Henry – blaß, ernsthaft, sehr blauäugig und unschuldig.

»Während der Arbeit an meinem Buch wurde mir klar, daß zwischen June und mir schon seit drei oder vier Jahren alles aus ist. Was wir bei ihrem letzten Besuch hier ausgelebt haben, war nur eine automatische Fortsetzung, wie eine Gewohnheit, eine weiterwirkende Bewegung, die man zu keinem Ende bringen kann. Das ist natürlich eine furchtbare Erfahrung. Die größte Umwälzung. Daher kann ich so verrückt darüber schreiben. Aber es ist ein Schwanengesang.«

»Sicher habe ich das alles durchleben müssen«, fügte er später hinzu, »aber eben deswegen bin ich damit fertig. Ich fühle mich stärker als June. Aber wenn June zurückkommt, kann alles wieder von vorne beginnen, sozusagen schicksalhaft. Ich glaube, was ich von dir will, ist, daß du mich vor June rettest. Ich will nicht wieder zurückgeworfen, gedemütigt, zerstört werden. Ich weiß, daß ich mit ihr brechen will. Ich fürchte ihre Rückkehr und die Vernichtung meines Werkes. Wenn ich daran denke, wie ich deine Zeit und Aufmerksamkeit beansprucht habe! Du sollst immer Probleme lösen, helfen, selbstlos sein. Dabei ist deine eigene Arbeit tiefer und besser als alles andere, und niemand kümmert sich einen Deut darum und niemand hilft dir dabei.«

In diesen Tagen habe ich an die dreißig Seiten poetischer Prosa geschrieben, in einem vollkommen phantastischen Stil, einem lyrischen Ausbruch. Der Anfang von ›House of Incest‹.

Henry weiß nicht, wie er sich zu diesen Seiten stellen soll. Eine Sprache wie Brokat – oder mehr, fragt er sich, mehr als schöne Sprache? Ich war traurig, weil er nichts verstand, und fing an, zu erklären. Schließlich sagte er: »Nun gut, du mußt einen Schlüssel dazu geben. Man wird plötzlich in etwas Fremdes geworfen, das man hundertmal lesen sollte.«

Henry schreibt über June so realistisch, so direkt. Ich glaube nicht, daß man sie auf diese Weise darstellen kann. Ich schreibe surrealistisch über sie, über ihre Träume, ihre Mythen, ihre Phantasien. Aber Mythen sind ganz gewiß nicht mysteriös, nicht unentzifferbar.

Henry hatte schon die Hand am Fahrrad, um wegzufahren, entschied sich aber mit seiner charakteristischen Gründlichkeit, zu bleiben und dem, was ich geschrieben hatte, bis ins Letzte nachzuspüren. Er ging im Garten auf und ab, während ich meine Abstraktionen erklärte.

Ich sehe den Symbolismus unseres Lebens. Ich lebe auf zwei Ebenen, der menschlichen und der poetischen. Ich sehe die Parabeln, die Allegorien. Wo er Realismus gibt, erhebe ich mich in die Stratosphäre und überblicke Junes Mythologie. Ich will die Obertöne notieren. Für meine visionäre Vorstellung von ihrem unbewußten Ich sind Fakten nutzlos. Ich gebe eine Essenz. Nicht Brokat, sondern die volle Bedeutung.

Je mehr ich sprach, desto aufmerksamer wurde Henry. Er meinte, daß ich in diesem Ton fortfahren solle; daß ich etwas Einzigartiges unternehme; wenn überhaupt jemand surrealistisch schreibe, dann sei ich es. Darauf kam er später zurück. Er konnte mein Werk nicht einordnen. Es sei nicht Surrealismus. Er fand eine tiefere Absicht, eine Richtung, eine bestimmtere Haltung darin. Seine Forderung nach einem Schlüssel, einer Einleitung, nahm er zurück. Er wisse, daß ich etwas Einzigartiges mache. Bei einer zweiten Lektüre entzifferte er den Sinn.

Am Fenster stehend, sagte er: »Wie kann ich zurück nach Clichy gehen? Es ist wie die Rückkehr in ein Gefängnis. Hier ist der Ort, wo man wächst, sich ausbreitet, vertieft.«

Seine reiche Lebenserfahrung hat er in Bücher verwandelt, um den Geschmack des Lebens in ihnen konzentriert zu spüren.

Allendy büßt seine Objektivität ein. Immer öfter verurteilt er Henry. Ich beschreibe ihm etwa den Kontrast zwischen dem einen Henry, der rauschhaft ist, aufbrausend, streitsüchtig, bejahend destruktiv, gefühllos, ganz Instinkt und tierische Vitalität; und seinem anderen Selbst, nüchtern, fast religiös im Ton, meditativ, sentimental, kindlich, zerbrechlich – ein erstaunliches, totales Anderssein. Dafür hat Allendy einen anderen Namen, eine medizinische Bezeichnung. Er sagt, Henry sei eine gespaltene Persönlichkeit, vielleicht schizophren.

Ich zitiere Henry: »Merkwürdig, wie blind ich bisher gelebt habe.«

»Sie müssen aus diesem Milieu befreit werden«, sagt Allendy. »Es ist das falsche Milieu für Sie, ma petite Anaïs.«

Ich senke schnell den Kopf, damit er mein Lächeln nicht sieht.

Ich war wieder bei ihm. Und sagte ihm, er solle mit der Analyse Schluß machen und uns in Louveciennes besuchen. Das könne er erst tun, meinte er, wenn er sicher sein könne, daß ich »geheilt« sei. Wir sprachen über Einflüsse. Ich fühle, daß er Kraft hat, Festigkeit. Er leitet mich. Ich war nicht recht glücklich über das, was Henry über meine dreißig Seiten dichterischer Prosa geschrieben hat. Sie schienen mir wie eine Selbstparodie, aber von mir, nicht von Henry. Eine Satire. Eine absurde Verulkung. Warum hat er das getan? Er merkt gar nicht, daß es eine Karikatur ist. Wenn er es wüßte, ich würde es als solche akzeptieren.

Spottet er über das, was er nicht versteht? Ist es seine Art, den Kampf zu führen, die ihn blind macht? Allendy hat keine Erklärung dafür. Sooft ich jetzt Henry erwähne, blickt er finster drein.

Allendy hat über Alchimie geschrieben, er ist Astrologe. Theaterstücke oder Romane kann er nicht lesen; sie scheinen ihm blaß und zahm, verglichen mit den Schicksalen, die sich ihm in seiner kleinen, trüb beleuchteten Bibliothek enthüllen. Ich weiß nichts von seinem Leben. Einmal beschuldigte ich ihn, daß er vom Künstler nichts verstehe; er sei nur Wissenschaftler. Aber er wies mir nach, daß ich mich irrte. Er ist mit vielen Künstlern befreundet, und seine Schwägerin ist Malerin. Sie lebt in einem Atelier, das man für sie im Dachgeschoß des Hauses ausgebaut hat.

Seine Augen sind die eines Hellsehers vor seiner Kristallkugel. Seine herrlichen Zähne blitzen, wenn er lächelt; es wirkt fast feminin. Er ist sehr hochmütig und selbstsicher.

Mit June, sagt Henry, wurden alle Gespräche zu großen Schlachten. June sagte so verletzende Dinge, daß Henry aus der Fassung geriet und verzweifelte. Jetzt weiß er jedoch, daß alle diese herrlichen Schlachten fruchtlos und demütigend waren, kindisch, daß sie ihn zerstört zurückließen, unfähig zu arbeiten oder zu leben. Sie ist ein Genie im Verpfuschen, Verstören, Ersticken; in einer blinden, instinktiven Art.

Der Satz, der mich faszinierte und mich veranlaßte, die Arbeit über June zu beginnen, war Jungs »Vom Traum aus das Leben ergreifend...«. Als ich Henry heute die Stelle zitierte, war er stark beeindruckt. Er hat seine Träume für mich aufgeschrieben, dazu die vorhergehenden Umstände und die Assoziationen. Mitten in diesem Traumgespräch sagte Henry: »Ich habe erkannt, daß ich meinen Wert habe; weil ich daran nicht glauben konnte, wollte ich mich beinahe selbst zerstören.«

Allendy urteilt falsch, wenn er meine Phantasien nicht ernst nimmt. Literatur, Abenteuer, schöpferische Kraft sind für mich keine Spielereien. Seine beschützende Väterlichkeit rührt mich, aber ich lache auch darüber. Die nüchterne Aufrichtigkeit von Männern wie Allendy ist für mich nicht interessant. Sie ist seelisch beruhigend, aber nicht so aufregend wie Henrys Unaufrichtigkeiten, Posen, Lügen, literarische Eskapaden, Abschweifungen, Experimente, Kühnheiten, Schurkereien. Mag sein, daß ich im Grunde gut bin, menschlich, liebevoll, aber ich bin auch mehr als das, geistig gespalten, komplex, schwärmerisch.

Allendy argumentiert, vielleicht, um seine eigenen Zweifel zu betäuben. Er betont meine Zerbrechlichkeit, meine Naivität, während ich, mit einem tieferen Instinkt, nach Freunden suche, die meine Energien anregen, ungeheure Ansprüche stellen, die fähig sind, mich mit ihrer Erfahrung zu bereichern, sei sie gleich schmerzvoll, Menschen, die an meinem Mut, meiner Widerstandsfähigkeit nicht zweifeln, Menschen wie Henry und June, die mich nicht für naiv oder unschuldig halten, sondern meine kühnsten Gedanken provozieren, die den Mut haben, mich wie eine Frau zu behandeln, obwohl sie wissen, wie verletzbar ich bin.

[Oktober 1932]

Heute nacht ist June angekommen.

Henry schien am Telefon sehr ernst und verwirrt. »June ist gutwillig, verträglich, vernünftig.«

Henry kann sich nicht wehren. Wie lange wird das dauern?

June ruft an. Sie möchte morgen abend zu mir kommen.

Was wird aus Henrys Arbeit? Was wird June ihm antun?

»Ich bin verwirrt...« Er ist schwach und verloren. Wird June ihn wieder quälen?

Ich gehe spazieren. Blutrot hängt der wilde Wein über Zäune und Gärten. Ich gehe gegen den Wind; der Hund leckt mir dabei die Hand.

Wie weit habe ich mich von June entfernt? Als ich merkte, daß sie eifersüchtig ist, weil ich für Henry gesorgt habe, sagte ich: »Es war alles für dich.« Auch sie log, als sie sagte: »Ich wollte dich noch vor Henry sehen.«

Dann kam sie, und mit ihr kam die Tollheit zurück. »Bei dir bin ich glücklich, Anaïs«, sagte sie. Sofort erzählte sie, daß Henry sie »getötet« habe. Sie hat alles gelesen, was er über sie schreibt. »Ich habe Henry geliebt und vertraut, bis er mich betrogen hat. Er betrügt mich nicht nur mit anderen Frauen, er verzerrt meine Persönlichkeit. Er beschreibt ein grausames Ich, das ich nicht bin. Ich habe einen solchen Hunger nach Vertrauen, Liebe, Verständnis. Um mich zu schützen, habe ich eine Barrikade aus Lügen um mich gebaut. Ich muß mein wirkliches Ich vor Henry verbergen. Aber du, du gibst mir Kraft. Du bist ruhig und stark, und du weißt, wer ich wirklich bin.«

Auf dem Weg über den Hügel zeigte sie sich ganz bedrückt und leidend und suchte Schutz.

»Henry hat nicht genug Phantasie, er ist falsch. Er ist auch nicht einfach. Henry ist es, der mich kompliziert gemacht hat, er nimmt mir die Lebenskraft, tötet mich. Er hat Literatur aus mir gemacht, eine fingierte Person, unter der er leiden kann und die er haßt. Er kann nämlich nur schreiben, wenn er sich selbst mit Haß aufgepeitscht hat. Ich glaube nicht an sein Talent. Natürlich hat er menschliche Augenblicke, aber er ist ein Lügner, unaufrichtig, ein Hanswurst, ein Schauspieler. Er ist es, der das Drama sucht und Monstren erschafft. Einfachheit paßt ihm nicht. Er ist ein Intellektueller. Erst sucht er Einfachheit, dann verdreht er alles, erfindet Ungeheuer und Qualen usw. Es ist alles falsch, falsch, falsch.«

Ich war wie betäubt. Ich entdeckte eine neue Wahrheit, sah eine ungeheure Verwicklung, war wie geblendet und gleichzeitig fähig, alles merkwürdig klar zu sehen. Ich schwanke nicht zwischen Henry und June, sondern zwischen zwei Wahrheiten. Ich glaube an den Menschen Henry, aber ich kenne auch das literarische Monstrum. Ich glaube an June, aber ich kenne auch ihre zerstörerische Macht.

Sie fürchte, sagte sie gleich am Anfang, daß ich nun an

Henrys Version von ihr glaube. Daher wäre sie am liebsten in London statt in Paris gelandet und hätte mich gebeten, dorthin zu kommen. Aber beim ersten Blick in meine Augen hätte sie mir wieder vertraut. Wie mir Henry vertraut. Sie brauchen beide meinen Glauben. Was ich für Henry getan habe, wird abgewertet. »Du hast nichts erreicht. Henry tut so, als verstünde er, aber im Handumdrehen ist alles wieder beim alten.«

War Henry nicht menschlicher mit mir? Und June aufrichtiger? Ich, die ich Anteil habe an beiden, wird es mir mißlingen, ihre Masken abzureißen, ihr wirkliches Gesicht bloßzulegen? Ich erinnere mich, daß mich Mitleid packte, als ich in Henrys Notizen las, daß sie, während sie für Henry und Jean gleichzeitig arbeitete, einmal in einem Ausbruch von Müdigkeit und Auflehnung rief: »Ihr sagt beide, daß ihr mich liebt, aber ihr tut nichts für mich.«

June ist gesünder geworden. Sie ist nicht mehr so hysterisch und wirr. Dieser Wechsel in ihr fiel mir heute auf. Ihre Gesundheit, ihre Menschlichkeit, das ist es doch, was sich Henry wünscht. Nun können sie miteinander sprechen. Er wird sie besser verstehen.

Heimgekehrt, standen June und ich unter der Türlampe, gleichsam wieder im Rampenlicht, das sie schon beleuchtete, als ich sie zum erstenmal sah, und wir blickten einander an und verstanden uns. Warum weiß sie jetzt mehr von Henry und mehr von mir? Welcher Art ist dieses Fieber zwischen uns, das von keiner Klarheit vertrieben wird? Sie erkennen sich jetzt deutlicher. Und ich? Ich werde unter dem Krankhaften leiden, das sie hinter sich zurücklassen, ich werde ihre Krämpfe sammeln, ihre Lügen, ihre Komplexe.

Wird sie Henry wieder sein Selbstbewußtsein rauben? Sie denkt darüber nach, wie sie sein Buch hintertreiben könnte. Wird sie ihn wieder enteignen und gedemütigt allein lassen? Sie gibt mir strengen Auftrag, Henry nicht zu einer Veröffentlichung seines Buches zu verhelfen, indem ich Jack Kahane Geld gebe [Kahane, der Eigentümer der Obelisk Press in Paris, hatte das Manuskript von ›Tropic of Cancer‹ gelesen und wollte das Buch herausbringen].

»Du gibst mir Leben, Anaïs. Du gibst mir das, was Henry mir nimmt.«

Wir halten uns an den Händen, und während ich Worte der Liebe spreche, denke ich darüber nach, wie ich Henry retten könnte.

Wer lügt? Wo ist das Menschliche zu finden? Wer ist der Klügste, wer der Stärkste? Wer ist weniger egoistisch? Wer hat mehr Liebe? Oder sind alle diese Elemente in jedem von uns gemischt? Ich fühle mich sehr menschlich, weil meine Angst zum beschützenden Instinkt wird, der beiden gilt.

June ist älter als ich, aber sie sieht mich als die Lehrerin in dem Film ›Mädchen in Uniform‹. Sie selbst sieht sich als Manuela, die in meinem Frieden Schutz sucht.

Wieder ein Brief von Henry:

»Anaïs, wenn ich diesmal nicht zermalmt werde, danke ich es Dir. Verliere nicht den Glauben an mich, ich bitte Dich. Ich mag nicht schreiben, was ich Dir über die beiden ersten Nächte mit June zu erzählen habe, aber wenn ich Dich wiedersehe und Dir alles erzähle, wirst Du erkennen, daß meine Worte absolut aufrichtig sind. Dabei streite ich mich, merkwürdigerweise, gar nicht mit June. Es ist, als hätte ich mehr Geduld, mehr Verständnis und Sympathie als zuvor. June ist in ihrer lieblichsten Verkleidung gekommen; wenn ich es nur wünschte, wäre jetzt mehr Hoffnung als je. Aber ich sehe, daß es zu spät ist, ich bin darüber hinweg. Und ich muß jetzt wohl oder übel eine Zeitlang mit ihr zusammen eine traurige, schöne Lüge leben. Vielleicht findest Du mehr an June als je – es sollte mir nur recht sein.«

Jedes von ihnen hat in mir ein intaktes Bild von sich gefunden, das Bild eines möglichen Ichs. Henry sieht in mir den großen Mann, der er werden könnte, und June sieht die strahlende Persönlichkeit. Jedes von ihnen hängt an diesem Bild in mir, als an Leben und Kraft.

June, deren Kraft ohne Zentrum ist, kann sich nur bestätigen, indem sie andere zerstört. Henry kann, seit er mich kennt, seine Stärke nur beweisen, indem er June angreift. Er karikiert sie; sie schwächt ihn, indem sie ihn bemuttert. Sie verzehren sich gegenseitig. Und wenn es ihnen gelungen ist, sich zu zerstören, weinen sie. June möchte aus Henry einen Dostojewski machen, aber sie tut alles, um ihn daran zu hindern, einer zu werden. In Wirklichkeit möchte sie, daß er ihr Lobgesänge singt, daß er sie als bewunderungswürdigen Charakter darstellt. Sie sieht sein Buch nur in diesem Licht und hält es für mißlungen: es scheitert daran, daß es June nicht glorifiziert.

Aber June beklagt sich nicht nur, wie ich vermutet hätte, weil ihr Porträt nicht poetisch ausgefallen ist, sie kritisiert auch mein Bild von ihr in poetischer Prosa! Sie übersieht Kraft und Schönheit daran und erklärt, es sei nicht exakt. Ich wollte zu June nicht sagen, daß ein Schriftsteller kein Porträtmaler ist. Aber ich sehe, daß sie von sich selbst eine Vorstellung hat, die mit keinem unserer Bilder übereinstimmt, und daß sie Literatur nicht objektiv beurteilen kann.

Wir saßen im Poisson d'Or.

June hat Henry gesagt, daß er als Schriftsteller gescheitert und ein von Frauen abhängiges Kind sei. Daß er ohne Frauen nichts tun könne.

Wir tranken. Ich sagte, meiner Meinung nach sei Henry ein sehr starker Autor. »Dann gehen wir doch zu ihm und sagen wir ihm, daß er groß ist. Du gibst mir Glauben an ihn, Anaïs.«

»Du möchtest glauben. Für wen willst du leben, wenn du deinen Glauben an Henry verlierst?«

»Für dich, Anaïs.«

»Aber in mir liebst du dich selbst. Wir sind Schwestern.«

»Du glaubst an Henry, nicht wahr?«

»Ja, das tue ich.«

»Dann muß er gut sein, dann muß er es wert sein.«

Ich gebe Henry und June einander. Ich bin das unpersönliche Licht, in dem sie sich erkennen.

June war nachdenklich. »Ich möchte sein wie du, Anaïs«, sagte sie. »Ich hätte nichts zu trinken gebraucht, ich war schon übererregt, aber jetzt möchte ich dich betrunken und berauscht machen. Ich möchte trinken, weil du mich einschüchterst und ich einiges frei heraussagen möchte, und ich wünsche mir auch, daß du mir verzeihst. Du brauchst keine Erfahrungen, Anaïs. Du bist wissend geboren. Ich will nicht mit ansehen, wie du durch Erfahrungen stolperst wie jemand, der gehen lernt. Ich habe die übelsten Dinge getan, die faulsten Dinge, aber ich habe sie großartig getan, und ich fühle, daß ich hindurchgegangen, daß ich intakt, unschuldig bin. Glaubst du mir das, Anaïs?«

»Ich könnte es auch tun. Ich wünsche mir Erfahrung, um so wie du und Henry zu sein. Ich möchte mein Wissen einholen. Und ich möchte dich nicht enttäuschen, sondern bei dir sein.«

»Aber du hast alles, was mir fehlt, du verstehst ohne Beweise, ohne Fakten. Du stellst keine Fragen, wie Henry es tut. Du hast Intuition. Bei mir spielt es keine Rolle, was ich tue, nur was ich *bin*, das zählt.«

Richtig. Was zählt, ist die Essenz von June, und eben diese Essenz kann Henry nicht fassen. Er ist zu literarisch.

Henry und ich saßen am Cafétisch. »June ist mir fremd geworden«, bekennt er. »In den ersten beiden Nächten spürte ich keine Leidenschaft. Nicht einmal an ihren Körper kann ich mich wieder gewöhnen.«

Seine letzten Seiten über ihre Rückkehr sind leer von Gefühlen. Sie hat seine Gefühle erschöpft, überspannt. Dann schien mir plötzlich alles ganz unwirklich und Henry der einzige Aufrichtige unter uns zu sein. Er fragt mich, ob June mich nicht langweilt. Er findet, daß sie zuviel spricht, und möchte, daß sie manchmal schweigt, etwas liest.

Als ich June in ein Taxi setzte, blickte sie wie ein Kind zu mir auf. Im Weggehen sah ich durch das Taxifenster undeutlich ihr Gesicht, ein gequältes, hungriges Gesicht, liebesunsicher, ängstlich, verzweifelt bemüht, ihre Geheimnismacht zu wahren. Sie lebt in einer großen Spannung. Jede Bewegung muß eine Geste von leidenschaftlicher Einzigartigkeit sein, um Aufmerksamkeit, um Liebe zu erregen. Spannung – wenn sie Störungen hervorruft, Haß, Konflikte, Eifersucht, dann glaubt sie auf dramatische Weise zu leben. Wenn sie nicht dabei ist, meint sie, lebt Henry nicht. Sie muß die Atmosphäre zum Kochen bringen. Sie meint, wenn er nicht tobt und schäumt, sei Henry tot.

Schöne June, die drei Stunden lang mit mir sprach, manchmal kluge Worte, manchmal langweilige und leere. Ihr ängstliches Ich, voller Angst um Henry, an dessen Liebe sie nur im Augenblick des Taumels glauben kann, in der Ekstase, im Krieg, im Fieber. Und dann, wenn sie mich verläßt, kämpft sie gegen die Verzerrungen ihres Bildes an. Mit Henry geht sie behutsam um. Unsere Gespräche beginnen immer sehr klar und enden in ihrer Wirrheit.

Vor einem Augenblick sagte sie noch: »Ich sehe mich in dir, wie ich war, bevor Henry kam. Du hast dieselbe seltsame Mischung aus äußerster Femininität und Maskulinität.«

»Das stimmt nicht, June«, sagte ich. »Wenn eine Frau schöpferisch begabt ist, eigene Gedanken hat oder im Leben eine aktive Rolle spielt, sagen die Menschen, sie sei maskulin. Allendy nennt es nicht so. Du bist aktiv. Henry ist passiv.«

Henry hat zu June über meine Wahrheitsliebe, meine Ruhe gesprochen. June sagt: »Henry wollte diese Dinge nie. Ich habe versucht, sie ihm zu geben.«

Regentropfen fielen und rollten über das Taxifenster. Als ich durch das Glas Junes bleiches Gesicht sah, war sie wie eine Ertrinkende. Ich fühlte tiefes Mitleid mit ihr. Wie kann ich sie retten?

Die Bilder, die sie voneinander haben, widersprechen sich, und das ist es, worunter ich leide. Sie sehen sich nur in Verzerrungen, und ich frage mich, ob sie mich ebenso verzerrt sehen – ich frage mich, ob es mir gelingen wird, ihre Bilder so zu entzerren, daß sie sich klar sehen und wieder lieben können. Ich sehe, wie June sich anstrengt, ihre Macht wieder zurückzugewinnen. Henrys Bücher sollen erscheinen, aber unseren Plan billigt sie nicht. Sie beklagt sich, daß Henry ihren Rat nicht annimmt.

»Nur vier Personen haben wirklich Einfluß auf mein Leben gehabt: Henry, Jean, du und noch jemand, den du nicht kennst.« Ist diese andere Person ein Liebhaber, dessen Existenz Henry argwöhnt, jener Mann, der es Henry ermöglichte, nach Paris zu gehen? Es verblüfft mich, Henry in der neuen Rolle des Beschützers zu sehen. Für ihn ist June jetzt ein pathologisches Kind. Und es verblüfft mich auch, von June zu hören, Henry litte darunter, bei den Leuten nur als »Fud-Porträtist« zu gelten. Hat er sich deswegen so sehr um sein Lawrence-Buch bemüht? Ich habe ihm gesagt, daß er June tatsächlich einer »Fiktion« opfert, daß er sie als Figur verwendet, die er braucht, um schöpferisch zu werden (um eine grausame Frau zu schaffen, denn er braucht Gewalt und Leiden, um überhaupt etwas schaffen zu können – oder aber es gefällt ihm, das »Opfer« einer Frau zu sein, was weiß ich). Er sagt, das Böse fasziniere ihn; aber was tut er anderes, als June dafür zu züchtigen, daß sie so freizügig lebt wie er selbst?

Wie glücklich bin ich, daß ich schreiben, mein eigenes Porträt zeichnen kann und mich sein Werk nur angeht als Literatur, nicht als Porträt von jemandem, der mir nicht gleichgültig ist.

Doppelexpositionen. Henrys Koboldgesicht. Eines von seinen vielen Gesichtern. Hinter ihm ein strenger Dr. Allendy, der ihn verdammt. Dann Junes Gesicht, hinter dem Taxifenster, sich auflösend – und die Welt wird sehr verwirrend für mich.

Henry schreibt: »Denn ich bin ein Monstrum. Ein Monstrum, verstehst du! Ein notwendiges Monster. Ein göttliches Monster. Ein Held. Ein Eroberer. Ein heiliger Zerstörer. Ein Zerstörer sterbender Rhythmen. Einer, der lebende Rhythmen erschafft.«

Entscheidend ist es, die Leidenschaften freizusetzen. Das

Drama ist alles, die Ursache des Dramas nichts. Elie Faure: »Der Held ist der Künstler.«

Zum ersten Male blickt Henry mit scharfer Aufmerksamkeit nach innen.

Wird Allendys Klugheit mich daran hindern, weiterzugehen, mich aufzuspalten, oder wird er mich an der Hand halten während meines Ganges durch die Hölle?

Henry schreibt über Proust und Joyce. Er ruft mich zu sich, verlangt, daß ich die Hemdsärmel aufkremple, ihm helfe und ihn kritisiere. June ist ein Hindernis – und auf einmal ist sie auch für mich eines. »Wenn June nur zurück nach New York ginge«, ruft Henry. »Ich brauche Freiheit.«

[November 1932]

Gestern abend war ich in Clichy. Henry und June wollten mich in einer ihrer Streitigkeiten zum Schiedsrichter machen. Ich schwieg dazu. Meine Meinung, sagte ich, würde ich jedem von ihnen getrennt sagen. Henry ärgerte sich über Junes ungehemmten Redefluß. Und June sagte: »Er ist wie eine Wand aus Stahl.«

Henry war in hochgradiger Arbeitsstimmung. Er arbeitet an zwei Büchern gleichzeitig. Ich las, was er über Joyce und D. H. Lawrence geschrieben hat, und wir diskutierten darüber. Zu June sagte Henry, sie lasse ihn nicht arbeiten. Ich verstand seine entrückte Stimmung. Seine Augen waren hart und klar. Junes Schönheit versank plötzlich in einer Welle schöpferischer Kraft.

Statt die Nacht außer Hause zu verbringen, wie sie es sonst nach Streitigkeiten tut, kam June in dieser Nacht demütig zurück, um Henry zu sagen, daß sie ihn nun verstehe. Am nächsten Tag berichtete sie mir von dieser Versöhnung. »Ich habe Henry zur Arbeit angeregt, und er ist glücklich.«

Liebt June Henry wirklich? Man findet es nicht heraus, sie hat schon zuviel gelogen.

In dieser Nacht war sie außerdem krank. Mitten in der Nacht erwachte sie in Fieberschauern. »Ich weiß, warum sie krank war«, sagte Henry. »Sie hat mir leid getan, aber das war alles. Es war nur ärgerlich.« June erregt sein Mitgefühl nicht. Die Brutalität ihres Zusammenlebens erschreckt und ängstigt mich. Es ist ein Dschungel der Barbarei. Wahrscheinlich kehre ich deswegen zu Allendy zurück. Sein Fenster steht offen wie ein Hafen. Ich sehe die Bücherregale. Während ich auf der Straße stehe, stelle ich mir seine ruhige Stimme vor, sein freundliches Lachen, seine einfühlende Art. Ich sehne mich nach Frieden, so als wäre die Welt von Henry und June ein Flimmern der Hölle.

Eine Hälfte von mir entgeht Allendy, rebelliert gegen ihn. Ich rebelliere gegen Weisheit und Sublimierung. Der Konflikt ist um so größer, als jeder Mensch in seiner eigenen Rolle und seinem Wertsystem stark ist. Allendy ist gewiß eine königliche Erscheinung, ein furchtloser Wissenschaftler, ein Gelehrter, ein Mensch, der Wissenschaft und Mystik zu vereinen trachtet; ein Führer, ein Lehrer, ein Heilender. Und Henry ist sein Gegensatz. Henry ist ein Sinnenmensch, ein Anarchist, ein Abenteurer, ein Zuhälter, ein verrücktes Genie. Die strenge Nüchternheit von Allendys Leben bringt mich zur Verzweiflung. Ich gehe auf und ab vor diesem Haus wie andere Leute vielleicht vor der Kirche. Ich rauche. Mein Gesicht ist blaß. *Ich fühle mich wie June.* Er da drinnen spricht von höheren Sphären, kühleren Sphären, aus denen Mitgefühl und Hellsichtigkeit niedertauen. Hier füllt er Dramen ab in die Flaschen des Alchimisten, destilliert, macht Notizen.

Ich muß meine Kraft ausströmen lassen, in einer Richtung.

»*J'ai été bon quelquefois. Je ne m'en félicite pas. J'ai été méchant souvent; je ne m'en repens pas*«, schreibt Gauguin.

Clichy. June, Henry und ich. June und ich sitzen auf Henrys Bett. Henry sitzt vor seinem Tisch, der mit Papieren, Büchern und Notizbüchern bedeckt ist. Wir besprechen das finanzielle Problem der Veröffentlichung seiner Bücher. Kahane verlangt Geld. Ich verspreche, das Geld aufzubringen. June macht sinnlose, unlogische Bemerkungen. Das Gespräch versiegt, wird irrational, wirr. Ich vermute, daß June eifersüchtig ist, weil ich Henry bei seinen Büchern unterstütze, und schlage vor, daß sie versuchen soll, das Geld in New York aufzubringen. Henry ist zuerst ganz Geduld. »Hör zu, June, du siehst das nicht klar.«

»Du siehst nicht klar«, sagt June.

Wenn sie sich gegenseitig genug durcheinandergebracht haben, lassen wir den Gegenstand fallen. Henry sagt ganz ruhig und freundlich: »Ich kann hier nicht arbeiten, June. Ich werde für ein paar Tage nach Louveciennes gehen. Du verstehst. Dies ist die wichtigste Periode in meinem Leben als Schriftsteller.«

»Du brauchst nicht fortzulaufen, Henry. Ich gehe schon. Ich gehe zurück nach New York, sobald ich das Geld dafür habe. Heute nacht werde ich bei Freunden bleiben.« In ihren Augen stehen Tränen.

»Um das geht es nicht«, sagt Henry. »Ich verlange nicht, daß du abreist, nur daß du mich allein läßt. Ich kann nicht arbeiten, wenn du dabei bist. Ich kann nicht arbeiten, June. Und in diesem Augenblick muß ich mich rücksichtslos selbst schützen. Um dieses Buch fertig zu schreiben, könnte ich ein Verbrechen begehen.«

Hier riß der Faden wieder. June weinte hysterisch, ihr ganzer Körper wurde geschüttelt, sie tobte, Henry sei kein menschliches Wesen, sie müsse ihn bekämpfen, um sich gegen ihn zu schützen, und wenn sie bliebe, würde sie sich umbringen oder sonst etwas Verrücktes tun.

Ich beruhige June, streichle ihren Arm. Auch Henry weint, ganz sentimental. Ein schreckliches Wissen blitzt in June auf. »Henry, in mancher Beziehung bist du gut, und ich begreife es nicht, aber in mancher Beziehung so schlecht, daß ich rasend werde. Etwas ist in dir, was ich nicht fasse. Ich kann nicht die Sklavin deiner Einfälle sein, du bist ein zu geistiger Mensch. Ich bin nicht die richtige Frau für dich.«

Sie schluchzt fassungslos vor sich hin. Sie verläßt das Zimmer. Ich folge ihr. Im dunklen, fensterlosen Badezimmer wird sie von Schluchzen geschüttelt. Ich nehme sie in meine Arme. Ich liebkose ihr Haar, als wäre sie ein Kind. Ihre Tränen fallen in meinen Nacken. Ich bin von Mitleid überwältigt. Sie klammert sich an mich. Ich streichle sie, bis sie ruhig wird. Ich gehe hinaus, damit sie sich das Gesicht waschen kann. Indessen kehre ich zu Henry zurück, und wir sprechen über sein Werk. June kommt wieder, beruhigt. Ich stehe auf und will gehen. Sie sagt zu Henry, er solle etwas zu essen kaufen und mich zu einem Taxistand bringen. Henry und ich gehen zehn Häuserblöcke weit und sprechen über das Kind June und wie man ihr helfen könnte. Ich schlage vor, daß ich sie oft mit mir nehmen werde, damit Henry Ruhe hat. Er weiß, daß June mich mit ihren Reden langweilt. Früher hätte er, sagt er, sein Leben dafür gegeben, eine einsichtige June zu sehen und zu hören, die um seine Liebe bittet, aber jetzt bedeutet es nichts mehr für ihn. Alles, was sie sagt, um ihm zu gefallen, zeige nur, wie verwirrt sie ist in ihrem Denken, ihrer Einschätzung seiner Bedeutung und seines Wertes, und daß sie gar nicht mehr unterscheiden könne, ob sie mit dem, was sie sagt, ihn lobe oder ihn verfluche. Als sie am vergangenen Abend nach Hause gekommen sei, habe sie gesagt: »Ich glaube, du bist der wahrhaftigste Mensch auf Erden.«

Es ist mir unvergeßlich, wie schön June war, als sie auf Henrys Bett saß und das blonde Haar ihr über die Schultern fiel – ich fühlte, welches Unheil es war, daß eine solche Schönheit Worte spricht, auf die Henry nur antwortet: »Das sind Dummheiten, ich nehme sie nicht ernst.«

June und ich gingen spazieren, das tote Laub raschelte unter unseren Schritten wie Papier. Sie weinte über das Ende eines Zyklus. Wie man aus einem abgeschlossenen Zyklus des Lebens ausgestoßen wird, und wie schwer dieser Sprung ist – mit dem man heraustritt aus Vertrauen und Liebe, während man das Vertrauen doch wiedergewinnen und die Leidenschaft erneuern möchte. Der Kampf, durch den man aus der Vergangenheit auftaucht, von Erinnerungen frei; wie unbegabt unser Herz dazu ist, Leben in getrennte, in sich abgeschlossene Teile zu gliedern; die Qual aus dieser ständigen Überlagerung und Verfilzung der Gefühle; die Sehnsucht an den Grenzen, an denen wir verweilen wie vor verschlossenen Türen, ehe wir einen Schritt weitergehen; der Kampf gegen Auflösung, gegen Neubeginn, gegen die Endlichkeit in einem Prozeß ohne Endlichkeit und Ende in unserem Wesen, das dazu verdammt ist, immer wieder zurückzufallen... Ich sah zu, wie ihre Liebe zu Henry in sich zusammenfiel.

Es quälte mich, zu erleben, daß June dem Leben nicht gewachsen war, wie sie bemitleidenswerte Versuche unternahm, den Vorgang zu rationalisieren, ihre Gefühle in Ordnung zu bringen, zu verstehen. Sie sprach fiebrig: »Ich wollte Henry einmal beichten«, sagte sie, »wie einem Priester. Ich war in einer heiligmäßigen Stimmung. Ich sah in ihm einen Heiligen. Vor seinem Blick blieb mir das Wort im Halse stecken. Von diesem Augenblick an wäre es mir gleichgültig gewesen, wenn man ihn mir tot auf der Bahre gebracht hätte. Er kann mich nicht mehr verletzen.«

Während wir so gingen, lebte sie auf und tauchte aus ihrem Schmerz ein wenig empor. »Ich fühle mich so in Harmonie mit dir, Anaïs«, sagte sie – das sind Henrys Worte. Bin ich nur ein Medium für Klarheit und Harmonie, in dem andere sich finden, in dem jeder sein potentielles Selbst, seine eigene Vision entdeckt? »Ich bin nicht falsch«, sagte sie, »Henry ist es. Er redet über meine Falschheit, aber er ist falsch und wetterwendisch.«

Mir wurde klar, welche Verwüstungen Henrys literarische Erfindungen in Junes armem, flackerndem Geist angerichtet haben. Alles, was er geschrieben, gesagt, verzerrt, übertrieben hat, verwirrt sie, erschüttert ihre Persönlichkeit, ihr eigenes Urteil. Nun steht sie vor dem riesigen Block von Henrys Werk und weiß nicht, ob sie eine Prostituierte, eine Göttin, eine Verbrecherin oder eine Heilige ist.

Henry verbrennt sich in seinem Werk; er hat keine Zeit für June. Ich falle in meine Arbeit zurück. Henry telefoniert mit mir, schickt mir haufenweise seine Manuskripte, und ich versuche, seinen Gedanken zu folgen. Er spannt einen ungeheuren Bogen. D. H. Lawrence, Joyce, Elie Faure, Dostojewski, Keyserling. Er bestätigt sich selbst als Denker; er bestätigt seine Seriosität. Er ist es müde, nur als »Fud-Maler« zu gelten, als Experimentator, als Revolutionär. Nach Freds Meinung sind an seinen Büchern nur die Obszönitäten interessant.

Allendys Fotografie zu betrachten, macht mich traurig. Immer stehe ich zwischen zwei Welten, immer in einem Konflikt. Manchmal würde ich gern irgendwo bleiben, meinen Frieden haben, einen Schlupfwinkel suchen, eine endgültige Wahl treffen, aber ich kann es nicht. Eine namenlose, unbeschreibbare Furcht und Angst halten mich in Bewegung. An Abenden wie heute wäre ich gern ein Ganzes. Aber nur mein halbes Ich sitzt am Kamin, nur meine Hände nähen. Mich bedrückt die Sorge um June, obwohl ich weiß, daß June Henry mehr Böses als Gutes tut.

Eine Bar. June ist gut aufgelegt und macht sich über Henrys Geistigkeit lustig, über seine Passivität im Leben, seinen literarischen *esprit d'escalier*. »Er ist ganz tot, weißt du, Anaïs, emotionell und sexuell.« Mit welchem Vergnügen sie sich gegenseitig morden! Ich muß versuchen, June auf andere Gedanken zu bringen, sie von den Drogen abzulenken. Ich erzähle ihr mein ganzes Leben, und sie erzählt mir das ihre. Welche Geschichten! Sie staunt, daß ich ganz in der Nähe von Lawrence war, in Südfrankreich, und es nicht wagte, zu ihm zu gehen. »Aber wer bin ich? Was hätte ich ihm zu sagen gehabt?« fragte ich June. Und vor dem Hause von René Lalou traf ich André Gide in seinem dunklen Cape. Und June erzählt mir von Ossip Zadkine und seinen seltsamen Statuen und wie er sie begehrte und ihr eine Statue zum Verkauf in Amerika gab.

Wir tanzen auf unserer Ironie wie auf glühenden Kohlen.

»Ich liebe dich in deinem einfachen Regenmantel und Filzhut, Anaïs.«

Vor Allendys Haus küßte sie meinen Nacken. Und immer, wenn wir uns verabschieden, hat sie diesen Blick einer Ertrinkenden.

»Ich suche jetzt jemanden, auf den ich mich stützen kann«, sagt June. »Auf Henry kann ich mich nicht länger stützen.«

Wie ich mich auf Allendy stütze? Mit kindlichem Respekt? Ich erzähle ihr von Allendy. »Ich möchte meine Tollheit nicht loswerden.« Ich versuche ihr zu erklären, daß der Schriftsteller ein Duellant ist, der sich nie zur vereinbarten Stunde schlägt, sondern eine Beleidigung aufbewahrt, wie ein anderer Kuriositäten sammelt, sie später auf seinem Tisch ausbreitet, um dann ein Duell in Worten zu beginnen. Manche Leute nennen das Schwäche. Ich nenne es Aufschub. Was für den Menschen eine Schwäche ist, wird für den Schriftsteller eine Qualität, denn was er aufbewahrt, sammelt, explodiert später in seinem Werk. Daher ist der Schriftsteller der einsamste Mensch der Welt; er lebt, kämpft und stirbt allein und wird allein wiedergeboren; alle seine Rollen spielt er hinter einem Vorhang. Im Leben ist er eine unpassende Figur. Um einen Schriftsteller zu beurteilen, muß man sein Werk ebenso lieben wie den Menschen. Die meisten Frauen lieben nur den Mann.

Wenn ich auf diese Weise spreche, bin ich sicher, daß June sofort zu Henry stürzt und ihm alles erzählt (ein unsigniertes Kunstwerk, denn sie gibt die Gedanken bestimmt für ihre eigenen aus).

Ein zerredeter Abend. Gedanken, vor June ausgebreitet, an die ich mich morgen nicht mehr erinnern werde. Einfluß von Jazz. Wenn ich eine Bar oder ein Kabarett betrete, empfange ich, ehe mir noch der Kellner den Mantel abgenommen hat, eine solche Flut von Eindrücken, von der Schönheit der Frauen, dem Magnetismus der Männer, den hellen Lichtern, daß ich mich wie ein Betrunkener am liebsten unter dem Tisch verkriechen möchte. Wie leicht schlittere ich den Hang einer schneeweichen Stimme hinab, versinke in samtigen Augen, löse mich auf in Musik.

June und ich ruhen in diesem Bedürfnis nach Wärme und Liebe. Geschenke, Schmeicheleien, Worte, Verehrung, Weihrauch, Blumen, Parfüm.

Wir betraten ein Tanzlokal und fanden eine unerwartete Vornehmheit und Förmlichkeit. Abendkleider, Champagner in Kübeln, weißbejackte Kellner, gedämpfter Jazz. Sollten wir umkehren? In Junes Augen sah ich Herausforderung. Sie möchte die Welt herausfordern, die Gesellschaft beleidigen, weil sich Henry an ein Buch verschenkt und sich von uns beiden abgewendet hat.

Wir vergaßen die Förmlichkeit des Lokals, unterhielten uns, über den kleinen Tisch gelehnt, June strahlend, prophetisch und eloquent – ein Kampf, ein herrlicher Kampf für beide. Ich wüßte gern, ob sie in New York einen Geliebten hat.

Wir brauchen einander. Zu manchen Zeiten wissen wir nicht, welche von uns das Kind ist, welche die Mutter, welche die Schwester, welche die ältere, weise Freundin; wer abhängig ist und wer wen beschützt. Wir leben in einer verrückten Schwingung und wissen nicht, was wir voneinander wollen. Diesmal war es June, die sagte: »Ich möchte mit dir tanzen.« Sie war es, die mich führte, sie war stark, und ich war nachgiebig und leicht. Wir glitten durch die letzten Takte einer Jazznummer, die verebbte, sich verhauchte und starb. Die Männer saßen noch steifer als ihre Oberhemden auf ihren Stühlen. Die Frauen preßten dünne Lippen aufeinander. Die Musiker lächelten, mild und maliziös, und hatten ihre Freude an dem Spektakel, das auf die vornehme Abendgesellschaft wie ein Schlag ins Gesicht wirkte. Sie konnten es sich nicht verbeißen, auszurufen, wie schön wir zusammen seien. June, dunkel und geheimnisvoll unter dem Rand ihres Greta-Garbo-Hutes und dem schweren Cape, von tragischer Blässe, und ich in allem ihr Gegensatz. Die Musiker grinsten. Die Männer fühlten sich beleidigt. Am Tisch wartete schon ein Kellner, um uns zu sagen, daß wir nicht wieder tanzen dürften. Darauf verlangte ich wie ein Grandseigneur die Rechnung, und wir verließen das Lokal. Ich schmeckte den beißenden Geschmack der Rebellion auf meinen Lippen.

Wir gehen in das Cabaret Fétiche. Dort sind die Männer und Frauen unmaskiert, natürlich. Wir sind keine Außenseiter. Männer versuchen, unsere Aufmerksamkeit zu erwecken. June antwortet. Ich bin starr vor Eifersucht. June spricht. Sie erzählt mir alle Geschichten, die Henry schon erzählt hat, aber von der anderen Seite her. Sie passen in keinem Punkt zusammen. Jede Szene wird auf andere Weise rekonstruiert. Es ist Henry, der sie gewöhnlich und gemein gemacht hat. Sie ist feinsinnig und delikat. Henry ist untreu und liebt andere Frauen vor ihren Augen. Henry hält sie für eine femme fatale, weil er sie so haben möchte; er ist es, der sie zu den übelsten Dingen verführt. Slang zu sprechen, hat sie erst von Henry gelernt. »Henry wünscht sich kein menschliches Leben, Anaïs, kein menschliches Glück. Ich weiß, daß er es nicht wünscht. Er wünscht sich Dramatik, Wildheit, Fieber, Erregung. Ich mußte alles das für ihn tun, wozu er nicht den Mut hat. Er ist schüchtern, ängstlich. Ich mußte ihm die Dostojewski-Figuren bringen. Aber er ist nicht Dostojewski. Er hat nicht den *Blick* dafür. Als Mensch ist Henry ein Niemand; er ist treulos. Er haßt mich für alles, was er mir verdankt; er hat schlechten Gebrauch davon gemacht. Er ist weder realistisch noch phantastisch genug.«

Ihr Wahrsagerinnen-Blick und das kühne Vorspringen ihres Profils. Wir sind beide betrunken, und sie erzählt von irgend jemandem in New York. Ein ganz außerordentlicher Mann. Liebt sie ihn? Sie ist so unsicher, als wäre jedes Wort, das sie preisgibt, eine Kapitulation vor dem Feind. Fürchtet sie, daß ich mein Wissen dazu mißbrauche, Henry von ihr abzuwenden?

Sie beklagt sich, daß sie keine großen Liebhaber gefunden hat, sondern nur Egoisten, die in ihr eine Erweiterung ihres Selbst suchen.

Es scheint mir, als erspähte ich durch Nebel und Hirngespinste einen Henry der Vergangenheit, einen anderen als jenen, den ich kenne.

»Ich hatte erwartet, daß Henry aus meinem Leben etwas Wunderbares macht, aus meinen Geschichten, meinen Freunden, daß er sie steigert, vollkommener werden läßt. Statt dessen macht er alles klein, gewöhnlich, schäbig, häßlich...«

Sie hatte sich gewünscht, in all ihrer Großartigkeit und Fülle und Wildheit in die Literatur einzugehen.

»Ich werde eine große Figur aus dir machen, June, ein Bild, das dir gefallen wird.«

»Aber nicht wie das Gedicht ›House of Incest‹, das verstehe ich nicht. Das bin nicht ich.«

Mich kann Henry in keine Schablone zwängen; ich mache meine eigene. Und ich kann auch mein eigenes Bild zeichnen.

»Als ich aus New York kam«, sagt June plötzlich, »war ich überzeugt, daß du Henrys Freundin geworden seist und so tun würdest, als ob du mich liebtest, um für Henry zu spionieren.«

Ich erinnere mich, daß ich zu Henry gesagt hatte: »Wenn ich herausfinden sollte, daß June dich nicht liebt...«

»Und jetzt?« Ich blicke ihr in die Augen, während ich frage, und meine eigenen füllen sich mit Tränen des Schuldbewußtseins. June hält sie für ein Zeichen von Liebe, ist gerührt und tastet nach meiner Hand. »Ich vertraue dir.«

Sie spricht schwärmerisch von ihren zwei Jahren mit George, der schön wie ein Gott, jedoch oberflächlich ist. »Ich wollte ihn wahnsinnig lieben, aber ich kann nicht. Und wie auch immer, Henry braucht mich zu sehr. Ohne mich stagniert er.«

Ich vermöchte nicht zu sagen, ob ich Zeugin der Äußerungen einer großen Liebe werde oder einer unheilbaren Besessenheit.

»Henry kam mir gestern vor wie eine Puppe, die absurde und sinnlose Gesten macht. Er kann mich nicht rühren.«

Henry sagte zu June, daß die Opfer, die sie für ihn bringe, zu ihrer Größe beitragen und daß er ihr daher nichts schuldig sei.

»Wie ist dir zumute gewesen, als du ihm deine Schreibmaschine gabst und mit der Hand schriebst und er sie ins Pfandhaus trug, um für uns alle Drinks zu kaufen? War es dir gleichgültig?«

Steckt hinter diesen Fragen, mit denen sie Henrys Sorglosigkeit verleumdet, Absicht? Ich erinnere mich an Henrys Warnungen: »Sie wird versuchen, dich gegen mich aufzubringen.«

Clichy. June, Fred und Henry; wir essen in der Küche. Henry kritisiert einen meiner Sätze. So könne man das auf Englisch nicht sagen. Ich verteidige mich. Ich erzähle einen Traum, in dem ich mit Pilzen bedeckt war.

»Das überrascht mich nicht«, sagt Henry, »du bestehst ja aus esoterischen Substanzen.«

»Und Henry haßt intelligente, exotische Frauen«, sagt June.

»*Le fiancé des bonnes*«, sagt Fred boshaft.

Das erinnert mich an meinen Vater, der auch die Dienstmädchen nicht in Ruhe lassen konnte, und ich werde steif.

Das Gespräch setzt sich fort mit Wortspielen, Neckereien, Hänseleien, Witzen, Duellen, Anspielungen. Abstrakte Rauschgifte. June verliert an Boden und trinkt immer öfter vom Pernod. Die Grausamkeiten nehmen zu. Einmal, in der Auseinandersetzung, sagt Henry: »Stelle dich nicht gegen mich, Anaïs« – so demütig, bittend, als wäre er ein Kind. June spricht wirr,

Fred stichelt. Auch Henry ist betrunken. Er schüttelt seinen Kopf wie ein Bär, den jeder führen und tanzen lassen kann. Er würde tanzen und grunzen. June hetzt ihn mit einer unbegreiflichen Wildheit.

Das Gespräch endet, weil Henry sich nicht wohl fühlt und sich hinlegen muß. June ist aufgeregt. Henry liegt auf seinem Bett, und sie kann ihn nicht dazu überreden, etwas zu nehmen, was ihm gegen seine Trunkenheit helfen würde. Sie gibt mir das Glas und bittet mich, daß ich es versuche. Ich dachte, daß sie meinen Einfluß auf ihn erproben wollte, aber es ging ihr offenbar mehr darum, mit Fred allein zu bleiben, denn als ich Henry das Mittel gegeben hatte und in die Küche zurückkehrte, sah ich hinter dem Milchglas der Tür ihre Köpfe nebeneinander, und als ich die Tür öffnete, hörte ich, wie sie auseinanderfuhren. Der Lippenstift an Junes Mund war verschmiert. Sie saß da, die Schenkel weit gespreizt, den Rock weit über den Knien, mit hängenden Schultern. Der Anblick Junes, aufgelöst, ungekämmt, das Gesicht von Trunkenheit aufgeschwemmt, war mir unerträglich. Ich blickte sie vorwurfsvoll an. Sie fühlte mein Elend und phantasierte vor sich hin. »Ich liebe dich, Anaïs, du bist grausam und klug, ihr seid alle grausam und klug, daher muß ich mich betrinken. Ich bin fürchterlich betrunken.« Sie taumelte auf mich zu, fiel fast auf mich. Ich fing sie auf. Ihre Augen tränten. Ich brachte sie zu Bett. Sie war zu schwer für mich. (Das Bild, das wir darboten, June über mir, hätte einen Beobachter sehr zum Lachen gebracht.) So schwankten wir in Henrys Zimmer. Er wachte auf. Er half mir, June auf das Bett zu legen. Sie lachte. Dann weinte sie. Und dann begann sie zu erbrechen. Ich preßte ein feuchtes Handtuch auf ihre Stirn. Sie riß es ab und warf es nach mir. »Ich wollte immer so betrunken sein wie du, Henry«, lallte sie. »Jetzt bin ich es. Ich habe dir deinen Rausch weggenommen.« In Wirklichkeit ist sie aber nicht betrunken genug, um nichts mehr zu denken. Und was an die Oberfläche steigt, sind ihre Ängste, ihre Zweifel, ihr Mißtrauen, ihr kindisches Verlangen, beschützt zu werden, ihre Selbstverdammung. »Oh, Henry und Anaïs, ihr seid beide so grausam und so geschickt. Geschickt und grausam. Ich habe Angst vor euch. Wo ist George? George! Vor dir habe ich keine Angst. Ich bin so krank, so verdorben. Laßt mich allein. Anaïs, komm mir nicht zu nahe. Es ist schrecklich, ich bin so schrecklich krank und müde. Ich möchte Ruhe haben. Wollt ihr mich nicht in Frieden lassen? Ich möchte Frieden haben. Anaïs. Ich liebe dich.

Trockne mir das Gesicht. Gib mir ein ganz, ganz kaltes Tuch. Verschwinde. Faul. Es riecht faul.«

Henry wischt schwankend den Boden auf, spült die Tücher. Er ist verschreckt, durcheinander, noch nicht nüchtern. Mir dreht es die Seele um: Ich möchte alles loswerden, mein ganzes Leben, alles, was ich gehört, gesehen habe, alle Illusionen, Phantasien, Abenteuer, Drinks, Orgien, Sensationen.

June glaubt, daß mein Ernst ein Vorwurf, ein moralisches Urteil ist. Aber das ist es nicht. Es ist Abscheu vor Häßlichkeit. Vor einer June, die sich in ihrem schwarzen Satinkleid in ihrem Auswurf wälzt. Häßlichkeit und Leere. Schmerzliche Leere. June erbricht, und mir ist, als speie ich mein ganzes Leben aus, den wirklichen Wein, die wirklichen Körper, die wirklichen Küsse, die wirklichen Cafés, die wirkliche Küche, die äußeren Ekstasen. Ich sehne mich nach den Ekstasen der Kunst, nach Lektüre, Musik, Philosophie, Meditation; ich sehne mich nach dem Zimmer, das ich durch ein offenes Fenster sah, von Büchern umstellt, über dem Leben schwebend, wo nie der Bodensatz aufbricht, wo Landungen keine Bruchlandungen sind. June sieht in meinem Ernst Strenge, aber das ist es nicht. Ich lege ihr kalte Tücher auf die Stirn. Ich beruhige sie. Ich sage, daß ich nicht grausam bin, daß ich sie liebe. June schnarcht. Ich lege mich neben sie, ganz angekleidet, im Mantel. Henry bringt uns Kaffee. June trinkt langsam. Es ist früher Morgen. »Kommst du heute abend wieder?« fragt sie mich.

Ich sehne mich nach meiner Einsamkeit, meinem Frieden, der Schönheit meines Hauses; ich möchte meine Leichtigkeit und meine Freudigkeit wiedergewinnen. Ekstasen ohne Katzenjammer, ohne Erbrechen. June begleitet mich zum Bahnhof. Sie kauft Veilchen für mich. Ich werfe sie im Zug unter die Bank.

June widerruft die Geschichte mit George – sie hätte sie nur erfunden, sagt sie, weil ich so viele interessante Erlebnisse gehabt hätte und sie keine

Als ich ihr erklärte, ich könne am nächsten Abend nicht wieder nach Clichy kommen, weil ich dazu einfach nicht die Energie hätte, lachte sie mich aus. Ich konnte ihr nicht erklären, daß ich zu meinem Tagebuch heimkehre, um mein letztes Bild von June aufzuzeichnen, wie wir zum Bahnhof gehen und unsere Sandalen im Gleichklang klappern: ich konnte ihr nicht erklären, daß etwas zerbrochen war, daß in mir der Rückzug begann.

Morgen werde ich wieder nach Clichy gehen. Ich werde nach Clichy gehen, aber nicht bleiben. Es wird mich nicht verschlingen. Henrys Passivität, seine Art, Junes Handeln nur zu beobachten, die Szenen mit June zu vermeiden, trübt mein Bild von ihm. Ich möchte sie in meinem Leben haben, aber ich wünsche nicht, ihr Leben zu leben. Ich kann ihnen auch nicht länger dabei helfen, sich zu zerstören. Sie verneinen einander. Henry behauptet, June sei eine mannstolle Frau, die ihn quält und seinen romantischen Glauben, seine romantische Liebe zerstört habe. Er beschreibt ihre Dreistigkeit, ihre Härte, ihre Gefühllosigkeit und seine Illusionen. Er berichtet von einer June, die er zur Literatur hingeführt, aus den Tanzlokalen des Broadway gerettet hat, eine bekehrte Sünderin. June ihrerseits versichert, sie sei romantisch und rein gewesen, als sie Henry traf, und kein Mann hätte sie verführen können; sie habe ihn mit Strindberg bekannt gemacht und mit Dostojewski, Nietzsche, Elie Faure. Auch übertreffe sie ihn sehr bald in allem, was er ihr beibringe, wachse über ihn hinaus. Henry wünsche sie einmal als Kind zu sehen, einmal als Frau, einmal als Hure, und um ihr eigenes Wesen kümmere er sich nicht. Vor seinen zynischen Sexgesprächen und Hurereien habe sie sich in Geschichten von phantastischen Abenteuern geflüchtet. Sein Realismus sei es gewesen, seine unverblümte Ausdrucksweise, die sie in die Phantasie trieben, um der Entwürdigung durch ihn zu entgehen. June sagt, Henry lebe von ihr und merke ihren Einfluß gar nicht. Sie bringe ihm reiche, fast unvergleichliche Erfahrungen, die er jedoch meistens nicht erfassen und begreifen könne. Es ist wahr, daß Henrys Beschreibungen von ihrem Leben im Village, von den Kneipen, den Freunden, die sie hatten, von Junes einander widersprechenden Geschichten nur von außen gesehen werden und daß Henry nie nach ihrer Bedeutung fragt. Aber das gilt für jetzt. Und ebenso wahr ist, daß June, als sie die poetischen Beschreibungen las, die ich von ihr in meinem langen Prosagedicht gemacht habe, sie nicht verstand. Es ist wahr, daß sie weder Henry noch sich selbst versteht, daß sie beide aus dem Unbewußten leben, instinktiv und blind handeln. Es ist wahr, daß June helle Augenblicke hat, scharfe und tiefe Einsichten, aber sie wechseln ab mit Finsternissen, und ihr Tun muß übersetzt werden, man muß das Symbolische daran erkennen – Symbolismus ist aber etwas, wovon Henry nichts versteht. Sie brauchen einen Übersetzer!

Als ich in Clichy auf Henrys Bett saß, habe ich nichts anderes getan, als sie einander übersetzt. June war in einsichtiger Stimmung und sprach ruhig. Ich sagte Henry, daß er von sich selbst sehr wenig wisse und daß dies der Grund sei, warum er die Welt nicht verstehe. Ich zitierte June. »Jetzt erzählst du mir was«, sagte Henry. June applaudierte, als ich von seiner Ichbezogenheit sprach, von der Überselbstbestätigung in seinen Büchern, seiner Mittelosigkeit: Er lebt immer in Reaktionen auf andere Menschen, nie aus starkem eigenen Willen; er lebe negativ, sagte ich, immer entweder im Größenwahn oder in Minderwertigkeitskomplexen. Wissen um sich selbst sei die Wurzel von Verständnis und Weisheit. Henry mißhandelt June, weil er seine Mutter neurotisch liebte und haßte, weil er die Frau braucht und gleichzeitig verachtet. Ob er sich in seinem Werk heilen würde? Ob sein Werk letztlich dieselbe Schwäche aufweisen würde wie das von Joyce, Lawrence und Proust: monströse Auswüchse des Ego? Ich griff alles an, freilich taktvoller, als ich es hier aufschreibe. Ich spielte Allendy für Henry, wies auf seine Abhängigkeit von der Kritik und Meinung anderer hin, zeigte, wie er sich nie an etwas mißt, sondern immer gegen etwas, hob sein Bedürfnis nach ständig erneuerter Erfahrung hervor, die unverdaut bleibt; sein Bedürfnis nach ständigem Gerede, statt nach Erkenntnis. Angefangen hatte das alles mit einem Gespräch über die Disziplinlosigkeit seines Stils. Er sei, sagte er, sich immer voraus und kehre zu seinen fertigen Büchern zurück und füge hinzu und schreibe sie weiter, denn jeder Tag bringe einen neuen Ton, einen neuen Akzent. Meinem Gefühl nach häuft er zu viele Fakten und wird durch ihr Gewicht behindert. Sie verstellen die Wirklichkeit. Er war voller Dissonanzen.

Dann verließ Henry uns, um für das Abendessen einzukaufen, und June und ich blieben allein. Sie sagte, ich sei wundervoll gewesen. Zum erstenmal hätte jemand zu Henry gesprochen, ohne an ihm vorbeizureden; ich hätte weder zu tief noch zu hoch gezielt; und auch ihr hätte ich dabei sehr geholfen. Alle unsere fragmentarischen Gespräche, unsere kurzen Zusammenkünfte, seien zu einem Monolog zusammengefaßt worden, und ich hätte ihn gesprochen, als hörte ich im Traum June reden, keine hysterische June mehr, die lediglich explodiert, sondern die ruhig spricht, sanft, vernünftig, selbstbewußt, klar, weise.

»Anaïs, ich bin sexuell tot. Ich habe mich verbrannt, in einem großen Glauben, einer großen Illusion. Henry verliert sogar seine Mannheit. Ich merke es an seiner Umarmung. Ich fühle, es ist nicht so, daß er mich nicht brauchen würde – er braucht überhaupt keine Frau.«

»Vielleicht, weil er viel arbeitet. Als ich mein Buch über Lawrence schrieb, war mein Körper zwei Wochen tot.«

»Oh, das ist es nicht. Das kenne ich. Es ist etwas anderes. Aber ich möchte nicht mit ihm darüber reden. Er ist so gestopft voll mit Komplexen, ich möchte keine hinzufügen.«

Wenn June sich beklagt, weint sie immer über einen toten Henry. Es gibt aber einen anderen Henry, der lebt und glücklich ist. Sie beklagt sich, daß Henry ihr nie Zutrauen geschenkt hat. Er ist unmenschlich, vielleicht aus Selbstverteidigung gegen ihren Willen.

Das Fehlen einer muskularen Struktur im weiblichen Denken macht Henry mißtrauisch. Aber gerade bevor June kam, hatte er angefangen, meinen Intuitionen zu trauen. Es ist diese feminine Art des Denkens, die von der Psychoanalyse zur Klarheit gebracht wird, und ich bin jetzt besser fähig, zu erklären, was ich fühle.

June hat eine merkwürdige Art, Werte durcheinanderzuwerfen, im selben Atemzug von Dostojewski und Greta Garbo zu sprechen, von Proust und irgendeiner Figur aus dem Village wie Max Bodenheim. Literatur ist für sie eine Art Schmuck. Henry schrieb: »Sie trägt sie wie Federn am Hut.« Aber was Allendy mir gesagt hat, das versteht sie.

Einmal, als sie in einer rührenden Weise von ihrem Glauben und der Ganzheit ihrer Liebe zu Henry sprach, lehnte ich meinen Kopf an ihre Knie und sagte: »June, ich verehre dich.«

»Ich möchte nicht verehrt, sondern verstanden werden«, sagte sie.

Auch Henry schreit danach: »Ich möchte verstanden werden!« Verständnis scheint Mangelware zu sein. Es ist, als hätte ich mein ganzes Leben von der Kindheit an nur gelebt, um diese eine Fähigkeit zu erlangen, die ihnen fehlt; als hätte ich die Bedeutung aller Dinge erlernen müssen, um diese Masse von Fakten und Erfahrung zu bewältigen und sie ihnen erklären zu können.

Der Ton, in dem sie miteinander sprechen, fällt mir auf: Es klingt immer wie eine Abdankungsformel, ein Testament. Warum? Sie sagt mir, was ich für Henry tun soll und was nicht. Welche Meinung hat sie sich gebildet, während sie Henry und mir zuhörte? Ist ihr bewußt, wie wenig sie Henry und sich selbst versteht, wie hoffnungslos es ist, daß sie sich jemals verstehen werden? Ist ihr bewußt geworden, wie tief meine Freundschaft mit Henry ist? Hat sie ihn aufgegeben? Der Zwiespalt zwischen ihnen kommt immer heftiger zum Vorschein. Sie mischt hinterlistige Bemerkungen mit freundlichen, immer mit der Absicht, Henry als Autor zu vernichten, ebenso für mich wie für sie. War es eine gute Absicht, die sie sagen ließ: »Heute hast du bewiesen, daß du klüger bist als Henry. Laß dir von ihm nicht dein Werk und dein Wesen zerstören. Denke immer daran, daß deine Arbeit zuerst kommt.«

War das frauliche Loyalität? Eine Prophezeiung? Wollte sie damit sagen, daß Henry sie zerstört hat? Aber das war etwas anderes. Bei ihnen war es Liebe.

»Aber er kann dich als Autorin schädigen, wie er mich als Frau geschädigt hat, indem er immer nur nimmt und nie gibt.«

Es wird mir nie gelingen, alles aufzuschreiben, was in dieser Nacht gesprochen wurde, welche Worte wir gesagt haben. Ich hatte den Eindruck, daß June sich in unpersönlichere Sphären zurückzieht, daß sie die persönliche Eifersucht ausschaltet und meine Freundschaft mit Henry und seine für mich akzeptiert.

June trug ihr Haar lose. Sie saß auf dem Bettrand und rauchte.

»Du bist so jung und voller Vertrauen. Dein Körper ist so jung, so schmächtig, so weiß.«

In dieser Nacht bekam jede Feststellung ein eigenartiges Gewicht – von Schwermut, Gewährenlassen, einer Niederlage. Ich spürte geradezu, wie sie von gespenstischen Symbolen verfolgt wurde, wie sie ihre eigene verlorene Jugend und Frische in mir wieder auferstehen sah. Ich erinnere mich an einen Satz, den sie in Verzweiflung sprach: »Warum habe ich einen so plumpen, irdischen Körper, Anaïs? Ich bin nicht irdisch und plump.«

»Aber, June, Henry liebt deinen irdischen Körper. Und ich liebe dich, wie du bist. Ich möchte so sein wie du.«

Ihr Wunsch, sich selbst zu entfliehen, war so stark wie der meine, in ihren Körper zu schlüpfen, sie zu werden. Beide verachten wir unser Ich und möchten die andere sein.

Wir sprachen bis zum frühen Morgen, rauchten, und June ging manchmal ein paar Schritte auf und ab.

»Ich habe immer eine Menge nachgedacht«, sagte Henry, »aber es fehlte eine Achse. Und was war diese fehlende Achse? Es war, wie du sagtest, mein Selbstverständnis. Deine Vision von mir ist es, die mich kraftvoll zusammenhält. Du hast alle unwichtigen Details ausgesondert. Du hast dich nicht verwirren lassen wie June und gibst meinen Handlungen und Erfahrungen die richtige Proportion.«

Als ich ihn wiedersah, arbeitete er an einem Essay ›Form und Sprache‹, und ich las die Seiten, wie er sie aus der Maschine nahm. Wir sprachen endlos über sein Werk, Henry wie immer überfließend, überschwenglich, überquellend, weit ausholend und zerstreut, und ich verwob wie immer unerbittlich die Fäden. Am Ende lachte er über meine Zähigkeit. Solange ich etwas nicht in irgendeiner Weise geklärt habe, kann ich nicht aufhören. Ich suche immer den Kern, die Achse, das Zentrum all dieser chaotischen und überströmenden Gedanken.

Henry zerbricht Schablonen. Er gehorcht dem Rhythmus, wie Lawrence sagt, und alle übersichtlichen Modelle mag der Teufel holen.

In jedem Augenblick kann er anfangen zu eifern, zu schwärmen, zu schäumen, zu trinken, und die Kontinuität seines Denkens wird von der Triebhaftigkeit seines Körpers überschwemmt. Und das ist gut so. Es hält alles in Bewegung, in der Bewegung des Lebens selbst. Absurdes schreckt ihn nicht.

Ich ging durch die Straßen, die Henry mich lieben gelehrt hat. Wasser wird auf den Gehsteig geleert, und ein alter Mann schrubbt ihn sauber. Schmutz fließt durch das Kanalgitter ab, Fenster werden geöffnet, Fleisch hängt an Haken, Gemüse wird in Körben feilgeboten, Räder rollen, Brot wird gebacken, Kinder spielen Tauspringen, Hunde schleppen das Gewicht ihrer schlapp gewordenen Schwänze, Katzen schnuppern im Sägemehl der Bistros, Weinflaschen werden aus dem Keller geholt. Ich liebe diese Straßen, die ich als Kind nicht kannte. Ich habe immer in Häusern gespielt, in Neuilly, Brüssel, Deutschland, Kuba. Henry spielte auf der Straße. Seine Welt war voller gewöhnlicher Menschen, meine voll von Künstlern.

Im Gegensatz zu Proust sucht Henry nach seiner Vergangenheit, während er sich weiterbewegt. Während er eine Hure umarmt, kann ihm seine erste Frau einfallen; während er durch die Straßen geht, unterwegs zu einem Freund, denkt er an seine erste Liebe; und während er sich erinnert, bleibt das Leben nicht stehen. Analyse aus der Bewegung heraus. Keine statische Vivisektion. Henrys täglicher, unterbrechungsloser Fluß des Lebens, seine sexuellen Abenteuer, die Gespräche mit jedermann, sein Kaffeehausleben, seine Unterhaltungen mit Leuten auf der

Straße, von denen ich früher geglaubt habe, daß sie ihn vom Schreiben abhalten, erkenne ich nun als eine Eigenschaft, die ihn von anderen Schriftstellern unterscheidet. Er schreibt nie kaltblütig, sondern immer in Weißglut. Ich habe dafür mein Tagebuch, das ich immer bei mir trage, um darin zu schreiben, an Kaffeehaustischen, während ich auf jemanden warte, im Zug, im Bus, im Warteraum des Bahnhofs, während mein Haar gewaschen wird, in der Sorbonne, wenn die Vorlesung langatmig wird, auf Reisen und Ausflügen, sogar während andere miteinander reden.

Während ich koche, im Garten arbeite, herumspaziere, liebe, erinnere ich mich an meine Kindheit, und nicht etwa weil ich Freuds ›Einleitung zum Tagebuch eines jungen Mädchens‹ gelesen habe.

Henry lacht über mein Erinnerungsvermögen für Gespräche. Von Zeit zu Zeit sagt er: »Schreib das ins Tagebuch.« Andere würden sagen: »Schreib es nur ja nicht hinein.«

Sein Gesichtsausdruck wechselt stark. Ich war verblüfft, ihn zu sehen, während er über Spengler sprach. Keine Spur von einem Gnom oder einem sinnlichen Menschen. Tiefer Ernst. Wirkliches Interesse.

Seine Bücher: Ich habe manchmal den Eindruck, daß mir die Ausdeutung obliegt, während er daran umgestaltet, herumprobiert.

Fred kritisiert Henrys Art zu lesen, seine Anstrengungen zu denken, bezweifelt seine wissenschaftlichen Kenntnisse, den Wert seines Interesses an Filmen, Theater, Philosophie, an Kritik und Biographie. Ein Künstler, wenn er groß genug ist, sage ich, kann alles essen, muß alles in sich aufnehmen und dann alchimistisch verarbeiten. Nur der schwache Künstler hat Angst vor der Fülle. Henry handelt nach tiefer Notwendigkeit: den eigenen Standpunkt zu finden, Werte für sich zu entdecken, die Grundlagen für das, was er aufbauen will.

Über meine alte Angst vor der Analyse kann ich nur noch lachen. Wissen tötet die Bereitschaft für das Wunder und das Geheimnis nicht. Das Geheimnis wird nur noch größer.

Ich habe keine Angst vor Klarheit.

Henry verliert sich in einem Labyrinth von Ideen, wie ein Strauß, der seinen Kopf in einen Papierberg steckt.

»Am Ende meines sechsjährigen Krieges mit June war ich völlig aufgerieben«, sagt er, »wie ein Mann, der nicht weiß, was Frieden ist.«

Allendy sagte: »*La fatalité se déplace: plus l'homme prend conscience de lui-meme, plus il la découvre intérieur.*«

Die Sorge um mein härteres Ich überlasse ich Henry und June. Jung sagt: »Wir müssen das Zarte und das Harte in uns vereinen, denn wir können nicht zulassen, daß ein Teil unserer Persönlichkeit dauernd symbolisch für den anderen Sorge trägt . . .« Und Jung ist es auch, der bemerkt, daß ein Patient gewöhnlich den Arzt mit unheimlichen Fähigkeiten ausstattet, etwas wie einen Zauberer aus ihm macht oder einen dämonischen Verbrecher, oder eine entsprechende Personifizierung des Guten, einen Erlöser.

Jung sagt: »Da wir uns nicht rückentwickeln können zum tierischen Bewußtsein, bleibt uns nichts übrig, als auf dem schwierigeren Weg zu höherem Bewußtsein fortzuschreiten.«

Pauvre de nous!

Henry schreibt mir: »Hatte eine schreckliche Nacht. Ging um Mitternacht erschöpft zu Bett, wachte um ein Uhr auf und lag bis fünf Uhr morgens im Halbtraum, dann fiel ich bis eins in Tiefschlaf. Träumte die gräßlichsten Träume, darunter einen, in dem ich mein eigenes Grab sah mit einem Grabstein und einem Licht, das davon ausging. Zittere. Weiß nicht, was mich anficht. Versuchte, Dich telefonisch zu erreichen, aber Du warst nicht zu Hause. Fühle mich schauderhaft! Noch eine Nacht wie diese, und ich werde komplett verrückt. Jesus! Ich fühle mich wie Richard Osborn, bevor er überschnappte.«

[Dezember 1932]

Als ich Henry Geld gab, um ihm die Flucht nach London zu ermöglichen, hätte ich nicht im Traum daran gedacht, daß am Abend vor seiner Abreise June kommen und alles einstecken würde. Er schreibt mir einen schwächlichen Brief:

»Ich bin zornig, wütend über mich selbst, so reise ich heute abend nach London ab. Fred ist zu Hilfe gekommen. Ich reise ab, also wird es sich nicht mehr wiederholen. Ich hasse June. Nach einer bitteren, ekelerregenden Auseinandersetzung fühle ich mich gedemütigt und zutiefst beschämt. Ich verfiel in

Agonie. Warum ich es durchgestanden habe, weiß ich nicht, es sei denn, um ein Schuldgefühl zu haben. June ist nicht bei Sinnen. Sie ist wahnsinnig geworden. Die niederträchtigsten Beschuldigungen und Drohungen. Ich bin darunter zusammengebrochen und habe geweint. Sie ist zu allem fähig und erschreckend in ihrer Wut.«

Henry kann nur in seinen Büchern kämpfen. Im Leben läuft er davon. Jetzt ist er in London. Ich muß Geld aufbringen, um für June ein Ticket nach New York zu kaufen, um das sie mich bat. Ich werde es beim American Express deponieren.

June hinterläßt beim Abschied einen häßlichen Eindruck. Henrys Reisetasche zu plündern, ihn so zu verstören.

Henry wurde an der englischen Grenze angehalten, weil er zuwenig Geld bei sich hatte. Er wurde befragt und deportiert. Er trug seinen schäbigsten Anzug und erzählte der Zollbehörde, er laufe seiner Frau davon.

Im Café, in dem wir uns trafen, schüttete er sich aus über June. Und was hervorstach, war dies: seine Gutheit, die Echtheit seiner Gefühle. Im Schriftsteller wird die Schwäche des Mannes – daß er June bis zum Ende anhört – zur Passivität des Künstlers, der im Leben ein Zuschauer ist. Indem er June reden ließ, hörte er auf, der Mann zu sein, der sie zum Schweigen bringen würde; er wurde zum Forscher, der sich anhört, was ein normaler Mann nicht zu wissen wünscht. »Ich habe June in ihrer Niedrigkeit gesehen. Was durch den Zorn durchschien, war ihr enormer Egoismus. Schlimmeres. Ein Flittchen. Als sie ging, drehte sie sich an der Tür noch einmal um und sagte: ›Da hast du jetzt das letzte Kapitel für dein Buch!‹«

Henry hatte Tränen in den Augen, als er diese letzte Szene beschrieb. Flittchen. Was für eine unerwartete Bezeichnung für June.

Henry wirkte in diesem Augenblick vergrämt, schwermütig, ernst. Er sprach dann über D. H. Lawrence und Dr. Otto Ranks ›Art and Artist‹. Sein Denken macht gewaltige Abschweifungen und verliert sich. Und ich bin dann fähig, ihn zurückzuleiten, nicht weil ich mehr wüßte als er oder weil ich stärker wäre, sondern weil ich einen Sinn für Richtungen in der Welt der Ideen habe.

Vieles von dem, was ich in ›Art and Artist‹ lese, hilft mir, mein Wissen über den Künstler zu festigen. Welche Anstrengungen ich unternehme, um zu verstehen! Im Gespräch mit Henry gibt es Augenblicke, in denen ich ermüde, wie eine Frau, die zu begreifen sucht, was über ihren Horizont geht. Ich strecke mich geistig, um den Kurven und Windungen männlichen Denkens zu folgen. Immer sind es die riesigen, unpersönlichen Räume, die mich erschrecken, die endlosen Wüsten, das Universum, die Kosmologie. Wie winzig ist meine Lampe und wie groß das Universum des Mannes. Ich hänge, scheint mir, am Menschlichen und Privaten. Ich will nicht eintreten in unpersönliche, unmenschliche Welten.

Ob Henry recht hat? Er möchte nicht, daß ich mein Tagebuch weiterschreibe, das er für eine Krankheit hält, eine Ausgeburt der Einsamkeit. Ich weiß es nicht. Es ist auch das Notizbuch meiner Extroversion geworden, ein Reisetagebuch, in dem die anderen sich manifestieren. Es hat seine Funktion geändert. Ich kann es nicht ein für allemal aufgeben. »Wirf das Tagebuch weg und schwimme«, sagt Henry. »Ich möchte, daß du ohne diese Aufzeichnungen lebst. Du würdest anders schreiben.«

Aber ich würde mich wie eine Schnecke ohne Haus fühlen. Immer ist jemand gegen das Tagebuch gewesen. Meine Mutter sagte, ich solle spielen gehen. Meine Brüder neckten mich, stahlen es und trieben ihre Scherze damit. Meine Freundinnen in der Schule durften nichts davon erfahren. Alle sagten, ich würde herauswachsen. Meine Tante in Havanna behauptete, ich würde mir dabei die Augen verderben und die Burschen abschrecken.

Henry ordnet seine vielen Notizbücher so, daß ich sie binden lassen kann. Sein Tisch ist mit Manuskripten übersät. Vor ihm sind die Nachschlagewerke aufgebaut. Er sitzt dahinter in Hemdsärmeln. Ich habe ihm eine Nummer der surrealistischen Publikation ›This Quarter‹ gebracht. Auch Fred arbeitet an der Schreibmaschine. Irgend jemand kocht in der Küche.

[Januar 1933]

Im Hörsaal der Sorbonne. Eine Schulzimmer-Atmosphäre, keusch, ernsthaft. Auch Madame Allendy ist da, weißhaarig, blauäugig, mütterlich, gesetzt.

(1928 regten Allendy und seine Frau die Surrealisten dazu an, für »Etudes des Idées et Tendences Nouvelles« einen Film aus

Träumen zu machen. Sie fanden das Geld und eine Produzentin, Germaine Dulac. Sie ruinierte den Film. ›L'Age d'Or‹ enthält einige Stücke daraus. Allendy schloß aus diesem Mißgeschick, die Surrealisten seien unseriös. Für diese Gruppe hatte er Adler, Einstein, Fernandez, Milhaud, Satie, Honegger und Gris zu Vorträgen eingeladen. Maurice Sachs hat in seinen späteren Memoiren Madame Allendy so beschrieben: »*Un beau visage de révolutionnaire de 89, grave, sûr, bon et intelligent. Son regard est superbe.*«)

Allendy kommt und tritt ans Pult, nüchtern und ernst. Zum ersten Male sehe ich ihn aus einiger Distanz. Er sieht versonnener, schüchterner aus als in seiner Ordination. Seine Haltung ist ein wenig vorgeneigt, wie die eines Gelehrten, der sich zu lange über seine Bücher gebeugt hat. Man sieht nur seine starken Augenbrauen und seine Wahrsager-Augen. Sein sinnlicher Mund bleibt im Bart verborgen. Ich kann kaum hören, was er sagt. Es handelt sich um einen Vortrag über die Metamorphose der Dichtung. Die Worte eines Doktors, eines Professors, eines Wissenschaftlers. Er seziert die Dichtung. Sie ist zu einem Kadaver geworden.

Ich trage einen Muff. Ich bin ganz in Pelz gehüllt, das Gesicht in einem hohen Pelzkragen, darüber einen Pelzhut. Es ist Winter. Ich sitze auf einer harten Bank in der Sorbonne. Ich höre Worte:

science réductible, éléments, fusions, pensée métaphysique, altitude poétique, antinomie proviennent de la pensée statique, le poète inspire plus qu'il n'est inspiré.

Ich bin nur ein Stück Seide, eine Frau.

Draußen friert es. Ein orangefarbener Schmetterling sitzt auf meinem Kissen. Dort liegt mein Tagebuch. Hätte es ebenfalls Flügel, es wäre mit ihnen kleben geblieben an den weinfleckigen Cafétischen, aber so ist meine zittrige Handschrift, wenn ich im Zug geschrieben habe, die einzige Narbe, die es von meinen Ausflügen in die Welt an sich trägt.

Notiz für Allendy: »Es geht Ihnen nicht nur um die Heilung des Individuums, vielmehr enthüllen Sie während dieser Heilung die Welten, die hinter dem Ego liegen. Diese Freisetzung des Ego scheint mir Ihre wichtigste Begabung zu sein. Und *dann* erst beginnt man zu lieben . . .«

Nach dem Schock, den ich durch Junes häßliches Betragen erlitten habe, ging ich wieder zu Allendy. Ich fühlte mich von der Realität überwältigt und sprach mit Allendy über meine Befangenheit vor der Realität. Wenn ich mit ihr zusammenstoße (Junes Betragen nannte ich Zusammenstoß), habe ich das Gefühl eines jähen Bruches, ich entfalte Schwingen und steige auf in die Luft, ich schaffe riesige Distanzen. Dann, nach dem Zusammenstoß, versinke ich in Träume. Der Realismus von June, die Häßlichkeit. Und ich höre auf, in der Realität zu leben. Ich spüre, daß ich nicht damit zurechtkomme, nie. Entweder lebe ich in einem Traum oder in reiner Sinnenhaftigkeit. In den mittleren Schichten lebe ich nicht. Nur Obertöne oder Untertöne. Allendy versteht.

Anstatt daß er versuchen würde, mir zu helfen, aus den Verallgemeinerungen herauszukommen, fängt er an, über seine eigenen Probleme zu reden. Aber sie liegen auf einem anderen Niveau. Zu manchen Zeiten hat er das Gefühl, daß es im Hause spukt, daß sein *toter Vater anwesend ist*. Wenn er Neuigkeiten von einem Freund zu erfahren wünscht, braucht er nur ein Buch aufzuschlagen und aufs Geratewohl einen Satz zu lesen, glaubt er. Er schlug das Manuskript eines Freundes auf und fand: »*Il avait de la fièvre*«, was sich, auf seinen Freund bezogen, als wahr erwies. Allendy glaubt an Kartenaufschlagen, Alchimie, Astrologie. Aber er fügt hinzu: »Sagen Sie es nicht weiter, man würde mich für verrückt halten.«

Das rührte mich. Hinter dem zurückhaltenden Doktor, dem weisen Analysator, dieser Okkultismus . . . Er hat eine merkwürdige Art, zu schweigen, alles in der Schwebe zu lassen, direkte Fragen niemals zu beantworten. Ich frage mich, wie weit er sich mit seinen Gedanken in jene Bereiche entfernt. Manchmal versteht er mich überhaupt nicht, so wenn er sagt, daß ich Rauschgift nehmen möchte, aber nur aus Snobismus, anstatt aus einer echten Neugierde nach phantastischen Erfahrungen.

Gestern versuchte ich ihn klar zu sehen, selber hinter der Schutzwand meiner schweren Träume verborgen. Ich liebte den Ausdruck seines Gesichts, als er über das Buch sprach, an dem er schreibt, und wie er es sich wünschte, Zeit zu haben, um in die Bibliothèque Nationale zu gehen und dort alchimistisches Material zu sammeln. Dort gäbe es wunderbare Bücher. Er gefiel mir, als er zur Tür ging, um nach der Ursache einiger Geräusche zu forschen, und sagte: »Dieses Haus ist voller Geheimnisse.«

Es berührt mich seltsam, daß die intuitiven und beunruhigenden Elemente seines Wesens gerade heute zum Vorschein kommen, da ich ihn und sein Zimmer, seine Bücher, seine Werke als einen festen Anker inmitten dostojewskischer Unsicherheit und Hysterie betrachtet habe. Junes Brutalität hat mich aus meiner eigenen Welt gerissen, und diese, in der ich Zuflucht suche, ist mir fremd.

Nach dem Besuch bei Allendy traf ich Henry und seine Freunde in einem Café. Als wir uns setzten, hörte ich von der Straße her die Akkordeon-Musik, die mich überall verfolgt.

Henry sprach über ›Bubu de Montparnasse‹ und sein eigenes Bubu-Leben, sein Bummler-Leben, seine Beziehungen zu Huren, seine Hungerleiderei usw. Er beschreibt seine zerrissenen Schuhe, seine Verzweiflungen.

Obwohl ich kein solches Leben lebe, kann ich ihn begreifen. Wenn eine Distanz besteht zwischen Allendys Welt und der meinen, eine geringere zwischen Henrys Leben und mir, wie groß ist dann die Entfernung zwischen mir und dem vornehmen Dinner in einem prunkvollen Haus, zu dem ich anschließend gehen mußte? Sie ist wie die Entfernung zwischen zwei Planeten. Ich kämpfte wie gegen einen Opiumrausch, als ich die doppelt hohe Decke, die doppelt langen Kerzen und die spitzenbesetzten Tischtücher sah. Das Konzert der kristallenen Gläser auf den Präsentiertellern klang wie das Geläute der Glocken in den fernen schweizerischen Bergen am frühen Morgen. Ich konnte die Menschen nicht sehen; sie sahen wie Gemälde oder Gravüren aus. Ich spürte, wie mein Abendkleid über den Kiesweg schleifte, sah einen gesichtlosen Chauffeur, der mir die gutgeölte Tür eines Wagens aufhielt, und die gestärkten Schürzen der Dienstmädchen wie Segel kleiner Boote. Als mir die Pelzdecke über die Knie gelegt wurde, fragte ich mich, welche Droge ich genommen hätte, die das gewöhnliche oberflächliche Leben für mich unsichtbar machte.

Ich beschäftige mich noch immer mit den Geschichten, die ich Allendy erzählte, und überprüfe sie auf Sprünge und Widersprüche. Er hat nämlich von mir verlangt, daß ich weder Henry und seine Freunde noch June wiedersehe. Ich sagte, ich hätte mit ihnen gebrochen. Darf man einen Psychiater betrugen?

Das Geheimnis meiner Lügen dürfte das der guten Schauspielerei sein. Niemals stolpere ich sorglos in eine Lüge hinein, ohne mich vorher zu fragen: »Wie, wenn es nun wirklich so wäre?« (Wie würde ich mich fühlen, wenn ich wirklich mit Henry und seiner Welt gebrochen hätte?) Ich fange damit an, daß ich mich in die Situation einfühle, sie mir glaubhaft mache. Ich habe vertauschen gelernt: So nehme ich zum Beispiel von dem Ärger, den mir June verursacht hat, und transponiere ihn in die Gegenwart. Ich bin von June aufgestört und schockiert, aber es fällt mir nicht schwer, in diese Stimmung Henry einzubeziehen, weil er Junes Angriffen keinen Widerstand geleistet hat. Manchmal habe ich mir auch schon tatsächlich gewünscht, mit Henrys Welt brechen zu können. Meine Hände sind kalt. Ich zeige Symptome von Zerstreutheit. Allendy kann diese Symptome konstatieren, auch wenn sie eine andere Ursache haben. Inzwischen bin ich schon mitten in meiner Geschichte. Ich fühle mich so, als hätte ich mich von Henry und seinen Freunden und vom Kaffeehausleben losgesagt. (Das habe ich ja auch: für eine Stunde.) Und es ist wahr, daß ich Allendy brauche. Es rührt mich menschlich, daß Allendy nicht länger sachlich bleiben kann.

»Sie mußten das tun«, sagt Allendy, »Sie waren in großer Gefahr. Jetzt kann ich es Ihnen erzählen, daß mir Henry, als ich ihn beim Konzert Ihres Bruders sah, wie ein Monstrum erschienen ist. Es ist Ihre Neurose, die Sie die Verbindung mit June und Henry und ihren Freunden suchen ließ. Sie, eine so außerordentliche Frau . . . wie eine *fleur sur du fumier* . . .«

Ich lachte. Allendy glaubte, daß ich über die Vorstellung lache, eine Neurose könnte die Ursache meines Bohemelebens sein. Leider, das war's nicht. Es war Allendys Ausdrucksweise, »wie eine Blume auf dem Misthaufen«, ein Satz aus Groschenromanen, wie sie die Dienstmädchen lesen, der mich als Dichterin beleidigte. Eine andere Frau fühlt sich vielleicht ähnlich durch einen Mann beleidigt, der mit ihr spricht, ohne die Zigarre aus dem Mund und den Hut vom Kopf zu nehmen.

Die Absurdität der Vorstellung, des Ausdrucks verbarg vor meinen Augen die völlige Absurdität von Allendys Zustand überhaupt, denn er hatte aufrichtig und verehrungsvoll gesprochen. Als ich von ihm wegging, dachte ich freilich: »Ein verliebter Psychiater ist genauso blind wie andere Verliebte.«

Aber, um meine Lügen für Allendy zu Ende zu erzählen . . . »Ist er zudringlich geworden?« fragte er mich. »Nein, natürlich nicht«, sagte ich und wollte schon wieder lachen bei der Vorstellung von Henrys Zudringlichkeit. »Sie haben literarische Vorurteile, Dr. Allendy. Sie verurteilen Henry nach dem Ton seiner Bücher.«

»Und Sie haben sich in Henry ebenso wie in June getäuscht«, sagte Allendy.

»Oh, nein, Henry habe ich ganz richtig eingeschätzt.« (Vorsicht, Anaïs! Immer in der Vergangenheit sprechen!)

»Er war ein glücklicher Mann. Eine Freundin wie Sie wird er nie wieder bekommen.«

Ich konnte mir nicht helfen, aber dieses post mortem über meine Freundschaft mit Henry machte mir Spaß. Allendy glaubte ernstlich, Henry sei nur eine meiner Illusionen gewesen (gewesen!).

Allendy fragte nach meinem Tagebuch. Ist er mißtrauisch? Er möchte es sehen. Ich sagte ihm, daß ich in der letzten Zeit immer weniger darin geschrieben hätte.

»Das ist ein gutes Zeichen. Sie sind jetzt schon fähig, alles mir zu erzählen.«

Als ich Allendy im Gewebe meiner Lügen zurückgelassen hatte, fühlte ich mich wohl. Ich weiß, daß Allendy ein wunderbarer Mensch ist. Einen Augenblick lang glaubte ich selbst daran, daß ich mit der Bohemewelt gebrochen hätte; ich verspürte keine Lust zu einem solchen Leben und fühlte mich sorglos, leicht. Später bedauerte ich die Lügen, denn Lügen machen einsam. Ich brauchte jemanden, mit dem ich offen sprechen kann, und indem ich Allendy belog, stieß ich mich selbst in eine schreckliche Einsamkeit zurück. Was wird Allendy tun, wenn er die Wahrheit erfährt? Er wird sich zurückziehen, verärgert sein. Er ist so stolz.

Lügen fühlt man, sagte er immer. Aber er fühlt die meinen nicht. Er muß mich für eine oberflächliche Person halten, der es leichtfällt, die Kunst aufzugeben.

Es ist ein wenig komisch, daß ich zu Allendy gegangen bin, weil ich an meinen weiblichen Verführungskünsten zweifelte, und daß er gerade diesen Verführungskünsten zum Opfer gefallen ist.

Was mich an Allendy am meisten rührt, ist sein »*mon petit*«.

Ein Dichter ist er nicht. Leider. Es wäre gerade das, was ich suche. Seine Begabung für Bildhaftigkeit und Symbole ist begrenzt. Nach was sehne ich mich? Nach Literatur, Literatur ist mir Brot und Wein.

Aber ich weiß auch, daß ich von Kindern umgeben bin und zu Allendy gehe, weil ich jemanden brauche, der mir bei der Erziehung meiner Kinder hilft.

An der Sorbonne spricht Allendy mit großer Beredsamkeit über Surrealismus. Antonin Artaud ist für ihn, sagt er mir, wie ein Sohn. Wegen June ist er immer noch ängstlich, glaubt noch, daß ich in Gefahr sei. Er sieht blaß und müde aus. Im Krieg hat er mit achtzehn Jahren einen Gasangriff mitgemacht. Seine Lunge ist anfällig geblieben. Mit vier oder fünf Jahren hat er ein geliebtes Kindermädchen verloren. Er macht einen sehr menschlichen, sehr aufrichtigen Eindruck. Aber er versteht den Künstler nicht. Daher lese ich Ranks ›Art and Artist‹.

Meine Zuneigung zu ihm hält er nur für eine »Übertragung«. »Man liebt immer den Menschen, der einen versteht.«

Ich fragte ihn, ob er die heftigen Zweifel an den Gefühlen anderer nicht kenne. Er gab zu, daß er seit seiner Kindheit an einem Mangel an Gefühlen und der Sehnsucht danach leide. Die Liebe, die ihm seine Patienten entgegenbringen, gilt nicht ihm, dem Menschen, sondern dem Heilenden. Er wünscht sich nicht, daß ich ihn brauche, sondern daß ich von ihm entwöhnt werde.

Plötzlich wird mir die Tragödie des Psychoanalytikers klar. Die Kontrolle, die er ausübt über das Leben, verleiht ihm die quälende Macht, in das Leben der Menschen einzutreten, ihre Geheimnisse zu teilen, ihre intimsten Regungen, und so erfährt er mehr als der Gatte, der Liebhaber, die Eltern, dringt in Herz und Seele ein, darf dann aber nur zuschauen, ist nur der »voyeur«, darf nichts anrühren, nicht geliebt und begehrt werden, auch nicht gehaßt. Mein ganzes Leben liegt offen vor ihm, aber es gehört ihm nicht.

Als er mich zum erstenmal sah, dachte er: »Wie glücklich könnte ich mit einer solchen Frau sein!«

Heute sagt er: »Sie haben sehr wertvolle Eigenschaften.«

Aber die ganze Zeit weiß er, daß es sein Verstand ist, der die Bindung herstellt.

Wenn ich ihn aufgebe oder ihn durch das Geständnis, daß ich mit Henrys Welt und seinen Freunden nicht gebrochen habe, verliere, werde ich den letzten der idealistischen Menschen verlieren, den letzten der Helden, der beschützenden, gelehrten, wissenden, würdevollen Menschen. Denn Henry ist kein Held, sondern ein Rebell, ein Krieger, der Wunden schlägt, aber nicht heilt, nicht beschützt und liebt.

Henry schreibt mir: »Habe fast den ganzen Nietzsche gelesen – er wird Dir gefallen. Du wirst sehen, was für eine große Denkerin Du bist. Alles paßt wunderbar mit Rank und Spengler zusammen.«

Ohne Allendy wäre ich ein Schiff ohne Ruder.

Und wer könnte sagen, ob der Analytiker nicht ebenso ein Opfer von Illusionen wird wie der Patient?

Wer könnte sagen, daß, wenn der Patient den Doktor liebt,

weil er sich verstanden, also erkannt, also geliebt fühlt, vielleicht der Doktor sich in den Patienten nur deswegen verliebt, weil ihm eine besondere Intimität mit einem menschlichen Wesen erlaubt wird? Er darf den Körper in der Liebe beobachten, im Bett, er sieht das Weinen hinter vorgehaltenen Fäusten, hört die Schreie des Hungers, der Angst, des Leidens; er darf das Leben anderer leben, darf sie retten, das Gewicht ihrer Schuld spüren, ihre Beichte hören, um ihre Nöte wissen. Er fühlt sich begehrt, unentbehrlich, mit den anderen vermischt und verwoben. Beinahe kann er den Körper berühren, von dem er jedes Schauern und Beben kennen darf.

Warum sollte diese Art der Liebe unwirklicher sein als die anderen?

Der Masochismus der Frau ist anders als der des Mannes, glaube ich. Der ihre kommt aus dem mütterlichen Instinkt. Eine Mutter . . . leidet, gibt, nährt. Eine Frau wird dazu erzogen, nicht an sich zu denken, selbstlos zu sein, zu dienen, zu helfen. Ein Masochismus dieser Art ist für die Frau fast natürlich. Sie ist mit ihm aufgewachsen. (Ein Beispiel in der Familie ist meine spanische Großmutter.) Er gleicht dem Masochismus der Menschen, die katholisch erzogen wurden.

Es ist mein Mutterinstinkt, der mich in Gefahr bringt.

Wenn ich nur von diesem Verlangen nach dem Vater befreit werden könnte. Vater? Erlöser? Gott?

Jeder Kontakt zu einem menschlichen Wesen ist so einzigartig, so kostbar, daß man ihn bewahren sollte. Allendy ist überzeugt, daß es sich um Illusionen handelt; und ich, seit er mir seine Unsicherheiten gebeichtet hat, seine Ängste, seine Sehnsucht nach Liebe, versuche nun, ihn von der Wirklichkeit meiner Zuneigung zu überzeugen.

Daher rief ich ihn heute morgen an und sagte: »Sollte einer Ihrer Patienten Grippe haben, darf ich dann an seiner Stelle kommen?«

Wie D. H. Lawrence hatte Henry einen gesunden, ruhelosen, fröhlichen Vater, der gerne trank, und eine Mutter, die härter und tüchtiger war. (Saul) Colin sagt in seinem Buch über Lawrence (›Naturalisme et Mysticisme chez D. H. Lawrence‹), daß Lawrence zu seinem Vater zurückzukehren versuchte, indem er ihn zum Gott erhob, um der Frau und der Mutterverehrung zu entfliehen. Henry meint mit seinem Kult großer geistiger Menschen dasselbe, und sein Werk ist ein Kampf, in dem er über die Frau triumphieren will, über die Mutter, über das Weibliche in ihm selbst.

Zum Beginn unserer Sitzung ließ ich Allendy im Armstuhl des Patienten Platz nehmen und analysierte seine »dunklen Andeutungen« als Zeichen fehlenden Vertrauens in das Leben und die Liebe. Ich erklärte ihm, daß er in sich eine Projektion der Niederlage trage, die zur Ursache von Niederlagen würde. Er lachte. Ich wendete alle seine Formulierungen und sein Kauderwelsch auf ihn an.

»Ich wollte immer ein Zauberer sein«, sagte er. »Als ich jung war, stellte ich mir gerne vor, ich wäre einer.«

»Vielleicht ist ein Analytiker die moderne Form.«

»Ich habe alle Schönheiten und Freuden des Lebens verfehlt. Zwischen mir und der Realität war immer ein Schleier. Ich bin nie mit einer Frau glücklich gewesen.«

Ich war um ihn bemüht, nicht er um mich.

»Vielleicht ist es eine Krankheit in mir, aber ich bin nie ein leidenschaftlicher Mann gewesen. Ich habe für Frauen immer nur Zärtlichkeit empfunden.«

Henry bearbeitet seinen Roman. Ich sehe die Richtung, die Stimmung, die Konstitution seines Werkes so klar, daß ich fähig bin, ihm dabei zu helfen, unwesentliches Material auszuscheiden und die Kapitelfolge zu ändern. Ich erklärte ihm meine Theorie, nach der bedeutungslose Details so zu streichen sind, wie der Traum sie streicht. Auf diese Art entsteht nicht nur Dichte, sondern auch Kraft. Er beginnt: »Am Mittwochmorgen stand ich an der Ecke . . .« Ich sage, laß »Mittwoch« weg, das zusätzliche Gewicht, um das Tempo zu beschleunigen, das Wichtige herauszuarbeiten . . . eine Literatur der »Schnitte«. Seine Seiten über Ekstase sind die glühendsten Seiten, die ich je gelesen habe. Ein Höhepunkt ekstatischer Literatur. Ich beuge mich vor ihnen. Manchmal bringt er gigantische Dissonanzen hervor, manchmal wieder eine Art von Dadaismus. Auf einer Seite stellt er eine Behauptung auf und widerruft sie auf der nächsten, behauptet das Gegenteil. Seine Seiten über den »seismographischen Schock« sind wunderbar. Er schwankt zwischen äußerster Sentimentalität und kaltem, ungeheuerlichem Wahnsinn. Während wir arbeiten, kommt es zu komischen Szenen. Einmal las ich laut und mechanisch, nur auf Fehler sehend: »Vor und nach der

Erektion . . . das genitale Bankett.« Ich las es wie: »Donnerstag schien die Sonne . . .«

Wir lachten darüber.

Henry denkt nur an sein Buch [›Self-Portrait‹, späterer Titel ›Black Spring‹]. Keine Huren mehr, keine Vagabondage.

Die erste Hälfte seines Romans ist ganz Zufall, die zweite ganz Ekstase; aus Abenteuern und Erkundungen entspringen Ströme von Poesie und Surrealismus in faszinierender Vollendung. Wenn ich an seinem Werk die Kraft und Explosivität rühme, so sagt er, er denke ebenso von dem meinen: eine feminine Revolution.

Wir haben starken Einfluß aufeinander, ich auf seine künstlerische Methode und seine Einsicht, auf alles, was über den Realismus hinausgeht, während er mir die Sache bringt, Substanz und Vitalität. Ich gebe ihm Tiefe, er gibt mir Körperlichkeit.

Gestern schlug ich vor, die letzten beiden Kapitel auszuwechseln, denn das eine fließt langsam, ist menschlich, sentimental und nicht allzu gut geschrieben, während das andere herrlich verrückt ist und meinem Gefühl nach der Höhepunkt. Henry schreibt oft ohne bewußte künstlerische Kontrolle. Er will auch nichts werten, nichts streichen, wie ich es tue. Er ist unkritisch. Ich bin für Impulsivität und Natürlichkeit, aber darauf muß Disziplin bei der Bearbeitung folgen. Mitleidlos entferne ich bloßen kindischen Radau (er besitzt eine Mappe mit Blättern, die ich ausgesondert habe, weil sie nur rappelköpfisch sind, wie ich sage), kleinliches, überrealistisches Gezänk (sein Streit mit June über die Bedeutung von Greta Garbo). »Schlage größere Schlachten«, sage ich. Wenn er verwirrt ist, wird er kleinlich. Er bleibt stehen und läßt sich breit über Junes Gesichtscremes aus. Das hält er für einen Angriff gegen die amerikanische Frau! Es ist alles billig, wie ein Zeitungsbericht über die Wirkung platinblonder Haare. Ich möchte nicht, daß er die Geschmacksfehler begeht, die das Werk von Lawrence herabmindern. Schlechter Geschmack und üble Laune.

Ich urteile nur analytisch, helfe ihm, sich selbst zu entdecken, enthülle ihm nur sein eigenes Wesen, seine Hoffnungen und Begierden. Er hilft mir, indem er mich drängt, immer mehr zu sagen, deutlicher zu schreiben, zu klären, auszuweiten, stark zu sein.

Als Jeanne zum erstenmal nach Louveciennes kam, fielen mir nur ihre Augen auf, die Qual in ihnen, das unruhige Verschwimmen der Pupillen in den Augenhöhlen. Sie ist groß, blond; ein wenig wie Danielle Darrieux, nur härter im Ausdruck, nüchterner. Sie hinkt, schleppt den Fuß nach und spricht ohne Unterbrechung.

»Wie ich es hasse, meine Brüder als Körper zu sehen, Körper, die altern. Wenn ich sitze und einen Brief schreibe und den beiden zusehe, wie sie Karten spielen, denke ich: Was für ein Verbrechen, daß wir überhaupt noch am Leben sind, es kann nur ein Spuk sein, alles ist längst vorbei, wir haben einmal gelebt, und wir sind jetzt von unseren Männern, Frauen, Kindern und Freunden unendlich weit entfernt. Was habe ich nicht alles getan, um zu lieben, aber ich kann es nur bis zu einer gewissen Grenze, dahinter ist Schluß.«

Wir saßen im rückwärtigen Teil des Gartens, wo Bäume, Büsche, Blumen und Efeu wild wachsen und der kleine Bach unter der schmalen japanischen Brücke fließt. Ihr Gatte besichtigte das Haus und unterhielt sich mit anderen Freunden. Jeanne war ruhelos. Ihre Augen tanzten wie Schiffchen auf dem Meer. Ich schlug ihr einen Spaziergang durch den Wald vor. Wir schritten über einen dicken Teppich aus Kiefernnadeln. Sie sagte: »Ich habe keine menschlichen Sympathien empfunden, weder Schmerz noch Freude. Ich sehe nur meine Brüder. Angst kenne ich, eine große Angst – vor Theater, Lektüre, Analyse, vor jedem Weg zur Verwirklichung, zur Klärung. Ich will in meiner Scheidung von der Wirklichkeit verharren, obwohl ich weiß, daß diese Scheidung manchmal so absolut wird, als wäre ich bereits wahnsinnig. Es gibt Augenblicke, in denen ich für die Welt taub bin. Ich stehe auf der Straße und sehe die Autos und höre sie nicht. Ich laufe in eine Bar und frage die Frau hinter der Theke irgend etwas, ich sehe, wie sich ihre Lippen bewegen, aber ich höre nichts. Es entsetzt mich. Ich liege auf dem Bett, und die große Angst überfällt mich. Ich beginne, auf den Boden zu klopfen oder an die Wand, um die Stille zu brechen. Ich klopfe und singe, bis die Angst vergeht.«

Während wir gehen, bricht sie Zweige ab und lauscht auf das trockene Geräusch des Brechens. Sie sagt: »*Passons à une nouvelle forme d'exercice.*«

Meine Fähigkeit zum Zuhören fällt ihr auf. »Sie hören schweigend zu, aber man fühlt, daß Sie nicht verurteilen. Was machen Sie, wenn Sie enttäuscht werden?«

Aber sie wartet meine Antwort nicht ab.

Sie bleibt stehen, um Atem zu holen. »Es kann vorkommen,

daß ich jemand die Hand reiche, und plötzlich weicht er ins Nebenzimmer zurück, und ich sehe meine Hand meilenweit entfernt. Ich stehe in meinem eigenen Zimmer und bin amüsiert.« Das Wort »amüsiert« ist das Schlüsselwort ihrer Gesellschaftsschicht. In ihrer Welt muß alles amüsant und pikant sein.

Auch die gesetzte Ernsthaftigkeit ihres Mannes ist amüsant: wie er von der Uhr abhängig ist, methodisch die Zeitungen liest, seine Termine eisern einhält, wichtige Geschäftsreisen unternimmt.

»Was hat ihn in die esoterische, geheime, unbetretbare, unmenschliche Zitadelle von meinen Brüdern und mir getrieben? Auch die Frauen meiner Brüder führen tragische Ehen, sie fühlen sich als Außenseiter. Wir kennen ihre Sorgen nicht – wer sind sie schon? Nur menschliche Wesen, banale, kleine menschliche Wesen, von Gefühlen und dem Mangel unserer Sympathie getäuscht und enttäuscht, unfähig, unsere anachronistischen Exaltationen zu teilen, unseren Aufstieg in die Ekstase.«

Beim Abschied sagte sie: »Besuchen Sie mich einmal. Wir gehen dann mit Wünschelruten.«

Jeannes Haus ist eine Burg. Man könnte Jahre damit verbringen, alle die Räume zu erforschen, die mit Antiquitäten vollgestopft sind. Sie fegte mich hindurch, als wünsche sie nicht, daß meine Aufmerksamkeit von Möbelstücken, Brokaten, Kandelabern, Paravents und Teppichen gefesselt würde. Ihr Zimmer, in das sie mich führte, ist ganz in Weiß gehalten, Vorhänge, Teppiche, Bettdecke, alles ist weiß, unordentlich, die Fensterläden sind geschlossen – ein einziger Farbton kommt von orientblauen Flacons. Ihr Zimmer scheint nicht zum Schloß zu gehören. Das anschließende Zimmer ist das Kinderzimmer; in ihm sind sie aufgewachsen; es stehen noch die kleinen Betten, kleinen Stühle und kleinen Tische darin, von denen sie erzählt hat. Hierher flüchten sie, wenn sie nicht mehr weiter wissen. Überall liegen noch die Spielsachen umher: Briefmarken, Zirkuspferde, Puppen, Züge, bunte Bälle.

»Sie fliehen nicht vor Ihrer Angst«, sagt Jeanne, »und Sie lachen auch nicht darüber.«

»Ich bin Schriftstellerin, Jeanne. Ich will die Gespenster nicht vertreiben, sondern näher kennenlernen. Ich muß sie beschreiben können.«

»Ich schreibe auch.« Sie läßt mich lesen, was sie geschrieben hat. Es ist alles leichtfertig, frivol, seicht, wie ihr Leben in der Gesellschaft, nichts als Maskerade. Sie schreibt nicht so, wie sie spricht.

Die Leichtfertigkeit und die Masken, die Ausflüge im Raum und bis in den Wahnsinn hinein erscheinen mir als Versuche, vom unausgesprochenen Inzest Distanz zu gewinnen. Vermählungen im Schweben, im Aufflug, wie bei manchen Insekten. Treue zur ersten Bindung, der ersten Zelle, der ersten Vereinigung der Leidenschaften in der Kindheit. Für den Dichter steht die Krankheit der Gottheit näher als die Gesundheit. Der Wahnsinnige stirbt nicht in einem physischen Prozeß, durch die Auflösung der Zellen, sondern durch fortgesetzte Selbstverbrennung. Jeanne d'Arc hat auf ihrem Scheiterhaufen vielleicht nicht mehr gelitten als Jeanne, die in der romantischen Welt von Byron zu leben versucht, die es nicht mehr gibt.

Diese Familie hat in fünf Generationen alle normalen Freuden erschöpft: Ruhm, Glück, Intelligenz, Reisen, Ehren, Genialität, Ausschweifung, Macht, und hat vier Erben zurückgelassen, die nur noch einander zu lieben vermögen.

Während wir schnell durch die Zimmer gingen, stürzte ein Diener auf Jeanne zu und hielt sie an. »Monsieur de Saint-Exupéry wartet auf Madame.«

Sie führte mich in den Salon. Er saß am Kamin. Sein Gesicht ist rund, blaß, mit dunklen, aber sanften Augen, sein Körper nicht sehr groß, fast plump. Ruhe ging von ihm aus, und er sprach sehr freundlich mit Jeanne. Er schien zu träumen.

Der Wagen, der mich gebracht hatte, wartete, und ich mußte mich verabschieden. Als ich schon im Wagen saß, kam Jeannes Bruder heraus. Er verbeugte sich förmlich und küßte mir die Hand. »*Mes hommages, Madame.*«

Als der Wagen abfuhr, erhaschte ich noch einen Blick auf das große Haus, das zum Teil von riesigen alten Bäumen verdeckt wird.

Ich erinnerte mich an die Worte von Jeanne: »Ich liebe es, in Welten zu leben, die mir nicht vertraut sind, richtungslos und entwurzelt zu sein. Ich gehe gerne mit einem gewöhnlichen Mann aus, der Banalitäten sagt und mir einen Silberfuchs anbieten möchte. Dabei kann ich mich dann wie eine ausgehaltene Frau fühlen.«

Ihr Haus erinnerte mich an das Haus in ›Der große Kamerad‹ von Alain Fournier.

Poisson d'Or. Zigeuner. Drei schöne, aristokratische Russinnen mit zwei reichen Männern. Sieben Flaschen Champagner. Verlangten nach Zigeunern, die an ihrem Tisch singen sollen. Mir gegenüber sitzt ein russischer Maler. Starrt mich an. Während ich mit meiner Begleitung tanze, stoßen wir einander, und er küßt mich in den Nacken. Orgie aus Gesang und Tanz. Die drei Russinnen weinen, still, genußvoll, mit wollüstiger Befriedigung. Der Maler und der Inhaber des Lokals geraten in einen beinahe tätlichen Streit, weil ein Mann Zuckerstücke zerbricht, während die Zigeunerin singt. Die Musiker singen und tanzen für den gereizten Mann, wie um ihn zu beruhigen. Der Maler lächelt mir heimlich zu. Eine Frau in Weiß beginnt auch vor ihm zu tanzen. Der Maler wird von seinem Partner weggezogen, der ihm eine Szene macht. So geht es weiter: Ironie vor dem Hintergrund tief gefühlvoller Musik. Als ich an der Garderobe meinen Mantel abgab, hatte ich das Gefühl, meine Identität abzustreifen. Ich löste mich auf in der Atmosphäre, in roten Vorhängen, Champagner, Eis, Musik, Gesang, Weinen, der sich die Russen so gerne hingeben, den Liebkosungen durch die Blicke des Malers. Alles strahlte und strömte Wärme aus und blühte auf. Ich bin nicht wie Jeanne in tausend Stücke zersplittert. Ich bin eins mit einem Meer aus Empfindungen, Glanz, Seide, Haut, Augen, Mündern, Begierde.

Ich wünschte mich in Henrys Küche zurück: Henry, wie er, in Hemdsärmeln, die pâté de foie gras salzt (was für ein Fauxpas), mit Dunst beschlagene Fensterscheiben, Geruch nach Blumenkohl, Wärme, Henrys Stimme, die den Raum zum Schwingen bringt, Ellbogen auf dem Tisch, Brandlöcher von Zigaretten im Linoleum.

Vor jeder neuen Welt zögere ich, vor jedem neuen Menschen, jedem neuen Land, unsicher, voller Abneigung gegen neue Hindernisse, neue Geheimnisse, neue Möglichkeiten des Leidens, neue Mißgriffe aus Mangel an Mut befürchtend. Angst, Mangel an Selbstvertrauen haben meine Welt eingeengt, die Zahl der Menschen, die ich nahe kenne, begrenzt. Die Schwierigkeit der Kommunion. *Je vous présente mes hommages, Madame.* Freundlichkeit wie ein Schutzschild. Kultur ist ein Schutzschild. Die Welt meines Vaters. Bei Henry finde ich die Welt meiner Mutter.

Jeannes Manuskript ist rührend, aber dünn, seicht, verworren. Ein Märchen. Auch in Träumen gibt es Reife, Wachstum, Tiefe,

Kraft. Eine mühselige Arbeit. Ich möchte sie bei der Hand nehmen und führen. Ihr Haar, das lange Haar der Mélisande lose, ihr Mund geöffnet, ihre Augen geweitet, ihr Teint schön und blaß. »*Elle vivait d'elle même*«, schreibt sie. Ich höre ihre tiefe Stimme, wie sie brasilianische Lieder singt und sich auf ihrer Gitarre begleitet.

Ein georgischer Prinz, Mahreb, hat sich in Jeanne verliebt. Lucie und ich, wir drängen sie, nachzugeben. Ich analysiere sie – lyrisch, poetisch, phantastisch.

Jeanne kauert auf der Couch und sieht unwirklich aus. Sie spricht davon, Mahreb magische Geschenke zu geben. Wenn sie sich über seine gewöhnliche Ausdrucksweise beklagt, empfinde ich einen merkwürdigen Schmerz und eine Eifersucht, kein Mann zu sein; denn ich würde wissen, wie man mit Jeanne sprechen muß, wie ihr träumendes Herz betören. Aber ich sitze ganz still dabei.

Jeanne ist sehr mysteriös, immer ausweichend, nicht zu fassen. An einem Weihnachtsmorgen verließ sie das Haus, die Goldschnur vom Christbaum etliche Male um den Nacken gewunden und auf dem kleinen Finger einen gläsernen Vogel. Natürlich war der Taxifahrer ein Weißrusse, und natürlich verstand er sie und wollte sich für die Fahrt nicht bezahlen lassen, und natürlich wickelte sie den Flitter um seinen Nacken und setzte ihm den Vogel auf die Taxiuhr und gab ihm fünfzig Francs.

Wir planten ein »zufälliges« Zusammentreffen mit dem Prinzen Mahreb. Jeanne, ihr Mann und ich wollten in die Hermitage Moscovite gehen. Der Prinz erhielt Nachricht, damit er sich zufällig mit einem Freund dort einfinden könnte.

Als aber dann der Prinz an unseren Tisch kam und so tat, als sei er überrascht, sah ich, wie die Augen von Jeannes Mann grün aufblitzten vor Eifersucht und Mißtrauen. Er verdächtigte uns alle, und mit Recht, des Verrats. Wilde Musik, Champagner. Jeanne zerbrach drei Champagnergläser, so als breche sie die Ehe. Ich tanzte mit dem Prinzen Mahreb, der ein sehr dunkler, großer, ruhiger, dummer Kerl, aber in jeder Bewegung, die er macht, sinnlich ist, ob er nun tanzt, eine Zigarette anzündet oder Champagner trinkt, so als trinke er dich. Die feurigen Augen wie ein Hypnotiseur auf dich gerichtet. Lange schwarze Haare am Handrücken, bronzene Haut und sagt fast nichts, bricht das Geheimnis nicht, die Erwartung der Augen. Ich sah, wie Jeannes Gatte uns beobachtete (sie hatte gesagt, ich sei an ihm interessiert), und fühlte mich nicht wohl. Die Augen der Welt. Jeannes Augen wie schwimmende Wasserlilien auf einem düsteren Teich. Sie ist trunken vor Verachtung, Haß, Vernichtung, der Freude an Vernichtung. Die Augen ihres Bruders, die mich liebkosen; die Augen von Jeannes Mann, die sich in mein Gewissen bohren: »Du hast mich belogen.« Er beobachtet Jeanne, die in ihrer Erregung immer mehr Gläser zerbricht. Wir tanzen. Ich bin in mein Mitgefühl verstrickt, denn ich weiß, daß Jeanne aus einem Gefängnis auszubrechen versucht; aber ich fürchte, es wird nicht Prinz Mahreb sein, der ihr dabei hilft. Der georgische Prinz tanzt für sich allein einen Volkstanz, wild wie die Kosakentänze, und stößt dabei schrille Kampfschreie aus. Man kann ihn sich gut auf dem Rücken eines Pferdes vorstellen, mit Schwert und Pelzmütze, und ich erinnerte mich in diesem Augenblick daran, was Jeannes Kinder zu einem Fremden sagten, als er wissen wollte, warum ihre Mutter so oft ausgeht: »Vater ist sehr langweilig, er liest immer nur in seinen Papieren.«

Um zwei Uhr morgens bleiben wir allein im Nachtklub zurück, und die Musiker sind müde. Aber Jeanne fordert: »Einen georgischen Tanz! Eine Rumba! Einen Walzer! Champagner!« Die Augen verschwinden hinter den brennenden Streichhölzern, mit denen man die Zigaretten anzündet. Die Augen von Jeanne voller Trunkenheit; die Augen des Prinzen schwer, starr, ohne Träume; wie ein eingedämmtes Feuer warten sie nur auf den Augenblick der Umarmung, um aufzulodern; die mißtrauischen Augen von Jeannes Mann; die spöttischen Augen ihres Bruders. Ich sitze zwischen ihnen und fühle das Zusammenfließen ihrer Gedanken, die Synchronisation aller ihrer Bewegungen, Hochmut, Heuchelei, Arroganz; als er zu ihr sagte: »Nimm dir einen Geliebten!« und sie mich in seine Arme stieß, wußte ich, daß wir nur Statisten waren, der Prinz und ich. Augen wie Kelche, die überquellen, schäumen. Die Liebe der anderen eine Einmischung, notwendig nur, um die Aufmerksamkeit der Welt von ihrer unbrechbaren Kinderehe abzulenken. Eine Vereinigung ohne Organe, Glieder, Wurzeln, wie jene der Fische. Unzucht der Augen, der Sprache, Zwillingsliebe. Es ist schon lange her, daß sie die Ehe eingegangen sind: im Kinderzimmer, mit Kinderspielen und -zeremonien, wie die ›Enfants terribles‹ von Cocteau.

Henry schreibt mir:

»Gestern habe ich für Dich ›À Rebours‹ gekauft, und dabei

haben mich plötzlich heftige Gewissensbisse gepackt. Was habe ich je für Dich gekauft? Nun, als ich das Geld von (Dr.) Conason erhielt, habe ich es nicht eingesteckt, statt etwas für Dich zu tun? Ich denke immer nur an mich selbst. Ich bin, wie June sagt, wahrscheinlich der größte Egoist auf dieser Welt. Ich staune über meinen eigenen Egoismus. Als ich das Buch kaufte, fühlte ich mich wie ein Wurm. So klein. Ich hätte Dir den ganzen Buchladen kaufen und bringen sollen, und es wäre noch immer nichts gewesen.«

[Februar 1933]

Ich möchte nur noch für die Ekstase leben. Die kleine Dosis, die gemäßigte Liebe, die Halbschatten lassen mich kalt. Ich liebe das Außerordentliche. Briefe, daß der Postbote davon einen steifen Rücken bekommt, Bücher, die aus den Umschlägen quellen, Sexualität, daß die Thermometer bersten. Ich stelle fest, daß ich June werde.

Allendy beschreibt mir das Material, das ich für ihn in der Bibliothèque Nationale suchen soll. »Sie sehen alles wie ein Dichter«, sagte er. War es ein Vorwurf? »Sie erinnern mich an Antonin Artaud«, sagte er weiter. »Nur ist er sehr stolz und reizbar, und ich kann ihm nicht helfen.«

Der Mann, aus dem nur ein halber Zauberer geworden ist, kommt Donnerstagabend. Da ich ihm nicht zumuten kann oder will, ein Taxi zu nehmen, zur Gare Saint-Lazare zu fahren, dort eine Fahrkarte nach Louveciennes zu kaufen und bei einer kleinen, schäbigen Station auszusteigen wie ein gewöhnlicher Mensch, sagte ich ihm, eine Freundin hätte mir einen Wagen mit Chauffeur geliehen, und er würde auf magische Weise von seinem Haus zu meinem befördert werden. Ich erzählte ihm, es sei der Wagen der Komtesse Lucie, denn für die hat er sich nach meiner Beschreibung interessiert gezeigt. Ich möchte die Fahrt so organisieren, daß sie wie in ›Der große Kamerad‹ zum Haus im Walde führt, wo gerade eine Maskerade im Gange ist. Dichtung. Dann nehme ich fast meine ganze Monatsapanage und miete für den Abend ein Taxi.

Allendy kommt. Das Haus, der Garten – es gefällt ihm. Wir sitzen im Erdgeschoß am Kamin, im kleinen Salon.

In dieser Zusammenstellung sinnlicher Farben und Dinge scheint er falsch am Platz. Ein fröhlich flackerndes Feuer brennt im Kamin, den ich in den Arts Décoratifs gefunden habe und der aus marokkanischen Mosaiken gemacht ist, mit satten blauen Mustern und einigen Tupfen Gold. Allendy bewundert ihn wie etwas Exotisches. Der Feuerschein spielt über ihn hin, über die pfirsichfarbenen Wände, das dunkle Holz, die Flaschen spanischen Weins.

Die zweihundert Jahre, die das Haus alt ist, geben ihm ein Aussehen, als sei es sanft ein wenig in die Erde gesunken. Das ist keine Illusion. Es hat sich gesenkt, und die Ecken der Decken und Wände sind nicht genau im Winkel. Vor allem das Schlafzimmer neigt sich so schräg zur Decke, daß man manchmal, wenn man aus dem Fenster schaut, durch den schiefen Rahmen den Eindruck bekommt, man befinde sich auf See.

Allendy gefiel alles. Er war erstaunt über die Solidität der Niederlassung, die ich mir geschaffen habe; draußen wirke ich wie eine schwache, unbeständige Kreatur, die in der Welt fremd ist und hinstirbt.

Im Haus entdeckte er mich als menschliches Wesen.

»Mit achtzehn«, beichtete er, »wollte ich Selbstmord begehen. Meine Mutter hat mir eine ganz falsche Vorstellung von den Frauen gegeben.«

Genau wie mein Vater mir die Vorstellung gab, alle Männer seien egoistisch, liebesunfähig, untreu.

Dann, um die Richtigkeit der Vorstellung zu bestätigen, sucht man Menschen, die diesem Bild entsprechen, die Annahme, die Verallgemeinerung bestärken.

Wie wunderbar ist es, von den anderen ein objektives Wissen zu erwerben.

Wenn Allendy sagt: »Ich bin kalt und nüchtern«, so spüre ich dahinter den bedrückten, erniedrigten, hoffnungslosen Mann, der von seiner Mutter ausgelöscht worden ist.

Keiner wird geboren ohne dieses Licht, diese Flamme des Lebens. Ein Ereignis oder ein Mensch kommt und erstickt sie, bringt sie fast zum Erlöschen. Ich versuche immer wieder, mit meiner eigenen Freude und Helligkeit diese Scheintoten zum Leben zu erwecken.

Wenn ich in Nachtlokalen die Gläser zerbreche, wie es die Russen tun, wenn mein Unbewußtes in wilden Rebellionen ausbricht, dann geschieht es gegen das Leben, das diese idealistischen, romantischen Männer verkrüppelt. Ich respektiere diese Männer, die kühl, rein, vertrauensvoll, liebevoll, moralisch, zart und feinnervig sind, mehr als die Rauhbeine, die für jeden Schlag, den sie bekommen, drei zurückgeben, die jene töten, die sie verletzen.

Trotzdem hätte ich D. H. Lawrence eher lieben können als den intellektuellen Huxley.

Aber jedesmal, wenn ich die Partei der primitiven Männer ergreife, wende ich einer Hälfte von mir den Rücken.

Allendy sieht mit Seheraugen; was ihm fehlt, ist Poesie, das Außergewöhnliche, die Kraft der Ekstase.

Aber als Analytiker ist er erfolgreich gewesen, denn er hat mich etwas sehr Wichtiges verstehen gelehrt. Entweder weil ich lateinischer Herkunft bin oder weil ich neurotisch bin, brauche ich Gesten. Ich bin der Ausdruck, die Darstellung meiner selbst; jedes Gefühl, das ich habe, wird Ausdruck: in Worten, Gesten, Zeichen, Briefen, in Artikulation oder Handlung. Das suche ich auch bei anderen.

Allendy freilich sagt, die Notwendigkeit der Geste, der bestätigten Freundschaft, Liebe, Verehrung kommt aus einem Mangel an Selbstvertrauen. Ich sollte sie nicht brauchen. Ich sollte auf sie verzichten lernen.

Beweise von Liebe und Freundschaft sind das, was ich die ganze Zeit den anderen gebe. Und alle scheinen sie dringend zu brauchen.

Er bewunderte mein Aquarium mit seinen Fischen und Pflanzen, die aus Glas gemacht sind. Ich fragte ihn, ob ich ihm zu seinem Geburtstag am Neunzehnten eines schenken dürfe, und er nahm an.

Als Allendy gegangen war, konnte ich nicht schlafen. Mein ganzes Leben zog an mir vorüber im Licht seiner Erklärungen, und ich entdeckte neue Perspektiven. Ich habe meinen Vater immer für kalt gehalten, für sadistisch, zynisch, überkritisch. Vielleicht gibt es ein anderes Bild, das ich nicht gesehen habe. An dem Tag, an dem er mich schlug, nachdem er meine beiden Brüder geschlagen hatte, zog er sich zurück, fast zartfühlend, sichtlich bewegt. War er wirklich bewegt? Schlug er uns nur, weil spanische Väter glauben, daß sie ihre Kinder schlagen müssen? Weil er selber von seinem Vater streng gezüchtigt wurde, einem alten Soldaten? An einem anderen Tag, an dem ich schwer krank war, kaufte er mir einen Kompaß und brachte seine Arbeit zu mir ans Bett. Seine Briefe aus Frankreich, während ich in New York lebte, im Alter von zwölf, dreizehn Jahren, waren liebevoll.

Allendy durfte ich nicht sagen, daß Henry mir ein Geschenk gemacht hat. Er sagt: »Ich hasse Henry, denn er ist ein Barbar. Der Barbar ist der Typus Mann, den ich am meisten hasse.«

Der Barbar kaufte mir ein Geschenk, und ein Freund von ihm läßt ihn in seinem Roman auftreten als rücksichtslosen, anarchischen, zerstörerischen Trunkenbold und Abenteurer.

»Man hat mich schlecht analysiert«, sagte Allendy, »und so habe ich immer versucht, die Sache selbst zu machen.« Ich bedrängte ihn mit Fragen. »Ich dachte immer, Liebe müsse man sich *verdienen*«, sagte er, »und ich habe die größten Anstrengungen gemacht.«

Dieser Satz könnte in meinem Tagebuch stehen. Die Vorstellung, Liebe müsse verdient sein. Und dann sieht man zu, wie Liebe verschenkt wird an Leute, die nichts dazu tun.

›Die Verbrecher‹ von Ferdinand Bruckner, gespielt von den Pitoëffs. Auf der Bühne ist ein ganzes Haus aufgebaut mit drei Stockwerken, und das Spiel zeigt, was in den einzelnen Stockwerken, den einzelnen Zimmern geschieht, simultan. Wo die Handlung stark ist, fällt das Licht des Scheinwerfers hin, während die anderen Räume im Halbdunkel versinken und die Schauspieler flüstern. Es machte mir einen ungeheuren Eindruck. Nicht so sehr das Thema der blinden Justiz (in jedem Stockwerk wird ein anderes Verbrechen begangen, aber alle fallen als dasselbe Verbrechen unter dasselbe Gesetz), sondern viel mehr die Simultaneität des Lebens, wie es auf verschiedenen Etagen (Niveaus) gleichzeitig gelebt wird.

Es ist immer derselbe Prozeß, der sich im Leben wiederholt. Bewußtseinsschichten, Gesellschaftsschichten. Ich komme aus meinem Arbeitszimmer, wo ich für Allendys Geburtstag das Aquarium verpackt habe, telefoniere mit Jeanne über unseren Abend und kehre zu meinem offen daliegenden Nietzsche mit den Anmerkungen von Henry zurück, während das Radio spielt, und ich öffne einen von Marguerites ängstlich verkrampften Briefen (wie ein Mann, der auf Stelzen geht), während Emilia hereinkommt und mir die Rechnung des Elektrikers zur Bezahlung übergibt und dabei sagt, daß ich Kohlen bestellen soll – und die ganze Zeit denke ich dabei an Madame Allendy und ihre Versuche, mir gestern abend mit der künstlerischen Gestaltung ihres Hauses Eindruck zu machen. Sie hat in die Mitte des Eßzimmertisches eine gigantische Perle eingesetzt, von der kosmisches Licht ausstrahlt. Sie macht Experimente mit Tulpen, bis sie sich wie exotische Blüten öffnen (ich fragte nach den Namen). Aber sie beklagte sich, daß die Armstühle zehn Jahre nicht überdauern, wie der Tapezierer versprochen hatte, und fragte mich, ob mir diese Zeitspanne nicht kurz erscheine. Ich antwortete ihr, daß ich die Lebensdauer von Armstühlen nie überprüfen konnte, weil ich immer auf Reisen war und ständig die Wohnungen gewechselt habe, und daß ich mir, *entre nous*, auch gar nicht wünschen würde, daß ein Armstuhl so lange hält.

Grund dieses Abendessens war, daß ich Bernard Steele treffen sollte, den Verleger von Antonin Artaud, der mich kennenlernen wollte, weil ihm mein Buch über D. H. Lawrence gefällt. Über Lawrence machte er allerdings spöttische Bemerkungen: »Ein Mann, der in seinem ganzen Leben nie die Sonne gesehen hat.« Ich gab zurück: »Er war der Sohn eines Bergmannes.«

»Sie sind wohl sehr an Lawrence interessiert?«

»Nicht mehr so stark. Er braucht keine Verteidigung mehr.«

Steele gab mir ein schmales Buch von Artaud, ›Letters to Rivière‹.

Am nächsten Tag brachte ich das Aquarium, die Schöpfung eines Glasbläsers; alles ist aus Glas, die farbigen Steine am Grund, die Fische, die Pflanzen, die Korallen, die Grotten. Ich packte die Stücke aus und stellte sie für ihn zusammen. Welche Freude Allendy an dem gläsernen Schiff hatte, an den Steinen, deren Farbe wie die seiner Augen ist, dem Licht, das so angebracht ist, daß man es nicht sieht, nur als Funkeln an den Fischen. Seine Augen! Sie waren feucht vor Freude. Das Schiff ist an dem halbdurchsichtigen Felsen gescheitert.

»Ich wollte immer so gerne reisen . . .«, sagte Allendy. »Ihre Beschreibung von Deya auf Mallorca war sehr schön.«

»Und nun . . .«

»Oh, es gibt jetzt nichts Neues mehr zu sehen. Wir sind schon mit allen Orten der Welt vertraut, durch Filme und Bücher. Es bleibt nur noch der Mond zu entdecken. Haben Sie je an den Mond gedacht?«

»Er ist zu weit entfernt. Ich interessiere mich noch für so vieles in der Nähe, rund um mich herum. Und es sind auch gar nicht die Länder, die man kennenlernen möchte, sondern die eigene Freude, die Überraschung, die man selber in sich trägt, die Antworten auf die Größe der Welt. Blaise Cendrars' Beschreibungen von Südamerika oder Sibirien befriedigen mich nicht, ebensowenig die Filme. Ich will selber sehen. Mir geht es um meine eigenen Gefühle und Visionen.«

Allendys Abwendung vom Leben ängstigt mich. Er stirbt. Ich möchte nicht, daß er stirbt, sagte ich zu mir selbst. Menschen vom Sterben zurückzuhalten ist gefährlich. Ich weiß, daß er nur über den Mond meditiert, weil er unglücklich ist. Ich möchte ihm das Leben geben und das Abenteuer, aber ich kann ihm nicht beibringen, daß es die innere Bereitschaft ist, nicht der Ort, die Beziehung, die man hat, die häßliche Hotelzimmer, fleckige Tische in den von Lärm überquellenden Cafés und Straßen schön erscheinen läßt und sauren Wein schmackhaft macht.

Zusammentreffen mit Zadkine, dem Holzbildhauer. Wir besuchten ihn in seinem Häuschen, das hinter einem großen Wohnhaus in der Rue d'Assas steht. Es sind zwei kleine Häuser mit einem Garten dazwischen. In dem einen lebt er mit seiner russischen Frau; in dem anderen stehen die Figuren. Es sind so viele, daß sie wie ein Wald aussehen, so, als wären viele Bäume dort gewachsen und er hätte sie zu einem Wald aus Gestalten, Gesichtern, Getier zurechtgeschnitzt. Die verschiedenen Eigenschaften des Holzes, die freiliegende Maserung, die unterschiedlichen Farbtöne und Gewichte lassen noch die Bäume erkennen, aus denen sie gemacht sind. Da gibt es Frauen, aus Bambus geschnitzt, Sklavinnen in freudloser Sklaverei, die Gesichter vom Messer des Bildhauers entzweigeschnitten, in zwei getrennte Hälften, zwiegesichtig für immer. Verstümmelte, vieleckige Figuren aus zartem, geädertem Holz, Fragmente von Körpern, armlose, kopflose Körper. Wenn er sie nachts allein läßt im Atelier, krümmen sich dann die Bäume, erschauern sie, weinen sie nach ihrem Laub? Beklagen sie ihre Verwandlungen?

Mitten unter ihnen: Zadkine, klein, rosig, mit einem runden Bubengesicht, wirrem Haar, immer lachend, scherzend, hintergründig.

Seine knappen, schnellen Bewegungen, sein ironisch-boshafter Ausdruck, seine roten Wangen geben ihm etwas von einem putzigen Clown, einem zierlichen Affen. Sein Humor und seine Späße sind so kräftig, so philosophisch, er sagt so tiefe Dinge so leichthin, seine Skulpturen sind so plump und drohend, daß man vergeblich zu erkennen trachtet, wie das alles zusammenpaßt, seine Arbeit und seine Fröhlichkeit, seine bübischen

Scherze und die Verrenkungen seiner Figuren. Denn was er schafft, sind Gefängnisse, sind Menschen in Knechtschaft; er jedoch lacht mit ihnen, als wäre das alles nur ein Spiel.

Er trägt einen Kordanzug und einen orangefarbenen Wollschal; man könnte ihn am Gatter einer Farm treffen, erhitzt von Wein. Wie konnte die abstrakte Kunst jemals diesen fröhlichen Russen für sich einfangen, der den Schneestürmen trotzen sollte, mit einer Pelzmütze über den roten Ohren, die Pferde anfeuernd, wie er im Restaurant die Kellner in Schwung bringt.

»Ich würde gerne mehr von Ihnen sehen«, sagte er zum Abschied.

Allendy erzählte mir von dem Mißgeschick, das ihm sein Selbstvertrauen geraubt hat. Der Mensch, den er als Kind am meisten geliebt hat, war sein Kindermädchen. Sie betete ihn an und verwöhnte ihn. Backte ihm immer Kuchen und Pastetchen, die er mit großer Vorliebe aß. Aber sie ließ ihn im Stich – und heiratete. Das Kind Allendy kratzte sie aus seiner Erinnerung aus. Ihr Name durfte nicht genannt werden. Aber er aß auch keine Pasteten und keinen Kuchen mehr. Als sie fortging, erkrankte er zum ersten Male schwer, an Lungenentzündung, und seine Gesundheit blieb bis zum achtzehnten Lebensjahr schwächlich. Im vergangenen November sah er im Park des Trocadéro ein Kindermädchen, das einem kleinen Jungen Pasteten zu essen gab. Das ganze Ereignis wurde in seiner Erinnerung wieder wach; er war erregt und fühlte sich von einer schweren, geheimen Last erleichtert. Seiner Meinung nach kommt sein Widerwille, sich im Leben zurechtzufinden, von diesem Verlust.

Sich auf den Tod vorzubereiten, sagte ich ihm, sei für ihn noch zu früh; die Einsamkeit zu akzeptieren (wie er es tun will), ist ein Schritt auf den Tod zu. Er fürchtet eher, sich jetzt zu stark an das Leben zu binden, antwortet er. Ich habe das Gefühl, an einem Sterbebett zu sitzen. Ich spüre die Last seiner Traurigkeit. Kann ich ihm helfen? Er sonnt sich in meiner Wärme, verjüngt sich in meiner Gegenwart. Meine Lügen machen ihn ängstlich, zweiflerisch, verwirrt. Er merkt es nicht, wenn ich lüge, und weiß das auch. »Sie lügen so gut«, sagt er traurig. Aber das gebe ich zurück: »Ich lüge nur so, wie es der Arzt tut, zum Wohle des Patienten.« Darüber bricht er in ein so lautes Lachen aus, wie ich ihn noch nie lachen gehört habe.

Wie sehr würde er Liebe brauchen! Wie er aufblüht, wenn ich ihm meine Aufmerksamkeit schenke. Und ich werde immer abgeklärter und objektiver, je mehr er glaubt, daß er es ist, der mich anzieht. Wie abscheulich ich bin! Und trotzdem fühle ich mich nicht treulos, sondern wie im Alter von dreizehn Jahren, als ich zum erstenmal die Häßlichkeit des Lebens bemerkte und anfing, meine Brüder zu bemuttern. Daß Allendy sein ganzes Leben anderen gewidmet hat, macht uns einander ähnlich. Wenn Henry sagt: »Das Leben ist schlecht«, dann macht er es nur noch schlechter. Wenn ich zu Henry sage: »Ich muß meine Mutter besuchen«, dann fragt er: »Warum?« Was ich mir wirklich wünsche, ist, alle meine Pflichten und Verantwortungen aufzugeben und mich in das Abenteuer zu stürzen. Aber ich werde es nie tun; ich werde nicht meine Mutter und Joaquin hilflos zurücklassen. Ich will nicht an anderen tun, was man mir getan hat.

In meinen Beziehungen und meinen Sympathien für Menschen bin ich sehr beständig. Ich erinnere mich zum Beispiel an die Gespräche, die ich in der letzten Zeit mit Allendy geführt habe, und wenn ich einen losen Faden finde, nehme ich ihn auf, entwirre ihn, setze ihn dort ein, wo er hingehört. Es handelt sich um den Aufbau winzigster Zellen, die das Leben immer wieder zerstören will. Der ganze Mechanismus des praktischen Lebens widersetzt sich einem solchen Aufbau. Das Telefon läutet; die Patienten warten; ein Vortrag muß geschrieben werden, und auf Vorschriften ist zu achten, dazu kommt die Menge meiner eigenen Sorgen und Pflichten, das Haus, die Freunde, der Garten, die Bedürfnisse der anderen. Das rollt wie eine Welle über das Muster, über das Gewebe der feineren Fäden, zerreißt es. Ich hasse Begegnungen, die unpersönlich, kurz, zufällig sind. Mir geht es nur um die geduldigen, verborgenen, vorsichtigen Bemühungen, mit denen man die Einsamkeit menschlicher Wesen durchbrechen, Brücken bauen kann. Dafür braucht man, im Leben und beim Schreiben, viel Zeit. Proust mußte sich aus dem Leben zurückziehen, um auf diese Weise schreiben zu können.

Gerade diese Beziehung behandle ich mit einer Sorgfalt wie keine andere. Es ist charakteristisch für mich, daß ich einen Faden nicht abreißen lasse, wenn wir unterbrochen werden. Das Thema läßt mich nicht los, und ich lasse es nicht fallen. Während Allendy telefoniert, führe ich unser Gespräch zu Ende, von realen Zwischenfällen nur oberflächlich gestört, in der Tiefe unberührt davon, unabhängig davon. Henry spürt diese Beständigkeit: Sie ist wie ein Katalysator, ein *point de ralliement*, ein magnetischer Pol für verstreute, unzusammenhängende Elemente.

Eine Freundin von Joaquin hat meinen Vater vor kurzem in Südfrankreich getroffen und erzählt mir: »Ihr Vater leidet sehr unter der Trennung von Ihnen. Ich glaube ihm. Er lügt manchmal, aber ich merke es immer, wenn er lügt. Er ist sehr sensitiv, sehr feminin und natürlich ungeheuerlich egoistisch. Will geliebt und verwöhnt werden. Er besuchte mich am nächsten Tag und redete stundenlang nur davon, wie es ihn schmerzt, seine Kinder verloren zu haben. Manchmal liest er in Ihren Briefen, die ihm sehr viel bedeuten, und kann nicht verstehen, warum Sie sich von ihm getrennt haben. Er hat sehr darunter gelitten.«

»Schreiben Sie ihm, daß ich mit ihm zusammentreffen werde, wenn er wieder nach Paris kommt«, sagte ich.

Zu Hause saß ich dann vor dem Kamin und starrte so lange in das Feuer, bis ich wie hypnotisiert war. Mir war, als stünde ich unter einer Glasglocke, einer solchen, wie ich sie als Briefbeschwerer benütze, in der, wenn ich sie schüttle, Schneeflocken aufwirbeln und ein winziges Schloß bedecken.

Dieses Schloß hat eine starke Ähnlichkeit mit »Les Ruines« in Arcachon, wo mein Vater uns verlassen hat. Man hat es für d'Annunzio einem mittelalterlichen Schloß nachgebaut, und mein Vater hatte es für den Sommer gemietet. Es war ein düsterer Ort, von Efeu übersponnen und von alten Bäumen zur Gänze überschattet. Für das Drama, das sich dort abspielen sollte, war es ein hübsches, verwunschenes Schloß. Man hätte es als Hintergrund für die Geschichten von Edgar Allan Poe verwenden können. Die Fenster waren, wie in den Kirchen, aus farbigem Glas.

Die Stadt selbst war ein fröhlicher Badeort am Meer, aber es sah nicht so aus, als wären wir ein Teil dieses Lebens. Ich war nach einer fast lebensgefährlichen Operation an einem vereiterten Blinddarm eben aus dem Krankenhaus entlassen worden und nach drei Monaten einer langsamen Rekonvaleszenz noch schwach und schrecklich mager. Meine Mutter dachte, das Meer würde mir guttun. Als wir ankamen, sah ich, wie er uns von einem Fenster aus beobachtete. Er schien nicht glücklich, uns zu sehen. (Später erfuhr ich, daß die Eltern von Maruca, einer seiner Klavierschülerinnen, das Haus für ihn gemietet hatten, damit sie ihre Studien fortsetzen könne.)

Es gab jedoch dort einen Park, wild wuchernd und labyrinthisch, in dem man sich verlieren konnte. Und es gab die Fenster aus farbigem Glas, und durch den Mittelpunkt der Malereien, einem vielfarbigen Wirbel, konnte man die Welt in allen Farben des Spektrums sehen, orange, blau, meergrün, rubinrot. Stundenlang klebte ich an diesen Steinen und blickte hinaus in eine prismatische Welt. Eine andere Welt. Zum erstenmal sah ich eine andere Welt. Farben. Rubinfarbene Bäume und einen orangegelben Himmel. Gesichter, lang wie Luftschiffe, geschwollen wie Ballons.

Gabriele d'Annunzio lebte in der Nähe, jener Mann, der geschrieben hatte, daß er jederzeit ein Rendezvous mit Musik jenem mit einer Frau vorziehen würde. Er hatte eine Freundin, die ihre Hunde mehr liebte als ihre Kinder: ihre Kinder schickte sie ins Spital, aber die Hunde betreute sie selbst.

Ich beschloß, Malerin zu werden. Ich war zehn Jahre alt und schrieb Gedichte. Ich machte Pläne für die Zukunft. Ich plante, ein Waisenhaus zu errichten und Waisenkinder zu mir zu nehmen. Mein Vermögen wollte ich an die Armen verteilen und selbst keine Kinder haben.

Einen großen Teil unserer Zeit verbrachten wir mit den reichen Mäzenen meines Vaters. Instinktiv war ich eifersüchtig auf Maruca, die sechzehn und für uns fast noch eine Spielgefährtin war. Sie hatte zarte Hände und Füße und war kindlich und klein. Offiziell war sie mit einem jungen Maler verlobt, aber ich ahnte, daß mein Vater sie liebte, eine Ahnung, die sich als richtig herausstellte, als er sie Jahre danach heiratete.

An diesem Ort war es, daß mein Vater für immer von uns fortging. Hier war es, daß ich mich, als er seine Abreise zu einer Konzerttournee ankündigte, an seine Rockschöße hängte und sagte: »Verlaß uns nicht, Papa, verlaß uns nicht!« Ich wußte, daß er für immer ging und nicht, wie meine Mutter glaubte, wieder nur für eine Konzertreise.

Lange Zeit danach, als ich nach zehn Jahren von Amerika nach Europa zurückkehrte, wartete mein Vater in Le Havre auf mich. Ich kam zum erstenmal nach Frankreich zurück. Das Leben in Amerika hatte mich verändert.

Wir sprachen drei Stunden lang miteinander, während der ganzen Fahrt nach Paris.

Mir gegenüber saß ein Fremder. Er war ein Dandy. Er rauchte seine Zigaretten in einer goldenen Zigarettenspitze. Er war mit äußerster Eleganz gekleidet. Er trug gelbe Gamaschen und eine Perle in seiner Krawatte und Brillantine im Haar, das lang, aber sorgfältig frisiert war. Er trug einen Stock und cremefarbene Handschuhe. Das hätte mich nicht gestört. Aber seine Art, zu sprechen.

Etwas daran war falsch. Künstlich.

Vielleicht war ich durch das Leben in Amerika, bei meiner Mutter, natürlicher geworden.

Er bereitete mich darauf vor, daß er Maruca heiraten würde. Warum sagte er nicht: »Ich liebe sie«; es hätte genügt. Statt dessen hielt er eine ausführliche Verteidigungsrede, die auf materielle Gründe abgestimmt war: Ein Mann könne nicht allein leben; sie sei reich und würde der »Großmutter« in Spanien helfen; sein Gesundheitszustand würde sich bessern; seine Freundinnen nähmen ihm zuviel Zeit usw. Es klang blasiert und frivol, oberflächlich, gewöhnlich. Vielleicht hatte ich zuviel erwartet. Jedenfalls war ich nicht auf eine Salonplauderei gefaßt gewesen.

In Paris traf ich Maruca, von grand-couturiers gekleidet, in einer Wolke von Parfüm, mit hoher Mädchenstimme sprechend, gefallsüchtig. War sie nicht beinahe eine Spielkameradin von uns gewesen? Sie war klein, zart, anschmiegsam. Aber ich fühlte mich vollkommen fremd, und das wurde nur noch schlimmer, als mein Vater anfing, meine Mutter zu kritisieren. Die Jahre der Armut, das Leben in Amerika hatten einen Abgrund aufgerissen, und mein Vater spürte dahinter die Absicht meiner Mutter, uns einander zu entfremden. Ich hatte das Spanische ganz verlernt und das Französische zur Hälfte. Schritt für Schritt zog ich mich zurück.

Taxis sind meine Flügel. Ich kann nicht warten. Es ist wunderbar, mit dem Zug um 3.25 im Lärm und Rauch und Gewühl der Stadt anzukommen, die Stufen hinabzulaufen und dann wie im Traum durch die Stadt zu schweben und bei Allendy gerade in jenem Augenblick anzukommen, in dem er den schwarzen chinesischen Vorhang zurückschlägt. Und weiter in das Café, in dem Henry mit seinen Freunden sitzt. Das Taxi ist die Märchenkutsche, mit der man ohne Schwierigkeiten aus einem Bereich in den anderen wechselt, in glatter Fahrt durch die perlgraue Stadt, durch den Opal Paris; ich spreche schon mit meiner Mutter über die gefärbten Laken, während ich für mich selbst auf einer anderen Notenlinie der Partitur noch die Fragmente meines Gespräches mit Allendy wiederhole. Meine Mutter sagt: »Fifille, gefällt dir der Einband deines letzten Tagebuches? Er hat nur zwanzig Francs gekostet.« Ich liebe meine Mutter jetzt sehr, ihre Menschlichkeit, ihre Güte, ihre Energie, die fröhliche Kraft, mit der sie alles erträgt. Joaquin sagt: »Du bist so still. Bist du krank?« Er ertappt mich bei einem heimlichen Lächeln über mich selbst, über die Fülle meines Lebens: der Notenschrank voller Bücher, die zu lesen ich keine Zeit habe, die Karikaturen von George Grosz, ein Buch von Antonin Artaud, unbeantwortete Briefe, dichter Lebensstoff; wie June möchte ich unempfindlich sein für Details und meine Kleider einfach mit Sicherheitsnadeln zusammenhaken, aber ich bin es nicht. Meine Wandschränke sind mit japanischer Ordnungsliebe aufgeräumt, jedes Ding hat seinen Platz, aber alles ist einer höheren Ordnung unterworfen, die dem Leben zu dienen hat. Jedes Kleid kann zerknittert und im Bett getragen werden, jede Frisur dem Wind ausgesetzt, Sicherheitsnadeln und Haarnadeln dürfen verlorengehen und die Absätze an den Schuhen brechen. In wichtigen Augenblicken rücken alle Einzelheiten in den Hintergrund. Ich verliere nie das Ganze aus dem Blick. Auch das schönste Kleid ist nur dazu gemacht, daß man darin lebt, daß es getragen wird, naß wird, fleckig, zerknittert.

Wenn ich mit Henry spreche, weiß ich, daß einmal die Zeit kommen wird, in der wir uns ganz verstehen, denn unsere maskulinen und femininen Welten trachten danach, einander zu treffen, nicht einander zu bekämpfen. June kann nur im Wahnsinn erkannt werden. Der Bereich der Frau ist jener, der vom unmittelbaren Begehren des Mannes unberührt bleibt. Der Mann zielt auf das vitale Zentrum. Die Frau füllt den Umkreis aus.

[März 1933]

Henry am Telefon: Die Unterredung mit Dr. Otto Rank war ein hundertprozentiger Erfolg. Rank hat ihn sich zum Freund gemacht. Er bewundert Henry. ›Tropic of Cancer‹, sagt er, ist nicht der ganze Henry, nur ein übersteigerter Aspekt von ihm.

»Das verdanke ich alles dir«, sagt Henry.

»Du verdankst es dir selbst«, antworte ich.

Zu Henry hatte ich gesagt, Rank würde ihn verstehen. Henry hatte geschwankt, aber er vertraute mir. Er brauchte das Selbstvertrauen, das ihm diese Herausforderung geben konnte. [Ein ausführlicher Bericht darüber steht in Henry Miller: ›Letters to Anaïs Nin‹, S. 80–86, Putnam, 1965, dt. Ausgabe Rowohlt 1968.]

Die Komtesse Lucie, die in jeder Nummer von ›Vogue‹ zu sehen ist: perlmuttener Teint, mattgoldenes Haar, so schlank, wie man nur sein kann, ohne an aufregender Kontur zu verlieren, ähnlich Brigitte Helm. *Très frileuse.* Großes Kaminfeuer, im Frühling. Die Stühle und Diwans sind mit weißem Satin bezogen. Ihre Negligés erinnern an die Negligés von Odette. Ihre Art zu sprechen ist seltsam, spröde und scharf. Mit Edmond Jaloux zusammen gründet sie eine Zeitschrift; sie will einige Sachen von mir dafür übersetzen. Ich betrachte immer wieder die riesigen, riesigen Fenster und die Spitzenvorhänge davor. Kissen unter den Füßen, und das Leben ohne Farbe, ohne Geschmack. Sie ist ganz ausgehungert nach Wundern, die ich vollbringen soll. Es ist Lucie, die mich ausgesucht und gesagt hat: »Ich liebe so sehr Ihre Ruhe, Sie haben das Leben besiegt. Ich bin in einer ganz dummen, unentschiedenen Situation. Ich würde gerne Ihre Sicherheit haben. Ich warte auf die Liebe, auf das Wichtigste im Leben einer Frau.«

»Warten Sie nicht darauf«, sagte ich. »Schaffen Sie eine Welt, Ihre eigene Welt. Allein. Stehen Sie auf eigenen Füßen. Erschaffen Sie. Dann wird die Liebe zu Ihnen kommen, weil alles zu Ihnen kommt. Als ich mein erstes Buch geschrieben hatte, öffnete sich für mich die Welt, in der ich leben wollte.«

»Ich fühle mich dazu verdammt, Zuschauerin zu sein. In Jeannes Leben bin ich eine Zuschauerin. Ich verehre Jeanne. Aber ich möchte meine eigene Welt finden. Im allgemeinen kann ich mir die Umgebung eines Menschen vorstellen. Ihre kann ich mir nicht vorstellen.«

»Meine Umgebung bin ich selbst. Mehr kann ich dazu nicht sagen. Alles ist wie ich, denn ich habe alle Konventionen verworfen, die Meinung der Welt, ihre Gesetze. Ich bin nicht wie Sie und Jeanne verpflichtet, eine gesellschaftliche Rolle zu spielen.«

Lucie tastet zwischen Kunst und Gesellschaft hin und her, zwischen Boheme und Aristokratie, Konventionen und Perversionen. Da sie eine Künstlerin ist, spricht sie mit Bewunderung von meinem Gang, meinen Händen, meinen Bewegungen. Ich sehe ihr zu, wie sie ihre Tulpen öffnet, so daß sie weniger zierlich, mehr wie exotische Blüten aussehen. Muß alle diese Schönheit weggefegt werden, damit Lucie ein Leben gewinnt, das auch nach Leben schmeckt? Was ist der Unterschied zwischen uns? Ich lebe meine Träume aus. Die Träume sind nur ein Beginn. Sie weisen den Weg, den man zu gehen hat. Diese Welt, die Proust fasziniert, die ihn verführt hat, ich möchte nicht in ihr leben. Lucie kann in meine Welt kommen.

Ich gehe so leicht in den keimenden, blühenden Frühling hinein, höre neue Geräusche, den freudigen jungen Atem der Erde und denke dabei an Antonin Artaud, der heute abend mit den Allendys zu mir kommt.

Allendy hat meine Zuneigung zu ihm in seiner Weisheit aufgelöst. Wie kann ich ihm das begreiflich machen? Er hat schon begonnen, unter Eifersucht zu leiden und Forderungen zu stellen. Die Wahrheit ist, daß ich dem fürchterlichen Vergnügen daran, zu bezaubern und zu flirten, nicht widerstehen kann, auch wenn ich nicht liebe. Was für ein Geständnis! Es muß sich um ein Hochgefühl handeln, ähnlich jenem, das ein Ski-Champion vor einem herrlichen, endlosen weißen Hang empfindet, oder der Schwimmer vor einer wandhohen Welle, oder der Bergsteiger beim Blick auf den höchsten Gipfel. Aufschwünge, Sprünge, sanftes Abgleiten. Aber Allendys Weisheit hat ihn vor größerem Leiden bewahrt. Als er versuchte, mich zu erziehen, habe ich zu spielen begonnen, bin eigensinnig und launisch geworden. Hätte Allendy mich in seiner Jugend geheiratet, wovon er träumt, was für ein Leben hätte er mit mir gehabt!

Die Besucher sind fort. Ich sitze allein im Arbeitszimmer. Die Allendys waren mit Antonin Artaud gekommen. Wir wanderten durch den von Mondlicht überfluteten Garten, und Antonin war sehr bewegt und in einer romantischen Stimmung: »Die Schönheit der Welt, die wir verloren glauben, hier ist sie. Das Haus ist verzaubert, der Garten ist verzaubert. Ein einziges Märchen.«

Artaud. Hager, straff. Ein hungriges Gesicht, visionärer Blick. Sardonisches Gehaben. Jäh ermüdend, dann wieder fiebrig und gehässig.

Das Theater ist für ihn ein Ort, um Schmerz, Zorn und Haß hinauszuschreien, die Empörung in uns freizusetzen. Schrecken und Tod sind es, die in uns die größten Leidenschaften erregen. Er sprach über die alten blutigen Rituale. Kräfte, die sich übertragen. Wie wir die Fähigkeit zur magischen Übertragung verloren haben. Die Priester des Altertums wußten, wie durch Rituale Glauben und Ekstase ansteckend werden. Die Mächte des Rituals sind in Vergessenheit geraten. Sie sind es, die er auf die Bühne bringen möchte. Heute kann niemand ein Gefühl mit einem anderen teilen. Und Antonin Artaud fordert dies vom Theater; es soll im Mittelpunkt sein, ein Ritual, das uns alle erweckt. Er will schreien, um die Menschen wieder zu Leidenschaft und Ekstase zu erregen. Nichts zerreden. Keine Analyse. Ansteckung, die von ekstatischen Szenen ausgeht. Keine Illusionsbühne, sondern ein Ritual inmitten des Publikums.

Während er sprach, fragte ich mich, ob es wirklich das Ritual ist, das wir verloren haben; ob nicht vielmehr die Kraft des Gefühls versiegt, die uns kein Ritual mehr zurückgibt.

Artaud ist der Surrealist, den die Surrealisten ausgeschlossen haben, das hagere Gespenst, das die Cafés heimsucht, aber niemals mit an der Bar, mit an den Tischen sitzt, niemals mit jemandem lacht. Er ist der süchtige, verschlossene Einzelgänger, der Stücke zu schreiben versucht, die wie Folterszenen sind.

Seine Augen sind vor Ermattung blau, vor Schmerzen schwarz. Er besteht nur aus Nerven. Aber er war schön, als er in dem Film von Carl Dreyer den Mönch spielte, der die Jeanne d'Arc liebt. Die tiefliegenden Augen des Mystikers, Licht, das aus Höhlen scheint. Von weither, durch Schatten, geheimnisvoll.

Für Artaud ist auch das Schreiben ein schmerzvoller Prozeß. Es kommt stoßartig und unter großen Mühen. Er ist arm. Er liegt im Kampf mit einer Welt, von der er glaubt, daß sie ihm höhnend und drohend gegenübersteht. Seine Intensität ist bedrückend und schrecklich.

Im Garten, während wir hinter den anderen zurückblieben, hatte er die Halluzinationen verflucht. Ich sagte: »Ich bin in meiner Welt der Halluzinationen glücklich.«

»Ich bin es nicht. Für mich sind sie eine Qual. Ich mache übermenschliche Anstrengungen, um zu erwachen.«

Allendy hatte mir erzählt, daß er Artaud vom Rauschgift entwöhnen wollte, das ihn zerstört. Alles, was ich an diesem Abend feststellen konnte, war sein Aufruhr gegen Interpretationen: Ungeduldig schob er sie beiseite, als hinderten sie ihn an seinen Aufschwüngen. Er sprach mit

Leidenschaft über die Kabala, Magie, Mythen und Legenden.

Allendy berichtet, daß er nach einigen Sitzungen die Analyse abgelehnt hat. Sie war für ihn nur eine Formel; trotzdem gibt er zu, daß sie ihm eine Hilfe war.

Als Allendy zum erstenmal nach Louveciennes kam, sagte er: »Ich fühle mich hier wie in einem sehr fernen Land.« Und Artaud: »Überhaupt nicht. Hier bin ich zu Hause.«

Wie ich vorausgesehen hatte, wird Henry von Walter Lowenfels angeregt, während auf mich Artaud inspirierend wirkt. Nur weil ich in mehreren Schichten zugleich lebe, kann ich Henrys neueste Begeisterung verstehen. Seine Hymnen auf Lowenfels sind die Entsprechung meiner Hymnen auf Artaud.

Artaud hat über seine furchtbare Einsamkeit geschrieben; ich gab ihm daher nach der Lektüre seines ›L'Art et le Mort‹ mein ›House of Incest‹ und schrieb ihm dazu:

»Lieber Antonin Artaud:

Sie, der Sie die Sprache und die Wahrnehmungen der Nerven entdecken, der Sie wissen, was es heißt, sich hinzulegen und zu fühlen, daß es nicht ein Körper ist, der da liegt, sondern ein im Raum ausgespanntes Netz, durch das Halluzinationen schwärmen, mögen hier eine Antwort finden auf die Konstellationen, die aus Ihren Worten und der Zersplitterung Ihrer Gefühle entstehen, eine Verflechtung, einen Parallelismus, eine Begleiterscheinung, ein Echo, eine ähnliche Geschwindigkeit des Raumes, eine Resonanz. Eine Resonanz auf Ihre ›*grande ferveur pensante*‹, Ihre ›*fatigue du commencement du monde*‹. Es ist wesentlich, zu fühlen, daß die Worte, die man spricht, nicht ins Leere fallen. Nicht eines Ihrer Worte in ›L'Art et le Mort‹ fällt in eine Leere. Und vielleicht ersehen Sie aus diesen Seiten, daß ich eine Welt vorbereitet habe, Sie aufzunehmen, eine Welt ohne Wände, lichtaufsaugend, reflektierende Kristalle, betäubte Nerven, visionäre Schau, fiebrige Träume. Obwohl dieses Buch geschrieben wurde, bevor ich Sie kennenlernte, ist es doch nur gemacht, um sich mit Ihrer Vision der Welt zu vereinen.«

Antwort von Artaud:

»Ich wollte Ihnen über das Manuskript, das Sie mir gegeben haben, gerne ausführlich schreiben, denn ich spüre darin eine geistige Spannung und eine sehr kritische Wahl der Worte und des Ausdrucks, die meiner Art, zu denken, entsprechen. Aber ich bin in diesen Tagen buchstäblich besessen und gejagt und ausschließlich mit einem Vortrag beschäftigt, den ich am Donnerstag über ›Das Theater und die Pest‹ halten soll, ein schwieriges und schwer zu fassendes Thema, und noch dazu eines, das meine Gedanken in eine meinem Denken sonst völlig entgegengesetzte Richtung zwingt. Außerdem, ich lese Englisch sehr schlecht, fast gar nicht, und Sie schreiben ein besonders schwieriges Englisch, ungewöhnlich und kompliziert: Damit wird mein Problem verdoppelt und verdreifacht. Entschuldigen Sie, bitte, wenn ich heute nicht mehr dazu sage. Ich werde es tun, sobald ich meinen Vortrag hinter mir habe. Glauben Sie, bitte, bis dahin an meine Gefühle großer Dankbarkeit für alles, was Sie für mein Theaterprojekt getan haben, von dem ich hoffe, daß Sie sich aktiv und als ›réalisatrice‹ dafür einsetzen werden.«

Das Tagebuch als Reiseplan. Artaud versteht nicht, warum ich es in eisernen Kassetten aufbewahre. Er ist sehr gegensätzlich eingestellt, er bewahrt nichts auf. Es gehört ihm nichts. Auch Henry besaß nichts, als ich ihn kennenlernte. Ich habe einen Instinkt für Schicksal, Zeit, Geschichte. Henry sagt, er hätte jetzt nicht mehr den Mut, ohne einen Groschen Geld einfach loszuziehen. Er ist der äußeren Abenteuer müde. Wie fleißig er Notizen sammelt und die Blätter bindet, Skizzen entwirft, das ist ein Beweis dafür.

Für Allendy sammle ich Material über den Schwarzen Tod, für ein Buch, das er schreibt.

Henry spricht über Schizophrenie, das Universum des Todes, den Hamlet-Faust-Zyklus, Schicksal, die Seele, Makromikrokosmos, megalopolitanische Zivilisation, Unterwerfung unter biologische Gesetze. Meinem Gefühl nach sollte er über sein Leben, nicht über Ideen schreiben. Warum will er ein Denker sein, ein Philosoph? Möchte er seine Welt in Ordnung bringen, um für sich selbst darin einen Platz zu finden? Oder steht er unter dem Einfluß von Lowenfels und Fraenkel? Henry arbeitet an seinem Tisch, schlägt sich mit D. H. Lawrence herum, gräbt sich durch Berge von Notizen, seufzend, rauchend, fluchend, tippend, Rotwein trinkend. Aber er hört alles, was ich Fred über meine Arbeit für Allendy, die Pestchroniken, erzähle, und über das leidenschaftliche Leben, das aus dem Todesschrecken entspringt. Tatsächlich war es eine reiche und fruchtbare Periode. Henry hört zu, findet, daß es auch in sein System paßt, und beschießt mich mit Fragen; die Daten, die ich ihm liefere, befriedigen ihn tief, die Information stützt seine These. Er verwendet alles.

Seine neue Phase ist philosophisch. Über das Chaos seines Bohemelebens mit June spricht Henry ebenfalls als von einer Phase, die seiner wahren Natur nicht entsprochen habe. Alle großen Künstler, sagt er, lieben die Ordnung. Eine tiefreichende Ordnung. Henry versucht also jetzt, das Chaos zu meistern.

»Joyce«, sagt Henry, »steht für die Seele der Großstadt, für Dynamik, Atheismus, Gigantismus, Frustration. Er ist ein Archäologe der toten Seelen.«

Wir sprachen über Lawrence und den Tod. Ich las Henry meine Kommentare vor. »Hast du das geschrieben? Hast du das geschrieben?« Voller Erstaunen: »Das ist das letzte Wort, das darüber gesagt werden kann . . .«

Die Vision der Frau ist gewöhnlich kurzsichtig. Ich glaube nicht, daß es die meine ist. Abstrakte Ideen verstehe ich jedoch nicht.

Vor diesem Gespräch hatten wir einen Film mit Lil Dagover gesehen – eine von Henrys Abgöttinnen. Es war ein schlechter Film, aber ihr statuenhafter, wollüstiger Körper brachte ihn zum Träumen. Nach der Vorführung erschien sie in persona, geziert, geglättet, verdünnt, und desillusionierte ihn vollkommen. Vielleicht, daß er aus Zorn über seine Enttäuschung wild draufloszureden begann. Wir saßen in einem russischen Café neben häßlichen Frauen in Abendkleidern, aber Henry war in einer Stimmung, daß er sie am liebsten in die entblößten Schultern gebissen hätte.

Henry glaubt, daß er eine große Wandlung von einem romantischen Interesse am Leben zum klassischen Interesse an Ideen durchmacht. Vor einem Jahr noch, als Fraenkel zu Henry sagte: »Menschen sind Ideen«, fragte Henry: »Warum Ideen? Warum Symbole?« Nun ist er unter die Philosophen gegangen. Wir sitzen in Kaffeehäusern und trinken, und er hört nicht auf, über Spengler zu reden. Ich frage mich, warum. Versucht er, seine Erfahrung zu ordnen, sie einzuordnen? Ich bin stolz auf seinen Eifer, aber ich fühle mich um den abenteuerlichen Henry betrogen. Um seine Unterwelten, seine komischen Drangsale, seine wilden Nächte, seine Suche nach dem Vergnügen, nach Absonderlichkeiten, sein Leben auf der Straße, seine Bekanntschaften mit allen und jeden.

Allendy vermisse ich überhaupt nicht. Wie klug war es von ihm, an meiner Zuneigung zu zweifeln. Er führt mich nicht mehr, und ich bin von ihm nicht mehr abhängig. Was bleibt, ist Dankbarkeit und die Erkenntnis seiner Weisheit. Aber Weisheit ist ein schnellerer Weg zum Tod. Ich verschiebe das Sterben dadurch, daß ich lebe, leide, irre, riskiere, gebe und verliere. Allendy hat sich entschlossen, schnell zu sterben, zu früh, um über das Leben zu herrschen. Der Romantiker unterwirft sich dem Leben, der Klassiker beherrscht es. Er hat sich vor dem Leiden gerettet und ist nun tot; er lebt nur noch durch andere, sitzt als Voyeur hinter der Chaiselongue, hinter der gepolsterten Lehne, die ihn abschirmt, und ich höre noch, wie sein Bleistift kratzt, während er das Leben der anderen mitschreibt. Man kann auch das Leben anderer leben, aber nur wenn man sein eigenes lebt, denn wenn wir lebendig sind, sehen wir, hören wir, fühlen und verstehen wir mehr, dringen wir tiefer in andere Leben ein. Seine indirekte Teilnahme . . . seine Beobachtungen aus den Alkoven, den Nachtlokalen, den Tanzhallen, Bars, Cafés, aus dem Nachtleben und den Liebesaffären anderer . . .

Mir hat er Mut zu meinem Leben gegeben. Dafür schulde ich ihm Tribut. Aber ich gab ihm nur Trauer und Reue, Sehnsüchte, einige Augenblicke der Tollheit. Preis sei seiner Einsicht und seinem Geschick, denn er hat mich neu geschaffen.

Ein Hörsaal der Sorbonne.

Allendy und Artaud sitzen an dem großen Vortragstisch. Artaud wird von Allendy eingeleitet. Der Raum ist überfüllt. Die schwarze Tafel ist ein seltsamer dunkler Fleck im Hintergrund. Im Publikum, den Hörern von Allendys Vorträgen über neue Ideen, sind alle Altersstufen vertreten.

Das grelle Licht läßt Artauds ohnehin schon tiefliegende Augen noch weiter zurückfliehen. Die Heftigkeit seiner Gesten wird dadurch noch deutlicher. Er scheint Qualen zu leiden. Manchmal fällt ihm sein etwas zu langes Haar in die Stirn. Er hat die gewandten, schnellen Bewegungen des Schauspielers. Sein Gesicht ist hager, wie vom Fieber abgezehrt. Seine Augen scheinen das Publikum nicht wahrzunehmen. Es sind die Augen eines Menschen, der Visionen hat. Seine Finger sind außergewöhnlich lang.

Neben ihm wirkt Allendy irdisch, schwerfällig, grau. Massig sitzt er hinter seinem Tisch und brütet vor sich hin, während Artaud vortritt und über ›Das Theater und die Pest‹ zu sprechen beginnt. (Er hatte mir einen Sitz in der ersten Reihe reserviert.) Es geht ihm, scheint mir, vor allem um Intensität, eine überhöhte

Form des Lebens und Erlebens. Er will daran erinnern, daß während der Pestzeit herrliche Werke der Kunst und des Theaters entstanden sind, weil der Mensch, von Todesangst gepeitscht, Unsterblichkeit sucht und sich entfliehen, sich übertreffen möchte. Dann aber, zuerst kaum merklich, löst er sich von dem Faden, dem wir folgten, und beginnt, das Sterben des Pestkranken zu spielen. Niemand könnte so recht sagen, wie es angefangen hat. Um seinen Vortrag zu illustrieren, versetzte er sich in Agonie. Das französische »La Peste« klingt sehr viel schrecklicher als das englische »The Plague«, aber keines dieser Worte beschreibt, was Artaud auf dem Katheder der Sorbonne vorführte. Er vergaß seinen Vortrag, das Theater, seine Ideen, Dr. Allendy hinter sich, das Publikum, die jungen Studenten, seine Frau, die Professoren und Direktoren.

Sein Gesicht war von Angst verzerrt. Man konnte sehen, wie Schweiß sein Haar durchnäßte. Seine Augen weiteten sich, seine Muskeln krampften sich zusammen, seine Finger spreizten sich in ersterbender Bewegung. Er ließ uns den vertrocknenden, verdorrenden Gaumen spüren, die Schmerzen, das Fieber, das Feuer in den Eingeweiden. Er spielte seinen eigenen Tod, seine eigene Kreuzigung.

Das Publikum war zuerst sprachlos. Und dann begannen sie zu lachen. Alle lachten. Sie pfiffen. Und dann, einer nach dem anderen, verließen sie den Saal, lärmten dabei, riefen, protestierten, schlugen die Tür hinter sich zu. Nur Allendy und seine Frau, die Lalous und Marguerite blieben sitzen. Artaud jedoch hielt bis zum letzten Atemzug durch. Er lag am Boden. Als sich der Saal bis auf die kleine Gruppe seiner Freunde geleert hatte, kam er geradewegs auf mich zu und küßte mir die Hand. Er lud mich ein, mit ihm ins Café zu gehen.

Alle anderen hatten etwas zu tun. Wir verabschiedeten uns am Ausgang der Sorbonne, und Artaud und ich gingen durch den feinen Nebel davon. Wir wanderten und wanderten durch die dunklen Straßen. Er war verletzt, verwundet, beleidigt, spie seinen Zorn aus sich heraus. »Alle wollten sie etwas *darüber* hören. Sie wollten einen objektiven Vortrag über ›Das Theater und die Pest‹ haben, und ich wollte ihnen die Pest selbst geben, das Erlebnis der Pest, damit sie durch den Schrecken erwachen. Ich wollte sie aufwecken. Sie wissen nicht, *daß sie tot sind.* Ihr Tod ist total, wie Taubheit, Blindheit. Was ich zeigte, war die Agonie, die meine, gewiß, aber auch die jedes anderen.«

Der Nebel näßte sein Gesicht, er strich sich das Haar aus der

Stirn. Er war in Hochspannung, wie besessen; trotzdem sprach er jetzt ruhig. Wir saßen im Coupole. Den Vortrag vergaß er. »Ich habe nie jemanden getroffen, der so gefühlt hätte wie ich. Fünfzehn Jahre lang bin ich opiumsüchtig gewesen. Man hat es mir zum erstenmal gegeben, als ich noch sehr jung war, um irgendwelche schrecklichen Schmerzen in meinem Kopf zu betäuben. Manchmal habe ich das Gefühl, daß ich nicht schreibe, sondern nur Qualen in die Schrift übertrage, Geburtsqualen.« Er rezitierte Dichtungen. Wir sprachen über Form, das Theater, sein Werk.

»Sie haben grüne, aber manchmal violette Augen.«

Er wurde friedlich, ruhig. Wir gingen wieder, durch Regen.

Für ihn ist die Pest nicht schlimmer als der Tod durch Mittelmäßigkeit, durch Kommerzialisierung, durch Korruption, der uns umgibt. Er möchte den Menschen bewußt machen, daß sie sterben. Sie in einen poetischen Zustand versetzen.

»Die Feindseligkeit beweist nur, daß sie von Ihnen aufgestört wurden«, sagte ich.

Aber was für ein Schock, einen sensiblen Dichter mit einem feindlichen Publikum konfrontiert zu sehen! Welche Brutalität, welche Häßlichkeit im Publikum!

Es macht mich traurig, daß Allendy mir geholfen hat, daß ich ihm aber nicht helfen kann. Ich hasse es, ihn seiner dumpfen, engen Welt zu überlassen. Ich möchte, daß er Freude erlebt. Er sagte einmal, daß er immer das Gefühl habe, zwischen ihm und der Welt sei ein Schleier. Heute abend litt ich darunter, seinen Zauber schwinden zu sehen. Es ist, als sei er seit seinem Auftreten bei Joaquins Konzert einige Schritte weiter aus dem Leben gegangen. Vielleicht wußte er heute abend in der Sorbonne, daß er stirbt; daß er weiterhin aus seinem kleinen, bücherumstellten Zimmer schüchterne Neurotiker in die Welt schicken wird, wo sie leben und lieben, während er hinter seiner Chaiselongue sitzen bleibt und Notizen macht und alles, was er wünscht, an ihm vorbeigeht: Abenteuer, Erotik, Reisen, Ekstasen, das tiefere Leben.

Heute abend in der Sorbonne flackerte sein Zauber, schwankte, verblaßte, sank in sich zusammen.

Mein Vater schreibt: »Meine Tochter Anaïs, mein Liebling . . .« Ich muß über die theatralischen d'Annunzio-Phrasen lachen. Mein theatralischer Vater. Liefen mein Vater und d'Annunzio nicht den gleichen Frauen, Sängerinnen und Schauspielerinnen, nach, obwohl d'Annunzio älter und zynischer und, wie mein Vater behauptete, nicht immer fähig war, seine glühenden Versprechungen auch einzulösen, wie es mein Vater tat. Und doch konnte er, wie man sich erzählt, mit Frauen so bezaubernd umgehen, daß sie ihm alles verziehen und oft genug Worte und Dichtung, ohne sich zu beschweren, an Stelle der Taten nahmen. Ich erinnere mich noch, wie er sich über Joaquin beugte, der noch ein Kind war damals in Arcachon, und ein blumiges Kompliment machte: »Was er für leidenschaftliche Augen hat, wartet nur!«

Noch vermisse ich Allendy. Ich ließ ihn mein Leben leiten, beurteilen, ausbalancieren. Die Periode der Abhängigkeit war schön. Er war Gott, die Vernunft, der Freisprecher, der Priester, der Weise. Er befreite mich von Schuldgefühlen und Angst. Als er aber menschlich wurde, gebrauchte er seine Macht, um mir mein Künstlerleben zu nehmen, und stieß mich wieder zurück in die erstickende Enge der Bürgerlichkeit.

Nun warnt er mich vor Artaud. Er sagt, Artaud sei rauschgiftsüchtig und homosexuell.

Niemand führt mich. Mein Vater? An ihn denke ich wie an einen Altersgenossen. Alle anderen sind meine Kinder. Ich finde es betrüblich, wieder eine unabhängige Frau zu sein. Von Allendys Einsichten, seiner Leitung abhängig zu sein, war eine große Freude.

Heute kam Bernard Steele, Artauds junger Verleger. Er ist auch der Verleger von Dr. Otto Rank, und er brachte mir Ranks ›Don Juan and his Double‹. An jenem Abend, als ich ihn bei den Allendys kennenlernte, war er seicht und ironisch gewesen, und ich hatte ihn nicht gemocht. So, wie er heute im Garten saß, machte er einen anderen Eindruck: eher zart, lebhaft, schutzlos; seine Augen waren weit geöffnet, und er trank alles mit Gier in sich hinein. Er hatte spöttisch über D. H. Lawrence und in ironischer Weise über Artaud gesprochen. Der Wind war warm. Der kleine Bach plätscherte unter dem alten Efeu dahin. Die Walderdbeeren dufteten. Wir saßen in der Sonne. Die Flasche Sherry funkelte wie ein Juwel.

Bernard Steele spielt Gitarre. Er ist intelligent, aber paradox, voller Widersprüche und Kontraste. Ein Musiker, der versucht, ein Intellektueller zu sein. Seine Intellektualität ist unlogisch. Er ist sehr verfeinert und unglücklich. Er enttäuscht mich nicht. Am Verlag und an der Literatur ist er uninteressiert; er möchte nur sein eigenes Leben haben.

Marguerite und ich sind völlig offen zueinander. Unsere gegenseitigen Geständnisse ersetzen die Gespräche mit Allendy.

Heute brachte sie mich zum Lachen.

Sie wollte sich von Allendy lösen, ohne seine Gefühle zu verletzen, und sie wußte nicht wie. Vielleicht um ihre Eifersucht zu erregen, hatte er ihr von einer »offiziellen« Freundin erzählt, die sehr zornig wäre, wenn sie etwas von Marguerite erführe.

»In Allendys Geständnissen war nie die Rede von einer Freundin gewesen. Er sagte immer, sein Leben sei leer nach einer letzten Erfahrung mit einer Neurotikerin, die ihn erschreckt hätte. Ich hielt ihn für frei. Die Beziehung zu seiner Frau ist, wie ich weiß, rein geschwisterlich. Ich war eben dabei, meine Strümpfe anzuziehen, als er mir das sagte. Zuerst machte ich nur eine lustige Bemerkung dazu, aber später gab es mir zu denken und brachte mich auf eine Idee, wie ich aus meiner Situation einen psychoanalytischen Ausweg finden könnte.

Während ich mein ›Schema‹ aufzubauen begann, nach dem ich mich von meinen Donnerstagbesuchen bei Allendy befreien wollte, ohne ihm weh zu tun, war es noch ein abstraktes Spiel. Aber als ich Allendy alles das erzählte, stellte ich mir lebhaft vor, wie ich empfinden würde, wenn ich ihn wirklich liebte und entdecken müßte, daß ich seine Liebe mit einer anderen Frau teilte. Ich fing an, mich tatsächlich aufzuregen.

Allendys Blick wurde sanft. ›Ich verstehe dich nur zu gut. Du verlangst Alleinherrschaft.‹ Seine Güte rührte mich. Er sagte, er hätte dies alles vorausgewußt, er wußte, daß ich nicht die Frau sei, die mit der Liebe spielt, aber dann verlor er Einsicht und Kopf. Ich ließ ihm das nicht durchgehen. Er sollte das Vergnügen aufgeben, das er mit mir habe, und für immer mein Freund bleiben.

Ich merkte, daß ich ihn auf die schönste Weise hatte hineinlegen wollen und daß ich anfing, selber an meinen Betrug zu glauben. Es wurde immer schwerer, daran festzuhalten, daß Allendy ja gar keine Freundin hat, so erregten mich meine eigene Geschichte und Allendys gefühlvolle Interpretation.

Schließlich bat er mich um ein Rendezvous am Donnerstag als Abschiedstreffen und versprach mir eine große Szene, ein Drama mit Gewalttätigkeit, falls ich das Dramatische liebte. Sein Humor und sein Spieltrieb brachen durch. Er war ganz aufgeräumt, strahlte fast. Seine Augen blitzten gefährlich, und er sagte: ›Ich werde dich schlagen, wie es dein Vater getan hat. Du verdienst es. Du hast mit meinen Gefühlen gespielt.‹ Nun war bei Allendy so oft von Schlagen die Rede, daß ich beeindruckt war, als er mit blitzenden Augen darauf zu sprechen kam. Meine Neugierde war erwacht. Der Donnerstag versprach interessant zu werden.«

Marguerite traf sich mit Allendy an der Métro Cadet. Sie verspätete sich, und Allendy glaubte schon, sie käme nicht mehr.

»Ich sagte, daß ich gern etwas trinken würde, aber Allendy lehnte das ab. Er nehme nie etwas am Nachmittag, sagte er. Es würde seine Gewohnheiten in Unordnung bringen. Das Zimmer war diesmal ganz in Blau, im Stil der Madame Pompadour, der Alkoven mit himmelblauem Samt ausgeschlagen. Allendy gab mir keinen Kuß. Er setzte sich an den Bettrand und sagte: ›Nun wirst du für alles bestraft, dafür, daß du mich versklavt hast und mich dann verlassen wolltest.‹ Und er zog eine Peitsche aus der Tasche!

Nun hatte ich nicht mit einer wirklichen Peitsche gerechnet. Mein Vater machte das mit den Händen. Ich wußte nicht, wie ich mich verhalten sollte. Allendys Heftigkeit, seine zornigen Blicke, sein Wille, alles das gefiel mir. Aber als ich die Peitsche sah, mußte ich lachen. Er befahl mir, mich auszuziehen. Ich zog mich langsam aus. Ich mußte gegen meine fast unbezwingliche Lachlust ankämpfen.

Oh, Anaïs, es war so schlechtes Theater. Ein Kasperltheater. Ein Groschenroman. Was tut man, wenn man sich plötzlich mitten in einem Groschenroman befindet? ›La Vie Scandaleuse de Sacher-Masoch‹. Als Allendy sich an einigen Hieben versuchte, lachte ich. Es war nicht erregend. Nur mein Stolz wurde verletzt. Ich lachte über die Absurdität, die Unwirklichkeit. Wenn mein Vater mich schlug, so war das wirklich. Meine Mutter saß dann im Nebenzimmer und weinte. Ich verbiß mir das Schreien.

Allendy sagte, er würde mich windelweich prügeln, und ich würde vor ihm kriechen und betteln und alles tun, was er wolle. Er konnte die Peitsche nur einmal gebrauchen, und ich war schon, wo er mich nicht mehr erreichen konnte. Er glaubte, daß ich mitspielte.

Und dann sagte er etwas wie aus einem der billigen Bücher, die sie an den Kais verkaufen: ›Du kannst mit dem Kopf gegen die Wand rennen, in diesem Haus hört niemand auf Schreie‹, und auf diesen klassischen Ausspruch hin begann ich haltlos zu lachen. Allendy meinte, ich lachte, um ihn aufzureizen.

Vor kurzem hatte er mir gesagt, daß seine Arbeit anfange, monoton zu werden; daß es deprimierend sei, zu sehen, wie sehr sich die Menschen ähnlich seien – wie sie alle im selben Augenblick auf dieselbe Weise reagieren; wie sich die Bilder gleichen. Daran erinnerte ich mich, als die Peitsche meinen Körper erhitzte, *faute de mieux*. Allendy schien zufrieden. Er fühle sich gut, wiederholte er immer wieder, er fühle sich prachtvoll; er wisse, daß ich es so liebte; daß *dabei der Wilde in ihm erwachte. Un sauvage pour rire!* Der weise Mann, der den Wilden in sich mit der Peitsche antreiben muß!

Aber ich machte meine Sache so gut, daß im Taxi noch einmal Leidenschaft (ich meine relativ) in ihm hochkam und er ganz vergnügt wurde. Niemand, sagte er, würde eine solche Szene für möglich halten, gar niemand. Nicht einmal mein romaneschreibender Vater! Die Vorstellung erfreute ihn. Armer Allendy! Er begriff nicht, daß ich nach den Foltern der wirklichen Leidenschaft flehe, daß ich nur von echten Wilden versklavt werden möchte. ›Du wirst nicht mehr wissen, wer du bist‹, sagte Allendy.«

Wir lachten und wurden dann ernst. Ich sagte zu Marguerite: »Die Frage ist, ob die Männer tot sind, weil sie die Quellen des Lebens verschüttet haben, oder ob sie die Quellen des Lebens verschütten, weil sie schon tot sind und nur nach ihnen suchen, um sie auf rationale Weise unter Kontrolle zu bringen.«

Henry brachte William Bradley mit, den literarischen Agenten und Freund so vieler Schriftsteller.

Spontane Sympathie.

Bradley war von mir begeistert. Sprach auf der Rückfahrt im Zug mit Henry ganz hingerissen von mir.

Heute rief er mich an. Hat mein Kindertagebuch gelesen. Hält es für bemerkenswert: Naivität, Charme – und Tiefen. Erstaunliches Kind. Eine Entdeckung. Und dies und das und noch etwas. Ich war aufgeregt und kann mich nicht an alles erinnern, was er sagte. Seine Stimme war warm und ausdrucksvoll. Er und seine Frau haben bei der Lektüre gelacht und geweint.

Artaud schrieb mir:

»Ich habe lange über alles nachgedacht, was Sie mir über meinen Vortrag gesagt haben. Heute bin ich nicht mehr der Meinung, daß mein Versagen total war. Ich habe seitdem viele Reaktionen gehört und glaube doch, daß der Vortrag wirkungsvoll war. Aber ich weiß auch, was ich gewollt und was für ein phantastisches Ziel ich mir in meinen Plänen gesteckt hatte. Alles in allem genommen, habe ich Angst eingejagt und aufgestört, ohne zu befriedigen und ohne das Verständnis der Menschen zu gewinnen, das ich doch gewinnen wollte. Sie haben begriffen, aber *jenseits* meiner Worte, nicht durch meine Worte.

Eines erstaunt mich. Nach dem Manuskript zu urteilen, das Sie mir gegeben haben, ›House of Incest‹, haben Sie ein Wissen über sehr verborgene, fast geheime Regungen, die ich nur nach ungeheuren nervlichen Leiden, die ich mir nicht herbeiwünsche, erreichen kann. Ich möchte gerne wissen, auf welchem Weg Sie zum Kern seelischer Zustände vorstoßen.

Verzeihen Sie mir, daß ich erst so spät schreibe, aber ich arbeite für meinen Verleger an einem Buch über Heliogabal, das zu schreiben ich mich vor kurzem entschlossen habe. Ich arbeite täglich daran und sitze auch viel in den Bibliotheken, um Material zu suchen. Aus diesem Grunde habe ich Sie auch nicht angerufen.

Für dieses Werk über Heliogabal suche ich Informationen über die Chaldäische Astrologie (die einzig wichtige) und wäre sehr glücklich, wenn ich mit Ihnen darüber sprechen könnte.«

Ich habe Löcher in den Schuhen. Ich bezahle meine Rechnungen nicht. Ich versuche, ›House of Incest‹ zu beenden.

Henry über mein Buch:

»Sprich alles aus! Das ist der einzige Weg, der aus deinen wasserdichten Abstraktionen herausführt. Durchbrich sie, nimm ihnen ihr Geheimnis, laß sie in Bewegung geraten. Dann und wann durchstößt du sie und stehst dann da mit überzeugender Sprache und Kraft. Aber es ist, als müßtest du erst Diamanten in dir zerbrechen, sie pulverisieren und verflüssigen, ein anstrengendes Stück Alchimie. Ich bin immer noch der Meinung, daß einer der Gründe, warum du dich so an dein Tagebuch klammerst, die Angst ist, die du davor hast, dein zerbrechliches Ich mit der Welt zu konfrontieren. Du erzeugst Schmuck.«

Was die Arbeit anbetrifft, gebe ich Henry recht. Aber er versteht nicht, daß die natürliche Bewegung im Tagebuch stattfindet: Was ich nach außen produziere, ist die Essenz davon, der Mythos, das Gedicht. Hier arbeite ich alles aus. Der Edelstein wird aus diesem natürlichen Ausstoß geformt. Warum mögen die Menschen Edelsteine nicht?

»Ich bin über Lawrence hinausgegangen«, sagt Henry.

Seine Kritik an den »Abstraktionen« soll nur für den Beginn von ›House of Incest‹ gelten. Er wendet sich gegen die extreme Schwerverständlichkeit der Sätze, ihre Verschlossenheit, verlangt mehr Offenheit. Aber das ist Dichtung, protestiere ich, und Dichtung ist Abstraktion. Ich bin mir nicht sicher, ob Henry ›House of Incest‹ versteht. Ich werde bald eine Parodie bekommen. Zwischen dem Ernst, mit dem er schreibt, und dem burlesken Ergebnis, entsteht oft ein Gegensatz, der mich staunen macht. Manche Teile seiner Bücher sind einfach possenhaft; er ist überrascht, daß ich lache.

Artaud ist ein gequältes Geschöpf. Leicht zu irritieren. Stottert manchmal. Setzt sich immer in eine versteckte Ecke, versinkt im tiefsten Stuhl wie in einer Höhle, wie auf der Flucht.

Während wir sprechen, entspannt er sich langsam. Er spricht fließend, wenn auch sehr langsam. Man hat das seltsame Gefühl, Zeuge der Geburt eines Gedankens, einer Empfindung zu werden. Man sieht den Nebel, die ungeformte, bewegte Masse in ihrem Ringen nach Gestalt, die sorgfältige, präzisierende, zaghafte, skrupelhafte Bemühung, den Sinn nicht durch ein unbedachtes Wort zu verfälschen. Er zweifelt an jedem Ausdruck. Der Gedanke muß umzingelt werden, ausspioniert, eingefangen wie etwas sehr Flüchtiges.

»Was ich denke, habe ich noch nie jemandem mitteilen können. Mit den meisten Menschen kann man nur über Ideen sprechen, nicht über die Kanäle, durch die sie kommen, die Atmosphäre, aus der sie auftauchen, die feine Essenz, die entflieht, wenn man sie in Worte kleidet.«

»Das sind keine Ideen«, sagte ich, »sondern sinnliche Wahrnehmungen. Die Wahrnehmung der Sinne kann man nicht beschreiben.«

Es rührte mich tief, zu hören, wie er seine Schwierigkeiten beschreibt, sein Ringen um Sprache, seine außergewöhnliche Sensibilität und Empfindsamkeit, seine Unfähigkeit, sich zu freuen. Alles gefiltert durch Leiden, durch geschundene Nerven. Nicht Trägheit, nicht Tod, nicht Gefühllosigkeit, sondern ein Exzeß aller Fähigkeiten, aller Sinne. Das Gewicht, das er haben muß, der Sonnenaufgang hinter Nebel, einem Nebel aus schwarzer Galle. Die Mauern des Absoluten, gegen die er mit dem Kopf anrennt. Er kann nicht leben in der Mäßigung, im Alltag, nur in den Extremen, in einem bis zum Zerreißen angespannten Sein.

Ich bin nicht sicher, ob ich seine exzessiven Ausbrüche verstehe.

»In meiner selbstgeschaffenen Welt aus Träumen, Geistern und Halluzinationen fühle ich mich wohl, ich bin froh, daß ich sie habe«, sagte ich. »Die schrecklichsten Erscheinungen, die mich verfolgen – sobald ich einmal darüber schreibe, fürchte ich sie nicht mehr.«

»Ich habe auch diese Erleichterung nicht«, sagte Artaud. »Die Regionen, von denen Sie sagen, daß ich sie erreiche, geben mir keine Befriedigung. Es ist alles nur Qual. Ich mache übermenschliche Anstrengungen, um zu erwachen . . .«

»Aber warum erwachen?« fragte ich. »Warum? Ich ziehe meine Traumwelt, meine Nachtgespenster der Realität vor. Ich liebe Häuser, die im Fluß versinken.«

»Ja, das ist mir aufgefallen«, sagte Artaud, »Sie sind in Ihrer Welt zufrieden. So etwas kommt selten vor. Ich spüre in ›House of Incest‹ gewaltige Abstraktionen, sprachliche Instrumentationen, Kraft, Intensität. Übersetzen Sie doch einige Teile für mich, ich lese nicht gut englisch.«

Wir sprachen über unsere Ängste, zählten sie auf. Die seinen sind: verrückt zu werden, nicht schreiben können oder nicht sprechen, sich mit anderen nicht verständigen können (er schrieb, daß noch niemand mit solcher Schärfe die Hilflosigkeit der Sprache empfunden hätte). Ist das, was er sagen möchte, so schwierig? Oder hat er überhaupt eine Hemmung, zu schreiben? Oder fühlt er nicht, wenn es ihm gelungen ist, etwas zu sagen? Aber das ist das Problem eines jeden Schriftstellers, sagte ich. Jeder Schriftsteller spürt, daß er mit einer unartikulierten, formlosen Masse zu kämpfen hat und den wichtigsten Teil dessen, was er fühlt, nicht ausdrücken kann.

Er hat ein großes Bedürfnis nach Sympathie.

Wir sind unter demselben Zeichen geboren.

Von mir weg ging er zu seinem Mittwochabendessen bei den Allendys.

Dr. Rank über ›Kunst und Künstler‹:

»Der Neurotiker, ob nun produktiv oder verhemmt, leidet zutiefst unter der Tatsache, daß er sich selbst, seine eigene Individualität, seine eigene Persönlichkeit nicht akzeptieren kann oder will. Einerseits übt er Selbstkritik bis zum Exzeß, andererseits idealisiert er sich bis zum Exzeß, was bedeutet, daß er an sich selbst und seine Vollkommenheit zu hohe Anforderungen stellt und nur noch selbstkritischer wird, wenn er sie nicht erfüllen kann. Nehmen wir diesen zwiespältigen Typ und vergleichen wir ihn für unsere Zwecke mit dem Künstler, so wird auf der Stelle klar, daß der Künstler in gewissem Sinne die Antithese des selbstkritischen, neurotischen Typs darstellt. Nicht daß der Künstler sich nicht selber kritisieren würde, aber indem er seine Persönlichkeit annimmt, erfüllt er nicht nur, worum sich der Neurotiker vergeblich bemüht, sondern geht weit darüber hinaus. Die Vorbedingung der schöpferischen Persönlichkeit ist also nicht nur, sich selbst zu akzeptieren, sondern sich in der Tat zu glorifizieren.«

. . . sich selbst nicht akzeptieren kann oder will. Wie kann ich ein begrenztes, begrenzbares Selbst akzeptieren, wenn ich in mir alle Möglichkeiten fühle? Allendy würde sagen: »Das ist nur der Kern«, aber ich sehe keine vier Wände rund um die Substanz des Ichs, den Kern. Ich sehe nur Raum. Unbegrenzbaren Raum. Die Wirkung der Analyse nützt sich auf diese Weise ab. Die klare, starke Vision, die ich von mir hatte, geht wieder verloren, dadurch, daß ich mich dem Leben in der Phantasie unterwerfe, an die ich glaube. Der Schleier war zerrissen; bald darauf verdeckte ich die Wahrheit wieder. Strudel von Illusionen schlingen die Realität wieder in sich hinein. Ich habe ein unbegrenztes Ich gewählt. Was ich mir vorstelle, ist so wirklich wie das, was ist. Ich möchte mich wieder im Geheimnis verlieren. Weisheit, die das Leben verschlingt.

Der Künstler wächst über den Neurotiker hinaus. Er glorifiziert seine Persönlichkeit. Henry hat das getan. Ich tue es durch June, die ich in ›House of Incest‹ porträtiere.

Henry hat einen Instinkt dafür. »Als ich dich zum ersten Male sah«, sagte er, »hielt ich dich für so pervers und dekadent, wie es June war. Ich spüre in dir immer noch eine immense Nachgiebigkeit, eine Grenzenlosigkeit in allem, was du bist oder tust. Ein Fehlen der Grenzlinien, eine Hingabe, die keine Erfahrung ausschließt.«

Aber warum nennt er das pervers? Er selbst hat es auch.

Was mich interessiert, ist nicht der Kern, sondern die Potenz dieses Kerns, sich zu vervielfältigen und sich unendlich auszubreiten. Die Auflösbarkeit des Kerns, seine Nachgiebigkeit und Elastizität, sein Echo, seine Verzweigungen. Weit ausgreifende, umfassende, raumverzehrende Sternenreisen, alles im und rund um den Kern.

Mein Vater schrieb mir einen sehr schönen Brief:

»Dein Brief, Dein schöner Brief, und die Lektüre Deines Kindertagebuches (ein wunderbares Geschenk) waren für mich nicht nur eine Offenbarung, sondern vor allem eine Bestätigung meines Glaubens an Dich, meiner Hoffnungen und Illusionen für Dich und meiner Zuneigung zu Dir. Ich hatte sie in derselben Periode, in der Du unter dem Christbaum nach mir geweint hast. Du bist nicht nur meine Tochter, Du bist meine Zwillingstochter im Fleisch und im Geist. Du bist wie ich, eine Träumerin, eine leidenschaftliche Idealistin und begeisterungsfähig. Die unvermeidliche Katastrophe meines Abschieds. Oh, wie Du Dich an mich gehängt hast damals, wie Du mich geküßt hast. Wie Du geweint hast. Du mußt ein Vorgefühl gehabt haben, daß es sich um eine Trennung für viele Jahre handeln würde, ein Vorgefühl der schweren Leiden, die sich auf Dein Leben senkten.«

Er spricht von Schönheit, Liebe und Harmonie. Ich bin überglücklich über unser Zusammentreffen – daß ich den einen treffen werde, den ich mein Double nenne, meinen Zwilling. Wer von uns wird in diesem Fall das Gewissen des anderen sein, das Abbild des unerreichten Ideals, das einen verfolgt? Ich habe meinen Vater wiedergefunden, verloren vor vielen Jahren, als uns meine Mutter zuerst nach Spanien brachte zu unseren Großeltern, den Eltern meines Vaters. Der Vater war Lehrer, ein Mann, der Streitschriften gegen den Stierkampf und über andere Probleme seiner Zeit verfaßte, die Mutter eine engelhafte, sich aufopfernde, schwermütige Frau, die meinen Vater verdorben hatte, wo sie nur konnte (sie nähte die Nächte durch, um ihm zu seinem Fahrrad zu verhelfen). So wurde sie zum Modell für die Frau, wie er sie sich vorstellte: selbstverleugnend, selbstlos, anbetend, unterwürfig.

Dort lebten wir in einer typisch spanischen Wohnung, die sich auf einen Hof öffnete; alles war verfliest, zwischen den Zimmern gab es kleine Schwingtüren, die der Luft den Durchzug erlaubten und die Räume kühl hielten; Sonnenblenden vor den Fenstern, Bilder der Jungfrau, Gummibäume in den Ecken, Spitzendeckchen auf den Stühlen – und mein Vater hielt uns aus der Entfernung unter Kontrolle und schickte Briefe mit guten Ratschlägen für unsere Erziehung.

Wir blieben nicht lange. Großvater war ein Tyrann und ein Geizkragen, unfähig, für uns zu sorgen. Er maß uns die *garbanzos* vor (die Erbsen, die unser tägliches Brot waren) und ärgerte sich über unsere und unserer Mutter Unabhängigkeit.

Wir übersiedelten in eine kleine eigene Wohnung, die sauber und neu war. Barcelona schien fröhlich und lebhaft. Vom Balkon aus konnte ich das Meer und die Menschen sehen, die am Strand promenierten, und aus den Kaffeehäusern hörte ich Musik. Ich begann zu schreiben. Gedichte, Erinnerungen. Ich ging in ein Kloster und lernte Katalanisch. Briefe kamen, in denen stand, was wir tun sollten. In Barcelona empfand ich die Abwesenheit meines Vaters noch nicht als endgültig. In jedem Augenblick konnte er zurückkehren, und wir lebten mit seiner Familie, seinen Eltern, seiner Schwester, meinen Kusinen. Es war sein Heimatland. Ich lernte seine Sprache.

Ob meine Mutter den Entschluß faßte, fortzugehen, weil sie uns seinem Einfluß entziehen wollte, weiß ich nicht. Es heißt, daß meine Tanten zu Besuch kamen, mit einem kubanischen Vorurteil gegen Spanien, alles kritisierten und sagten, meiner Mutter würde es in Amerika bessergehen, wo sie in der Nähe ihrer Schwestern sei und man ihr beistehen könne. Für eine alleinstehende Frau mit drei Kindern sei Amerika ein besseres Land. Dort ließe sich auch Befreiung vom Schulgeld erreichen. Und schon waren wir auf und davon, losgerissen von einem Land, das ich liebte, von Freunden, Familie, Schule, einer lachenden, glücklichen Stadt mit Sonne und Meer und Musik und Cafés, die die ganze Nacht geöffnet blieben.

Das Tagebuch wurde als ein Reisetagebuch und als Bericht für meinen Vater begonnen. Ich schrieb es für ihn und wollte es ihm schicken. Es war in Wirklichkeit ein Brief, damit er uns in ein fremdes Land folgen und von uns wissen sollte. Es war auch eine Insel, auf die ich mich in einem unbekannten Lande retten, französisch schreiben und meine Gedanken denken konnte, um meine Seele und mich selbst zu bewahren.

Nun, da ich meinen Vater wieder treffe, bin ich eine Frau. Wenn er, der meine Kindheit so tief beeinflußt hat, zu mir kommt, bin ich eine erwachsene Frau. Ich erkenne meinen Vater als ein menschliches Wesen. Er ist der Mann und auch das Kind.

Derselbe Vater, den ich mir grausam, stark, heroisch vorgestellt habe, der berühmte Musiker, Liebhaber der Frauen, Triumphator, ist sanft, feminin, verletzbar, unvollkommen. Ich verliere meine Angst und meine Qual. Da ich ihn wiedertreffe, weiß ich, daß es keine Möglichkeit zu einer Vereinigung zwischen Vater und Tochter gibt, nur eine zwischen Mann und Frau.

Henry meint, dies würde mich mit Gott versöhnen.

Mein Vater kommt jetzt, da ich keinen Vater mehr brauche.

Ich betrete ein Trick-Kabinett, wie es sie auf Coney Island gibt. Der Boden unter meinen Füßen schwankt. Es ist Ironie, die uns den Boden wegzieht, schwindeln macht und gestrandet zurückläßt.

Ironie der Liebe, die nie zur rechten Zeit kommt, der Tragödien, die keine Tragödien sein sollten, der Leidenschaften, die einander wie der Zugriff von Blinden verfehlen, der blinden Grausamkeit und der noch blinderen Liebe, der Mißverhältnisse und der enttäuschenden Erfüllung. Verwirklichung ist nicht Vollendung, sondern Täuschung. Man glaubt das Ende des Fadens in der Hand zu haben, aber es ist wieder nur ein Knoten.

Mein Vater kommt jetzt, da ich ihn überwunden habe; er wird mir gegeben, da ich ihn nicht mehr brauche, schon frei bin von ihm. In jeder Erfüllung blitzt etwas Blendendes auf und tanzt vor mir her wie eine Windbö, immer vor mir her. Mein Vater kommt jetzt, da ich einen Künstler, einen Schriftsteller gefunden habe, mit dem ich arbeiten kann, einen Begleiter, den ich in Allendy gesucht habe, einen Beschützer, Bruder, symbolische Kinder, Freunde, eine Welt, eigene Bücher. Aber das Kind in mir konnte nicht sterben, wie es hätte sterben sollen, denn es muß, wie es in den Märchen heißt, seinen Vater finden. Die alten Märchen wußten vielleicht, daß ein abwesender Vater glorifiziert, vergöttlicht, erotisiert wird und man für diese Sünde gegen Gottvater büßen muß. Der menschliche Vater muß gefunden und als menschlich erkannt werden, als ein Mann, der ein Kind gezeugt und dann durch seine Abwesenheit das Kind vaterlos und gottlos zurückgelassen hat. Das Absurde daran, das Ungemäße in der Zeit, in der Erfüllung, die ungeordnete Entwicklung braucht niemandem mitgeteilt zu werden, außer in diesem Buch, in der Verborgenheit, in einer Nacht, in der ein Kind stirbt am Übermaß seiner Erwartungen und den Umwegen, den Verspätungen, den tödlichen Versäumnissen, mit denen das Leben auf seine Fragen Antwort gibt.

Allendy sagte einmal: »Jedes Buch, das ich schreibe, ist eine Kompensation für etwas, was ich nicht bekommen habe, und ich bin so begierig danach, *pour arriver au but*, daß ich, wenn das Buch geschrieben ist, meinen Sieg nicht genieße. Ich halte nicht an, um meinen Sieg zu genießen. Ich habe nie eine Vollendung genossen.«

Allendy mit seiner Uhrkette über der dunkelgrauen Weste, seinem noblen Benehmen, groß und eindrucksvoll zwischen seinen Büchern, weise, ganz eins mit seiner Atmosphäre, seinem Königreich – seine Worte wirkten in mir nach, und an dem Abend, an dem mein Vater zurückkehrte, glaubte ich, daß sie auch für mich passen könnten. Mein Leben war eine lange Bemühung, mich interessant zu machen, ein verzweifelter und angstvoller Aufstieg mit dem Ziel, die bedrückende Unsicherheit zu überwinden, die sich aus der Überzeugung ergab, daß mich mein Vater verlassen hätte, weil er von mir enttäuscht war, weil er mich nicht liebte, weil die Frau, die er liebte, Maruca war. Ich steckte das Ziel immer höher und raffte alle Liebe zusammen, um mich für den ersten Verlust zu entschädigen. Liebe, Bücher, Werke – ich streifte die Frau von gestern ab, um einer neuen Vision zu folgen.

Ich vergesse ganz, mich dessen zu freuen, was ich besitze – unermeßliche Schätze. Ich bin wieder unterwegs, in meinen Gefühlen, ruhelos, denn es gibt noch Land zu entdecken, ungelebte Leben, unbekannte Menschen. Welche Tollheit! Ich will mich doch freuen. Ich will stehenbleiben und mich freuen. Dies soll das Tagebuch meines Glücks werden.

Brief an Henry:

»Langes Gespräch mit Bradley. Sein Geheimnis ist, daß er in jungen Jahren einen Band Gedichte geschrieben hat (die damals gewagt waren) und daß hinter seiner Arbeit ein ernsthaftes Interesse an Literatur steht. Er liebt es, Schriftstellern zu helfen, sie zu leiten, zu kritisieren, Einfluß auf sie zu haben. Er ist wirklich in Ordnung. Träumt davon, eine Rolle im Hintergrund zu spielen, wie bei Conrad. Hat Conrad unterstützt und finanziert. Das ist die Vision, die er von seiner Aufgabe hat. Er liebt es, mit Manuskripten umzugehen, und es bereitet ihm große, heimliche Befriedigung, an allem wirklichen Anteil zu nehmen. Das ist der Typus Mensch, den jeder Nichtkünstler für sich anstreben sollte, sofern er genug Demut hat und die Kraft, zurückzutreten und zu dienen. Ich bewundere Bradley dafür . . .

Bradley war neugierig auf mein Leben. Hielt mich für schutzbedürftig, entsetzlich unbekannt und als von ihm entdeckt. Bekam ein langes Gesicht, als ich sagte, mein Leben sei recht ereignisreich. Das war nicht nach seinem Wunsch. Niemand will, daß ich lebendig und bekannt bin. Ich soll so etwas wie eine Gitarre für Kammermusik sein. Du allein hast gesagt: ›Komm heraus, werde ein wenig härter.‹ Du hast es mit mir gewagt. Und du hast recht. Das verdammte Tagebuch soll ein Ende haben, wenn am Mittwoch mein Vater zu uns nach Louveciennes kommt. Aber mein Leben fängt erst an. Ich liebe die Vorstellung der Anonymität im Tagebuch. Es paßt zu meinem früheren Wunsch, im Verborgenen zu bleiben. Immer noch und immer wieder ist das Geheime wunderbar.«

Es ist alles so unwahrscheinlich, dieses Interesse an meinem Tagebuch, das man nun Alfred Knopf vorgelegt hat (mein Buch über Lawrence hat er abgelehnt). Bradley ist um meine Gesundheit besorgt, weil in den frühen Tagebüchern Übelstände erwähnt werden. Fragt, ob mich sein Besuch ermüdet. Die Welt nimmt Anteil. Sein Lob erschreckt mich, macht mich sehr nervös. Bin von seiner Freundlichkeit, Großzügigkeit, Besorgtheit gerührt. Bradley betrachtete die Fotografie von June und sagte, das Gesicht wirke zurechtgemacht, unwirklich, falsch. Ihre ganze Persönlichkeit sei Spiel und Schein und ohne Mitte. »Ich bin gegen eine aufgeschminkte Moral«, sagte er zurückhaltend.

Vor solchen Menschen wie Bradley fange ich an zu glauben, daß auch ich nur eine Schwindlerin bin – daß möglicherweise alle meine Tagebücher, meine Bücher und meine Persönlichkeit Schwindel sind. Wenn man mich bewundert, habe ich das Gefühl, die Welt zu betrügen. Ich zähle meine Lügen zusammen und zittere. Zu mir selbst muß ich dann sagen: »Entweder ich lüge nur besser als June, spiele nur besser, oder ich bin wirklich.« So viele Menschen glauben ganz instinktiv an mich, mißtrauische, einfühlsame Menschen. Einfache Menschen, die Künstlichkeit über alles hassen, strenge, moralische Menschen. Und nun noch Bradley. Ich weiß, daß die Frage nach meiner Aufrichtigkeit mich in den Wahnsinn treiben könnte, wenn ich sie unaufhörlich stellen würde. Ich bin hoffnungslos in das Garn meiner Phantasie verstrickt. Ich verliere mich darin. Was mich quält, ist, daß ich mit den Gefühlen der Menschen zu spielen scheine. June hat Henry vorgeworfen, daß er in ihrer Beziehung das »Opfer« spiele. Ich frage mich oft, ob nicht June von uns allen die Aufrichtigste war; man konnte sie so leicht durchschauen.

[Mai 1933]

Mein Vater ist gekommen.

Ich hatte den Mann erwartet, den ich von den Fotos kannte – ein mehr vergeistigtes Gesicht vielleicht, ein weniger faltiges, weniger gefurchtes, weniger maskenhaftes Gesicht; und doch liebte ich dann das neue Gesicht, die Schärfe der Linien, die Festigkeit des Kinns, das weiblich-verführerische Lächeln, das um so mehr überrascht, als es im Kontrast steht zu einer gebräunten, fast pergamentfarbenen Haut. Ein Lächeln mit einem starken Grübchen, das aber kein Grübchen ist, sondern eine Narbe von einem Sturz das Treppengeländer hinab, wobei er sich als Kind die Wange aufriß. Die Gepflegtheit und Geschlossenheit der Erscheinung, Anmut, lebhafte Gesten, jugendlich und leicht. Die Spur eines nicht näher zu beschreibenden Charmes. Ein überlegener, unbefangener Egoismus. Gesprächsfetzen, Verteidigung gegen unausgesprochene Anschuldigungen, Rechtfertigung seines Lebens, seiner Liebe zur Sonne, dem südlichen Frankreich, zum Luxus, Mißtrauen gegen die Meinungen anderer, Angst vor Kritik, Empfindsamkeit, Schauspielerei, Witz und Schlagfertigkeit, grelle Bilder, die temperamentvolle, lebhafte Bildkraft der spanischen Sprache, auf die französische übertragen.

Nach Frankreich gekommen, hat er mit Vincent d'Indy studiert und war schon der jüngste Professor an der Schola Cantorum, als ich geboren wurde. Ein kindliches, entwaffnendes Lächeln. Immer Charme. Vor allem Charme. Unterströmungen von Knabenhaftigkeit, Unwirklichkeit. Ein Mann, der sich selbst verwöhnt hat (oder von Frauen verwöhnt wurde?), der sich gegen die tiefen Leiden des Lebens durch Luxus schützt, durch Salonleben, Ästhetik, voller Angst vor dem Destruktiven, getrieben von seinem Verlangen nach Sinnlichkeit, dem er gehorcht, nach Vergnügen, bereit, zu schwindeln, da er keine andere Möglichkeit sieht, um sich seine Wünsche zu erfüllen. Leidenschaft für Ästhetik und das Schöpferische. Konzerte, Kompositionen, Bücher, Artikel. Sucht nach unbekannter und studiert seltene Musik, entdeckt Talente, stellt sie dem Publikum vor (das Aguilar Quartett, La Argentina).

Ist die Quelle des Gefühls unter falschem Schein, Theatralik, Egoismus ausgetrocknet? Wird mein Double ein böses Double sein? In ihm verkörpern sich alle Gefahren meines Lebens in

Illusionen, in Situationen, die ich erfinde, in Verfehlungen und Betrug. In gewisser Weise sind sie eine Karikatur von mir, denn die meinen sind in tiefen Gefühlen begründet und die seinen in oberflächlichen und weltlichen Zielen. In seinem Leben spielt das Publikum eine überragende Rolle, die Konzertbühne, die Kritiken, vornehme und hochgestellte Freunde, Salons und Manieren. Etwas sehr Menschliches und Warmes in mir (meine Mutter?) mißt die Welt mit größerer Wahrhaftigkeit. Er achtet auf Aufmachung, Kleidung, Geld. Andere übersieht er, fast zynisch.

»Und nun schreibst und sprichst du eine Sprache, die ich nicht beherrsche. Ich weiß nicht, was dir das Leben in Amerika angetan hat. Deine Mutter war sehr schlau, als sie dich so weit weg entführte, um uns zu entfremden. Sie wußte, daß ich Amerika nicht liebe, eher fürchte. Daß ich nicht Englisch spreche. *Le pays du ›bluff‹*.«

»Aber du hättest uns besuchen können, auf einer Konzerttournee. Man hat mir oft gesagt, daß du eingeladen wurdest.«

»Ja, das stimmt, ich hätte kommen können, als ihr noch Kinder wart. Amerika hat mich eingeschüchtert. Zu verschieden von allem, was mich interessiert.«

Ich merke, daß er nach Ähnlichkeiten sucht.

»Ziehst du dich gerne gut an?«

»Ich bin gerne originell, nach meinem eigenen Stil, nicht nach der Mode.«

»Arbeitest du gerne im Garten?«

»Mit Handschuhen.« Wir lachen.

Als er sich selbst beschrieb, merkte ich, daß er ein idealisiertes Bild zeichnete. Er liebt es, sich selber freundlich zu sehen, altruistisch, gütig, großherzig. Es haben aber so viele Menschen seine Ichbezogenheit bemerkt – er schickt seiner Mutter in Spanien kein Geld und behauptet, dazu nicht in der Lage zu sein, während er Zigaretten mit Goldmundstück raucht, Seidenhemden trägt, einen amerikanischen Luxuswagen fährt und in einem vornehmen Pariser Viertel in einem Privathaus wohnt.

Wir blicken beide in Spiegel auf der Suche nach Spuren von Blutsverwandtschaft.

Wir sind pünktlich, eine hervorstechende, charakteristische Eigenschaft. Wir brauchen Ordnung rund um uns, im Haus, im Leben, obwohl wir unwiderstehlichen Impulsen folgen, so als könnte uns die Ordnung in den Schränken, in unseren Papieren, Büchern, Fotografien, unseren Erinnerungen und

Kleidern vor dem Chaos in den Gefühlen, der Liebe, unserem Werk bewahren.

Wir legen keinen Wert auf Essen, sind mäßig; aber dies ist, wie wir zugeben, Teil unseres Kampfes gegen eine bedrohliche Anfälligkeit.

»Der *Wille*«, sagt mein Vater und richtet sich auf. Der Wille, zu dem jähen Fortgerissenwerden in Abenteuer, zu lyrischen Hochflügen und Phantasien ein Gegengewicht zu schaffen. Auch er leidet unter Romantizismus, Quichottismus, Zynismus, Naivität, Grausamkeit, Schizophrenie, einer Vielheit der Ichs, *dédoublement*, und weiß nicht, wie er zu einer Synthese gelangen soll.

Wir lächeln uns an, mit Sympathie.

Als Spanier, der von den Frauen nur blinde Anbetung, Unterwerfung, Wärme, Liebe, Schutz zu fordern gewöhnt ist, staunt er, eine Frau zu finden, die ihm geistig gleicht, die abenteuerlich und rebellisch ist, wißbegierig, unkonventionell. Er staunt und ist zuerst einmal erfreut: Immer träumt Narziß von einem Zwilling. Nicht von einem Dorian Gray in einem Bild, sondern von einem Vater wie er selbst, einer Tochter wie er selbst. Ein Double, das auf Fragen Antwort gibt. Hältst du es so – oder anders? Du auch? Dann sind wir einander nicht so fremd, nicht so einsam. Es gibt zwei von uns. Die Fragmente unseres Lebens, die nicht zusammenpassen, schieben wir beiseite. Aber ich sammle sie in meinem Tagebuch und kann sie nicht vergessen. Mein Vater vergißt sie.

Mein Vater hängt an der Frau, die ihn mit ihrem Glauben zusammenhält. Unschuldige, gutherzige Maruca.

Aber er ist nicht ohne Gewissensbisse. Eine Stunde lang erklärt er mir, warum er für vier Monate nach Südfrankreich gehen muß. Ich hatte nicht verlangt, daß er seine Reise rechtfertigt. Lange Erklärungen über seinen Gesundheitszustand, den schweren Pariser Winter, die Erschöpfung. Warum sollte er nicht nach Südfrankreich gehen, wenn er es wünscht? Es muß etwas anderes dahinterstecken, was er verbirgt. Wahrscheinlich trifft er sich mit einer Freundin.

Als er auf mich zukam, sprechend, lachend, sah er nicht wie ein Vater aus, sondern wie ein jugendlicher Mann, faszinierend und mit einem unbestimmbaren Charme, labyrinthisch, verfließend, ungreifbar wie Wasser.

»Wir müssen einander immer die Wahrheit sagen.«

Was für ein ungewöhnliches Verlangen, mein lieber Vater.

»Wir sind beide sehr hochmütig«, sagte er.

Wir sind fröhlich und spielerisch. Unsere Ängste und Befürchtungen, unsere Schwächen enthüllen wir nicht.

»Bevor ich dich sah, fragte ich mich, welche Seite wohl in dir die Oberhand bekommen hätte, die französische oder die spanische. Du hast nie so spanisch ausgesehen wie eben jetzt.«

Warum war er mir als Kind so streng erschienen? Seine Kinder bekamen zu Hause nur sein überkritisches, nie befriedigtes Ich zu sehen. Immer ungehalten, unzufrieden. Kein Zeichen eines Gefühls, kein Beweis von Zärtlichkeit. Den lächelnden, strahlenden, bezaubernden Vater gab es nur für Besucher. Also bin ich jetzt ein Besucher. Ich entdecke keine Spur mehr von jener Krittelsucht, die immer nach dem Makel, dem Fehler, der Schwäche fahndete und sie noch unterstrich.

Ich habe immer so gelebt, daß ich nicht wie mein Vater wurde.

Im Laufe der Jahre habe ich mir ein Bild von ihm gemacht, das ich in mir selbst wieder zerstören wollte. Wenn man einige Ähnlichkeiten bemerkt, fürchtet man die totale Ähnlichkeit. Ich will nicht wie er sein. Das ist vielleicht der Grund, warum ich nach einem aufrichtigeren Leben suchte, nach wirklichen Werten, warum ich äußerliche Formen ablehnte, vor der Gesellschaft, den Reichen und den Aristokraten die Flucht ergriff.

Wir lieben Musik.

Wir lieben das Meer.

Wir fürchten das Elend. (Aber ich war nie auf Geld aus, um es zu vermeiden.) Ich war oft ganz einfach arm. Ich kann wirkliche Opfer bringen. Ich bin nie berechnend. Ich bin zu unendlicher Verehrung fähig. Ich achte ganz streng darauf, in mir jede Überanhänglichkeit an Luxus und Schönheit, an Frivolitäten, Grandhotels, Autos, Salons zu zerstören.

Mein Vater ist ein Dandy. Als wir Kinder waren, galten sein Kölnischwasser und seine Luxushemden für ihn mehr als ein Spielzeug für uns oder Kleider für meine Mutter.

Als er ging, war es mir, als hätte ich die Anaïs gesehen, die ich niemals zu sein wünschte.

Antonin Artaud. Wir diskutierten leidenschaftlich unsere Gewohnheit, zu verdichten, streng zu sieben, unsere Forderung nach dem Wesentlichen, der Essenz, dem Destillat, im Leben wie in der Literatur. Es ist keine vorsätzliche Anstrengung, die wir unternehmen, nur Treue uns selbst gegenüber, unserer Art zu denken und zu fühlen. Wir verdichten nicht bewußt. Die Verdichtung ergibt sich von selbst. Wenn wir verdichten und Essenzen ziehen, nähern wir uns der wahren, normalen Funktionsweise unseres Verstandes. Ich habe niemals so klar wie mit Artaud gesehen, was Dichtung bedeutet: Sie ist eine Abstraktion, um allegorische Modelle zu schaffen.

Wir diskutierten über die Analyse. Artaud sprach mit Bitterkeit über den praktischen Gebrauch, den man davon macht; die Menschen befreien sich damit nur sexuell, sagte er, während sie doch als eine metaphysische Disziplin anzuwenden sei, um Ganzheit zu erlangen usw.

Artaud sagte: »Ich habe sie nie gebraucht, weil ich mein Gleichgewicht nie ganz verloren habe. Ich kann meine Seinszustände klar und objektiv einsehen und beschreiben. Wir sind unter demselben Zeichen geboren, aber ich fühle, daß Sie weicher sind. Ich glaube nicht, daß Sie *gut* sind im strikten Sinne des Wortes. Ich glaube, Sie tun das Gute aus einer wollüstigen Freude am Schöpferischen.«

Er sprach fließend und leicht. Er hat etwas von seiner scharfen, ätzenden Bitterkeit verloren, von seinem Mißtrauen, seinem Verfolgungswahn. Sein Mangel an Selbstvertrauen reicht tief. Immer glaubt er, daß ihn die Menschen nicht mögen, daß er mich bei der Arbeit stört, wenn er mich anruft. Mein Interesse rührt ihn.

Wenn Henry, der Prosaschriftsteller, mir den Rat gibt, mich ganz auszusprechen, so tut er es, weil er nicht wie ein Dichter nach dem symbolischen Ausdruck sucht: Er gibt die ganze Substanz. Dichtung ist hingegen die Beschreibung eines unveränderlichen Status.

Ich sitze und warte auf meinen Vater und bin mir seiner Oberflächlichkeit voll bewußt. Die Torglocke schlägt an, wie auf den Rinderweiden in der Schweiz. Emilia öffnet das große grüne Eisentor. Der amerikanische Wagen meines Vaters, jener, den er sich immer gewünscht hat, rollt herein. Mein Vater ist so mit Blumen beladen, daß ich sein Gesicht nicht sehen kann, und er bringt in einer Schachtel eine Vase aus Kristall. Er ist in einer aufrichtigen Stimmung, schauspielert nicht.

Noch immer versucht er, Gleichheiten zu entdecken. Wir schaffen Harmonie, Sicherheit, eine Schutzhülle, ein Heim, und dann brechen wir daraus hervor wie ruhelose Tiger. Ruhelos und vital, ängstlich, andere zu verletzen, andere zu zerstören, aber hungrig nach Leben, Erneuerung, Entwicklung. Vor der

Güte und Freundlichkeit der anderen werden wir feige. Die Menschen halten uns für tyrannisch, aber mein Vater und ich, wir wissen, wie versklavbar wir durch Zärtlichkeit, Verehrung, Mitgefühl und Güte der anderen sind. Gefesselt. Erneuerung, sagt mein Vater, kann von irgendwoher kommen, von einem Niemand.

Wie bei einem Sprachspiel, in dem Fragen gestellt werden – was ist deine Lieblingsblume? deine Lieblingsmusik? –, ging mein Vater in dem langen, rotverfliesten Arbeitszimmer auf und ab und beschoß mich mit Fragen: Wie stehst du zur Religion, zur Politik, welche Vorstellungen hast du von Moral? Er frohlockt, weil ich so antworte, wie er mich wünscht. Es ist, als hätte er mich erzogen. Er sagt: »Wir brauchen einander nicht zu belügen.« Immer dieser Wunsch, nicht lügen zu müssen, aber natürlich werden wir uns belügen, beim ersten Anzeichen einer Gefahr, einer Verletzbarkeit, Eifersucht, Enttäuschung; wir werden lügen, um eine illusionäre Beziehung aufrechtzuerhalten, unversehrt.

»Du bist schön geworden«, sagt er mir. »Es ist hübsch, diese schwarzen Haare, die grünen Augen, der rote Mund. Man sieht, daß du gelitten hast, aber das Gesicht ist faltenlos und sanft. Es ist durch das Leiden schön geworden.« Ich stand vor dem Kamin. Er bewunderte meine Hände. »Du hast ganz die langen, schmalen Hände deiner Großmutter. Diese Hände vererben sich in der Familie. Wenn dein Ahn, der Hofmaler, der die Porträts der Könige und Königinnen, der Aristokraten und berühmten Leute malte, ein Modell für verfeinerte Hände brauchte, malte er die Hände deiner Großmutter hinein.« Ich zog brüsk meine Hand zurück, stieß an das gläserne Gefäß mit den Kristallfischen und -steinen, es brach, und das Wasser rann über den Kaminsims hinab zu Boden.

Er hatte gesagt: »Im Juni mußt du mit mir an die Riviera kommen. Man wird dich für meine Freundin halten. Das wird reizend sein. Ich werde sagen: ›Das ist meine Tochter‹, und sie werden mir nicht glauben.«

Ich necke ihn, nenne ihn meine »alte Eiche«, spaßhalber, denn er hat mir einen sentimentalen Brief geschrieben, daß ich die Sonne sei, die eine alte Eiche bescheint. Ich sage ihm, es sei skandalös, einen so jung aussehenden Vater zu haben. Mit fünfzig sehe er aus wie ein Mann von neununddreißig oder vierzig. Sein Haar ist üppig (und gefärbt), seine Haltung straff, seine Bewegungen sind lebhaft und schnell. Er kann freundlich aussehen, klug, umgänglich, verständig.

Sein Ideal war der »vollkommene Mensch« von Leonardo da Vinci. Er versteht etwas von Medizin, Architektur, Dekoration; er komponiert, gibt Konzerte, schreibt Bücher über Kunst; und er war oft seiner Zeit voraus, nahm Sonnenbäder, als sich die Menschen am Strand noch verhüllten, er ließ uns Sandalen tragen, damit sich unsere Füße normal entwickeln konnten, und er erfand eine Maschine, die Musik aufzeichnete, bevor sie in Amerika erfunden wurde. Wach, neugierig, experimentell. Wie Oscar Wilde gebrauchte er sein Genie, um zu leben, sein Talent für die Musik. Er hat eine Persönlichkeit geschaffen. Auch spartanische Eigenschaften sind in ihm: Er ißt und trinkt nur mäßig, um schlank zu bleiben. Er lebt sehr diszipliniert. Er liebt Vollkommenes. Noch seine Lügen dienen dazu, die Realität zu verschönern, zu verbessern. Es ist kein Laster an ihm, keine Dekadenz, aber sehr viel Helligkeit, Weisheit, Freude. Seine einzige Schwäche ist die Liebe.

Merkwürdig, daß ich, in der ganz entgegengesetzten Art meiner Mutter lebend, in mir dieselbe Disziplin entdeckte, das Spartanische, die Weisheit, die Liebe zur Harmonie. Daß ich mich selbst entwickelte, trainierte, lehrte, daß ich mir schwierige Aufgaben stellte, mich selbst kritisierte, von Kindheit an, so als hätte ich die Rolle meines abwesenden Vaters übernommen, seine Forderung nach Perfektion. Selbstgestellte Aufgaben, selbstgesteckte Ziele.

Der ungeheure Stolz in meinem Vater. Es ist wahr, daß er uns nicht menschlich liebte, um unserer selbst willen, sondern nur als seine Abbilder in drei menschlichen Wesen, die ihn wiederholten und seine Eigenschaften übernahmen. Er liebte uns als seine Schöpfungen. Für einen so willensstarken Mann muß es schrecklich gewesen sein, zu sehen, wie seine Vorherrschaft von meiner Mutter gebrochen, seine Kinder ihm durch einen anderen Hintergrund, eine fremde Sprache entzogen, von Amerika beeinflußt wurden. Nun ist seine Freude groß, daß sein Blut ihm gehorcht, obwohl er uns nicht erziehen konnte. Thorvald übernimmt meines Vaters wissenschaftliche Interessen, Joaquin die Musik und ich seine Begabung für das Leben.

Sogar über unsere Krankheiten spricht er mit so viel Stolz, als wären sie Erbstücke, Juwelen, Besitzungen. Noch in unsere Demütigungen injiziert er Stolz. In mir ist der Stolz auf weibliche Weise gemildert. Ich ziehe es vor, ihn durch Demut auszudrücken. Aber je schlichter die Form, desto stolzer der Kern. Ich habe unter Armut gelitten, und nur ein großer Stolz erklärt die Tiefe der Wunden. Wäre ich nicht stolz, wäre ich nicht so tödlich beleidigt.

Ich bin stolz auf meinen Vater. Ich verstehe die egoistische Forderung des Künstlers in ihm nach Schutz; sie gleicht dem Verlangen der Frau nach männlichem Schutz, den sie für ihre Kinder braucht. Schwangere Frauen sind hilflos. Auch der Künstler ist, während er arbeitet, hilflos. Auch er sucht ein Nest. Ich habe Verständnis für ihn, wie ich es für Henry habe, für sein Verlangen nach Unabhängigkeit, nach Reizmitteln, nach Liebesaffären.

Dieselbe Fröhlichkeit in uns. Würde, Ernst, Intensität, Leidenschaft, Freude. Wir sind verwirrt von unseren Fehlern, unglücklich und überrascht von unseren Schwächen. Die Absichten sind gut, die Lügen verdecken unser Versagen.

Wenn ich Stunden mit manueller Arbeit verbringe, Nagellöcher kitte, die Wäschekiste anstreiche, Flecken von den Wänden wasche, Servierbretter bemale usw., schäme ich mich und suche nach wichtigeren Beschäftigungen. Ich übersetze für Allendy oder arbeite an meinem Prosagedicht. Mein Vater steigert die Zahl der Sänger, die mit ihm arbeiten, der Stunden, die er gibt, der Konzerte. Er schämt sich der Stunden, die er damit verbringt, Zeitungsausschnitte zu ordnen, die neuesten Entdeckungen über Hormone zu registrieren oder Mittel gegen feuchte Wände oder spiritistische Berichte.

Henry schämt sich nie über etwas, was er tut. Er nimmt alles, wie es ist, schäbig, klein, geringfügig, häßlich oder leer. Er nimmt alles auf. Unkritisch. Ich frage mich, ob ich Henrys Kritiklosigkeit nicht deswegen bewundere, weil sie für mich eine Art Urlaub aus dem Vollkommenheitszwang ist, mit dem ich geschlagen bin.

Als ich das Kristallgefäß zerbrach und das Wasser ausfloß, zerschlug ich dabei das künstliche, geordnete Leben und ließ es ausbrechen und in Fluß kommen? Katastrophe und Freiheit. Keine Kontrolle. Natur, nicht Kristall.

Vater, der die Kristalle liebt, sagte zärtlich: »Und es hat uns so viel Vergnügen gemacht, es gemeinsam zu betrachten. Wir lieben Kristalle, weil sie durchsichtig und lichterfüllt sind und doch fest. Sie haben Gewicht. Fühle das Gewicht der Vase, die ich gebracht habe.«

Später sagte er: »Ich hatte keine Angst, als alt zu erscheinen – ich weiß, daß ich es nicht bin. Aber ich fürchtete, daß du zu spät zurückkehren würdest, wenn ich wirklich alt bin. Daß du mich nicht mehr bei voller Kraft sehen würdest, daß ich nicht mehr lachen und dich zum Lachen bringen könnte.«

Ein großer Appetit auf das Leben. In mir stieg eine Welle von Bewunderung für mein Double auf. Ich bedauerte die Jahre, in denen ich ihn nicht gekannt, nicht von ihm gelernt hatte.

Henry sagt oft: »Ich bin kriegsmüde. Ich muß meinen Haß loswerden. Ich brauche Frieden.« Er glaubt, daß Lawrence mehr erreicht hätte, wäre er mit Frieda ins reine gekommen. Auch Lawrence wollte seine Ruhe haben. Es war der Vorwurf meines Vaters gegen meine Mutter. Die Distanz zwischen meiner Mutter und mir war heute abend groß. Nur die gemeinsamen mütterlichen Instinkte verbinden uns. Henry versteht mich, wenn ich sage: »Ich weiß, was Mutterschaft ist. Ich weiß, was es heißt, ein Kind zu tragen. Ich kenne eine Mutterschaft, die über die biologische Mutterschaft hinausgeht – ich habe Künstler getragen und Leben und Hoffnung und Schöpferkraft.« Lawrence war es, der gesagt hat: »Bringe nicht Kinder zur Welt, sondern Hoffnung und Liebe und Verständnis für jene, die schon geboren sind.«

Als ich heute morgen erwachte, war ein Brief von meinem Vater da.

»Anaïs, *chérie, ma plus grande amie!* Ich verdanke Dir den schönsten, tiefsten, vollkommensten Tag meines Lebens. Ich war tief gerührt und von Dir erfüllt, als ich wegging. Ich habe Dich wiedergefunden: unabhängig, zartfühlend – alles schwingt in Dir. Als ich gestern die Schleier lüftete, die von den Jahren um uns gezogen wurden, spürte ich wieder die Strahlung, die von Dir ausgeht. Ich sehe, fühle, errate Dich, eine geheime, aber starke Kraft, die sich überträgt, menschlich, ein einziger Zauber. Danke, Anaïs! Wir haben den engsten Freundschaftsbund besiegelt. Ich sende Dir alle meine Gedanken und die glühendste Verehrung.«

Ich war erschüttert vor Glück. Dann rief er an. »Ich muß dich sehen, und wenn es nur für eine Stunde ist.«

Und er kam, strahlend, und wir verstanden uns auf eine wunderbare Weise. Er glaubt an Polarität, der Mann sehr männlich, die Frau sehr weiblich. Gewalt haßt er, wie auch ich. Große Möglichkeiten, zum Guten wie zum Bösen, aber unter strenger Kontrolle. Die Form, die wir unserem Leben geben, ist so, daß Kataklysmen ausgeschlossen sind. Zu jeder Zeit sind wir bereit, die Ordnung, die wir suchen, dem Fluß des Lebens zu unterwerfen, aber sie bleibt uns wie eine Bremse am Wagen, und unsere Gesundheit ist eine solche Bremse. Wir ziehen an unserem Temperament die Bremsen an. Er sagte: »Auch ein Zimmer, das auf eine bestimmte Weise eingerichtet ist, macht es unmöglich, daß darin gewisse Dinge geschehen.«

Während er spricht, spüre ich die das Gleichgewicht wahrenden Kräfte an der Basis unserer Natur. Aber ist es möglich, daß ich das dunkle Double meines Vaters werde, statt umgekehrt? Wer von uns wird die Kontrolle des anderen durchbrechen? Wenn mein Vater mich am Ausbruch hindern sollte, werde ich ihn angreifen. Perversität, Homosexualität toleriert er nicht. Mein Vater weiß, daß ich immer noch wähle, auch wenn ich noch so hingebungsvoll erscheine. Jemand erzählte ihm, ich wäre durch die Psychoanalyse, die alle Schranken bricht, gefährdet. Mein Vater weiß, daß ich alles kennenlernen will und daß dies ein Zeichen von Stärke ist. Die Schwachen haben Vorurteile. Vorurteile sind eine Schutzschicht. Darüber sind wir uns einig.

Mein Vater und ich sprechen über alle diese Dinge und haben unsere Freude daran, einander zu erkennen. Er sitzt und bewundert den Bücherschrank und rät mir, an meinem Tor die Angeln zu ölen. (Ich liebe den langen Flötenton seiner rostigen Gelenke.) Seine Leidenschaft für Vollkommenheit hat mich als Kind erschreckt. Ich fühlte, daß ich das Ideal nie erreichen würde.

Er spürt die Kraft in mir. Und ich weiß, daß ich mich auf ihn stützen kann. Ich kümmere mich weniger als er um Sauberkeit, worin er so weit geht, das Silber zu sterilisieren und sich alle zehn Minuten die Hände zu waschen (das mag der Arzt in ihm sein). Ich bin menschlicher, neurotischer. Aber wir sind beide von sinnlichen Eindrücken abhängig. Wie wir uns je herauswinden, ist ein Wunder. Einige Sprünge in der Weisheit scheinen mir von göttlicher Weisheit... Ich plane weniger als er. Mein Vater leitet gern, spielt gern den Lehrer, den Richter in Streitigkeiten: Er liebt es, das Leben zu formen. Auch er ist auf das Tagebuch eifersüchtig. »Mein einziger Rivale«, sagt er. (Alle würden sie das Tagebuch abwürgen, wenn sie könnten.)

Mein Vater beklagt, daß ich englisch schreibe, was er nicht lesen kann. Das Englische zu verwenden, sagt er, heißt, meiner eigenen Natur Gewalt antun, dem spanischen Temperament, der französischen Genauigkeit. Aber ich erkläre ihm, daß ich diese

Dinge auch im Englischen haben kann, daß ich mir Formen für den eigenen Gebrauch schaffe, daß ich eine Sprache übersetzen kann. Und ich liebe das Englische: Es ist reich, fruchtbar, zart, luftig, fließend; es gibt nichts, was man darin nicht ausdrücken könnte.

Ich schreibe an Artaud, schicke ihm eine kleine Hilfe. Und vor allem einen Brief, der ihm Erleichterung verschaffen kann gegen das Gefühl, alle Welt sei gegen ihn.

Ich erinnere mich an Allendys Worte: »Spielen Sie nicht mit Artaud! Er ist zu elend, zu arm.«

»Ich interessiere mich nur für sein Genie.«

»Dann seien Sie ihm ein Freund, nicht ein Flirt.«

»In bezug auf die Literatur bin ich ganz und gar männlich«, sagte ich.

»Aber Ihre Silhouette ist ausgesprochen unmännlich«, sagte Allendy.

Langer Spaziergang mit Joaquin rund um den See und ein ebenso langes Gespräch über unseren Vater. Ich bitte Joaquin, Vater nicht zu verurteilen, bevor er ihn kennengelernt hat. Ich sage: »Wenn du meinen Vater verurteilst, dann verurteilst du mich, denn wir sind einander gleich.«

Joaquin protestiert heftig. Im Entscheidenden gäbe es keine Ähnlichkeit, nur in Details. »Vater lebt in einer unmenschlichen Welt.« Und er preist meine Mutter dafür, »menschlich« zu sein.

Ich sage: »Die Besitzerrechte und die Ansprüche von Mutter sind wirklich, sind menschlich genug. Aber primitiv.«

»Besser als Vaters Künstlichkeit.«

Joaquins Verteidigung meiner Mutter lautet immer: »Sie liebte ihre Kinder.«

»So wie Löwen es auch tun. Kreatürlich. Aber im Grunde war sie genauso egoistisch wie Vater. Sie gab uns zu essen, beschützte uns, arbeitete für uns, wollte uns aber nicht erlauben, wir selbst zu sein. Vater mit seinem Stolz, mit seiner narzistischen, schöpferischen Liebe zu seinen Kindern – ich ziehe seine intellektuelle Liebe zu Ideen, zu seinen Kindern als seinen Geschöpfen der großen Besitzgier meiner Mutter beinahe vor. Sie liebte ohne Verständnis – und was bedeutet Liebe dann?«

»Ich verstehe und bemitleide Mutter«, sagt Joaquin.

»Warum verdient Vater nicht dasselbe Mitleid?«

»Weil er nicht menschlich ist und weil mir sein Leben mißfällt. Und er verlangt meine Zustimmung. Er will alle auf seine

Seite bringen. Aber nur aus Selbstsucht und Großtuerei.« Er fügte hinzu: »Er hat sich nie selber gegeben; Mutter hat es getan. Mutter hat Vater geliebt.«

»Lieben heißt verzeihen, verstehen, das Glück des anderen wünschen. Aber so liebt Mutter nicht. Sie kennt nur blinde, blinde Besitzgier...«

Ich weinte, während wir so gingen, und wurde wieder von der alten Angst verfolgt, meinem Vater zu gleichen (meine Mutter würde es mir zum Vorwurf machen, wenn ich mich nicht so verhalten würde, wie sie es wünscht). Ich fürchtete, von Joaquin verdammt zu werden. Ich bat ihn, mich nicht zu verlassen, mein Leben zu verstehen. Hat er den Glauben an mich verloren?

»Nein«, sagt Joaquin.

»Wende dich nicht gegen mich, Joaquin. Wenn du dich gegen mich wendest, treibst du mich in die Arme meines Vaters.«

»Aber ich tue es ja nicht. Zwischen uns gibt es einen Pakt. Ich empfinde für dich eine Zuneigung, die ich für Vater niemals haben werde. Ich bin die Brücke zwischen Vaters anderer Welt und den Menschen, *und ich werde dich nicht auf die andere Seite gehen lassen*.«

Er nahm meine Hand, barg sie fest in der seinen. Der Spaziergang war zu Ende. Er entspannte sich. Augenzwinkernd sagte er: »Vater hat mit deiner Rückkehr genug Freude, mit deinem Huldigungseid. Man muß wirtschaftlich denken und einige Freude für die Zukunft aufsparen.«

»Vater ist am schlechtesten dran«, sagte ich. »Als er merkte, daß ich an ihn glaube, ließ er alle Posen fallen und sprach einen ganzen Nachmittag lang normal mit mir, ohne einen einzigen falschen Ton.«

Was würde er von Joaquin halten, von seiner Strenge, der sich um Äußerlichkeiten nicht kümmert, nur für seine Musik und für seine Religion lebt?

»Vater rechtfertigt sich noch immer, weil er Mutter verlassen hat, er hat ein schlechtes Gewissen.«

»Das ist vielleicht nur übertriebene Skrupelhaftigkeit. Wäre er unmenschlich, wie du sagst, hätte er nicht das Bedürfnis, seine Handlungen jemandem zu erklären.«

Um die Erbsünde wissend, die alte Last der Schuld, die auf allem liegt, was wir tun, frage ich mich, wie weit zurück das Schuldgefühl meines Vaters reicht. Welches Verbrechen hat er begangen?

Wiedererwachen zu Freude und Leben. Die Sonne. Wärme. Euphorie. Bäder. Wasserfreuden. Puder. Parfüm, italienische Kleider. Wer kommt? Öffne die Türen! Das Haus ist festlich, es singt, vom Duft des Jasmins und des Geißblatts erfüllt.

Ich sitze ganz still, von Freude überflutet. Ich werde geliebt und kann meinen Vater lieben. Er braucht mich. Ich habe Geschenke für meinen Vater. Und das Gefühl, von ihm nicht geliebt zu werden, aus eigener Schuld, das ich lebenslang hatte, ist an einem einzigen Tag in nichts aufgelöst worden. Für alle hörbar, sagte er: »Niemand, niemand hat mir ein Gefühl gegeben, wie es Anaïs mir gibt.« Tiefe Eindrücke. Jeder weiß, daß er nun wirklich geworden ist. Wirklich im Gefühl. Mein armer Vater. In einem einzigen Augenblick verstand ich so viel von ihm, daß es mich überwältigte. Ich hatte vom Glauben gesprochen und daß der Glaube Wunder wirkt.

Brief von meinem Vater:

»Ich träume von meiner Flucht nach Südfrankreich und davon, Dich einige Tage für mich allein zu haben. Wir haben ein Recht darauf nach der langen Trennung. Wir brauchen Stunden, um einander genau kennenzulernen. Gott mit Dir, Anaïs.«

Wie oft habe ich mein Leben zurückverfolgt bis zu einem Beginn. Wo ist der Beginn? Der Beginn der Erinnerung oder der Beginn des Leidens?

Erinnerung. Ein französisches Haus in Saint-Cloud. Ein Garten. Ich liebte es, angezogen zu werden und auf die Straße zu gehen, um alle Menschen zum Tee einzuladen. Ich hielt Wagen an, wie ich es bei meiner Mutter gesehen hatte. Das war eine rundliche, rosige, fröhliche Anaïs vor dem Typhus auf Kuba. Aber schon gibt es auch die Tragödie, die Streitigkeiten meiner Eltern.

Besuchern gegenüber ist mein Vater freundlich und bezaubernd. Aber im Hause herrscht immer Krieg. Große Schlachten. Krieg bei den Mahlzeiten. Krieg über unseren Köpfen, bei Nacht, wenn wir im Bett liegen. In anderen Zimmern, während wir spielen. Ich weiß immer, daß es Kämpfe gibt. Aber ich verstehe sie nicht.

Im verschlossenen Arbeitszimmer herrscht immer eine geheimnisvolle Aktivität. Viel Musik, Quartette, Quintette, Gesang. Mein Vater spielt mit Casals, mit Juan Manén und anderen

Musikern seiner Zeit. Ich bin daran gewöhnt, bei Kammermusik einzuschlafen.

Besucher. Gelächter. Mein Vater ist immer in Bewegung, immer lebhaft, gespannt; sein Lachen ist so heftig wie sein Zorn. Wenn sich eine Tür öffnet und mein Vater sichtbar wird, ist es wie eine Erscheinung. Blendend. Nur für einen kurzen Augenblick, während er von einem Zimmer in das andere geht, und doch weht Leben durch. Ein Windstoß. Ein Geheimnis. Wir drei fühlen uns in seinen Zorn eingeschlossen. Der Krieg überschattet uns. Es gibt keine Heiterkeit, keine Zeit für Zärtlichkeiten. Immer Spannungen. Immer getreten, immer herumgestoßen zwischen Feinden. Während ich spiele, höre und fühle ich. Es verletzt mich. Schlechte Laune, Unverständliches, Szenen. Kein Frieden. Ein unbewußtes Mißtrauen läßt keine vollkommene Freude zu. An einem Tag wurde der Kampf so heftig, daß mich Angst überfiel. Eine ungeheure, irrationale Angst. Angst vor der Katastrophe. Angst, daß mein Vater und meine Mutter sich töten würden. Das Gesicht meiner Mutter rot, das meines Vaters weiß wie die Wand. Haß. Ich begann zu schreien, zu schreien. Die Heftigkeit meines Ausbruchs erschreckte sie und brachte sie zum Schweigen. Darauf Stille. Eine vorgetäuschte Stille. Brütende Atmosphäre. Argwohn. Die Nachbarin schreibt für mich Märchen in Briefform und reicht sie mir über den Zaun unseres kleinen Gartens: Es scheint, daß die Briefe für meinen Vater bestimmt waren, ihn umgarnen sollten. Argwohn. Eifersucht.

Wenn er ausgegangen war, stahl ich mich in die Bibliothek meines Vaters und las Bücher, die ich nicht verstand. Bach und Beethoven kannte ich beinahe auswendig. Mit Chopin schlief ich ein.

In der Bucht von New York gab es Sturm. Die Spanier auf dem Schiff waren voller Angst. Sie knieten auf dem Deck und beteten. Blitze schlugen in den Bug des Schiffes. Das war unsere Ankunft in New York: mit Weidenkoffern, Vogelkäfigen, einem Geigenkasten und keinem Geld. Tanten und Onkel und Cousins an den Docks. Neger stürzten sich auf unsere Habseligkeiten, um sie zu tragen. Ich klammerte mich an den Geigenkasten meines Bruders. *Ich wünschte von den Menschen für eine Künstlerin gehalten zu werden.*

Es ist ein seltsames Land, Amerika, wo die Treppen auf und ab gehen und die Menschen stillstehen. Alles wird bewegt. Hundert kauende Mäuler in der Subway; Thorvald fragte:

»Sind das Wiederkäuer?« Es ist ein Land mit ungeheuer hohen Häusern.

Ich machte mir Notizen, um meinem Vater zu berichten. Sie essen zum Frühstück Hafergrütze und Speck. Es gibt ein merkwürdiges Warenhaus, Fünf- und Zehn-Cent-Store genannt, und eine Bibliothek, wo man sich Bücher gratis ausleihen kann. Die Männer reiben sich die Hände und spucken darauf, während sie auf den Aufzug warten. Die Aufzüge bewegen sich so schnell, daß man zu fallen meint. Ich sehe niemanden, der sich so wie mein Vater anziehen würde. Der Kragen seines Überziehers war mit Samt oder mit schwarzem Biberfell besetzt. Er trug gut gebügelte Anzüge, und sein Kölnischwasser war von Guerlain.

Das neue Leben gefiel mir nicht. Das Klima war rauh, und in der Schule sprachen sie eine mir unbekannte Sprache.

Gelegentlich gab es einen Nachklang des alten Lebens: Wenn ein Musiker in New York auftrat, den wir kannten, wurden wir mit der Berühmtheit zusammen gefeiert. Wir saßen in einer Loge oder nach dem Konzert im Empfangsraum, und es gab Konversation, Gelächter, Eleganz. Echo aus einem anderen Leben. In New York nahm der Kampf meiner Mutter heroische Ausmaße an. Sie war in keinem anderen Beruf ausgebildet als in klassischem Gesang. Den Plan, Konzertsängerin zu werden, gab sie sehr schnell auf. Armut in allen ihren häßlichen Begleiterscheinungen. Viel Arbeit. Hausarbeit. Während meine Mutter arbeitete, kümmerte ich mich um meine Brüder. Essen in der Küche. Die Menschen, die zu uns kamen, wurden immer gewöhnlicher. Die Freunde meiner Mutter waren weniger interessant als die meines Vaters. Aber ich baute mir eine eigene Welt aus Lektüre und aus dem Tagebuch. Ich schrieb Geschichten für meine Brüder, gab Monatszeitschriften heraus, mit Fortsetzungsromanen, Rätselspielen und Illustrationen.

Meine Mutter sagte uns nicht direkt, welche Vorwürfe sie gegen meinen Vater hatte, aber sie verdammte jeden Anflug von Temperament, jede Lüge, jede theatralische Geste oder dramatische Anwandlung, jeden Eigensinn mit einem »Du bist genau wie dein Vater«. Joaquins Temperament, seine Lust am Zerstören, Thorvalds Heimlichtuerei, meine Phantasien.

Aber ich wurde gewahr, daß sie eine schwere Last trug, und fühlte mich deshalb verpflichtet, ihr zu helfen. Ich wurde für meine Brüder eine zweite Mutter.

Mutter stützte sich auf mich. Sie teilte ihre Sorgen mit mir.

Die Erscheinung, das Aussehen, die Stimme meines Vaters verblaßten, aber das Bild blieb tief in mein Wesen eingesenkt. Die Sehnsucht verzehrte sich selbst. Wir korrespondierten. Er sandte Bücher und versuchte, mir das Französische in Briefen beizubringen. Ich war keine gute Schülerin. In einem Brief schrieb ich zwei Seiten ohne Akzente und fügte dann hundert Akzente zum Schluß hinzu und schrieb: »Für Dich, daß Du sie richtig verteilen kannst.«

Aber obwohl er in meiner Erinnerung zu versinken schien, blieb er doch auf magische Weise unauslöschlich in mir. In meinem Unterbewußtsein war er es, der mich führte. Bewußt wurde ich das, was meine Mutter wünschte, eine hart arbeitende, hilfswillige, brave Haushälterin, eine Mutter von bürgerlicher Nüchternheit, Reinheit und Einfachheit. Wir leben wie andere auch, kämpfen um unsere Existenz, haben gutherzige Freunde, sind arbeitsam. Ich werde eine gute Tochter. Ich stopfe, sticke, stricke. Aber ich verschlinge auch Bücher und stelle Stücke zusammen (improvisierend, was zu jener Zeit nicht üblich war und meinen Brüdern schwerfiel). Ich weigerte mich, die Stücke aufzuschreiben. Sie sollten spontan entstehen. Aber wenn sie einmal kostümiert waren, standen sie herum und warteten: »Was sollen wir sagen?«

In der Schule lernte ich Freundinnen kennen. Ein irisches Mädchen, ein jüdisches Mädchen. Wir verbrachten die Nachmittage zusammen, gingen in den Central Park eislaufen, schrieben Beiträge für die Schulzeitung. Ich ging in die Tanzschule und fing ein bißchen an zu schwärmen.

Meine Mutter hatte mit Hilfe ihrer Schwestern ein Backsteinhaus gekauft und vermietete Zimmer. Unter den Mietern waren Künstler, die Madrigueras usw. Ich liebte den katalonischen Geiger. Meine Mutter sagte: »Hüte dich vor Künstlern, hüte dich vor Kataloniern!« Ich war sechzehn, aber meine Mutter behandelte mich wie ein Kind. Ich war schüchtern und naiv.

Ich las, gierig, trunken, nach der alphabetischen Bibliotheksliste. Niemand half mir, als ich gegen die brutale, rohe Public-School Nummer 9 rebellierte.

Mein Vater lud mich ein, zu ihm und Maruca nach Paris auf Besuch zu kommen. Ich schrieb gehorsam einen Brief, den mir meine Mutter diktierte. Wenn er – darauf lief es hinaus – mich in all den Jahren nicht genug geliebt habe, um sich um meine Existenz zu kümmern, ob ich etwas zu essen und anzuziehen hätte, wie es mir in der Schule ginge, würde ich auch jetzt (da ich anfinge, auf eigenen Füßen zu stehen) meine Mutter nicht verlassen und zu ihm gehen. Meine Mutter überzeugte mich, daß er mich nicht wirklich liebe, daß er nur seine hübsche Tochter herumzeigen wolle.

Für heute abend hatte ich eine Einladung in Bernard Steeles Haus in der Vorstadt draußen angenommen. Ich traf mich im Zug mit Artaud, und Steele holte uns vom Bahnhof ab. Ich hatte ›Tropic of Cancer‹ mitgenommen, um es Steele zu zeigen. Ich sollte über Nacht bleiben. Aber der ganze Abend, das Essen, das er gab, alles war so oberflächlich, so künstlich, so zynisch, daß wir beide, Artaud und ich, uns mit Blicken verständigten und dieselben Unlustgefühle konstatierten. Es war alles falsch, falsch. Statt zu bleiben, sagte ich, ich müßte nach Hause, und fuhr mit Artaud zurück.

Im harten, kalten Licht des Zuges, auf den harten, nackten Holzbänken, verfiel Artaud ins Brüten. Ich sagte, daß ich Oberflächlichkeit, Hänseleien, Spötteleien nicht vertrage. Artaud sagte, ihm ginge es ähnlich.

»Aber ich habe gesehen, wie tief enttäuscht Steele war, daß Sie nicht geblieben sind.« Artaud war es also aufgefallen, und ich hatte geglaubt, er sei tausend Meilen weit von diesem Abend entfernt.

»Und ich hörte, daß Sie ihm versprochen haben, für ihn zu tanzen.«

»Er spielt Gitarre, da war es nur natürlich.«

Spürt Artaud in mir eine Inkonsequenz? Zweifelt er daran, daß ich gleich ihm von der künstlichen Fröhlichkeit des Abends ausgeschlossen war?

Er brütete weiter, als wäre er voller Mißtrauen.

Am nächsten Tag schrieb er mir:

»Gestern abend war ich ganz außerordentlich mit ein paar Gedanken beschäftigt, fast schon von ihnen besessen, die sich in mir nur durch eine Leere manifestierten. Ich habe Ihnen nicht genug gedankt, auch nicht noch einmal gesagt, wie wertvoll mir Ihre Freundschaft ist. Sie haben einmal gesagt, daß keine Enthüllung über das intime Leben eines Menschen Sie beleidigen könnte, aber es gibt Dinge, die in einer geistigen Verfassung wie der meinen noch schwerer zu gestehen sind und die doch meine innerliche Abwesenheit bis zur Grenze des Zulässigen rechtfertigen würden.«

Auf diese kurze Nachricht, per Expreßpost, folgte bald ein Brief.

»Einige Seiten aus ›Heliogabal‹, die Sie am Donnerstag lesen sollen und die ich heute nacht geschrieben habe, werden mein Benehmen gestern abend, das Sie vielleicht gestört hat, rechtfertigen und erklären. Sicherlich kennen Sie ähnliche Besessenheiten, aber Sie können nicht – ich hoffe, daß Ihnen diese Erfahrung erspart bleibt – so schreckliche Zustände geistiger Verkrampfung durchlebt haben, solcher Verbitterung, solcher Leere, die sich nach außen hin bei mir durch ständiges Rollenspiel, durch Lügen manifestieren. Die Arbeit und die Leiden meines Geistes bewirken Lügen verschiedenen Niveaus; sie verraten sich vor allem in einer Haltung, einer gefrorenen Haltung, statisch, formal: Das Lächeln des Gesichtes entspricht einem tief geheimen Zähnefletschen. Ich weiß, daß ich nicht mehr zu sagen oder länger darüber zu schreiben brauche. Wasser ist dem Feuer sehr nahe. Ich weiß, daß ein Zustand wie der meine ganz unglaublich ist, aber er ist wirklich. Ich brauche Ihnen nicht zu erklären, daß ich nicht ich selbst war, nicht fühlte, was ich zu fühlen vorgab, daß meine Steifheit nicht dem entsprach, wie ich mich gern gezeigt hätte, und doch wäre ich ganz unfähig gewesen, mein Benehmen zu ändern. Ich bin sicher, daß Sie mich verstehen, aber ich möchte alles noch deutlicher persönlich erklären – mit Details, die das geschriebene Wort nicht übermitteln kann; ich meine, das geschriebene Wort vermag solche Zustände nicht zu schildern. Mein Benehmen ergibt sich von selbst, mir zum Trotz, gegen meine eigenen Wünsche. Aber es hat Zeiten gegeben, in denen ich mit meinem äußeren Habitus zufrieden war: Nichts in mir träumte von anderen Möglichkeiten, einem anderen Dasein. Das Beste in mir war zur Nichtexistenz verurteilt. Entschuldigen Sie meine spontanen, stürmischen Briefe. Eine Art von Schuldgefühl und Scham drängten mich, diesen Brief abzusenden...«

So viele Skrupel. Wie viele von uns sind schuldig geworden, nicht sie selbst zu sein, aber niemand von uns hätte sich soviel Mühe gegeben, darüber ein Geständnis abzulegen und sich zu kritisieren. Er konnte ja gar nicht er selbst sein in der unnatürlichen Atmosphäre bei den Steeles. Ich glaube, seine Unfähigkeit, an der Stimmung des Abends teilzunehmen, beunruhigte und bedrückte ihn. Aber im Zug konnte ich ihm nicht begreiflich machen, daß ich dies alles gespürt hatte und daß es ein natürlicher Selbstschutz ist, in einer feindlichen Situation Theater zu spielen. Solche Maskierungen sind notwendig, besonders wenn das wahre Ich sich in einem ernsten, einem schöpferischen Zustand befindet.

Dies schrieb ich ihm und fügte hinzu:

»Man kann nicht überall und zu jeder Zeit sein wahres Ich zeigen. Es waren die Steeles, die mit uns nicht übereinstimmten. Ich versuchte Ihnen im Zug zu erklären, daß die Konversation während des Essens unmöglich war und wir uns beide ›*dépaysé*‹ fühlten.

Sie können tausend Rollen spielen, und ich werde trotzdem nicht am wahren Artaud zweifeln. Es ist kein Verbrechen, eine Rolle zu spielen. Ich sehe ganz deutlich dahinter das, was wirklich ist. Und da ich es einmal gesehen habe, kenne ich es und glaube daran, wie es sich auch nach außen hin darstellen mag. Ein Abend mit Mißtönen, in einer schlechten Atmosphäre, ist nur ein unwichtiges Detail. Sie fühlten sich von Gewöhnlichkeit, von Banalität bedrückt. Ich verstehe das. Wenn man wirklich reich ist im Innern, wird das gewöhnliche Leben zu einer Art von Folter. Ich ahne das Elend, das Sie in den Nächten überfällt. Und aus diesem Grunde, um zu zeigen, auf welcher Seite ich stehe, bin ich mit Ihnen weggegangen und habe Steele schockiert.«

Ich fühle unendliches Mitleid mit Artaud, der immer leidet. Es ist die Dunkelheit, die Bitterkeit in ihm, die ich heilen möchte. Körperlich bleibt er für mich unberührbar, aber das Geistige in ihm, sein Genie, liebe ich.

[Juni 1933]

Besuch von Bradley, der viel Verständnis zeigt. Er übernimmt die Rolle des Wegweisers, des Leiters, und möchte, daß ich ihm etwas in direkter Erzählweise schreibe. Er möchte mich aus meinen geheimen Höhlen aufscheuchen. Auch sagte er viel Interessantes über Kunst, Musik, Literatur, Künstler. Er hat ein scharfes Urteil.

Seiner Meinung nach ist der Einfluß der Literatur auf einen Schriftsteller von Übel. Henry liest zuviel, dadurch wird er gehemmt. Meine Vaterliebe sei als Thema so groß und beherrschend wie Henrys Auseinandersetzung mit June. Ich sollte es ausschreiben. Manchmal, wenn man mir Ratschläge gibt, habe ich das Gefühl, alles schon getan zu haben, was man von mir verlangt, hier im Tagebuch, in dem ich authentisch, leidenschaftlich, explosiv usw. bin.

Er stellt sich gegen die Dichtung in ›House of Incest‹. Stilübungen. Er meint, ich wäre unter den Einfluß des amerikanischen Idealismus geraten, den ich ablehne, weil ich fühle, daß der Puritanismus und Idealismus von meiner Mutter kommt, der Dänin, daß es sich um einen Einfluß des Nordens handelt. Bradley sagte: »Ihr Vater bleibt die große Liebe Ihres Lebens – für andere Männer ist das hart. Ich spreche für mein eigenes Geschlecht.«

Bradley war gut aufgelegt, lebhaft und zugleich verstockt. Ich solle egoistischer werden. Meine Menschenfreundlichkeit sei Schwäche, sagte er. Ich solle mehr für mich selbst leben und schreiben, nur für mich allein arbeiten.

»Aber ich fühle mich nur lebendig, wenn ich mit anderen und für andere lebe. Und ich werde trotz alledem eine große Künstlerin sein. Wenn ich es nicht werde, macht es auch nichts. Ich werde eine Freundin der Künstler sein, Mutter und Muse, und Dienerin und Inspiration. Eine Frau sollte vor allem Mensch sein. Ich bin vor allem eine Frau. Der Kern meines Werkes war ein Tagebuch, das ich für meinen verlorenen Vater geschrieben habe, den ich liebte und den ich halten wollte. Etwas sehr Privates. Ich bin ganz menschlich, nicht intellektuell. Abstrakte Kunst verstehe ich nicht. Ich verstehe nur Kunst aus Liebe, Leidenschaft und Leiden.«

Mein Vater schreibt mir:

»Ma grande chérie:

Dein Brief zeigt mir einen Aspekt Deiner zahllosen Gesichter. Einen Aspekt voll Güte und Anmut, in dem sich die ganze weibliche Fähigkeit zum Mitgefühl offenbart. Gräme Dich nicht, weil Deine Bemühungen, Joaquin für mich zu gewinnen, erfolglos waren. Du hast einen Samen ausgesät, er wird wachsen. Anaïs, Dein Bild, Deine Hände, Deine Augen, Deine Stimme, alles an *Dir* liebe ich, alles ist ein so großes Glück für mich, ein so neues und tiefes Glück von so seltener Schönheit, daß ich unfähig bin, eine andere Liebe zu empfangen. Du kannst Dir nicht vorstellen, wie erfüllt mein Leben von einer neuen, mir bisher unbekannten Vertrautheit und einem neuen Wissen um das Weibliche ist. Eine falsche Religion, falsch und eng – eine falsche Moral wendet uns immer wieder von den Arten des

Glücks, die uns erreichbar wären, ab. Die ganze Welt leidet unter diesem Mangel an Vertrautheit, an Vereinigung, menschlicher Beziehung und (ich bestehe auf dem Wort) Durchdringung.

Erinnere Dich an jenen Nachmittag, an dem ich, auf die Gefahr hin, Dich zu verlieren, von meinen Fehlern zu sprechen begann (und ich bin noch nicht damit fertig) und Deine zu erfahren suchte. Das war der Anfang einer wirklichen Verbindung. Gute Eigenschaften nehme ich für gegeben; die meisten sind übrigens erworbene; aber unsere Fehler können wir weder mit dem Verstand noch mit dem Willen ändern oder aus der Welt schaffen – sie sind der wahre Ausdruck unseres primitiven, natürlichen Ichs, im absoluten Reinzustand. Spontane Ideen, erleuchtende Gedanken, Resonanzen des inneren Ichs, neue dunkle Schwingungen, ererbte Instinkte, Verstümmelungen, die wir durch die Widersprüche in unserer Gesellschaftsordnung erlitten haben – körperlich, seelisch, moralisch –, gute und schlechte Eigenschaften, großherzige und egoistische, liebenswerte und bittere, zynische und absurde, monströse und normale (oh, diese nutzlosen und armen Worte, die so wenig besagen, wenn man eintritt in den seelischen Bereich): alles das sind wir. Einander verstehen und lieben wollen, während man dieses doppelte Ich verhüllt, das wir in Wirklichkeit sind und das wir weder geschaffen haben noch als Erfindung verantworten könnten: das heißt nichts verstehen und das Leben nicht lieben.«

Ich bereue nichts. Ich bedauere nur, daß mir jeder das Tagebuch nehmen möchte, das mein einziger zuverlässiger Freund ist, der einzige, der mein Leben erträglich macht; denn mein Glück mit Menschen ist prekär, mein Vertrauen selten, und das leiseste Zeichen von Interesselosigkeit bringt mich zum Schweigen. Im Tagebuch stimme ich mit mir überein.

Wir hatten ein wichtiges Gespräch über Träume. Henry hat sich mit meinen Vorstellungen angefreundet und sich Notizen gemacht. Nun fängt er an, das Buch zu ahnen, das daraus entstehen könnte: seinen authentischen Surrealismus. Er beginnt sich zu fragen, was das Wesentliche an Träumen ist, wie man es wiedergeben könnte, und er stellt sich Fragen, die auch ich gestellt habe. In ›House of Incest‹ gehe ich von Träumen aus und *weiter*, denn ich träume so oft auch im Leben, über das Leben, während ich lebe. Henry hingegen hält sich unmittelbar an die wirklichen Nachtträume.

Ich sprach über Licht und Atmosphäre und Fluidum; er über

die Stimmung und die aufgehobenen Hemmungen, wie Körper und Seele eine absolute Einheit sind, das wunderbare Gefühl der Harmonie. Es erregte mich, daß er in die Traumwelt eintreten und sie sich zu eigen machen würde. Am Anfang schrieb er die Träume nur zu meiner Unterhaltung auf. Er lachte darüber. Ich sagte: »Mach nur weiter, da wird etwas Neues daraus, ein neues Buch.« Hier bin ich in meinem eigenen Bereich, dem Henry, wie zu erwarten war, neue Kräfte zuführt.

Wie ich auch darüber nachdenke, ich verstehe nicht, was mit Artaud gestern abend los war. Er kam und erklärte mir, der Grund für seine Steifheit seien nicht Steeles Spötteleien gewesen, vielmehr sein Mißtrauen mir gegenüber. Er beobachtete mich argwöhnisch und mißtraute meiner Sympathie. Er hatte Angst.

»Ich verstehe nicht«, sagte ich.

Wir saßen im Garten. Bücher lagen auf dem Tisch und Manuskripte, aus denen Artaud mir vorgelesen hatte. Eben zuvor sprach er noch über sein Buch ›Heliogabal‹ und über sein Leben. Er wurde in der Türkei geboren. Plötzlich unterbrach er sich und fragte: »Interessieren Sie sich wirklich für mein Leben?« Später fügte er hinzu: »Ich möchte Ihnen mein Buch widmen. Wissen Sie, was das bedeutet? Es wird keine konventionelle Widmung sein. Sie wird ein geheimes Einverständnis zwischen uns offenbaren.«

»Es *gibt* ein geheimes Einverständnis zwischen uns«, sagte ich.

»Aber ist es nicht vorübergehend? Ist es nur eine Laune von Ihnen oder wirklich eine tiefreichende Verwandtschaft? Ich sehe Sie als eine Frau, die mit den Männern spielt. In Ihnen ist so viel Wärme und Sympathie, daß man nicht mehr weiß, woran man ist. Sie scheinen allen Menschen wohlgesinnt zu sein, und Sie splittern Ihre Gefühle auf. Ich fürchte, Sie sind wankelmütig, unbeständig. Heute interessieren Sie sich für mich, und morgen lassen Sie mich fallen.«

»Vertrauen Sie doch Ihrer Intuition. Meine ganze Nettigkeit ist oberflächlich. In Wirklichkeit habe ich nur für wenige Menschen ein tiefes, gründliches, dauerndes Interesse. An manchen Bindungen ändert sich nichts. Sie sind für mich nicht einfach eine Entdeckung. Ich lese, was Sie schreiben, genau und gründlich, und ich glaube, daß ich Sie verstehe. Das ist alles. Ich spreche ganz frei und offen zu Ihnen.«

»Haben Sie nicht schon oft solche Briefe an Schriftsteller geschrieben? Tun Sie es nicht gewohnheitsmäßig?«

Ich lachte. »Nein, ich habe nicht an viele Schriftsteller geschrieben. Ich bin sehr wählerisch. Ich kann mich nur an zwei Schriftsteller erinnern, denen ich außer Ihnen Briefe geschrieben habe – Djuna Barnes und Henry Miller. Ich habe Ihnen geschrieben, weil zwischen uns eine Wechselbeziehung besteht. Ich arbeite auf einer bestimmten Ebene, und auf der habe ich Sie getroffen. Es ist eine Ebene, auf der man keine oberflächlichen Spiele treibt.«

»Was Sie getan haben, ist herrlich unkonventionell. Ich konnte nicht daran glauben. Wenn Sie es wirklich mit dieser Gleichgültigkeit gegenüber der Welt getan haben, aus einem Impuls heraus, wie Sie ihn beschreiben, dann ist es zu schön, um daran zu glauben.«

»Ich würde an Bernard Steele nicht so schreiben. Hätten Sie das, was ich geschrieben habe, mißverstanden, hätten Sie nicht angenommen, daß ich an jenen Artaud schreibe, wie er in seinen Büchern offenbar wird, dann hätten Sie mir auf gewöhnliche Weise geantwortet und wären überhaupt nicht Artaud. Ich lebe ständig in einer Welt, in der Dinge geschehen, wie sie zum Beispiel in Steeles Welt nie geschehen. Steele würde meinen Brief ganz anders interpretieren als Sie.«

»Ich hätte das nicht für möglich gehalten«, sagte Artaud. »Ich habe nie geglaubt, daß eine solche Einstellung in dieser Welt möglich wäre. Ich hatte Angst, zu verstehen, mich zu täuschen, Angst, daß sich am Ende alles als gewöhnlich erweisen würde, daß Sie eine Frau der Gesellschaft wären, der es Spaß macht, an Schriftsteller zu schreiben und ihnen Sympathie vorzuspielen usw. Sie sehen, *ich nehme alles sehr ernst.*«

»Das tue ich auch«, sagte ich, in einem Ton, den er nicht länger mißverstehen konnte. »Ich bin freundlich zu den Menschen, gastfreundlich und hilfsbereit, aber das ist nur die Oberfläche. Wenn es um tiefere Gefühle und Bedeutungen geht, werden die Beziehungen selten. Es ist der Ernst in Ihnen, der mystische Dichter, an den ich mich direkt und unkonventionell gewendet habe, denn ich bilde mir sehr schnell ein Urteil und vertraue darauf. Auch ich nehme die Dinge sehr ernst. Ich habe Ihnen bereits gesagt, daß ich in einer anderen Welt lebe, und ich dachte, sie wäre für Sie einsehbar, wie die Ihre für mich.«

»Damals im Zug«, sagte Artaud, »als Sie so freundlich zu

mir waren, habe ich Sie wohl durch meine zurückhaltende Stimmung verletzt?«

»Nein, ich habe an Ihre Arbeit gedacht. Ich weiß, daß man von einem Werk der Phantasie vollkommen absorbiert wird und Schwierigkeiten hat, den Anschluß an die Welt zu finden, teilzunehmen, besonders wenn die Welt voller Geschwätz ist.«

»Es war zu schön. Ich bekam es mit der Angst zu tun. Ich habe zu lange in absoluter moralischer und geistiger Einsamkeit gelebt. Sich die Welt zu bevölkern, wäre ja nicht schwer, aber es befriedigt mich nicht.«

Artaud legte seine Hand auf mein Knie. Ich war völlig überrascht und fragte mich, ob er eine körperliche Annäherung wagen würde. Ich rührte mich nicht. Ich sagte: »Sie werden geistig nicht mehr einsam sein.« Wenn er darüber nachdachte, meinte ich, würde er die Frage aufschieben, die ich in seinen Augen las und die über uns hing, verwirrend, eine Frage nach der Natur unserer Beziehung. Er zog seine Hand zurück. Wir saßen ganz still. Seine Augen waren sehr schön, erfüllt von Trauer, Geheimnis und Wunder. Für einen Augenblick hatte der *Poète Maudit* sein Inferno verlassen. Ich bat ihn, mir aus seinem Buch vorzulesen.

Steele, sagte er, hätte versucht, ihn in seinem Haus als ungeschickt und lächerlich hinzustellen, aus Eifersucht. Ich weiß, daß er recht hat. Es ist auch mir aufgefallen, daß Steele mein wachsendes Interesse für Artaud lästig war. Wieder einmal ist klar, daß der einzige Weg zu mir ein geistiger ist. Steele sieht gut aus, ist anziehend, aber gewöhnlich; Artaud ist selbstquälerisch und inspiriert.

Er phantasierte über die Bedeutung meines Namens. Anaïs, Anahita, die persische Mondgöttin. Anaïs, mein äußeres, liebenswertes, helles, griechisches Ich, nicht mein dunkles Ich. Wo ist das dunkle Ich, das Artauds Verzweiflungen kennt? Im Tagebuch. Im verborgenen.

In der Nacht nach Artauds Besuch träumte ich, daß er mich besaß, und war über seine Leidenschaftlichkeit erstaunt. Nach dem Erwachen wußte ich jedoch, daß dies nicht meine wirkliche Beziehung zu Artaud ist. In meinen Träumen schlafe ich mit allen. Die zwölf Zimmer des Traums? Vergangenheit, Gegenwart und Zukunft? Eigentlich müßte ich besser als irgend jemand fähig sein, die Atmosphäre eines Traums zu erfassen. Ich lebe so sehr in ihm, folge Empfindungen, Eindrücken, Intuitionen, vertraue ihnen.

Tropisches Wetter. Heiterkeit, Wohlbefinden.

Ich habe das Glücksgefühl nicht gut beschrieben, das mein Gespräch mit Artaud begleitete, das überströmende Gefühl, eine durchsichtige Offenheit, die gewaltigen Augenblicke des Aufschwungs, der Emotion. Artauds Innerlichkeit so nach außen gewendet, seine Augen zu unverhüllt. Diese Augenblicke, von denen ich mich hinreißen lasse, wirken so intim, daß man mit Liebe verwechseln kann, was nur eine Art freundschaftlicher Leidenschaft ist. Ich zeige zuviel Wärme.

Liebe, Liebe, Liebe, wie der Künstler lieben kann, der in die Welt verliebte Dichter, mit allen seinen Sinnen, der alles liebt, was lebt, der ganzen Welt den Hof macht mit Gesängen, Tänzen, Poesie, Musik, einer ungeheuren Leidenschaft für alle ihre Gesichter, Abläufe, Inhalte, Aspekte, für Mann, Frau, Kind, die Sonne, die Nerven, das Leiden, den Schweiß nervöser Angst auf Artauds Gesicht. Artaud beobachtet die Wolkenschiffe und stottert, während er seine frühen Gedichte rezitiert.

Artauds Angst und mein Traum, den Mann zu befriedigen und zu trösten, den ich tagsüber quäle, die Liebe zu den Schöpfungen, den Gedichten, den Träumen der Menschen – Liebe.

Ich traf Artaud in einem Café, und er begrüßte mich mit einem Gesicht voller Qual. »Ich bin sehend geworden. Ich sehe, daß alles, was Sie gestern gesagt haben, nichts bedeutet hat. Gleich nach unserem Gespräch wurden Sie distanziert, undurchdringlich. Sie wichen meiner Berührung aus. Sie ergriffen die Flucht.«

»Aber von menschlicher Liebe war nicht die Rede ... ich hatte kaum gesprochen, da gaben Sie meinen Worten schon eine private Bedeutung.«

»Von was war dann die Rede?«

»Von Gemeinsamkeiten, Freundschaft, Verständnis, geistigen Beziehungen.«

»Aber wir sind menschliche Wesen!«

Ich habe vergessen, wie ein Wort das andere gab. Ich weiß nur, daß ich keine physische Verbindung mit Artaud wollte. Wir gingen spazieren. Als er sagte: »Wir gehen im Gleichschritt. Es ist schwer, mit jemandem zu gehen, der denselben Rhythmus hat ... das Gehen wird euphorisch«, wurde für mich alles unwirklich. Ich war nicht länger in meinem eigenen Körper. Ich war aus mir herausgetreten. Ich fühlte und sah das Entzücken, mit dem Artaud mich betrachtete. Er blickte auf meine Sandalen; mein leichtes Sommerkleid hob und senkte sich zitternd unter jedem Atemzug; ich sah meinen nackten Arm und Artauds Hand darauf, und ich sah die plötzliche Freude auf seinem Gesicht und empfand schreckliches Mitleid für den kranken, gequälten Irren, den Übersensiblen und Morbiden.

Vor dem Coupole küßten wir uns, und ich erfand für ihn die Geschichte von meinem geteilten Selbst, das nicht menschlich und geistig zugleich lieben könne. Ich führte die Geschichte meiner Spaltung weiter aus. »Ich liebe den Dichter in Ihnen.«

Das rührte ihn und verletzte seinen Stolz nicht. »Mir geht es ebenso«, sagte er. »Menschliche Wesen erscheinen mir gespenstisch. Ich bezweifle und fürchte das Leben. Es scheint mir alles so unwirklich. Ich möchte mitmachen, ein Teil davon sein. Aber von Ihnen hätte ich gedacht, daß Sie irdischer seien als ich. Sie gleiten so leicht dahin, Sie vibrieren. Ich habe nie eine Frau gesehen, die mehr wie ein Geist ausgesehen hätte, und doch sind Sie lebendig. Alles an Ihnen beunruhigt mich, diese großen Augen, diese übertriebenen Augen, unmöglichen Augen, unmöglich klar und durchsichtig; es ist, als wäre kein Geheimnis in ihnen, als könnte man durch sie hindurchschauen, unmittelbar in Sie hinein, und doch liegen endlose Geheimnisse unter dieser Klarheit, hinter diesen nackten Märchenaugen . . .«

Ich war verstört. Artaud beschwor mich: »Wen lieben Sie? Ich weiß, daß Allendy Sie liebt, Steele und viele andere, aber wen lieben Sie? – Sanft und zart und treulos«, sagte er. »Man hält mich für verrückt. Glauben Sie, daß ich verrückt bin? Ist es das, was Sie erschreckt?«

Im selben Augenblick erkannte ich an seinen Augen, daß er es ist und daß ich seine Verrücktheit liebe. Ich sah seinen Mund, die Winkel nachgedunkelt von Laudanum, einen Mund, den ich nicht küssen möchte. Von Artaud geküßt zu werden, heißt, sich dem Tode nähern, dem Wahnsinn. Ich weiß, daß er in das Leben zurückgeführt werden möchte durch die Liebe einer Frau, wiedergeboren, reinkarniert, gewärmt. Aber die Unwirklichkeit seines Lebens macht eine menschliche Liebe unmöglich. Um ihn nicht zu verletzen, habe ich den Mythos von meiner geteilten Liebe erfunden, von Geist und Fleisch, die sich nicht vereinen.

»Ich hätte nicht gedacht, daß ich in Ihnen meinen Wahnsinn wiederfinden würde«, sagte er.

Artaud saß im Coupole, sprach Dichtungen, redete über Magie. »Ich bin Heliogabal, der verrückte Kaiser von Rom.«

Er wird alles das, worüber er schreibt. Im Taxi strich er die Haare zurück aus seinem verwüsteten Gesicht. Die Schönheit des Sommertages berührte ihn nicht. Er stand im Taxi auf, breitete die Arme aus und wies auf die belebten Straßen: »Die Revolution wird bald kommen. Alles dies wird zerstört werden. Die Welt muß zerstört werden. Sie ist korrupt und häßlich. Sie ist voller Mumien, sage ich Ihnen. Römische Dekadenz. Tod. Ich will ein Theater wie eine Schockbehandlung, wie einen galvanischen Strom, der die Menschen zum Gefühl schockt.«

Artaud, so schien mir nun, lebt in einer so phantastischen Welt, daß er den heftigen Schock für sich selbst wünscht, um wieder ein Gefühl für die Realität zu bekommen, oder die inkarnierende Kraft einer großen Leidenschaft. Aber während er so stand und brüllte und seinen Zorn hinausschrie, starrten die Menschen ihn an, und der Taxifahrer wurde unruhig. Ich fürchtete, er würde vergessen, wo wir uns befanden, auf unserem Weg zur Gare Saint-Lazare, zu meinem Zug, und daß er gewalttätig würde. Ich sah, daß er die Revolution wünschte, die Katastrophe, einen Zusammenbruch, in dem sein unerträgliches Leben enden würde.

Henry amalgamiert sein Selbstporträt (›Black Spring‹) mit dem Traumbuch. Er leistet eine gigantische Arbeit, aber es muß alles noch Stück für Stück überprüft und ins rechte Lot gebracht werden. Alles vermischt sich: der Kritiker, der Philosoph, der Romanautor, der Bekenner, der Dichter, der Reporter, der Wissenschaftler, der Biograph. Für seine Fragmente eine schöpferische Synthese zu finden, ist immer eine große Aufgabe, ein Ringen um Einheit. Sein Werk ist chaotisch, verschiedenartig, ungleich, wie ein reißender Fluß, der eingedämmt werden muß, sonst überschwemmt er ihn, verschlingt und ertränkt ihn. Er verschwindet darin, wird überflutet, weggeschwemmt von seiner Aufnahmefähigkeit, Resonanzfähigkeit, Gier nach neuen Eindrücken. In einem späteren Stadium macht er sich frei. Wenn er eifersüchtig ist, wird er grausam; wenn er sich sicher fühlt, wird er gütig.

Sein Thema war wieder die Vergangenheit; er erinnerte sich an sein Leben mit June und mit seiner ersten Frau. Die Radiomusik brachte ihn zur Verzweiflung. »Keine Literatur kann sich mit der Tragödie und den Kämpfen des Lebens messen. Sie machen Literatur blaß.« Er erinnerte sich, was für eine große Bedeutung Sex für ihn hatte und wie er immer gespalten war zwischen seinem sexuellen Hunger nach einer Frau und dem Haß, den er für ihre Unzulänglichkeiten und Beschränktheiten empfand. »Der demütigende Verzicht auf Selbständigkeit, die schreckliche, bohrende Unzufriedenheit...«

Wenn Henry Verrücktheiten schreibt, dann kommen sie aus dem Leben und nicht aus einem Mangel an Leben. Der Wahnsinn der Surrealisten, Breton, ›transition‹, entsteht in einer Leere; Henrys Wahnsinn hingegen aus den Absurditäten, den Widersprüchen und Qualen eines überfrachteten, übervollen Lebens. Sein Leben kristallisiert nicht aus, sondern erhebt sich in der Ekstase zu einer phantastischen Spirale, einem für immer kreisenden Höhepunkt.

Artaud erwartete mich: stolz, aufrecht, die Augen fiebrig vor Freude, die Augen eines Fanatikers, eines Wahnsinnigen. Triumph in seinem Gesicht, aufblitzende Freude und Stolz, daß ich gekommen bin. Seine Bewegungen sind schwer, zupackend, fremdartig, despotisch. Seine Hände schweben nur über mir, über meinen Schultern, aber ich spüre ihr magnetisches Gewicht.

Ich habe mich ganz in Schwarz, Rot und Stahlblau gekleidet, wie ein Krieger, um mich gegen Überwältigung zu schützen. Sein Zimmer ist schmucklos wie eine Mönchszelle. Ein Bett, ein Tisch, ein Stuhl. Ich betrachte auf den Fotos sein erstaunliches Gesicht, das wechselnde Gesicht eines Schauspielers, bitter, dunkel und manchmal strahlend in einer geistigen Ekstase. Er gehört ins Mittelalter. So verinnerlicht, schwer. Er ist Savonarola, der heidnische Bücher und Freuden verbrennt. Sein Humor ist fast satanisch, keine reine Freude, nur diabolische Heiterkeit. Seine Ausstrahlung ist stark; eine aufschießende weiße Flamme. In seinen Bewegungen ist eine Spannung, eine Intensität, eine Heftigkeit, ein Fieber, das in seinem Gesicht als Schweiß ausbricht. Er zeigt mir seine Manuskripte, spricht über seine Pläne, spricht verworren, wirbt um mich, kniet vor mir. Ich wiederhole alles, was ich schon gesagt habe. Alles kreist um uns. Er steht wieder auf, mit verzerrtem Gesicht, beherrscht, steinern.

»Allendy hat Ihnen erzählt, daß ich zuviel Opium nehme ... daß Sie mich früher oder später verachten werden. Ich bin nicht für irdische Liebe gemacht. Und das bedeutet für Frauen doch so viel.«

»Nicht für mich.«

»Ich möchte Sie nicht verlieren.«

»Sie werden mich nicht verlieren.«

»Die Gifte töten mich. Ich werde niemals so sein, daß Sie mich lieben können ... daß ich Sie halten kann. Sie sind ein Mensch. Sie verlangen eine ganze Liebe.«

»Gesten bedeuten nichts. Ich wünsche mir diese Verbindung mit Ihnen nicht, sondern eine andere, auf einer anderen Ebene.«

»Sie werden nicht fortlaufen? Sich nicht auflösen? Sie sind mir alles. Eine Frau wie Sie habe ich noch nie kennengelernt. Sie sind etwas Seltenes. Ich fasse es nicht. Ich habe Angst, daß es ein Traum sein könnte. Daß Sie sich auflösen.« Und er klammert sich mit steifen Fingern an mich wie ein Mann, der ertrinkt.

»Sie sind die gefiederte Schlange«, sagte er. »Sie gleiten über die Erde, aber Ihr Gefieder wirbelt den Wind auf, die Seele. Dieses kleine Detail, daß Sie wie Mars gekleidet kommen, daß eine Frau so in Symbolen lebt, macht mich schon staunen. Und auch noch Ihre Erregung ist seltsam und fremd. Sie kommt nicht in Wellen, sie ist immer da. Sie leben ständig auf einer Ebene, sprechen im selben Ton und halten ihn durch. Ihr Sprechen ist unwirklich.«

Er identifiziert sich mit Heliogabal, dem wahnsinnigen Fürsten. Aber Artaud ist schöner, ein leidender, bedrückter, tragischer, kein zynischer oder perverser Mensch.

»Ich liebe Ihr Schweigen«, sagte er. »Es ist wie das meine. Sie sprachen von Selbstzerstörung als von einem Brandopfer. Dann sterben Sie also für einen Gott.«

»Für das Absolute. Man stirbt, wenn man sich für das Absolute entscheidet.«

»Ich bin hochmütig und eitel«, sagt er.

»Alle schöpferischen Menschen sind es. Ohne Stolz und Eigenliebe kann man nichts erschaffen.«

Dann bot er mir an, alles für mich zu verbrennen, sich mir zu opfern. Ich verdiene ein Brandopfer. Was wollte Artaud für mich verbrennen? Ich habe nicht gefragt. Und ich wußte: Wenn Allendys Magie zu weiß ist, dann ist die von Artaud schwarz, giftig, gefährlich.

»Schreiben Sie mir. Jeder Tag des Wartens wird eine Qual sein. Ich bin fürchterlich treu und meine es schrecklich ernst. Ich fürchte, daß Sie mich vergessen, mich verlassen werden.«

Artauds Brief:

»Ich habe schon viele Menschen vor das wunderbare Bild (›Lot und seine Tochter‹) geführt, aber zum ersten Male habe ich gesehen, daß ein Mensch von einem künstlerischen Ausdruck bewegt wurde und wie in Liebe erzitterte. Ihre Sinne bebten. Wenn eine rein geistige Impression in Ihnen einen solchen Sturm auslösen kann, müssen Körper und Geist in Ihnen völlig miteinander verschweißt sein. Aber es ist der Geist, der in dieser ungleichen Ehe den Körper leitet und beherrscht, und er wird ihn am Ende ganz beherrschen. Ich fühle in Ihnen eine Welt, die darauf wartet, geboren zu werden und ihren Exorzisten zu finden. Sie selbst wissen nichts davon, aber Sie schreien danach mit allen Ihren Sinnen, Ihren weiblichen Sinnen, die in Ihnen auch Geist sind.

Da Sie so sind, werden Sie die große und schmerzliche Freude verstehen, die ich empfinde, Sie getroffen zu haben. Freude und Staunen. Sie füllen meine unendliche Einsamkeit auf eine Art und Weise, die mich ängstigt. Das Schicksal hat mir mehr geschenkt, als ich jemals zu erträumen wagte. Und wie alle Dinge, die das Schicksal gibt, geschieht es unvermeidlich, als im Himmel beschlossen, kommt es auf geradem Wege, spontan, so herrlich, daß ich erschrecke. Es könnte mich an Wunder glauben lassen, so als würden in dieser Welt Wunder geschehen; aber ich glaube nicht, daß wir beide, Sie und ich, ganz von dieser Welt sind, und gerade das ist es, die zu vollkommene Begegnung, die mich wie eine Sorge bedrückt.

Mein eigenes Leben und mein Geist bestehen aus einer Folge von Erleuchtungen und Finsternissen, die in mir ständig wechseln und daher auch rund um mich und über allem, was ich liebe. Für jene, die mich lieben, kann ich nur immer wieder eine Enttäuschung sein.

Sie haben bereits bemerkt, daß ich manchmal schnelle Intuitionen habe, schnelle Einsichten und zu anderen Zeiten vollkommen blind bin. Die einfachsten Wahrheiten entgehen mir dann, und man muß über ein seltenes Verständnis verfügen, eine ungewöhnliche Zartheit, um diese Mischung aus Dunkel und Licht zu ertragen, wenn es sich um Gefühle handelt, die man zu Recht von mir erwarten dürfte.

Noch etwas verbindet uns eng: Ihre Art zu schweigen. Ihr Schweigen ist wie das meine. Sie sind der einzige Mensch, vor dem ich mich meines Schweigens nicht schäme. Ihr Schweigen kommt ganz plötzlich: Man fühlt, daß es aus der Fülle aufbricht, ein seltsam lebendiges Schweigen, wie eine Falltür über einem Abgrund, aus dem man das geheime Murmeln der Erde selbst vernimmt. Was ich Ihnen sage, ist nicht ausgedacht, nicht erdichtet, Sie wissen es genau. Ich möchte über die starken Eindrücke, die wirklichen Eindrücke sprechen, die ich gehabt habe. Als wir auf dem Bahnsteig standen und ich zu Ihnen sagte: ›Wir sind wie zwei verlorene Seelen im unendlichen Raum‹, hatte ich dieses Schweigen gespürt, dieses rührende Schweigen, das zu mir sprach und mich fast vor Freude weinen machte.

Sie wecken das Beste und das Schlechteste in mir, aber vor Ihnen schäme ich mich nicht. Sie bewohnen dieselben Bereiche wie ich, aber Sie können mir alles geben, was mir mangelt, Sie sind meine Ergänzung. Es ist wahr, daß Ihre Phantasie dieselben Bilder liebt, dieselben Formen, dieselben Schöpfungen ersehnt; aber physisch, organisch sind Sie warm, während ich kalt bin. Sie sind geschmeidig, wollüstig, beweglich, während ich hart bin wie ein Kiesel, verkalkt, fossil. Ein unabwendbares Schicksal hat uns zueinander geführt: Sie haben es gefühlt, Sie sahen die Gemeinsamkeiten, Sie wußten, wieviel wir füreinander tun können.

Was ich am meisten fürchte, ist, daß auch Sie vom Schicksal geblendet werden könnten, daß auch Sie die Einsicht in alle diese Wahrheiten verlieren. Ich befürchte, daß Sie in einer jener Perioden, in denen die eine Hälfte von mir ausgeschaltet ist, von mir enttäuscht sein und mich nicht mehr erkennen werden und daß ich Sie verliere. Ich verehre Sie mit aller Aufrichtigkeit meiner Seele, allem Ernst und aller Tiefe, deren ich fähig bin. Innerhalb von acht Tagen ist mein Leben völlig umgeformt worden. Ich habe einen Namen, den mir meine Mutter gegeben hat, als ich vier Jahre alt war, und mit dem mich Menschen ansprechen, die mir sehr nahestehen: ›Nanaqui‹.«

Artaud sagte:

»Durch Sie könnte ich einen Weg finden aus den Abgründen, in denen ich lebe. Ich habe darum gerungen, das Wirken der Seele hinter dem Leben, über dem Leben, im Tode zu enthüllen. Ich habe nur Fehlgeburten zustande gebracht. Ich bin selbst ein einziger Abgrund. Mein Ich kann ich mir nur vorstellen als von allen Dunkelheiten leuchtend, die es umgeben. Niemand hat wie ich das Stottern der Zunge gefühlt, die einen Gedanken ausdrücken möchte. Niemand weiß besser als ich, wie sie abrutscht an den Kanten des Unaussprechbaren. Ich habe Zustände erlebt, die man nicht zu beschreiben wagt, Zustände der verdammten Seelen. Ich kenne die Fehlgeburten des Geistes, das Versagen, Zeiten, in denen der Geist in die Dunkelheit fällt und sich verliert. Sie sind das tägliche Brot meines Lebens, mein besessenes, ständiges Verlangen nach dem Unwiederbringlichen.«

Bevor er die Lider senkt, drehen sich die Pupillen seiner Augen nach oben, und ich sehe nur noch das Weiße. Die schweren Lider schließen sich über dem Weißen, und ich frage mich, wohin seine Augen entschwinden. Ich habe Angst, daß die Höhlen, wenn er sie wieder öffnet, leer sein könnten wie jene der Statue Heliogabals.

Von Artaud berührt werden heißt, mit dem Gift vergiftet werden, das ihn zerstört. Seine Hände umschließen meine Träume, denn sie sind wie die seinen. Ich liebe den Dichter, der durch meine Träume geht, seine Qual und das Feuer, das in ihm brennt, aber nicht den Mann. Physisch kann ich mich nicht mit ihm verbinden.

Artaud und ich gehen die Seine entlang, verfolgt von den ausgelassenen, grotesk gekleideten Studenten des *Quat-z-art*-Balls. In jener Nacht, in der ich ihnen mit Henry begegnete, wirkten sie wie Clowns und Spaßmacher, und wir lachten über sie. Heute aber, mit Artaud, sind sie wie Wasserspeier, die uns verhöhnen und bedrohen. Wir gehen wie im Traum. Artaud quält sich mit Zweifeln und Fragen, spricht über Gott und Ewigkeit, sehnt sich nach meiner Umarmung, und ich frage mich zum ersten Male, ob sein Wahnsinn nicht wirklich wie ein Kreuzweg ist, von dem jeder Schritt, jede Folterung beschrieben wird, damit man sich schuldig fühle; und ob Artaud so verzweifelt ist, weil er niemanden findet, der seinen Wahnsinn teilt.

Artaud sagte: »Was für ein göttliches Vergnügen müßte es sein, einen Menschen wie Sie zu kreuzigen, etwas so Verschwebendes, Ungreifbares.«

Wir saßen in einem Café, und er sprach in endlosen Sätzen, wie in seinen Büchern, über seine Zustände, Stimmungen, Visionen.

»Wenn Sie ›Nanaqui‹ sagen, klingt es ganz natürlich.«

»Es klingt orientalisch.«

Als wir wieder die Seine entlang gingen, fielen alle Bücher und Manuskripte, die wir mit uns trugen, zu Boden, und ich fühlte eine Erleichterung, so als würde dieses Gewebe aus Dichtung und Wortmagie rund um mich zerrissen. Das Fieber in ihm erschreckte mich, als er sagte: »Zwischen uns könnte ein Mord geschehen.« Wir standen an der Kaimauer, und als er das sagte, fielen die Bücher zu Boden.

Er hat geschrieben: »Ich habe mir den Bereich des Leidens und der Schatten gewählt, wie andere die Strahlung und das Gewicht der Dinge wählen.« Schönheit und Wärme des Sommers berühren ihn nicht. Er ignoriert sie, wehrt sich dagegen. »Ich kenne nur schmerzhafte Gefühle«, sagte er.

Aber wie wenig weiß er von mir, wenn er sagt: »Warum machen Sie den Eindruck von etwas Bösem, von Grausamkeit, Verführung, Betrug, Oberflächlichkeit? Ist das nur äußerlich? Als ich Sie zum erstenmal sah, haßte ich Sie, wie man die allmächtige Versucherin haßt. Ich haßte Sie, wie man das Böse haßt.«

Mein Vater und ich hatten vereinbart, daß wir uns in Valescure treffen würden, und ich fuhr voraus, um einige Tage der Ruhe und Meditation zu haben.

Im Hotel am Strand kann ich dem Porträt meines Vaters einige kleine Striche hinzufügen. Der Hotelier sagt: »Er ist ein heiterer Mensch.« Der Friseur: »Er ist sehr eitel. Er läßt sich das Haar färben, um zu verbergen, daß er grau ist.« Die Maniküre: »Er liebt schöne Frauen.« Er gibt sich extravagant, telegrafiert und schickt Blumen zu meiner Begrüßung, trifft telefonisch Anordnungen für seine Ankunft: ein besonderes Zimmer, ein besonderes Bett, kein Lärm. Ein schwerer Hexenschuß behindert ihn, aber er nimmt deswegen nicht den nächsten Zug.

»Der Kadaver muß unterjocht werden.« Steif, hinkend kommt er am Bahnhof an. Er läßt mich sein Gepäck nicht auspacken. Er leidet in seinem Stolz. Sofort bestellt er besonderes Obst, besonderen Kuchen, besonderes Trinkwasser. Der *garçon* muß mit dem Fliegentod kommen und alle Fliegen ausräuchern. »Eine einzige Fliege kann mich wachhalten.« Er ordnet seine Umgebung, den Zeitablauf, seine Kur. Der Arzt wird gerufen. Er verfügt über seine Welt, muß alles sofort haben, koste es, was es wolle.

Wir speisen auf seinem Zimmer. Wir reden. Er sagt: »Wir haben uns ein eigenes Lebenssystem konstruiert. Den Menschen können wir nicht treu sein, aber uns selbst. Wir haben wie zivilisierte Barbaren gelebt, denn wir sind primitiv, wie du weißt, und gleichzeitig hochzivilisiert.«

Später: »Die beiden Menschen, die am meisten Unglück in der Welt angerichtet haben, waren Christus und Kolumbus. Christus hat uns Schuldgefühl und Aufopferung – und nur in der anderen Welt zu leben gelehrt, und Kolumbus hat Amerika und den Materialismus entdeckt.«

Noch später: »Du hast dich selbst geschaffen, aus eigener Kraft. Du hast die Blutzellen entwickelt, die ich dir gegeben habe. Ich glaube, du schuldest mir nichts.«

Er ist bleich. Auf den ersten Blick erscheint er kalt und förmlich. Sein Gesicht ist eine Maske. Wir brachen zu einem langsamen Spaziergang auf. Er sagte: »Wir haben eine Welt für uns. Eine besondere Anschauung. Nach landläufigem Maßstab sind wir amoralisch, aber wir gehorchen einer inneren Entwicklung. Immerhin haben wir anderen viel gegeben und ihr Leben bereichert.«

Wir erzählten uns eigentlich nichts, wir bestärkten uns nur in gewissen Theorien.

»Ich wollte immer ein vollkommener Mensch werden«, sagte er, »nach dem Ideal von da Vinci. Das heißt: zivilisiert, aber auch primitiv, stark, aber doch feinfühlig. Ich mußte lernen, die ungleichartigsten Elemente auszubalancieren, ein Meisterstück des Äquilibrismus.« Er ist älter. Er hat für sich eine Methode gefunden, die inneren Widersprüche auszugleichen, über die ich nicht verfüge.

Beim Lunch war er ganz sachlich und spielte den Doktor, der kompromißlos für bestimmte Arten der Diät eintritt. Ließ mich kein Brot und keine Tomaten essen. Äußerlich wieder sehr kühl. Dem *maître d'hôtel* sagte er, ich sei seine »Verlobte«. Es wurde mir klar, warum diese »Maske« auf mich so schrecklich gewirkt hatte. Harter Wille, Kritik, Strenge. Er überwachte den Kellner und zuckte zusammen, als ein paar Tropfen Wasser auf das Tischtuch verschüttet wurden. Als Kind hatte ich das unklare Gefühl, daß es unmöglich sei, diesen Mann zufriedenzustellen.

Seine Krankheit trug er mit Anmut und Würde. Obwohl jede Bewegung schmerzhaft für ihn war, nahm er sein Bad, rasierte sich, hatte makellose Fingernägel und kleidete sich mit Sorgfalt.

Nach dem Essen legte er sich hin. Dann traf er sich mit mir, tadellos aussehend, unauffällig elegant gekleidet. Ging steif am Stock, hielt jedoch den Kopf hoch und scherzte über seine Gebrechlichkeit. Das Hotelpersonal überstürzte sich, ihm behilflich zu sein, betete ihn an, las ihm die Wünsche von den

Augen ab. Er fuhr mich in seinem schönen Wagen spazieren. Ich merkte, daß er die strengeren Grundsätze hat. Ich bin flexibler, lasse mich leichter gehen. Wir fuhren ans Meer, schwelgten in den opalen Farben, dem wechselnden Licht, den Gerüchen des Heidekrauts und der Blumen.

Wir saßen auf einem Felsen und blickten auf das Meer hinaus. Und er begann von seinen Liebesgeschichten zu erzählen, und sie schienen nicht mehr so zufällig und wahllos, wie die Legende sie berichtet hatte. Er ist nicht der Don Juan, der heute erobert und morgen verschwunden ist. Er mischt das Vergnügen mit dem Schöpferischen, will Menschen schaffen. Er erzählte mir die Geschichte von der schlichten und eher hausbackenen Gouvernante, die von niemandem beachtet wurde. »Ohne mich hätte sie die Liebe nie kennengelernt. Um sie lieben zu können, deckte ich ihr Gesicht mit einem Tuch zu. Ich verwandelte sie. Sie ist beinahe schön geworden.«

Er sagte: »Ich habe eine Frau erst dann verlassen, wenn sie mir nichts mehr zu sagen hatte. Oder wenn es für mich gefährlich gewesen wäre, mich zu verlieben. Gewöhnlich sandte ich nach der dritten oder vierten Nacht einen großen Rosenstrauß, und sie wußten, was das bedeutete.«

Am nächsten Morgen konnte er sich nicht aus dem Bett erheben. Er war verzweifelt. Ich umgab ihn mit Heiterkeit und Zärtlichkeit. Endlich packte ich seinen Koffer aus, während er sich mit mir unterhielt. Er fuhr fort in der Geschichte seines Lebens. Das Essen wurde im Zimmer serviert. Auch ich erzählte ihm Geschichten, mein ganzes Leben.

»Du bist die Synthese aller Frauen, die ich geliebt habe. Wie schade, daß du meine Tochter bist.«

Am nächsten Tag saß er auf dem Stuhl und las mir einen Artikel über seine musikalischen Ansichten und Skizzen vor.

Der Mistral wehte. Das machte die Sommertage fiebrig und überhitzt.

Es ging ihm besser. Wir konnten zum Lunch in den Speisesaal hinuntergehen. Er zog sich vollendet an und sah mit seinem alabasternen Teint, seiner aufrechten, straffen Figur und dem weichen Hut wie ein spanischer Grande aus. Wir spazierten langsam unter einer tropischen Sonne, er erklärte mir das Leben der Insekten, nannte die Namen der Vögel und unterschied sie nach ihrem Gesang, so daß die Welt mit neuen Tönen erfüllt wurde und ich überall, wohin ich nun gehe, die Stimmen von Vögeln höre, die mir bisher nicht aufgefallen waren.

Er erzählte mir von seinem Leben mit meiner Mutter. Der Grund für den tiefsten Konflikt zwischen ihnen war sein Interesse für Ästhetik und ihr mangelndes Gefühl dafür. Sie legte keinen Wert auf Kleidung, Eleganz, Illusion. Schon an ihrem Hochzeitstag hatten sie einen Streit, und seine Enttäuschung begann. Sie war sehr temperamentvoll, eifersüchtig, besitzergreifend. Sie war primitiv, natürlich, und sie haßte die »Illusion«, die für sie gleichbedeutend mit »Lüge« war. Wenn mein Vater harmlose Kleinigkeiten erfand, zum Beispiel, daß sie die *marrons glacés* selbst gemacht habe, mußte sie ihn vor den Gästen der Lüge zeihen und ihn zwingen, sich zu korrigieren. Wenn er ein Bild an die eine Wand hängte, hängte sie es an die andere.

Er erzählte mir wüste Geschichten. Spanische Erdhaftigkeit mischt sich in ihm mit romantischer Illusion. Er zeigte mir tausend Gesichter, tausend Aspekte. Habe ich diese rauhe weltliche Sprache von ihm nicht schon als Kind gehört und war daher weniger überrascht, als ich sie bei Henry wiederfand, einigermaßen vertraut mit ihr, wie ich war?

Beide sind wir mit dem Wunsch aufgebrochen, liebevoll zu sein, vollkommen, menschlich, nobel, treu; aber unsere Leidenschaften durchbrechen die Dämme und reißen uns in die Lüge. Nie werden wir uns mit dem Betrug abfinden, mit dem Ungestüm unserer Natur, mit unseren Entwicklungen und Verwicklungen, die uns menschlich so unzuverlässig machen. Wie D. H. Lawrence sagte: »Jeder Mensch betrügt die anderen Menschen, weil er sich selbst treu bleiben muß.«

Aber wir träumen von Vereinigungen, von Verläßlichkeit.

Als wir abends im Mondlicht über die Hotelterrasse gingen, sah er wie ein Fünfundzwanzigjähriger aus, wie Joaquin.

Er sprach viel von der Wichtigkeit des Gleichgewichts. »Ein so empfindsames Gleichgewicht«, sagte er, »wie leicht könnten wir es verlieren. Unser Gleichgewicht hängt an einem winzigen Faden. Suche das Licht, die Klarheit! Du solltest immer lateinischer werden.« Als Samba, die Negerin, auf einem silbernen Tablett die Post brachte, sagte er: »Weg damit! Wir brauchen niemanden auf der ganzen Welt.«

Plötzlich hatte ich den Wunsch, fortzugehen, den Wunsch, den ich immer habe. Fort! Angst? Schwäche? Angst, ihn zu enttäuschen? Angst davor, unsere Ungleichheit zu entdecken? Die Fehler in der Harmonie? Er spricht immer von der Harmonie.

Aber wenn ich bleibe, könnten die Widersprüche offenbar werden. Flucht. Ich suche immer nach einem Ausweg. Nach neun Tagen . . .

Mein Vater sagte, er hätte sich über mich, als ich ein Kind war, geärgert, weil er in mir eine ganze Welt geheimer Gedanken fühlte, die ich nicht ausdrücken wollte oder konnte, weil ich wie ein Araber log und sehr heftig war. Ich erklärte ihm, daß meine Gefühle von einer Art waren, die niemanden interessierte, daß meine Empfindungen *Phantasie* waren, und wenn ich sie jemandem mitteilen wollte, hieß es immer: »Du lügst.« Es war eine erfundene Welt, in der ich lebte, und ich wollte sie mir unzerstört erhalten. Er hätte das verstehen müssen. Vielleicht war diese Welt der seinen ähnlich, und er bekämpfte sie gerade deswegen in seinem Kind. »Nun aber«, sagte er, »da wir einander entdecken, schließen wir Frieden. Wir wissen, daß wir auf dem richtigen Weg sind. Zusammen sind wir stärker . . . wir werden weniger an uns zweifeln.«

Das alles scheinen tiefe Wahrheiten zu sein, aber ich frage mich, ob es gut ist, Ähnlichkeiten miteinander zu verbinden und einander gleich zu werden wie Zwillinge, wobei freilich der Eindruck des Gleichgewichts entstehen mag, eines sicheren Fortschreitens, oder ob wir uns nicht besser im Kontrast zu anderen entwickeln, im totalen Gegensatz, wie ihn Henry für mich darstellt? Ich habe mir allein meinen Weg gesucht, aus dem Katholizismus, dem bürgerlichen Leben meiner Mutter, der Leere meines Lebens in Richmond Hill. Ich habe D. H. Lawrence allein entdeckt.

Ist es möglich, daß mein Vater mich mehr liebt als ich ihn? Das Vollkommene lähmt mich.

Der Tag, an dem wir in Valescure unsere neue Verwandtschaft entdeckten, war der Johannistag. In Spanien räumen sie zum Fest des San Juan die alten Möbel vom Dachboden, alles, was verbrannt werden kann, alte Betten, alte Matratzen, und schichten sie auf der Straße zu Scheiterhaufen. Ich kenne die Bedeutung dieses Brauches nicht; aber für meinen Vater und mich erschien es mir durchaus angebracht, aus der Vergangenheit einen Scheiterhaufen zu machen, alle Erinnerungen zusammenzuwerfen und neu zu beginnen. Ich verließ meinen Vater und setzte meine Reise fort.

Vater schreibt mir nun:

»Mein ganzes Leben lang habe ich die Sonntage gehaßt (ich

ebenso. – A. N.). Der Sonntag Deiner Abreise war besonders hassenswert. Der Zug führte Klarheit, Licht und Feuer mit sich fort. Mein Zimmer war kalt, geschrumpft, düster. Wo waren die Funken geblieben, die *charbons ardents?* Ein zartes Parfüm schwebte noch in der Luft, Deines. Wo immer Licht ist, achte auf den Schatten. Der Schatten bin ich. Du bist eine unerschöpfliche Ader von Edelsteinen, ein seltener Mensch, stolz und leidenschaftlich, von innen her strahlend, voller Schönheit und Klarheit.«

Und er schreibt weiter:

»Ich habe einen Brief von meiner Mutter erhalten. Joaquin hat sie jeden Tag besucht. Er war zärtlich und bezaubernd. Alle liebten sie ihn. Sie schreibt: ›Er sieht gut aus und ist bezaubernd, aber Deine Eleganz hat er nicht. Als ich ihn fragte, ob er mit Dir gesprochen habe, sagte er tief gerührt: Nein, das habe ich nicht, meiner Mutter wegen. Um sie nicht zu verletzen. Ich opfere mich lieber selbst. Es ist ein doppeltes Opfer, denn mein Vater wird glauben, daß ich ihn verurteile, ihn verdamme, und das ist fern von aller Wahrheit, denn erstens habe ich kein Recht, zu urteilen, und zweitens könnte es sein, daß ich morgen genauso handle wie er oder noch schlimmer. Aber meine Mutter hat ihr ganzes Leben mir gewidmet, und ich schulde ihr meine ganze Dankbarkeit, um sie glücklich zu machen. Auch um den Preis des Opfers, meinen Vater nur von fern zu kennen. Er freut sich immer, wenn jemand eine Ähnlichkeit mit Dir an ihm entdeckt, im Sprechen und Tun!‹ Aber er fügte hinzu, daß es außer Großmutter und mir niemand erfahren solle, nur diejenigen, die es allein angeht.

Ich habe ›Plumed Serpent‹ von Lawrence gelesen. Eine große Enttäuschung. Ich war völlig gelangweilt ...«

Brief an Henry:

»Du hast keine Philosophie. Du hast Gedanken über das Leben. Die Ideologie, die Du im Lawrence-Buch verarbeitet hast, ist in Wirklichkeit ein Protest gegen Ideologie. Deine mißvergnügten Angriffe gegen Windmühlen sind ein Protest gegen landläufige Meinungen, Urteile, Prophezeiungen, Schlußfolgerungen. Deine Briefe an mich waren ein Protest gegen Ideen. Du stehst im Krieg mit Dir selbst, mit Deinem intellektuellen Ich.

Ich sage: Laß den Intellektuellen, den Gelehrten, den Philosophen. Lebe! Berausche Dich mit Leben! Beschreibe es! Kommentiere es nicht, ziehe keine falschen Schlüsse daraus. Du hast jetzt Deinen Gehirnwinter gehabt – ein Seelenfieber. Du bist nicht glücklich. ›Black Spring‹ wird Dich wieder glücklicher machen. Gib die Kopfgewichtigkeit auf, ich bitte Dich. Du rebellierst und weißt nicht warum.«

Henrys blindes Anrennen gegen alles und jedes gefällt mir nicht. Wie Lawrence will er gleich die Welt vernichten, wenn er unglücklich ist.

Frauen sind ehrlicher als Männer. Eine Frau sagt: »Ich bin eifersüchtig.« Ein Mann verbirgt dies hinter einem philosophischen System, einem literaturkritischen Buch, einer psychologischen Studie. Henry ist oft ebenso verworren, irrational und formlos wie D. H. Lawrence.

Henry hat nichts, worüber er verbittert sein müßte. Warum rennt er weiter gegen die Welt an? Er liebt den Krieg um seiner selbst willen. Er lebt in einer animalischen Welt, ein volles Leben, aber ohne richtungweisende Kräfte, ohne voll erwachtes Selbstbewußtsein.

Nachricht von Artaud:

»Wir haben zusammen eine Welt herauszufordern, und wenn Sie zurückkehren, werden wir es tun, Auge in Auge. Das alles ist für uns so lebenswichtig, daß ich Ihre vielfältigen Fragen nicht in einem Brief beantworten möchte, vor allem nicht die große Frage, die mir durch Ihre vielgesichtige Haltung gestellt wird *Nanaqui.*

Nach Ihrer Rückkehr werden Sie mein vorläufiges Schweigen und die Kürze dieser Nachricht verstehen.«

Brief an meinen Vater:

»Ich habe fast geweint, als ich in Aix-les-Bains Deinen Brief erhielt, gerade als ich dabei war, meinen Koffer zu packen. Dieses Detail – daß Du daran gedacht hast, mir am Tag meiner Abreise zu schreiben – so aufmerksam, so zart, wie ich selbst es für andere zu sein schon müde werde, wie ich mir immer gewünscht habe, daß man es zu mir sein möge, aber die anderen lieben so anders. Man sollte wissen, wie man lieben muß, wie man in der Liebe denken muß, ebenso wie in den anderen Künsten. Du weißt es. Ich habe das Gefühl, daß ich nun für all die Kunst und die Einfälle, die ich in der Liebe an andere verschwendet habe, für den Rest meines Lebens belohnt werde.«

Louveciennes. Wieder zu Hause. Abend. Mein Haus betreten heißt: nach innen gehen, eintreten in Farbe, Musik, Parfüm, Magie, Harmonie. Ich stand an der Schwelle und erlebte aufs neue das Wunder, vergessend, daß ich es selber bewirkt hatte, daß ich es gewesen war, die die Wände in Lackrot, Türkis und Pfirsichfarben bemalt, die dunklen Teppiche ausgelegt, die Mosaike des Kamins, die Lampen und Vorhänge ausgewählt hatte. Ich war so verzaubert, als hätte es ein anderer gemacht. Eine Liebkosung aus Farbe und Wärme, eine Matte aus angenehmen Harmonien, ein Honigschoß, eine seidene Sänfte.

Freude und Kraft überfluteten mich. Es ist schön, zu leben, etwas zu tun. Ich begann mein Königreich zu regieren. Ich schwamm durch ein Sargassomeer von Post. Das Telefon läutete: Allendy, Artaud, Henry, Joaquin. Arbeit. Beschäftigung. Briefe. Jedem ist die Illusion zu geben, daß er der Auserwählte ist, der Favorit, der einzige. Würde man alle meine Briefe nebeneinander legen, es ergäben sich die erstaunlichsten Widersprüche. Denn ich glaube, daß die anderen Menschen solche Lügen genauso notwendig brauchen wie ich. Wahrheit ist roh und unfruchtbar. Zu Allendy sagte ich, daß ich eben angekommen sei, so als hätte ich ihn als ersten angerufen.

Mein Vater belügt mich auf eine wohltuende Weise. »Zum ersten Male wünsche ich mir, viel Geld zu haben« (um mir Geschenke zu machen). Ich weiß, daß er immer viel Geld gebraucht hat, daß er den Luxus liebt, amerikanische Autos, Seidenhemden, Zigaretten mit Goldmundstück und verschwenderische Blumenbuketts für seine Freundinnen. Ich muß lächeln. Der ganze Weihrauch, den ich anderen dargebracht habe, weht zu mir zurück, mir gerade in die Nase. Alle meine eigenen Tricks und Lügen und Täuschungen werden mir angeboten aus meines Vaters Zauberbüchse. Es ist dieselbe Büchse, die auch ich für meine illusionistischen Praktiken benütze.

Während er an mich schreibt, liegt Delia oder irgendeine andere Frau in seiner Reichweite; ich kann ihr Parfüm riechen, und ich höre ihn sagen: »Ich muß meiner Tochter schreiben, daß sie nun die einzige Frau in meinem Leben ist, denn für einen alternden Don Juan ist das ein Abschluß, wie es sich gehört: er muß alles aufgeben und wird der *chevalier servant* seiner Tochter.« Das Trügerische an der Illusion. Illusionen und Täuschungen schaffen. Sie an der Realität erproben. Wer ringt dem anderen die Wahrheit ab? Wer hat zuerst gelogen? Mein Vater las mir einmal einen Brief von Maruca vor, in dem ein ganzer gefühlvoller Absatz mir galt. Dann ließ er den Brief auf dem Tisch liegen, und als ich ihn selber las, fand ich darin nichts über mich, außer einem konventionellen: »Grüß mir Anaïs.«

Bei Henry treten wie bei Artaud saturnische Finsternisse auf. Kalt, ausdruckslos, düster, verloren. Artaud warnte mich, denn er kennt sie sehr genau: das vom Ich getrennte Ich. Henry weiß nicht, worunter er leidet. Aber ich brauche nur das Wort »Finsternis« auszusprechen, und schon ist Henrys Chaos erleuchtet und gewinnt Form. Ich füge sein zerstückeltes Wesen zusammen. Ich bringe es in die Richtung zur Selbsterkenntnis. Er bringt mir den Geruch der Straßen, der Cafés, der Kinos, von Essen und Trinken und ich ihm die Freuden der Bewußtheit. »Wie wahr«, ruft er, »wie wahr« – und schon beginnt er zu arbeiten.

Dieses Tagebuch beweist eine schreckliche, allesverschlingende Begierde nach Wahrheit, da ich, um es zu schreiben, die Vernichtung des ganzen Gebäudes meiner Illusionen riskiere, aller Geschenke, die ich machte, alles dessen, was ich geschaffen und beschützt, aller jener, die ich vor der Wahrheit gerettet habe.

Was braucht die Welt? Die Illusion, die ich lebe, oder die Wahrheit, die ich schreibe? Wenn ich davon träumte, die Träume der Menschen zu erfüllen, ihren Hunger nach Illusion zu stillen, wußte ich nicht, daß dies der unersättlichste Hunger ist? Was veranlaßt mich nun, statt Illusionen Wahrheit anzubieten?

Ich nehme die Fäden einer frühen, unterbrochenen Erzählung wieder auf und verknüpfe sie mit der Gegenwart. Synchronisationen werden offenbar. Ich hatte geglaubt, das Bild meines Vaters wäre mit der Zeit verblaßt; aber mit dreizehn beschrieb ich den Mann, den ich heiraten wollte, so:

»Ein sehr bleiches und geheimnisvolles Gesicht, mit sehr weißen Zähnen, ein langsamer, vornehmer Gang, ein distanziertes Lächeln. Seine Stimme sollte klar und angenehm sein. Er müßte mir von seinem Leben erzählen, das voll tragischer Abenteuer ist. Stolz sollte er sein und hochmütig, belesen sein und selber schreiben und ein Instrument spielen.«

Das ist ein Porträt meines Vaters. Ein Bild, das unauslöschlich eingegraben wurde in geheimnisvolle Schichten meines Seins, im Sand versunken, aber immer wieder durchscheinend, in Fragmenten, in anderen Menschen.

»Der Himmel war voll dunkler Wolken, die mich traurig machten, denn es schien mir, daß sie nur für mich da waren, um die dunklen Wolken anzukündigen, die sich auf mein künftiges Leben senken würden.

Meine Mutter erlaubte mir, einige Romane von George Sand zu lesen, und als ich aus diesen Bereichen zurückkehrte, betrachtete ich die tiefen Wasser des Sees mit einem neuen Gefühl, denn ich hatte eben gelernt, was Liebe ist.

Mein liebes Tagebuch, es ist Anaïs, die zu dir spricht, und nicht irgendwer, der so denkt, wie alle denken. Liebes Tagebuch, verzeih mir und hör mir zu.«

Auch damals hatte ich schon literarische Vorurteile. Ich spürte, daß es sich um einen wichtigen Einschnitt handelte:

»Ich sollte meine Ankunft in New York überarbeiten (im Alter von dreizehn). Es scheint mir, daß meine Kürze dem Ereignis nicht gerecht wird.«

Ich wußte nicht, daß diese Reise nach Amerika im Grunde ein Versuch meiner Mutter war, uns meinen Vater zu entfremden, nicht nur durch Entfernung, sondern indem sie uns in eine gegensätzliche Kultur verpflanzte, in einen Widerspruch zum Lateinischen brachte und uns eine Sprache lehrte, die er nicht verstand. Es war eine Geste, mit der sie seine ganze Existenz verneinte.

In Amerika, hoffte meine Mutter, würden wir idealistisch und rein werden, wie sie es verstand. Ihre nordischen Vorfahren verteidigten sich gegen die lateinischen, ihr dänisches Blut gegen ihr französisches Blut (ihre Mutter war eine Schönheit aus New Orleans – sie hatte Liebhaber und verließ ihre Kinder). Meine Mutter war puritanisch, und mein Vater hatte sie gegen Sex, gegen den Mann, aufgebracht. Was Sex anlangte, war sie sehr zurückhaltend, ansonsten jedoch gefühlsstark, natürlich, warm, feinschmeckerisch, auf eine andere Weise sinnlich. Aber bald war sie nur noch Mutter, ganz geschlechtslos, ganz Mütterlichkeit; von einer verzehrenden Mütterlichkeit, mit der sie uns umschloß; heroisch, wenn es um ihre Kinder ging, ganz Arbeit und Aufopferung. Sie verursachte in uns ein zunehmendes Schuldgefühl, da sie uns ihr Leben widmete, im Vergleich zur Rücksichtslosigkeit meines Vaters. Sie hielt die bürgerlichen Tugenden hoch, Sparsamkeit, Wirtschaftlichkeit, Ehrlichkeit, Pflichtgefühl, Selbstaufopferung usw. Alle »Ähnlichkeiten« mit meinem Vater bekämpfte sie. Aber Joaquin durfte Musik studieren, und sie unterstützte meine intellektuellen Interessen.

Szene mit Artaud. »Bevor Sie irgend etwas sagen, muß ich Ihnen mitteilen, was ich aus Ihren Briefen herausgelesen habe: Sie lieben mich nicht mehr, oder besser gesagt, Sie haben mich nie geliebt. Eine andere Liebe ist jetzt stärker. Ja, ich weiß, ich errate, daß es Ihr Vater ist. Alle meine Zweifel an Ihnen waren also berechtigt. Ihre Gefühle sind unbeständig, wechselnd. Und diese Ihre Liebe zu Ihrem Vater ist, das muß ich Ihnen sagen, ein Greuel.«

Ein giftiger, verbitterter Artaud, ganz Zorn und Groll. Ich hatte ihn mit ruhiger Zärtlichkeit empfangen, aber es rührte ihn nicht. »Sie erwecken in jedem die Illusion der großen Liebe. Ich glaube übrigens nicht, daß ich der einzige bin, den Sie enttäuschen. Ich glaube, daß Sie viele Männer lieben, daß Sie Allendy verletzt haben und auch andere.«

Ich schwieg. Ich stellte nichts in Abrede. Aber er hatte meinem Wissen nach unrecht, als er von Absicht sprach. Er sieht überall Unreinheit.

»Sie sind durch und durch unrein.«

Wie ein Mönch mit seinen Göttern, Reinheiten und Unreinheiten. Solche Anschuldigungen erreichen mich nicht. Sie erinnern mich an einen eifernden Priester auf seiner Kanzel. Wahrscheinlich sieht er in mir nicht eine Frau, die ihm zugeneigt ist, sondern eine Beatrice Cenci. Er liebt Beatrice genug, um sie auf die Bühne zu bringen, aber in der Wirklichkeit würde er für sie einen Scheiterhaufen errichten und sie darauf verbrennen. Er benahm sich nicht wie ein Poet, sondern wie eine Dirne mit dem Revolver in der Handtasche. Apokalyptische Verdammungen. Es war nichts Schönes an seinem Zorn. Seine Mißverständnisse hätten mich beinahe zum Lachen gebracht. Denn als ich zu sagen versuchte: »Ich möchte nicht, daß Sie mein Liebhaber werden«, glaubte er mir nicht, und jetzt beschuldigt er mich der Treulosigkeit. Ich wehre mich nicht. Wenn er mich und sich selbst nicht versteht, kann ich es nicht ändern. Er beschreibt mich als eine »schwankende Finsternis«. Ich lasse ihn seine Anathemata hinausschreien, seine Verfluchungen. Ich bin ein böses, verbrecherisches Geschöpf, treibe schwarze Magie. Mehr und mehr gleicht er einem wütenden kastrierten Mönch.

Er beschuldigt mich, literarisch zu leben. Das hat mich immer amüsiert. Männer können sich in literarische Figuren verlieben, in poetische und mythologische Figuren, aber wenn sie auf Artemis treffen, auf Venus oder eine andere der Liebesgöttinnen, schreien sie auf und stoßen moralische Verurteilungen aus.

Mit dreizehn schrieb ich: »Gibt es jemanden, der mich versteht? Ich verstehe mich selbst nicht.«

Aber ich weiß, daß ich nicht bin, wofür Artaud mich hält.

Aus meinem Kindheitstagebuch:

»Die Zeit verändert meine Schulkameradinnen nicht. Für mich ist jeder Tag etwas Neues, und es scheint mir, daß mein Charakter von Tag zu Tag anders wird. Wenn ich auch zur selben Zeit aufstehe, habe ich doch an jedem Tag andere Eindrücke. Sogar wenn ich dasselbe Kleid trage, glaube ich doch nicht, dasselbe Mädchen zu sein. Auch wenn ich das ganze Jahr über dieselben Gebete spreche, scheinen sie mir doch jedesmal anders, und ich verstehe sie anders.

Heute beginne ich mit einer neuen Geschichte, ›Herz aus Gold‹, und ich werde sie sehr geheimnisvoll machen.

Vor mir ist ein tiefer Abgrund, und wenn ich tiefer und tiefer falle, wie lange werde ich brauchen, um den Boden zu erreichen? Ich glaube, das Leben ist ein solcher Abgrund, und der Tag, an dem ich auf dem Boden aufschlage, wird der Tag sein, an dem meine Leiden enden. Es wird der Tag kommen, an dem ich zu meinem Tagebuch sage: Liebes Tagebuch, ich habe den Grund berührt.

Die Frage ist: Bin ich wie die anderen?«

Ich sage zu Henry: »Ich werde nicht mehr lügen. Niemand ist mir für meine Lügen dankbar. Nun sollen sie die Wahrheit kennenlernen. Und glaubst du, Allendy wird das besser gefallen, was ich über ihn geschrieben habe, als das, was ich ihm sagte oder durch Schweigen angedeutet habe? Glaubst du, Marguerite wird es vorziehen, zu erfahren, was ich über sie denke, anstelle dessen, was ich ihr erzählt habe? Wahrheit ist tödlich, wie es deine Wahrheiten sind, Henry. Du hast June seelisch getötet mit deiner brutalen Ehrlichkeit, wie du jeden töten wirst, über den du schreibst. Sie mögen so aussehen, als blieben sie unverletzt, aber sie sind beschädigt, durch gewisse Erkenntnisse, und das ist nicht wiedergutzumachen. Ich habe immer an Bergsons ›*mensonge vital*‹ geglaubt. Nicht meine Lügen sind schlimm; schlimm ist, daß wir alle mit Märchen aufgewachsen sind. Wir sind von Märchen vergiftet. Frauen erwarten in der Liebe immer ein lyrisches und romantisches Erlebnis. Wir haben alle auf das

Wunder, auf das Wunderbare gewartet. Du selbst hast mir noch vor wenigen Tagen geschrieben: ›Ich erwartete mir so viel, so viel von der Welt, und es ist nichts herausgekommen dabei.‹ Ich war noch mehr von Märchen vergiftet als alle anderen.

Aber ich hatte mich entschlossen, Wunder selbst zu wirken. Wenn jemand sagte: ›Ich wünsche mir‹, dann wollte ich diesen Wunsch erfüllen. Ich wollte die gute Fee sein, die alle Wünsche wahr macht. Und bis zu einem gewissen Grad ist es mir gelungen. Mein Glaube an dich hat dich wunderbar gestärkt. Aber vergiß nicht: Märchen sind unwahr. Ich möchte, daß *jeder* alles bekommt, was er sich wünscht. Mein Fehler war, zuviel umfassen zu wollen. Ich konnte nicht jeden glücklich machen, mich nicht um jeden kümmern. Manche mußte ich vernachlässigen, und sie hassen mich deswegen. Ich habe meine Kraft überschätzt. Wenn ich gelogen habe, entstand aus der Lüge Leben.«

»Ich gebe zu, daß mich dein Glauben gestärkt hat«, sagte Henry. »Ich hätte nichts vermocht ohne dein Vertrauen und deinen Enthusiasmus.«

»Zum Vertrauen kommt Aufmerksamkeit. Mein Glaube an dich war keine Illusion. Du siehst selbst, was du geschaffen hast. Lowenfels und Cummings achten dich jetzt sehr hoch.«

»Belügst du mich nicht?«

»Denk daran, daß ich dich immer mein Tagebuch habe lesen lassen, bis du selbst Schluß gemacht hast.«

»Ich bin die meiste Zeit ganz einfach ein Egoist«, sagte Henry mit seiner gewöhnlichen Aufrichtigkeit, »zu sehr mit meinen eigenen Gedanken beschäftigt, als daß ich andere mitdenken würde.«

Aus meinem Kindheitstagebuch, im Alter von dreizehn Jahren:

»Manchmal habe ich Empfindungen, die ich nicht erklären kann, Impulse, die ich nicht kontrollieren, Eindrücke, die ich nicht abschütteln kann, Träume und Gedanken, die ganz anders sind als die gewöhnlichen Träume und Gedanken der anderen. Wenn ich ein Buch lese, bespreche ich es mit mir selbst, beurteile es, forsche nach seinen Qualitäten und Mängeln, und ich denke so tiefe Gedanken, daß ich mich in ihnen verliere, ermüde und mich selbst nicht mehr verstehe . . .«

Und nach dem Besuch bei einer Schriftstellerin, die mich ermutigte:

»Ich bin nicht wahnsinnig, ich denke nicht an unmögliche

Dinge. Ich bin nicht dumm. Eines Tages kann ich wohl noch zu etwas taugen.

Und wenn ich leicht traurig werde, so geschieht das, wie meine Mutter sagt, weil ich dramatisch veranlagt bin und mich leichter der Trauer ergebe als der Freude.

Ich erzähle Joaquin und Thorvald so viele Geschichten, daß meine Mutter meine Phantasie mit den Niagara-Fällen vergleicht, unerschöpflich und breit.«

»Mein Vater hat in meinen Augen die Schönheit, den Stolz und die große Schönheit meiner Träume . . .

Damit meine Träume mein Eigentum bleiben, daß sie niemals wahr werden, daß ich sie immer zu mir zurückrufen kann, damit sie mir helfen, verberge ich sie im tiefsten Teil meiner Seele oder in den geheimsten Seiten meines Tagebuchs.«

An meinen Vater:

»In unserem Leben ist eine Leere, eine Hohlheit, die nur Du zu füllen vermagst.

Ach, warum muß ich mich immer weiter verwandeln? Heute empfinde ich überhaupt nichts. Ich bin in diesem Augenblick kalt und gottlos und weiß doch, verstehe doch, daß es meine leidenschaftliche Natur ist, die auch diese plötzlichen Kälteeinbrüche hervorbringt, für alles, was ich liebe und worin ich die ganze Kraft meines Gefühls gesammelt habe . . .

Ja, ich bin leicht, bin nicht ausdauernd, bin wankelmütig . . .«

Mein Vater hat mich eingeladen, für ein paar Tage nach Valescure zu kommen und dann mit ihm nach Paris zurückzufahren. Als ich in Valescure ankam, holte er mich allein ab; an seinem Gesicht war jedoch nicht abzulesen, was er fühlte. Immer wieder dieselbe undurchdringliche, kalte Maske. Wenn er die Brille abnahm, erschienen die kurzsichtigen blauen Augen dahinter fiebrig und müde. Später kam ich dahinter, daß er in der vorangegangenen Nacht nicht geschlafen hatte.

Im Hotel wartete Maruca auf uns. Diesmal sah ich sie genauer, und sie war mir nicht unsympathisch. Klein, rundlich, gut gebaut, ein Tanagra-Figürchen mit einem Bubengesicht, einer lustigen, kleinen, aufgestülpten Nase, einer hohen Kleinmädchenstimme, frei und offen. Schnelle, entschiedene Bewegungen, Einfachheit. Sie kam mir freundlich entgegen, und ich antwortete ebenso.

Sie brachte mich auf mein Zimmer und versuchte mit neugieriger Zuneigung zu erkunden, was aus dem kleinen Mädchen geworden war, das sie in Arcachon gekannt und das in ihrem Bett geschlafen hatte, während meine Mutter nach der Abreise meines Vaters den Haushalt in Uccle auflöste. Ich gab ihr das Parfüm, das ich mitgebracht hatte. Während mein Vater dann später seine Siesta hielt, sprachen wir uns aus. Sie ist großzügig, natürlich, feminin, eine japanische Ehefrau. Paderewski lud uns zum Abendessen ein. Vater verlangte, daß wir uns abendlich anziehen. Delia, eine Freundin, hielt es für völlig lächerlich, sich im Sommer besonders anzuziehen, noch dazu in einem halb ausgestorbenen Hotel. Aber wir zogen uns festlich an.

Paderewski kommt wie im Scheinwerferlicht auf uns zu, denn er ist ganz weiß gekleidet, und das Licht bringt sein weißes Haar zum Leuchten. Er beugt sich wie ein König über unsere Hände. Charme. Vornehmheit. Freundliche blaue Augen, mutig und klug. Sein Arzt und sein Sekretär begleiten ihn und sind verärgert, weil mein Vater im Gesellschaftsanzug erscheint, während sie offene Rivierahemden tragen. Ich erwähne dies, weil es für meinen Vater charakteristisch ist. Als er zum erstenmal nach Paris kam, verheiratet und ohne einen Groschen in der Tasche, kleidete er sich doch, um Vincent d'Indy vorzuspielen, mit aller Eleganz. D'Indy mißfiel es, denn alle anderen Pianisten waren so heruntergekommen, schäbig und schmutzig. Aber auch wie eine Schaufensterpuppe angezogen, konnte mein Vater noch Bach spielen, wie d'Indy es nicht für möglich gehalten hätte. »Wo haben Sie gelernt?« fragte d'Indy. »Aus alten Manuskripten und der eigenen Logik«, antwortete mein Vater.

Nun unterhielt er sich mit Paderewski und entzückte ihn mit Anmut, Witz und Gelehrsamkeit. Obwohl er selber einen außerordentlichen romantischen Charme hat, erlag er ganz dem Zauber meines Vaters. Es wurde ein guter Abend. Paderewski sieht aus wie ein Mann der Legenden, wie er auf vielen Fotografien zu sehen ist, am Klavier, spielend, mit wehendem weißem Haar. Höflichkeit, romantische Haltung, Individualismus: Sein weißes Haar leuchtete, sein rosiges Gesicht strahlte. Die Finger lang und ausdrucksvoll.

Er hat ein erstaunliches Erinnerungsvermögen für Details. Wenn er von den Städten spricht, in denen er aufgetreten ist, nennt er die genaue Anzahl ihrer Einwohner. Von meinem Vater sagt er: »Er ist *l'homme complet.*« Und über mich: »Anaïs ist Ihr erfolgreichstes Werk.« Er hat Würde, Stolz, Weisheit. Eine romantische Erscheinung.

Ich beschreibe ihn so ausführlich, weil er einer aussterbenden Rasse angehört. Zum Abschied umarmte er meinen Vater, so als ob er ihm eine Auszeichnung überreichte, und dankte ihm für die roten Rosen, die auf Anordnung meines Vaters über den ganzen Tisch ausgestreut worden waren. Als ich schon im schmalen Käfig des Lifts stand, blickte er herzlich und galant zu mir auf und sagte: »Sie haben die Schönheit einer anderen Zeit.«

Am nächsten Tag packten wir. Mein Vater studierte Autokarten. Wir fuhren allein nach Paris. Delia sah mich an. Sie hat die leuchtenden, glänzenden Augen eines kleinen Mädchens im Körper einer fünfzigjährigen Frau. Maruca gab mir Ratschläge, wie mein Vater zu behandeln sei. »Er muß nach dem Essen seinen Mittagsschlaf haben. Er muß ruhen.«

Der Wagen stand bereit. Mittagessen in Saint-Canna. Hitze. Fliegen. Nacht in Arles. Unter meinem Fenster ein lärmender Markt. Ich höre die Habanera aus ›Carmen‹. Im Badezimmer rinnt das Wasser so dünn, daß ich zu anderen Beschäftigungen übergehe und es ganz vergesse, als mein Vater an die Tür klopft und mich zum Frühstück holt. Während wir im Speisezimmer sitzen, sehe ich das Wasser aus dem überfließenden Bad die Treppe herunterkommen wie ein Wasserspiel in Versailles.

Mein Vater gibt mir wieder eine »Herr-Professor«-Lektion: »Auf Reisen mußt du deine Eigenheiten zurückstellen. Nimm alles, wie es ist, und lache darüber. Gib deine Gewohnheiten auf.« Es ist ihm nicht aufgefallen, daß ich keine habe! Er lacht und läßt sich von nichts stören, außer von Schmutz. Starke Verschmutzung ärgert ihn. In das ›Livre d'Or‹ des Hotels schreibt er daher, unter viele andere berühmte Namen: »Dieses Haus ist voller Scheiße.«

Während des Essens ist er es, der spricht. Er drängt mich, nur für mich selbst zu leben, die Parasiten zu verstoßen, die Bohemiens, die Nieten. »Glaub mir, ich habe es auch so gemacht. Gerade so wie du. Sie versagen nicht, weil man ihnen Unrecht tut, sondern weil sie einen inneren Defekt haben. Sie sind immer selber schuld. Ja, ich weiß, du glaubst, daß du an ihnen Gerechtigkeit übst. Aber sie werden dich nur aussaugen, deine Energie verbrauchen, sich von deinen Gedanken ernähren. Ich sage dir heute als der mitfühlendste Mensch der Welt: Laß die Schwachen sterben, laß sie Selbstmord begehen. Du hast viele dunkle Gebiete erforscht. Sie sind für eine Frau gefährlich.«

Er sprach ganz allgemein.

»Ich habe es dir zuerst nicht gesagt, aber ich war über dein Leben und deine Freunde ernstlich besorgt. Welche Gefahren hast du gestreift!«

Bei Tisch beobachtet er die Manieren, Ticks und Idiosynkrasien der Menschen, ihr lächerliches oder absurdes Gehaben. Aber er streichelt räudige Katzen und gibt dem Kellner ein fürstliches Trinkgeld.

Während er auf dem Balkon ein Sonnenbad nahm, entdeckte ich die Schönheit seiner Füße. Schmal und klein, zart wie die Füße einer Frau. Sie scheinen mehr für die Luft als für die Erde gemacht. Seine Füße sind das verletzlichste, das verräterisch zarte Fragment eines ansonsten stählernen, straffen Körpers. Wie eine geheime Offenbarung. Die Ferse des Achilles; vielleicht die Ursache der Maske. Die Ursache für den harten Willen, die herrscherliche Tyrannei, die aufrechte Haltung. Die Rüstung seines Willens. Als ich seine Füße sah, wurde er zu einem menschlichen Wesen, und ich fühlte weniger Ehrfurcht vor ihm. Ich trocknete ihm gerne den Schweiß von der Stirn, während er chauffierte. Vollkommenheit leuchtet wie ein Edelstein und erschreckt. Seine tödlich kalte Kritik ängstigt mich nicht mehr so sehr.

Unter der künstlichen Oberfläche liegen Geheimnisse, endlose Tiefen, unbekannte Regionen, die sich immer weiter ausbreiten und nicht faßbar werden, weil er sie einem Idealbild unterwirft. Er muß in den Augen der anderen ein idealisiertes Spiegelbild erblicken. Ein objektiver Spiegel ist ihm unerträglich. Ich sehe ihn als eine sinnlich brennende Flamme in Schalen aus Lalique-Kristall.

Ich trug eine lachsrote Organdybluse zu einem schwarzen Kostüm. Das Organdy flatterte und blähte sich fröhlich in seinen Fältelungen, wie Gefieder, flatternd, durchsichtig, blumenhaft. »Du siehst aus, als würdest du davonfliegen«, sagte mein Vater.

Mein Vater hebt einen Skarabäus von der Straße, damit er nicht überfahren wird. Am nächsten Morgen spricht er wieder zu mir, während wir in der Sonne spazierengehen.

Zwei Aspekte: Strenge und plötzliche Zärtlichkeit. Stolz macht ihn schweigsam. Aber er ist witzig und voller Einfälle. Über die ungerechten Beschreibungen, die meine Mutter von ihm gibt, ist er traurig. Sein Vater liebte ihn nicht. Seine Mutter liebte ihn zu sehr. Seine erste Geliebte betrog ihn. Isolina.

Unverziehen. Sie war rothaarig, lebhaft und schön. Aber während er sich in Kuba aufhielt, heiratete sie plötzlich, wartete nicht auf ihn. Lang und breit sprach er von seiner Enttäuschung, aus der er sich in die Arbeit rettete. Er widmete sich dem Talent von La Argentina, entdeckte sie, machte sie, komponierte für sie. Er widmete sich Andres Segovia, dem Aguilar-Quartett. Er erntete nur Undankbarkeit. Er bittet mich, nur an mich zu denken. Die Versager. Sie sind ein Inkubus. Sie lasten auf der Seele, ziehen nieder, betrügen.

Zwischen seinen Büchern, seiner Musik und seinem Leben muß eine Einheit bestehen. Er bedauert, nicht gewinnsüchtiger gewesen zu sein. Er hat zuviel Zeit damit verschwendet, anderen zu helfen.

Die starren Formen seines Lebens. Takt. Höflichkeit. Pünktlichkeit bei Verabredungen. Immer alles rechtzeitig. »Hätte ich mit meinem Geld nicht haushalten können, wäre meine Musik nicht so rein. Ich hätte keine so hohen Forderungen stellen dürfen in der Musik, in der Philosophie, im Leben. Jede Einzelheit ist für das Ganze wichtig.«

Es war ein großer Schock für mich, als er sagte: »Henry ist ein Schwächling, der von deiner Kraft zehrt.« Er schließt auf Henrys Schwäche von seiner Hinneigung zum Häßlichen, zu schlechten Gerüchen, starken Düften, starken Erregungen. Er sagt, das sei ein Zeichen von Impotenz, von Perversität. Wirkliche Sinnlichkeit braucht keine Stimulanzien.

Nach ein paar Tagen traten wir in seinem Wagen die Rückkehr an. Saint-Canna war heiß wie eine Stadt in den Tropen. Die Wände im Hotel waren mit blauem Stuck verziert wie auf Kuba, und das erinnerte ihn an sein Leben dort. »Ich könnte keine Espadrillos tragen, wie sie hier im Süden Mode sind. Sie verbinden sich für mich immer mit den armen Spaniern, die arbeitsuchend nach Kuba kommen.« – »Er kam in *alpargatas*«, war eine oft gebrauchte, abschätzige Phrase, mit der man ausdrückte, wie die ersten Spanier auf der Jagd nach dem Glück nach Kuba einreisten.

Zu Tieren ist er freundlich. Aber er ist voller Energien. »Du mußt die Ereignisse deinen Bedürfnissen unterwerfen.« Er ist stoisch, kraftvoll, heroisch; sein Gang ist gemessen, aufrecht, königlich.

Mein Vater organisiert, interpretiert, kontrolliert das Leben. Sein Hang zu Kritik und Vollkommenheit lähmt mich. Henrys unkritischer Geist befreit mich. Aber wenn er zu weit geht, wird daraus eine auflösende Kraft, mit der man nichts bauen kann.

Die starren Wände, die mein Vater aufrichtet, erschrecken mich. Was für ein Abscheu gegen Mauern, Disziplin, Einschränkungen, Kontrollen! Als ich meinem Vater heiter und fröhlich von den Erlebnissen erzählte, die ich mit sechzehn als Künstlermodell in New York hatte, und in den lebhaftesten Farben ausmalte, wie ich im Watteau-Kostüm im Model's Club erschienen war, unterbrach er mich: »Warum sagst du Uatteau? Im Französischen sagt man Vatteau.« Nach unserem ersten Zusammentreffen fürchtete ich, er würde mein Haus in Louveciennes nicht mögen. Als er sagte: »*C'est bien.* Es hat Charme«, war ich erleichtert. Unter der Strenge spürt man immer eine Welle von Wärme.

Ich wünschte mir, daß die Liebe zu meinem Vater weniger anstrengend wäre. Am siebenten Tage, wie ich mich ausdrückte, sollte er von seinem Ringen nach Vollkommenheit ausruhen. Wir mühen uns beide so sehr, uns selbst zu erschaffen, zu wachsen, das Ziel immer höher zu stecken, das Ich von gestern zu überwinden. Wenn mein Vater einmal nichts sagen würde als »*C'est bien*«, wie schön wäre das.

Traurige Stimmung. Mein Mädchen Emilia verläßt mich, um zu heiraten. Wir umarmen uns weinend. Emilia hat sich immer im Hintergrund gehalten, aber ihre Treue, Verläßlichkeit und Anhänglichkeit haben mir sehr geholfen und meine komplizierte Art zu leben erst möglich gemacht. Emilia war nicht übertrieben ordentlich und manchmal geistesabwesend, aber sympathisch, verständnisvoll, unermüdlich, und ich fand für meine Lebensweise bei ihr eine seltsam blinde Zustimmung.

In ihrem Dienst vergötterte sie mich und bewies in allem eine, wenn auch unklare Einsicht. Ich dankte ihr mit meiner Zuneigung, und sie war glücklich mit mir. Sie war verschwiegen und fragte nie. Sie nahm mich genau, wie ich bin, freute sich über das Leben in meinem Hause, über alles, was die Künstler ins Haus brachten, meine Einfälle, die farbigen Steine und gemalten Horoskope an den schrägen Wänden der Mansarden, das kupferne Planetarium mit den astrologischen Zeichen, das ich immer so genau einstellte wie andere ihre Uhr. Emilia mit ihrem Goya-Gesicht, einem unsymmetrischen Gesicht, der vorspringenden Stirn, dem schwarzen, fettigen, zerzausten Haar, den großen, schwerlidrigen spanischen Augen, der schönen Stimme, dem Waisenlächeln, ihrem Gesang während der Arbeit.

Vor ihrer jetzigen Verlobung hatte sie eine einzige Romanze mit einem jungen japanischen Kammerdiener, der sie verehrte, als wir noch am Boulevard Suchet wohnten. Er machte mir seine Aufwartung und gab eine zeremonielle Erklärung ab: Emilia hätte sich so viel erspart und er hätte sich so viel erspart, und daher würden sie als Paar gut zusammen passen. Von Liebe merkte ich überhaupt nichts, und ich hatte meine Befürchtungen. Er ließ etwas durchblicken von einem kleinen Café in Japan, in seiner Heimatstadt.

Ich war mir nicht sicher, daß Emilia glücklich sein würde. »Sie ist so arbeitsam«, wiederholte er in Bewunderung. Ich machte mir Sorgen, so als ob Emilia meine Tochter wäre, aber ich wollte die Hochzeit auch nicht hintertreiben. Ich schlug daher vor, daß er warten solle, bis Emilia ein richtiges Heiratsgut beisammen hätte: handgenähte Unterwäsche, Kleider, Bettwäsche und Kissenüberzüge im alten spanischen Stil. Ich kaufte auch für Emilia Materialien und eine schöne hölzerne Heiratstruhe und ermutigte sie, zu nähen, zu sticken, zu häkeln, Petit-Point-Arbeiten zu machen und so ihre Ausstattung vorzubereiten. Sie war in allen diesen Dingen geschickt und geduldig und arbeitete daran am Abend und in der spärlichen Freizeit. Dem japanischen Diener wurde erlaubt, sie zu besuchen und die Schatztruhe zu besichtigen. Darüber ging freilich Zeit hin. Und bevor Emilia mit ihrer Ausstattung fertig war, hatte sie entdeckt, daß er sie nicht liebte. Nun kommt die Ausstattung einem braven spanischen Ehemann zugute, der sie verehrt.

Im Traum fuhr ich in einem Zug. Meine Tagebücher sind in einer schwarzen Tasche. Ich gehe durch die Waggons. Jemand kommt und sagt mir, die Tasche mit den Tagebüchern sei verschwunden. Große Angst. Ich höre, daß ein Mann die Tagebücher verbrannt hat. Ich bin zornig und habe das Gefühl großer Ungerechtigkeit. Ich verlange, daß der Fall vor Gericht gebracht wird; der Mann, der die Tagebücher verbrannt hat, ist anwesend. Ich warte auf meinen Rechtsanwalt, der mich verteidigen soll. Der Richter erkennt sofort, daß der Mann ein Verbrechen begangen hat, daß er kein Recht hatte, die Tagebücher zu verbrennen. Aber die Anwälte sagen nichts, verteidigen mich nicht. Der Richter verliert das Interesse. Niemand sagt etwas. Ich habe das Gefühl, daß die Welt gegen mich ist, daß ich mich selbst verteidigen muß. Ich stehe auf und halte eine mitreißende Rede. »Aus diesen Tagebüchern können Sie ersehen, daß ich im spanischen Katholizismus erzogen wurde und meine späteren Handlungen nicht böse sind, sondern nur ein Kämpfen gegen Gefängnismauern.« Ich rede, rede. Alle bewundern sie meine Redekunst, aber sie sagen nichts dazu. Einer der Richter unterbricht mich, um einen Satz zu korrigieren. Ich sage: »Selbstverständlich weiß ich, daß ich das reine Gerichtsfranzösisch nicht sprechen kann. Ich bitte Sie, meine Ungenauigkeiten zu entschuldigen.« Aber das kann mich nicht hindern, leidenschaftlich weiterzusprechen, anklagend und verteidigend. Aber niemand zeigt sich beeindruckt. Das Ausmaß meiner Verzweiflung weckt mich auf.

[September 1933]

Maruca nahm mich mit in meines Vaters Haus. Die sauberste, makelloseste Straße von Paris, wo Gärtner damit beschäftigt sind, in kleinen, stillen Vorgärten einige wenige getopfte Büsche zu beschneiden und zu pflegen; wo die Butler die Türknöpfe blankreiben und niedrige Limousinen fast lautlos und überraschend auf einen zurollen; wo steinerne Löwen pelzgeschmückte Damen bewachen, die kleine Hunde küssen. An Winterabenden sind die luxuriösen Räume wie ein Treibhaus geheizt. Die Fenster haben bernsteinfarbenes Glas, die Teppiche sind tief.

Maruca gab mir eine Fotografie meines Vaters aus der Zeit, als er uns verließ. Ich verliebte mich in dieses Bild seines inneren Ichs, über dem noch keine Maske liegt. Das Gesicht, bevor sich der Wille verfestigte. Der Mund sanft, die Lippen halb offen, voll, noch nicht dünn ausgezogen. Keine Falten zwischen den Augen, keine Härte, keine Verfestigung. Dieses Gesicht zu sehen, hatte ich gehofft, dieses Gesicht hatte ich mir wahrscheinlich als Kind eingeprägt, ungeschützte Empfindsamkeit, Verletzbarkeit, Emotion. Die Jahre haben eine Maske ausgebildet. Wille. Wille. Wille. Ich war erschüttert und traurig. Die Fotografie stellte ich auf meinen Tisch und dachte darüber nach, daß ich ein entschwindendes Gesicht liebte, einen jungen Vater; und der ganze Schrecken über das Altern meines Vaters fiel mich an, ließ mich erschauern. Sein Alter. Ich trauere einem sanften Gesicht nach, das es nicht mehr gibt, das jedoch der Geliebte meiner Träume gewesen sein mag. Heute sehe ich die Kristallisation, die Maske der Weisheit, der Vorsicht, des Alterns und des Todes.

Henry traf sich mit mir am Trocadéro. Während ich wartete, lehnte ich an einem großen, alten Baum und las ›M. de Phocas‹ von Jean Lorrain, eine Nachahmung von ›À Rebours‹ – morbid und schwül. Ganz Paris war in den Augenfarben der männerverfolgenden Astarte gemalt. Über ganz Paris lag der Rauch von Opium, Mord und Wahnsinn. Ich ging durch alle Höllen, die von Artaud und den verrücktesten Poeten beschrieben werden, aber ich ging durch sie mit einem gesunden, blühenden Körper, der einen Morgenritt um sieben Uhr früh durch die Wälder hinter sich hatte. Ich bin wie ein Mensch, der durch einen entzweigebrochenen Spiegel schreitet. Ich sehe den Plan. Die eine Frau, frisch und blühend, wandert beschwingten Schrittes zum Trocadéro; die andere geht durch Höllenträume der Phantasie, die ich in ›House of Incest‹ beschrieben habe. Immer die Nachtseite. Bin ich der Nachtseite verfallen, wie es Kafka war und so viele andere Dichter? In den Wäldern gibt es Luft und Sonne und gesprenkelte Blätter, das Blut tanzt, man fliegt auf dem Pferd dahin und setzt über weiße Zäune.

»Le bouc noir passe au fond des ténèbres malsaines.«

Henry denkt bei sich, während er näherkommt: »Diesen Hut kenne ich zwar nicht, aber es kann nur Anaïs sein, die liest, während sie wartet.«

Zusammen besuchen wir Abessinien, den Sudan, Ostafrika usw. Wir sehen Masken, Holzfiguren, Grashütten, Instrumente für magische Zeremonien, Webarbeiten, Felsmalereien, Töpfereien, Idole, die Todesgöttin, Kostüme für Beschneidungszeremonien; wir bestaunen Manuskriptrollen und Zeichnungen, die als Talismane gegen das Böse getragen werden und so lang sein müssen, wie die Person groß ist. Überall Augen. Augen. Keine Köpfe. Aber durchbohrte Vierecke mit Augen. Ein Buch mit magischen Rezepten. Ein Zauberbuch. Monstren aus Haaren, Schnüren, Fischzähnen, Holzkohlen, Brüste wie Trichter, breit eingekerbte Vulva, Gekritzel, Stühle mit kunstvoll geflochtenen Mustern. Ich vibriere vom Kopf bis zu den Füßen. Artaud hatte recht, als er sagte, daß ich geistige Eindrücke mit den Sinnen aufnehme. Ich bin wie betrunken.

Nachher saßen wir in einem Café. Ich lachte noch immer über ein Halsband aus Knochen, das man lügnerischen Frauen um den Nacken schlang. Henry sprach über seine Bücher, seine Ideen, seine Notizen. Seine Welt ist fruchtbar und reich. ›Black Spring‹ und ein Drehbuch, ein Buch über Filme und sein Buch über June. Er verlor sich darin.

»Nun nähere ich mich meinem China . . .«

»Was bedeutet China für dich?«

Henrys Erklärungen klingen vorerst vage. China scheint gleichbedeutend zu sein mit einem bestimmten Zustand der Existenz . . . die Welt des reinen Seins, in der man wie eine Pflanze lebt, nur aus dem Instinkt. Kein Wille. Eine große Gleichgültigkeit wie die des Hindus, der untätig wird, damit die Saat in ihm aufgehen kann. Etwas zwischen dem Willen des Europäers und dem Karma des Asiaten.

Aber ganz habe ich Henrys China noch nicht begriffen. Im Augenblick spürte ich zwar, was er meinte, aber es blieb schwach und ungewiß. Sein Leben war ganz und gar Widerstand gegen den Willen – was ihm freilich nicht schwerfiel: Er ist von Geburt aus willenlos, passiv. Es ist eine Philosophie, entstanden aus einem Temperament. Er hat Übung darin, die Dinge einfach geschehen zu lassen. Die Entspannung des Willens macht Freude möglich, und das möchte er nun in der Literatur ausdrücken. Er ist der Mann, der seinen Platz in der Gesellschaft nicht einnimmt, Verantwortlichkeiten und Bindungen ausweicht. Er befreit sich selbst von allen Aufgaben, mit Ausnahme der einen: zu schreiben – vielleicht auf Kosten anderer, auf Kosten schwächerer Persönlichkeiten, geringerer Künstler.

Aber wirkt in den Kräften hinter Henrys Werk nicht ein anderer Wille? Henry träumt davon, seine Notizen zu ordnen – Berge von Notizen. Organisation. Ich habe schon so oft mit beiden Händen hineingegriffen in sein Chaos, um zuerst den Menschen zu ordnen und dann sein Werk. Wenn er sich selbst treu bleiben wollte, dürfte er eigentlich dies nicht von mir verlangen: die Einheit, die Ganzheit, die Struktur, den Kern.

Denn im Grunde genommen ist er ein Dadaist.

Das dadaistische Manifest.

»Dada, c'est tout, ce n'est rien, c'est oui en Russe, c'est quelque chose en Roumain, c'est quelque chose en presque toutes les langues et qui n'a pas son dada, c'est l'absurde absolu, l'absolu du fou, du non, c'est l'art pour l'art, c'est Dada.«

Ich liebe die Dunkelheit. Ich liebe es, durch die Straßen von Paris zu gehen, vor mir das Bild von Sacher-Masoch, wie er auf den bunten Buchumschlägen zu sehen ist, hingeworfen zu den Füßen einer schönen nackten Frau, die halb von Pelzen verhüllt ist, Stiefel trägt und ihn auspeitscht. Sie demütigt ihn, weil er von ihr gedemütigt zu werden wünscht. Seine Augen funkeln, wenn er ein kräftiges Dienstmädchen erblickt; er hofft, daß sie ihn härter schlagen wird als Wanda.

Was mich packt, ist nicht die Vorstellung eines sich krümmenden Masoch, sondern die leidenschaftliche Bereitschaft für die schrecklichsten Grausamkeiten des Lebens. Kein Ausweichen vor dem Schmerz. Ich könnte heute mit niemandem sprechen, mit keinem Portier und keinem Friseur, mit niemandem, der Freundlichkeit erwartet; ich müßte fragen, warum ich eine solche Leidenschaft für Pelze habe, eine wirkliche Leidenschaft, so daß ich, wenn ich Geld hätte, ein Zimmer mit Pelzen tapezieren würde, den Boden, die Wände, und mich selbst damit bedecken. Ist es möglich, müßte ich fragen, daß wir uns daran erinnern, Tiere gewesen zu sein? Daß diese Unfähigkeit zur Zerstörung, die Henry mir vorwirft, bald aufhört? Daß meine Grausamkeit eine Samtmaske und Samthandschuhe trägt?

Sacher-Masochs Buch ist aufregend; aber wie kann man die ungarischen Bauerntänzer vergessen, die an warmen Tagen ihre Hemden ausziehen und in weiten Kitteln tanzen, sich drehen, bis die Kittel hochfliegen und die braunen Körper zeigen? Und die Afrikanerinnen, die schmale Gürtel aus Glasperlen und Fischzähnen tragen mit Glöckchen daran. Glocken, die um ihre Hüften tanzen. Und die Kraft des Pferdes heute morgen, Hitze und Pferdegeruch zwischen meinen Schenkeln, die Masse aus Geruch und Wärme und gespannten Muskeln zwischen den Schenkeln, die mich wünschen ließen, im Gras zu liegen und geliebt zu werden.

Wenn er nicht schriebe, ich wüßte nicht, was Henry sein sollte. Es macht ihn vollständig. Menschen, die ihn als umgänglich kennen, wundern sich über das, was er schreibt. Manchmal habe ich das Gefühl, daß seine Freundlichkeit nicht ganz echt ist. Sie ist seine Art der Verführung. Der Entwaffnung. Sie verschafft ihm überall Zutritt, macht ihn glaubwürdig. Sie ist eine Verkleidung des Beobachters, des Kritikers, des Anklägers in ihm. Seine Härte ist maskiert. Sein Haß, sein Aufruhr. Sie sind äußerlich nicht erkennbar, werden nicht ausgespielt. Sie sind für andere immer ein Schock. Bei manchen Gelegenheiten gewahre ich, während er sich in einem milden Ton mit Menschen unterhält, in seinen blauen Augen die kleine, runde, harte fotografische Linse. Der Schriftsteller ist ein Feigling. Er kämpft nicht *sur place*, offen, in der Gegenwart der anderen. Später. Später. Allein.

Ich begann einen Brief an meinen Vater: »*Quelle triste heure* . . .«, und merkte, daß ich *heureuse* schrieb statt *heure*. Aufschlußreich. Denn ich wollte ihm schreiben, wie traurig ich sei, nicht nach Valescure kommen zu können. Wie erkläre ich das?

Ich erinnere mich an einen temperamentvollen Ausbruch, während er Tagebuch Drei las, die Beschreibung, die meine Mutter von seiner Werbung gab. »Ich sah seine schönen blauen Augen, sein langes, dunkles Haar, seine geflickten Hosen . . . und sagte ja . . .«

Vater, der nach seiner Behandlung ruhte, sprang fast aus dem Bett. Löwenhafter Unmut! Halb im Spaß, halb im Ernst: »Geflickte Hosen! *Quel blasphème! Ich*, ich in geflickten Hosen! Hätte ich jemals ein ausgebessertes Kleidungsstück getragen, wäre ich damit nicht aus dem Haus gegangen. Ich hätte mich selbst eingesperrt. Siehst du, wie falsch die Beschreibung ist?« Und tatsächlich paßt sie überhaupt nicht zu ihm. Es ist unmöglich, sich meinen Vater in geflickten Hosen vorzustellen!

Rührend ist es, mitanzusehen, wie leicht er beleidigt werden kann, aber wie schnell er sich auch über die Beleidigung erhebt, sich selbst verspottet, humorvoll, ironisch, launisch, wie er seine Verletzbarkeit überwindet, verdeckt, maskiert. Auf ein Geschenk, das ich ihm sandte, antwortete er: »Verbrecherische Extravaganzen! Woher hast du diese Extravaganzen? Kein Wunder! Du stammst von einem Paar geflickter Hosen ab.«

Humor. Humor auf des Messers Schneide über einem tragischen, einsamen Geheimnis, wie bei mir, eine Fröhlichkeit, die immer den anderen zugewendet wird, Silberpapier über einem Bukett, außen, während innen . . .

In den starren Formen seines Lebens ist dies der einzige weiche, unpassende Teil. Ich fühle die Strukturen seines Lebens, die Instrumentationen wie die Arbeit eines Dirigenten. Musikalische Kontrapunkte, Motivarbeit. Jedes Wort, jedes Gefühl, jede Geste ist komponiert, das Ergebnis eines Elans, aber eines künstlerischen Elans. Etwas ist zu einem bestimmten Zeitpunkt richtig. Die Zeit ist reif. Die Lichter brennen. Die Atmosphäre stimmt. Das Leben ist orchestriert, nach einer Absicht eingerichtet. Wenn wir spazierengehen, hak dich nicht unter. Beherrschte Bewegung, geplante Bewegung. Alles abgemessen, konturiert, erprobt. Keine Nachlässigkeiten, Schlampigkeiten, nichts Ungezwungenes, Zufälliges. Stil. Form. Du kannst jetzt kommen. Zieh ein Abendkleid an. Orchestration. Instrumentation. Keine Unordnung, keine Launen, keine Phantasien.

Henry durchbricht alle Formen, alle Modelle, alle Schalen, alle künstlichen Gebilde, und was er schafft, ist lebendig und unvollkommen. Es ist menschlich.

Die Revolte gegen meinen Vater klingt ab. Ich betrachte die Fotografie, auf der er zwanzig ist. Ich bedenke seinen Stoizismus, den Willen, mit dem er seine Stimmungen, sein Chaos, seine Melancholie bezwingt. Mein Vater und ich geben der Welt nur unser Bestes. Ich denke an seine Launigkeit und Fröhlichkeit, gerade wenn er am traurigsten ist. Ich möchte diese Gipsmaske des Stoizismus nicht auf Gesicht und Körper tragen. Ich möchte aus meiner eigenen Schale wachsen. Die schreckliche Schüchternheit überwinden, die mich gefangenhält. Bei Lowenfels brachte ich kaum ein Wort über die Lippen und beneidete ihn um seine Trunkenheit. Ich muß mich ausbreiten, ausleben, auslieben, wie um Besessenheit zu vermeiden. Ich muß an andere denken, mich ausfalten.

Ich frage mich, wie eifersüchtig mein Vater wohl ist. Er zeigt sich so rätselhaft, so geheimnisvoll. Ist in ihm so viel Dunkelheit wie in mir? Wie verzweifelt strebt er nach Sonne, Schönheit, Harmonie. Um sich zu heilen, sein Gleichgewicht zu erhalten.

[Oktober 1933]

Ich muß lernen, allein zu sein. Niemand kann mir auf allen meinen Wegen folgen, niemand mich ganz verstehen. Mein Vater empfiehlt mir eine reduzierte Form des Lebens. Er führt Marucas Mutter herum, durch die Kinos, durch ein bürgerliches Leben, nach bürgerlichen Idealen. Henry ist der egoistische Künstler. Er paßt mir besser als Beispiel.

Liebes Tagebuch, du hast meine künstlerische Entwicklung

gehemmt, aber gleichzeitig hast du mich als Menschen am Leben erhalten. Ich schuf dich, weil ich einen Freund brauchte. Und während ich mit diesem Freund Zwiesprache hielt, habe ich vielleicht mein Leben vertan.

Heute beginne ich zu arbeiten. Für eine feindliche Welt zu schreiben, entmutigt mich. Wenn ich für dich schrieb, hatte ich das Gefühl von Wärme, in der ich aufblühen konnte. Aber ich muß dich von meiner Arbeit trennen. Ich gebe dich nicht auf, nein, ich brauche deine Gesellschaft. Nach der Arbeit blicke ich auf, und zu wem kann meine Seele dann ohne Angst vor Mißverständnissen sprechen? Hier schlägt mein friedliebendes Herz, hier atme ich Frieden.

Habe das Tagebuch weggelegt und die ersten zwanzig Seiten meines objektiven Berichtes über June geschrieben. [Als Teil von ›Winter of Artifice‹ geplant, später weggelassen.] Gehe sorgfältig vor, streiche unwesentliche Details.

Mein Vater schreibt mir:

»Das einzige wirkliche Versagen in meinem Leben war meine Ehe mit Deiner Mutter. Aber ich war damals so jung, und Deine Mutter spielte mir, bewußt oder unbewußt, etwas vor: Sie täuschte mich, und am Hochzeitstage ließ sie die Maske fallen.«

Artauds ›Théâtre de la cruauté‹ hat ihn schockiert.

»Krank, neurotisch, unausgewogen, rauschgiftsüchtig. Ich halte nichts davon, wenn einer vor der Welt seine Krankheit entblößt. Seinen Wahnsinn dramatisiert.«

Meinungsverschiedenheiten mit meinem Vater. Ich schrieb ihm zwei Briefe mit Neuigkeiten von Thorvald und über mein Gespräch mit Joaquin; sein Interesse für die Neuigkeiten ist aber beeinträchtigt, denn unsere Briefe haben sich gekreuzt, und so ist Verwirrung entstanden. Ausschlaggebend war für ihn, daß ich an ihn geschrieben hatte, ohne eine Antwort abzuwarten; die Unordnung, die ich verursachte, war ihm lästig. Ich antwortete ihm ironisch, klagte mich selbst an, die Anordnungen des Dirigenten mißachtet, impulsiv darauflosgespielt und die Sinfonie zerstört zu haben. Tief innen fühlte ich, daß etwas falsch lief, daß ein unmenschlicher Wille Spontaneität und Natürlichkeit tötete.

Aber die wahre Tragödie in unserer Beziehung ist, daß wir beide für ein romantisches Ideal leben und ausschließlich füreinander dasein wollen. Wir wollen uns nicht belügen. Wir möchten vertraute Freunde sein. Aber es war unvermeidlich, daß ich, um ihm zu gleichen, mein Bohemeleben vor ihm verbarg und er vor mir seine Freundinnen. Seine scheinheiligen Entschuldigungen dafür, daß er Maruca zehn Tage früher nach Paris zurückschickt und selbst erst am dreizehnten nachkommt, sind für mich durchsichtig. Es blieb mir nicht verborgen, daß er in Valescure im selben Hotel eine Freundin aushielt. Er ist auch nicht allein zurückgereist. Es verletzt mich, daß er mir dieselben Lügen vorsetzt wie seiner Frau.

Verjage das Klageweibchen, das sich immer darüber beschwert, daß seine Männer nicht den Mut haben, die Drachen zu töten, und daß die einzigen Männer, die den Mut zum Drachentöten haben, die Telefon-Giganten sind, die Ölgiganten, die boxenden Champions, die nach Pferden riechenden Generäle, die zu lieben ich doch gar nicht fähig wäre.

Nagle den Läufer in der Halle fest.

Kaufe deines Vaters Lieblingszigaretten.

Mache Hausputz.

Und was die Drachen betrifft...

Auf die eine oder andere Weise verliere ich immer halb am Berg meinen Führer. Er wird mein Kind. Auch wenn er mein Vater ist. Ich weiß, daß ich nicht einen Mann haben möchte, sondern einen Gott. Ich fange an, eine Leere zu fühlen, die Gottes Abwesenheit sein muß. Ich habe mich nach einem Vater gesehnt, einem Führer, einem Leiter, einem Beschützer, einem Freund, einem Geliebten, aber immer noch fehlt mir etwas. Es muß Gott sein. Aber ich wünsche mir einen Gott im Fleisch, keine Abstraktion, einen menschgewordenen Gott mit Kraft und zwei Armen und einem Geschlecht.

Vielleicht habe ich den Künstler geliebt, weil wir in der Schöpfung Gott noch am nächsten kommen.

Eine Zeitlang schien meines Vaters Forderung nach übermenschlicher Vollkommenheit anzudeuten, daß er die Gottvaterrolle spielen könnte. Das Verständnis für menschliche Unvollkommenheit fehlt ihm ganz und gar

Mein Vater sagt: Richte dich nicht nach dem, was ich bin, richte dich nach dem, was ich zu sein versuche, nach meinem idealistischen Entwurf.

Antonio Francisco Miralles ist gestorben, in einem Hotelzimmer, allein, an Asthma. Miralles war mein spanischer Tanzlehrer.

Sooft ich in Montmartre den Bus verließ, konnte ich die Musik von den Karussells am Rummelplatz hören, und meine

Stimmung, mein Gang, mein ganzer Körper wurden von dieser Heiterkeit mitgerissen. Ich schlüpfte in eine Seitenstraße, klopfte an ein düsteres Tor, das von einer unfrisierten Concierge geöffnet wurde, und lief die Stufen hinab zu einem großen Raum unter dem Straßenniveau, einem riesigen Kellerraum mit Spiegeln an den Wänden. Die kleinen Mädchen vom Opernballett probten dort. Auf der Treppe hörte ich schon das Klavier, stampfende Füße und die Stimme des Ballettmeisters. Wenn das Klavier aussetzte, erhob sich seine scheltende Stimme und ein Gewisper von schwächeren Stimmen. Bei meinem Eintritt löste sich die Klasse auf, und ein Windstoß kleiner Mädchen wischte an mir vorbei, in ihren verschlissenen Ballettkostümen, lachend, flüsternd, wie Motten dahinflatternd in ihren staubigen Tanzschühchen, Schneewirbel in der Weite des dunklen Raumes, und die Anstrengung stand ihnen noch in Schweißtröpfchen auf der Stirn. Ich lief mit ihnen durch die Korridore zu den Umkleideräumen, die wie Gärten aussahen mit all den Ballettröcken und den spanischen Kostümen, die über den Stangen hingen. Die Luft war übersättigt mit dem Geruch nach Gesichtscremes, Puder und billigem Kölnischwasser.

Während sie sich zum Fortgehen umzogen, zog ich mich für meine spanischen Tänze an. Miralles klapperte inzwischen schon mit seinen Kastagnetten. Das Klavier, ganz leicht verstimmt, setzte mit dem Tanz von Granada ein. Der Boden fing an zu beben, da andere spanische Tänzerinnen Fersenarbeit probten. Tap tap tap tap tap. Miralles war ein Vierziger, schlank, aufrecht, nicht gerade hübsch, aber anmutig, wenn er tanzte. Sein Gesicht war unauffällig, eher ausdruckslos.

Ich war seine Favoritin. Er, ein freundlicher Svengali, konnte mich mit seinen Augen, seiner Stimme, seinen Händen ebensowohl zum Tanzen bringen wie durch seine lehrhaften Anordnungen. Er beherrschte meinen Körper, meinen Tanz durch magnetische Kraft.

Eines Tages wartete er an der Tür auf mich, herausgeputzt und sauber. »Wollen Sie einen Kaffee mit mir trinken?«

Ich begleitete ihn. Wir hatten es nicht weit zur Place Clichy, die schon immer sehr belebt war, und das Treiben hatte noch zugenommen, seit dort ein ständiger Markt abgehalten wurde. Die Karussells wirbelten durch die Luft. In kleinen, mit arabischen Teppichen verhängten Buden lasen Zigeunerinnen aus der Hand. Arbeiter schossen nach Tontauben und gewannen geschliffene Gläser für ihre Frauen. Prostituierte bummelten sichtlich vergnügt herum, und die Männer sahen ihnen zu.

Mein Tanzlehrer sagte zu mir: »Anaïs, ich bin ein einfacher Mann. Mein Vater war Schuster in einer kleinen südspanischen Stadt. Ich arbeitete in einer Eisenhandlung und hatte schwere Dinge zu schleppen und wäre beinahe durch dicke Muskeln entstellt worden. Aber in der Mittagspause tanzte ich. Ich wollte Tänzer werden und übte jeden Tag, jede Nacht. Bei Nacht schlich ich zu den Höhlen der Zigeuner und lernte von ihnen. Dann begann ich in einem Kabarett aufzutreten. Und heute ... sieh dir das an!« Er nahm eine Zigarettendose, auf der die Namen aller berühmten spanischen Tänzerinnen eingraviert waren. »Heute bin ich der Partner aller dieser Frauen. Wenn du mit mir kommen wolltest, würden wir glücklich sein. Ich bin ein einfacher Mann. Aber wir könnten in allen Städten Europas tanzen. Ich bin nicht mehr ganz jung, aber ich habe jetzt sehr viel Tanz in mir. Wir könnten glücklich sein.«

Das Karussell drehte sich und sang, und ich stellte mir vor, wie ich mit Miralles zu einer Karriere als Tänzerin aufbrach; Tanzen war dem Fliegen ähnlich, von Stadt zu Stadt, von einem Blumenstrauß zum anderen, von begeisterten Artikeln in den Zeitungen begleitet, immer von fröhlicher Musik umgeben, von Freude, so bunt wie die spanischen Kostüme, ganz in Rot, Orange, Schwarz und Gold, Gold und Purpur, und Rot und Weiß.

Sich vorstellen ... es war wie Vergessen. Ich vergaß, wer ich war und wo ich mich befand und warum ich nicht zusagen konnte. Ich wußte auch nicht, wie ich ihm antworten sollte, ohne ihn zu verletzen, so sagte ich: »Ich bin nicht stark genug.«

»Das habe ich auch geglaubt, als ich dich zum erstenmal gesehen habe. Ich dachte, du würdest die Disziplin eines Tänzerlebens nicht durchhalten. Aber das stimmt nicht. Du siehst so zerbrechlich aus, aber du bist gesund. Ich erkenne gesunde Frauen an ihrem Teint. Der deine ist durchsichtig und rein. Gewiß, ich glaube nicht, daß du eine Roßnatur hast – du bist, was wir eine *petite nature* nennen. Aber du hast Nerven und Sehnen. Und unterwegs könnten wir es uns leicht machen.«

Ganze Nachmittage lang saßen wir nach harter Arbeit in diesem kleinen Café und phantasierten über das Leben der Tänzer.

Miralles und ich sind an verschiedenen Orten zusammen aufgetreten, zur Eröffnung einer Modenschau, bei der Party eines brasilianischen Millionärs, in einem Nachtklub; aber als ich für eine Aufführung des Opernballetts von ›Amor Brujo‹ vortanzte und angenommen wurde und die ganze Welt hätte bereisen können, gab ich das Tanzen auf (1928).

Und Miralles ist allein in seinem Hotelzimmer gestorben, an Asthma. Er hatte Geld gespart und wollte in seine Heimatstadt, Valencia, zurückkehren. Er war gütig und verläßlich. »Ich habe keine Laster wie die anderen«, sagte er. »Ich würde gut zu dir sein.« Es genügte, daß ich seinen lustigen Erzählungen von einer lustigen Vergangenheit zuhörte, und schon blühte er auf, tanzte mit neuem Schwung, war verjüngt und kaufte sich einen neuen Anzug.

Eine Weile hatte ich das Gefühl, als hätte ich mit ihm zusammen in seinem schäbigen Hotelzimmer gelebt, zwischen den Fotos der spanischen Tänzerinnen, die er an die Wand geheftet hatte. Ich war mit ihm in Rußland gewesen und in allen großen Varietés der ganzen Welt. Der Geruch der Tänzerinnen, der Umkleideräume, die scharfen Gerüche der Proberäume. Lola, Alma Viva, l'Argentinita. Ich trug Schlafzimmerpantöffelchen und geblümte Kimonos, weite, spanische, geblümte Gewänder. Ich öffnete die Tür, und mein Vater stand draußen und sagte: »Hast du vergessen, wer du bist? Du bist meine Tochter. Du hast deine Klasse vergessen, deinen Namen, deinen wahren Rang im Leben.«

Eines Tages war ich aus meiner Bewußtlosigkeit erwacht. Ich war keine Tänzerin mehr. Miralles verlor sein Leuchten, wurde aschgrau. Er war wieder ein alter, müder Tanzlehrer.

Wie oft habe ich mein »ideales« Ich zu töten versucht, auf mein kritisches Ich Attentate verübt. Ich wollte mein Ich verlieren. Eines von ihnen.

Das ideale Ich wird langsam lächerlich. Ich lache darüber.

Auch meine Bücher spalten sich: der Traum auf der einen Seite, die menschliche Wirklichkeit auf der anderen. Ich nehme Passagen aus ›House of Incest‹ heraus, weil sie zu ›Winter of Artifice‹ gehören. Der Grundton ist realistisch, nicht halluzinativ. Was ›House of Incest‹ betrifft, so erinnere ich mich, daß mir während der Lektüre von Mirbeaus ›Jardin des Supplices‹ stark auffiel, wie eng die Grenzen für körperlichen Schmerz und Grausamkeit gesetzt sind. Ich erinnere mich auch, daß mir Zwangsvorstellungen und Ängste ebenso grausam und schmerzlich erschienen, es hat sie lediglich noch niemand so genau beschrieben, so eindrucksvoll wie körperliche Foltern. In ›House of Incest‹ wollte ich die Entsprechung zur körperlichen Folter in der seelischen Welt, im psychologischen Bereich beschreiben. (June, Jeanne, Artaud, Marguerite, ihre sehr realen Leiden.)

Henry gefällt sich in seinem »Porträt« in ›Winter of Artifice‹. »Was für ein rundes Bild, so menschlich, so lebensvoll.«

Mein Vater kam in einer Stimmung außer-der-Welt, außer-der-Wirklichkeit an. Während er vom Gartentor zur Haustür schritt, las er. Er ließ auch gleich einen Diskurs vom Stapel, einen Monolog: »Warum haben sie in den Zügen keine Raucherabteile Erster Klasse? Ich habe mich beim Bahnhofsvorstand beschwert. Ich sagte ihm: Es ist ein Verlust für den französischen Staat, denn ich rauche französische Zigaretten usw.«

Wie June. Ein Strom von Worten. Um was zu verbergen? Ich versuchte auf seinen Ton einzugehen. Er solle doch, sagte ich, sein Leben so wie früher weiterführen und seine Freundinnen haben. Seine Liebe zu mir sollte sein Leben weiter machen, nicht enger.

»Ich kann aber nicht mehr so leben«, sagte er. »Diese Liebe soll die Apotheose meines Lebens werden. Eine so große Sache darf man nicht mit gewöhnlichen Liebesgeschichten verderben. Sie muß sauber bleiben, einzigartig, unvergleichlich.«

Ich kann nur von mir selbst auf mein Double schließen und denke, daß er aus unserer Liebe gerne den idealen Abschluß seiner Karriere als Don Juan machen möchte und das Ideal mit der Wirklichkeit durcheinanderbringt. Ich weiß, daß ihm die Kraft dazu fehlt, und verlange es auch gar nicht von ihm. Es war schließlich nicht mein Vorschlag. Aber wenn er mich nach meinem eigenen Leben fragt, so muß ich wohl oder übel dieselben romantischen Versprechungen abgeben. Wir werden uns gegenseitig belugen, und zwar aus demselben Grund: um eine unmögliche ideale Welt zu erschaffen.

Erschreckend an alternden Männern ist, wie sie ihre Liebesakte zählen. Mein Vater sagt: »In meinem Alter sollte ich es nur noch einmal in der Woche tun.«

Ist mein Vater seine Eintagslieben müde, einsam, liebelos? Sucht er nach Verstehen statt nach sexueller Abwechslung?

Sein Narzißmus ist sehr viel stärker als der meine. Nie hat er seinen *Gegensatz* geliebt. Meine Mutter war sein Gegensatz, und sofort haben sie begonnen, einander zu bekämpfen. Ihr größtes Verbrechen (von ihrem starken Willen und ihren Launen abgesehen) war, so scheint es, ein Verbrechen gegen seine romantische Ästhetik: In ihrer Hochzeitsnacht (damals trugen die Frauen Halbperücken und flochten sich alles mögliche ins Haar) legte sie alle ihre falschen Haarteile auf den Nachttisch.

Da er nur lieben kann, was ihm gleicht, liebt er in mir nur das, was ihm ähnlich ist, nicht was uns unterscheidet.

»Wie natürlich du bist, wie wirklich«, sagt er immer.

In Louveciennes entspannte er sich endlich. Ich nahm ihn mit in den Garten und zeigte ihm das Vogelnest.

Es ist, als blickte ich in einen Spiegel. Ich weiß, daß er auf der Rückfahrt nach Paris über seine Fehler nachdenken wird, was er nicht hätte sagen sollen, was ihm mißlungen ist.

Vielleicht bedauert er, daß er die Gelegenheit, offen und vertrauensvoll über sein Leben zu sprechen, die ich ihm geben wollte, nicht genützt hat.

Henry hat mir die Abschrift von ›House of Incest‹ mit Randbemerkungen zurückgegeben. Ich fand diese Notiz: »Alle bildhaften Teile wundervoll. Würden ein Drehbuch ergeben. Die Szene mit dem Riesenaquarium als Beginn.«

Als er kam, stürzten wir uns in eine heftige Diskussion. Er zeigte mir einige Fotografien von Brassai und berichtete von dem Gespräch, das er mit ihm hatte. Ich machte ihn mit Joseph Delteil bekannt. Wir begannen zusammen ein Szenario zu schreiben. Henry soll eine Szene schreiben, ich die nächste. Wir überprüfen meine Skizzen und arbeiten sie weiter aus. Er möchte seine eigenen Notizen zu einem Drehbuch verwenden. Seine Aufgabe ist es, ein Traumuniversum zu schaffen, ich bringe die Details. Er bringt die kosmischen Symbole und ich die individuellen. Wir berauschen uns an unseren Einfällen. Sie sind wie Rauschgift. Wir sprechen über den Traum – ausgehend von meiner Feststellung, daß die meisten Traumberichte falsch und vom Intellekt konstruiert sind, während der wirkliche Traum authentisch ist und klar erkannt werden kann. Die vom Verstand konstruierten oder fabrizierten Träume erwecken in anderen keine Traumgefühle (zum Beispiel der Film von Cocteau).

Wenn über den Traum gesprochen wird, bin ich immer voll von fruchtbaren Einfällen. Es ist mein Reich, und ich bin mit seinen technischen Aspekten vertraut. Henry erregt sich, wird erfinderisch, überlegt und arbeitet mit. Kann ›House of Incest‹

verfilmt werden? »Sprich mit Germaine Dulac«, sagt er. »Du wirst sie interessieren.«

Wir sind von Bildern, Worten, Szenen, Möglichkeiten berauscht. Unsere Stimmung ist so, daß Henry sagt: »Das ist es, was mir Freude macht – ein Gespräch wie dieses – ich gehe nicht gern allein auf Abenteuer aus – es bleibt alles tot, die Cafés, die Kabaretts, die meisten Menschen. Ich erwarte mir weiß Gott was und komme zurück, speiübel von Ärger und Ekel.« Er zeigt mir das auch vor, wie er so geht und sich nach allen Seiten auskotzt, und er bringt mich zum Lachen.

Er liest die letzten Seiten von ›Winter of Artifice‹, kritisiert und lobt. Ich spreche geringschätzig über die französische Literatur, von der er viel hält, während ich, gegenwärtig, keine große Erscheinung in ihr finden kann – keinen D. H. Lawrence. Wir sind uns einig, daß die Franzosen kunstvoller ausarbeiten – Duhamel, Delteil usw.; daß jedoch die anderen, wenn auch weniger perfekt, die Größeren sind. Unmöglich, zu sagen warum. Sie sind groß aus der Größe menschlicher Unvollkommenheit. Man liebt sie. Die französischen Schriftsteller bewundert man. Sie sind wie Bach mit gefühlvolleren Musikern verglichen. Ich liebe die Romantiker. Henry horcht mich aus, testet mich, spielt mir Platten vor, die ich nicht kenne. Ich erfasse sofort die Elemente, die ich nicht liebe, die mich kalt lassen. Logik, Ordnung, Konstruktion, Klassizismus, Gleichgewicht, Kontrolle. Ich möchte aufschreien: Ich liebe das Unvollkommene, Dostojewski, Lawrence, Henry. Es liegt Kraft darin.

Henry versucht, meine Übertreibungen zu reduzieren, während er sich doch selbst jede Überschwenglichkeit gestattet. Warum? Vielleicht bin ich jetzt nicht gut in Form. Mein Stil leidet darunter, wenn ich nach Freiheit suche, wenn ich mich zu stark fühle. Ich muß lernen, das Gewicht meiner Vitalität zu ertragen. Ich bin, literarisch, glaube ich, immer noch ein bißchen jung. Aber wenn man die Fensterscheiben zerschlägt, dringt Sauerstoff herein, und eben jetzt bin ich ganz erfüllt von frischer Luft.

Ich sollte meine Schwäche karikieren. Ich sollte mein tragisches Lebensgefühl meistern und im Komischen reifer werden. Ich sollte weniger gefühlvoll sein. Mehr humorvoll.

Manche Ereignisse gehen mir sehr nahe, andere bleiben mir undeutlich. Manche haben die Wärme des Lebens, andere die Eigenschaften des Traums. Die Beziehung zu meinem Vater ist unwirklich wie etwas, das sich in einem Traum ereignet.

Ich erwachte in einer unternehmungslustigen Stimmung. Auf meiner Liste standen drei schwierige Aufgaben, drei Feuerproben. Besuch bei Rank. Versöhnung mit Bernard Steele. Besuch bei Edward Titus, um ihm Geld abzuverlangen, das er mir schuldet. Ich fragte mich, womit ich beginnen sollte, und entschloß mich, zuerst Steele aus seinem Schmollwinkel zu locken, aus seiner Verärgerung, weil ich nicht über das Wochenende bei ihm geblieben und mit Artaud weggegangen war, aus seiner Eifersucht auf Artaud und Henry.

Er war nicht zu Hause.

Edward Titus war in Südfrankreich.

[November 1933]

Wenn man jemanden nur aus seinen Büchern kennt, hält man ihn für unsterblich. Otto Rank war für mich eine Legende und blieb es auch noch nach Henrys Besuch bei ihm. Er blieb eine legendäre Figur, bis mir in der Psychoanalytischen Bibliothek eine Liste seiner Werke in die Hand geriet und ich in der linken oberen Ecke der Karte sein Geburtsdatum las, während in der rechten Ecke der Platz für seinen Todestag freigelassen war. Mit einem Schock wurde ich seiner zeitgebundenen Existenz gewahr. Seine Lebensspanne war schon über die Hälfte verbraucht. Ich mußte mich beeilen, zu ihm zu gehen. Er würde nicht ewig leben. Die rechte obere Ecke der Bibliothekskarte war der unübersehbare Beweis seines unausweichlichen Schicksals. Seine Bücher, groß, schwer, inhaltsreich, würden immer da sein, aber sprechen mußte ich jetzt mit ihm.

Auf der Bibliothekskarte stand auch seine Adresse. Er wohnt am Rande eines Parkes.

Es gab viele Gründe. Ich fühlte mich zwischen meinen vielfältigen Beziehungen hin und her gezogen. Ich wäre fähig gewesen, in jeder von ihnen ganz aufzugehen, hätte genug Liebe und Verehrung für alle gehabt, aber sie standen zueinander in Widerspruch. Alle Werte meines Vaters heben die Werte von Henry auf; alle seine Ermahnungen und sein Einfluß zielen darauf, Artaud, Allendy, die Psychoanalyse aus meinem Leben zu entfernen.

Ich fühlte mich verwirrt und verloren.

Es war kein Vater, den ich gefunden hatte, nicht im eigentlichen Sinne des Wortes.

An einem nebligen Nachmittag entschloß ich mich, bei Dr. Rank anzurufen. An der Untergrundstation in der Nähe seiner Wohnung gab es einen kleinen Park mit Bänken. Ich setzte mich auf eine von ihnen, um mich auf den Besuch vorzubereiten. Ich mußte aus dem Überfluß meines Lebens eine Auswahl treffen, so daß er sich dafür interessierte. Er hatte sich auf den »Künstler« spezialisiert. Er interessierte sich für den Künstler. Ob er sich wohl für eine Frau interessieren würde, die alle Themen ausgelebt hatte, über die er schrieb, das Double, Illusion und Realität, inzestuöse Liebe, die sich ausdrückt in Literatur, Schöpfung, Spiel? Alle Mythen (Rückkehr zum Vater nach vielen Abenteuern und Hindernissen), alle Träume. Ich habe den gesamten Inhalt seiner gelehrten Studien in so vollen Zügen gelebt, indem ich versuchte, alle meine Ichs auszuleben, daß ich keine Zeit mehr hatte, ihn auch zu verstehen, zu ordnen.

In mir sind immer mindestens zwei Frauen, eine, die verzweifelt ist und verwirrt und zu versinken glaubt, und eine andere, die den Menschen nur Schönheit, Anmut und Freude schenken möchte, die in einer Situation auftritt wie auf einer Bühne und ihre wahren Gefühle verbirgt, weil sie nur aus Schwäche bestehen, aus Hilflosigkeit, Hoffnungslosigkeit, was sie vor der Welt mit einem Lächeln verbirgt durch Tüchtigkeit, Anteilnahme, Enthusiasmus, Interesse.

Sollte ich zu Dr. Rank gehen und ihm sagen, daß ich mich wie ein zerbrochener Spiegel fühle? Oder sollte ich von meinem Buch über D. H. Lawrence erzählen und den anderen beiden Büchern, an denen ich arbeite? Für ihn ist die Neurose ein mißlungenes Kunstwerk und der Neurotiker ein Mensch, der als Künstler versagt. Neurose, schreibt er, ist eine Manifestation der Einbildungskraft und fehlgeleiteter Energien. Statt einer Blume oder einer Frucht habe ich Alpträume und Ängste hervorgebracht. Was mir gefällt, ist, daß es sich seiner Ansicht nach dabei nicht um eine Krankheit handelt, sondern um eine natürliche Erscheinung, ein ungeartetes Geschöpf, das jedoch von gleichwertiger Schönheit und Anziehungskraft sein kann wie seine Verwandten aus legitimer und nobler Geburt. Neurose tritt auf wie die Flechte an Bäumen.

Welches Ich soll ich ihm bringen? Jene Anaïs, die mitten in einer belebten Straße plötzlich keine Füße mehr hat und

Schwebezustände zu erleben glaubt? Straße, Menschen, Ereignisse, Wörter: alles bekommt eine poetische Dimension, in der sich der Sinn für Hindernisse, Verhängnisse, Kristallisationen, endgültige Schlußfolgerungen auflöst. Eine abstrakte Art von Trunkenheit, von Rausch, ähnlich den Erleuchtungen der Poeten.

Oder sollte ich ihm von meinen Bruchlandungen erzählen? Bei mir gibt es keine Zwischenschichten, nur Aufflüge, Aufbrüche, Euphorien und Verzweiflung, Depression, Enttäuschung, Lähmung, Schock und zerbrechende Spiegel.

»Ich bin einer jener künstlerischen Menschen, von denen Sie schreiben, Dr. Rank.«

Dr. Rank kam selbst an die Tür.

»Ja?« sagte er mit einem harten wienerischen Akzent; er wickelt die klaren, glatten französischen Wörter in einen knarrenden deutschen Klang; es ist, als würden die Wörter wie das Ende seiner Zigarre zerkaut, statt aus dem Mund zu schlüpfen wie Vögel aus dem Käfig. Französische Wörter sollen wie Brieftauben auffliegen; Dr. Rank zerkaut sie, speit sie aus.

Er ist gedrungen, dunkelhäutig, rundgesichtig; was jedoch auffällt, sind seine Augen: groß, feurig und dunkel. Ich hielt mich an seine Augen, um den gedrungenen Dr.-Caligari-Körper zu übersehen, die ungleichen Zähne.

»Kommen Sie herein«, sagte er lächelnd und wies mir den Weg zu seinem Arbeitszimmer, das eine Bibliothek ist, mit Bücherregalen bis zur Decke und einem großen Fenster, von dem aus man den Park überblickt.

Zwischen den Büchern fühlte ich mich zu Hause. Ich wählte einen tiefen Stuhl, und er setzte sich mir gegenüber.

»So«, sagte er, »Sie waren es also, die Henry Miller zu mir schickte. Wollen Sie vielleicht selber auch kommen?«

»Vielleicht. Dr. Allendys Theorien passen nicht ganz zu meinem Leben. Ich habe alle Ihre Bücher gelesen. In der Beziehung zu meinem Vater steckt, glaube ich, *mehr* als der Wunsch, über meine Mutter zu triumphieren.«

An seinem Lächeln erkannte ich, daß er das *mehr* und meine Abneigung gegen schnell fertige Urteile verstanden hatte. Er bat mich um einen offenen, klaren Bericht über mein Leben im allgemeinen, den ich ihm gab.

»Ich weiß, daß der Künstler seine Konflikte gut verarbeiten kann, aber ich glaube, daß ich jetzt zuviel Energie verbrauche, um eine Verwirrung der Gefühle zu meistern, die ich nicht auflösen kann. Ich brauche Ihre Hilfe.«

Sofort merkte ich, daß wir dieselbe Sprache sprechen. »Ich gehe über die Psychoanalyse hinaus«, sagte er. »Die Psychoanalyse will alle Menschen einander ähnlich machen. Ich betone ihre Unterschiede. Sie wollen alle Menschen zu einer gewissen Normalität hinführen. Ich möchte jeden in seine eigene Welt einpassen. Der schöpferische Instinkt ist etwas ganz für sich.«

»Vielleicht bin ich deswegen Dichterin, aber ich habe immer gefühlt, daß es *über* lesbische, narzißtische, masochistische Neigungen usw. hinaus anderes gibt.«

»Ja, das Schöpferische«, sagte Dr. Rank.

Als ich die einfachen psychoanalytischen Begriffe erwähnte, lächelte er wieder, ironisch, so als sei er sich mit mir über die Unzulänglichkeit einig. Ich fühlte, wie sich seine Gedanken über die Medizin in den Bereich der Metaphysik und Philosophie erhoben. Wir verstanden einander schnell.

»Was ich gern kennenlernen würde, ist, was Sie in Perioden der stärksten Neurose geschrieben haben. Es wäre für mich interessant. Man darf Ihre Kindergeschichten, die alle mit ›Ich bin eine Waise‹ beginnen, nicht so erklären, wie Allendy es getan hat, lediglich als einen bösartigen Versuch, Ihre Mutter wegzuschieben, aus Eifersucht, aus einer unnatürlichen Vaterliebe. *Sie wollten sich selbst erschaffen, Sie wollten nicht von menschlichen Eltern geboren sein.*«

Er gab sich gar nicht würdevoll, gar nicht feierlich, sondern lebhaft interessiert, so als wäre jedes Wort von mir eine kostbare Entdeckung, die er ausgrub und mit Entzücken betrachtete. Er tat so, als ob ich einzigartig wäre und unser Gespräch ein Abenteuer ganz eigener Art, nicht etwa ein Ereignis, das man einordnen könnte.

»Sie haben versucht, Ihr Leben wie einen Mythos zu leben. Alles, was Sie träumten oder sich vorstellten, haben Sie ausgeführt. Sie schaffen Mythen.«

»Ich bin der Lügen und Verzerrungen müde. Ich brauche einen Freispruch. Ich muß Ihnen die Stimmung gestehen, in der ich vor dem Gespräch mit Ihnen war. Im Zug notierte ich: ›Unterwegs zu Dr. Rank plane ich Schwindel, Betrug und Tricks. Ich denke mir aus, was ich Dr. Rank sagen könnte, statt nach Wahrheiten zu suchen. Ich probe Sätze, Haltungen, Gesten, Ausdrücke und Ausflüchte. Ich sehe mich, wie ich im Gespräch mit Dr. Rank ein Bild von mir zeichne. Womit könnte ich diesen oder jenen Effekt erzielen? Ich meditiere über Lügen wie andere über ihre Geständnisse. Aber ich gehe doch zu ihm, um alles zu gestehen, um Hilfe bei der Lösung meiner Konflikte zu erlangen, die zu zahlreich sind und die ich schreibend nicht bewältigen kann. Ich bereite mich auf eine Komödie vor wie bei Allendy. Um Ranks Interesse zu erregen, werde ich alles verzerren.‹«

»Auch Ihre Erfindungen sind noch Sie selbst«, sagte Dr. Rank. »Sie entstehen aus Ihnen.«

»Vielleicht bin ich nicht gekommen, um Probleme zu *lösen*, sondern um neue Abenteuer zu erleben, meine Konflikte zu dramatisieren und mich über sie zu verbreiten, sie ganz aufzudecken und mich ihrer zu bemächtigen. Meine Erfahrungen mit Allendy sind ein neuer Konflikt, der zu meinem Leben hinzukommt, zu den alten Konflikten. Vielleicht möchte ich nur weiter herumspielen. Ich stecke wieder in einer Sackgasse. Was ich wechsle, ist der Hintergrund, die Perspektive. Die Unlösbarkeit meines Konflikts soll mir meine Gespräche mit Ihnen interessant machen.«

Ich hatte befürchtet, er würde mit Definitionen loslegen, mit Theorien. Aber nichts davon. Vorherrschend blieb seine Neugierde. Er klassifizierte nicht. Er war keiner jener Wissenschaftler, die menschliche Wesen in Kategorien einschachteln. Er praktizierte keine Seelenheilkunde. Vielmehr verließ er sich auf seine Intuition, mit der er eine Frau entdecken wollte, die noch keiner von uns beiden kannte. Eine neue Gattung. Er improvisierte. Meine verlorene Identität stellte sich bereits wieder her in seiner Einsicht und seiner Vorstellung von mir. Er warf mich nicht zurück in den verfließenden Ozean des Allgemeinen, sperrte mich nicht in eine Zelle unter Millionen von Zellen.

»Was Sie Ihre Lügen nennen, sind Erfindungen und Mythen. Die Kunst, eine Verkleidung zu entwerfen, kann ebenso groß sein wie der Entwurf zu einem Gemälde.«

»Wollen Sie damit sagen, daß ich eine Frau für das Künstlerleben erfunden habe, unerschrocken, fröhlich, mutig, großherzig, furchtlos; und eine andere, um meinem Vater zu gefallen, intelligent und mit einer Liebe zu Schönheit und Harmonie, selbstdiszipliniert, kritisch und wählerisch; und wieder eine andere, die im Chaos lebt und die Schwachen und die Gestrauchelten und die Verstörten anzieht?«

Kein Kommentar von Dr. Rank.

»Was hat Sie zu mir gebracht?«

»Ich fühle mich wie ein zerbrochener Spiegel.«

»Warum wie ein Spiegel? Ein Spiegel für andere? Um andere zu spiegeln oder sich selbst, die hinter dem Spiegel lebt und das wirkliche Leben nicht erfaßt?«

»Allendy nannte mich eine *petite fille littéraire*. Damit war über meine Liebe zum Schreiben wenig gesagt, über meine ganz bestimmten Einstellungen zum Leben, die ganz bestimmten Abweichungen aus schöpferischem Instinkt. Aber er war eine rettende Ablenkung. Ich muß von meiner Angst abgelenkt werden.«

»An einer Begierde nach intellektuellen Abenteuern ist nichts auszusetzen.«

»Aber jetzt, während ich hier sitze, bin ich so wahrhaftig wie in meinem Tagebuch.«

»Aus Verwirrung entsteht Kunst. Zuviel Verwirrung stört das Gleichgewicht.«

Er schien eine solche Liebe zum Schöpferischen und zur Erfindung zu haben und auch zu verstehen, daß meine Motive in Träumen liegen. Als ich ihm von meinem Vater erzählte, stellte er sofort eine Verbindung zu den verschiedenen Mythen der Literatur her, die aus Träumen stammen. Er sagte:

»In der mündlichen Tradition, die durch Märchen weitergegeben wurde, gibt es einen ähnlichen Stoff, der über die ganze Welt verbreitet ist und dieselben Elemente enthält. Es sind mythologische Motive, die wir hier wieder entdecken, wie sie Ihr Leben bestimmen. In diesen Geschichten geht der Vater für zwanzig Jahre fort und findet bei der Rückkehr seine Tochter als erwachsene Frau. In einem meiner frühen Bücher über die Liebe zwischen Vater und Tochter in der Literatur habe ich alle diese Erzählungen gesammelt und ihre typische Thematik sorgfältig analysiert. Eine davon ist die bekannte Geschichte von Perikles, die im Mittelalter sehr verbreitet war und von Shakespeare dramatisiert wurde.

Während die Details dieser universellen Legende je nach Zeit und Umständen wechseln, ist der Kern der Geschichte immer derselbe: Das Mädchen wird als Kind verlassen, aber auf wunderbare Weise gerettet und findet nach vielen Abenteuern wieder zu ihrem Vater, den sie aber nicht erkennt. Sie treffen sich nach rund zwanzig Märchenjahren wieder, einer Zeitspanne, die sich einfach dadurch erklärt, daß inzwischen das Mädchen reif und zu einer Frau geworden ist. Der Vater, der nicht weiß, daß er seine verlorene Tochter wiedergefunden hat, verliebt sich in sie; aber der Tradition nach erkennen sie sich, bevor es zum Inzest kommt.

Diese traumhaft ausgesponnenen Geschichten hat man auf mythologische Weise als symbolische Repräsentation kosmischer Zyklen erklärt, als Mythen von der Sonne und dem Mond, die sich abwechselnd fliehen und wieder nähern. Man muß zugeben, daß eine solche Erklärung, vorausgesetzt, daß sie nicht zu weit in astronomische Details geht, den abenteuerlichen Ereignissen eher gerecht wird als die realistische Interpretation der Psychoanalytiker, die in diesen Erzählungen einen Beweis für Inzestwünsche zwischen Eltern und Kindern sehen. Die Tatsache, daß sie sich nach der Überlieferung nicht erkennen, wenn sie sich treffen, stört die Psychologen unter den Interpreten nicht, die darin nur einen verdrängten Reflex des Inzestwunsches erblicken, eines Wunsches, der, unbewußt, für das Ich unerkannt bleiben muß.

Literarisch gesehen, erhebt sich nun die Frage, ob diese Geschichten vom Standpunkt des Mädchens oder des Vaters aus erzählt werden. Denn die entsprechende Tradition des Helden (die ich in einem anderen Essay behandelt habe, in dem ich den Helden als Kind zeige, das auf wunderbare Weise gerettet wird und zumeist, wie der berühmte Ödipus der griechischen Sage, seine Mutter heiratet) entsteht ganz offensichtlich aus dem Blickpunkt des Sohnes. Natürlich verherrlicht seine Geschichte die übermenschlichen Taten seines heldischen Ichs; die weibliche Heldin hingegen scheint, in der anderen Tradition, durch die Augen des Vaters gesehen und in einer Weise gezeichnet, die seinen Vorstellungen von ihr entspricht.

Ein weiterer Unterschied zwischen dem kosmischen Helden und der Heldin, wie sie uns von der Überlieferung geschildert werden, ist nicht minder bemerkenswert. Denn obwohl der Mythos die gottähnlichen Kräfte des Helden verherrlicht, scheint er mir doch menschlicher und weniger kosmisch als das abenteuerliche Leben der Tochter, deren Hauptaufgabe offenbar darin besteht, in dem verlorenen Vater den Mann zu entdecken, indem sie einfach den Eingebungen ihrer Liebe folgt. Dieses menschliche, allzu menschliche Motiv wird aber durch einen Überfluß kosmischer Symbole ausgedrückt, die in der Darstellung des Helden fehlen, dessen Leben und Taten in irdischen Zusammenhängen bleiben.

Dieses scheinbare Paradoxon mag seine Ursache darin haben, daß der Mann fähig war, einige seiner ehrgeizigen Träume in der Realität durch Werke der Kultur auszuleben, während die Frau, den kosmischen Kräften näher, auch ihr Menschentum nur in universellen Symbolen ausdrücken konnte. In Tausendundeiner Nacht zum Beispiel, die aus alten mythischen Traditionen entstanden sind, wird die Frau nicht nur immer wieder mit dem Mond verglichen, sondern sie *ist* der Mond, sie handelt wie der Mond. Sie verschwindet für eine Zeitlang und muß verfolgt und von ihrem wahren Geliebten gefunden werden, wie der Tag in der Dämmerung mit der Nacht zusammentrifft, gerade für einen Kuß, bevor sie sich wieder trennen.

Die vermenschlichte Geschichte dieses ›inzestuösen‹ Zyklus, wie wir sie in der Literatur aller Zeiten und Völker finden, dürfte wohl vom Mann geschrieben sein. Er war immer darauf aus, alles Schöpferische für sich zu beanspruchen; und die sprichwörtliche Passivität der Frau, die immer warten muß oder verfolgt wird, mag es ihm erlaubt haben, sie so zu schildern, wie er sie sich wünschte, *in der Geschichte ihres Lebens, die er geschrieben hat*. Ich freue mich, daß Sie mir nun die weibliche Seite der Geschichte erzählen.«

Dies war im wesentlichen unser erstes Gespräch. Er zeigte mir noch die Bücher in seinem Bücherschrank, und als ich mich verabschiedete, blickte er auf den Tagebuchband, den ich bei mir trug, und sagte: »Lassen Sie das bei mir.«

Ich erschrak. Denn ich hatte es mitgenommen, wie ich es oft bei mir trage, um darin zu schreiben, während ich warte, aber ich hatte auch hineingeschrieben, was ich Dr. Rank vormachen wollte, und war bestürzt, daß ich alles nun plötzlich aus der Hand geben sollte. Was würde er denken? Würde er sein Interesse an mir verlieren? Der Zugriff war sehr direkt. Die Tatsache, daß ich es in der Hand trug, interpretierte er so, als wollte ich es ihm geben. Er forderte mein »Angebot« heraus. Ich zögerte, dann legte ich es auf den niedrigen Tisch zwischen den beiden Armstühlen und ging schnell davon.

Zweites Gespräch. Dr. Rank sagte:

»Wir wissen sehr wenig von der Frau. Es war der Mann, der ›die Seele‹ erfunden hat. Der Mann war der Philosoph und der Psychologe, der Historiker und der Biograph. Die Frau konnte sich seinem Urteil und seinen Interpretationen nur unterwerfen. Frauen, die eine große Rolle spielten, dachten und schrieben wie Männer.

Erst die Erforschung des Unterbewußtseins ließ uns erkennen, daß Frauen die Begründung für ihr Handeln oft von jener Mischung aus Intuition und Instinkt beziehen, aus persönlicher Erfahrung und persönlicher Beziehung zu allen Dingen, die ebenfalls zu haben Männer leugnen. Erst die Psychologie lehrte uns, die Vorstellung des Mannes von Objektivität als Illusion zu durchschauen, eine Illusion, auf die er sich stützen mußte. Noch für das objektivste gedankliche System kann eine subjektive Basis nachgewiesen werden. Die weibliche Art, zu empfinden, steht drei Lebensformen nahe: dem Kind, dem Künstler, dem Primitiven, die ständig aus Innenschau, Gefühl und Instinkt handeln. Sie haben die Verbindung noch nicht verloren zu jener geheimnisvollen Region, die wir nun erschließen. Sie können sich gar nicht anders ausdrücken als in Symbolen, in Träumen und Mythen.«

Während er mit mir sprach, dachte ich an meine Schwierigkeiten beim Schreiben, wie ich kämpfen mußte, um unklare Gefühle auszusprechen, eine Sprache zu finden für Intuitionen, Gefühle und Instinkte, die in sich selbst ungreifbar, zart und wortlos sind.

War es nicht D. H. Lawrence, der geschrieben hat, wie Frauen sich nach den Männern richten und so zu sein versuchen, wie die Männer sie sehen möchten? Wenige Schriftsteller hatten eine unmittelbare Einsicht in das Wesen der Frau. Wenige Frauen hatten Einsicht in sich selbst! Und wenn sie Einsicht hatten, lehnten sie sich auf gegen das, was sie sahen, wie sich die Menschen gegen Freud auflehnten.

Der Mann hat die Anstrengung zu fürchten, die Frauen unternehmen, um sich selbst zu schaffen und nicht aus Adams Rippe geboren zu sein. Seine alten Ängste vor ihrer Macht leben wieder auf. Er vergißt dabei, daß aus Unterwerfung keine Liebe erwächst und daß die Kontrolle der Natur nicht weiter reicht als die Kontrolle der Frau: Immer wird es die Revolten des Instinkts geben, die Erdbeben und die Gezeiten. Kontrolle läßt auch die reichen Hilfsquellen sowohl der Natur wie der Frau versiegen. Frauen waren es, die sich gegen die große Entmenschlichung des Menschen, die Maschine, wandten. Männer reagieren mit Meuterei und Verbrechen. Frauen suchen andere Wege. Meuterei liegt nicht in ihrer Natur.

Dr. Rank sagte: »Ich glaube nicht an langwierige Psychoanalysen. Ich halte nicht viel davon, in die Vergangenheit zurückzugehen und mit ihr die Zeit zu verschwenden. Meiner Meinung nach ist die Neurose wie ein virulenter Abszeß, eine Infektion. Man muß sie kräftig und in der Gegenwart anpacken. Natürlich mag der Ursprung der Krankheit in der Vergangenheit liegen, aber die bösartige Krise muß man dynamisch angehen. Man muß den Kern der Krankheit angreifen, in ihren gegenwärtigen Symptomen, energisch, direkt. Die Vergangenheit ist ein Labyrinth. Man braucht nicht hinabzusteigen und Schritt für Schritt durch ihre Windungen zu kriechen. Sie enthüllt sich selbst unaufhörlich, in dem Fieber, das man heute hat, im Abszeß der Seele.

Meiner Meinung nach ist die Analyse zum schlimmsten Feind der Seele geworden. Sie tötet, was sie analysiert. Ich habe bei Freud und seinen Schülern genug Analysen erlebt, die nur noch zeremoniell und dogmatisch waren. Daher bin ich auch aus der ursprünglichen Gruppe ausgestoßen worden. Ich fing an, mich für den Künstler zu interessieren. Ich interessierte mich für Literatur, für die Magie der Sprache. Ich bin gegen die medizinische Fachsprache, sie ist steril. Ich studierte Mythologie, Archäologie, dramatische Literatur, Malerei, Bildhauerei, Geschichte. Was die Wissenschaften wiederbelebt, ist die Kunst.«

Das war im großen und ganzen unser zweites Gespräch.

Er wußte, daß seine Frage nach dem Tagebuch für mich ein Schock gewesen war.

»Aber warum hatten Sie es mitgenommen, wenn Sie es mir nicht geben wollten, wenn Sie nicht wünschten, daß es jemand liest? Für wen war es ursprünglich bestimmt?«

»Für meinen Vater.«

»Hat Ihr Vater es je gelesen?«

»Nur die ersten Bände, die ich französisch geschrieben habe. Er kann Englisch nicht lesen.«

»Hier im Tagebuch haben wir nun die Geschichte, wie sie von der Frau selbst geschrieben wird, und es ist im wesentlichen dieselbe Geschichte wie in der Überlieferung. Es mag sein, daß Sie sich selbst für schuldig hielten, als Sie von Ihrem Vater verlassen wurden, daß Sie glaubten, Sie hätten versagt oder ihn enttäuscht, wie es Ihre Mutter getan hat. Also versuchten Sie, ihn zurückzugewinnen, indem Sie ihm ›Geschichten‹ erzählten, die ihn freundlich stimmen und ihm gefallen sollten (wie Scheherezade). Es war die Geschichte Ihrer Treue zu ihm. Indem Sie sich Ihrem Vater offenbarten, hofften Sie, er würde lernen, Sie zu erkennen und zu lieben. Sie erzählten ihm alles, aber mit Charme und Humor. Und auf diese Weise waren Sie schon mit ihm vereint, lange bevor Sie ihn fanden, tatsächlich von dem

Augenblick an, in dem Sie mit dem Tagebuch begannen, wahrscheinlich unter dem Zwang, ein Bindeglied, eine Brücke zu ihm bilden zu müssen.«

»Aber dann, als ich ihn zum erstenmal wiedergefunden hatte, warum verließ ich ihn wieder?«

»Sie mußten ihn verlassen, um den Zyklus zu vollenden. Sie standen nicht nur unter dem Zwang, sich wieder mit ihm zu vereinigen, Sie mußten sich auch von der fatalistischen fixen Idee befreien, in Ihrem ganzen Leben die Verlassene zu sein. Als Sie ihn als Kind verloren, verloren Sie zugleich die Personifikation Ihres idealen Ichs. Er war der Künstler, der Musiker, Schriftsteller, Bildner, die faszinierende gesellschaftliche Erscheinung. Als Sie ihn wiederfanden, waren Sie eine junge Frau auf der Suche nach Ihrem eigentlichen Selbst. Dieses konnte Ihnen Ihr Vater nicht geben, denn die Beziehung zu ihm war ein Reflex der Vergangenheit, der Kind-Vater-Liebe. Sie mußte zerbrochen werden, damit Sie einen Mann finden konnten, der von diesem Bild unabhängig war. Soweit ich es beurteilen kann, versucht Ihr Vater immer noch, Sie nach seinem Bilde zu formen.«

Nach einer Weile fügte er hinzu: »Der Mann will sich immer eine Frau erschaffen, die seine Wünsche erfüllt, und dadurch wird die Frau sich selbst untreu. Viele ihrer ›Rollen‹ sind auf den Wunsch zurückzuführen, männlichen Bedürfnissen zu entsprechen.«

Dr. Rank erzählt mir aus seiner Kindheit. Er wurde 1884 in Wien geboren. Schon sehr früh mußte er in einer Glasbläserei arbeiten, denn seine Mutter war Witwe. Aber er war ein großer Leser. Er verbrachte alle seine Abende in der Bibliothek. Dabei entdeckte er die Bücher von Freud. Er schloß sich seinen Theorien an. Darauf wurde er krank. Seine Lunge war nicht sehr stark. Ein Freund nahm ihn mit zu Dr. Alfred Adler. Während der körperlichen Untersuchung unterhielten sie sich, und Dr. Rank äußerte seine Meinung über das Werk von Freud, auch in einem abweichenden Sinne. Er forschte damals bereits nach den Möglichkeiten körperlicher Erinnerung, einer Erinnerung des Blutes und der Muskeln tief unter der ersten Bewußtheit, als ein kindliches Wahrnehmen von Lust und Schmerz, eine Erinnerung aus dem Geborenwerden. Erinnerung beginnt überhaupt mit der Geburt. Die Geburt als Erfahrung. Emotionen wie geologische Schichten, beginnend mit rein animalischer Erfahrung. Geburt, Wärme, Kälte, Schmerz.

Rank machte auf Adler einen so tiefen Eindruck, daß er ihn Freud vorstellte. Freud bot ihm die Stelle eines Sekretärs und die Möglichkeit eines Studiums an. Er wurde 1905 Schüler von Freud und für zwanzig Jahre sein Assistent und Mitarbeiter. Von ihrem ersten Zusammentreffen an erkannte Freud in Rank einen fruchtbaren und originellen Geist. Die Männer um Freud waren ehrerbietig und fügsam. Nicht so Rank. Freud gefielen die Unterschiede und das Aufeinanderprallen der Meinungen. Rank lernte, aber er fragte auch. Er war umgeben von älteren, mehr akademischen und strenger disziplinierten Schülern von Freud. Trotzdem wurde er sein Forschungsgehilfe, sein Korrekturleser, sein Adoptivsohn. Freud machte ihn zum Herausgeber der ›Zeitschrift für Psychoanalyse‹. Er schenkte Rank einen Ring (den Rank trug und mir zeigte) und hätte gern gesehen, daß er seine Tochter heiratete und so sein Erbe werde, seine Arbeit fortsetze.

Freud versuchte Rank zu analysieren, hatte aber keinen Erfolg. Vielleicht standen sie einander zu nahe, vielleicht war aber Rank auch schon der rebellierende Sohn, und Ranks Ideen mißfielen ihm. Er war gegen den Begriff des Geburtstraumas, und auch Ranks Ideen über Illusion und Realität entsprachen nicht seinen Vorstellungen. Wie alle Väter wünschte er sich eine Verdoppelung seines Ichs. Aber er hatte Verständnis für Ranks Forschergeist und war objektiv. Auch ihre Nichtübereinstimmung in der Theorie hätte sie nicht zu trennen vermocht. Die endgültige Spaltung wurde von den anderen bewirkt, die für ihre Gruppe die Einhaltung starrer Regeln der Freudschen Theorie forderten. 1919 gründete Rank eine Vertriebsgesellschaft, die alle psychoanalytische Literatur in einem einzigen Unternehmen vereinigen sollte. Während er in Wien lebte, war Rank Vorsitzender der Wiener Psychoanalytischen Gesellschaft und Generalsekretär der Internationalen Psychoanalytischen Vereinigung.

Diese Stellung weckte unter Freuds Mitarbeitern starke Eifersucht. Sie hofften auf eine Entzweiung. Obwohl Rank seine Entdeckungen Freud widmete, konnte ihm Freud nicht ganz verzeihen, daß er von seinen Grundbegriffen abwich. Er begann in Ranks Forschungen eine Bedrohung seiner eigenen Arbeit zu sehen. Die anderen Schüler arbeiteten eifrig daran, die Entfremdung zu vergrößern, zu ihr beizutragen. Sie ließen Rank sein Außenseitertum so heftig fühlen, daß er seine Praxis schließlich nach Frankreich verlegte. Damit war die Vater-Sohn-Beziehung zerbrochen. 1926 trat er von seinen Ämtern in Wien zurück und übersiedelte endgültig nach Paris, wissend, daß er der alten psychoanalytischen Schule nicht mehr länger angehören konnte. Nach zwanzig Jahren war es ihnen gelungen, ihn zu verbannen. Er verlor nicht nur einen Vater, sondern ein Vorbild, eine Welt, ein Universum. In Paris arbeitete er allein. Mit seinem Buch stand er gerade noch am Rande der akademischen Psychologie.

In früheren Veröffentlichungen über literarische und kulturelle Probleme hatte Rank eine Freudsche Theorie vertreten, aber 1924 gab er ein Buch mit dem Titel ›Trauma of Birth‹ heraus, in dem die Grundlagen für eine neue Philosophie des Lebens gelegt wurden. Diese eigene Idee entwickelte er dann in einer Anzahl von Büchern. Seine letzten drei Bücher wurden ins Englische übersetzt: ›Modern Education, a Critique of its Fundamental Ideas‹; ›Art and Artist‹; und ›Creative Urge and Personality Development‹.

Er wurde der Direktor des Psychologischen Zentrums in Paris.

Rank hatte damit begonnen, im Neurotiker den mißratenen Künstler zu sehen, eine schöpferische Persönlichkeit, die ihren Weg verfehlt. Neurose ist *Phantasie in falscher Funktion.* Rank behandelt Neurotiker nicht wie manche anderen Ärzte mit Verachtung oder wie früher die Ärzte den Wahnsinn behandelt haben. Im Schuldgefühl des Neurotikers verbirgt sich immer auch ein religiöses Symptom, ein negativer Ausdruck von Religiosität, ein negativer Aspekt des Schöpferischen.

Als er mir das sagte, erinnerte ich mich, daß mir schon bei der Lektüre des Lebens der Romantiker die Analogie zwischen Neurose und Romantik aufgefallen war. Romantizismus und Neurose sind offenbar parallele Erscheinungen. Man verlangt von der Wirklichkeit Illusion, Liebe, ein Absolutum, das unerreichbar bleibt, und zerstört sich so durch den Traum (in früheren Jahrhunderten waren es die Tuberkulose und die anderen romantischen Krankheiten).

Dr. Rank ist, wie ich jetzt merke, selber eine Vaterfigur geworden, hat seine eigenen Bücher geschrieben, seine eigenen Theorien aufgestellt. Er bemächtigte sich zuerst des Tagebuches, nahm mir den Schild weg, die Verteidigungswand. Dann verlangte er, daß ich es nicht weiterschreiben solle, und das war, als ob er einem Rauschgiftsüchtigen seine Droge nähme. Auch damit nicht zufrieden, forderte er mich auf, eine Weile allein zu leben, mein wahres Ich aus allen Verstrickungen in »Rollen« zu lösen, mich aus meinem Netz von Beziehungen und Identifikationen zu befreien.

Seine Definition des Neurotikers hatte ich schon ganz zu meiner eigenen gemacht: der Neurotiker als mißratener Künstler, in dem der schöpferische Funke brennt, aber nur schwach, flackernd, glosend, unfrei, aus verschütteten schöpferischen Fähigkeiten, aus denen am Ende nur Krankhaftes entsteht. Der Analytiker muß daher den schöpferischen Prozeß wieder einleiten, um den Funken freizulegen. Dieses Wunder der Inspiration, das er vollbringen soll, kann ihm nur glücken durch das Schöpferische selbst.

Ich beobachte, wie Dr. Rank zu Werke geht. Er beginnt mit der Gegenwart, dem Bild, der Struktur von heute. Um Anschluß an andere zu finden, habe ich viele meiner Ansichten und Haltungen geändert. Aber aus solchen Kompromissen und Verzichten entsteht keine echte Harmonie. Als ich meinen Vater traf, entdeckte ich, gegen wie viele Dinge ich rebellierte, ja, daß ich in offener Meuterei lebte, seine Werte lästerte, profanierte, verwarf: seine Ordnung und Harmonie, sein Gleichgewicht, seine klassische Rationalität.

Meine Beziehung zu June wurde von Dr. Rank blitzartig geklärt. Es war nicht lesbische Liebe. Ich wollte es meinem Vater gleichtun und Frauen verführen.

»Sie ersetzten sich das verlorene Objekt Ihrer Liebe, indem Sie an seine Stelle traten. Außerdem hatten Sie Angst vor der männlichen Sinnlichkeit, unter der Sie als Kind soviel leiden mußten.« (Krieg und Not bei uns zu Hause hatten allerdings ihren Grund in dem Interesse meines Vaters an anderen Frauen.)

Ich *wurde* mein Vater. Ich war der intellektuelle Ratgeber meiner Mutter. Ich schrieb. Ich las Bücher.

»Und wie stand es mit der Musik?« fragte Rank.

»Mit Musik wollte ich nichts zu tun haben. Ich weiß nicht warum. Ich liebe sie, ich bin sehr aufnahmefähig dafür, aber Musikerin wollte ich nicht werden.«

Seelenheilkunde, Befreiung der Instinkte, reines Wissen um die Krankheit genügt nicht, wie Allendy meinte. Es handelt sich um einen schöpferischen Prozeß. Der Analytiker muß seinen Anteil an den schöpferischen Fähigkeiten, an der Fähigkeit zur Selbsterschaffung haben. Seine Hilfe besteht darin, daß er Glauben erweckt, aber wie tief auch seine Einsichten sein mögen, die eigentliche Anstrengung muß von mir selbst kommen.

Bei Allendy hatte ich immer das Gefühl, daß er das Schöpferische und Metaphysische einfach reduzieren wollte, um mich in ein allgemeines Schema einzufügen. Dr. Rank weitet, im Gegenteil, das Schema aus.

Bei Allendy war ich eine gewöhnliche Frau, ein durchschnittliches menschliches Wesen, schlicht und naiv; er wollte mir meine Unsicherheiten schon austreiben, mein Herumtasten, meine Begabung, die mich in gefährliche Bereiche führten.

Allendy hat sich viel Mühe gegeben, meinen Charakter, meine wahre Natur, mein Menschentum zu erkennen, aber seine Methode ist die der Versimpelung gewesen. Der Rahmen, in den er mich pressen wollte, splitterte an dem Tag, an dem er mir empfahl, die Liebe leichter zu nehmen, ihr weniger Bedeutung beizumessen, um der Tragödie auszuweichen. Ich sollte mich an eine mehr spielerische Haltung gewöhnen. Er verordnete mir eine Liebe, die süß und oberflächlich, bequem und austauschbar wäre. »Ich werde Sie lehren zu spielen, nichts tragisch zu nehmen, keinen hohen Preis zu bezahlen, ein Vergnügen daraus zu machen.«

Das wäre der natürliche Abschluß in der Erziehung meines Ichs zur Normalität gewesen; und wenn er auch recht haben mochte, was die Tragödie betraf, *par contre* übersah er die tieferen Begierden des Künstlers, für den die starke Liebe die einzig mögliche Form ist, der sich nicht nach lauer Wärme, sondern nach Hitze sehnt und mit der Wirklichkeit keine kleinen Kompromisse schließt. Er sah mich als Kreolin im weißen Negligé, Stil New Orleans, mit einem Fächer im Schaukelstuhl sitzend, sehr weiblich und auf die leisen Schritte eines nahenden Liebhabers lauschend.

Nach solchen Aussichten war mein Vertrauen in Allendy erschöpft. Was auch in der Analyse an Magie enthalten sein mochte, welche wohltätigen Einflüsse ich ihr auch verdankte, es wurde wertlos vor dem Bilde jener Anaïs, zu der ich auf dem Wege solcher Natürlichkeit werden mußte. Diesem gewöhnlichen Leben, das der Tod meiner Einbildungskraft gewesen wäre (das Leben meiner Großmutter Angela!), das Ende meiner schöpferischen Fähigkeiten, zog ich den Rückfall in Neurose und Angst vor. Krankheit schien mir anregender und für die Dichtung fruchtbarer.

Dr. Rank stimmte mir zu.

»Sie wollten sich Ihre schöpferischen Instinkte bewahren und das, woraus sie sich nährten. Aber die Neurose selbst ernährt den Künstler nicht, wie Sie wissen; er ist ihr zum Trotz schöpferisch, aus nichts heraus oder aus jedem Stoff, der ihm gegeben wird. Artauds Fieber und Rimbauds Höllen sind nichts für Sie.«

»Als normale Frau hätte ich mit einem solchen Miniaturleben vielleicht heiter und glücklich werden können, aber ich bin keine solche Frau.«

In diesem weiten, ungestalteten, unruhigen Bereich sucht Dr. Rank nach einem Schlüssel. Die Mitte ist menschlich, aber der Kern der Mitte künstlerisch. Diese Suche nach dem Künstler und dem schöpferischen Prozeß zieht sich durch alle Fragen von Dr. Rank, und da er auch das Unsichtbare erfaßt, die »Seele«, stößt er sehr viel weiter vor als Allendy.

Indem er sich selbst in seiner Vorstellungskraft steigert, gelingt es ihm, in den Künstler einzudringen. Die Krankheit verbirgt sich in der Phantasie und kann nur dort und mit ihrer Hilfe behandelt werden. Allendy hat diesen phantastischen Bereich als »Täuschung« ausgeschieden.

Allendy würde sagen: »Sie müssen diese Spiele der Phantasie aufgeben. Es sind nur Spiele.« Aber in der Phantasie erscheinen die geheimen Wünsche, aus ihr wachsen die schöpferischen Gedanken. Allendy wollte sie abtrennen. Rank versucht, die Spiele mit der Kunst zu verbinden. Kunst beginnt im Spiel. Allendy konnte in meinen Spielen das Schöpferische nicht sehen.

Rank sagte über den Einfluß von Träumen, Literatur und Mythen auf das Leben: »Man muß mit anderen Worten die Sprache des Partners erlernen und ihm nicht das eigene Idiom aufzwingen wollen. Allendy trennte Sie von Ihrem Tagebuch, Ihren frühen Erzählungen, Ihren Romanen. Er wollte Sie heilen, indem er Ihr Interesse davon ablenkte. Ich gebe zu, daß alles Absolute tragisch endet, und ich bekämpfe daher die Extreme; Extreme im Leben und in der Ausschweifung, in denen die Begierde selbst erstirbt; Extreme in der Liebe, weil in ihnen die Liebe stirbt; extreme Schmerzen, weil sie das Leben vernichten. Aber zwischen der Lösung, die Allendy Ihnen geboten hat, und der meinen ist ein gewaltiger Unterschied. Er versuchte, Ihre Liebe zum Absoluten und Ihre Sehnsucht nach dem Wunderbaren durch eine Gewöhnung an Normalität zu ersetzen. Ich lege den Nachdruck auf die Anpassung an eine individuelle Welt. Ich möchte Sie in Ihrer schöpferischen Kraft stärken, um der Kraft Ihrer Gefühle einen Halt zu geben, sie auszubalancieren. Die Ströme des Lebens und der Arbeit müssen zusammenfließen, so daß sie sich gegenseitig nähren. Die Erkenntnis der schöpferischen Kraft wird für den Neurotiker zum Weg der Auferstehung aus seiner Hölle. Das Leben allein kann die Vorstellungskraft nicht befriedigen.

Allendy wollte Sie mit seiner Analyse an das gesellschaftliche Ideal anpassen. Die Unterschiede hat er zu wenig beachtet, denn die ›Heilmethode‹ war ja die der Anpassung. Der Irrtum dabei ist, daß es für jeden Fall eine individuelle Lösung gibt und die Anpassung an das Ich vollzogen werden muß, nicht an den Durchschnitt. Es ist sinnlos, Ihnen durchschnittliche Glücksmöglichkeiten vor Augen zu führen, wenn diese Möglichkeiten Ihrem Niveau nicht entsprechen. Die Identifikation mit dem *Ganzen* kann sich erst einstellen, wenn das Individuum das volle Ausmaß seiner Hoffnungen lebt und mit sich selbst Frieden schließt.«

Also ist das Glück, wie es Rank beschreibt, die positive und schöpferische Bestätigung des Willens durch das Bewußtsein der schöpferischen Kraft, und ich müßte mich durch diese größte aller Anstrengungen selbst verleugnen und in einem größeren Ganzen selbst vergessen lernen. Die Begeisterung des Künstlers für die Vielfalt der Ausdrucksformen wäre die Basis für ein Schaffen im Überfluß.

Ich hatte mich darauf gefaßt gemacht, sein Mitgefühl mit meiner Krankheit erdulden zu müssen, aber als ich alle die vielen Ereignisse meines Lebens vor ihm ausbreitete, sagte er: »Der neue, noch unbekannte Held ist jener, der unserem *mal du siècle* zum Trotz leben und lieben kann. Die Romantiker beschleunigten ihren Selbstmord. Der Neurotiker jedoch als der moderne Romantiker weigert sich zu sterben, weil seine Illusionen und Phantasien ihn daran hindern, zu leben. Er kämpft um das Leben. Früher haben wir jene bewundert, die keine Kompromisse schlossen, sich selbst zerstörten. Wir werden jene anderen bewundern lernen, die gegen die Feinde des Lebens kämpfen. Wie reagierten Sie, als ich Ihnen das Tagebuch wegnahm?«

»Zuerst erschrak ich und fragte mich, was Sie wohl von den Lügen halten würden, die ich Ihnen erzählen wollte. Aber dann fühlte ich eine frauliche Erleichterung, so als hätte man verlangt, daß ich alles und mich selbst geben müßte. Sie verlangten mit einem Schlag alles. Ich fühlte Erleichterung, weil ich Kraft fühlte, Meisterschaft. Kraft und Meisterschaft waren doch das gewesen, was ich suchte. War ich nicht gekommen, weil ich mich verloren fühlte, verwirrt, verstört? Sie begriffen, daß das Tagebuch der Schlüssel war. Ich habe mir immer eine unversehrte

Insel vorbehalten, von der aus ich den Analytiker analysierte. Ich hatte mich nie unterworfen. In Henry suchte ich einen Führer, einen erfahrenen Mann, aber er erwies sich bald als ein Kind, oder zumindest als ein Künstler, für den ich sorgen mußte und der mich nicht leiten konnte.«

»Das Tagebuch ist Ihre letzte Verteidigungsstellung gegen die Analyse. Es ist wie eine Verkehrsinsel, auf die Sie sich retten wollten. Wenn ich Ihnen helfen soll, dann wünsche ich nicht, daß Sie von einer Verkehrsinsel aus die Analyse überwachen und den Fortgang kontrollieren. Mit mir werden Sie nicht die Analyse analysieren. Verstehen Sie?«

Ich fühlte, daß ich einen klugen und mutigen Führer gefunden hatte.

»Haben Sie sich schon darauf vorbereitet, ein paar Wochen allein zu leben? Ich kann Ihnen nicht helfen, solange Sie sich nicht losgerissen haben, solange Sie nicht wieder ruhig und sicher werden. Sie stehen unter zu großem Druck.«

Das war noch schwieriger als die Aufgabe des Tagebuches. Ranks Augen glänzten. Er schien seiner Sache so sicher, und ich sagte, ich würde es versuchen.

Ich fühlte mich meines Opiums beraubt. An den Abenden, an denen ich sonst im Tagebuch schrieb, ging ich ruhelos in meinem Schlafzimmer auf und ab.

Dann wählte ich ein sehr bekanntes Hotel in der Nähe von Rank, das angenehm schien, und mietete ein sogenanntes Studio mit kleiner Küche, Bad und einem Schlafzimmer, das einige Ähnlichkeit mit einem Wohnzimmer hatte. Es war ganz in Creme- und Orangefarben gehalten und modern eingerichtet. Schließlich stellte sich heraus, daß es sich um ein berühmtes Hotel für kurze Liebschaften, ein Liebesnest fürs Wochenende handelte, ein Absteigequartier, wo man bei der ausgehaltenen Freundin die »Illusion« einer Wohnung finden konnte. Das paßte genau zu meiner Situation, schockierte aber meinen Vater (der wohl seine guten Gründe hatte, mit der Örtlichkeit vertraut zu sein).

Alles das schreibe ich in Rückblenden. Aus Notizen. Aus der Erinnerung. Ich erinnere mich an Gespräche mit Rank über seine Abende in Wiener Kaffeehäusern, wo er und andere junge Schriftsteller über Freud diskutierten, über die Grundlagen des Charakters, ausgiebig, endlos. Sie zerlegten die Stücke von Bruckner. Weil die Freunde über Ranks Abweichungen von

Freud lachten, schrieb er über seine Theorie einen Artikel, aber er wußte im voraus, daß Freud ihn nie zu lesen bekommen würde.

Ich wäre jetzt in der Lage, ein Skizzenbuch nur mit der Beschreibung menschlicher Essenzen zu füllen, dem Wesentlichen, das einem immer wieder entgeht, mit dem Material, das in Romanen keinen Platz findet, was nur die Frau in mir sieht, womit sich der Künstler nicht abgibt. Ein Skizzenbuch, zwanglos, zusammenhanglos. Ich würde nichts hineinnehmen, was zu ›House of Incest‹ oder ›Winter of Artifice‹ gehört, denn ich möchte nicht alles an die Skizzen verschwenden. Ist es das, was Rank von mir erwartet? Daß ich aus der Intimität des Tagebuches herausgehe in die Romane und Bücher?

Aber in keinem anderen Buch kann ich das Porträt von Dr. Rank unterbringen, und dieses Porträt verfolgt mich, bedrängt mich, während ich am Roman arbeite. Ranks Porträt muß geschrieben werden.

Hintergrund: glänzende, bunte Bücher, viele davon gebunden, in vielen Sprachen. Sie bilden die Wand, vor der ich ihn sehe. Eindruck: scharfsinnig, wach, neugierig. Nichts Eingelerntes, keine fertigen Formeln, kein Zurechtbiegen, im Gegenteil. Er geht mit so viel Schwung an die Arbeit, als bereiteten ihm diese Forschungen und Abenteuer großes Vergnügen. Er hat seine Freude daran. Kein Wunder, daß er etwas entwickelt hat, was er dynamische Analyse nennt, etwas, das schnell wie eine emotionelle Schockbehandlung wirkt. Unmittelbar, zupackend, im Vergleich zu den alten Methoden waghalsig. Seine Aktivität und Freude machen den Schmerz sofort erträglicher, den neurotischen Knoten, mit dem die Kräfte, über die man verfügt, zu einem Teufelskreis aus Konflikt, Lähmung, gesteigertem Konflikt, Schuldbewußtsein, Sühne, Strafe und neuer Schuld verknüpft werden. Sofort verspürte ich freien Raum um mich, Bewegung, Leben, hoffnungsvolles Ahnen und Erkennen. Die räumliche Qualität des Geistes. Feinnervige Beweglichkeit, muskuläre Kraft. Die schnell wechselnden Farben seiner Stimmung. Seine schnell wechselnden Rhythmen, einfühlsam, behutsam.

Ich vertraue ihm.

Von den Banalitäten und den Klischees der orthodoxen Psychologie sind wir weit entfernt.

Ich spüre eine Intelligenz, die im Durchgang durch das Gefühl hellseherisch wird. Ich ahne den Künstler.

Ich erzähle ihm alles. Er trennt mich nicht von meinem Werk. Er versteht mich durch mein Werk.

Er hat die Bedeutung des Tagebuchs erkannt. Da ich so viele Rollen spiele, die dankbare Tochter, die liebende Schwester und Freundin, die Beschützerin, meines Vaters neueste Illusion, Henrys unentbehrliche Allzweckfreundin, brauche ich für mich selbst einen Platz der Wahrheit, einen wirklichen Dialog.

Wenn andere von mir die Wahrheit wissen wollten, war ich immer überzeugt, daß sie nicht nach der Wahrheit suchten, sondern nach einer passenden Illusion, um damit zu leben. Ich war überzeugt, daß die Menschen Illusionen brauchen. Mein Vater sollte glauben, daß wir, nachdem wir uns gefunden hatten, alle unsere Beziehungen aufgeben würden, um nur füreinander zu leben. Als er nach der Sommerpause nach Paris zurückkehrte und sein gesellschaftliches Leben wieder aufnahm, sollte ich ihn dabei begleiten. Ich sollte mich diskret und konventionell kleiden, bei den besten *couturiers*, wie Maruca . . . neutrale Farben, am Vormittag das englische Kostüm, gut geschnittene und frisierte Haare, jedes Haar an seinem Platz . . . und so in seinem Haus erscheinen, wo das Leben dem von Jeanne so ähnlich war, durch und durch künstlich, unaufrichtig, versnobt. Mein Künstlerleben war gerade das Gegenteil. Meine Künstlerfreunde liebten Schlampigkeit, sogar Schäbigkeit. Sie fühlten sich wohl dabei, und sie hätten sich noch wohler gefühlt, wenn *ich* mich auch nachlässig gekleidet hätte, schlampig, unordentlich, wenn ich mich nicht frisiert und meinen Rock mit Nadeln zusammengeheftet hätte usw.

Irgendwo dazwischen steht Anaïs, die sich ein freies, aber nicht schäbiges Leben wünscht.

Rank berührte sofort einen neuralgischen Punkt, die Beziehung zwischen dem Tagebuch und meinem Vater. Er hat sich immer für das Double interessiert und darüber ein Buch geschrieben. Don Juan und sein Diener. Don Quijote und Sancho Pansa. (Henry und der Clown Fred.) Das Bedürfnis nach dem Double.

»Ist es nicht eine narzistische Vorstellung, im Double den Zwilling zu sehen?« fragte ich.

»Nicht immer. Das Double war als Schatten oft jenes Ich, das man nicht leben wollte, ein Zwilling, aber im Sinne des dunklen Ichs, das man verachtete. Wenn Don Quijote ein Träumer war, warum wählte er sich den guten vernünftigen Sancho Pansa, seinen Gegensatz, zum Begleiter? Und wenn Don Juan sich in den Augen liebender Frauen spiegeln wollte, wozu brauchte er einen Diener-Schüler-Vertrauten als Schatten?

Sie haben recht, wenn Sie glauben, daß Ihr Vater die Ähnlichkeiten betonen und verstärken wollte, bis Sie sich völlig gleich wären und er in Ihnen sein weibliches Ich so hätte lieben können wie Sie in ihm Ihr männliches. Er war auch derjenige, der es wagte, Don Juan zu sein. Erzählten Sie mir nicht, daß er mehr Frauen besitzen wollte als Don Juan, daß er die legendäre Zahl von tausend Geliebten übertreffen wollte? Das wollte Ihr Double für *Sie* tun, während Sie von den Männern geliebt wurden, von denen er geliebt sein wollte, und so hätten Sie die vollkommene Androgynie erreicht.

In alldem steckt sehr viel mehr als inzestuose Begierde. Es ist nur eine der vielen Anstrengungen, die wir unternehmen, um anderen näherzukommen, und wenn aus dem einen oder anderen Grunde die Verbindung unmöglich wird, fallen wir in die einfachste zurück, die erste, die Blutsverwandtschaft. Es ist eine von Millionen Arten, die Einsamkeit zu mildern.«

Wissenschaftliche Formeln sind Kurzformen der Erfahrung. Bei Allendy merkte ich, wie jedes Ding seinen vorausbestimmten Platz hatte; ich sah die Eintönigkeit des Musters. Die Banalität des Lebens und der Charaktere entmutigte mich irgendwie, die logische Kettenreaktion der Klischees. Er sah immer nur das Gerippe und verglich es mit anderen Gerippen. Die persönlichen Qualitäten schob er beiseite, alles was schwierig, verwickelt, ungewöhnlich war, während Rank das alles sieht.

Rank sagte: »Ein Mann wird für eine Frau niemals die Nachsicht haben wie die Frau für den Mann, denn die Frau sieht mit ihrem mütterlichen Instinkt im Mann das Kind. Und dann kann sie nicht mehr verurteilen. Ein sehr väterlicher Mann kann manchmal für eine Frau dieselbe schützende Empfindung haben. Und so erklären sich vielleicht die Fälle eines außerordentlichen Verzeihens, die von außen gesehen unverständlich bleiben.«

Ich suchte die Wurzel meiner Milde für Henry. Ich wollte Rank begreiflich machen, daß ich ihn nicht als einen reifen, verantwortlichen Mann betrachte. Rank verwarf diese Deutung nicht.

Ich kam nicht mehr weiter. Ich fühlte Ranks Einfluß, seine Gewißheit, daß das Tagebuch schlecht für mich sei. Ich wußte, daß ich ihm doch alles zeigen würde, daß alles für ihn durchsichtig war, weil ich selbst es so wollte. Dies ist mein vierter Versuch zu einer wahrhaften Beziehung. Mit Henry kam ich zu keinem Ergebnis, er versteht so vieles nicht; mein Vater wünscht sich eine Welt aus Illusionen; Allendy hat seine Objektivität verloren. Rank erklärte mir heute, die Analyse nähere sich ihrem Ende, und das sei der Grund, warum ich über ihn geschrieben hätte – ich fürchtete, ihn zu verlieren. Daher wollte ich ihn für mich zeichnen, ein Bild von ihm machen.

Sobald ich erfahren hatte, daß ich Rank am Montag sehen würde, hatte ich keine Lust mehr zu schreiben.

Gleichzeitig bin ich noch Romantikerin. Nicht daß ich Werthers Selbstmord bewundern würde, nein, der Religion des Leidens und der Verhängnisse bin ich entwachsen. Aber ich brauche noch den persönlichen Ausdruck, den unmittelbaren persönlichen Ausdruck. Wenn ich zehn Seiten an meinem Roman geschrieben habe, ganz menschlich, einfach, aufrichtig, und dann ein paar Seiten an ›House of Incest‹, ätzend scharf, meine Saison in der Hölle, und dann noch zehn Seiten an meinem »Double« zeichne, sorgfältig, genau (›Winter of Artifice‹), bin ich immer noch nicht ausgeschöpft. Ich habe noch etwas zu sagen.

Was ich zu sagen habe, unterscheidet sich von Kunst und Künstlertum. *Es ist die Frau, die spricht.* Und es ist nicht nur die Frau Anaïs, die zu sprechen beginnen muß, vielmehr habe ich für viele Frauen zu sprechen. Während ich mich selbst entdecke, fühle ich, daß ich nur eine von vielen bin, ein Symbol. Ich fange an, June zu verstehen, Jeanne und viele andere, George Sand, Georgette Leblanc, Eleonora Duse, Frauen von gestern und heute. Die stummen Frauen der Vergangenheit, die sich wortlos hinter ihren unausgesprochenen Gefühlen verbergen, und die Frauen von heute, die ganz in der Aktion aufgehen und den Mann kopieren. Und dazwischen: ich. Hier entspringt der Überfluß, der persönliche, weibliche Überfluß. Gefühle, die sich für die Kunst nicht eignen, für Romane, für Bücher. Alles das will ich genießen, nicht beschreiben. Mein Leben ist eine lange Kette von Anstrengungen, von Selbstdisziplin, Entscheidungen. Hier kann ich versuchen, improvisieren, frei und ich selbst sein.

Rank möchte wissen, ob ich ein Notizbuch führen kann, statt von einem Tagebuch geführt zu werden. Es ist der Zwang zum Tagebuch, den er bekämpft. Ich beginne mit einem Porträt von Rank, weil es sonst nirgends hineinpaßt. Versuchen wir es also wieder.

Rank. Ich habe eine undeutliche Erinnerung an Stärke, an Kraft, die in den Gesprächen von ihm ausgeht. An Härte. Nur den Inhalt kann ich nicht wiedergeben. Es ist unmöglich, seine

Art der Analyse zu analysieren, denn alles geschieht spontan, unerwartet, überfallartig. Jede Gelegenheit wird sofort wahrgenommen. Ich glaube nicht, daß er ahnt, was ich sagen werde, daß er etwas Bestimmtes erwartet. Bei ihm gibt es keine »Suggestion«, keine Führung. Er drängt mir keine Gedanken auf, wie einem die Priester in den Beichtstühlen die Sünde mit ihren Fangfragen einflüstern: »Bist du nicht unkeusch gewesen, meine Tochter? Hast du dich nicht am Anblick deines Körpers erfreut? Hast du deinen Körper nicht wollüstig berührt, meine Tochter?«

Rank wartet, unbefangen, sprungbereit, aber er hält keine kleine Falle im Hintergrund bereit, die mit einem Klicken über dem nächstbesten Klischee zuschnappt. Seine Erwartung ist offen. Du bist ein neuer Mensch. Einzigartig. Über das Selbstverständliche geht er hinweg und stößt vor zur Weite, zur Größe, zum Neuen. Kunst und Phantasie. Schnell und vergnügt.

Ich habe einen Augenblick innegehalten, um über die Regel nachzudenken, der wir in unseren Gesprächen folgen, aber diese Gespräche entwickeln sich nach einem so eigenartigen, assoziativen Muster, daß es sich der Betrachtung entzieht. Die Ordnung in der Realität, die chronologische Ordnung, steht auf einem ganz anderen Blatt. Rank hält nichts von dieser »Konstruktion« aus Logik und Vernunft. Die Wahrheit liegt anderswo. Sie wird von Emotionen gebildet und getragen (wie bei Proust). Ich entdecke eine neue Ordnung in der Auswahl der Ereignisse, die das Gedächtnis trifft. Das kraftvolle Gefühl ist es, das wählt. Keine Kalender mehr!

Das heißt auch: Schluß mit der strengen kalendarischen Einteilung im Tagebuch.

Es meint einen überlegenen Standpunkt.

Alles hat sich geändert. Vor Rank gab es eine Vision, nach Rank gibt es eine Perspektive. Vielleicht kennt er das Geheimnis, wie man beweglich wird und sich wandelt. Bei anderen, meinem Vater zum Beispiel, bleiben die Muster statisch, wie ein Relief.

Wir sind unterwegs. Wir schöpfen Mut aus der Unordnung, aus Bruchstücken der Erinnerung, aus scheinbar zufälligen, wirren Erkundungen.

Ich erinnere mich an den Tag, an dem er zwei wichtige Tatsachen miteinander verknüpfte: meine Liebe zur exakten Wahrheit und meine Lebenslügen, meine künstlerischen, phantasievollen Darstellungen.

In mir ereignet sich eine große Verwandlung, aber in meiner

Umgebung bleibt alles gleich. Über eine gewisse Grenze hinaus gibt es wenig, was ich für meinen Vater tun könnte. Seine Frau ist Maruca. Sie ist vollkommen und unterwürfig. Sie ist auch seine Sekretärin, Notenkopistin, Briefschreiberin, Assistentin, Managerin, Buchhalterin usw. Auch Henry braucht über einen gewissen Punkt hinaus keinen Schutz mehr, sondern Unabhängigkeit. Rank erriet, was geschehen würde: Es gibt für die Frau keine Rolle, die alle ihre Energien aufbraucht. Er wies mir nach, daß meine Vorstellung von der Frau *mütterlich* ist. Beschützen, dienen, bemuttern, umsorgen. Die Mutter in mir kann also ihre Fähigkeiten sinnvoll anwenden. Aber wo bleibt die Frau? Nur wenn ich mütterlich bin, darf ich mich als Frau fühlen.

Wir ließen diese Frage offen und wandten uns einem anderen Problem zu: meinem außerordentlichen Bedürfnis nach Wahrheit. Es soll zu meiner leichtbeweglichen Phantasie ein Gleichgewicht bilden. Mein Mißtrauen vor der Einbildungskraft ist groß, die Angst vor dem, was mein erfindungsreicher Geist aus der Wahrheit macht. *Eine große Leidenschaft für Genauigkeit, weil ich weiß, was in der Perspektive, was durch die künstlerische Formung verlorengeht.* Ich will dem unmittelbaren Eindruck, der unmittelbaren Stimmung entsprechen.

Dr. Rank zweifelt am Wert dieser Einstellung. Der Künstler, sagt er, ist ein Umbildner, ein Erfinder. Wir wissen nicht, wo die Wahrheit ist, in der ersten oder zweiten Vision.

Wir sprachen davon, wie Henry seine Menschen »umbildet«, ohne sie erst zu verstehen. Das ist das wahre Wesen des Künstlers, sagt Rank. Genie ist Erfindung.

Dann sprachen wir vom Realismus der Frauen, und Rank sagte, daß Frauen vielleicht aus diesem Grunde nie große Künstler gewesen seien. Sie erfinden nichts. Der Mann, nicht die Frau, hat die Seele erfunden.

Ich fragte Rank, ob die Künstler, deren Kunst unwahr ist, ein unnatürlicher Auswuchs, ohne Beziehung zu ihrer persönlichen Wahrheit, ob die unaufrichtigen Künstler also größer seien als die aufrichtigen. Rank sagte, diese Frage hätte er für sich selbst noch nicht beantwortet. »Ich müßte für Sie ein Buch schreiben, um Ihnen eine Antwort zu geben«, sagte er.

Darüber freute ich mich sehr. »Ich würde daran mehr Vergnügen haben als an einem eigenen Roman«, sagte ich.

»Jetzt spricht die Frau in Ihnen«, sagte Dr. Rank. »Wenn die Neurotikerin geheilt ist, wird sie Frau. Wenn der neurotische Mann gesundet, wird er Künstler. Wir werden sehen, wer stärker ist, der Künstler oder die Frau. Für den Augenblick ist es wichtig, daß Sie eine Frau werden.«

Dies war der schönste Augenblick der Analyse. Was den wissenschaftlichen Phänomenen ihr Leben zurückgibt, das ist die naive, die gefühlsmäßige Wiederentdeckung des Problems als ein individuelles Wunder, der Glaube an seine Einzigartigkeit, der zu begeisternden Entdeckungen führt. Wo das Geheimnis fehlt, wird das Leben getötet. Heute sieht jedoch auch der Wissenschaftler, so weit er auf seinen Beutezügen vordringen mag, vor sich ein letztes, nur noch wachsendes Geheimnis. Für den Liebhaber des Schattens und der Dunkelheiten ist nichts verloren. Das Geheimnis bleibt.

Leben aber heißt, ständig nach weiteren Enthüllungen drängen, in einer dynamischen Bewegung von Geheimnis zu Geheimnis; man bleibt sonst an ein einziges fixiert (das Geheimnis vom Ursprung des Feuers zum Beispiel). Ein solches Geheimnis schränkt ein. Es entsteht aus Unwissenheit, Tabus, Angst.

Je tiefer wir jedoch graben, desto größer wird das Universum unseres Charakters, unbegrenzt im Raum. Es reicht in die Tiefe und umfaßt sehr viel mehr. Es ist nicht so, daß wir Wände und Hindernisse wegräumen, indem wir mit der Seele und dem Unbewußten spielen, vielmehr brechen wir neue Quellen des Geheimnisses auf, neue Bereiche. Wir tauschen zweitrangige Geheimnisse für größere und tiefere. Wir fürchten uns nicht mehr vor Blitz und Sturm, entdecken jedoch diese Gefahren in unserer eigenen Natur. Wir entdecken die symbolische Bedeutung der Tatsachen, sogar des Sexualakts, der nicht immer ein physischer Akt ist.

Nur Künstler mit schwachem Magen fürchten, daß Wahrheit uninteressant sein könnte. Respekt vor dem Mysterium, sagen sie. Öffne die Büchse der Pandora nicht. Die Vision des Dichters entsteht aber nicht aus Blindheit, sondern aus einer Kraft, die selbst das häßlichste Gesicht der Realität verklärt, in sich aufnimmt und auflöst, statt vor ihm zu fliehen.

Dr. Rank sagt: »Man mißt der sexuellen Erfahrung eine zu enge Bedeutung bei. Es ist falsch, zu sagen, die Psychoanalyse sei weiter nichts als ein Weg zur sexuellen Befreiung. Dies ist nur eine Phase, ein Schritt in einer Richtung. Sexuelle Befreiung macht noch keinen Mann, keine Frau, bewirkt noch nicht Reife. Die Geste, die manche Analytiker schon für ein ausreichendes Zeichen von Freiheit halten, ist in sich selbst kraftlos und wirkungslos, wenn sie nicht einer vollständigen inneren Umwandlung entspricht, einer Bereitschaft auch zur äußeren Reife.

Die wahre Reife«, fügt er hinzu, »kommt aus tieferen Quellen und ist sehr viel innerlicher, als der wissenschaftliche Analytiker annimmt, wenn er sich nach einem körperlichen, sexuellen Erfolg des Patienten schon zufrieden erklärt. In der Psychoanalyse steckt immer noch der Trugschluß, daß der Sexualität, weil sie ganz offensichtlich biologisch fundamental ist, auch die führende Rolle zukomme.«

Er sagt auch: »Diese Art von Psychologie ist der schlimmste Feind der Seele geworden.«

Nicht immer ist ein Schock in der Kindheit daran schuld, wenn sich eine Frau vom Sex abwendet. Sie mag sich von der Untreue ihres Vaters zu ihrer Mutter verletzt gefühlt und gegen die Ursache dieser Haltung, dieser Vernachlässigung, ein Ressentiment entwickelt haben, aber es können auch noch andere Gründe im Spiel sein, vermutet Rank. Es gibt schöpferische Notwendigkeiten, die der Natur gegenüber ihr Recht geltend machen und gewisse Energien in andere Kanäle abzweigen. Es sind nicht alle Wege in die Mystik und die Phantasie Fluchtwege aus dem Leben. Auch das Schöpferische, dessen Bedeutung Rank allein erkennt (eine auffallende Schwäche der Psychoanalyse ist, daß sie den Künstler als eine besondere Wesenheit ausklammert), ist Ursprung von Aktion, ein Handeln, das die Richtung des menschlichen Lebens verändert.

Dann kamen wir zu meinem Rollenspiel. Ich wollte die Frau sein, die Artaud braucht, die ihn inspiriert und aus dem Wahnsinn errettet. Ich wollte die »Salon«Schriftstellerin sein, die auffällt und bezaubert, die Künstlerin im klassisch-dekorativen Stil, wie sie mein Vater sich wünscht. Ich wollte die Frau sein, die nicht aus Adams Rippe geboren wurde, sondern aus seinen Bedürfnissen, seinen Einfällen, seinen Vorstellungen und Modellen.

»Die Fähigkeit des Künstlers, sich durch seine Vorstellungskraft in hundert Rollen zu verlieren, ist derselbe geistige Prozeß der Selbstauflösung, den man Identifikation nennt. Es handelt sich nicht nur um die menschlichen Eltern (Sie wollten beides sein, Ihrem Vater gleichen im glänzenden Auftreten und Talent, und Ihrer selbstaufopfernden, frommen Großmutter, die für Sie das Ideal einer Frau war). Und außerdem wollten Sie den Romanheldinnen, den literarischen Vorbildern nacheifern.«

»Es hat tatsächlich eine Zeit gegeben, da wollten June, Henry und ich Figuren von Dostojewski sein.«

»Die Psychoanalyse übersieht manchmal die Wichtigkeit der Phantasie, des künstlerischen Werkes, während ich mir bewußt bleibe, wie aufschlußreich das alles ist, auch im Hinblick auf eine ›Behandlung‹; denn das Gleichgewicht kann nur wiederhergestellt werden durch eine Entspannung und einen gelungenen künstlerischen Ausdruck.«

»Henry schrieb einmal: ›Ich muß entweder auf der Stelle verrückt werden oder ein neues Buch schreiben.‹«

»Was Sie verlieren, erschaffen Sie sich neu. Als Sie Europa und Spanien verloren hatten, die Musik, Ihre Atmosphäre, schrieben Sie ein Tagebuch, um sich Ihre Welt zu erhalten und eine neue zu bilden.«

Einmal erspähte ich bei meiner Ankunft eine kleine, zarte Frau, ganz in Schwarz gekleidet wie eine Witwe. Ich fragte Rank nach ihr. »Das ist meine Frau«, sagte er. »Kurz vor unserer Heirat hat sie ihren Vater verloren. Ich hielt es für natürlich, daß sie Schwarz trug und trauerte. Aber sie blieb kummervoll und verwaist; sie blieb eine Witwe. Vergleichen Sie diese unaufhörliche Trauer mit Ihren spontanen Bemühungen, das Verlorene durch etwas anderes schöpferisch zu ersetzen. Das ist der Künstler.«

Dr. Rank schien sagen zu wollen, daß es eine Metaphysik des Künstlers gibt. Alles vom schöpferischen Standpunkt aus zu sehen, meint ein Handeln, das die Grenzen unseres menschlichen Lebens überschreitet und das ganze Leben größer macht. Ranks Interpretationen des Schuldbegriffs mit jenen des durchschnittlichen Psychoanalytikers verglichen: Er fühlt, daß Schuld aus tieferen Quellen entspringt als aus kindlichen Verstößen gegen die Moralgesetze. Hier beginnt das schöpferische Schuldgefühl. Der Künstler (und auch der erfolglose Künstler, der Neurotiker) nimmt von der Welt. Er nimmt Eindrücke auf, Farben, lustvolle Empfindungen, er sammelt, teilnehmend oder beobachtend, Erfahrungen aller Art, er reist, freut sich an Schönheit, entspannt sich in der Natur; und er fühlt sich verpflichtet, Liebe zurückzugeben, der Schöpfung nachzueifern, zu feiern, zu bewundern, zu verehren, zu behüten. Nach Rank entsteht aus Nichtschöpfung ebenso ein Schuldgefühl wie aus Zerstörung.

Daß ich so viele meiner Erzählungen mit »Ich bin ein Waisenkind« begonnen habe, deutete sogar Rank zuerst so, daß ich mich damit offenbar von meinen Eltern befreien und zu einer eigenen Individualität gelangen wollte; aber bei längerer Überlegung kam er zu dem Schluß, daß es sich um den Wunsch des schöpferischen Menschen handelte, als Held geboren zu sein, sich selbst gebärend, in einer mythischen Geburt.

Einen Augenblick lang ahnte ich hinter dem Analytiker Rank den Mann. Einen freundlichen, mitfühlenden, einfühlenden, vornehmen, kraftvollen Mann. Hinter den Augen des Analytikers sah ich die Augen eines Mannes, der das Leiden aus eigener Erfahrung kennt, die großen Enttäuschungen, die Abgründe, die dunkelsten, tiefsten, traurigsten...

Es war nur ein Aufblitzen. Er schien das menschliche Verstehen ebenfalls zu genießen. Wahrscheinlich wußte er, daß die Frau bald wieder verblassen würde, weil es für sie keine Rolle gab; daß mir die weibliche Rolle, für den Mann zu leben, für *einen* Mann, durch meine Neurose versagt ist. In Fragmenten zu leben, ist eine Verneinung der weiblichen Ganzheit. Und er wußte wohl, daß ich wieder in die Kunst zurückgetrieben würde.

Ich merke, daß mir die Obertöne entgehen. Für mich sind die Abenteuer des Geistes, jede Abwandlung des Gedankens, jede Bewegung, Nuance, Entdeckung, eine Quelle der Erleichterung.

Als wir über June sprachen, sagte er: »Homosexualität einfach durch die Identifikation zu erklären, mit der Mutter für den Mann, mit dem Vater für die Frau, reicht nicht aus. Im Überschreiten der Grenzen drückt sich Schöpferisches aus: ein dominierender Wille, der befruchtend auf Gebiete vorstoßen will, die schwer zu beschreiben sind und mit der normalen sexuellen Aktivität nur in einem losen Zusammenhang stehen.«

Dr. Rank denkt sprunghaft und schnell. Ich sehe immer seine sehr wachen Augen vor mir und höre seine Lieblingsworte, die er mit Nachdruck wiederholt: »Sehen Sie! Sehen Sie!« Und es gibt immer mehr zu sehen. Er ist unerschöpflich. Wenn er mit den Schultern zuckt, wischt er Unwesentliches weg. Er hat ein Gespür dafür, was wesentlich und lebenswichtig ist. Sein Denken ist immer auf ein Ziel gerichtet. Seine Aufmerksamkeit schwankt nicht. Überschreitung. Eine positive Fülle von Ideen. Die Fähigkeit, den Zufall in den Rang des Schicksals zu erheben.

Man sagt, die Psychoanalyse bestehe darin, uns das Drama noch einmal erleben zu lassen, in dem wir erfolglos gegen ein Hindernis anrannten; für Rank kann diese Neuinszenierung jedoch nicht auf das Ereignis beschränkt bleiben, das uns zu »Stotterern« machte (mein Wort, denn für mich ist Neurose so etwas wie ein Stottern der Seele). Sie muß die *schöpferische Übung* einschließen.

Der Verlust meines Vaters: Liebe meint Verlassenwerden und Tragik. Es handelt sich nicht nur um den Sprung über das schicksalhafte Hindernis, sondern um eine künstlerische Aktivierung des schöpferischen Instinkts, der in vollständiger Neugeburt über das Menschliche hinausführt, oder vielleicht überhaupt um eine erste Geburt. Um dies zu vollbringen, genügte es nicht, daß ich meine Kindheit noch einmal durchlebte, mit der mein Leiden begann. Ich muß in eine Schicht vordringen, in der die Energien ebenso stark sind wie in meiner Bindung an das Leiden; ich muß meine positive, aktive Individualität entdecken. Etwas wie meine Fähigkeit zum Schreiben, die Rank für das stärkste Element meiner Reife hält.

Zu heilen, zu befreien allein genügt nicht; es muß gelehrt werden, wie man eine Welt erschafft, in der man leben kann; nach welchem Plan, welchem Modell: das kann nur erkannt werden in einer Vision der Möglichkeiten, in einer visionären Erkenntnis der Fähigkeiten des Neurotikers.

Für Dr. Rank ist der Mensch, der seine Seele sucht, der Künstler, der nicht nur auf der Suche nach einem Sieg über seine Nachtgespenster und Schwächen ist, sondern nach einer sinnvollen Schöpfung.

Ich frage mich immer noch, ob es nicht die Wirkung des Mannes Rank ist, die das, was er sagt, so klug erscheinen läßt. Ich kann den Wortlaut nur ungenau festhalten. Seine Gegenwart, sein Dasein, ist auf eine kaum merkliche Art bereits ein Teil der Methode. Er verwirft die Vergangenheit, lockert ihren Würgegriff, aber mehr durch seine Begeisterung, sein Interesse, seine Lust am Abenteuer, seinen Kampf gegen die Konventionen, als durch irgendeine einfache Diagnose. Das Leben in ihm ist es, das für die toten Gefühle, die toten Erinnerungen den Grabgesang anstimmt.

»In der konventionellen Analyse kommt der wohlbekannte Augenblick, in dem das Ich überfließt, in dem man eine befreiende Kraft spürt, eine uneingeschränkte Fähigkeit, zu gehen, sich zu bewegen, zu handeln, sich zu entscheiden, zu begehren und die Wünsche zu erfüllen. Aber dieses Überfließen kann nicht von Dauer sein. Der Analytiker hat in seiner Funktion als Gott oder Teufel eine Kraft befreit, die er nicht wirklich zu leiten, zu kanalisieren versteht. So sehen wir hier den Menschen, der, ohne sinnvoll schöpferisch zu werden, was das Ziel wäre, seine neugeborenen Energien verschwendet und nur ein kurzes Vergnügen in plötzlicher Bewegungsfreiheit findet.«

Aus jedem seiner Gedanken könnte ein Buch entstehen. Er aber bedauert, nie einen Roman geschrieben zu haben, und das verwundert mich. Vielleicht ist er mehr Künstler als Wissenschaftler. In seiner Jugend hat er Bühnenstücke geschrieben. In Wien glaubte man, Bruckner wäre sein Pseudonym, er hätte Bruckners Stücke geschrieben. Dies mag zum Teil der Grund sein, warum er nicht anerkannt wurde. Er galt als Rebell, als Zerstörer der heiligen Grundsätze wienerischer Analyse.

Mehr und mehr scheint es mir, daß die zeugenden, fruchtbaren Prinzipien der Analyse, die in der Wiederherstellung und Inszenierung des individuellen Dramas liegen, überschattet werden von dem Wunsch nach der Diagnose, nach Klassifikation, mit deren Hilfe man das Drama unter Kontrolle bringen möchte. Je öfter es künstlich rekonstruiert wurde, desto mehr verlor sich die Achtung vor dem Drama, während die Beachtung des Schemas zunahm, und so verloren die fruchtbaren Elemente an Wirkung.

Man kann es für natürlich halten, daß im Analytiker, der, sagen wir hundertmal im Jahr, mit dem Inzestproblem konfrontiert wird, eine gewisse Gewöhnung entsteht; hätte er es aber nicht so eilig mit seiner Schlußfolgerung, daß alle Inzestprobleme einander ähneln, würde er nicht das lebendige Interesse daran verlieren, wie und warum das Drama sich entwickelt. Man verlangt gleichsam vom Analytiker ein aufrichtiges Miterleben, und ein solches Miterleben ist nicht möglich ohne die Einfühlung des Künstlers, der es zum tausendsten Male unternimmt, die Jungfrau mit dem Kind zu malen. Der wahre Künstler fragt nie danach, ob die Geschichte schon erzählt worden ist; für ihn gilt lediglich, daß er sie neu erlebt; und das kann er nur, wenn er von der Notwendigkeit seiner eigenen individuellen Ausdrucksform überzeugt ist.

Otto Rank sollte mit den andern Psychoanalytikern nicht in einem Atemzug genannt werden. Er spricht zwar dieselbe Sprache, verwendet dieselbe Methode, aber er überschreitet die psychoanalytische Theorie, und was er schreibt, wird Philosophie, Metaphysik.

Bei Rank ist die Achse der Psychoanalyse verschoben und verläuft durch den metaphysischen, schöpferischen Bereich. Diesen Unterschied möchte ich aufzeigen, weil man in der allgemeinen Begriffsverwirrung dazu neigt, alle Psychoanalytiker in dieselbe pragmatische Kategorie einzureihen: als Mediziner und nicht als Seher, als Heiler und nicht als Philosophen. Obwohl sie es mit psychischen Krankheiten zu tun haben, mit Erkrankungen der Seele, glaubt man doch, daß sie sich mit ihren Heilmethoden im allgemeinen nur an die Sexualität halten.

Ranks schöpferische Einstellung erfaßt das Drama in den Bereichen des Gefühls und rettet es so aus dem klinischen Bereich. Das Leben als Drama anzunehmen, ist Kunst, nicht Wissenschaft. Die wissenschaftliche Einstellung skelettiert die Persönlichkeit und bewirkt eine Verengung, eine Zurückführung auf Begriffe. Otto Rank betont den Unterschied zwischen den Individuen und bewirkt eine Befreiung. Indem er die Unterschiede herausarbeitet, erweitert er das Universum. Rank sucht und verstärkt die individuelle Struktur, verhilft zur Annahme der *eigenen Struktur*, die zur allgemeinen Struktur der wissenschaftlichen Analyse im Gegensatz steht.

Die wissenschaftliche Analyse verkleinert durch ihre Tendenz zur Vereinfachung, zum Schema, das Profil der Persönlichkeit und hat allmählich eine Art von Enttäuschung, von Verarmung zur Folge. Der Akzent liegt auf der Erklärung, nicht auf dem *Durchleben des Dramas*. Ranks künstlerisches Interesse für das Drama wirkt in einer nicht abzuschätzenden Weise auf die lebendigen Erfahrungen des Neurotikers ein.

Es ist seine künstlerische, schöpferische Begabung, die ansteckend wirkt und ihn von den wissenschaftlichen Analytikern unterscheidet. Der durchschnittliche Freudsche Analytiker ist ein rein schematisierender Typ, den die Variationen der ewigen Themen nur langweilen. Rank wertet die Variationen als wichtige Hinweise auf den Charakter, die Eigenart und Natur der neurotischen Einbildungskraft, als einen Schlüssel, der zum späteren Aufbau einer eigenen Welt verhilft.

Die wissenschaftliche Strenge erweist sich oft als eine Falle, eine Falle der Rationalisierung. Der Patient kann sich in seiner Übersensibilität dem Einfluß nicht entziehen, der auf ihn ausgeübt wird, der schnellen Einordnung in eine zu durchsichtige Struktur, und sagt das, was von ihm erwartet wird. Der Neurotiker weiß, daß seine nächste Aussage in einen logischen Zusammenhang passen soll, und unterliegt schließlich diesem Druck.

Je mehr Einsicht er in den Vorgang gewinnt, desto mehr entmutigt ihn die Banalität des Ganzen. Die »Bezeichnung« seines Übels, die nur zu prosaisch klingt, stellt es mit körperlichen Erkrankungen auf eine Stufe und beraubt ihn seiner Träume, seiner schöpferischen Aura, die er jedoch zur Wiederherstellung seines Menschentums brauchen würde. Statt daß die dichterischen, bildnerischen, schöpferischen Möglichkeiten seiner Krankheit freigelegt würden (denn jede neurotische Einbildung ist ein verdrehtes, mißratenes Kunstwerk), erlebt er eine Entpoetisierung, die ihn nicht zum Künstler, sondern zum Krüppel macht.

Mit Rank erlebt er das Gegenteil: Er sieht sich im Zusammenhang der Geschichte, des Mythos, der Philosophie, Kunst und Religion. Er fühlt sich wieder aufgenommen in den Strom des Lebens und sieht sein Leiden als ein Werk der Einbildungskraft, als den eigentlichen Stoff der Schöpfung selbst, wenn auch pervertiert und verzerrt. Die Realität ist nicht identisch mit dem Realismus, mit dem er nicht fertig wird, sondern etwas, das er verwandeln und nach seinen Bedürfnissen zurechtformen kann.

Die zeugenden, fruchtbaren Prinzipien der Analyse liegen in der Rekonstruktion und Wiederaufführung des individuellen Dramas, so wie der Künstler es schreibt – mit Begeisterung für die Entwicklung, mit Leidenschaft für den Ausdruck, für Farbe und Komposition. Nur aus dieser Einstellung heraus ist Heilung möglich.

Wenn man das Drama nicht erstickt, sondern ausbaut, indem man es mit der Vergangenheit verbindet, mit Menschheitsgeschichte und Literatur, erreicht man zweierlei: Einmal distanziert man es aus der allzu engen, qualvollen Nähe des privaten Bereichs, und zum anderen gliedert man den Neurotiker wieder ein in das kollektive Drama, das sich durch die Zeiten wiederholt, so daß er vielleicht aufhört, sich als Krüppel zu sehen, als degenerierten Typ. So große Erfahrungen der Menschheit zu vermitteln, ist nur möglich, wenn sich der Analytiker auf den Standpunkt des Künstlers stellt, der nicht nur mit der ideologischen Struktur seines Buches beschäftigt ist, sondern auch den lyrischen oder dramatischen Ausdruck sucht.

In diesen Unterschieden zwischen den individuellen Ausdrucksmöglichkeiten finden wir die neue Dimension, das neue Klima, die neue Vision. Die Vorstellungen der Phantasie abzuwerten, heißt nur, die neurotische Einbildungskraft auszutrocknen, die Bühne zu verkleinern, auf welcher der Neurotiker sein Drama mit einem Maximum an Intensität ausleben sollte, um zur Katharsis zu gelangen.

Rank gibt dem Neurotiker seine volle Bedeutung als ein möglicherweise schöpferisches menschliches Wesen. Die Welt einer falschen Innerlichkeit, die er sich, wie der Wahnsinnige, aufgebaut hat, kann in eine wahre innere Wirklichkeit umgewandelt werden, die auf die Umgebung ausstrahlt, anstatt von ihr vernichtet zu werden.

Dr. Rank stellt sich gegen die Theorie, daß alle Kämpfe im Neurotiker nur krankhafte Widerstände gegen einen unfehlbaren Lehrer seien. Um eine gewisse Gleichheit herzustellen, verzichtet er weitgehend auf die orakelhafte Rolle des Analytikers. Er ermutigt die individuellen schöpferischen Kräfte, die bei der Selbsterschaffung helfen sollen. Der Akt der Selbsterschaffung, den der Neurotiker zusammen mit dem Analytiker vollbringen muß, ist nur möglich, *wenn er überzeugt ist, daß die Art seiner Krankheit ein Symptom für Schöpferkraft darstellt* und nicht ein Symptom der Impotenz.

Das Übel liegt im Bereich der Einbildungskraft; nur mit Einbildungskraft kann man es heilen. Eben diese Einbildungskraft betrachtet der Wissenschaftler als ein rein negatives, destruktives, illusionäres Element.

Dr. Rank lehrt auch eine andere Methode der Anpassung. Die Ursache der Disharmonie in der Persönlichkeit liegt zumeist in dem tragischen Unterschied zwischen dem individuellen Ideal, dem Bild, das man sich von sich selber macht, und dem wirklichen Ich. Das ideale Ich wird in die Welt, in die menschlichen Beziehungen hineinprojiziert. Die meisten Analytiker versuchen das ideale Ich wieder mit der Welt zu versöhnen, ohne den tieferen inneren Konflikt zu beachten und darüber nachzudenken, welcher Welt das Individuum eigentlich anzupassen sei.

Harmonie kommt erst zustande, wenn das Mißverhältnis zwischen Wunsch und Erfüllungskraft beseitigt ist. Rank besteht nicht auf einer normalen Anpassung an die äußere Wirklichkeit, vielmehr will er eine innere Wirklichkeit schaffen, die sich selbst eine entsprechende äußere Welt formt, auf sie einwirkt (eigenes Klima, eigene Sprache, eigenes akzeptables Niveau) und so Erfüllung findet.

Für den Neurotiker, den die Analyse oder auch seine Perfektionsangst, sein Streben nach Vollkommenheit gelähmt hat, wird die schöpferische Aktivität zu einem Weg der Auferstehung. Er versagt ja, weil er Vorstellungen, die in das schöpferische Werk gehören, auf das Leben überträgt. Nicht Anpassung ist es, was Rank lehrt, sondern Umwandlung und Beweglichkeit. Der Neurotiker kann jene Elemente des Lebens, mit denen er nicht fertig wird, solange er nach der Verwirklichung eines idealen Modells strebt, seine Eigenarten also und Paradoxien, seine Widersprüche und Treulosigkeiten, seine Unbeständigkeit integrieren, indem er sich aus der Kraft seiner eigenen Gefühle bewegt und nicht nach Plan und Vorschrift.

Seines religiösen Glaubens ebenso wie seiner schöpferischen Möglichkeiten beraubt, projiziert der Mensch seine Sehnsucht nach Gott und nach dem Vollkommenen in seine Umwelt. Wenn man von einer großen Verwirrung absieht, ist daran in Wirklichkeit nichts Falsches. Aus diesem Grunde muß der wahre Arzt heute Philosoph sein, und Rank gehört zu jenen, die am tiefsten über die Sehnsüchte der Menschen und den Ursprung ihrer Leiden Bescheid wissen.

Leiden ließ mich eine schützende Höhle schaffen, das Tagebuch. Und nun bereite ich mich darauf vor, das Leiden und die Höhle zu verlassen. Ich kann ohne Krücken stehen (oder ohne mein Schneckenhaus). Ich stelle mich der Welt ohne Tagebuch. Ich verliere mein großes, selbstaufopferndes, selbstauslöschendes Mitleid, in dem sich das Mitgefühl spiegelte, das ich für mich selbst erwartete. Ich verschenke nicht mehr Mitgefühl, das heißt: ich brauche es selbst nicht mehr.

Manchmal denke ich daran, ein Selbstporträt zu entwerfen, um das Ich vor der Zersetzung zu bewahren. Aber ich habe kein rechtes Interesse daran. Vielleicht sind die alten Ichs schon unerreichbar geworden. Diese alten Ichs sind es, die Rank aufsplittert, und ich fühle mich seltsam ohne sie. Ich fühle mich verbraucht, verloren, aufgegeben, leer. Ich entwerfe das Bild von Rank und gebe es ihm.

[Februar 1934]

Unruhe. Ich trauere dem Tagebuch nach, das mir Körper und Seele und alle meine verschiedenen Ichs zusammengehalten hat. Aber es ist tot.

Die Abhängigkeit von Rank und alles, was ich ihm an Einsichten verdanke, wird zu einem Bedürfnis, ihm etwas zu schenken. Wichtiger als der Augenblick, in dem er mich verstand, war der Augenblick, in dem er sagte: »Was Sie über mich geschrieben haben, liebe ich ganz außerordentlich, ganz außerordentlich.« Er war so voller Dankbarkeit, sein Blick löste sich beinahe in Tränen auf. Er allein beherrscht die Leere zwischen meinem ersten Besuch bei ihm und diesen Notizen ... dem 8. November, als das Tagebuch starb, und heute.

Rank wollte mich von dem Zwang befreien, alles in das Tagebuch schreiben zu müssen und so wenig in die Romane. Er ermutigte mich zu einem unregelmäßig geführten Notizbuch, in das nicht alles eingetragen werden sollte. Als ich ihm aber zu lesen gab, was ich über ihn geschrieben habe, gefiel es ihm. Wie es Henry gefiel. Schluß mit dem Tagebuch, sagen sie; schreib Romane; aber wenn sie ihr Bild gezeichnet sehen, sagen sie: Das ist wunderbar.

Rank fordert, daß ich die Gegenwart beschreibe, in die Gegenwart eintrete, nicht mehr zurückblicke. So betrete ich also die Gegenwart und finde Henry bei der Arbeit an seinem Lawrence-Buch. Er versinkt in seinen Notizen, Skizzen, Plänen, Schemata, Projekten, Listen; ich schlage daher vor: »Laß uns mal einen Plan machen.« Kampf gegen Chaos. Henry türmt Detail über Detail zu einem massiven Bau aus kräftigen Substanzen, hartem Material, Tatsachen, aber alles ist chaotisch, zusammengepreßt, finster. Er verliert sich im Gigantischen. Ich versuche, das Unwesentliche auszusondern, Licht hineinzubringen. Die Dinge sollen durchsichtiger werden. Henry sagt: »Ich werde es dir widmen. Ich werde schreiben: Für Anaïs, die mir den Zugang zu Lawrence geöffnet hat.«

Es macht mich glücklich. Über meinem Roman sammelt sich Staub. Ich lese Knut Hamsuns ›Mysterien‹ und bin von der stillen, stummen, erklärungslosen Schönheit des Geheimnisses überwältigt. Henry glaubt, daß er Knut Hamsun ähnlich sei. Aber er ist nicht so rein oder nicht so einfach. Er trägt den Makel der Intellektualität.

Um während des kalten Pariser Winters näher bei Rank zu sein, habe ich in der Avenue Victor Hugo eine luxuriöse möblierte Wohnung gemietet, die einem altmodischen Maler gehört. Überall stehen Kamine herum, Kohlenöfen, Möbel; die Atelierfenster sind kalt. Ich dachte, dieses große Atelier mit seinen hohen Räumen würde hübsch sein, aber es ist so kalt, daß man es nicht darin aushält. Seit Emilia geheiratet hat, bin ich ohne Dienstmädchen und dachte, daß ich mit dieser Wohnung leichter zurechtkommen würde. Teresa zieht mit ihrem Mann in eines der kleinen Zimmer. Bei Nacht geht der Ofen aus, wie alte russische Öfen in Romanen von Dostojewski. Mich friert. Ich stehe auf, möchte aber Teresa nicht wecken, und so schleppe ich die ganze Zeit Kohlen und schüre das Feuer. Dann muß Teresa ausziehen, und ich bekomme einen verhungerten Spanier mit seiner schwangeren Frau. Er bezeugt mir große Verehrung, aber am Ende muß ich mich um die Schwangere kümmern, während er sich um die Öfen kümmert, die Fenster putzt usw.

Leben. Literatur. Ich sitze hier mit Fieber und einer nicht zu erklärenden Sehnsucht. Ist dieses Notizbuch etwas Neues? Ist das Tagebuch wirklich tot? Ich bin wie eine Opiumsüchtige und ohne meine Droge verloren. Jetzt ist auch Donald da, der junge Schotte, den Elsie liebt und betrügt. Ich darf ihn keinen Augenblick unbeobachtet lassen, sonst springt er aus dem Bett und stürzt sich aus dem Fenster. Zum Glück sind die französischen Fenster verrostet und verklemmt und knarren auch, so daß ich ihn höre und zurückhalten kann.

Er phantasiert und tobt. »Sie betrügt mich. Aber das könnte ich noch ertragen. Ich habe etwas Ähnliches von Elsie erwartet. Mitten in der leidenschaftlichsten Umarmung sagt sie plötzlich: ›Du bist zu jung, Donald, zu jung.‹ Ich habe gewußt, daß es einen anderen Mann gibt, weil sie nicht jede Nacht bleiben kann. Aber warum sagt sie es nicht? Sie ist mit mir nach Paris gekommen, wir sind zusammen glücklich gewesen, sie war ganz Hingebung, und dann ist mir ihr Leben in London verdächtig erschienen. Sie wollte mich nicht heiraten. Da bin ich nach London gefahren und habe diesen Justin aufgestöbert und erfahren, daß sie heiraten werden. Aber das alles zählt ja gar nicht, deswegen will ich mich nicht umbringen.«

Er weinte eine Zeitlang. Ich hielt seine Hand. Er war so jung, um die Zwanzig, dunkelhaarig und ungeduldig, mit feurigen Augen.

»Warum willst du dich umbringen, Donald?«

»Ich werde es dir sagen, wenn ich kann. Wenn ich kann... Ich bin nicht sicher, ob es mir gelingt. Aber als ich nach London kam ... und da war Elsie und wollte Justin heiraten und nicht mich, als ich ihr alles ins Gesicht sagte und sie anflehte, mir die Wahrheit zu sagen, mich freizugeben, mich gehen zu lassen, nicht mehr an mir zu hängen, mich nicht mehr zu belügen, als ich weinte und bettelte und Szenen machte, stand sie nur da, und statt mir ein Gefühl zu zeigen, nur ein kleines bißchen Mitleid für mich, der ich sie mit Leib und Seele liebte – statt gut zu sein und mir zu helfen, mich zu trösten, mir irgend etwas zu sagen, um Verzeihung zu bitten, etwas zu erklären, sich zu rechtfertigen, *lächelte* sie. Ein langes, kaltes, teuflisches Lächeln war alles.«

Als er mir das erzählt hatte, sprang er mit einem einzigen wilden Satz aus dem Bett und rannte ins Atelier. Ich schrie nach dem Spanier und lief Donald nach. Er fummelte an den schweren, rostigen Atelierfenstern herum, und mit Hilfe des Spaniers riß ich ihn zurück.

Elsie hat das einzige Gesetz gebrochen, das ich respektiere: keine unnötigen Leiden zu verursachen. Dieses Lächeln!

Das Fieber gibt meinen Gedanken einen seltsamen Rhythmus. Ich verstehe nun die Klagelieder der Neurotiker. Der Klageton der Neurotiker und Romantiker ist mir vertraut. Nicht das, was ist, erweckt die Klage, sondern das, was hätte sein können, was vorgestellt, erwartet, erträumt wurde; und daher klingt die Klage so unverständlich. Elsies Lächeln! Für Donald war es ein Lächeln der Grausamkeit. Donald hat von einer Frau geträumt, die mit ihm fühlt, mit ihm gegen die Grausamkeiten des Lebens, des Schicksals steht; er hatte keine Grausamkeit von ihr erwartet. Sie ließ ihren eigenen Namen zum Signum der Grausamkeit werden. Hatte sie ihre Freude daran? War es ein Lächeln des Triumphes, ihrer Macht, ihn zu verletzen? Donalds Anklagen und Vorwürfe. Man denkt: Er ist ein Feigling. Er kann Schlägen nicht standhalten. Aber man sollte einen Augenblick darüber nachdenken, was Donald sich »vorgestellt« hat. Die größte Liebe des Jahrhunderts! Die vollkommene Leidenschaft. Er war durch und durch Romantiker, zum Flug bereit, und wurde vom Gipfel des höchsten Berges, vom Olymp, herabgestoßen. So ruft man eben den Doktor und bittet ihn um ein Beruhigungsmittel, erklärt dem französischen Arzt, warum er sterben wollte, und sieht, wie er die Schultern zuckt. »Aus Liebe stirbt man nicht.«

»Ich werde sie umbringen«, sagte Donald mit geballten Fäusten, als die Wirkung des Beruhigungsmittels nachließ.

Er muß dieses Lächeln überwinden.

Also überrede ich ihn, sich anzuziehen, setze ihn in ein Taxi und nehme ihn mit zu Allendy, der schon Elsie analysiert hat.

Mein Verschenken muß ein Ende haben. Es gibt einen Punkt, an dem ich auf mich selbst achten muß. Diesen Punkt habe ich heute erreicht. Henry verschwindet hinter einem gewaltigen Werk, das ich bewundere. Wir haben über jede Seite diskutiert.

Heute brachte er mir fünfundzwanzig Seiten einer Apotheose seiner Philosophie. »Die Leute werden sagen, daß ich eine solche Philosophie (Quietismus, Willenlosigkeit, Sein, Passivität) nur entwickeln konnte, weil du mich unterstützt hast.«

Ich verschließe vor dem ungeheuren Gewebe der Ideologien meine Augen. Es ermüdet mich, dieses gigantische Spiel mit Systemen, Ordnungen, Prophetien. Ich bin eine Frau. Ich bleibe mit meinen Visionen auf dem Erdboden. Ich verstehe sie alle, Spengler, Rank, Lawrence, Henry; aber ich bin der eisigen Regionen müde. Ich spüre, wie kalt sie sind, wie hoch, wie weit vom Leben entfernt. Ich werde nicht glücklich dabei. Ich fühle, daß ich ideenmüde bin. Ich dränge nach unten, wachse mehr und mehr erdwärts. Aber ich verdanke jener Welt einige meiner größten Freuden, Freuden, die sich fast mit denen der Liebe vergleichen lassen.

Andere Aufgaben sind dringender, das Haus in Louveciennes, Reparaturen, Instandhaltung, Elsies Tragödien und Konflikte, Dienstboten mit ihren Problemen, die Familie, mein Vater. Eine Litanei der Müdigkeiten – für ein verlorenes Ich.

Mein Vater ist seit seiner Rückkehr nach Paris nicht mehr der Vater, der er in Südfrankreich war. Er ist wieder zum Dandy geworden, zum Mann der Welt und der Salons, eine öffentliche Erscheinung, ein Virtuose und Konzertpianist, ein Komtessenfreund. Er steht auf der Bühne. Es wäre mir gleichgültig, wenn er mich nicht dorthin mitnehmen möchte. Maruca hatte den Auftrag, mich zu ihrem Schneider zu führen und mich konventionell machen zu lassen; ich sollte alle die Soireen besuchen, die Konzerte, an allen Frivolitäten teilhaben, mit ihm zusammen nach einem ausgefallenen Spazierstock suchen, die teuersten Parfüms benützen; während ich in einer strengen, selbstverleugnenden Periode meines Lebens angekommen bin und auf der Suche nach dem wahren Dasein des Künstlers hart, *dépouillé*, alle Äußerlichkeiten abstreifen möchte.

Von meiner symbolischen Kleidung und meinen sonstigen Einfällen bin ich jetzt weit entfernt. Ich habe ihn Vater Momus genannt. Im griechischen Mythos war Momus der Gott der Kritiker und der Spötter, der seinen Spaß daran hatte, an Göttern und Menschen Fehler zu entdecken. Als Neptun, Minerva und Vulkan miteinander stritten, wer von ihnen der geschickteste Künstler sei, wurde Momus als Schiedsrichter angerufen. Neptun schuf einen Stier, Minerva ein Haus und Vulkan einen Menschen. Momus erklärte, Neptun hätte dem Stier die Hörner tiefer in die Stirn setzen sollen, damit er besser kämpfen könne; Minerva hätte gut daran getan, ihr Haus beweglich zu machen, um bösen Nachbarn auszuweichen; und Vulkan hätte in die Brust des Menschen ein Fenster einbauen sollen, damit man seine Gedanken lesen könnte. Diese Kritik verdroß alle so sehr, daß sie ihn aus dem Himmel hinauswarfen; und er starb schließlich aus Gram darüber, daß er an Venus keine Unvollkommenheit entdecken konnte.

Die Künstlichkeit seines Lebens stößt mich ab.

Es gibt keine Objektivität. Es gibt nur Instinkt.

Blinden Instinkt.

Ich habe mich verändert, aber die anderen sind gleich geblieben. Ich werde weiblicher.

Es erfüllt mich mit Bitterkeit, zu sehen, daß mein Vater, Henry, D. H. Lawrence und andere Männer ihr Bestes an primitive Frauen geben und sie erdulden, während ich, die Frau, die den Männern bei ihren schöpferischen Aufgaben zur Seite steht, als ein höheres, erhabenes, überlegenes Wesen behandelt werde und man so viel von mir erwartet, daß ich die Forderungen nicht immer erfüllen kann.

Ich suche mehr Wahrhaftigkeit. Zu Allendy bin ich wahrhaftig gewesen. Jetzt sende ich ihm Verwandte und Freunde zur Analyse. So braucht er nicht das Gefühl zu haben, ich hätte meinen Glauben an ihn als Analytiker verloren, nur daß ich nicht weiter von ihm analysiert werden kann.

Gerne würde ich in der Welt der Bücher von Knut Hamsun leben, die entweder tief im Irdischen verhaftet ist, in Schlichtheit, Arbeit, der rauhen Einfachheit des Lebens oder in Nacht, Träumen, Wahnsinn, Phantasie und Geheimnis. Keine Bewußtheit. Keine Erklärungen.

Uhren ticken. Es ist eine Uhrenwohnung: mit Geläute, Geschwinge, Geschlage, Gegurre und Kuckucksrufen. Rotglühende Öfen und kalte Luftzüge. Ich warte. Worauf warte ich? Rank wartet darauf, zu sehen, wie ich ohne ihn zurechtkomme, ohne Krücken.

Ich könnte über die Psychoanalyse eine Komödie schreiben, beginnend mit Allendys Bemerkung über einen Kuß, den er Elsie gab: »Ich habe sie geküßt, damit sie keine Minderwertigkeitskomplexe bekommt.« Allendys Zauber verfängt nicht mehr. Er hat versagt. Elsie hat keinen Mut zu sich selbst, sondern flieht in die Ehe mit einem älteren Mann, der ihrem Vater gleicht. Marguerite geht es nicht gut. Sie flieht in die Astrologie. Ich bin zu Rank geflohen, damit er zum Geburtshelfer der Autorin werde.

Allendy sagt nachdenklich: »Ich bin zu weich gewesen. *J'ai été trop mou.*«

Man muß das menschliche Element mit in Rechnung stellen.

Quietismus ist immer das Ergebnis einer Opferung. Für mich war das immer mein Mittel gegen die Angst. Innerlich freute ich mich, wenn ich Rache nehmen konnte, aber nur für mich selbst. Ich trage meine Grausamkeiten nicht nach außen zur Schau, zelebriere sie nicht. Es ist ein Spiel für mich allein; ich stelle ein geheimes, inneres Gleichgewicht her. Ich habe meine eigene, private Bosheit, mein geheimes Lachen und meine Ironie. Von spektakulären Ausbrüchen halte ich nichts. Ich füge Schmerz zu, aber in homöopathischen Dosen, um das Leid zu mildern, das man mir antut. Geschlagen wird nicht. Ich bin heimtückisch und sanft.

Jedesmal, wenn ich von einem Besuch bei meinem Vater zurückkehre, schreibe ich einige Seiten am Roman (›Winter of Artifice‹).

Der innere Haß der Menschen wird nun nach außen projiziert. Es kommt zu Straßenkämpfen. Man spricht von einer Revolution in Frankreich. Die Menschen wollen nicht ihre persönlichen Revolutionen machen, sie machen sie lieber im Kollektiv.

Aus Henrys Traumbuch, das er für mich angefangen hat, ist ein schmales Buch geworden (fünfzig Seiten), das er in einem besonders chaotischen Stil überarbeitet. [›Into the Night Life‹, später als Material in ›Black Spring‹ verarbeitet.] Wir gelangen zu einer neuen Erkenntnis über die Sprache des Traums. Wir haben das einen Abend lang durchdiskutiert. Wenn der Film der gelungenste Ausdruck des Surrealismus ist, dann muß das Drehbuch für surrealistische Geschichten und Träume die geeignetste Form sein. Henry spürte das, als er vorschlug, aus ›House of Incest‹ ein Drehbuch zu machen. Nun riet ich ihm, dasselbe mit seinen Träumen zu versuchen, die noch zu rational sind (ich sage nicht, zu obszön oder zu realistisch, sondern zu rational). Es sollte alles mehr verwischt werden, die Konturen undeutlicher, ein Bild sollte ins andere verlaufen wie Wasserfarben.

Wir diskutierten über die Frage des Dialogs. Ich sagte, daß der Traum nur in Sätzen spricht, die sich aus Millionen von Gedanken und Gefühlen zusammensetzen zu einzelnen Phrasen, die aus dem raschen und gewaltigen Fluß der Ideen aufsteigen. Henry gibt zu, daß sich der Gedanke im Traum nur kurz und selten in Worten ausdrückt. Wir sind uns einig, daß man das Wort gleichsam teleskopisch, in Verdichtungen, einzusetzen hat (die Psychoanalyse beschreibt die ungeheure Verdichtung der Träume).

Man müsse, sagte ich, Szenen ohne logischen Kommentar für das Bewußtsein geben. Ich stellte die Diskussion in Frage, die in seinem Traumbuch vor der Operation des Kindes im Café stattfindet. Als Beispiel gab ich das wortlose Mysterium, das Traumgefühl, das von den Szenen im ›Chien Andalou‹ ausgeht, wo nichts gesagt, nichts zerredet wird. Eine Hand liegt auf der Straße. Die Frau lehnt sich aus dem Fenster. Das Fahrrad fällt auf den Gehsteig. Die Hand zeigt eine Wunde. Augen, von Rasiermessern aufgeschlitzt. Kein Dialog. Ein stummes Spiel der Bilder, wie im Traum. Dann und wann ein Satz, über einem Meer von Eindrücken.

Wir untersuchten das Gefühl, das von einem Traum bleibt, in dem man eine lange und wunderbare Rede gehalten hat, aber man erinnert sich nur an wenige Sätze. Ganz ähnliche Zustände werden von den Rauschgiftsüchtigen beschrieben. Sie halten sich für außerordentlich beredt, sagen jedoch nur wenig. Und auch der schöpferische Prozeß verläuft so; einen ganzen Tag lang durchqueren wir ein stürmisches Ideenmeer, das, zu Hause angekommen, dann nur eine einzige Seite ergibt.

Die Periode ohne Tagebuch bleibt eine Feuerprobe. An jedem Abend verlange ich nach dem Tagebuch, wie man nach Opium verlangt. Ich will sonst nichts, ich will nur das Tagebuch, um mich auszuruhen, mich ihm anzuvertrauen. Gewiß, ich will auch einen Roman schreiben. Ich setze mich an meine Schreibmaschine und arbeite an ›House of Incest‹ und ›Winter of Artifice‹. Schwere Kämpfe. Einen Monat später beginne ich das Porträt von Rank in einem Band des Tagebuches, und Rank merkt gar nicht, daß das Tagebuch wieder auferstanden ist. Vermutlich hält er es für ein Notizbuch.

Der Unterschied ist fast unmerklich und schwer zu bestimmen. Aber ich spüre ihn. In das Tagebuch habe ich alles hineingeschrieben. Es führte mich weg vom Schöpferischen, aus

Phantasie und Fiktion. Rank wollte mich davon befreien. Ich sollte schreiben, wenn mir danach zumute war, nicht unter Zwang. »Gehen Sie hinaus in die Welt!« sagte Rank. »Verlassen Sie Ihr Haus in Louveciennes! Auch das ist Isolation. Geben Sie das Tagebuch auf; es ist Weltflucht.«

Wie soll ich mich von meinem Vater trennen, ohne ihn zu verletzen? Rank sagt: »Verletzen Sie ihn! Damit nehmen Sie ihm das Gefühl einer Schuld, weil er Sie als Kind verlassen hat. Er wird sich erleichtert fühlen, weil er bestraft wurde. Verlassen Sie ihn, wie er Sie verlassen hat. Rache ist notwendig, um das Gleichgewicht der Gefühle wiederherzustellen. Es beherrscht uns, tief innen. Aus dieser Wurzel entstand die griechische Tragödie.«

»Aber ich muß es auf meine Art und Weise tun.«

Meine Art und Weise besteht darin, sehr langsam vorzugehen, Schritt für Schritt, so daß der Abschied kaum fühlbar wird, wie ich es bei Allendy getan habe. Mein Vater meint: »Leben wir jetzt unser Leben, und im nächsten Sommer treffen wir uns in Valescure zu einem privaten Fest der Gespräche.«

Rank fragte: »Wie haben Sie mit Ihrem Vater gesprochen?«

Ich antwortete: »Wie Sie zu mir. Ich habe ihn heimlich analysiert. Ich mache es Ihnen nach.«

Aber mein Vater entzieht sich diesen Forderungen, wie er sich allen vitalen Fragen entzieht, allen Prüfungen, Erprobungen. Wir verkehren freundlich miteinander, treffen uns aber nur auf einer zivilisiert-ironischen, trivialen Ebene. Witz, *racontages*, *conversation de salon*, Anekdoten. Es verbindet uns nichts. Alles ist nichtig und falsch. Er baut sich einen Schirm aus seiner Beredtsamkeit, aus Witz und Tüchtigkeit. Gibt es dahinter einen tieferen Mann? Er kann weinen, aber das ist Empfindsamkeit, nicht Tiefe. Mein Vater ist ein Irrlicht, eine Schwingung, ein Schatten, ein Menuett. Und dafür hält er auch mich. Ich sehe, wie er mich beobachtet, wenn ich aufbrechen will, und ich will immer aufbrechen. Unwirklichkeit. Flucht. Täuschung. Ein Kuß, der keiner ist. Ein Gespräch, das keines ist. Er und ich, wir hätten uns nicht im Leben begegnen sollen, sondern in einer traumhaften Eislandschaft. Wir versuchen einen Mythos zu leben und werden dafür bestraft.

Am liebsten möchte ich zu ihm sagen: »Wir sind schon zu alt und weise für diese Anmaßungen. Freuen wir uns unserer Reife und romantisieren wir uns nicht. Du wirst ein Don Juan sein, bis du stirbst, weil du auf der schaumgekrönten Welle der

Eroberung treibst. Du gehörst in ein bewegliches, flüssiges Element, nicht in das Absolute. Zwischen uns gibt es nur Narzißmus, und darüber bin ich hinausgewachsen. Ich werde mein Bohemeleben weiterführen. Machen wir uns gegenseitig das Kompliment, das darin besteht, nicht zu lügen.«

Aber ich weiß, daß er weniger mutig ist als ich. Er möchte nicht aufhören, sich selbst zu bewundern. Don Juan, der mehr als tausend Frauen verführte, gibt um seiner Tochter willen seine Lebensweise auf. Die Tochter verläßt seinetwegen alle ihre Freunde. Ein Märchen! Ich bin darüber hinaus. Wenn ich einen Besuch in seinem Hause mache, erzählt mir Maruca weinend, daß sie beim Wäschezählen mit dem Dienstmädchen ein über und über mit Lippenstift verschmiertes Hemd gefunden hat.

Weiteres zum Thema in ›Winter of Artifice‹.

Während meines Kampfes gegen das Tagebuch »Opium« sind mir viele Zweifel gekommen. Soll das Tagebuch völlig verschwinden? Wie steht es mit seinem Wert als Dokument, seiner Brauchbarkeit für meine Arbeit? Ich dachte an die Szenen, die ich dem Tagebuch entnommen, die Träume und Stimmungen, die ich in ›House of Incest‹ verarbeitet habe. Würde es in einer objektiveren Form wiedererstehen? Ich studierte die Skizzenbücher von da Vinci. Rank hatte mir gesagt, die Skizzen seien oft interessanter als die Ausführung. Was mein vergangenes Werk betraf, wußte er auf die Frage keine Antwort. Er wartet auf den neuen Roman. Ich habe die Arbeit daran für zwei Wochen unterbrochen, um einen Überblick zu gewinnen. Ich wollte wieder leben.

Frauen, sagt Rank, kehren, wenn ihre Neurose geheilt ist, ins Leben zurück. Der Mann wird zum Künstler. Die Frau ist dem Leben zu nahe, zu menschlich. Weibliche Eigenschaften sind für den männlichen Künstler von Bedeutung, aber Rank fragt sich, ob weibliche Künstler in gleicher Weise maskulin sein müssen.

In diesem Stadium, als ich zur Frau wurde, erglühte ich vor Fraulichkeit; ich war frei, entspannt, glücklich.

Rank betrachtete mich mit Bewunderung. »Sie sehen heute ganz anders aus.« Ich fühlte mich leicht wie ein Sommertag, nur Blüte und Duft, nur Lebensfreude.

»Vielleicht werden Sie sich jetzt bewußt, was Sie eigentlich sein wollen«, sagte er, »eine Künstlerin oder eine Frau.«

Ich hatte einen Abend der Hysterie. Die Wahl, mitten im Zimmer zu stehen und in ein hysterisches Weinen auszubrechen oder zu schreiben. Ich fühlte, daß ich bersten würde, in einem wilden, blinden, schrecklichen Aufruhr gegen mein Leben, gegen die Vorherrschaft des Mannes, meinen Wunsch, ein freies Künstlerleben zu führen, und meine Angst, physisch nicht stark genug zu sein, meinen Wunsch, Amok zu laufen, und mein Mißtrauen gegen die eigene Menschenkenntnis, mein Vertrauen, meinen Glauben, meine Impulse. Ich hatte Angst vor der Wildheit dieses Fiebers und meiner Verzweiflung, den entsetzlichen Abgründen meiner Melancholie. Dann setzte ich mich an die Schreibmaschine und sagte zu mir selbst: »Schreib, du Neurotikerin, du Weichling du; Rebellion ist eine negative Form des Lebens. Schreib!«

Henry sagt: »Du mußt die Dinge sich ansammeln lassen, nicht alles auf der Stelle verwenden. Laß etwas zusammenkommen, liegen, gären: dann explodieren. Du streust alles über den ganzen Boden aus.« Er spricht wie Rank und hat Tränen in den Augen, als er merkt, daß ich das Notizbuch benutze, um mich aus meinen menschlichen Verpflichtungen zu befreien. Er fleht mich an, nur an mein Werk zu denken.

Mittagessen mit meinem Vater. Gespräch über Nebensächlichkeiten. Komtesse X. Ist das die Frau, über die er gesprochen hat, während wir durch den Bois gingen? »Wir trafen uns bei Notre-Dame«, erzählte er. »Sie begann gleich mit einem hochnotpeinlichen Kreuzverhör und warf mir vor, daß ich sie nicht liebe. Ich versuchte die Situation behutsam klarzustellen und sagte ihr, daß sie sich in mich verliebt habe, wie sich Frauen eben für gewöhnlich in einen Künstler verlieben, der gut aussieht und mit Temperament und Eleganz spielt; ich sagte ihr, daß es sich um eine phantastische und literarische Geschichte handle, begunstigt noch durch die Lektüre meiner Bücher, daß die ganze Affäre keine Substanz habe und wir uns auch nur alle zwei Jahre einmal sähen. Bei so magerer Kost könnte keine Liebe überleben. Außerdem sei sie eine viel zu hübsche Frau, um zwei Jahre lang ohne Liebhaber zu bleiben, vor allem wenn man bedenkt, daß sie ihren Gatten von Herzen verabscheut. Sie behauptete, ich wäre mit dem Herzen nicht dabei. Ob ich mit dem Herzen dabei sei, sagte ich, das wisse ich nicht. Nach zwanzig Minuten in einem Taxi ohne Vorhänge in einer überbeleuchteten Stadt könnte ich es auch gar nicht wissen.«

»Hast du in diesem ironischen Ton mit ihr gesprochen?« fragte ich.

»Eher noch härter. Die zwanzig Minuten, die sie sich für mich Zeit nahm, ärgerten mich.«

Dann fügte er noch hinzu: »Sie hat sich das Gesicht zerschnitten, um vor ihrem Mann ihre Verspätung zu rechtfertigen und sagen zu können, sie hätte einen Autounfall gehabt.«

Dieser Teil der Geschichte schien mir sehr unglaubhaft. Keine liebende Frau setzt so ihre Schönheit aufs Spiel. Und hier war nun die Komtesse, und niemals hat ein Messer in ihrem makellosen Gesicht die leichteste Spur hinterlassen.

[Februar 1934]

Mein Vater wollte Henry kennenlernen. Er lud ihn zum Mittagessen ein. Als Henry kam, sagte mein Vater: »Er sieht wie Prokofieff aus.« Er blieb förmlich und sah Henry zu, wie er sich den Nachtisch in das Fingerschüsselchen servierte und seine naive Knut-Hamsun-Rolle spielte. Aber Maruca gefiel Henrys Natürlichkeit, und sie lachte mit ihm, nicht über ihn. Nach dem Essen lud sie Henry ein, sie in den Zoo zu begleiten, wohin sie die Kinder des Nachbars führen wollte, und Henry nahm mit Vergnügen an. Mein Vater ließ sie gehen, so als wären sie alle Kinder. Ich war erleichtert, daß Henry nicht den wütenden Elefanten im Porzellanladen gespielt hatte, wie er es bei ähnlichen Gelegenheiten zu tun pflegt. Mein Vater hatte sichtlich Eindruck auf ihn gemacht. Kurze Zeit später explodierte er dann, im Hause von Charpentier, dem Literaturkritiker des ›Mercure de France‹. Dort beleidigte er alle.

Ich habe ›Jardin des Supplices‹ von Mirbeau gelesen und fragte mich, warum ich kalt blieb. Es wurde mir klar, daß mich die Beschreibung der körperlichen Foltern weniger als die der seelischen rührt. Körperliche Qualen sind banal; man kennt sie. Die seelische Qual fangen wir eben an zu erforschen. Auf die seelische Ebene übertragen, wäre jede dieser körperlichen Qualen eine Neuheit. Man sollte die körperlichen Qualen so auffassen, als hätten sie ihre psychische Entsprechung, ihre seelische Analogie. Das Abziehen der Haut zum Beispiel. Es würde zu einem Symbol für Überempfindlichkeit. Der Tod durch überlauten Schall der Kirchenglocken könnte durch halluzinative Stimmen dargestellt werden. In ›House of Incest‹ ist dies das Thema und ermöglichte die Beschreibung verschiedener Ängste.

Henry hat meinen Versuch über die Theorie des Traums, seine Atmosphäre usw. an den Anfang seines Traumbuches gestellt. Er schrieb eine Seite phantastischer Literatur und sagte dann: »Es gelingt mir nicht, was du durch das ganze ›House of Incest‹ durchgehalten hast. Die Vergewaltigung, die Verrenkung der Sprache.« War sehr beeindruckt von dem, was ich über das Leben im Wasser geschrieben habe, die Atlantiden, das Vor-Bewußte, das Leben vor der Geburt; er schrieb dann selbst einen Artikel über ›Alles Wassergeborene‹. Einige Tage später schrieb er, noch unter dem Einfluß der Wasserwelt: »Häuser und Schiffe haben sich ineinander verstrickt, Untiere steigen auf aus dem Meer ... gleitend bewegt, ohne sich zu bewegen ... glatte Lust«, usw. Diesmal bin ich nur verärgert. Es ist allzusehr nachempfunden, nicht meisterlich. Er verstofflicht das, was ich schreibe, treibt das Ätherische aus. Was soll ich dazu sagen? Es ist eine Satire. Aber er scheint es nicht zu wissen.

Dies verwundert mich schon seit langem. Henry ist doch der Humorist, nicht ich; und doch schreibt er oft allen Ernstes Dinge, die ich nur als eine Art Stolpern, als Karikaturen bezeichnen kann. Merkt er es nicht? Sie wirken wie Parodien auf Dichtungen, auf Ideologien, auf Kritik, fast wie dadaistische Clownerien, aber er nimmt sie offenbar ernst. Gibt es unbewußte Parodien?

Die Traumwelt wird zu meiner Spezialität. Henry hat alle seine Träume gesammelt und schreibt sie um, formt sie um, baut sie aus. Er möchte sie in ›Black Spring‹ einsetzen als höchste Steigerung. Die Themen des Buches sollen in Träumen rekapituliert werden. Er brachte mir zwei Seiten, aber sie schienen mir im Ton danebengegriffen. Was er darstellen will, ist der animalische Realismus seiner Träume; was er tatsächlich gibt, sind vulgäre Tanzhallen-Dialoge. Sie sind nicht obszön, wie es der Traum sein kann, sondern bewußt und sprachlich vulgär. »Die Obszönität des Traums«, sagte ich, »ist anders. Sie besteht aus erotischen Bildern und Empfindungen, aber sie hat keine Worte. Es gibt keinen Dialog im Traum. Überhaupt wird nur wenig gesagt. Die Worte sind verdichtet wie die Teile eines Gedichts.

Die Sprache muß eine Art Nichtsprache sein. Es kann nicht immer und überall Sprache geben. Der Traum ereignet sich ohne Sprache, jenseits der Sprache.« Inzwischen hat Henry den dritten Teil begonnen und experimentiert mit einer irrationalen Sprache, die ihm zunehmend besser gelingt, während ich ihn dabei überwache und nicht aus dem Traum fallen lasse.

»Lieber Doktor Rank: Was ich Ihnen am Telefon sagen wollte, war dies: Ich möchte gerne mit Ihnen sprechen, wenn es Ihnen wieder besser geht. Aber nur dann. Als ich das letztemal von Ihnen fortging, war es mir schrecklich, zu denken, daß Sie müde und krank seien. Jeder kommt zu Ihnen, hängt an Ihnen, ermüdet Sie. Es erschreckt mich, daß auch ich zu diesen Menschen gehöre.«

Mein Vater hatte mir versprochen, die Wahrheit zu sagen, mich zu seiner Vertrauten zu machen, aber er beschwindelt mich schon wieder, so als ob ich Maruca wäre und die Wahrheit nicht ertragen könnte. Wir waren übereingekommen, uns nicht die Illusion der einzigen Liebe vorzuspielen. Als ich aber am Tag nach dem frivolen Mittagessen und der Komtessengeschichte vorbeikam, hatte er die ganze Nacht nicht geschlafen aus Sorge, mich zu verlieren. »Und wenn ich dich verliere, kann ich nicht länger leben. Du bist für mich alles. Bevor du gekommen bist, war mein Leben leer. Mein Leben ist überhaupt nur ein Mißerfolg und eine Tragödie.«

Sein Leben? Eine Frau, die ihn liebt, die ihm sklavisch ergeben ist. Ein herrliches Haus. Konzerttourneen, Reisen, Schüler, Bewunderer, Sänger, die aus aller Welt heranreisen, um bei ihm seine Lieder zu studieren, Freunde, gesellschaftliches Leben, das Pariser Leben. Er sah sehr bedrückt aus. Seine Finger spielten unsicher mit dem Klavierschlüssel. »Durch dich merke ich, wie leer meine Tätigkeiten sind. Da ich dich nicht glücklich machen kann, fehlt mir die stärkste Antriebskraft zum Leben.«

Er war wieder der Mann, der er in Südfrankreich gewesen war. Aber er konnte mich nicht loslassen. Wenn ich Dostojewski vor Anatole France den Vorrang gebe, hält er sein ganzes Gedankengebäude für angegriffen und in Gefahr. Es beleidigt ihn, wenn ich nicht seine Zigarettensorte rauche, nicht alle seine Konzerte besuche, alle seine Freunde bewundere.

Je mehr ich gewahr werde, daß ich ihn nicht liebe, desto stärker erfüllt mich eine seltsame Freude, so als würde ich Zeuge einer gerechten Bestrafung, die er dafür erleidet, daß er mich als Kind nicht mehr geliebt hat; und dieses Leiden, das ich ihm nicht vorsätzlich zufüge, das geheim bleibt, macht mir Freude. Es gibt mir das Gefühl, daß die Ungerechtigkeiten des Lebens in mir selbst ausgeglichen werden, daß ich in meiner Seele eine Art Symmetrie zum Leben herstelle. Eine geistige Symmetrie. Ein Leid hier, ein Leid dort. Untreue gestern, Untreue heute. Der Verrat von heute, der Verrat von morgen. Eine Enttäuschung hier, eine Enttäuschung dort. Eine Arithmetik des Unbewußten, die eine Balance der Kräfte bewirkt.

War es dies, was Rank meinte, als er sagte, das Unbewußte wolle die Rache haben? Daß ich meinen Vater verletzen solle? Aber mein ganzes Leben lang habe ich versucht, die zerstörerischen Akte des Unbewußten zu verhindern. Ich habe gegen das Zerstörerische und die Tragödie angekämpft. Ich wollte nur Illusionen schaffen.

Seine Liebeleien hätten mich nicht gestört, aber ich wollte die Wahrheit wissen. Er lebte wie zuvor, aber er gab es nicht zu, um des Ideals willen, das er in sich trug, das Bild eines Mannes, der sich durch das Zusammentreffen mit der lange verlorenen Tochter so tief verändert hatte, daß seine Laufbahn als Don Juan zu einem abrupten Ende kam.

»Ich verlange nichts«, sagte ich, »nur daß du wirklich bist.«

»Sage mir nur alles, was mir deine Mutter schon gesagt hat. Sag mir, daß ich nicht lieben kann, daß ich künstlich und oberflächlich bin.«

Er stritt sich nicht mit mir, sondern mit seiner Vergangenheit. Hinter mir stand meine Mutter. Er hatte Angst, daß ihn auch seine Tochter verdammen würde.

Ich konnte ihn nicht mehr klar sehen.

In diesem Salon mit seinen Fenstern aus farbigem Glas, dem glänzend polierten Fußboden, den dunklen Couches, die in schweren Perserteppichen versinken, dem gedämpften Licht und den wertvollen Büchern sah ich nur noch einen berühmten Musiker seine Verbeugung machen.

Obwohl er mich nicht wirklich verlassen hatte, fühlte ich doch, daß er in eine andere Welt gegangen war, in die ich ihm nicht folgen konnte.

Ich halte das Haus in Louveciennes weiter, um von April bis Oktober dort zu wohnen; dann will ich es schließen und den

Winter in Paris verleben. Die Angst, Louveciennes zu verlieren, lastete sehr auf mir. Heim. Ein Herd.

Der Roman ist fertig [›Winter of Artifice‹].

Henry hat die Hälfte gelesen und sagt, er sei schrecklich menschlich, mehr als menschlich. Tiefe und Aufrichtigkeit. Akzeptiert meinen Stil, der kühl und klar auf das Wesentliche ausgeht, einen Stil, den ich wieder meinen großen Verdichtungen verdanke. Es offenbart sich darin die Frau, sagt er, eine weibliche Einstellung, die er noch in keinem anderen Buch gefunden habe.

Jetzt bin ich es, die auf der Seite des Lebens steht, während Henry von seinem Dämon überwältigt wird. Jetzt mache ich ihn auf Speisen aufmerksam, führe ihn herum, bringe ihm Entspannung, schleppe ihn in Kinos und Cafés. Er schreibt am ersten Teil des Lawrence-Buches, nach ungeheuren, phantastischen Anstrengungen mit Aufbau und Synthese, aus Notizen und Zitaten und zusammenhanglosen Fragmenten, von denen manche während Junes Besuch geschrieben wurden, andere in Louveciennes, wieder andere in Clichy und verschiedenen Pariser Hotels. Eine gigantische Aufgabe. Seine Philosophie, Kritik, Weltanschauung. Alles dies faßt er nun zusammen, bezieht Front gegen Murray und Spengler und interpretiert Lawrence, wie es noch nie zuvor getan worden ist. Ich habe ihn noch nie so besessen gesehen. Er lebt nur noch in einer Ideenwelt. Jetzt bin ich es, die an Welt und Leben erinnern muß. Er verbrennt. Zwei Wochen der Hochspannung. Eine Buchfabrik. Von Lowenfels ist er enttäuscht. Als ich ihn kennenlernte, machte es ihm nichts aus, ob ein Freund in seine Welt paßt oder nicht, denn zu jener Zeit war seine Welt noch nicht erschaffen.

Ich breche unter Kritik zusammen. Ich stehe das nicht durch.

Starke Reaktionen. Ich habe das ganze Buch auseinandergenommen und einen neuen Entwurf für den ersten Teil gemacht, der Henry nicht gefallen hat. Ich versuchte erfolglos, das Phantastische und das Wirkliche zu verschweißen, die Sprache der Welt und die Welt der Sprache. Versagte dabei, weil ich die Dichtung kastrierte und die Wirklichkeit zu schillern beginnt. Henry spürte den Kompromiß. Große Diskussion, in der er mich zu Extremen ermutigte, zum Kampf gegen die Welt, gegen die Widerstände in ›House of Incest‹, gegen den Antagonismus von Hélène Boussinesq, Joaquin, Bradley, Steele. Ich solle als ganzer Mensch handeln und die beiden Aspekte verbinden, die ich immer getrennt halte.

Wenn ich schüchtern bin, wirke ich nicht. Aus Schüchternheit verdichte ich, ziehe ich zusammen wie ein Besucher, der nicht lange zu bleiben wagt, im Gespräch alles schnell vorbringt, um nicht zu langweilen.

Wieder einmal regt Henry meinen kämpferischen Geist und meine Kräfte an. Zwingt mich, ein größeres Buch zu schreiben. Stachelt mich an.

Musik formuliert nicht; daher ist es nach dem Ringen um eine Formulierung so erleichternd, Musik zu hören.

Schreiben ist nun wie eine Schwangerschaft. Keine Freude. Nur Qual, Schweiß, Erschöpfung. Aushöhlend. Ein Fluch. Echte Geburtswehen. Nur der wahre Schriftsteller weiß davon. Die Anspannung der Nerven, die Beziehung zwischen dem Körper und seiner Ausscheidung, der Kampf, mit dem man sich dem Griff des Bewußtseins entwinden muß, der Rest, den man braucht, um sich selbst zu erneuern. Alles das ist schwer. Was für ein Zugriff auf die Seele, auf das Herz, auf alles.

Ich sehne mich danach, von diesem Buch befreit zu werden. Es frißt mich auf.

[März 1934]

Als ich zum Hause meines Vaters fuhr, wußte ich, daß ich explodieren würde. Er sollte nicht nach Spanien reisen im guten Glauben, daß er mich wie Maruca betrügen könnte. Durch eine Reihe von Zufällen hatte ich von seinen letzten Unternehmungen erfahren. Er ließ sich auf der Tournee von einer jungen Geigerin begleiten und hatte es so eingerichtet, daß er mit ihr allein fahren würde, nicht mit dem Veranstalter oder dem Cellisten. Diese Szene habe ich unmittelbar in den Roman geschrieben, nicht in das Tagebuch.

»Ich muß die Wahrheit wissen, Vater.«

Aber er gestand seine Lüge nicht ein. Er war blaß vor Zorn. Niemals zuvor habe ihn jemand verdächtigt, sagte er. Verdächtigt zu werden, machte ihn rasend, allerdings nicht über sein Verhalten – ich war schuldig, ihn angegriffen, ihn beleidigt, ihn verdächtigt zu haben.

»Du reißt alles nieder«, sagte er.

»Was ich niederreiße, steht nicht fest. Laß uns einen neuen Anfang machen. Wir haben nichts zusammen geschaffen als einen Sandhaufen schöner Worte, in den wir uns manchmal mißtrauisch hineinwühlen. Ich bin kein Kind. Ich kann an deine Märchen nicht glauben. Wir würden beide einen Menschen brauchen, dem wir die Wahrheit sagen dürfen. Wenn wir wirklich Freunde wären, stark genug, einander zu vertrauen, hätte ich nicht zu Dr. Rank gehen müssen.«

Er wurde nur noch blasser und zorniger. Was aus seinen Augen funkelte, war Stolz – auf seine Geschichten, sein ideales Ich, seine Einbildungen. Und er war beleidigt wie ein Schauspieler, der sein Publikum nicht überzeugen konnte. Er dachte nicht darüber nach, ob ich recht habe. Ich konnte nicht recht haben. Für den Augenblick jedenfalls glaubte er blindlings selbst an die Geschichten, die er mir erzählte. Ohne diesen festen Glauben hätte er sich gedemütigt gefühlt und sich selbst als einen armen Komödianten gesehen, dem es nicht gelingt, seiner Tochter etwas vorzuspielen.

»Du solltest nicht beleidigt sein«, sagte ich. »Die eigene Tochter nicht belügen zu können, ist keine Schande. Genauer gesagt: Ich habe dir so viele Lügen erzählt, daß du mich nicht mehr belügen kannst.«

»Nun wirfst du mir vor, ein Don Juan zu sein.«

»Ich werfe dir nichts vor. Ich verlange nur die Wahrheit.«

»Was heißt Wahrheit? Ich bin ein moralisches Wesen.«

»Das ist zu billig. Ich dachte, wir seien über die Fragen von Gut und Böse hinaus. Ich sage nicht, daß du schlecht bist. Das interessiert mich auch nicht. Ich sage lediglich, daß du *falsch* bist. Ich habe zuviel Intuition.«

»Nur so weiter«, sagte er, »jetzt kommt, daß ich kein Talent habe, lieblos bin, egoistisch, *sag mir alles, was deine Mutter gesagt hat.*«

»An diese Dinge habe ich nie geglaubt.«

Plötzlich hielt ich inne. Es wurde mir klar, daß mein Vater nicht *mich* vor sich sah, sondern wiederum jenen Richter, jene Vergangenheit, die ihm so schwer zu schaffen machte. Ich war nicht mehr ich, sondern meine Mutter, mein Körper war es müde, zu geben und zu dienen und sich gegen seine Ichbezogenheit und Unverantwortlichkeit aufzulehnen. Ich erlebte den Zorn und die Verzweiflung meiner Mutter. Mein eigenes Vaterbildnis war auf einmal wie weggewischt. Ich sah das Bild, das meine Mutter hatte. Ich sah das Kind in ihm, das alle Liebe für sich verlangte und nicht wußte, daß man auch selber geben muß. Ich sah das Kind, unfähig, jemanden zu beschützen oder sich selbst zu verleugnen. Ich sah das Kind, das sich hinter ihrem Lebensmut versteckte, wie es sich jetzt von Maruca beschützen ließ. Ich war meine Mutter, die ihm sagte, daß er als Mensch und Vater und Gatte ein Versager war. Vielleicht hatte sie ihm auch gesagt, daß er als Musiker nicht genug gegeben habe, um die Beschränkungen seiner Menschlichkeit zu rechtfertigen. Sein ganzes Leben lang hatte er mit Menschen gespielt, mit der Liebe, hatte die Liebe selbst gespielt, gespielt, ein Konzertpianist zu sein, ein Komponist, alles nur spielerisch, denn nie konnte er seine ganze Seele geben.

»Ich bitte dich ja nur darum, mit dir selbst und mit mir ehrlich zu sein. Ich gebe es zu, wenn ich lüge. Ich bitte dich um nichts, außer daß wir ohne Maske leben.«

»Sag nur, daß ich oberflächlich bin.«

»In diesem Augenblick bist du es. Ich wollte, daß du mich ernst nimmst und aufrichtig bist.«

Aber mein Vater stritt sich wohl nicht mit mir, sondern mit seiner Vergangenheit; was nun ans Licht kam, war sein unterschwelliges Schuldgefühl gegenüber meiner Mutter. Wenn er in mir nun eine Rächerin sah, dann in seiner Angst, auch seine Tochter könne ihn anklagen. Gegen meine Verurteilung hatte er eine riesige Barriere aufgerichtet: die Anerkennung der ganzen übrigen Welt. Aber in sich selbst hatte er das Gute und das Böse nicht so reinlich zu sondern vermocht. Und nun wurde auch er getrieben, Dinge zu sagen, die er nicht hatte sagen wollen, um mich aufzubauen als Symbol der einen, die kommen mußte, um zu strafen, seinen Betrug aufzudecken, seine Wertlosigkeit zu bezeugen. Aber das war nicht der Sinn meines Kampfes mit ihm. Ich war nicht gekommen, ihn zu richten, sondern ihn aus seiner Unaufrichtigkeit zu lösen. Er fürchtete so sehr, daß ich sagen würde. »Die vier Menschen, die du verlassen hast, um dein eigenes Leben zu leben, zu deinem eigenen Vorteil, sind verkrüppelt«, daß er nicht mehr hörte, was ich wirklich sagte.

Wir konnten uns nicht verständigen. Wir gestikulierten ins Leere. Gesten der Verzweiflung und des Zorns. Mein Vater ging auf und ab, zornig, weil ich ihm mißtraute.

Keine Wärme mehr, kein freier Atemzug. Die ganze Beziehung durch Unaufrichtigkeit blockiert. Ich dachte: Vielleicht habe ich schon lange zuvor aufgehört, meinen Vater zu lieben. Vielleicht war es nur noch Abhängigkeit von einem Bild.

Manche Gesten der Kindheit scheinen ewig wiederzukehren. Mit einer solchen Geste hatte ich versucht, meinen Vater zurückzuhalten, mich an seinen Rock geklammert, so fest, daß man mich wegreißen mußte. Diese Geste setzt sich immer weiter fort, durch das ganze Leben. Ich wiederholte sie blind, immer voller Angst, daß mir alles, was ich liebte, entrissen würde. Es erschütterte mich, zu sehen, daß dieser Vater, den ich noch immer festhalten wollte, nicht mehr wirklich, nicht mehr von Bedeutung war, daß der Rock, den ich berührte, nicht warm, der Körper dahinter nicht warm, nicht menschlich war, daß meine tragische Sehnsucht, mein Wunschtraum zu einem Ende gekommen, daß meine Liebe gestorben war.

Maruca wird ihn beschützen. Ich aber bin hier, um ihn wieder lebendig zu machen, ihn aus seinem künstlichen, schwindelhaften, verklemmten äußerlichen Leben zu befreien. Ihn aufzuscheuchen und auszutreiben aus seiner glatten Schale, seinen Selbsttäuschungen, Unehrlichkeiten, Idealisierungen. Aus unseren Falschheiten, Posen, Eitelkeiten, unserem Getue, unseren Komödien. Wie Joaquin richtig sagt: »Wir beide streiten uns nicht, weil wir verschieden sind, sondern weil sich meine ›Operetten‹-Seele gegen dich auflehnt, wenn du wirklich und menschlich bist; und wenn du ganz ›Operette‹ bist, verlange ich von dir Wirklichkeit.«

Traum: ein Feuer, das viele Menschen zu löschen versuchen. Ich sehe, wie sie gegen das Feuer ankämpfen, und höre, wie sie über die Hitze klagen. Dabei weiß ich insgeheim, daß sie den Kampf aufgeben sollten, weil hier etwas brennt, was von ungeheuer verdichteter Kraft ist, eine kondensierte, unlöschbare Flüssigkeit. Ich wundere mich, daß die Menschen das nicht wissen und nicht aufgeben.

Nach unserer Szene wurde mein Vater krank. Er flüchtete in die Krankheit. Er empfing mich im Bett, mit einem großen theatralischen Ritual. Maruca war an seiner Seite. Seine Stimme klang schwach. In ihrer Gegenwart sagte er: »Anaïs glaubt, daß ich mit einer jungfräulichen Geigerin von siebzehn Jahren durchbrenne.«

Maruca lächelte voller Güte. »Dein Vater ist ein einfacher, verläßlicher, aufrichtiger, ehrlicher Mensch.«

Die Komödie war unerträglich. Der heuchlerische, sanfte

Engel, der genau wußte, daß ich den Sündenfall der »Jungfrau« in allen Details kannte. Und der auch wußte, daß sie nach Algerien und Marokko reisen würden. Ich war am Ende meiner Kraft und verließ die beiden, hemmungslos schluchzend, so als wäre mir alle meine Hoffnung auf einmal genommen, als wäre er gestorben. Mir war die Hoffnung auf eine ehrliche, vollkommene Beziehung genommen worden. Er wünschte sich eine fröhliche Lüge. Er ist kindisch und schwach.

Zurück zum Tagebuch. Einsamkeit, Isolation. Schreiben.

Mein Vater ist auf Tournee gegangen, und ich denke an ihn wie an ein Menuett, den Park von Versailles oder eine Sonate von Mozart.

Habe meinen Roman dreimal umgearbeitet. Schließe ironisch.

Da es zwischen meinem Vater und mir keine wirkliche Verständigung gibt, bin ich müde. Ich drehe mich scheinbar im Kreise. Die einzige Straße, die hinausführt, ist die Kunst. Bücher und noch einmal Bücher.

Henry stellt sich gegen meine Parabeln, meine sibyllinische Sprache, meine Hieroglyphen, meinen telegraphischen, stenographischen Stil. Man braucht viel Mut, um mich zu kritisieren. Ich kämpfe wie ein Löwe.

Marguerite liest alles und sagt: »Meinen Glückwunsch. Es ist wirklich visionär. Einzigartig.«

Ich blieb in meiner gehobenen Stimmung und schrieb über June und mich, wie wir durch tote Blätter gehen, weinend. June spricht über Gott. Henry hat mich gelehrt, herumzuspielen, langsam und geduldig zu sein.

Meinem Vater schrieb ich einen versponnenen Brief; Flockiges, Cremiges, Schaum.

Über Ostern zurück nach Louveciennes.

Jack Kahane versagt sowohl geschäftlich wie in seiner Freundschaft zu Henry. Bradley verliert das Interesse an ihm. Bevor er wieder verzweifelt, will ich lieber für die Veröffentlichung von ›Cancer‹ bezahlen. Momentan geht für ihn alles schief. Wir fühlten uns frei. Alle jammern sie wegen Geldes, über das Risiko usw.

Habe Hausputz gemacht, von oben bis unten, vom Dachboden zum Keller. Es wird richtig gekocht. Meine Hände sind rissig und rauh. Aber alle Nischen, Winkel, Ecken sind sauber und rein.

Rank zum Dinner eingeladen.

Ein enttäuschender Abend. Frau Rank ist widerspenstig und stutzt jedem die Flügel. Wir essen im Garten. Auch Henry ist dabei. Rank spricht wie in seinen Büchern, sicher und leicht. Henry bricht schließlich die Spannung mit seiner Freude an Essen und Trinken. Frau Rank spröd und kühl. Rank legt seine Pfirsiche in seinen Champagner, wie man es in Wien macht. Er wird sehr fröhlich.

Will für Henrys Buch nach London reisen.

Diners: für einen ägyptischen Etymologen, einen degenerierten Millionär, einen unentdeckten Romanschreiber, Jeanne usw.

Henry ist in das Zentrum von Paris übersiedelt, in das Wohnviertel Cadet. Huren, Araber, Spanier, Zuhälter, Artisten, Schauspieler, Komödianten, Kabarettisten.

Dort, im Hôtel Havana, schreibt Henry über Kot und Geschwüre, über den Krebs und den Tod. Warum? Er arbeitet an der endgültigen Fassung von ›Tropic of Cancer‹.

[April 1934]

Ich fahre allein nach London, um zu sehen, was ich für ›Tropic of Cancer‹ tun kann. Vor meiner Abreise gelang es mir noch, mit einer langen Rede Kahane zu überzeugen. Wenn ich die Kosten übernehme, will er Henry verlegen. Ich war voller Entschlossenheit und Mut.

Auf dem Gipfel dieses Mutes besuchte ich als Henrys Fürsprecherin Sylvia Beach, Anne Green, Rank.

Ich sitze auf einem Klappstuhl, Deck Zweiter Klasse, zärtlich bewacht von einem jungen englischen Matrosen. In einer Mappe trage ich Henrys Manuskripte bei mir, das Selbstporträt (›Black Spring‹) und die Studie über D. H. Lawrence.

Sonne an Deck, Träume.

In London hatte ich einen Abend für mich allein. Ich ging in das Lyrische Theater, um Lynn Fontanne und Alfred Lunt zu sehen. Die Schönheit der Fontanne bezauberte mich, ihr wächsernes Gesicht, ihre mitreißende Schauspielkunst. Eine merkwürdige Frau. Ihre Hände umwuchern einen wie Efeu, schlingen einen hinein in einen Traum von einer geheimnisvollen, nichtmenschlichen Liebe. Das Thema war der Psychoanalyse entnommen. Obwohl von der Vergangenheit geheilt, schläft man doch mit ihr. Wie früher geht man mit Enttäuschungen zu Bett. Das war die Moral. Das Leben ist stärker als das Bewußtsein, der Verstand. Die Gezeichneten, die Buckligen, alle die Krüppel unserer Träume, ihre Narben sind Kreuzwegstationen der menschlichen Passionen. Ehen werden nicht im Himmel geschlossen. Erst wenn die Träume sterben, gelingt die Vereinigung. Es sind die Träume, die sie verhindern. Man heiratet an dem Tag, an dem man die Unvollkommenheit des Geliebten entdeckt.

Ich ging durch die Straßen, fasziniert von Häusern, Fenstern, Torbögen, vom Gesicht eines Stiefelputzers, einer Hure, dem nieselnden Regen, einer fröhlichen Gesellschaft in Regent's Palace.

Man nahm mich mit zu ›Macbeth‹, mit Charles Laughton. Er war bewegend und sehr eindrucksvoll, durch den scharfen Kontrast zwischen Sanftheit und Anmaßung, zerzaustem Haar und negroiden Lippen. Er war vielleicht nicht eigentlich Macbeth, kein Mann, der unter seelischer und geistiger Krankheit zusammenbrechen würde, aber ein Macbeth, der wirklich aufbrüllt und einen zum Fürchten bringt. Seine Grausamkeit war überzeugend.

Als wir ihn nach der Vorstellung aufsuchten, war er erledigt, zermalmt. Er kritisierte sich heftig. »Für Macbeth bin ich einfach nicht gebaut.« Seine Bescheidenheit überraschte mich, seine Art, sich selbst gering zu schätzen.

Paris. Spaziergänge. Ich necke Henry, weil er mir den Kopf mit Straßen angefüllt hat, mit Namen von Straßen. »Statt Gedanken«, sage ich, »habe ich nun den Namen einer neuen Straße. Ich denke Straßen. Ich fahre mit dem Autobus durch und beobachte sie. Ich habe keine Einfälle, ich beobachte nur und schaue und höre. Rue du Faubourg du Temple. Square Montholon. Was hast du vom Namen einer Straße?«

»Nichts«, sagt Henry.

Mein Kopf ist leer, nur Straßen führen hindurch.

Es mag ja sein, daß man vom Namen einer Straße nichts hat, aber man besitzt eine Straße doch anders als einen Gedanken; und langsam schieben sich Erde, Straßen und Flüsse vor, füllen das Bewußtsein mit Geräuschen und Gerüchen und Bildern, und das Innenleben schrumpft, weicht zurück. Dieser Einbruch des Lebens, dieses Versiegen der Meditation war meine Rettung. Jede Straße ersetzte etwas: eine unerfüllbare Sehnsucht, eine Reue, eine Grübelei, einen Biß in das eigene Fleisch. Der Square Montholon triumphierte über die langen Stunden, in denen ich ideale geistige Verbindungen mit meinem Vater konstruiert hatte. Gerüche, Autohupen, die Wirbel des Verkehrs, das vertreibt die Gespenster. Ich lasse mich leben, esse in allen Pariser Restaurants, gehe in alle Kinos, alle Theater, möchte viele Menschen kennen, eine Landkarte der Wirklichkeit haben, wie Henry einen Plan von Paris und einen von Brooklyn besitzt.

Mein Hunger nach Wirklichkeit ist so gewaltig, weil meine Phantasie ungeheuer groß ist und nicht zum Schweigen gebracht werden kann. Aber sie soll mich wenigstens nicht verschlingen.

Unterwegs. Ich bin immer unterwegs. Mit allen und jedem. Gestern abend war ich mit den falschen Leuten im schönen Nachtklub Scheherezade und wurde traurig. Ich kniff mich in den Arm. *Allons donc*, durch die Straßen, endlich bin ich unterwegs und gehe und gehe durch die dicht bevölkerten Straßen von Henrys dicht bevölkerten Büchern. Äußeres und Inneres im Gleichgewicht, einander ernährend, sonst frißt mich das Innere auf wie Rost. Die Innenschau verzehrt mich; Henry rettet mich. Er hat mich auf die Straße geführt. Vor ein paar Stunden war ich noch gezwungen, daran zu denken, was ich meinem Vater schreiben könnte; das genügt. Es ist genug, genug. Kommt, Square Montholon, Boulevard Jean Jaurès, Rue Saint-Martin, wie bunte Würfel, die durch mein leeres Gehirn tanzen. Von mir weiß Henry jetzt, daß Straßen an sich uninteressant sind. Er häuft Beschreibung auf Beschreibung; aber sie sollten Hintergrund sein für ein Drama, ein Gefühl. Mir ist es gelungen, den Menschen zu erwecken, der durch die Straßen geht. Es gibt keine beliebigen Stadtpläne mehr, vielmehr Pläne für beides, für Form und Inhalt, das Ding und die Bedeutung, die Straßen und die Menschen in ihnen.

Ruhelos. Bin wieder auf Spannungen aus, auf Fieber? Unruhe. Es geht mir alles zu langsam ... langsam.

Zu tun habe ich genug. Ich übersetze Band Eins des Tagebuchs. Ich erzähle, wie ich für meinen Vater einen russischen Pyjama suchen ging. Ich beschrieb für ›House of Incest‹ die Szene mit Artaud im Louvre vor dem Bild ›Lot und seine Tochter‹. Immer wenn mich mein Vater traurig macht, schreibe ich. Wenn ich mich nach ihm sehne, schreibe ich. Wenn ich etwas bereue, schreibe ich.

Farben. Alle Dinge bekommen Farben. Glück. Die zarten Farben des Glücks. Ein leichter Wind, Gespräche, leicht wie der Sommerwind, Blumenliebe, neue Kleider wie junges Gras. Die glatten Rundungen und Gerüche des Sommers. Idylle. Im Glück der Wurm, der Wurm der Phantasie, grabend, tastend, suchend. Reichen die Wunden so tief, daß ich den leichten Anhauch des Glücks nicht mehr empfinde? Ist die Haut schon so vernarbt, zu grobzellig, um die Schönheit des Sommers zu fühlen? Nur eine neue Wunde könnte sie beleben. Ich bin für das Glück nicht gemacht. Es ist wie Schlaf.

Bei der Post ein Brief mit Ranks Urteil über das Lawrence-Buch von Henry: »Und was ist dabei von Henry?« Er hat Seiten gefunden, in denen Henry ihn plagiiert; er gibt aber zu, daß Henry besser schreibt. Was Henry auf einer Seite aufbaute, sagt er, zerstört er auf der nächsten. Allmählich wird mir klar, wie Henry sich unbewußt meinem Urteil entzogen hat, indem er sich in die Welt von Spengler und Rank zurückzog und mich von dort aus mit Pathos und Gigantismen überwältigte, mit riesigen, massiven Konstruktionen, imponierenden Einfällen, philosophischen Systemen. Ich war am Ende von Henrys langen Vorträgen, seinen angehäuften Notizen, seiner gewaltigen Zitatensammlung usw. wie erschlagen. Hat er sich selbst ebenso betrogen wie mich? Haben wir in einer ungeheuren Illusion gelebt? Er sagte einmal: »Ich frage mich, ob ich überhaupt etwas damit sage.«

Natürlich bin ich nicht der Meinung, daß Henry mit seinem Buch über Lawrence überhaupt nichts geschaffen habe. Ein noch nicht ausgereifter, noch formloser Autor kämpft um seine Geburt.

Am Dienstag faßte ich den Plan, selbst Analytikerin zu werden. Es würde mich finanziell unabhängig machen, ich könnte mein Talent zur Einfühlung in Charaktere auswerten und anderen helfen. Ich lief, um mir aus der Reinigungsanstalt mein hyazinthblaues Kleid zu holen und Rank meinen Entschluß mitzuteilen.

Er glaubte, mein Wunsch bedeute, daß ich mich mit ihm identifiziere, daß ich er sein wolle. Er versprach, die Aufrichtigkeit meines Wunsches zu testen. Ich werde mit ihm in der Cité Universitaire studieren.

Rank ist entgegenkommend, stark, ganz. Ich fühle das Dynamit in ihm, eine große Tiefe des Gefühls, gerafft, konzentriert.

[Juni 1934]

Unmittelbar vor den Toren von Paris, an einem breiten Boulevard, ein neues und modernes Paris: die Cité Universitaire, sauber, weiß, kubistisch.

Ich verspürte keine Lust, das Psychologische Zentrum aufzusuchen, aber ich hatte Rank versprochen, daß ich kommen würde, und ich kam, um ihm zu helfen.

Während ich so durch den Sonnenschein ging, fühlte ich mich in einer griechischen Stimmung – ein Körper, voll aufblühend im Aroma der Philosophie.

Der Vortragssaal mit seinen Schülerpulten, und Rank, vor der Tafel stehend. Es sind fünfzehn Lehrer anwesend. Zwei von den Frauen haben sackförmige Brüste und Haare auf den Lippen. Drei Männer; einer von ihnen staubtrocken; einer, der wie ein Künstler aussieht: Es stellt sich heraus, daß es Hilaire Hiler ist; der dritte ein Europäer mit einem schlauen Gesicht. Rank – dunkeläugig, klein, untermalt mit sanften Handbewegungen, wenn er spricht; es sieht traurig aus. Hilaire Hiler ist groß, temperamentvoll. Bone, der Eiszapfen, hat eine hohe Stirn, lachende Augen, eine steife Haltung. Die Diskussion ist wie das Summen eines Bienenschwarms. Worte. Worte. Worte. Ich blicke durch ein offenes Fenster in den Garten. Es ist ein sehr niedriges Fenster. Ich bin hungrig nach Sonne, Bäumen, Gras. Die Stunde ist kaum vorbei, da stehe ich schon am Fenster. Hilaire Hiler bietet mir eine Zigarette an. »Wir wollen sie draußen rauchen«, sage ich und sitze schon auf der Fensterschwelle, schwinge meine Beine darüber und springe in den Garten. Einen Augenblick später folgen Rank und Dr. Bone auf demselben Weg. Wir unterhalten uns, und Hilaire Hiler erzählt mir von seinen Schwierigkeiten. Es handelt sich um seine Ohren. Er kam mit riesigen Ohren auf die Welt, halb so groß wie der Kopf. Sie waren abstehend und machten ihn lächerlich. Er sah wie eine Mißgeburt aus. Er wagte nicht, von Frauen Liebe zu erwarten. Nur zu Prostituierten hatte er Vertrauen. Dann wurden seine Ohren von einem Spezialisten operiert, der sich nach dem Krieg mit Gesichtsplastiken für verwundete Soldaten, die *Gueules Cassées*, viel Erfahrung erworben hatte. Er machte seine Ohren fast normal. Sie fielen nicht mehr auf. Hilaire Hiler hatte sein Leben lang alle seine Minderwertigkeitskomplexe und Schwierigkeiten mit Menschen auf seine Ohren zurückgeführt. Er erwartete, daß sich sein Leben, wenn er dieses Hindernis einmal überwunden hatte, ändern würde. Seine ganze Einstellung zu den Menschen würde mit normalen Ohren anders sein. Aber seelische Zustände ändern sich nicht so schnell, nicht so radikal. Er wurde nicht über Nacht zu einem selbstbewußten, liebessicheren, entschlossenen, natürlichen, leichtlebigen Menschen. Die Veränderung war nur äußerlich. Die innere Struktur erwies sich als fest, wie eingegraben ins Unbewußte. Weitere psychoanalytische Hilfe lehnte er daraufhin ab. Seiner Meinung nach durfte er sie nicht brauchen, ein Mensch mit normalen Ohren. Ein Mensch mit normalen Ohren verlangt keine Lebenshilfe. Er beschloß, Psychoanalytiker zu werden. Mit Malen allein konnte er nicht genug verdienen. Er wollte einen ordentlichen Beruf haben. Aus diesem Grund besuchte er Dr. Ranks Kurse. Er war nicht sicher, ob er Dr. Ranks Theorien verstand. Rank sprach wie ein Schriftsteller, ein Künstler, ein Dichter.

Es war Zeit, wieder hineinzugehen. Irgend jemand hatte einen Stuhl ans Fenster gestellt, um die Rückkehr zu erleichtern. Rank half mir hinein. Er flüsterte mir ins Ohr: »Es war großartig, wie Sie das gemacht haben. Aus dem Fenster zu springen. Sie konnten nicht schnell genug zur Natur zurückkehren.«

Die Diskussionen nach dem Vortrag waren lehrhaft, langweilig, prosaisch, trocken. Es ging nur um Technik und Methode. Amerikaner interessieren sich nicht für abstrakte Ideen. Die Vorstellung, daß man Intelligenz und Einbildungskraft aus reiner Entdeckerfreude, aus Freude an der Sache selbst anwenden könnte, so wie sie ihren Körpern ein physisches Vergnügen gönnen, kommt ihnen nicht. Nein. Es muß praktisches Wissen sein, sofort anwendbar, sofort von Nutzen. Reine Gedanken, reine Spekulation, reine Entdeckung ohne Schlußfolgerung interessieren sie nicht. Rank ragt zu hoch auf mit seinem kosmologischen Wissen, seinem Nonkonformismus, seinen Feinheiten, seinen Paradoxen. Während ich ihm zuhöre, spüre ich den glänzenden Philosophen und den gefährlichen Feind der Freudschen Lehre. – Auf dem Grunde seiner dunklen Augen spielt eine Tragödie.

Gegen Schluß der Stunde setzte sich Dr. Bone zu mir und bat mich, ihm beim Anheben des Diskussionsniveaus zu helfen. Ironisch, tüchtig, amüsant. Er lud mich zum Mittagessen ein. Aber ich sagte ihm, daß ich nicht frei sei. Als Rank mich später einlud, sagte ich, daß ich ihn im Café Zeyer treffen würde.

Er kommt in Eile. Bestellt Hühnchen. Es ist merkwürdig unpassend, ihn hier zwischen den Spiegeln sitzen zu sehen, den vergoldeten Säulen, auf Plüsch.

Ich nehme jetzt das Leben, wie es ist, in seiner Häßlichkeit, Verrücktheit, in seinen Ironien, um der Freude willen, um des Lebens willen. Es ist eine Komödie. Es ist ein wenig lächerlich und sehr einfach. Es ist von jener Einfachheit, die mein Vater auf Kosten der Natürlichkeit verabscheut. Heute lache ich darüber. Sollen sich andere plagen. Ich lege die Bürde ab.

Mitten im Karneval beginne ich, an eine Kathedrale zu denken. Eine riesige Kathedrale, aufgerichtet im Herzen meiner Freude, Gegensatz der Bewegung. Ich habe schon viele Kathedralen gebaut, Kathedralen des Gefühls, für die Liebe, für die Liebe zu den Menschen, für die Liebe als Gebet, Liebe als Kommunion, mit einem starken Gefühl für Dauer, Einzelheiten, Widerstandskraft. Ich habe sie gegen den Strom und die Veränderlichkeit des Lebens gesetzt, als Herausforderung. Mit Henry, mit June, mit der Analyse, mit Rank wurde ich in den Strom hineingezogen und hörte auf zu bauen. Gestern floß alles scheinbar so leicht. Aber Bewegung und Lebensfreude allein befriedigen mich nicht. Ich beginne, an Kathedralen zu denken. Warum? Ich habe den mittelalterlichen Glauben, den man für die großen Bauten braucht, den Eifer und die Begeisterung. Ich baue menschliche Beziehungen mit göttlicher Behutsamkeit auf. Aus Opfern, Lügen, Enttäuschungen baue ich Zusammenhänge und Dauer.

Mir ist Rank lieber, wenn er ernst ist, als wenn er lacht. Er kann nicht lachen. Seine Scherze kommen von innen, aus dem Verstand, sein Humor ist paradox, die Umkehrung von Ideen, Trick und Trapezakt der Gedanken. Ich liebe seinen stillen Humor, seinen gedachten Humor, aber Lebenserfahrung hat er nicht. Für das Leben bringt er nichts mit. Er übersieht die Einzelheiten des Lebens, die Henry so sehr faszinieren. Das komische Gesicht eines Passanten, die Farbe eines Hauses, die

Eigenheiten der kleinen Dinge. Das körperliche, das sichtbare Leben. Die Farbe, das Detail mißachtet er. Er lebt in Abstraktionen.

Wenn man aufhört, sich um andere zu sorgen, wenn man sich nicht mehr länger müht, fest und unzerstörbar zu bauen, der Vergangenheit keine Kathedralen der Treue mehr errichtet, Kathedralen des Gefühls, wenn man eintritt in die Bereiche der Laxheit, die Räume ironischer Gleichgültigkeit und Resignation, das Leben mit einer gewissen Nachlässigkeit verfließen läßt, kann man vielleicht Zustände des Nirwana erreichen, Traumwelten, Seligkeiten anderer Art.

Rank muß aus allem sofort die Bedeutung oder die Essenz ziehen. Allzu eilfertig verfügt er über die Blumen, aus denen das Parfüm gepreßt werden soll. *Il pense sa vie.* Die Analyse mag sein eigentliches Leben sein. Freude an den Blumen hat er nicht.

Ich mache frischfröhlich weiter, ziehe lebhafte, farbige Sachen an, springe in den Bus zur Cité Universitaire, gehe barhäuptig in der Sonne, begrüße Rank, bevor wir den Vortragssaal betreten. Hilaire Hiler sitzt neben mir. Die intellektuelle Ausbeute ist gleich Null. Jeder unterbricht Rank, stellt primitive Fragen, und es entsteht ein solcher Lärm, daß ich zornig werde.

Hilaire Hiler und ich essen zusammen in einem kleinen Bistro. Wir unterhalten uns gut. Er ist gefühlvoll, energisch, zäh. Erzählt von seinem Vater, der halb Indianer, halb Jude war. Hiler ist sechs Fuß groß, sein Vater war klein. Er war ebenfalls Maler und tyrannisierte Hilaire auf die furchtbarste Weise. Trotzdem bewundert Hilaire ihn. Seiner Meinung nach hat die Psychoanalyse ihm das Leben gerettet; daher möchte er an ihr teilhaben, sie ausbreiten und ausüben. Er denkt priesterlich. Nach unserer Rückkehr trug Rank sehr gut vor und verbat sich das Frage-und-Antwort-Spiel. Er gab mir meine Einleitung zu ›Tropic of Cancer‹ zurück: »Wunderbar. Zu gut, viel zu gut für diese Welt.«

Ich traf mich mit Bradley. Knopf hat ›Winter of Artifice‹ abgelehnt, wenn auch mit Komplimenten. Bradley steht zu mir, kritisiert aber meine Verdichtungen. Als er mehr Details von mir verlangte, sagte ich, daß ich mich an die japanische Malerei halte. Er sagt, mein Roman sei partienweise wie ein Theaterstück. Ich sagte, daß ich an die Verdichtung glaube. Ich hasse

Füllsel. Bradley griff meinen neuen Beruf an. Er sagte, ich müsse beim Schreiben bleiben. Ich hielt die Stellung. Ich will mir mit der Psychoanalyse meinen Lebensunterhalt verdienen, so daß ich immer schreiben kann, wie ich will, und keine Konzessionen machen muß. Und diese Erfahrungen, sagte ich, sind für einen Schriftsteller auf jeden Fall wertvoll. Wie die Erfahrungen eines Arztes. Man gewinnt Einblick in das heimliche Leben der Menschen, und was könnte für einen Romanautor interessanter sein?

Am nächsten Morgen wieder Sonne und die griechische Ordnung der Cité Universitaire außerhalb der Stadt, wie die Wälle einer neuen, noch unfertigen Stadt, die als Hintergrund nur den Himmel hat. Sonne. Ich trinke mit Rank einen Kaffee. Ich esse mit Hilaire Hiler, der sich dazu eigens umgezogen hat. Ich lerne Dr. Frankenstein kennen, der empfindsam, feminin, verträumt ist. Ich studiere vier Stunden lang Psychoanalyse. Ich höre von der Benennung der Krankheiten, von Minkowski über Bergson. Aber das Leben macht mir einen stärkeren Eindruck: was Hilaire aus seinem Leben erzählt.

Ich bin jetzt wie ein Mensch, dessen Inneres nach außen gestülpt wird; ich blühe auf, sinnlich, geistig, seelisch. Ich trage einen großen, weißen, verwegenen Strohhut. Ich entdecke einen ganzen Wald merkwürdiger neuer Blumen. Keine Ideologien. Ein rein sinnlicher Bereich. Hilers Grobheit, Frankensteins Empfindsamkeit, eine tropische Atmosphäre in der denkbar eisigsten Umgebung, aufblühend unter den Augen von zwanzig verwelkenden Lehrerinnen. Das Weibliche wird von innen nach außen gewendet, der ganze geheime Reichtum kommt nun heraus. Ich habe einen ungeheuren Hunger nach Leben. Ich möchte überall zugleich sein. Ich möchte reisen, umherstreifen, vagabundieren. Ich möchte schreiben. Ich möchte tanzen, irgendwo im Süden. Ich möchte mich mit Hiler betrinken und nach Zürich gehen und Jung verführen. Ich möchte die ganze Welt auf einmal kennenlernen.

Rank ist lebhaft, energisch, straff, schnell, witzig. Hiler launenhaft. Das Seminar bringt nichts ein. Aus den Antworten springt kein Funke über. Rank bemüht sich, ermüdet jedoch vor den hölzernen Gesichtern und den einsilbigen Fragen. A B C D E F.

Was er sagt, wirkt auf den Zuhörer hochmütig und provozierend. Er untergräbt die konventionelle Psychoanalyse. Ich glaube, daß er den Grundirrtum aller Philosophien und Ideensysteme gefunden hat. Die Wahrheit erschreckt ihn. Sie hilft ihm nicht, zu leben, zu heilen, zu lehren.

Der Analytiker, sagt Marguerite, ist gekommen, um die Rolle Gottes zu spielen. Er soll allwissend sein und allverzeihend. Aber diese Rolle ist für einen Mann destruktiv.

Ich durchlebe meine Erfahrungen nie bis zum Ende; ich habe mit June keine Drogen genommen und nicht mit Henry den letzten Bodensatz aufgerührt: Irgendwo bleibe ich stehen und schreibe den Roman. Der Roman ist das *aboutissement*. Ich bin nicht bis zum Ende mit meinem Vater gegangen, bin der Erfahrung des Gegensatzes, des destruktiven Hasses ausgewichen. Ich habe mich mit ihm wieder versöhnt und schreibe einen unversöhnlichen Roman.

Wenn ein Philosoph wie Rank anfängt, an den Ideologien zu zweifeln, was bleibt ihm zu tun? Von diesem Augenblick an bilden sich seine Begabungen, wie groß sie auch gewesen sein mögen, zurück.

Vielleicht schreibe ich Romane, um dem Leben in seiner Unvollkommenheit zu helfen. Es ist besser, Romane zu schreiben, als mit June Drogen zu nehmen und meine Gesundheit zu zerstören. Wo das Leben zur unfruchtbaren Wüste wird, dort gehe ich nicht mehr weiter. Rebellion gegen meinen Vater. Kampf gegen sein Wertsystem. Gegen die Verschwendung oberflächlicher Gefühle, die andere nur verletzen. Besser, ›Winter of Artifice‹ zu schreiben. Ein zu Ende gedachter Aufruhr statt einer ausgeübten Rache. June mag weitergehen, bis auf den Grund ihrer Perversität.

Wir lieben jene am meisten, die an unserer Stelle sind und handeln als ein Ich, das wir nicht zu sein wünschen, dessen Entscheidungen wir nicht treffen wollen.

Hilers große Augen drehen sich seltsam schwerfällig in ihren Höhlen. Es sieht aus, als blickte er über den Rand seiner eigenen Augen herab. Sie sind schwer und traurig. Er ist ein dunkles Tier. Wie wird es ihm in der lichten Welt der Analyse ergehen?

Analyse ist das, was ich jetzt bestimmt nicht will. Ich habe eben gelernt, den Blumen ihr Parfüm zu lassen, den Tau nicht zu berühren, die Vorhänge nicht zurückzuschlagen, aus Blumenblättern nicht die Essenzen zu ziehen, Erregungen und Tränen aufsteigen, fallen, versickern zu lassen. Der Duft der Stunden wird nur in der Ruhe spürbar; am schweren Parfüm der Mysterien soll man nicht mitmischen wollen. Wo das Fleisch sich berührt, entsteht ein Duft; die Reibung der Worte erzeugt nur Trennung und Schmerz. Etwas zu sagen, ohne es mit dem Verstand zu zerstören, ohne es umzumodeln, zu töten, auszutrocknen, das ist es, was ich vom Leben gelernt habe, diese Empfindsamkeit und diesen Respekt für die Sinne, für das Parfüm. *Ich mache es zu meinem literarischen Gesetz*. Alles, was durch das Laboratorium gegangen ist, unter den Scheinwerfern der Kliniken zerlegt, der Klarheit und Rationalität unterworfen wurde, welkt. Die schönen, lebenden, rührenden, dunklen Dinge, die ich auf meinem Weg aus den nebulosen Bereichen des reinen Traums zur Verwirklichung der Träume zerstört habe! Es ist mir nicht gelungen, die Aura der Blindheit in das Leben zu retten, die Stille, die leeren Räume, die Fragmente und die Regenbogenfarben der Bilder, wie sie in den Träumen erscheinen.

Ich glaube, es ist der Dichter in mir, der sich in diesem Kampf gegen die Psychoanalyse behaupten will. Ich lebe, lache, spiele, liebe mitten im Herzen von Beaudoins Topographie der Psychoanalyse, Ranks Theorie über das Geburtstrauma, Dr. Frankensteins Klassifizierung von Gemütskrankheiten. Ich sitze neben dem sinnlichen Hiler, der mich eingeladen hat, seine Freundin zu werden, und wenn nicht seine Freundin, dann seine Analytikerin, und wenn nicht seine Analytikerin – ob ich wohl mit ihm Haschisch rauchen würde?

Habe die Übersetzung von Band Eins des Tagebuches ins Englische abgeschlossen.

Das Leben des Unbewußten ist ein Leben ohne Struktur, Zusammenhang, Ordnung. Es ist dem Traum ähnlich. Es ist der reine Fluß. Wie ich im Vorwort zu ›Tropic of Cancer‹ schrieb: »Es ist keine Frage des Heroismus, sondern des Flusses.«

Henry hat über ›Winter of Artifice‹ geweint und gelacht. Er sagte, daß er nichts an mir ändern möchte, auch wenn er könnte.

Die Guicciardis haben meinen Roman Cornelia Vanderbilt gegeben. Horace meinte, er würde ihr gefallen, weil sie rothaarig ist.

Bradley sagt zu meinem Vorwort für ›Tropic of Cancer‹: »Sehr gut, sehr gut. Ausgezeichnet. Aber Sie intellektualisieren das Buch. Sie sehen es, wie Ihre Generation die Dinge sieht. Ich hätte es einfacher gemacht, nur über den Gusto und die Liebe zum Leben gesprochen und über die großartigen Beschreibungen von Paris. Aber Sie sehen eben mehr, als ich jemals sehen werde. Es ist jedenfalls ein Vorwort, nach dem man gern das Buch lesen würde.«

Ich habe Rank gebeten, mich aus dem psychoanalytischen Kurs wieder zu entlassen. Er sagte dazu nur: »Ich werde Sie vermissen.« Einmal bin ich noch hingegangen, nur um die Augen des unglücklichen Mannes vor Freude und Dankbarkeit aufleuchten zu sehen.

Während meiner Zeit an der Cité Universitaire machte ich auch meine ersten Erfahrungen mit der monströsen *äußeren* Wirklichkeit, der äußeren Welt, deren Ungereimtheiten D. H. Lawrence und Henry attackieren und beklagen. Krise. Historisch und politisch. Pessimismus. Selbstmorde. Die sehr wirklichen Ängste der Menschen, die Geld und Einfluß verlieren. Davon haben wir in der Schule gelernt. Ich sah die Schlagzeilen, die Familien, die aus wirtschaftlichen Gründen zerbrachen, den Exodus der Amerikaner, die Verwüstungen und Verwandlungen durch weltpolitische Ereignisse. Existenzen werden erschüttert, vernichtet, auf den Kopf gestellt. Rank ist plötzlich finanziell ruiniert, verliert sein Haus, ist gezwungen, nach Amerika zu gehen. Überall Kampf und Unsicherheit. Ich war überwältigt. Und ich baute mit zunehmender, wütender, verzweifelter Halsstarrigkeit weiter an meinem privaten Leben, als wäre es für die Ertrinkenden eine Arche Noah. Ich weigerte mich, den Pessimismus und die Passivität der Welt zu akzeptieren.

Rank brachte mich zu einer Bildhauerin, die er bewundert, Chana Orloff. Sie hat ein großes Studio in der Villa Seurat. Eine Sackgasse mit bunten kleinen Häusern, wie eine italienische Straße. Die Bäume in den kleinen Höfen überschatten Balkone und große Atelierfenster. Die Häuser sind spitzgiebelig, und in die Dächer sind schräge Fenster eingesetzt.

Auf dem Wege dorthin erzählte er mir ihre Geschichte. Chana Orloff modelliert nur schwangere Frauen. Sie will sehen, was mit dem Körper einer Frau geschieht. Unter Mutterschaft verstand sie nur Tragen, Halten, Nähren, Beschützen. Sie faßte seinerzeit den Vorsatz, daß ihr Kind, wenn sie eines bekäme, *sie brauchen sollte*. Mutterschaft, das hieß: säugen, beschützen, dienen. Sie sagte nicht »für immer brauchen«. Aber so verstand sie es wohl. Als das Kind dann kam, ein Sohn, war er verkrüppelt. Er lebt im Rollstuhl. Chana Orloff wurde von Schuldgefühlen erdrückt. Ihr Wunsch war die Ursache des Unglücks. Um sich von den Schuldgefühlen, die sie verfolgten, zu befreien, hatte sie Rank aufgesucht.

Das Atelier war voll mit Frauenstatuen. Sie waren überlebensgroß und zeigten alle Stadien der Schwangerschaft. Es war bedrückend!

Chana Orloff wünschte meinen Kopf zu modellieren, und Rank sagte, daß ich kommen würde.

Ich dachte an alle die Kinder, die Chana Orloff in diese furchtbare Welt bringen wollte, diese Welt, die vor unseren Augen in Trümmer fällt.

»Dein Leben ist ein Feuerwerk«, sagt mein Vater. Ich bringe ihn jetzt mit meinen temperamentvollen Briefen zum Lachen. Er kann mich nicht mehr unterdrücken.

Die Verzweiflung der Welt. Ranks tragische Augen. Sein Verständnis ist grenzenlos wie das Meer, aber ich habe den Eindruck, daß ich allein darauf segle. Er ist groß und tief, aber ohne Persönlichkeit, nicht von dieser Welt. Weite Strekken des Schweigens, des Ungelebten, des Nicht-Menschlichen. Plötzlich wird er dann sehr deutlich, sehr klar, wenn er einen Gedanken formuliert über das Lawrence-Buch von Henry (er schreibt immer nur über Henry Miller, nie über Lawrence) oder über die Psychologie der Frau (Frauen müssen ihr wahres Ich verbergen, um zu überleben). Der Mann wünscht sie sich als Double, als Zwilling, als die andere Hälfte seiner selbst. Sein Denken wird dann zwingend und scharf.

Ich sehe einen ganzen Zyklus von Werken, der sich um die Frau bildet, um das Studium der Frau. Ich sehe alle die Straßen der Philosophie, der Kunstgeschichte, Morphologie, Psychologie, die zusammenlaufen, um das Rätsel der Frau zu klären.

Aus der Psychoanalytischen Schule bin ich genauso weggegangen, wie ich von Wadley High School ging, als ich sechzehn war und nach einigen Tagen wieder austrat. Was ist es, was ich vor der Mittelmäßigkeit, den Allerweltsweisheiten, den Stereotypen rette? Meine individuelle Welt, in der ich schneller wachse, mehr lerne, tiefer lebe. Ich bleibe zu Hause und schreibe fünfundzwanzig Seiten meines Double-Buches ab. Meine neuen Freunde gebe ich deswegen nicht auf. Ich lade sie zum Essen ein. Miß Fleming wie eine Jasminblüte, Dr. Frankenstein grauhaarig und intelligent, Hiler mit seinen clownischen Stimmungen. Ein lustiger Abend, wenn er auch auseinanderfällt: denn Hiler will seine Witze anbringen und Marguerite ihre Astrologie; Marguerite lehrt die Damen Astrologie, während ich mit Hiler tanze. Hiler sagt, während wir tanzen: »Warum kommen Sie nicht und rauchen Haschisch mit mir?« Marguerite sieht sehr vornehm aus, verfeinert, überlegen, intakt; und Hiler, zerquetscht und schmuddelig, vom Leben verbraucht, ist hinter der jungfräulichen Miß Fleming und mir gleichzeitig her. Hiler ist an den Ecken ganz abgestoßen.

Bradley bedankt sich brieflich für den Tag, den er hier in Louveciennes verbrachte, und Bone fragt an, ob er kommen darf.

Ich lege zwei neue Kopien des Tagebuches wieder unter Verschluß.

Ich besuche Henry. Allein bin ich jetzt nicht glücklich. Angst überfällt mich. Ich komme gegen meine unausrottbare Melancholie nur draußen auf, mit Freunden, im Wirbel des Lebens, in übervollen Tagen.

Dieses Tagebuch ist mein Kif, Haschisch, meine Opiumpfeife. Es ist für mich Droge und Laster. Statt einen Roman zu schreiben, lehne ich mich mit diesem Buch und einer Feder zurück und träume und schwelge in Spiegelungen und Brechungen. Ich kann aus der Wirklichkeit übertreten in die Reflexionen und Träume, die von ihm ausgehen, und das drängende, vorwärtstreibende Fieber, das mich tagsüber gespannt und hellwach sein läßt, löst sich auf in Betrachtungen und Improvisationen. Ich muß mein Leben im Traum wiederleben. Nur der Traum ist mein Leben. Nur in Echo und Widerhall ereignet sich die Verwandlung, die das Wunder rein erhält. Sonst geht alle Magie verloren. Sonst zeigt das Leben seine Verwüstungen, und alles beschlägt sich mit Rost. Ich mache es wie die Nacht. Die ganze Welt muß sich so in der Linse meines Lasters brechen, sonst erstirbt mein Rhythmus im Lebensrost.

Mit Rank verglichen, erscheint Henry blaß und passiv. Rank ist aktiv und explosiv. Er übernimmt die Führung.

In der Atmosphäre seiner Sicherheit, seiner Führerschaft

schwingt noch ein Rest von Zweifel, aber es ist ein Zweifel an Ideen, nicht an der Bedeutung von Leben und Charakter und Handeln.

An den Nachmittagen sitze ich für Chana Orloff Modell, und manchmal kommt Rank vorbei und spricht mit uns. Die Statuen umstehen uns, große, weiße, schwangere, aufgeschwollene Frauen, ein Wald aus Frauen. Rundes weißes Gipsfleisch, reife Brüste, Mutterschaft, Fülle. Und manchmal kommt auch Chana Orloffs Sohn, wir hören die Räder des Rollstuhls quietschen und sein Klopfen an der Tür.

Rank spricht über sein Unglück. In Frankreich kann er nicht leben. Er muß ein Angebot aus Amerika annehmen. Er möchte jedoch nicht fahren. Die Franzosen, sagt er, sind nicht neurotisch. Sie haben sich mit der Trennung zwischen Liebe und Leidenschaft abgefunden. Sie halten ihre Familie zusammen, im Gleichgewicht, sind treu in der Ehe, zu ihren Kindern, ihrem Heim. Aber sie geben deswegen die Leidenschaft nicht auf. Sie haben keine Konflikte. Ihr Interesse an der Psychoanalyse ist schwach. Rank sagt: »In Frankreich hat für mich das Leben begonnen. Mein Werk ist getan. Ich habe genug geschrieben. Ich möchte leben.« Aber da sind seine Frau, seine Tochter, seine Zukunft; der Druck der Realität ist furchtbar.

Ich habe einen Brief an meinen Vater begonnen und wurde von Tränen überwältigt. Frustration und Verzweiflung. Er ist kein Vater. Ich liebe das Bildnis eines Wesens, das nicht existiert. Wenn er nicht da ist, fängt dieses Bild an, mich zu beherrschen. Es drängt sich auf; ich glaube wieder daran. Sobald ich ihn sehe, zerbricht es. Wenn ich ihm einen Brief schreibe, weiß ich nicht, ob ich an einen wirklichen oder einen eingebildeten Vater schreibe.

Ich erforsche Villa Seurat. Es ist eine bezaubernde Straße. Die Häuser sind klein; sie tragen verschiedenfarbigen Stuck. Die meisten haben Atelierfenster. Manche von ihnen werden nur von ihren Eigentümern bewohnt, andere sind in Appartements aufgeteilt. Chaim Soutine hat hier einmal gewohnt. Man erinnert sich noch, wie er den schmalen Gehsteig entlang ging und die Mauern streifte. In den Hinterhöfen und manchmal auch vor den Häusern stehen Bäume. Die Straße ist gepflastert, und da der Gehsteig so schmal ist, geht man manchmal mitten auf ihr.

Hier habe ich für Henry eine Wohnung gefunden. Ein großes Atelierzimmer im Obergeschoß mit Oberlicht und ein kleines Schlafzimmer mit Balkon. Eine sehr kleine Küche, eigentlich mehr eine Kochnische. Aber das Atelier ist freundlich und hell. Henry kann sich nicht fassen vor Freude, daß er hier wohnen wird.

Café Alesia. Künstliche Geranien. Viele Spiegel, Jazz. Alles in Rot und Weiß. Rank kommt herein. Seine schnellen Bewegungen. Er spricht über Magie. Psychotherapie ist Magie. Der Neurotiker ist ein Magier, aber passiv. Kinder sind Zauberer und erwarten Zauber. Und ich bin mit dem Wort Magie auf den Lippen zu ihm gekommen. Ich habe gesagt, daß Allendy seinen Zauber verloren hat.

»Er hat ihn der Psychoanalyse entzogen und auf die Astrologie übertragen.«

Zu seinen Studenten sagt er: »In Amerika komme ich für diese magische Theorie vielleicht auf den Scheiterhaufen.«

Er war voller Inspiration, Erleuchtung, hatte plötzliche Einfälle, strahlte.

Wir sprachen über Individualpsychologie und das Double. Ich fragte, warum man immer nur an die Insel denkt, wenn von Robinson Crusoe die Rede ist, obwohl zwei Drittel des Buches von seinen Reisen handeln, nachdem er die Insel verlassen hat. Er sagte, weil wir alle gerne auf Inseln leben würden!

Freud hat ihn ein *Enfant terrible* genannt. Er liebt es, Unruhe zu stiften, zu stören.

Was er mir zu überlegen gibt, ist dies: Wenn ich für ein paar Monate nach New York kommen könnte, würde ich ihm den Mut zu einem neuen Start geben, und er wiederum würde mich so intensiv ausbilden, daß ich praktizieren könnte und unabhängig wäre.

»Ich habe mir bisher nicht gegönnt zu leben, oder es wurde mir nicht gegönnt, erst von meinen Eltern, dann von Freud, dann von meiner Frau.«

Ich stoße ihn ins Leben, meint er.

»Seit ich Sie kenne, werden die Begriffe lebendig, bekommen Seele und Körper.«

Henry sucht für seine Arbeit nach Frieden und Kraft.

Rank sucht nach Menschen, die Symbole, Gedanken und Theorien ausleben, anstatt nur von ihnen zu sprechen.

Die Anziehungskraft des Lebens ist so gewaltig, so stark, daß ich nachgebe und mich von der Literatur abwende.

Rank ist gezwungen, nach New York zu gehen. Man bietet ihm sehr viel Geld und eine Stellung an. Er hat Schulden. Trotzdem möchte er gern in Paris bleiben.

»Erfolg und Geld haben mich nie interessiert.« Die Konflikte, die er anderen zu lösen hilft, muß er allein lösen. Ich kann ihm nicht helfen. Es ist nicht die Frage von sechs Monaten oder einem Jahr, sondern einer nicht abzuschätzenden Zeit. Warum helfe ich ihm nicht in seiner schwierigen Zeit, stehe ihm nicht bei, lerne nicht von ihm?

Zum ersten Male genieße ich die Freuden einer festen, gegenseitigen Freundschaft. Ich erlebe die höchste Form der Freundschaft. Ich liebe Ranks Trauer, seine Treue, seine Hilfsbereitschaft. Er sorgt sich um andere. Er sorgt sich ganz ungeheuerlich um alles; um alles, das anderen zustößt. Ich wachse über Henrys Nachlässigkeit und Gleichgültigkeit hinaus.

Die seltsamen erratischen Linien des Schicksals. Ich wohnte am Boulevard Suchet, in unserer zweiten Pariser Wohnung, zu einer Zeit, da mein Leben so leer und schwierig war, nur einen Häuserblock von Rank entfernt. Ich hatte mir wieder einmal eine schöne Wohnung eingerichtet, aber außer meinen spanischen Tänzen hatte das Leben keinen Inhalt, oder vielmehr: Ich hatte Freunde und Beschäftigungen, die mir nichts bedeuteten.

Wenn ich in den Bois ging, kam ich dabei an Ranks Appartement vorbei, ging fast unter dem Balkon des Mannes hindurch, der das Wissen besaß, das ich brauchte, um mutig und kühn ins Leben zu springen. Was wäre geschehen, wenn ich ihn damals gekannt hätte? Ob er mich wohl in das Leben gerissen hätte, wie es Henry und June später getan haben – nur mit mehr Klugheit?

Dienstag war ich bei einem Arzt, der sagte, ich sei zu schmal, um das Kind ohne Kaiserschnitt zu bekommen. Im Augenblick verläuft noch alles normal.

[August 1934]

Einige Monate später. Fühle mich schon schwer. Bewegungen im Leib.

Meine Brüste sind voll Milch.

Es gehört nicht zu meinem Leben. Ich habe schon für so viele Menschen zu sorgen. Ich habe schon zuviele Kinder. Wie Lawrence sagte: »Bringe nicht Kinder, bringe Freude in die Welt.« Es gibt zuviele Menschen ohne Hoffnung und Vertrauen in der Welt. So viel Arbeit ist zu tun, so vielen sollte man helfen und dienen. Ich habe schon mehr, als ich bewältigen kann.

In der Dunkelheit sitze ich im Zimmer und spreche mit meinem Kind.

»Du solltest nicht in diese schwarze Welt geworfen werden, in der selbst die größten Freuden mit Schmerz durchtränkt sind, in der wir von den materiellen Mächten versklavt werden.«

Es regt sich, stößt.

»Du bist so kräftig, Kind. Aber du wärest besser der Erde ferngeblieben, in der Dunkelheit, im Unbewußten, im Paradies des Nichtseins. Mein Kleines, Ungeborenes, du bist die Zukunft. Ich würde es vorziehen, mit Menschen hier und jetzt zu leben anstatt mit einer Verlängerung meiner selbst in die Zukunft hinein.

Ich fühle, wie deine kleinen Füße gegen meinen Leib stoßen. Das Zimmer, in dem wir sitzen, ist sehr dunkel, gerade so dunkel, wie du es in mir haben mußt, aber es muß schöner für dich sein, in der Wärme zu liegen, als es für mich ist, in diesem dunklen Zimmer nach der Freude des Nichtwissens zu suchen, des Nichtfühlens, des Nichtsehens, der Freude des einfachen Ausruhens in äußerer Wärme und Dunkelheit. Immer wieder suchen wir alle diese Wärme und diese Dunkelheit, ein Weiterleben ohne Schmerz, ein Weiterleben ohne Angst, Furcht, Einsamkeit.

Du drängst ungeduldig zum Leben, du stößt mit deinen kleinen Füßen, mein kleines Ungeborenes. Du solltest so in Wärme und Dunkelheit sterben. Du solltest sterben, weil es auf der Welt keine wirklichen Väter gibt, nicht im Himmel und auch nicht auf der Erde.«

Der deutsche Arzt ist dagewesen. Während er mich untersucht, sprechen wir von den Judenverfolgungen in Berlin.

Das Leben ist voller Schrecken und Wunder.

»Sie sind nicht für Mutterschaft gebaut.«

Ich sitze im dunklen Zimmer und spreche zu dem Kind: »An dem, was auf der Erde geschieht, kannst du sehen, daß es in der Welt keinen Vater gibt, der sich um uns kümmern würde. Wir sind alle Waisen. Du wirst ein Kind ohne Vater sein, wie ich ein Kind ohne Vater war. Deswegen habe ich so vielen geholfen;

ich habe die ganze Welt genährt. Wenn es Kriege und Verfolgungen gab, habe ich über alle Wunden geweint, die zugefügt wurden; und wo Ungerechtigkeit geschah, habe ich für die Rückkehr des Lebens, die Wiedergeburt der Hoffnung gekämpft. Die Frau liebt und sorgt sich soviel.

Aber in dieser Frau ist noch das Kind; in ihr geistert noch das kleine Mädchen, klagt von innen her, klagt über den Verlust des Vaters. Wirst auch du herumgehen wie ich und an die Fenster klopfen und jede Zärtlichkeit beobachten, jede beschützende Liebe, die anderen Kindern zuteil wird? Denn sobald du geboren bist, wird, ebenso wie nach meiner Geburt, der Gatte, der Geliebte, der Freund uns verlassen, wie es mein Vater getan hat.

Der Mann ist ein Kind, das sich vor der Vaterschaft fürchtet; der Mann ist ein Kind und kein Vater. Der Mann ist ein Künstler, der alle Liebe, alle Wärme für sich selbst braucht, wie mein Vater. Seine Wünsche sind grenzenlos. Er wünscht sich Treue, Nachsicht, Humor; Verehrung, eine gute Küche, gestopfte Sokken, Bedienung, eine Wirtschafterin, eine Freundin, eine Mutter, eine Schwester, eine Sekretärin, eine Geliebte. Er möchte nicht allein sein auf der Welt.

Er wird sich die Ohren verschließen vor deinem Klagen und Weinen, deinem Leiden, und wird es hassen, daß ich dich füttere anstatt sein Werk, seine Schöpfung. Er wird dich dieses Werkes wegen beiseite schieben, das ihm Macht und Anerkennung bringt. Er wird fortgehen, wie mein Vater von seiner Frau und seinen Kindern fortgegangen ist, und du wirst allein sein wie ich.

Besser wäre es, zu sterben, als verlassen zu werden, denn du verbringst dein Leben auf der Suche nach dem verlorenen Vater, diesem Teil deines Körpers und deiner Seele, diesem verlorenen Fragment deines Ichs.

Es gibt keinen Vater auf der Erde. Der Schatten, den Gottvater auf die Welt wirft, ein Schatten, größer als der Mensch, täuscht uns. Diesen Schatten wirst du verehren und berühren wollen, Tag und Nacht wirst du von seiner Wärme träumen, seiner Größe träumen, wie er dich einhüllt und einlullt, gewaltiger als ein Dach, so gewaltig wie der Himmel, groß genug, deine Seele und alle ihre Ängste zu umspannen, größer als Mann und Weib, als Kirche oder Haus, der Schatten eines Zauberervaters, den man nirgends finden kann. Es ist der Schatten Gottes, des Vaters. Es wäre besser, wenn du ruhig in mir sterben könntest, in Wärme und Dunkelheit.«

Der Arzt hört die Herztöne des Kindes nicht. Er bringt mich in die Klinik. Ich fühle mich erleichtert, aber tief innen fürchte ich die Anästhesie. Bedrückende Gefühle, Erinnerung an andere Narkosen. Angst. Wie ein Geburtstrauma. Es ist ein Sechsmonatskind. Vielleicht können sie es retten. Angst. Todesangst. Angst, in den ewigen Schlaf zu versinken. Aber ich lächle, mache Scherze. Man rollt mich in den Operationssaal. Die Beine werden festgebunden und gespreizt: die Liebesstellung in einem kalten, weißen Operationssaal, klirrende Instrumente, der Geruch nach Antiseptika und die Stimme des Arztes. Ich zittere vor Kälte, bin blau vor Kälte und Angst.

Äthergeruch. Betäubung sickert durch die Venen, kühl. Ich fühle mich schwer, gelähmt, aber der Verstand arbeitet noch klar und kämpft gegen die Todesvorstellung an, gegen den Tod, gegen den Schlaf. Die Stimmen werden leise. Ich kann nicht mehr antworten. Ich möchte etwas sagen, weinen, murmeln. »*Ça va madame, ça va madame? Çavamadame, çavamadame, çavamadame, çavamadameeee . . .*«

Das Herz schlägt verzweifelt, laut, als müßte es bersten. Dann falle ich, falle, rolle hinab, träume, träume, träume, voller Angst. Träume von einer Bohrmaschine, die zwischen meinen Beinen bohrt, aber unspürbar. Plötzlich wieder Stimmen. Die Stimmen werden deutlich. »*Ça va, madame? Faut-il lui en donner encore? Non, c'est fini.*« Ich weine. Etwas drückt auf mein Herz. Ich bin müde. Atmen fällt schwer. Mein erster Gedanke ist, daß ich den Arzt beruhigen muß, so sage ich: »*C'est très bien, très bien, très bien.*«

Ich liege in meinem Bett, kehre zurück aus dem Tod, der Dunkelheit, der Abwesenheit des Lebens. Ich bitte um Kölnischwasser. Der Arzt hatte die Absicht, eine natürliche Geburt zu provozieren. Aber es geschah nichts. Keine natürlichen Wehen, Krämpfe. Um zehn Uhr untersucht er mich. Erschöpft mich. Die ganze Nacht lang hörte ich die Klagen einer Frau, die an Krebs starb. Lange, wehvolle Klagen, verzweifelte Schmerzensschreie . . . Stille . . . und wieder die Klage.

Am nächsten Morgen operierte der Arzt wieder. Der Wagen wurde hereingerollt. Ich sagte scherzend, ich brauchte eine Zeitkarte. Ich versuchte, mich nicht gegen die Narkose aufzulehnen, sie zu überwinden, sie mir als Vergessen vorzustellen, nicht als Tod. Hatte ich mir nicht immer eine Droge gewünscht, durch die man vergißt? Ich sehnte mich nach Schlaf. Ich ergab mich dem Gedanken an den Tod, ließ mich gehen, und die Angst schwand ein wenig.

Einen Augenblick lang hatte ich Angst. Als sie zu operieren begannen, konnte ich es fühlen, aber ich wußte nicht, ob ich wach genug war, etwas zu sagen: »Ich schlafe nicht . . .« Aber der Arzt hörte und beruhigte mich. Er wartete. Ich schlief. Ich hatte komische Träume. Diesmal dauerte es nicht so lange.

Gegen acht Uhr hatte ich einige schmerzhafte Wehen. Der Arzt meinte, jetzt sei es soweit. Er ließ eine Hebamme kommen. Ich kämmte mein Haar, puderte und parfümierte mich, malte die Augenlider nach. Um acht Uhr brachten sie mich in den Operationssaal.

Ich lag ausgestreckt auf einem Tisch. Er war für die Beine zu kurz, so mußte ich sie aufgestellt halten. Zwei Schwestern lehnten sich über mich. Mir gegenüber stand der deutsche Arzt mit dem Gesicht einer Frau und vorquellenden Augen wie jene von Peter Lorre in ›M‹. Zwei Stunden lang machte ich heftige Anstrengungen. Das Kind in mir war nur sechs Monate alt und doch schon zu groß für mich. Ich war erschöpft. Die Venen schwollen striemenartig an. Ich hatte mit meinem ganzen Ich gepreßt, ich hatte gepreßt, als sollte das Kind aus meinem Körper heraus in eine andere Welt befördert werden. »Pressen, pressen! Soviel Sie können!« Preßte ich mit meiner ganzen Kraft? Konnte ich nicht noch mehr? Etwas in mir wollte das Kind nicht herauspressen. Der Arzt wußte das. Daher war er zornig, merkwürdig zornig. Er wußte.

Ein Teil von mir blieb passiv, wollte nichts abgeben, nicht einmal dieses tote Fragment von mir, für eine kalte Außenwelt. Alles in mir, was halten, einlullen, umarmen, lieben wollte; alles von mir, was tragen, behüten, beschützen wollte; alles von mir, was die ganze Welt in leidenschaftliche Zärtlichkeit einschließen wollte: alles dies in mir wollte das Kind nicht hergeben, noch die Vergangenheit, die in mir gestorben war. Obwohl es mein Leben bedrohte, konnte ich dieses Fragment des Lebens nicht losbrechen, nicht herausziehen, mich nicht von ihm trennen und es nicht überwinden, konnte ich mich nicht öffnen und ausdehnen, um es loszulassen, diesen Teil meiner Vergangenheit; und ich rebellierte dagegen, das Kind oder irgend jemand sonst auszustoßen in die Kälte, wo es von fremden Händen aufgefangen würde, um an einem fremden Ort begraben zu werden, verloren zu sein, verloren, verloren.

Der Doktor wußte. Vor ein paar Stunden hatte er mich noch bewundert, war ergeben und verehrungsvoll gewesen, aber jetzt war er zornig. Und auch ich war zornig, ich spürte einen schwarzen Zorn gegen den Teil von mir, der sich weigerte, zu pressen, zu töten, sich zu trennen, zu verlieren. »Pressen! Pressen! Mit aller Kraft!« Ich preßte mit Zorn, mit Verzweiflung, mit Raserei, mit dem Gefühl, daß ich von diesem Pressen sterben würde, wie man den letzten Atemzug auspreßt, als müßte ich alles auspressen, was in mir war, meine ganze Seele, das Blut, die Adern mit dem erstickten Herzen in ihrer Mitte, damit sich mein Körper öffnen und Rauch daraus aufsteigen würde, bis der Tod seinen endgültigen Einschnitt machte.

Die Schwestern lehnten sich über mich und sprachen miteinander, während ich mich ausruhte. Dann preßte ich, bis ich die Gelenke knacken hörte, die Venen anschwollen. Ich schloß die Augen so fest, daß ich Blitze und rote und purpurne Wellen sah.

In meinen Ohren war Lärm, ein Schlagen, als wäre das Trommelfell geborsten. Zwischen meinen geschlossenen Lippen sickerte Blut durch. Ich mußte mich in die Zunge gebissen haben. Meine Beine waren ungeheuer schwer, wie Marmorsäulen, wie riesige Marmorsäulen, die meinen Körper zermalmten. Ich bat, daß sie jemand halten möge. Die Schwester setzte mir ein Knie in den Magen und rief: »Pressen! Pressen! Pressen!« Ihre Schweißtropfen fielen auf mich. Der Doktor ging ärgerlich und ungeduldig auf und ab. »Wir werden die ganze Nacht hier sein. Es ist jetzt drei Uhr.« Ich sah und hörte alles, aber ich war nicht dabei. Alles wurde blau, dann schwarz. Die Instrumente vor meinen geschlossenen Augen schienen zu glühen. In meinen Ohren wurden Messer geschärft. Eisige Stille.

Dann hörte ich Stimmen. Sie sprachen zu schnell, ich verstand sie nicht. Ein Vorhang wurde geteilt, die Stimmen tropften, sie schossen schnell wie ein Wasserfall vorbei, funkensprühend, und verletzten meine Ohren. Der Tisch rollte langsam, rollte. Die Frauen schwammen in der Luft. Köpfe. Wo die großen weißen Knollen der Lampen hingen, waren Köpfe. Der Arzt ging noch immer auf und ab, die Lampen bewegten sich, die Köpfe kamen näher, sehr nahe heran, und die Worte fielen langsamer.

Sie lachten. Eine Schwester sagte: »Bei meinem ersten Kind hat es mich einfach in Stücke zerrissen. Sie haben mich genäht, dann kam das nächste Kind, und sie haben mich wieder genäht, und dann kam noch ein Kind.« Die andere Schwester sagte: »Meines rutschte wie ein Kuvert durch den Briefkasten. Aber dann wollte die Tasche nicht heraus, die Tasche nicht heraus,

heraus, heraus.« Warum wiederholten sie sich immer? Und warum drehten sich die Lampen? Und warum ging der Doktor so schnell, schnell, schnell?

»Sie kann nicht mehr mitarbeiten. Bei sechs Monaten hilft die Natur nicht. Wir sollten ihr noch eine Injektion geben.« Ich spürte, wie die Nadel eindrang. Die Lampen hingen still. Die eisigen, blauen Ringe um die Lampen flossen in meine Venen herab. Mein Herz pochte wild.

Die Schwestern plauderten. »Dies Baby von Frau L. vergangene Woche, wer hätte geglaubt, daß sie zu schmal sein wird, eine so große Frau.« Es war, als würde immer dieselbe Schallplatte abgespielt, als sagten sie noch einmal und noch einmal, daß die Tasche nicht herauswollte, das Kind wie ein Brief aus dem Briefkasten fiel, daß sie von den vielen Arbeitsstunden so müde seien. Sie lachten über das, was der Arzt sagte. Sie sagten, daß sie keinen Verbandsstoff mehr hätten und um diese Zeit auch keinen bekommen könnten. Sie wuschen die Instrumente und sprachen, sprachen, sprachen, sprachen.

Bitte haltet meine Beine! Bitte haltet meine Beine! *Bitte haltet meine Beine!* Ich bin wieder bereit. Wenn ich den Kopf zurücklege, sehe ich die Uhr. Ich kämpfe schon seit vier Stunden. Besser wäre es, zu sterben. Warum lebe ich und kämpfe so verzweifelt? Warum *leben?* Ich erinnere mich an nichts mehr. Ich sehe hervorquellende Augen und Blut und höre Frauen sprechen. Alles ist Blut und Schmerz. Was bedeutete *leben?* Wie kann man *Leben* fühlen?

Ich muß pressen. Ich muß pressen. Es gibt einen schwarzen Punkt, einen festen Punkt in der Ewigkeit. Am Ende eines finsteren Tunnels. Ich muß pressen. Presse ich oder sterbe ich? Eine Stimme sagt: »Pressen! Pressen! Pressen!« Ein Knie in meinem Magen, Schenkel, weiß wie Marmor, ein zu großer Kopf. Ich muß pressen. Das Licht über mir, das große, runde, flammende, weiße Licht trinkt mich ein. Es trinkt mich. Es trinkt mich langsam, saugt mich in die Unendlichkeit. Wenn ich die Augen nicht schließe, wird es mich leertrinken. Ich sickere in einem langen, eisigen Faden nach oben, in das Licht. Aber auch innen in mir ist Feuer, die Nerven werden zerrissen, es gibt kein Ausruhen in diesem langen Tunnel, der mich fortsaugt. Oder wühle ich mich aus diesem Tunnel hinaus? Oder wird das Kind aus mir ausgestoßen, während das Licht mich trinkt? Wenn ich die Augen nicht schließe, wird es mich ganz trinken, und ich werde nicht mehr die Kraft haben, mich aus dem Tunnel zu befreien.

Sterbe ich? Das Eis in den Venen, das Knacken der Gelenke, diese Bewegung, die sich in der Finsternis vollzieht, nur aufgehellt von einer dünnen Strähne Lichts, die wie ein Messer in die Augen sticht, während ein anderes Messer das Fleisch schneidet; während das Fleisch irgendwo reißt, wie von einer Stichflamme verbrannt – irgendwo reißt Fleisch, und Blut fließt aus. Ich presse in der Dunkelheit, in der äußeren Dunkelheit, ich presse und presse, bis die Augen wieder aufgehen und ich den Doktor sehen kann, der ein langes Instrument in mich hineinstößt. Ich schreie vor Schmerzen auf. Ein langes, tierisches Heulen.

»Jetzt wird sie wieder pressen«, sagt er zur Schwester. Aber das stimmt nicht. Ich bin vor Schmerz gelähmt. Er will noch einmal zustoßen. Ich setze mich auf und brülle ihn an: »Wagen Sie das nicht noch einmal!« Die Hitze meines Zorns wärmt mich, Schmerz und Eis schmelzen in dieser Wut. Ich fühle instinktiv, daß er etwas tut, was nicht notwendig ist, daß er es nur tut, weil er verärgert ist, weil sich die Zeiger der Uhr weiterdrehen. Die Dämmerung kommt, aber das Kind kommt nicht, ich verliere an Kraft, und die Injektionen haben keine Wehen zur Folge. Der Körper rührt weder Nerv noch Muskel, um das Kind auszuwerfen. Mein Wille, meine Kraft sollen alles leisten. Mein Zorn erschreckt ihn, er weicht zurück.

Dieselben Schenkel, die ich der Liebe geöffnet hatte, der Tau, der in der Liebe floß – jetzt sind diese Schenkel vor Schmerzen gespreizt, und der Tau fließt mit Blut vermischt. Es ist dieselbe Stellung, dieselbe Nässe der Leidenschaft, aber dies ist nicht die Liebe, sondern der Tod.

Der Arzt geht auf und ab und beugt sich, um den kaum sichtbaren Kopf des Kindes zu betrachten. Die Schenkel wie Scherenglieder und ein Stückchen Kopf. Er steht ratlos davor, wie vor einem seltsamen Mysterium, ratlos vor diesem Kampf. Er möchte mit seinen Instrumenten eingreifen, während ich mit der Natur kämpfe, mit mir selbst, mit meinem Kind, mit dem Sinn, den ich gebe, meinem Wunsch, zu geben und zu behalten, zu halten und zu verlieren, zu leben und zu sterben. Mir können Instrumente nicht helfen. Er ist wütend. Am liebsten würde er zum Messer greifen. Aber er muß warten.

Die ganze Zeit versuche ich mich zu erinnern, warum ich leben wollte. Aber ich habe nur Schmerzen, keine Erinnerung. Die Lampe trinkt mich nicht mehr. Ich bin zu müde, mich zu bewegen, sei es auch nur dem Licht zu, oder meinen Kopf zu wenden und auf die Uhr zu blicken. In meinem Körper brennen

Feuer, ich breche auseinander, das Fleisch ist in Not. Das Kind ist kein Kind; es ist ein Dämon, der halb erstickt zwischen meinen Schenkeln liegt, mir das Leben raubt, mich stranguliert und nur seinen Kopf sichtbar werden läßt, während ich unter seinen Griffen sterbe. Der Dämon liegt wie tot an der Schwelle des Schoßes und versperrt den Weg ins Leben. Ich kann mich nicht befreien von ihm.

Die Schwestern unterhalten sich wieder. Ich sage: »Lassen Sie mich allein.« Ich lege beide Hände über den Leib und beginne langsam, sehr langsam, mit den Fingerspitzen in Kreisen zu trommeln. Immer in Kreisen, behutsam, friedlich, mit weit geöffneten Augen. Der Arzt staunt. Die Schwestern schweigen. Trommeln, trommeln, in langsamen Kreisen, in sanften, langsamen Kreisen. »Wie eine Wilde«, flüstern sie. Das Mysterium.

Mit offenen Augen und beruhigten Nerven trommle ich zärtlich und lange auf meinem Leib. Die Nerven beginnen zu beben. Eine seltsame Erregung durchläuft sie. Ich höre das Ticken der Uhr. Sie tickt unerbittlich und fern. Die kleinen Nerven erwachen, rühren sich. »Jetzt kann ich pressen«, sage ich und presse heftig. Sie rufen: »Noch mehr! Nur ein bißchen mehr noch!«

Werden mich das Eis und die Dunkelheit noch einmal einholen? Am Ende des dunklen Tunnels blitzt ein Messer. Ich höre die Uhr und mein Herz. Ich sage: »Halt!« Der Arzt hebt die Instrumente und lehnt sich über mich. Ich setze mich auf und schreie ihn an. Er zuckt wieder zurück. »Geht! Alle! Laßt mich allein.«

Ganz ruhig sinke ich zurück. Ich höre das Ticken. Ich trommle. Ich fühle, wie sich mein Leib bewegt, wie er sich ausdehnt. Meine Hände sind so müde, sie werden herabfallen. Wenn sie abgleiten, wird wieder die Dunkelheit beginnen. Der Leib bewegt sich, dehnt sich aus. Trommeln, trommeln. »Jetzt!« Die Schwester setzt mir das Knie in den Magen. In meinen Augen ist Blut. Ich presse mich in den Tunnel. Ich beiße mir auf die Lippen und presse. Feuer, platzendes Fleisch, Atemnot. Hinaus aus dem Tunnel. Mein ganzes Blut fließt aus. »Pressen! Pressen! Es kommt! Es kommt!« Ich fühle etwas Schlüpfriges, eine plötzliche Erleichterung, das Gewicht ist weg. Dunkelheit.

Ich höre Stimmen. Ich öffne meine Augen. Ich höre, wie sie sagen: »Es war ein kleines Mädchen. Besser, man zeigt es ihr gar nicht.« Meine ganze Kraft kehrt zurück. Ich setze mich auf. Der Doktor schreit: »Um Gottes willen rühren Sie sich nicht, bleiben Sie liegen!«

»Zeigt mir das Kind«, sage ich.

»Zeigen Sie es nicht«, sagt die Schwester, »es wäre nicht gut für sie.«

Die Schwestern wollen mich niederdrücken. Mein Herz schlägt so laut, daß ich mich selbst kaum sprechen höre. »Zeigen Sie es mir!« Der Doktor hebt es auf. Es sieht dunkel aus und klein, ein Zwergmensch. Aber es ist ein kleines Mädchen. Es hat lange Wimpern an seinen geschlossenen Lidern, es ist gut proportioniert und von der Feuchtigkeit des Mutterschoßes glänzend. Es sieht aus wie eine Puppe, wie ein kleiner Indianer, einen Fuß lang, nur Haut und Knochen, kein Fleisch. Aber es ist vollständig ausgebildet. Wie mir der Doktor später sagte, hatte es Hände und Füße genau wie die meinen. Der Kopf war überdurchschnittlich groß. Als ich das tote Kind ansah, haßte ich es für alle die Schmerzen, die es mir bereitet hatte; erst später wandelte sich dieser Zorn in eine große Trauer.

Lange, peinigende Träume von der Zukunft, die dieses kleine Mädchen gehabt haben könnte. Eine Totgeburt, mein erstes totes Werk. Jeder Tod, jede Zerstörung bringt einen großen Schmerz. Die Mutterschaft, ihre körperliche Verwirklichung, war mir versagt; meine ganze Hoffnung auf wirkliche, menschliche, einfache, unmittelbare Mutterschaft lag tot vor mir; und es blieb mir nur die symbolische Mutterschaft im Sinne von Lawrence: mehr Freude in die Welt zu bringen. Aber ein einfaches menschliches Glück wurde mir nicht gegönnt.

Vielleicht war ich für eine Schöpfung anderer Art ausersehen. Durch eine Laune der Natur soll ich eine Frau für den Mann sein, nicht eine Mutter, oder nicht eine Mutter für Kinder, sondern für Menschen. Die Natur hat meinen Körper für die Liebe des Mannes geschaffen, nicht für ein Kind. Das Kind wäre eine primitive Verbindung zur Erde gewesen, eine Verlängerung meines Ichs, die mir verwehrt wurde, um mein Schicksal in eine andere Richtung zu steuern.

Ich liebe den Mann als Schöpfer, als Liebenden, Gatten, Freund, aber zum Mann als Vater habe ich kein Vertrauen. Ich glaube nicht an den Mann als Vater. Wenn ich wollte, daß dieses Kind stirbt, dann weil ich voraussah, daß es denselben Mangel erleben würde.

Arzt und Schwestern staunten über meine Kraft und meine Neugierde. Sie hatten Tränen erwartet. Mein Make-up hielt. Erst später legte ich mich in einem Anfall von Schwäche zurück.

Allein in meinem Bett, weinte ich. Im Spiegel sah ich, daß die Äderchen in meinem Gesicht gesprungen waren. Ich schlief ein.

Morgentoilette, Parfüm, Puder. Dem Gesicht nicht viel anzumerken. Besucher. Marguerite, Otto Rank, Henry. Ungeheure Schwäche. Noch ein Ruhetag. Am dritten Tag kam die Angst zurück. Die Brüste begannen zu schmerzen.

Die kleine Schwester aus Südfrankreich vernachlässigte alle ihre anderen Patienten, um mein Haar zu kämmen. Alle Schwestern küßten und verwöhnten mich. Ich badete in Liebe, fühlte mich schlaff, ruhig und leicht. Und dann machte die andrängende Milch meine Brüste hart. Zuviel Milch. Eine erstaunliche Menge Milch für eine so kleine Person. Härte und Schmerz. In der Nacht begann der Alptraum von neuem.

Alle Schwestern waren gegen den deutschen Arzt: weil er Deutscher war, weil er herrisch mit ihnen umging, weil sie glaubten, er mache alle nur möglichen Fehler. Ein französischer Arzt des Spitals hatte gedroht, er würde mich mit Gewalt von ihm befreien. Die Schwestern tuschelten, lehnten sich gegen seine Anordnungen auf. Sie taten das Gegenteil von dem, was er verlangte. Er band meine Brüste so, sie banden sie anders. Er habe in allem Unrecht, sagten sie; nach seiner Methode würde ich Brustgeschwüre bekommen. Diese Vorstellung erschreckte mich. Mein Lebensmut schwand. Ich fühlte wieder eine dunkle Bedrohung über mir und stellte mir vor, daß meine Brüste für immer verdorben sein könnten. Geschwüre. Die Schwestern schienen mir feindselig: als wünschten sie, daß ich Geschwüre bekäme, nur um dem deutschen Arzt zu beweisen, daß er es falsch machte. Die Art, wie sie sich über mich beugten, mich untersuchten, ließ das Schlimmste vermuten. Sie steckten mich an, erschreckten mich.

Die Krebskranke stöhnte noch immer. Ich konnte nicht schlafen. Ich dachte über Religion nach, über den Schmerz. Ich hatte das Ende der Schmerzen noch nicht erreicht. Ich dachte an den Gott, den ich mit soviel Sehnsucht in der Kommunion empfing und mit meinem Vater verwechselte. Ich dachte an den Katholizismus. Er schien mir seltsam. Ich erinnerte mich, daß die heilige Theresa mein Leben gerettet hatte, als ich neun Jahre alt war. Ich dachte an Gott als an einen Mann mit Bart aus meinem Bilderbuch. Nein, kein Katholizismus, keine Messen, keine Beichte, keine Priester. Aber Gott, wer war Gott? Was war aus meiner kindlichen Sehnsucht geworden?

Die Gedanken machten mich müde. Ich schlief ein, die Hände

wie eine Tote über der Brust gefaltet. Und ich starb wieder, wie ich schon oft gestorben war. Mein Atem wurde ein anderer Atem, ein innerer Atem. Ich starb und wurde am Morgen wiedergeboren, als die Sonne heraufkam, an der Wand mir gegenüber.

Blauer Himmel und Sonnenschein an der Wand. Die Schwester hat mich aufgestützt, damit ich den neuen Tag sehen kann. Ich liege hier, fühle den Himmel und mich selbst eins mit der Sonne und vergehe in der Unendlichkeit und Gott. Gott durchdringt meinen ganzen Körper. Ich zittere und bebe vor unendlicher Freude. Kälte und Fieber und Licht, Erleuchtung und Heimsuchung des Körpers, die Schauer einer Gegenwart. Das Licht und der Himmel sind im Körper, Gott ist im Körper, und ich schmelze in Gott. Ich schmolz in Gott. Kein Bild. Nur Raum, Gold, Reinheit, Ekstase, Unendlichkeit, in unbegreiflicher Kommunion. Ich weinte vor Freude. Ich wußte, daß alles, was ich getan hatte, gut war. Ich wußte, daß ich kein Dogma brauchte, um mich mit ihm zu vereinen; ich brauchte nur zu leben, zu lieben, zu leiden. Ich brauchte keinen Mann, keinen Priester, um mich mit ihm zu verbinden. Wenn ich mein Leben auslebte, meine Leidenschaften, meine schöpferischen Kräfte, so gut ich es konnte, war ich eins mit dem Himmel, dem Licht und mit Gott. Ich glaube an die Verwandlung von Blut und Fleisch. Ich habe das Unendliche erreicht, durch das Fleisch und durch das Blut. Durch Fleisch und Blut und Liebe. Ich bin ganz geworden. Mehr kann ich nicht sagen. Mehr ist nicht zu sagen. Die größten Wunder sind die einfachsten.

Von diesem Augenblick an fühlte ich mich mit Gott verbunden, in einer einzigartigen, wortlosen, individuellen, vollständigen Verbindung, einer gewaltigen Freude und einem Sinn für die Größe des Lebens und der Ewigkeit. Ich war geboren worden. Ich war als Frau geboren. Um Gott und den Mann zu lieben, das Göttliche und das Menschliche. Ich durfte sie nicht mehr verwechseln. Ich war für eine große Ruhe geboren, eine übermenschliche Freude, über und jenseits menschlicher Sorge, größer als Schicksal und Schmerz. Diese Freude, die ich in der Liebe des Mannes und im schöpferischen Werk finde, wird vollständig in der Kommunion mit Gott.

Der Arzt kam, untersuchte mich und traute seinen Augen nicht. Ich war so gesund, als wäre nichts mit mir geschehen. Ich durfte die Klinik verlassen. Ich fühlte mich so wohl, als ich vor aller Augen hinausging. Es war ein warmer Sommertag. Ich ging mit der Freude, dem großen Mund des Todes entronnen zu sein. Ich weinte vor Dankbarkeit und Freude.

Obst. Blumen. Besucher. Ich ging zu Bett mit dem Gedanken an Gott und mit dem Gefühl, im Garten des Himmels zu schlafen. Mit dem Gefühl, in riesige Arme genommen zu werden, die geheimnisvoll beschützend ausgestreckt waren. Mondlicht fiel in das Zimmer. Der Himmel war ein Nest, eine Hängematte. Ich schwang durch unendliche Räume, außerhalb der Welt. Ich schlief innen in Gott.

Um fünf Uhr fuhr ich nach Louveciennes hinaus. Der Tag war schläfrig und warm. Ich saß im Garten in einem Liegestuhl. Marguerite kümmerte sich um mich. Ich träumte und ruhte. Wir aßen im Garten.

Mein Rhythmus ist langsam. Ich will noch nicht wieder zurück in das Leben, in die Leiden, Aktivitäten und Konflikte. Alles beginnt neu; der Tag ist freundlich, aber vergänglich wie ein Hauch, wie der letzte Hauch des Sommers aus Hitze und Blätterduft. Sanft und traurig, das Ende des Sommers. Die Blätter fallen schon.

[September 1934]

Henry und ich gehen durch die Rue de la Tombe Issoire, auf der Suche nach Handwerkern. Henry zieht um in das Atelier der Villa Seurat. Wir alle helfen ihm dabei, wir streichen, hämmern, putzen, hängen Bilder auf. Das Atelier ist groß; ein Dachfenster gibt ihm Höhe und Weite. Unter dem Balkon, wo andere Leute Bilder usw. abstellen, ist eine Kochnische eingebaut. Eine Stiege führt hinauf. Das Fenster öffnet sich auf eine Dachterrasse, über die man in das Nachbaratelier gelangt. Rechts vom Eingang sind Schlafzimmer und Badezimmer untergebracht, mit einem Balkon zur Straße hinaus. Man sieht Bäume und die schmalen Fassaden der Villen auf der anderen Straßenseite, blaßrot, grün, gelb, ockerfarben.

Während ich das Kabinett saubermachte, fand ich eine Fotografie von Antonin Artaud, der hier einmal gewohnt hat, ein schönes Foto, das ihn als Mönch in Dreyers ›Jeanne d'Arc‹ zeigt. Seine Wangen sind eingefallen, seine Augen visionär und fanatisch. Antonin Artaud hat sich immer geweigert, Fotos von sich zu verschenken; er fürchtete Wodu-Verwünschungen (*envoûtements*, wie er sagte) und glaubte, es könnte ihm ein Leid geschehen, wenn eine dämonisch begabte Person Nadeln durch das Bild stechen würde. Jetzt war mir der schöne Mönch also ausgeliefert. Aber ich werde das Foto nicht einmal mit einer Reißzwecke beschädigen. Ich schloß es weg.

Henry war melancholisch, weil er sich mit Jack Kahane gestritten hatte. »Ich zerstöre alles, was du aufbaust«, sagte er zu mir. Sonnenlicht strömte ins Atelier. Freunde halfen bei der Arbeit.

›Tropic of Cancer‹ ist im Druck. Henry fühlt, daß eine neue Periode beginnt. Fred zeigt sich beleidigt, weil man ihn nicht eingeladen hat, mit in die Villa Seurat zu ziehen. Henry möchte allein sein.

Wir hängen Aquarelle auf und seine Entwürfe zu Charakteren, über die er schreiben will.

Ich frage mich, wo die anderen Künstler sind, die in der Villa Seurat wohnen.

Während eines Mittagessens mit Bone sprechen wir über die Theorien von Rank, und es wird mir klar, daß ich jetzt den Menschen Rank besser kenne als den Denker.

Im Gespräch mit Rank kommen neue Pläne zutage. Er glaubt, daß er in Paris immer mehr zum Arzt geworden ist und sein Leben als Mensch nicht gelebt hat. Er beginnt, New York als eine Befreiung von der Vergangenheit und als Hoffnung auf ein neues Leben zu sehen.

»Ich will nie mehr in meine Vergangenheit zurückkehren.« New York wird nun zu einem Symbol der Freiheit. Aber zu dieser Befreiung braucht er mich. Er möchte neu beginnen, ist aber nicht sicher, ob er es ohne meine Hilfe schaffen wird. Ich bin die einzige, die sich für den Menschen hinter dem Arzt interessiert hat. Er hat viele Pläne. Er spricht von einem humoristischen Buch, das er über Mark Twain schreiben möchte. Der Selbstmord des Zwillings.

Henrys ›Tropic of Cancer‹ erscheint am selben Tag, an dem er von seinem ersten wirklichen Heim Besitz ergreift. Er hat das Buch vor vier Jahren im selben Haus in Fraenkels Atelier begonnen. Ein Kreis hat sich geschlossen.

Wir sitzen beisammen und verpacken und adressieren die Bücher für den Postversand.

War mit Rank bei Nixons, um eine Erstausgabe von Mark Twain zu besichtigen, die er sich wünscht. Wir trafen uns mit Ranks Tochter und gingen dann in seine Wohnung, wo wir mit Frau Rank, Chana Orloff, Dr. Endler und anderen Leuten Drinks nahmen.

Mein Ich ist nun dreigeteilt. Ein Ich lebt in Louveciennes, hat ein spanisches Dienstmädchen, frühstückt im Bett, speist die von Lani und Louis Andard geschossenen Fasane, hört Radio, gibt dem Gärtner Anweisungen, bezahlt die Rechnungen mit Schecks, sitzt am Kaminfeuer, schreibt die Tagebücher ab, übersetzt den zweiten Band aus dem Französischen ins Englische, träumt am Fenster und verlangt unruhig nach höheren Formen des Lebens.

In Villa Seurat, mit Henry und Fred, wo ständig die Leute ein und aus gehen, schäle ich Kartoffeln, mahle Kaffee nach französischer Art, verpacke Bücher, trinke aus beschädigten Tassen und Gläsern, die in Louveciennes weggeworfen wurden, trockne mir die Hände an alten Handtüchern aus Louveciennes, gehe über gepflasterte Straßen zum Markt, repariere das Grammophon (in praktischen Dingen ist Henry ganz hilflos), nehme den Bus, sitze in Cafés, spreche über Bücher und Filme, Literatur und Literaten, rauche viel und beobachte das Kommen und Gehen der Leute. Henry hat sich mit den Nachbarn angefreundet: de Maigret, der von seinem Schlafzimmer aus über die Terrasse zu Henrys Balkon kommen kann; und weiter geht es über die Stiege hinunter zu einer Frau, die einen Stock tiefer wohnt und lange in Griechenland gelebt hat, und endlich in das Erdgeschoß zu einem Fotografen.

Das dritte Ich möchte einen Beruf erlernen, um immer das schreiben zu können, woran es glaubt; es möchte Rank zu einem neuen Leben verhelfen, wie er diesem Ich zu einem neuen Leben verholfen hat, und es wünscht sich das Unbekannte, das Unvertraute. Ich habe schließlich eingewilligt, für zwei Monate nach New York zu kommen. Zwei Monate scheinen mir, mit der Ewigkeit verglichen, wenig.

Alle die Blumen, die man mir während meiner Krankheit gebracht hat, welken. Ich betrachte sie oft und wünsche mich heimlich zurück in die Tage der Rekonvaleszenz, die Augenblicke der Ruhe und Seligkeit, bevor das härtere Leben mit seinen Konflikten und Dramen wieder einsetzte. Ich widerstand der Wirklichkeit zuerst und warf mich dann blindlings hinein. Die ewigen Kämpfe haben auch eine heitere Seite. Aber einige Tage lang genoß ich es, nicht beteiligt zu sein, die Absonderung, und ich fragte mich, ob diese Absonderung und Gleichgültigkeit wohl der Zustand sei, in dem Henry ständig lebt. Ich beobachtete alles aus der Distanz: die belehrenden Briefe meines Vaters, Henrys Freude an der Veröffentlichung von ›Tropic of Cancer‹, Rank, der behauptet, Henry hätte von mir Festigkeit gelernt und ich Beweglichkeit von ihm. Die Wertsysteme der Freunde wechseln. Henry spricht von einem Leben in Würde, Verantwortlichkeit usw.

Rank ruft mich an und sagt, er habe gute Nachrichten für mich. Er ist begeistert, weil die Porträtbüste, die Chana Orloff von mir gemacht hat, ausgestellt wird. Er hat sie für seine Bibliothek gekauft.

Sie möchte, daß ich weiter für sie Modell sitze. Sie will viele Skizzen von mir machen.

Habe den Installateur angerufen, daß er die Heizung überprüft, Kohle bestellt, am Tagebuch geschrieben, mit Marguerite gesprochen. Bin in den kleinen Salon mit dem persischen Kamin übersiedelt, da ich den großen Teppich und die Vorhänge aus dem Arbeitszimmer Henry überlassen habe.

Die *voyante* lebt in einer finsteren, häßlichen Wohnung in einem Arbeiterviertel, nahe Clichy. Arme Leute sitzen wartend in einem braunen Wohnzimmer mit künstlichen Palmen, einem Aquarium und astrologischen Karten an den Wänden. *Femmes de ménage*, Hausbesorgerinnen, Arbeiter, schwangere Frauen, Ladenmädchen. Wie sehr sie Hoffnung brauchen, wie hungrig sie nach Wissen sind. Ich schämte mich, hier zu sein, jemanden nach meinem Schicksal zu befragen. Ich erinnerte mich, was Freud über die Seher sagte. Sie sind fähig, Gedanken zu lesen.

Im Grunde genommen wußte ich nicht, was der Verlust Ranks für mich bedeutete, noch ob er ebenso schwer sein würde wie der Verlust meines Vaters. Im Grunde genommen fürchtete ich mich genauso vor der Zukunft wie die armen arbeitenden Leute, die hier warteten.

Die *voyante* bat mich in das Speisezimmer. Sie war eine magere, müde aussehende Frau mit unfrisiertem Haar und schmutzigen

Fingernägeln. Auf dem Tisch stand eine Schale mit künstlichen Blumen, auf dem Büfettschrank, recht hübsch arrangiert, eine sorgfältig polierte Glaskugel. Diese Kugel nahm sie und setzte sie in die Mitte des Eßtisches auf ein Stück rotes Tuch. Da ihr ein Zahn fehlte, lispelte sie ein wenig beim Sprechen, und so erzählte sie mir, daß sie einen Mann auf dem Meer sah, unterwegs nach Amerika, der an mich dachte (Rank?). Sie sah auch für mich eine Reise nach Amerika und eine neue Beschäftigung. Andere Menschen, die mich umgeben, werden weniger deutlich. Sie sind in Not. Da ist ein Mann, der sich selbst zerstört, und ein anderer, der mir helfen möchte, da ist mein zurückkehrender Vater, ein Mann um die Fünfzig, der mir Leiden verursacht, mit dem ich mich nicht vertrage, an den ich Kraft und Gefühl verschwendet habe. Sie sieht mich, wie ich einen Vertrag unterschreibe.

Ist das alles? Ist das alles, was sie den geduldigen, schicksalsergebenen, müden Menschen draußen im Wartezimmer sagen kann?

Ich lief weg, um sie zu vergessen, lief zu Manuela Del Rio, um eine Tanzprobe zu vereinbaren. Rank hatte darauf bestanden, daß ich wieder zu tanzen beginne. Auch mir gefielen die grellen Farben, die Bühnenatmosphäre wieder. Mir gefielen ihre schmutzigen Schuhe, ihre alten Kastagnetten, ihre fröhlichen roten und purpurnen Kostüme und sogar ihre einäugige Mutter, die wie eine Kupplerin aussieht, und der Pudel und der Koffer, der für einen Auftritt in London gepackt wird.

Dann gab es viel Arbeit, um alle jene, die ich liebe, gut versorgt zurückzulassen, um sie vor Teresas dunklen haushälterischen Absichten zu schützen, ihre Bedürfnisse vorauszusehen.

Statt eines spanischen Kammes steckte ich mir eine Gabel ins Haar und erzählte von der Bühnenluft, obwohl ich sie noch nie richtig geschmeckt habe. Aber Manuela sagen zu hören: »Montag um elf, Place Pigalle, Studio Pigalle«, das allein ist schon viel. Ich nähe schwarze Spitze an mein »Maja«-Kleid. Mein Schreibpapier gebe ich Henry. Ich habe nicht die Absicht, in der nächsten Zeit Bücher zu schreiben. Allmählich fange ich an, meine Koffer für New York zu packen, meine Fotografien aus den Rahmen zu nehmen.

Die kleinen Einzelheiten, die so viel Freude machen, zählen in der Welt des Geistes nicht, nur im Leben, nur zum Vergnügen. Die Schönheit und Häßlichkeit der Einzelheiten, die einfache, warme Flickschneider-Atmosphäre der Welt! Nach den schwindelerregenden Träumen und Theorien – das Greifbare, Warme, Einfache.

Als kleines Mädchen liebte ich Blau, jetzt Orange; aber Orange ist eine Komplementärfarbe zu Blau. Durch Orange wird das Blau erst überzeugend, erst ganz zu Blau.

Ich packe das Manuskript von ›House of Incest‹ ein, das Tagebuch, das Manuskript von ›Winter of Artifice‹.

Ich bin zu Rank gegangen, damit er mir hilft, den Konflikt mit meinem Vater zu lösen, und ich habe einen zweiten Vater dazubekommen und einen zweiten Verlust.

Mein wirklicher Vater kommt aus Cannes zurück, krank, sehr nachgiebig, und wir haben lange wehmütige Gespräche. Er zeigt mir seine Hände, die von Ekzemen bedeckt sind, und ich spüre die Tiefe meiner illusionslosen Liebe zu ihm. Er beklagt meine Abreise nach New York.

Es tut mir weh, Louveciennes an Fremde zu vermieten. Ich muß das Haus leer übergeben und die Einrichtung in Magazinen lagern. In unserer letzten Nacht waren die Fenster ohne Vorhänge. Das Mondlicht schimmerte wie Schnee an den Fenstern, leuchtete sehr dramatisch und unwirklich hinter den nackten, schwarzen Zweigen. Wir sahen die Morgendämmerung heraufziehen, einen Pelléas-und-Mélisande-Mond und die Morgendämmerung. Und ich wußte, daß ich mich aus meiner Märchenwelt verstieß, aus meiner Schale auskroch, meinem Nest, meiner Hängematte, meinem Refugium. In meinem persischen Bett liegend, blickte ich hinaus in den Garten, und Erinnerungen stiegen wie Fieber auf. Zusehen müssen, wie die orangenen Kissen und der rote chinesische Kasten und das persische Kabinett ausgeräumt wurden. Die Möbel stehen auf der Straße, das große grüne Tor ist offen, das Haus leer, nackt, wie ein Skelett. Die Transportarbeiter ziehen alte, zerrissene Decken über die schönen Stücke.

Wie kann man in der Gegenwart leben, wenn niemand zur selben Zeit da ist, niemand den gleichen Schritt hält, niemand antwortet? Gegenwart ist das Vergnügen, das zwei unhimmlische Körper in unhimmlischen Vereinigungen empfinden.

Ich verteile nach allen Seiten: Sloans Einreibemittel, Radios, kostenlose Analyse und das Versprechen, in zwei Monaten zurückzukehren, als voll ausgebildete Analytikerin, Doktor Nin . . . Warum sollte ich aus meinem Hobby nicht eine Profession machen?

Nein, ich habe nicht mit Dr. Endler zusammen eine Klinik eröffnet. Obwohl auf meine Abreise hin jedermann erkrankt.

Als ich Joaquin von meinen Erlebnissen in der Klinik erzählte, hielt er sie für eine Umkehr zur Religion und nahm mich zur Sonntagsmesse mit; aber es schien mir alles grau und lieblos und nicht wie eine Fortsetzung meiner mystischen Trance. Vielleicht sollte mein Erlebnis bedeuten, daß ich die religiöse Ekstase zu suchen habe, durch Übung in Dogma und Ritual? Ich versuchte es, aber sie kam nicht zurück. Joaquin zu Gefallen ging ich zu dem Abbé Alterman. Das ist eine sehr berühmte Persönlichkeit, Freund von Debussy und konvertierter Jude, der durch seine Überzeugungskraft Max Jacob und viele andere Künstler bekehrt hat. Ich zog also mein neues schwarzes Wollkostüm mit den großen Ärmeln und einem aufspringenden Schlitz vom Hals bis zu den Brüsten an, legte das Sternenarmband um und besuchte ihn in seiner kahlen Mönchszelle. Er saß vor einem sehr großen Tisch mit sehr großen Büchern darauf, hager, dunkeläugig, dynamisch. So ganz in Schwarz kam ich mir wie eine lustige Witwe vor. Er blickte mich an, prüfte mich. Sicherlich bemerkte er, daß ich als Thais gekommen war, um ihn vom rechten Weg abzubringen. Wir sprachen lange und ausführlich.

Er begann so: »*Vous êtes une âme très disputée.*«

Ich erzählte ihm von meinen Erlebnissen in der Klinik und daß ich unfähig sei, diesen wunderbaren Zustand wieder zu erreichen.

»Ein Besuch Gottes«, sagte der Abbé Alterman.

Wir unterhielten uns recht gut, bis ich ihm sagte, daß ich bei Dr. Otto Rank Psychoanalyse studiere; daß sie den Menschen helfe, mir geholfen habe. Darauf sprach dieser Mann, der so viele Künstler durch seine Gelehrsamkeit, seinen Witz und seine Schlagfertigkeit fasziniert hatte, diese unglaublichen Worte:

»Sie wissen natürlich, daß die Psychoanalytiker und die Psychoanalyse ein Werk des Teufels sind. Wenn Sie damit in irgendeiner Verbindung stehen, werden Sie so verdammt sein, daß Gott Sie nie wieder besucht, es sei denn, daß Sie die Wissenschaft des Bösen auf der Stelle überwinden. Sie betreiben schwarze Magie statt weißer Magie, wenn Sie nicht mit der Religion zusammenarbeiten. Wenn Sie auf eigenen Füßen stehen wollen.«

Als ich von ihm fortging, hatte ich keine Zweifel mehr, welchen neuen Weg ich zu wählen hatte.

Bevor ich zu weit gehe, muß ich tief gehen, zur Erde, um die Erde zu finden und auf ihr zu stehen. Ich bin im Leben. Ich lebe.

Zu Henry sagte ich: »In den Büchern erschaffst du dich wirklich selbst. In ›Tropic of Cancer‹ bist du nur Sex und Bauch. Im zweiten Buch, in ›Black Spring‹, hast du schon Augen, ein Herz, Ohren, Hände. Nach und nach, von Buch zu Buch, wirst du einen kompletten Mann erschaffen, und dann wirst du auch fähig sein, über Frauen zu schreiben, früher nicht. Aber warum gibst du in dem Buch die *Augen* an Brassai, den Fotografen? Es sind deine Augen, du bist es, der beschreibt, was er sieht, nicht Brassai. Warum machst du Lowenfels zum Dichter? Es ist deine eigene Dichtung, die du feierst.«

Besuch bei Marcel Duchamp und seiner amerikanischen Freundin. Ein Atelier voll mit Mappen, Gemälden und ihrer Sammlung von Ohrringen, die an den weißen Wänden hängen, Ohrringe aus der ganzen Welt, so zart, jede Form durch eine Zwillingsform ergänzt; manche blitzen im Licht, manche sind Kaskaden kostbaren Filigrans, andere schwer, in schweren Formen zurechtgeschnitzt. Sie ist schlank und hat ein schönes, ruhiges Gesicht, fast ein Madonnengesicht, umgeben von grauem Haar. Spontan nahm sie ein Paar Ohrringe von den Haken und schenkte sie mir.

Marcel Duchamp stand ruhig dabei, rauchte seine Pfeife und sagte wenig. Seine Augen strahlen, sehr schön, obwohl er sonst wie aus Holz geschnitzt erscheint, wie eine der Schachfiguren, mit denen er so gerne spielt. Er hat eine Pfeifensammlung und steht und sitzt und raucht und begrüßt uns und läßt uns wieder allein, in großer, stilisierter Distanz, so als wären auch wir Bauern und er überlege gerade, wie er mit uns ziehen soll. Man sagt, daß er ganze Nächte über einem Spiel verbringt, nachdenkt und dann einen Freund im Ausland anruft, mit dem er über eine große Entfernung hinweg spielt. Seine Leidenschaft ist das Schach. Was die Malerei betrifft, ist er zurückhaltend. Er zeigt mir eine Mappe, eigentlich eine Kassette, die das fertige Buch ersetzen soll. »Dies ist keine Zeit, um etwas fertig zu machen«, sagt er. »Es ist eine Zeit für Fragmente.« Die Kassette enthält ein unfertiges Buch. Bruchstücke von Zeichnungen auf irgendeinem alten Papier, Notizen aus einem Notizbuch, Abfälle, halbfertige Kommentare, ein Wort für sich allein in großer Handschrift: Elemente eines Buches, das er nie schreiben wird. Ein Symbol der Zeit.

Er gab mir eine Mappe mit Reproduktionen, daß ich sie nach New York mitnehme und dort Künstlern zeige.

Die Wände sind weiß und hoch. Draußen ist ein Garten, der sich in das riesige Atelier fortzusetzen scheint, durch das Pflanzenhafte der Formen. Ich sehe sie gegen diesen weißen Hintergrund; obwohl es Farben geben muß, sehe ich sie in Schwarz und Weiß, Menschen, die alles Ornamentale, alles Unwesentliche abgestreift haben, Gravierungen, er in Holz und sie in lebendigem, gelassenem Fleisch. Und es fällt schwer zu glauben, daß er jener Marcel Duchamp ist, der zu einer Ausstellung eine Urinflasche einreichte, wie man sich erzählt, und so viele andere surrealistische Possen trieb.

Henry war von der Idee des zufälligen, unfertigen Buches begeistert. Zweifellos handelt es sich nicht um einen Versuch, es sich leicht zu machen und das Chaos, die fragmentarische Qualität des Lebens herauszustellen, sondern um eine Antwort auf D. H. Lawrences Forderung nach einer Darstellung des Lebens und der Charaktere, die sie nicht tötet, um einen Versuch, den lebendigen Augenblick einzufangen. Es ist dabei wichtig, das Leben in seinen Unregelmäßigkeiten zu verfolgen, seine Schwankungen, Launen und Kurven aufzuzeichnen. Henry ist es gelungen, das Chaos in Natur und Leben zu reproduzieren. Nun möchte er seine Briefe herausgeben, in derselben Art, wie Duchamp seine Notizen und Skizzen zu einem unvollendeten Buch publiziert.

Die große Passivität, die Henry veranlaßt, alle Schläge hinzunehmen, niemals für das zu kämpfen, was er liebt, über Verzweiflung zu schreiben, aber die Umstände nicht zu ändern, in heftige Flüche auszubrechen und jede Frau zu nehmen, die ihm über den Weg läuft: diese große Passivität scheint notwendig zum Leben zu gehören, denn sie bewirkt Freude und Mühelosigkeit. Seine Nachgiebigkeit dem Leben gegenüber. Sein Wesen ist Gleichgültigkeit, Schlaffheit, Zügellosigkeit, Leichtfertigkeit. Er kann sich nur negativ ausdrücken, im Widerspruch zu anderen, im Angriff, in der Opposition zu dem, was andere tun. Seine körperliche Schlaffheit ist Ausdruck eines Defekts, eines Mangels, wenn es zu handeln gilt. Vielleicht braucht die Welt diese Auflösungen, Entknüpfungen, Entknotungen, Lockerung der Kontrollen, Ölungen, Störungen der Verstandesstruktur. Das ist es jedenfalls, wozu Henry Talent hat.

Manche Qualitäten gehen durch die Gestaltung verloren, in der alten Form des Romans, der alten Art, die Dinge zu sagen.

[November 1934]

Rank schreibt in verzweifelten Briefen aus New York, daß er mich brauche, und erinnert daran, daß er alle wichtigen offiziellen Verpflichtungen in London abgesagt habe, um an mein Bett zu eilen, als ich in der Klinik lag. »Jetzt bin ich der Sterbende«, schreibt er. »Komm! Rette mich!« Ich muß Henry zurücklassen, der für sein Buch gegen die Ängstlichkeiten von Kahane kämpft; meinen Vater, der unter Ekzemen leidet und über seinen Händen, seinen Pianistenhänden, weiße Baumwollhandschuhe tragen muß; Joaquin, der mich zu den Segnungen des Katholizismus zurückführen möchte. Das Leiden der anderen steckt mich an, und mit so leeren Händen wird keiner von mir weggeschickt, daß er nicht doch ein Stück meiner Kraft und meines Mitgefühls mitnehmen kann.

Mit meinem Vater zusammen höre ich, im Dunkeln sitzend, über das Radio die ›Psalmen‹ von Florent Schmitt und weine. Es ist so schwer, nur nach der eigenen Wahrheit zu leben, so ermüdend. Eine schreckliche Algebra. Ich bin wie der Abenteurer, der alle verläßt, die er liebt, und mit den Armen voll Gold zurückkehrt; dann sind alle glücklich, und sie vergessen, wie sie versucht haben, den Abenteurer von seinen Forschungen und seinen Reisen zurückzuhalten.

Dorothy Dudley hat ein Buch über Theodore Dreiser geschrieben. Ich bekam einen bewunderungsvollen Brief über mein Lawrence-Buch von ihr. »Wir haben eine ähnliche Art, zu schreiben.« Wir saßen in der Küche und aßen von einem rosa Papiertischtuch. Sie gab mir Empfehlungsbriefe an Theodore Dreiser und Waldo Frank.

Ich nehme die Ohrringe in die Hand, die mir Marcel Duchamps Freundin gegeben hat, und sehe ihr ganz mit Landkarten tapeziertes Zimmer vor mir. So vieles bleibt noch zu sehen. Blaise Cendrars hat geschrieben: »Ich werde nicht ruhen, bevor ich nicht in jedem Pariser Hotel geschlafen und jeden Zoll kennengelernt habe«, und für mich gilt das nicht nur für Paris, sondern für die ganze Welt. Ich erinnere mich an die friedlich schlafende Katze und an Marcel Duchamp, schachspielend und rauchend: Ich schreibe über die kleinen Dinge, denn die großen sind wie Abgründe.

Ich verspreche meinem Vater, zu Jung nach Zürich zu gehen, wenn alle anderen Mittel fehlschlagen.

Die Psychoanalyse hat mich gerettet, weil sie die Geburt meines wirklichen Ichs möglich machte, eines gefährdeten und für eine Frau unglücklichen Ichs; denn die abenteuerliche Frau wird nicht im gleichen Maße verehrt wie der abenteuerliche Mann. Die Geburt meines wirklichen Ichs hätte so enden können wie die Geburt meines Kindes. Ich will keine Heilige werden, aber ich bin sehr voll und sehr reich. Ich kann jetzt nirgends stehenbleiben; ich muß in schwindelndere Höhen klettern. Aber immer noch liebe ich das Relative mehr als das Absolute: Kleinkram und die Wärme eines Feuers, Bach auf dem Grammophon und Gelächter und Gespräche in Cafés und einen zur Abreise gepackten Koffer mit einigen Exemplaren von ›Tropic of Cancer‹ und Ranks letztes SOS und das Telefon, das immerfort läutet, auf Wiedersehen, auf Wiedersehen, auf Wiedersehen . . .

Register

Fay Weldon im dtv

Die Teufelin

Die loyale, aber leider ziemlich unattraktive Ruth erträgt lange die sexuellen Eskapaden ihres Mannes. Irgendwann ist sie allerdings mit ihrer Geduld am Ende. Sie dreht den Spieß um und plant einen Rachefeldzug. Das erste, was in Rauch aufgeht, ist das Eigenheim. »Ein Buch, das seinen engagierten Kern (gegen die Weibchen, für die Frauen) mit soviel Witz ummäntelt, daß man sich von der ersten bis zur letzten Seite glänzend unterhält.« (Carna Zacharias in der Münchner ›Abendzeitung‹) dtv 11132

Herzenswünsche

Was Helen und Clifford aus der großen Liebe machen (natürlich eine Scheidung und diverse andere Dinge und noch eine Scheidung und die eine oder andere Karriere) und wie ihre verlorene Tochter Nell viel schöner und klüger wird, als es ihre Eltern verdient haben. Eine turbulente Schicksalskomödie, in der sich alle wiedererkennen, die auf der Jagd nach dem Glück noch nicht resigniert haben. dtv 11197

Du wirst noch an mich denken

Ein Mann und drei Frauen, die Geschiedene, die Neue und die Halbtagssekretärin – aus dieser nicht ungewöhnlichen menschlichen Konstellation macht Fay Weldon eine rasante psychologische Studie über Schein und Sein; mit einer Komik, die manchmal mörderisch ist. dtv 11225

Kleine Schwestern

Zusammen mit dem Antiquitätenhändler Victor, ihrem zwanzig Jahre älteren Liebhaber, fährt Elsa für ein Wochenende aufs Land. Der Besuch bei Victors reichen Freunden wird für Elsa zu einer Tour de force durch Liebe, Lügen, Sex und andere Ungeheuerlichkeiten. Aus Prinzen werden Frösche, und nichts bleibt, wie es war. dtv 11305